21 世纪新畅销译丛

MEMOIRS OF
A GEISHA

艺伎回忆录

〔美〕阿瑟·高顿 著

金逸明 柏栎 译

人民文学出版社
PEOPLE'S LITERATURE PUBLISHING HOUSE

著作权合同登记号　图字 01-2021-7120

MEMOIRS OF A GEISHA by ARTHUR GOLDEN
Copyright © 1997 THE KNOPE DOUBLEDAY GROUP
This translation published by arrangement with Alfred. A. Knopf，
an imprint of the knopf doubleday group, a division of random house，LLC.
Simplified Chinese edtion copyright：
© 2018 SHANGHAI 99 CULTURE CONSULTING CO. , LTD.
All right reserved.

图书在版编目(CIP)数据

艺伎回忆录/(美)阿瑟·高顿著；金逸明，柏栎
译. —北京：人民文学出版社，2018(2022.9 重印)
(21 世纪新畅销译丛)
ISBN 978-7-02-014476-1

Ⅰ. ①艺… Ⅱ. ①阿… ②金… ③柏… Ⅲ. ①长篇小
说-美国-现代 Ⅳ. ①I712.45

中国版本图书馆 CIP 数据核字(2018)第 187366 号

责任编辑　甘　慧
特约策划　刘佳俊
封面设计　李苗苗

出版发行　人民文学出版社
社　　址　北京市朝内大街 166 号
邮政编码　100705

印　　刷　上海盛通时代印刷有限公司
经　　销　全国新华书店等

字　　数　357 千字
开　　本　889 毫米×1194 毫米　1/32
印　　张　15.625
版　　次　2019 年 1 月北京第 1 版
印　　次　2022 年 9 月第 2 次印刷

书　　号　978-7-02-014476-1
定　　价　95.00 元

如有印装质量问题，请与本社图书销售中心调换。电话:010－65233595

目录

前　言

　　1936 年春天的一个晚上，我还只是一个十四岁的男孩，父亲带我去京都的一家戏院看舞剧表演。关于那个夜晚，只有两件事至今仍留在我的记忆里。第一件事是我和父亲是观众中仅有的两个西方人，当时我们从荷兰老家来到京都才几个星期，我还未适应新环境，但依然强烈地感受到一种文化疏离感。第二件事是我万分欣喜地发现，在奋力学习日语几个月后，自己竟可以理解一些不经意间听到的只言片语。至于台上那些跳舞的日本年轻女子，除了她们身上色彩鲜亮的和服还给我留下些许模糊的印象，别的我一点儿都不记得了。我当时怎么也想不到，远隔近五十年后在遥远的纽约市，她们中的一位竟会成为我的好友，并且向我口述她惊世骇俗的回忆录。

　　作为历史学家，我一直将回忆录视为素材。一本回忆录更大程度上是记载了回忆者所生活的那个世界，而非回忆者本身。回忆录和传记的不同之处在于，回忆者在叙述中不可能有传记作者那样清晰的视角。人物传记，如果确有其事，就好像我们询问一只兔子，让它告诉我们，它在田野草丛里跳来跳去时是什么样子。它怎么可能知道？但是，从另一方面来说，如果我们想了解田野，则没有谁比兔子更适合告诉我们有关田野的一切——只是我们应该牢记，我们注定会错过这只兔子受自身所限而无法观察到的那些事情。

　　说以上这些话时，我很肯定，因为作为学者，我一生都在从事这方面的工作。然而，我必须承认，我亲爱的朋友新田小百合的回忆录却迫使我重新考虑自己所持的观点。是的，她向我们描述了她身处的神秘世界——相当于兔子眼中的田野，如果你想如此打比方的话。对于一个艺伎的奇异生活，或许没有哪份记录能比小百合所提供的更好。然而，她的回忆录也很好地描绘了她自己，《日本的璀璨珍宝》一书用一个很长的章节记录了她的一生，这些年来关于她的各种杂志文章也层出不穷，但它们都远不如她的回忆录来得完整、精确和动人。看来，至少对于这样一个不同寻常的对象，没有人能比回忆录作者本人更了解她自己。

小百合能出人头地，很大程度上是机缘使然。也有一些女人和她际遇差不多。著名的艺伎加藤由希——她俘获了 J. 皮尔庞特·摩根的侄子乔治·摩根的心，成为其在二十世纪头十年里的"流亡新娘"——也许从某些方面来看，她的经历比小百合更加不同寻常。然而，唯有小百合把自己的故事如此完整地记录下来。在很长一段时间里，我都认为她选择这么做纯属偶然。假如她一直待在日本，她的生活会太过于充实从而导致她无暇编辑自己的回忆录。幸而在1956年，生命中的机缘使她移民到了美国。之后的四十年，她是纽约市华尔道夫大酒店的住户，她在酒店的三十二层为自己布置了一套雅致的日式居所。她在美国的生活依旧五光十色。她座上的常客有日本的艺术家、知识分子、商界人士——甚至包括内阁大臣和一两个黑道人物。我是在1985年通过熟人介绍才认识她的。作为研究日本文化的学者，我在那之前就已经知道小百合的名字，虽然我对她本人几乎一无所知。随着我们友谊的加深，她向我吐露了越来越多的心声。一天，我问她是否愿意把自己的故事公之于众。

"喔，雅各布先生，也许吧，如果是由你来记录的话。"她回答我。

于是我们就那样开始了合作。小百合很清楚自己情愿口述而非亲笔来写她的回忆录，据她解释，这是因为她非常习惯面对面的谈话，如果房间里没有人在听，她几乎就不知道该如何讲下去。我答应了。此后的十八个月里，我把她说的话记了下来。起初我对小百合的京都方言并不在意，直到我开始疑惑如何才能在翻译中把语言的细微差异诠释出来。不过从一开始我就感觉到自己被她的世界迷住了。除了一些例外，我们都是在晚上见面，因为多年的习惯使夜间成为小百合思维最活跃的时候。通常她喜欢在华尔道夫大酒店的套房里工作，但不时地，我们也会在位于公园大道的一家日本餐厅的包房内碰面，那儿的人对她很熟悉。一般谈话会持续两三个小时。尽管每次谈话都做录音，她的秘书还是会在现场非常忠实地记录下她的口述内容。但是小百合从来不对着录音机或秘书说话，她总是对着我讲。当她忘记自己讲到了什么地方时，总是由我来提示她。我感到我是整个撰写计划的基石，要不是我获得了她的信任，她绝不会把自己的故事说出来。现在我意识到事实或许正好相反。小百合选择我做她的记录者，这么说没错，但也可能是她已经等待了很久，等待合适的人让她充分地表达自己。

这就让我们想到了核心问题：为什么小百合想讲出她的故事？艺伎们也许不会正式宣誓要永保缄默，但独特的日本文化显然对她们有这样的要求。日本人深信：上午在办公室里发生的事情和晚上关起门来所做的一切之间不存在任何联系，并且两者必须始终严格地区分开来，井水不犯河水。艺伎们绝对不会开先例去谈论她们的经历。就像比她们社会地位低的妓女一样，艺伎们经常也处在一种特殊的位置，她们知道这位或那位公众人物穿裤子的方式是否同其他人一样。这些夜晚的花蝴蝶把自己视为受公众信任的人，这大概会让她们获得称赞，但无论如何，一个辜负了公众信任的艺伎将使自己处于难以立足的境地。小百合的情况比较特殊，她肯说出自己的故事是因为在日本没有人能再影响到她。她和祖国的联系已经被割断。这点也许至少能告诉我们她不再觉得有必要守口如瓶的部分原因，但它不能告诉我们为什么她选择讲述。我不敢向她提出这个问题，要是她在这个问题上踟蹰起来，改变主意怎么办？甚至在完成手稿后，我都不愿问。直到她收到出版公司预付的稿酬后，我才放心问她：为什么她想把自己的一生记录下来？

"这些日子我不做这个还有什么事情可做的呢？"她回答。

至于她的动机是否真是如此简单，我想还是让读者自己去判断吧。

虽然小百合渴望把自己的一生记录下来，但有几个条件是她十分坚持的。她要求此书只能在她以及那几个对她的人生有明显影响的男人死后才能出版。结果，那几个男人都先于她离世。小百合非常关心的一点是：她透露的内容不会让任何人难堪。艺伎们常常用绰号来指代她们的顾客，为了遵循这样的习俗，小百合甚至对我也隐瞒了某些男人的真实身份。但只要有可能，我都尽量保留人物的原名。碰到有些人物，如"雪花先生"——无须多言，他的绰号显示他有许多头皮屑——如果读者认为小百合那么称呼他只是为了说笑，可能就误解了她真正的意图。

我在请求小百合允许我用录音机的时候，用意只是为了杜绝她的秘书记录中可能出现的任何错误。然而，小百合去年逝世之后，我怀疑自己当时录音还有另一个目的——那就是保存下她的声音，这是一种我很少遇到的富有表情的声音。她习惯于柔声细气地讲话，以取悦男人为职业的女人一般都是如此。但是当她想把一个场面活生生地展现在我的面前时，她的声音能让我以为有六个或八个人在房间里。有时候，晚上我仍然会在书房里播放她的录音，真的很难相信，她已经不在人间。

雅各布·哈尔休伊

纽约大学

日本历史研究阿诺德·拉索夫讲席教授

第一章

　　设想一下：在一间可以俯瞰花园的安静房间里，你我二人边啜饮着清香的绿茶，边谈论某件早已逝去的往事，我对你说："那天下午我遇见什么什么的……是我一生中最美好、却也是最糟糕的一个下午。"我想你也许会放下茶杯说："等一等，现在你指的是哪一个下午？是最好的，还是最糟的？因为一个下午不可能既是最好的又是最糟的！"本来我也该嘲笑自己糊涂，并对你的观点表示赞同。但事实是，我遇见田中一郎先生的那个下午，确实是我一生中最美好又最糟糕的一个下午。他在我眼中是如此迷人，甚至他手上的鱼腥味也好像是某种香水。如果我没有认识他，我肯定不会成为一名艺伎。

　　我不是生来就要被培养成一名京都艺伎的。我甚至并非出生在京都。我是渔夫的女儿，来自日本海附近一个叫养老町的小镇。在我一生中，没有几个人听我提过养老町，或是我家的住房、我的父母和我的姐姐——更不用说我是如何成为一名艺伎，当一名艺伎是什么滋味。大部分人会臆测我的母亲和祖母都是艺伎，我从断奶后就开始接受舞蹈训练，如此等等。而事实是，多年前的一天，我在给一个男人倒清酒时，他偶然提到他上周刚去过养老町，哦，我就像一只小鸟，飞越大洋后忽然遇见了知道它老巢的人，我是如此震惊，抑制不住激动地说：

　　"养老町！天，那就是我长大的地方啊！"

　　这个可怜的男人！他的脸色明显地发生了一系列变化。他尽力想挤出一个笑容，但未能成功，因为他无法掩饰自己吃惊的神色。

"养老町？"他说，"你不会说真的吧？"

长期以来我已经练出了一种非常实用的微笑，我称之为"能剧的笑脸"，因为它就像能剧里所用的面具，表情是僵硬的。它的好处是男人们可以将它解释为任何他们想要的表情，你可以想见我会多么经常地用到它。当时我认为自己最好亮出这样的笑容，当然它也即刻见效了。他长长地吐了一口气，将我为他斟的清酒一饮而尽，然后哈哈大笑，我确信他笑是放松的缘故而非其他。

"那种念头！"他说着又大笑起来，"即你是生长在一个像养老町那样的垃圾堆，就像是用水桶泡茶一样荒谬！"接着他再次大笑着对我说："这就是你如此有趣的原因，小百合小姐。有时候你几乎让我相信你的那些小玩笑是真的呢。"

我不太喜欢把自己想成一杯用水桶泡出来的茶，但我觉得从某些方面来说这个比方倒是很恰当。毕竟，我确实是在养老町长大的，谁也不会说那是个吸引人的地方。几乎没有人会去那里观光。至于当地的居民，他们则从来都没有什么机会离开。你大概会奇怪我自己是如何得以离开那儿的。我的故事就要从这一点讲起。

在养老町这个小渔村，我住在一个我称之为"醉屋"的地方。房子靠近一片峭壁，从海上来的大风整日刮个不停。孩提时代的我觉得大海好像得了重感冒，因为它总在呼哧呼哧地喘气，打个大喷嚏就会掀起阵阵巨浪——就是说狂风总会伴随着大浪。我认为我们的小房子一定是非常厌恶大海时不时正对着它的脸打喷嚏，为了避让，它决定朝后倾斜。要不是我父亲从一艘破渔船上砍下一根大木头撑住屋檐，房子大概早就坍塌了。可是这么一来，房子看上去就像一个喝醉酒的老头倚靠在他的拐杖上。

在这座晃晃悠悠的房子里,我的生活也有点一边倒,因为从幼年起,我就很像我的母亲,几乎一点都不像我的父亲和姐姐。母亲说这是因为我和她两个人是从一个模子里刻出来的——确实,我们都有一双同样特别的眼睛,这种眼睛你在日本几乎看不到。和其他人深棕色的眼睛不同,我母亲的眼睛呈一种半透明的灰色,我的眼睛和她的一模一样。我还很小的时候就告诉母亲,我认为有人在她的眼睛上戳了一个洞,里面的墨水都流干了,她觉得我的想法很滑稽。算命先生们都说她的眼睛颜色那么淡,是因为她命中带了太多的水,多到几乎看不见其他四"行"①——他们解释说这就是她的五官如此不协调的原因。村里人常说,她应该长得非常漂亮才对,因为她的父母都很好看。这么说吧,一只桃子味道很可口,一个蘑菇的滋味也很鲜美,但你不能把这两种味道融合在一起;造物主却在她身上玩了这样一个可怕的把戏。她继承了她母亲翘翘的嘴巴和她父亲有棱有角的下巴,给人的印象就是一幅精致的画配了一个太过笨重的外框。她那对可爱的灰眼睛被一圈厚密的睫毛围着,准是遗传自她的父亲,但这却让她看起来像受了惊吓。

我母亲总是说,她嫁给我父亲,是因为她命中水太多,而我父亲则是命中带了太多的木。了解我父亲的人马上就能明白她在说什么。水很快从一个地方流到另一个地方,并且总是能找到一个缝隙去把它填满。另一方面,木则牢牢地扎在土地上。对我父亲而言,这是件好事,因为他是渔夫,命中带木的人在海上是比较安心自在的。事实上,我父亲在海上比在任何别的地方都觉得自在,他从不

---

① 指东方流行的五行(金、木、水、火、土)命理。

远离大海。即使洗完澡，他身上还有一股海腥味。不出海捕鱼的时候，他就坐在光线昏暗的前屋地板上补渔网。如果一张渔网是一只正在熟睡的动物，那照他干活的速度，他甚至永远也不可能唤醒它。他做什么事情都是这么慢慢腾腾。甚至当他要摆出一副专注的样子时，你可以在他重新调整好表情的时间里跑出去排干一盆洗澡水。他的脸上布满了皱纹，他在每一道皱纹里都藏进了忧虑或者别的什么情绪，弄得这张脸已经不再像他自己真正的脸，倒更像是一棵所有的枝条上都布满鸟巢的树。他不得不一直挣扎去维持一种平衡，因而看上去总是疲惫不堪。

我六七岁的时候，知道了一些自己过去从不知道的有关我父亲的事情。一天我问他："爸爸，你为什么这么老？"他听完皱起眉头，眼睛上方的皱纹就像是一把把稍微有些塌陷的雨伞。他长长地叹了一口气，摇摇头说："我不知道。"我去问母亲，她看了我一眼，意思是说改天她会解答我的问题。第二天，母亲一个字也没说就带着我朝山下走去，转过一个弯，我们沿着一条小径来到树林中的一片墓地。她把我领到墓地角落里的三座坟前，坟上立着的白色标柱比我高出许多。每根标柱从上到下都写着一些看起来很肃穆的黑字，我在村里的小学读书还没多久，所以看不懂前一个词在哪里结束，后一个词又从哪里开始。母亲指着那些字念道："奈津子，坂本稔之妻。"坂本稔是我父亲的名字。"死于明治十九年，享年二十四岁。"接着她又指着下一根标柱念道："任一郎，坂本稔之子，死于明治十九年，享年六岁。"紧挨着的另一根标柱上的文字风格完全相同，不过名字是正夫，享年三岁。我过了一会儿才明白，父亲老早之前结过婚，而且他的家人全死了。不久之后我又回去看这几个坟墓，站在那里我发现，悲伤是一种非常沉重的东西，它会在顷刻间让我的体重增加一倍，仿佛有人在把我朝坟墓里拽。

有了这么些水啊木啊的，我的父母本该相得益彰，生出五行合宜的孩子。我敢肯定，我和姐姐两人到头来命中各携一"行"的结果让他们大为吃惊。不单单是我非常像母亲，并遗传了她那双特别的眼眸；我的姐姐佐津，跟父亲也像极了。佐津长我六岁，她比我大，当然就能做一些我不能做的事情。但佐津的特点是她能把所有的事情都做得好像是一场完全的意外。比如，你叫她从炉子上的锅里倒一碗汤出来，她可以做到，可她做事的样子看起来好像她只是侥幸把汤泼进了碗里。有一次，她甚至被一条鱼割伤了，我不是指她在洗鱼时被刀割伤，而是她拿着一条用纸包好的鱼从村里上山时，鱼从纸里滑出来，贴着她的腿掉下去，鱼鳍就把她割伤了。

除了佐津和我之外，我们的父母本来或许还会再要孩子，因为父亲特别希望能生个男孩可以和他一起去捕鱼。但在我七岁的时候，母亲患了重病，很可能是骨癌，只是当时我还不懂。她逃避病痛的唯一方法就是睡觉，于是她像一只猫那样睡觉——就是说，她差不多始终在睡觉。几个月过去了，她大部分时间都在睡觉，不久之后她只要一醒来就开始呻吟。我知道她身体里面有些东西变化得很快，不过因为她命里带了那么多水，所以我并不很担心。有时她在几个月内迅速消瘦下来，但接着又会以同样的速度恢复强壮。不过到我九岁的时候，她脸上的颧骨开始凸出来，之后就再也没能胖起来。我没有意识到由于生病的缘故，她命里的水正在耗干。你看，就像原本湿润的海菜，在干燥的过程中会一点点变脆，我的母亲也逐渐丧失了精气。

一天下午，我坐在昏暗前屋坑坑洼洼的地板上，正对着我早上

捉到的一只蟋蟀唱歌,有人在门外大声喊道:

"喂!开门!我是三浦医生!"

三浦医生每周来我们的渔村一次,自从我母亲得病后,他每次必定要爬上山来给她做检查。那天因为有场大暴风雨要来,我父亲在家未出海。他在地上的老位置坐着,两只蜘蛛脚般的大手在一张渔网上缠缠绕绕。听到喊声,他停下来看了我一眼,并举起一根手指,意思是要我去应门。

三浦医生是一位大人物——至少在我们村大家都这么认为。他在东京上过学,据说认识的汉字比谁都多。他太神气了,根本不会注意我这样的人。我给他打开门,他脱了鞋子就径直走过我身边进了房间。

"啊呀,坂本君,"他对我父亲说,"我真希望能过上你这样的生活,整天在海上捕鱼,多开心啊!天气不好呢,你就可以休息。我看到你太太还在睡,"他接着说,"真可惜。我原想给她检查一下。"

"哦?"我父亲说。

"你知道,下星期我不会来了。或许你可以帮我叫醒她?"

我父亲费了点劲才把手从渔网中腾出来,可最后他还是站了起来。

"小千代,"他对我说,"给医生倒杯茶来。"

那个时候我的名字是千代,直到多年后做了艺伎,我才改名叫小百合。

我父亲和医生走进另一个房间,母亲就躺在那里睡觉。我试图在门外听,但只能听见母亲的呻吟声,他们在说什么我一点儿也听不见。我赶紧去泡茶,医生很快就出来了,搓着双手,神色凝重。

我父亲也出来后，他们一起在屋子中央的桌子旁坐下。

"该是跟你说一些事的时候了，坂本君，"三浦医生说，"你需要跟你们村子里的某个女人说一下，也许是杉井夫人，请她为你的太太做一件上好的新袍子。"

"我没有钱，医生。"我父亲说。

"近来大家都更穷了。我明白你说的。不过这是你欠你老婆的。她不应该穿着这身破旧的袍子死去。"

"那么她是快要死了？"

"也许还要拖几个星期吧。她正受着大罪呢。这一死，她也就解脱了。"

在这之后，我再也听不到他们说话，因为我耳朵里只听到一些像是鸟儿在惊恐中扑着翅膀的声音。也可能是我自己的心跳声，我不知道。但如果你曾经见过一只困于寺庙大堂的小鸟急着寻找出路的情形，噢，那就是我当时心情的写照。我从来没想过母亲将不单单是继续生病。我不会说自己从来没想过万一母亲死了会怎么样，我是想过这事，同样我也想过如果我们的房子在地震中被吞没会怎么样。这类事件过后，几乎不可能有幸存者。

"我本以为我会先死。"我父亲说。

"你是一个老人了，坂本君。但是你的身子骨还不错。你也许还能活四五年。我再留些那种药片给你太太。需要的时候，一次给她吃两片。"

他们又讲了一会儿药片的事，然后三浦医生就走了。我父亲背朝我默默地坐了很长时间。他没有穿衣服，露出松松垮垮的皮肤。我越看他，越觉得他像一件形状和质地都很奇怪的东西。他脊柱的骨节一个个凸在外面。他的脑袋污迹斑斑，好似一只碰伤的水果。

他的手臂像旧皮革包裹的棍子，从肿块状的关节上荡下来。要是母亲死了，我怎么能继续和他住在这栋房子里呢？我倒不是想远离他，其实不管他是否在，只要母亲一离开，这座房子就空了。

最后父亲低声唤我的名字。我走过去跪在他身边。

"有件很重要的事情。"他说。

他的脸色比平日要凝重得多，眼珠不停地打转，好像他已经对它们失去了控制。我以为他是挣扎着想要告诉我母亲快死了，可他只是说：

"去村里带些供坛上点的香回来。"

我们家小小的供佛坛摆在厨房入口处旁一只老旧的板条箱上，供佛坛是我们醉屋里唯一值钱的东西。在一尊刻得很粗糙的西方极乐世界的佛陀"阿弥陀佛"前面，立着一些小小的黑色牌位，上面写着我们死去祖先的法号①。

"可是，爸爸……难道没有别的事情吗？"

我希望他会回答，但他只是做了个手势，示意我离开。

从我家出去，先要沿着海边的悬崖走一段，然后小路才会转向内陆的村庄。像今天这样的日子，路可真难走，不过我倒要感谢猛烈的大风把我的注意力从那些烦心事上引开了。大海怒浪滚滚，巨浪就像石头劈成的利刃。眼前的这个世界似乎和我有着同样的感觉。是否生活只不过是一场暴风雨，总是在顷刻间冲毁一切，仅留下一片荒芜？过去我从未有这样的想法。为了逃避，我一路朝山下狂奔，直到看见下面的村子。养老町是一个小镇，就在海湾的

---

① 日本有请出家人给死者请法号的习俗，法号又称戒名或法名。

入口处。通常，水面上会散布着渔民，但今天我只看见几艘渔船回来——在我眼里它们总是像在水面上挣扎的小昆虫。暴风雨马上就要来临了，我能听到它的吼声。在海湾上忙碌的渔夫们在雨幕中的形影开始模糊起来，随后就完全看不见了。我能看见暴风雨爬上斜坡朝我袭来。最初砸在我身上的雨点就有鹌鹑蛋那么大，几秒钟内我就浑身湿透，好像掉进了海里。

养老町只有一条大路，直通"日本近海水产公司"的前门，路的两旁有一些房子，这些房子的前屋都被用来开店。我穿过街，朝卖干货的冈田家跑去。但就在这时，发生了一件事——一桩小事，但其后果却是重大的，就像你一失足掉到了一辆火车前面。泥泞的马路在雨中湿滑不堪，我两脚一滑，整个人朝前摔去，半边脸着地。我猜我一定是把自己给摔晕了，因为我记得身子麻木，嘴里似乎有什么东西想要吐出来。我听见说话声，有人把我翻了过来让我背部着地，接着我被人抬了起来，我可以断定他们把我送进了日本近海水产公司，因为我闻到周围都是鱼腥味。我听到他们"啪"的一声把一筐鱼从一张木桌上推了下去，然后把我放在肮脏黏滑的桌面上。我知道自己被雨浇透了，还流着血，光着双脚，人很脏，我穿着一身农民的衣服。我浑然不知的是，这正是将改变一切的时刻。因为就是在这种情况下，我发现自己仰面看到的是田中一郎先生的面孔。

我先前在村里见过田中先生许多次。他住在附近一个大得多的镇上，但每天都会来我们村，因为日本近海水产公司是他家开的。他不像渔夫穿一身农民的衣服，而是穿一件男式和服，裤子也与之配套，在我眼里他就像一名武士，这类图片你可能看过。他的皮肤光滑紧致像一面鼓；颧骨是两座有光泽的山丘，又似烤鱼的脆皮。

我一直觉得他非常迷人。我和其他孩子一起在街上玩丢豆包的游戏时，如果田中先生恰巧从水产公司踱出来，我总是会停下来看他。

我躺在那张黏糊糊的脏桌子上接受检查，田中先生用手指往下拉拉我的嘴唇，又在我的脑袋上这里那里轻轻敲了几下。突然之间，他注意到了我的灰眼睛，当时我被他彻底迷住了，正直勾勾地盯着他的脸看，我不可能假装自己没有注视他。他没有嘲笑我，譬如说笑我是个冒失的姑娘，也没有把目光移开，似乎我在看什么或想什么无关紧要。我们彼此凝视了很长时间——长到我禁不住打了个冷颤，尽管我是在空气闷热的水产公司里。

"我认识你。"他终于说话了，"你是老坂本的小女儿。"

即便只是个小孩，我也能看出田中先生以实事求是的态度看待他周遭的世界，他从来不会像我父亲那样一脸茫然。我觉得他仿佛能看见树液从松树树干上流下来，能看见天上的太阳被云遮住时露出的光圈。他生活在一个看得见的世界里，纵然身处其中并非始终快乐。我知道他会注意到树木、泥巴和在街上玩耍的孩子，但我没有理由相信他注意过我。

也许正是这个缘故，他一对我说话，我的眼睛里就泛起了泪水。

田中先生扶我坐起来。我以为他会要求我离开，但他却说："别把血咽下去，小姑娘，除非你想胃里长结石。我要是你，就把血吐到地上。"

"一个小姑娘的血，田中先生？"一个男人说，"吐在这儿，我们收拾鱼的地方？"

你瞧，渔民都是极度迷信的。他们特别不喜欢女人跟捕鱼扯上任何关系。我们村里的一个男人，山村先生，一天早上发现他的女儿在他的渔船上玩耍，就用棍子把她狠揍了一顿，然后还用米酒和碱液冲刷渔船，刷得非常用力，连木头的色泽纹理都被漂白了。这还不够，山村先生又请来神道教士念经。所有这些都只不过是因为他的女儿在捕鱼的船上玩了一会儿。现在田中先生却建议我将血吐在地板上，这个屋子可是他们洗鱼的地方啊。

"假如你担心你吐出来的血会冲走一些鱼内脏，"田中先生说，"那你把它们带回家好了。我有的是鱼内脏。"

"不是鱼内脏的问题，先生。"

"我敢说自你我出生以来，她的血是滴在这块地板上最干净的东西。来吧，"田中先生这次是对我说，"吐出来。"

我坐在那张黏腻的桌子上，不知道该做什么。我认为违抗田中先生后果会很严重，可要是这群男人中没有一个人走到一边，俯身用手指按住一个鼻孔把鼻涕擤在地上，我不能确定自己会有勇气把血吐在地板上。看到有人朝地上擤鼻涕后，我再也无法忍受嘴里含着任何东西，一刻都熬不下去了，所以田中先生叫我吐的时候我就一下子把血吐了出来。所有的男人都厌恶地走开，除了田中先生的助手杉井。田中先生吩咐他去请三浦医生。

"我不知道该去哪里找他。"杉井说，然而我猜他真正的意思是说他没有兴趣帮忙。

我告诉田中先生医生几分钟前还在我们家里。

"你家在哪里？"田中先生问我。

"就是上面悬崖边的小醉屋。"

"你是指什么……'醉屋'？"

"就是那幢朝一边歪的房子，好像喝多了。"

田中先生似乎不明白怎么会这样。"好吧，杉井，去坂本家的醉屋走一趟，找一找三浦医生。你找他不会麻烦，只要听到病人被他拨弄时发出的尖叫声就行了。"

我猜想杉井先生走后，田中先生就会回去工作了，但他却久久地站在桌边看着我。我感到自己的脸开始发烧。终于，他说了一些在我看来很聪明的话。

"你脸上有一只茄子，坂本的小女儿。"

他去开一个抽屉，取出一面小镜子让我照。正如他所言，我的嘴唇肿得发青。

"不过我真正想知道的是，"他继续说，"你怎么会有一双如此不同寻常的眼睛，为何你不是长得更像你的父亲？"

"我的眼睛像母亲。"我说，"至于我父亲，他皱纹太多了，所以我从来不知道他真正的长相。"

"有一天你自己也会长皱纹的。"

"可有些皱纹是他自己弄出来的。"我说，"他的后脑勺和他的前额一样老，但后脑勺却光得像一只鸡蛋。"

"这样说你的父亲是不恭敬的。"田中先生对我说，"但我想这都是真的。"

接下来他说的话让我的脸涨得通红，我肯定自己的嘴唇也白了。

"那么一个满脸皱纹、脑袋像鸡蛋的老头又是怎么生出一个像你这么美丽的女儿的呢？"

此后的岁月里，频频有人夸我漂亮，次数多得我都记不清了。当然喽，艺伎总是会被人称赞漂亮，甚至那些不漂亮的也会被说成漂亮。但田中先生夸我时，我还从未听说过艺伎这回事，所以基本上就相信了他的话。

三浦医生护理好我的嘴唇后，我去买了父亲要的香，在一种极度亢奋的状态下走回家去，心里涌起的那阵阵骚动，即便把我整个人比作一堆蚁冢也不为过。如果我的情绪都把我朝一个方向拉，那我或许会好受些，可惜没有这么简单。我的思绪很乱，就像一片在风中乱舞的纸屑。我一会儿想到有关母亲的种种——一会儿又想到自己嘴唇的不舒服——而我一次又一次试图把思绪集中到一个愉快的念头上，关于田中先生的念头。我在悬崖边停下来，凝望着大海，即使风暴已经停息，海浪还是像尖利的石头，天空呈现出一种泥土的棕色调。我确定没有人在看我后就把香紧紧地抱在胸前，然后在呼啸的风中喊着田中先生的名字，一遍又一遍，直到我心满意足地听到了每个音节里所蕴含的旋律。我知道自己这么做很傻——确实如此，但那时我还只是一个不懂事的小姑娘啊。

吃过晚饭后，父亲去村里看其他渔民下日本棋，佐津和我一起默默地清扫厨房。我试图回忆田中先生带给我的感觉，但在这座又冷又静的房子里，美好的感觉都溜走了。我反而想到母亲的病情，一种冰冷的恐惧感挥之不去。我发现自己在想，还要过多久母亲就会被埋到外面的墓地里，和父亲的其他家人葬在一起。我以后会怎么样呢？我猜母亲死后，佐津会担负起她的角色。我看着姐姐擦洗我们烧汤用的铁锅，可是尽管锅就在她的眼前——尽管她的眼睛正对着这东西——我敢说她并没有看见它。锅干净了以后，她还是不停地擦了好一会儿。最后，我对她说：

"佐津，我觉得不舒服。"

"出去烧洗澡水。"她一边命令我，一边用一只湿手把散在她眼睛上的头发拂开。

"我不想洗澡。"我说,"佐津,妈妈快要死了——"

"这口锅裂了,瞧!"

"锅没有裂。"我说,"那条痕迹是一直在那儿的。"

"那刚才水是怎么出去的?"

"你泼出去的。我看着你的。"

一时间,我敢肯定佐津也强烈地感觉到了一些什么,反映在她脸上就是一种极其迷惑的表情,她的许多感受的表现形式都是如此。不过她一句话也没再跟我说,只是把锅从炉子上拿下来,走到门口扔了出去。

第二章

　　第二天早晨，为了驱走心中的烦恼，我去离家不远的小松树林里的池塘游泳。天气好的时候，村里的小孩子们差不多每天早晨都会去那里。佐津有时候也会去，穿一件勉强能算泳衣的衣服，那是她用父亲旧的捕鱼服改的。这件泳衣不是很好，因为只要她一弯腰，胸口处的布料就往下垂，然后就会有男孩子尖叫："快看！你们能看见富士山！"不过她还是照穿不误。

　　中午时分，我决定回家吃点东西。佐津早就跟杉井家的男孩走了，就是田中先生助手的儿子。佐津像一只狗那样跟着他。他走到一个地方，就会回头示意佐津跟上，佐津也总是会跟上去。我原以为午饭前不会再见到佐津，可走到家附近时，发现她就在我前面的小路上，人靠着一棵树。如果你看见当时的场面，你或许能立刻明白，但我只是个小女孩。佐津的泳衣褪到了肩膀下面，杉井家的男孩正在抚弄她的"富士山"——那帮男孩子都是这么叫的。

　　自从母亲开始生病，姐姐就变得有点胖。她的乳房就像她的头发一样不受管束地乱striped。最令我吃惊的是杉井家的男孩偏偏对它们很是着迷。他用手轻轻拨弄它们，把它们推到一边然后看着它们荡回来高耸在她的胸前。我知道自己不应该偷看，但我前面的小路被他俩堵住了，我想不出自己还能做什么。这时，我突然听到身后有个男人说：

　　"小千代，你为什么蹲在树后面？"

　　想想看，我才只是一个九岁的小姑娘，刚从池塘游泳回来；而且我尚未发育，身上没什么需要遮掩的地方……你很容易就能猜出我穿了什么。

我转过身去——依然蹲在路上，尽量用双臂去遮盖自己光着的身体——站在那儿的是田中先生。我尴尬得无以复加。

"那个一定就是你们家的醉屋。"他说，"那个人像是杉井家的男孩。他看起来确实很忙！跟他在一起的那个姑娘是谁？"

"哦，那也许是我姐姐，田中先生。我在等他们走开。"

田中先生双手环在嘴边作喇叭状，大喊了几声，然后我就听见杉井家的男孩沿着小路跑掉了。我姐姐一定也跑掉了，因为田中先生告诉我现在可以回家穿衣服了。"你见到你姐姐后，"他对我说，"把这个给她。"

他交给我一包用米纸包的东西，差不多有一只鱼头那么大。"这是一些中国草药。"他告诉我说，"如果三浦医生说这没用，不要听他的。让你姐姐用它们泡茶给你妈妈喝，可以缓解她的痛苦。这些是非常珍贵的草药。千万不要浪费。"

"那样的话，最好还是由我来做这件事，先生。我姐姐不太擅长泡茶。"

"三浦医生告诉我说你妈妈病了。"他说，"现在你竟然告诉我你姐姐甚至连泡茶都不牢靠！你爸爸又那么老，你将来该怎么办，小千代？就说现在吧，谁在照顾你呢？"

"我想这些日子是我自己在照顾自己。"

"我认识一个男人。他现在大了，但他跟你差不多年纪时，他爸爸死了。第二年他妈妈也死了，然后他哥哥跑到大阪去了，留下他一个人。这听起来有点像你的情况，你不觉得吗？"

田中先生看了我一眼，似乎在说我不应该胆敢不同意他的看法。

"哦，那人的姓名就是田中一郎。"他继续说，"是的，就是本人……虽然当时我的名字是森原一郎。我十二岁时，田中一家收留了我。等我稍微长大一些，我就跟他们的女儿结婚并被正式收养了。如今我帮助他们家打理水产公司。你看，最后我过得还不错。或许也会有那样的事情发生在你的身上。"

我盯着他的灰头发和眉宇间的皱纹看了一会儿，那些皱纹就像树皮上的凹槽。在我眼里，他似乎是这个世界上最睿智、最有学问的人。我相信他懂一些我永远也不会明白的事情，我觉得他身上有一种我永远也不可能拥有的优雅气质，我还认为他身上那件蓝和服会比我将来有机会穿的任何衣服都好。我坐在他面前，光着身子，屁股坐在泥地上，头发乱七八糟，脸脏分分的，浑身上下还有一股池水味。

"我想没人愿意收养我。"我说。

"没人？你是一个聪明的姑娘，不是吗？你会把你们家的房子叫作'醉屋'，会说你爸爸的脑袋像'鸡蛋'！"

"可是它确实像鸡蛋。"

"这样的说法，再聪明不过了。现在快跑去做事吧，小千代。"他说，"你要吃午饭，对不对？也许你的姐姐正在喝汤，你可以躺在地板上喝她洒出来的汤。"

从那一刻起，我就开始幻想田中先生有一天会收养我。有时我会忘记自己在这段时间里是多么痛苦。我想自己会抓住任何能给我安慰的东西。我心烦的时候，经常会不由自主地回想起很久以前母亲还未生病时的模样，那时她不会一大早就因为病痛而呻吟。我四岁那年，村里过盂兰盆节——每年的这个时候我们都要欢迎亡灵回来。在墓地做了几夜道场、在屋外点了几夜指引亡灵回家的火把之后，节日的最后一晚大家会聚集在神道庙里，这个小庙位于山顶，在那里可以俯瞰入海口。一进神庙门就有一片空地，那天晚上被装饰一新，树与树之间拉着绳子，上面挂着彩色的纸灯。母亲和我同村里人一起，随着鼓和笛子奏出的旋律一起跳一会儿舞。但最后我开始觉得累了，母亲就把我抱在膝盖上坐在空地边休息。突然一阵风从悬崖那边刮来，一个纸灯着火了。大家看着火烧断了绳子，灯笼飘下来，然后又被风卷起朝我们直滚过来，在天空中带出一道金色的烟尘。火球似乎是掉到了地上，可是接着母亲和我又看到它随风升到了空中，并朝我们飞过来。我感到母亲放开了我，然后她立刻伸开双臂去挥散火球。一时间我们两个被火星和火焰包围了，但火苗很快飘进树丛熄灭了，所以没有人受伤，连我母亲也安然无恙。

大约一个星期之后，当我关于收养的幻想已经有了足够多的时间成熟起来时，一天下午，我回到家，发现田中先生正同我父亲面对面地坐在家里的小桌旁。我知道他们在谈一些很严肃的事情，因为他们甚至都没有注意到我进门。我愣在那里听他们讲话。

"那么，坂本君，你觉得我的提议怎么样？"

"我不知道，先生。"我父亲说，"我无法想象女儿们住在任何其他地方。"

"我理解，但是那样她们的生活会好很多，你也一样。务必记得他们明天下午会到村里来。"

说完，田中先生起身要走。我假装正好回到家，这样就可以和他在门口碰上。

"刚才我正跟你的父亲谈论你，小千代。"他对我说，"我住在山那边的千鹤镇，比养老町大。我想你会喜欢那里。你和佐津明天为什么不去那里玩玩呢？你会看到我的房子，还可以见到我的小女儿。也许你们能住一晚？只一晚，你明白吧，然后我再送你们回家。你觉得怎么样？"

我说那太好了。我尽量装出一副只是听到一个平常提议的样子。可在我脑袋里却好像发生了一次大爆炸。我的思绪乱得像碎片一般拼不起来。诚然，一方面我极度渴望母亲死后能被田中先生收养，另一方面我又感到非常害怕。哪怕只是想象一下自己可能住到醉屋以外的某个地方，也会让我觉得羞愧万分。田中先生走后，我试图让自己在厨房里忙忙碌碌，但我觉得自己也有点像佐津了，因为我几乎对眼前的东西视而不见。不知道过了多久，最后听到父亲在打呼噜，我还当是叫唤我呢，羞得满脸通红。后来我强迫自己朝他那边望去，看见他两只手缠绕在一张渔网上，人却站在后屋的门口，屋里太阳很好，母亲躺在那儿紧裹着一条床单，床单好像已经成了她的皮肤。

第二天，为了准备去村里见田中先生，我搓洗了一下自己的脏脚踝，还在自家的浴缸里泡了一会儿。这口浴缸原本是被人扔在村里的一台旧蒸汽机上的锅炉，锅炉顶被锯掉了，锅身里面衬着木条。我在缸里坐了好长时间，眺望着大海觉得非常自在，因为我即将平生头一次离开我们的小村庄，去看看外面的世界。

当佐津和我到达日本近海水产公司时，我们看到渔民们正在码头上卸他们捕获的鱼。我父亲也在其中，用他那双瘦骨嶙峋的手抓鱼往筐里扔。一会儿，他朝我和佐津望了几眼，然后就用衣袖去抹他的脸。不知怎么的，我觉得他的模样看起来比平时更笨拙了。人们把装满鱼的筐子抬上田中先生的马车，并将它们在车的后部码齐。我爬在车轮上看。大多数情况下，鱼只是瞪着它们透明的眼，但时常也有一两条鱼会动动嘴唇，在我看来，就像是在呜呜地叫。我试着安慰它们说：

"你们要到千鹤镇去了，小鱼儿！一切都会好的。"

我觉得据实相告对它们不会有什么好处。

终于田中先生出来走到街上，叫佐津和我爬上马车和他坐在一起。我坐在中间，紧挨着田中先生，我和他的距离近得足以让我感受到他和服的料子碰到了我的手。这让我情不自禁地脸红了。佐津正看着我，但她似乎什么事都没有注意到，依旧是平常那副木然的表情。

路上有很长一段时间我都在回头看那些在筐里跳动的鱼。当我们爬上山脊与养老町渐行渐远时，车轮磕上了一块石头，马车突然朝一边侧倾。一条海鲈鱼被甩了出去重重地摔到地上，落地的力量大得竟然把这条鱼震活过来。我无法忍受看着鱼在地上挣扎残喘。我含着眼泪转过身去，虽然努力不想让田中先生看到我流泪，但他还是发现了。他捡回那条鱼、我们重新上路之后，他问我发生了什么事。

"那条可怜的鱼！"我说。

"你像我太太。她见到的鱼之类的东西，多数都是死的，但如果她不得不烹饪一只螃蟹或其他什么活物，她就会眼泪汪汪地唱歌给它们听。"

田中先生教我唱一首很短的歌——实际上几乎是一种祈祷——

我猜是他的老婆编出来唱给螃蟹们听的，不过我们把歌词换成了鱼：

> 小鲈鱼啊小鲈鱼！
> 快快奔向你的极乐世界！

接着他又教了我另一首歌，一首我从未听过的摇篮曲。我们对着一条比目鱼唱，这条鱼独自躺在车后部的一只矮篮子里，那对长在鱼头单侧上的纽扣状眼睛还在转动：

> 睡吧睡吧，听话的比目鱼！
> 大家都在睡觉——
> 鸟儿睡了，绵羊睡了
> 花园和田野一片寂静——
> 今夜繁星点点
> 银色的星光
> 撒进窗户，撒进窗户。

过了一会儿，我们的马车登上山脊的顶端，山下的千鹤镇进入我们的眼帘。当时天色黄黄的，一切都被蒙上了一层灰色。这是我第一眼看到养老町以外的世界，而我觉得自己倒没有漏看很多东西。我看到入海口周围无趣的小山间分布着许多茅草顶的房子，它们后面就是金属颜色的大海，海面上有些扎眼的白色碎片。陆地上的景色原本可能还算吸引人，可一条火车铁轨穿过其中，像一道疤痕。

千鹤镇大体上就是一个又脏又臭的小镇。连那儿的大海也臭气熏天，似乎海里所有的鱼都在腐烂。码头的支柱周围烂菜叶子上下浮动，就像我们那边的小入海口处的水母。渔船都是刮坏的，有些船的木头也裂开了，我觉得它们仿佛相互之间打过一场恶战。

佐津和我在码头上坐了好一会儿，田中先生才把我们叫进日本近海水产公司的总部，领着我们走过一条长长的走廊。这条走廊弥漫着无比浓烈的鱼内脏味，要是我们真得待在一条鱼体内恐怕也不过如此。但让我吃惊的是走廊的尽头竟然有一间办公室，在我这个九岁的小孩眼里，这间办公室还挺不错的。进门后，佐津和我光脚站在脏兮兮的石头地板上。我们前面，隔着一级台阶就是铺着榻榻米的平台。也许这就是让我印象最深的一点，高出一级台阶的地面使一切都看起来更豪华了。无论如何，当时我认为这是我所见过的最美丽的房间——虽然现在想起来我觉得很好笑：日本海边一个芝麻绿豆大的小镇，镇上鱼类批发商的一间办公室居然会给人留下深刻的印象。

榻榻米台上坐着一个老妇人，看到我们就起身走到平台边缘，跪坐下来。她不但老，而且看起来脾气暴躁，我想你不可能碰到过比她还烦躁不安的人。她要是不在抚平她的和服，就是在抹去眼角的什么东西，或是在抓她的鼻子，还一刻不停地叹气，仿佛她对有那么多事要烦颇为遗憾。

田中先生对她说："这是小千代和她的姐姐佐津小姐。"

我浅浅地鞠了一躬，"烦躁夫人"点了下头作为回礼。然后她叹了一声格外长的气，开始用一只手去抠她脖子上的一块硬皮。我本想移开视线，但她的目光正紧盯着我的双眼。

"那么，你就是佐津小姐了，是不是？"她说道，可人却依旧直直地看着我。

"我是佐津。"我姐姐说。

"你是什么时候出生的?"

佐津看上去还没有搞清楚"烦躁夫人"究竟是在问我们中的哪一个,所以我就替她回答了。"她是牛年生的。"我说。

老妇人伸出手来,用手指头轻轻地拍我,可她动作的方式很奇怪,她戳了我的下巴几下。我明白这是一种爱抚,因为她的表情很和气。

"这一个相当漂亮,不是吗?如此不寻常的眼睛!你可以看出她很聪明。只要看看她的额头就知道了。"说到这儿,她又转向我姐姐说道:"好,那么,这个是属牛的,十五岁,金星,六,白,嗯……走近一点。"

佐津照她吩咐的做了。"烦躁夫人"开始审视她的脸庞,她不仅仅是用眼睛看,还用指尖摸。她花了好一会儿从不同的角度端详佐津的鼻子和耳朵。她还捏了几下佐津的耳垂,然后咕哝了一声表示她已经折腾完佐津了,于是又转向我。

"你是属猴的,我只要看看你就知道了。你命里的水真多啊!八,白,土星。你真是个迷人的姑娘。走近一点。"

现在她又开始在我的身上重复刚才的程序,捏我的耳垂等等。我一直在想她刚才就是用这些相同的手指抠她脖子上的硬皮的。不久她便站起来,走到下面我们所站的石头地板上。她费了番工夫才把她扭曲的双脚穿进草履,最后转向田中先生朝他使了个眼色,田中先生似乎立刻心领神会,因为他走出房间并关上了门。

"烦躁夫人"解开佐津穿的农家衬衫并把它脱了下来。她捏着佐津的胸脯四下动动,看看她的胳肢窝,接着又让她转过身去看她的后背。我太震惊了，几乎不敢去看。当然我过去也见过佐津的裸体，但是"烦躁夫人"对待佐津身体的方式，比佐津褪下泳衣给杉井家的男孩看更加下流。然后，"烦躁夫人"似乎意犹未尽，猛地一下把佐津的裤子拉到地板上，上上下下打量她，又叫她转回来再次面朝自己。

"脚从裤腿里跨出来。""烦躁夫人"说。

我有些日子没见过佐津的表情如此困惑了，但她还是把脚从裤腿里跨了出来，裤子就留在脏兮兮的地板上。"烦躁夫人"按住她双肩，让她坐在平台上。佐津赤身裸体，她肯定和我一样不明白为什么她要坐在那里。可她根本没有时间去思考，因为刹那间"烦躁夫人"已经用手按住她的膝盖，掰开她的双腿，并且毫不犹豫地把手伸进她的两腿之间。此刻，我再也不敢往下看了。我想佐津一定是反抗来着，因为"烦躁夫人"叫了一声，与此同时我又听到一记很响的拍打声，"烦躁夫人"在打佐津的腿——我后来在佐津的腿上看到了红印子。不一会儿，"烦躁夫人"就完事了，她命令佐津穿上衣服。穿衣服的过程中，佐津重重地吸了一下鼻子。她或许是在哭泣，可我不敢去看她。

接下来，"烦躁夫人"就直冲着我来了，眨眼间我的裤子也被褪到了膝盖处，我也像佐津一样被脱去了衬衫。我没有隆起的胸脯给老女人抚弄，但她还是像检视我姐姐那样查看了我的腋下，也叫我转过身坐在平台上拉下了我的裤子。我非常害怕她要对我做的事情，所以当她试图分开我的双膝时，不得不打我的腿，就像她打佐津那样，我强忍眼泪、喉咙发干。她把一根手指伸进我的双腿之间，我觉得被弄痛了，不由得喊了起来。当她命令我穿上衣服时，我的感受跟一道挡住一整条河流的水坝没什么分别。可我担心如果佐津或我开始像小孩子那样啜泣，我们可能会给田中先生留下坏印象。

"两个小姑娘身子都不错。""烦躁夫人"对回到屋里的田中先生讲，"挺合适的。两个人都没给人碰过。大的那个命中带木太多。小的那个命中多水，不过挺漂亮，你说呢？她姐姐站在她身边就像个农妇！"

"我相信她们各自都有吸引人的地方。"他说，"我们出去边走边谈怎么样？让她俩在这里等我。"

田中先生关门出去后，我转身看见佐津坐在平台边缘，抬头望着天花板。由于她脸型的关系，眼泪流下来就会积在她的鼻翼上边，看到她难过的样子，我当即也禁不住大哭起来。我觉得自己对所发生的一切难辞其咎，于是我用上衣的一角替佐津擦脸。

"那个可怕的女人是谁？"她问我。

"她准是个算命的。大概田中先生想尽可能多地了解我们……"

"可是她凭什么用那么恐怖的方式查看我们！"

"佐津姐姐，难道你还不明白吗？"我说，"田中先生正打算收养我们呢。"

听了这话，佐津便开始眨眼，仿佛有小虫子爬进了她的眼睛。"你在说什么啊？"她说，"田中先生不可能收养我们。"

"爸爸这么老了……现在妈妈又病了，我想田中先生是在担心我们的未来。以后没有人照顾我们。"

佐津站着，她听了我的这番话非常激动。不一会儿，她眯起了眼睛，我看得出她正努力使自己相信没什么事能把我们带离醉屋。她要把我告诉她的事情挤出她的脑袋，就像把水从一块海绵里挤出去一样。慢慢地，她脸上的表情开始放松下来，她再度坐回到平台的边缘。过了一会儿，她四下打量起这间屋子，好像我们之间根本没有谈论过什么事情。

　　田中先生家位于镇边一条小巷的尽头。四周的一片松树林，闻起来同拍向我们家所在悬崖的大海的味道一样强烈。想到大海，想到我的生活环境将会换一种味道，我体会到一种可怕的空虚感，我不得不把自己从这样的空虚感中拉出来，就像你凝视悬崖后可能会往后退一样。田中先生的房子比养老町的任何一栋建筑都要气派，房子的大屋檐堪比我们村里的寺庙。田中先生进门时就把鞋子留在他脱下来的地方，因为有一个女佣来替他把鞋收到架子上。佐津和我没有鞋子好脱，但我正想往屋子里走时，感到背上被什么东西轻轻打了一下，一颗松果掉在我两脚间的木地板上。我转身看见一个跟我年纪相仿的小姑娘，留着一头很短的短发，跑去躲在一棵树后面。她探出头来冲我笑，露出门牙上一个三角形的缺口，然后又跑开了，边跑边回头看我，引我去追她。说来奇怪，此前我其实还从来没有会见另一个小姑娘的经验。当然我认识我们村里的女孩子们，但我们是一块儿长大的，所以我和她们在一起不可能有什么事能称得上"会见"。久仁子——田中先生的小女儿——从我见到她的第一刻起，就对我非常友好，这让我觉得自己或许能比较容易地从一个世界转到另一个世界。

　　久仁子穿的衣服比我精致多了，她还穿着草履；我是个乡下孩子，就光着脚跑进树林里追她，在一间由枯树上锯下的树枝搭成的游戏室前我赶上了她。她用石头和松果划分出不同的场所。在一块地方，她假装从一个破杯子里给我斟茶；在另一块地方，我们轮流照顾她的玩具娃娃——一个名叫太郎的小男孩，其实不过是一只塞着垃圾的帆布袋子。久仁子说太郎喜欢陌生人，但很怕蚯蚓；非常凑巧的是，久仁子也怕蚯蚓。当我们碰到一条蚯蚓时，久仁子一定要我在可怜的太郎大哭之前用手指把蚯蚓拣出去。

我很高兴能有希望和久仁子成为姐妹。事实上，这些大树和松木的香气——甚至是田中先生——所有这一切对我来说都没什么好比较的。田中先生这儿的生活和养老町的生活是如此不同，就像你闻到做菜时的味道和吃到满满一口美食之间的分别。

天色渐暗，我们在井边洗干净手脚，走进屋子，围着一张方桌坐在地板上。我惊讶地看到，我们将要吃的食物的热气升到我头上高高的天花板上的房椽之间，我们的脑袋上方还挂着电灯。房间里亮得惊人，我从来没见过这样的场景。很快，仆人们就把我们的晚饭端上来了——烤咸海鲈鱼，泡菜，汤和米饭——但我们刚开始吃饭，电灯就熄灭了。田中先生哈哈大笑，显然这种事情经常发生。仆人们赶紧点燃挂在四周木头三脚架上的灯笼。

我们吃饭时，谁也不多说话。我本来以为田中夫人光彩照人，但她看上去就像是老了的佐津，除了她笑得比较多之外。饭后，田中夫人和佐津开始玩轮盘游戏，田中先生起身，吩咐一个女佣取来他的和服外套。不一会儿，田中先生就走了，隔了不久，久仁子示意我跟她出门。她穿上草履，还把一双多余的借给我穿。我问她去哪里。

"安静！"她说，"我们去跟着我爸爸。他每次出去我都跟着他。这是一个秘密。"

我们走过小巷，转向去千鹤镇的大道，隔着一段距离跟在田中先生后面。几分钟后，我们就走在了镇上的房屋之间，然后久仁子握住我的手臂，把我拉到一条小街上。在一条位于两座房子中间的石板路的尽头，有一扇纸糊的窗户，里面透出亮光。久仁子把眼睛凑到窗户上的一个小洞上，它刚好位于她的视平线上。她朝里窥视时，我听见笑声和说话声，还听见有人和着三味线①的伴奏唱歌。终于，久仁子让到一边，使我得以把自己的眼睛凑到小洞上。由于一面屏风的遮挡，房间里面的一半我是看不到的，但能看见田中先生和三四个男人一起坐在垫子上。坐在他旁边的一个老男人在说故事，讲如何帮一个年轻女人扶梯子，然后在下面偷看她袍子里面的情形。每个人都在笑，除了田中先生，他直直地凝望着前方我所看不见的那部分房间。一位穿和服的老妇人给他送去一只玻璃杯，他举着杯子，老妇人就往里倒啤酒。田中先生让我觉得他就像是大海中的一座岛屿，因为除他之外的每个人都在津津有味地听那故事——甚至倒啤酒的老妇人也不例外——但田中先生只是盯着桌子的另一头看。我将目光从小洞上移开，问久仁子这是个什么地方。

"这是茶屋。"她告诉我说，"是艺伎招待客人的地方。我爸爸几乎每天晚上都会来这里。我不知道他为什么这么喜欢这里。女人们倒酒，男人们不是唱歌就是讲故事。最后每个人都喝醉。"

我又把眼睛放到小洞上，恰好看见墙上闪过一个影子，一个女人出现在我的眼前。她的头发上插着绿色柳条花的吊饰，身穿一件柔软的粉红色和服，上面布满了白花图案，好似有许多镂空。她腰上绑着的宽腰带则是橙色与黄色的。我还从未见过如此雅致的衣服。养老町的女人穿得再好也不过是一件棉布袍子，或一件印有简单蓝紫色图案的亚麻布袍。但是，不同于她的服饰，这个女人本身却一点儿也不好看。她的牙齿朝外暴出得太厉害了，以至于上下嘴

---

① 日本传统乐器，原来是与江户时代的歌舞伎和木偶戏一道使用的，由共鸣箱和带有三根线的琴杆组成。

唇都不能闭合，她的脑袋窄得让我怀疑她小时候是不是被两块板子夹过。你也许觉得我这样刻薄地形容她很残忍，但让我大惑不解的是，即使没有人会称她为美女，田中先生却对她目不转睛，就像是一块布被钩子钩住了似的。其他人都在笑，唯独田中先生依旧望着她，当她跪在他身边往他的玻璃杯里倒啤酒时，她抬头看着他，那种眼神表明他们互相很熟悉。

久仁子又凑到小洞上偷看了一会儿，然后我们两人回到她家，一起在松树林边上的浴缸里泡澡。天空中繁星密布，只是有一半被我头上的树枝挡住了。我倒是能一直坐在那里思考自己当天所见到的一切，以及我即将要面对的各种变化……但久仁子在热水里泡着泡着就困得不行，于是仆人们很快就来把我们弄出了浴缸。

当久仁子和我彼此的身体紧挨着、手臂互相缠绕在佐津旁边的床垫上躺下时，佐津已经在打呼噜了。一种温暖的愉悦感开始在我的体内膨胀，我轻声对久仁子说："你知道我将要来这里和你一起住吗？"我以为这条新闻会让她震惊到张开双眼，或者干脆坐起来。但这并没能让她从熟睡中醒来。她咕哝了一声，不一会儿她的呼吸就变得温暖而湿润，带着熟睡的鼻息。

第三章

回到家，母亲的病似乎在我出去的那一天里加重了。也可能只是我设法忘掉了她实际上病得有多重。田中先生家的房子闻上去有一股烟和松树的味道，我们家则满是母亲生病的气味，我甚至无法忍受去描述这种味道。佐津下午去村里干活了，因此杉井夫人来帮我给母亲洗澡。当我们把她抬出屋子时，我发现她的肋骨骨架竟然比她的肩膀还要宽，甚至连眼白都是浑浊的。我只能尽量回想过去的事情，否则就无法忍受看到她现在的样子，我想起在她还强壮、健康时，一次我和她一起洗完澡出来，水蒸汽从我们苍白的皮肤上升起来，我们就像是两根煮熟的萝卜。过去我经常用石头替母亲刮背，在我看来她的肌肉比佐津的还要紧实和平滑，我很难想象这个女人可能熬不过这个夏末就会死去。

那晚，我躺在床垫上，试图从各个角度去设想整个混乱的局面，尽量使自己相信事情总会好的。一开始，我先想到，没有了母亲，我们该怎么继续生活下去？即使我们能活下来，田中先生也收养了我们，我们自己的家会不会就不存在了？最后，我认定田中先生不仅会收养我和姐姐，还会收养我的父亲。毕竟，他总不能指望我父亲一个人生活吧。通常，我只有在确信全家将被收养之后，才能入睡，这样的结果就是那几个星期里我都睡得不多，早晨起来都是迷迷糊糊的。

一个烈日炎炎的上午，我去村里取了一包茶叶，回家的路上听到身后有一阵窸窣声。原来是杉井先生——田中先生的助手——正沿着小路跑上来。他追上我后，花了好一会儿才调整好呼吸，喘着粗气，手叉着腰，仿佛他是从千鹤镇一路跑过来的。虽然天气还没到很热的时候，他的脸却像一条嘧鱼①那样又红又亮。最后，他说：

"田中先生要你和你的姐姐……去村里……越快越好。"

那天早上父亲没有外出打鱼，我本来就觉得有点奇怪。现在我知道是怎么回事了，今天就是"那个日子"。

"那我父亲呢？"我问，"田中先生有没有提到他？"

"快去吧，小千代。"他对我说，"去把你的姐姐找来。"

我不喜欢这样，但还是朝山上的家跑去，到家后发现父亲坐在桌子边，正用一根手指的指甲抠挖一条木头缝里的污垢。佐津则在往炉子里添木炭条。他们两个人看上去似乎都在等待什么可怕的事情发生。

"爸爸，田中先生要佐津姐姐和我到山下的村子里去。"我说。

佐津脱下围裙，挂在一个钉子上，就走出门去了。父亲什么都没说，只是眨了几下眼睛，凝望着佐津刚才停留的地方。然后，他将目光重重地移到地板上，点了点头。我听见后屋传来母亲在睡梦中发出的喊叫。

我赶上佐津时，她几乎都快要进村了。我想象这一天已经几个星期了，但从没想到自己会感到如此害怕。佐津似乎没有意识到这次去村里会和前一天有什么不同。她甚至都没有把手上的炭黑洗掉；她还用手去抹头发，于是就在脸上留下了黑印。我不想她这样去见田中先生，便跑上去擦她的脸，我们的母亲可能就会这么做。佐津却把我的手推开。

---

① 一种产于热带海区的大型食用鱼。

在日本近海水产公司外面，我向田中先生鞠躬道早安，我以为他见到我们会很高兴。可是他却表现得异常冷淡。我想这其实是我得到的第一条线索，它暗示事态不会像我设想的那般发展。当他领我们上了他那辆马拉的货车后，我认为他大概是想把我们送到他的家里，以便他对我们宣布收养一事时，他的妻子和女儿可以在场。

"杉井先生会跟我一起坐在前面。"他说，"所以你和志津最好坐到后面去。"他就是那样说的："志津。"我觉得他搞错我姐姐名字的行为是非常粗鲁的，但姐姐似乎并没有注意到。她跑到车子的后部，在那些空鱼筐间坐了下来，一只手平平地搁在滑腻的木板上。之后她还用这同一只手拂开脸上的一个苍蝇，又在脸颊上留下了一块发亮的污迹。我不能像佐津那样对黏腻的东西无动于衷。我不能思考任何事情，只能想到周围的腥味，要是我们抵达田中先生的家后，能洗一下我的手甚至是我的衣服，那我该有多满足啊！

一路上，佐津和我都没有说一个字，直到我们登上了山顶俯视下面的千鹤镇时，佐津突然说：

"一列火车。"

我望出去，看见远处确有一列火车正朝镇上驶去。火车冒出的烟顺风飘去，那些烟让我联想到了蛇蜕下的皮。我觉得自己的念头很聪明，便试着向佐津解释，但她似乎并不感兴趣。我想，田中先生一定会欣赏我的想象的，久仁子肯定也会。我决定到了田中先生的家后就对他俩中的一个说说。

接着，我突然意识到我们根本不是在朝田中先生家的方向行进。

几分钟后，马车在镇外铁轨旁的一小块泥地上停住了。那儿站了一群人，他们周围堆放着麻袋和柳条箱。人群的一边，"烦躁夫人"正站在那里，身旁还站着个身穿僵硬和服、瘦得离谱的男人。他有一头猫毛般的柔软黑发，一只手拎着根绳子，绳子上面挂着一只布包。他给我的印象是和千鹤镇格格不入，尤其是同他身边带着柳条箱的农民和渔夫以及一个背着一袋山药的驼背老女人站在一起时。"烦躁夫人"对他说了几句话，当他转身审视我们时，我立刻断定自己很怕他。

田中先生把我们介绍给这个名叫别宫的男人。别宫先生什么话都没说，只是凑近盯着我看，他似乎还对佐津充满了疑惑。

田中先生对他说："我把杉井也从养老町带来了。你想要他跟着你吗？他认识这两个女孩子，我可以放他一两天假。"

"不，不需要。"别宫先生摆摆手说。

我当然没有料到会这样。我问我们要去什么地方，但似乎没人听到我说话，所以我只好自己给自己找一个答案。我断定"烦躁夫人"在田中先生面前说了一些我们的坏话，让田中先生不高兴了，于是那个瘦得出奇的男人——别宫先生计划带我们去别的地方进行一次更为全面的算命。之后，我们将被交还给田中先生。

正当我竭尽全力用这些想法安慰自己时，"烦躁夫人"露出一个开心的微笑，把佐津和我领到离泥土站台稍远的地方。当我们离站台远到别人不可能听见我们说话时，她的微笑就消失了，她说：

"现在听我说。你们两个都是淘气的女孩子！"她环顾四周确定没人在看我们后便敲打我们的头顶。她没有弄伤我，可我还是惊得大哭了起来。"如果你们做了什么让我难堪的事情，"她继续说，"我会让你们吃不了兜着走的！别宫先生是一个很严厉的人，你们必须留意他所说的一切！如果他命令你们爬到火车的座位底下去，你们就照做。明白了吗？"

从"烦躁夫人"脸上的表情来看，我知道我应该回答她，否则她就可能伤害我。可我当时震惊得说不出话来。随后正如我所害怕的那样，她伸出手来开始狠狠地掐我的半边脖子，我痛得甚至无法说出自己身上究竟是哪一部分受伤了。我感到自己好像是坠入了一个满是活物的大桶，浑身上下都给乱咬一气，我听到自己在啜泣。我所知道的下一件事情是田中先生站到了我们身边。

"这里是怎么回事？"他说，"要是你还有什么话对这两个女孩讲，就趁我站在这里时说吧。你没有理由这样对待她们。"

"我肯定我们还有许多事情要谈。可是火车快要来了。""烦躁夫人"说。这倒是真的：我能看见火车在不远处转了一个弯驶来。

田中先生把我们领回到站台上，农民和老女人们正在那里收拾起他们的东西。火车很快就在我们的面前停了下来。穿着僵硬和服的别宫先生插在佐津和我的中间，握着我们的手肘把我们领上了火车。我听见田中先生说了些什么，但我的脑子太混乱了，心情太沮丧了，没能理解那些话的意思。我不能相信我所听到的。他可能是说：

"我们会再见面的！"

或者是：

"等等！"

抑或是：

"行了，咱们走吧！"

当我往车窗外看时，我看见田中先生朝他的马车走回去，"烦躁夫人"用双手到处抚拭她的和服。

过了一会儿，我的姐姐说："小千代！"

我双手捂住脸。说实在的，如果能做到的话，我恨不得在火车的地板上打一个洞钻进去。姐姐的心情从她喊我名字的声调就可以知道了，她都无须再多说什么。

"你知道我们要去哪里吗？"她对我说。

我认为她所需要的回答仅仅是一个"是"或"否"。她大概也并不在乎我们的目的地是哪里——只要有人知道这是怎么回事就行了。但是，我当然也不知道。我问那个瘦男人，别宫先生，但他根本不理会我。他依然在盯着佐津看，就好像他从来没见过她那样的人似的。最后，他挤出一个厌恶的表情，说：

"鱼！臭死了，你们俩！"

他从他的抽绳包里拿出一把梳子，开始用梳子扯通佐津的头发。他肯定弄疼她了，但我能看出来，看着窗外掠过的乡村情景更让她觉得痛苦。不一会儿，佐津像孩子那样把嘴唇挂了下来，开始大哭。我看见她的整张脸都在颤抖，这比她打我、骂我更叫我难受。一切都是我的错。一个像狗那样暴着牙的老农妇走过来给了佐津一根胡萝卜，还问她去什么地方。

"京都。"别宫先生回答。

听了这话，我立刻担心得要死，我无法让自己再去注视佐津的眼睛。千鹤镇对我们而言已经是一个遥不可及的地方了，至于京都，这个地方在我听来就像是外国，譬如香港，甚至纽约，我曾经听三浦医生谈论过。我只知道一件事，在京都他们把小孩子养大了去喂狗。

我们在火车上待了很多个小时，没有东西吃。看见别宫先生从他的包里拿出一个荷叶卷，打开后里面是一个撒着芝麻的饭团，我的注意力肯定是被吸引住了。然而，当他用瘦骨嶙峋的手指捏着饭团塞进他那张讨厌的小嘴时，他看都没看我一眼，我觉得自己似乎再也不能忍受这样的折磨了。最后，我们在一个大城镇下了火车，我以为到了京都；但是过了一会儿，我们又登上了另一列进站的火车。这列火车才是送我们去京都的，它比我们乘的第一列火车拥挤多了，所以我们不得不站着。还没到京都，已经是傍晚时分，我觉得腰酸背痛，一块石头如果一天到晚被瀑布冲刷，肯定也是这种感觉。

我们驶近京都车站时，我只能看到一点点街景。但接着我瞥见许许多多的屋顶一直延伸到远方的山脚下，大为震惊。我从来没有想到一个城市可以如此巨大。甚至直到今天，从火车上看到的街道和建筑物还经常会让我想起初次离家时，自己在那不同寻常的一天所感受到的极度空虚与恐惧。

回想当初，1930年前后，京都依然有相当数量的人力车。事实上，那么多人力车在车站前排队等客，让我想象在这个大城市里没有人能不借助人力车去任何地方——我的想象和事实倒也相距不远。大约有十五或二十辆人力车停在那里，车把着地支撑着整辆车，车夫们蹲在附近要么抽烟要么吃东西，有一些车夫甚至直接躺在污秽的街道上，蜷着身子熟睡。

别宫先生再次牵着我们的手肘前行，好像我们是一对他从井边带回的水桶。他大概认为要是一放松我，我就会跑掉，其实我并不会那么做。无论他带我们去哪里，我都宁愿跟着他，这总比一个人被抛在一大片犹如海底那么陌生的街道和建筑物中好。

我们爬上一辆人力车，别宫先生紧紧地挤在我和姐姐中间坐下。他穿着和服的身体甚至比我猜测的还要瘦许多。随着车夫提起车把，我们都往后靠去，然后别宫先生说："富永町，祇园。"

车夫没吱声，只是猛地一拽把车拉动起来，然后开始小跑。过了一两个街区，我鼓足勇气问别宫先生："您能否告诉我们要去哪里？"

他看起来并不打算回答，可过了一会儿，他说："去你们的新家。"

听到这话，我的双眼充满了泪水。我听见佐津在别宫先生的另一侧哭泣，正当我自己也要哭出来时，别宫先生突然打了佐津，她则重重地喘了一口气。我咬紧嘴唇，立刻克制自己不要再哭，我觉得眼泪在沿着我的脸颊往下滑的过程中似乎自动止住了。

不久，我们转到一条有整个养老町那么宽的大街上。街上川流不息的人、自行车、小汽车和卡车让我几乎看不见街的另一边。之前我还从未见过小汽车，只在照片上见过它们，我记得自己惊呆了，觉得汽车太……"残酷"，在那种惊恐的状态下，我眼中的汽车似乎是为伤害人而非帮助人设计的。我全部的感官都受到了侵犯。卡车离我那么近地隆隆驶过，我都能闻到它们轮胎橡胶的焦味。我还听到一声可怕的尖叫，原来是街中心的一辆有轨电车发出的。

随着天色渐暗，我感到很害怕；不过，在我的一生中，再也没有比头一次见到城市灯光更令我震惊的事情了。除了在田中先生家吃饭的那一次，我从来没有接触过电。在这里，建筑物楼上楼下的窗口都亮着灯，人行道上的人们都站在黄色的光晕下面。我甚至能够看到街道远处的小东西。我们转到另一条街道上，前面有一座桥，我第一次见到了坐落在桥另一边的"南伊豆大戏院"。戏院铺瓦的屋顶是如此宏伟，我还以为它是一座宫殿。

最终，人力车转进一条两旁都是木屋的小巷。这些木屋彼此挨得很近，从正面看上去就像是连在一起——这又一次带给我那种可怕的迷失感。我看见穿着和服的女人们在小街上匆匆忙忙地跑来跑去。我觉得她们看上去非常优雅，虽然后来知道她们基本上都是女仆。

我们在一道门廊前停了下来，别宫先生命我下车。他跟在我后面爬了出来，接着，好像这一天还不够艰难似的，最糟糕的事情发生了。当佐津也试图下车时，别宫先生转身用他的长手臂把她推了回去。

"待在那儿。"他对她说，"你要去别的地方。"

我看着佐津，佐津看着我。这或许是我们第一次能完全理解彼此的感受。但这只持续了一刹那，因为接下来我所知道的事情就是我的眼睛里充满了泪水，几乎看不见东西。我感到自己被别宫先生往后拽；我听见女人的声音，还有一阵骚动。正当我挣扎着快要摔倒在街上时，佐津突然看到了我身后门廊里的什么东西，她惊讶地张大了嘴。

我处在一个狭窄的入口，入口的一边有一口古老的水井，另一边有一些植物。我是被别宫先生拖进去的，现在他又把我拉起来站好。在入口的台阶上，站着一个优雅美丽的女人，她正把脚滑进她那双上过漆的草履内，她身上穿的和服比我所能想象的任何东西都要漂亮。田中先生居住的千鹤镇上那个年轻的暴牙艺伎所穿的和服曾经让我念念不忘；但眼前的这件和服是水蓝色的，上面还有模仿溪水波纹的象牙色曲线，闪光的银色鳟鱼在水流里翻筋斗，水面上凡是嫩绿色的树叶能碰到的地方都有金色的涟漪。我毫不怀疑这件袍子是真丝织成的，绣着浅绿色和黄色图案的腰带也是丝的。她的服饰并非她身上唯一特别之处，她的脸上涂了一层浓重的白色，就像一堵被太阳照耀的云墙。头发梳成时髦的发髻，闪烁着黑色漆器般的光芒，发髻上点缀着由琥珀雕刻成的饰品和一根簪子，簪子上垂下来的纤细银链随着她的移动而闪闪发光。

这就是我第一眼看到的初桃。那时，她是祇园地区最有名的艺伎之一，当然我那时对此还一无所知。她是一个娇小的女子，她所梳发型的最高端也不超过别宫先生的肩膀。我太惊艳于她的外貌了，以至于忘记了自己的礼节——倒也不是说我已经养成了多好的礼貌习惯——我就那样直勾勾地盯着她的脸看。她朝我微笑，尽管不是很和气的样子。接着她说：

"别宫先生，待会儿你能否把垃圾带出去？我想出发了。"

入口处并没有什么垃圾，她指的是我。别宫先生说他以为有足够的空间让初桃小姐通过。

"你也许不介意离她那么近。"初桃说，"可我看到街的一边有垃圾时，我就会穿过去走另一边。"

突然，一个老女人出现在初桃身后的门廊里，她高个子，身上有许多疙瘩，就像是一根竹竿。

"我不明白人们怎么能忍受你，初桃小姐。"老女人说。可她还是示意别宫先生再次把我带到大街上去，别宫先生照做了。然后，她非常笨拙地往下走到门口——她一半的臀部撅向外面，这使她走路很艰难——穿过去走向墙壁上的一个小橱柜。她从里面拿出一块什么东西，我觉得像是打火石，还拿出一块类似渔夫用的磨刀石的长方形石头站在初桃的身后，用打火石敲击长方形的石头，弄出一小团火星跳在初桃的背上。我一点儿也不明白这是什么意思，但由此你可以知道，艺伎甚至比渔民还要迷信。一个艺伎从来不在晚上出门，除非有人在她背后弄出象征好运的火花。

初桃这才走出门，她走路的步幅小得看起来像是在滑行，只有和服的底部会有一点颤动。当时我并不知道她是一名艺伎，因为她比我几个星期前在千鹤镇所见到那个艺伎档次高太多了。我判断她一定是登台表演的。我们一起目送她飘然而去，然后别宫先生把我交给入口处的老女人。他爬回到人力车上和我姐姐坐在一起，车夫便抬起车把。不过我并没有看到他们走，因为我跌坐在门口痛哭。

那个老女人一定是同情我，因为我在那里痛苦地啜泣了好久都没有人来碰我。我甚至听见她让一个从里面走出来跟她说话的女仆别出声。最后，她把我扶起来，从她朴素的灰色和服袖子里取出一块手帕替我把脸擦干。

"行啦，行啦，小姑娘。不必这么担心。没有人要把你烧熟了。"她说话的口音同别宫先生和初桃一样奇怪，听上去跟我们村里人说的日语太不一样了，因而我理解她讲话有困难。可是不管怎么样，她是我那天碰到的说话最和气的人，所以我打定主意要照她说的做。她让我叫她阿姨。然后，她低下头来看我，一本正经地用一种低沉的声音说：

"天哪！那么惊人的眼睛啊！你是一个漂亮的女孩子，不是吗？妈妈一定会很兴奋。"

我立刻想到了这个女人的妈妈，无论她是谁，一定很老了，因为阿姨紧紧扎在脑后的头发大都已经灰白，只剩下几缕黑发。

阿姨领着我穿过门廊，我发现自己走在一条狭窄的走廊上，两边各有一栋建筑，走廊通向一个后院。两栋建筑中有一栋是座小小的宅子，就像我在养老町的家——两间房，地板就是泥地——这原来是女仆住的区域。另一栋建筑则是一幢雅致的小房子，盖在石头的基座上，这样猫就有可能爬到房子下面。两栋建筑之间的走廊是没有顶的，抬头就能看见黑夜，这让我感觉自己是站在一个很小很小的村子而非一幢房子里——尤其是因为我还能看见庭院尽头其他几幢小小的木头房子。当时我并不知道，在京都的这个区域，最典型的寓所就是这副模样。盖在庭院里的那些建筑虽然给人的印象是一组小房子，但其实仅仅是几个厕所和一间梯子摆在外面的两层储藏室。整个寓所的占地面积比田中先生在乡下的房子还要小，只能容纳八个人。或者应该说是九个人，既然我已经到了这里。

我搞清楚了所有这些小建筑的奇特布局后，注意到了那幢主楼的雅致。在养老町，木建筑都更接近灰色而不是棕色，还会遭到咸湿空气的侵蚀。可是在这里，木头地板和横梁在黄色的电灯光照耀下都闪烁着光芒。通往前厅的走道上有几扇由纸屏风组成的移门，还有一段直直向上的楼梯。有一扇门开着，我可以看见里面的一个木头橱柜及上面的佛龛。主楼里的房间是供家里人使用的——也包括初桃，尽管我后来得知她根本不是这个家的一员。当家里人要去庭院时，不会像仆人那样走那条泥土走廊，在房子的一边她们有一条铺着抛光木地板的专用坡道。甚至连她们的厕所也是独立的——楼上的归家里人用，楼下的给仆人用。

这些事情大部分都有待我自己去发现，尽管我在一两天内就能弄明白。我在走廊里站了很长时间，纳闷这是个什么地方，心里感到很害怕。阿姨去了厨房，正在用嘶哑的嗓音跟某人说话。终于那个人出来了，原来是一个年纪跟我差不多的小姑娘，她提着一个装满水的木桶，因为桶太重了，她把一半的水都泼在了泥地上。她身体很瘦，脸庞却是肉鼓鼓的，几乎呈滚圆形，所以在我看来她就像是一只西瓜立在一根棍子上。她竭尽全力提着那桶水，舌头吐在嘴巴外面，就像是南瓜顶部长出的瓜藤。后来我很快便知道，吐舌头是她的习惯。她在搅拌味噌汤时吐舌头，在盛米饭时吐舌头，甚至在系袍结时也吐舌头。她的脸真的是非常胖乎乎、软嘟嘟，吐在外面的舌头又像南瓜藤，于是我在几天内就给她起了个绰号叫"南瓜"，接着每个人都这么叫她——甚至多年之后，当她成了祇园里的艺伎，她的许多顾客也叫她"南瓜"。

"南瓜"走近我放下水桶，缩回舌头，然后一边把一绺头发拂到耳朵后面，一边上上下下打量我。我以为她会说些什么，可她只是看着我，似乎还打不定主意是否要咬我一口。真的，她确实看上去很饿，后来她终于倾过身来对我耳语道：

"你究竟是从哪里来的？"

我认为告诉她我是从养老町来的也没什么用；她的口音跟其他人一样，听起来很奇怪，我敢肯定她不会知道我们村的名字。所以我只是说，我刚到。

"我还以为再也不会见到跟我同样年纪的女孩子了。"她对我说，"不过，你的眼睛是怎么回事？"

就在这时，阿姨从厨房出来了，她把南瓜赶走后，提起水桶，拿了一块布，把我领到院子里。院子里长满了苔藓，看上去很漂亮，有一排踏脚石通往后面的储藏室；但院子里的气味很可怕，因为院子一边的那些小棚子是厕所。阿姨叫我脱掉衣服。我很怕她也会对我做一些"烦躁夫人"做过的事情，但她只是把水从我的肩膀上方泼下来，并用那块破布擦洗我的身体。之后，她给我一件袍子，只是一件印有简单的深蓝色图案的粗布衣服，但它肯定比我以前穿过的任何衣服都要考究。一个老女人（我后来才知道她似乎是厨子）跟几个年长的佣人一起跑到走廊里来看我。阿姨告诉她们说，改天她们有的是时间看我，便把她们打发回各自的工作岗位。

"好了，听着，小姑娘。"当只剩下我们两人时，阿姨对我说，"我连你的名字都不想知道。上次来的小女孩，妈妈和奶奶都不喜欢，所以她只在这里待了一个月。我太老了，不能总是去记新名字，所以等她们决定留下你时再说吧。"

"要是她们不愿留下我，那会怎么样？"我问。

"她们肯收留你的话，对你比较有利。"

"我能否问一下，夫人……这是个什么地方？"

"这里是一家艺馆。"她说，"就是艺伎居住的地方。如果你努力干，你自己长大后也会成为一名艺伎。不过你下周是不可能达成目标的，除非你很听我的话，因为妈妈和奶奶马上就要下楼来看你了。她们最好能喜欢所看见的东西。你的任务就是尽可能深地鞠躬，并且不要用眼睛去直视她们。年老的那个，我们叫她'奶奶'，她一辈子都没喜欢过什么人，所以不要担心她说的话。要是她问你一个问题，看在老天爷的分上，连答都甭答！我会代你回答的。你需要讨好的是妈妈。她不是坏人，但她只关心一件事。"

我还没机会弄明白妈妈唯一关心的究竟是什么事，就听见一阵嘎吱声从前面的门厅传来，很快走道上便有两个女人飘然而至。我不敢看她们。可我在眼角的余光里瞥见的身影让我联想起两捆华丽的丝绸漂浮在溪水上。不一会儿，她们就出现在我前面的走道上，坐下来，各自抚平她们膝盖处的和服。

"梅子！"阿姨喊道——这是厨娘的名字——"给奶奶沏茶。"

"我不想喝茶。"我听见一个气呼呼的声音说。

"行了，奶奶。"一个更加刺耳的声音说，我想那一定是妈妈，"你不必非要喝它。阿姨只是想让您舒服一点儿。"

"我这身老骨头是不可能舒服的。"那个老女人抱怨道。我听见她吸了一口气，又说了些什么，但阿姨打断了她。

"这是新来的姑娘，妈妈。"她说着轻轻地推了我一下，我估计这是让我鞠躬的信号。我屈膝跪下，尽量向下鞠躬，我离地近得都可以闻到从地基底下冒出来的霉味。然后我又听见了妈妈的声音。

"起来，走近点。我想要看看你。"

我走近她后，她肯定会再对我说些什么，可她只是从折起来的和服阔腰带里取出一只烟斗，烟斗的一端是一个金属钵，长长的烟管是竹子做的。她把烟斗放在自己身边的走道上，接着从袖袋里拿出一个抽绳的绸袋，从中取出一大撮烟丝。她用她那被熏成烤甘薯似的焦黄色的小拇指把烟丝压实，然后把烟斗放进嘴里，从一个小小的金属火柴盒里取出一根火柴点燃了烟斗。

这会儿，她才第一次仔细瞧我，她吞云吐雾的时候，她身边的老妇人则叹着气。我不敢直视妈妈，但我觉得她脸上冉冉升起的烟仿佛是从地面缝隙里冒出的蒸汽。我对她很好奇，眼睛开始自说自话地在她身上扫来扫去。我越看她，越觉得着迷。她的和服是黄色的，上面绣着的柳条还带着可爱的绿色和橘色的树叶；和服的面料是丝质薄纱，精致得犹如一张蜘蛛网。她腰带的每一寸都让我惊艳。腰带也是可爱的薄纱质地，但颜色比较浓重，赤褐色和棕色的底子上织满了金线。我越看她的服饰，越不觉得自己是站在一条泥土走廊上，也越不去想我的姐姐怎么样了——我的妈妈和爸爸怎么样了——我又会变成什么样。这个女人穿的和服的每一处细节都足够让我浑然忘我。然后我却被粗暴地震醒了：因为在她美丽的和服领子上面竟然是一张与服饰极不相衬的脸，那情形，就好像我本来拍着一只小猫的身体，然后突然发现猫咪长了一个牛头犬的脑袋。她的长相极其丑陋，虽然如我所料，她要比阿姨年轻许多。有些意外的是，妈妈实际上是阿姨的妹妹——尽管她们之间以"妈妈"和"阿姨"相称，就跟艺馆里其他人称呼她们的方式一样。事实上，她们也不真是我和佐津那样的亲姐妹。她们并非出生在同一个家里，可是奶奶同时收养了她们两个人。

我恍恍惚惚地站在那儿，有太多的念头在脑海里闪过，最后竟做了那件阿姨吩咐过我不能做的事情。我直勾勾地盯着妈妈的眼睛看。我这么干的时候，她把烟斗从嘴里拿了出来，这使她的嘴巴张着像一扇天窗。尽管我明白自己无论如何也应该让目光再度下移，可她的那双眼睛是那么古怪，我被它们的丑陋惊呆了，什么也做不了，只能站在那里瞪着它们。她的眼白不是清澈的白色，而是呈一种恶心的黄调子，这让我立刻想到了小便后没冲洗的厕所。她的眼睛周围不但眼皮粗糙，还积着一堆不透明的眼屎，所有的眼周肌肤都松弛了。

我把目光往下移到她那依旧张得很大的嘴巴。她脸上皮肤的颜色很杂，眼睑边缘像一块肉那么红，牙龈和舌头却是灰色的。她的每一颗下牙都像是固定在牙龈上的一个小血池子里，这让她的脸显得更为恐怖。我后来得知这是妈妈多年来在饮食中缺乏某种物质造成的。但我禁不住感到，我越看她，越觉得她像一棵开始掉叶子的树。她的整体形象让我如此震惊，我觉得自己一定是后退了一步或重重地喘了一口气，因为她突然之间用她那刺耳的嗓音对我说：

"你在看什么！"

"非常对不起，夫人。我在看您的和服。"我告诉她，"我还从来没有看见过这样的东西呢。"

这一定是正确的答案——如果存在一个正确答案的话——因为她发出了一个算是笑的声音，尽管那听上去像咳嗽。

"那么你喜欢它，是吗？"她说着继续咳嗽，或者说是继续笑，我不能分辨到底是哪一种情况。"你知不知道它值多少钱？"

“不知道，夫人。”

“比你值钱，那是肯定的。”

这时，女仆端着茶出现了。女仆上茶的时候，我趁机偷看了奶奶一眼。相对而言，妈妈偏丰满，手指粗短、脖颈肥硕，奶奶则又老又干瘪。她至少和我的父亲一样老了，但看上去就像是花了一辈子时间使自己集万千讨厌于一身。她的灰头发让我想起一团缠结在一起的丝线，我可以透过它们看到她的头皮。连头皮都让人看得很不舒服，因为年纪大了，头皮上有一块块呈红色或棕色的地方。她倒没有在皱眉头，可她的嘴巴却自然会让一种不悦之情呈现在她的脸上。

她在开始说话前深吸了一口气，然后在呼气的同时咕哝道："我难道没有说过我不要喝茶吗？"说完之后，她又是叹气又是摇头，接着对我说："你多大了，小姑娘？"

“她是猴年生的。”阿姨代我回答。

“那个愚蠢的厨娘也是属猴的。”奶奶说。

“九岁。”妈妈说，“你觉得她怎么样，阿姨？”

阿姨在我面前踱来踱去，还把我的头往后推好看清我的脸："她命中多水。"

“漂亮的眼睛。”妈妈说，“你看到了吗，奶奶？”

“我觉得她看上去像个傻瓜。”奶奶说，“不管怎么样，我们不需要再有一只猴子了。”

“哦，我肯定您是对的。”阿姨说，“她大概就像您说的那样。可我觉得她看起来像是一个非常聪明的姑娘，挺能随机应变，您能从她耳朵的形状上看出来。”

“命里有那么多水。”妈妈说，“她大概能在一场火烧起来之前就闻到火的气味。那不好吗，奶奶？您以后就不必再担心我们的贮藏室着火烧掉我们所有的和服了。"

我后来才知道，奶奶怕火比啤酒怕一个干渴的老男人还厉害。

"无论如何，她还是挺漂亮的，你不觉得吗？"妈妈又加了一句。

"祗园里漂亮的姑娘太多了。"奶奶说，"我们需要的是一个聪明的女孩，不是一个漂亮的女孩。那个初桃和她们来时一样漂亮，但她看上去却像个笨蛋！"

说完奶奶便站起来，在阿姨的帮助下沿通道往回走了。虽然我得说阿姨的步态非常笨拙——因为她的一半屁股比另一半向外翘出许多——但确实很难说这两个女人中哪一个走路更轻便。不久，我听见前厅处的移门被拉开又关上，接着阿姨回来了。

"你长虱子吗，小姑娘？"妈妈问我。

"不长。"我说。

"你得学会说话更有礼貌。阿姨，麻烦你修剪一下她的头发，为了保险起见。"

阿姨唤来一个佣人，让她去拿大剪刀。

"好吧，小姑娘。"妈妈告诉我说，"你现在是在京都了。你得学会举止得体，否则就要挨打。在这儿是由奶奶来打的，所以你会很惨。我给你的忠告就是：卖力干活，千万不要擅自离开艺馆。照吩咐做事；不要搞出太多的麻烦；从现在起再过两三个月，你可能开始学习作为一名艺伎的技艺。我不是把你带来这儿做女仆的。如果变成那样，我就把你扔出去。"

妈妈抽着她的烟斗，目光始终盯着我。我不敢动弹，直到她发了话。我不禁想，我姐姐这会儿是否也在这个可怕城市的某个地方，在另一座房子里站在另一个冷酷的女人面前。突然之间，我的脑海里又闪现出我那可怜的病母的形象，我仿佛看见她正用一个手肘把自己从垫子上撑起来，四处张望看我们去哪里了。我不想让眼前的"妈妈"看到我哭泣，可是眼泪却在我想出止住它们的办法之前就充盈了我的眼眶。泪眼婆娑中，"妈妈"的黄色和服也变得越来越柔和了，并逐渐幻化成一团闪光的东西。然后，她喷出一口烟，一切又消逝得干干净净。

第四章

在那个陌生地方的最初几天里，我觉得即使失去双臂和双腿，也要比失去家庭、远离自己家要好受些。我毫不怀疑，生活再也不会和过去一样了。我所能想到的一切只有我的困惑与苦难。日复一日，我都在想自己何时能再见到佐津。我没了父亲，没了母亲——甚至连我过去一直穿的衣服也没有了。然而，过了一两个星期，最让我惊讶的事情倒是我竟然熬过来了。我记得有一次我在厨房里把碗擦干，突然觉得极度茫然，不得不停下正在做的事情，盯着自己的双手看了好长时间，因为我实在无法理解这样一个事实：这个正在把碗擦干的人就是我。

妈妈告诉过我，如果我努力干活、表现良好，几个月内就可以开始受训。我从南瓜那里得知，开始受训意味着去位于祇园另一区的一所学校上音乐、舞蹈和茶道等课程。所有学习成为艺伎的女孩子都在这同一所学校上课。我相信当自己最终被允许去学校时，我会在那里找到佐津；所以到了第一周的周末，我就决定要像一头被绳子牵着的母牛那样顺从，希望妈妈能马上把我送去学校。

我要干的大多数杂务都是很简单的。早晨我要把床垫收起来放好，打扫房间，清扫泥土走廊，等等。有时，我也会被打发去药剂师那里取给厨子治疗疮用的药膏，或去"四条大街"上的一家商店买阿姨特别爱吃的脆米饼。幸运的是，最糟糕的工作，比如打扫厕所，都由一个年长的女佣负责。然而，尽管我竭尽全力拼命干活，我似乎从来没能像自己所希望的那样给人留下好印象，因为我每天需要做的杂务超出了我所能完成的量，而且奶奶总是让情况变得更糟。

照顾奶奶其实并不是我的职责——至少阿姨在分配工作给我时没有提过。但是奶奶唤我时，我又不能对她置之不理，因为在艺馆里她的辈分最高。例如，有一天，当我正要把茶端到楼上给妈妈时，我听见奶奶喊道：

"那个女孩子在哪里！去把她叫到这里来！"

我不得不放下妈妈的茶盘，立刻奔到奶奶正在吃午饭的那个房间。

"难道你不知道这屋里太热吗？"我屈膝跪下朝她鞠躬后，她对我说，"你早应该来这里打开窗户了。"

"对不起，奶奶。我不知道您觉得热。"

"难道我看上去不热吗？"

她正在吃米饭，有几颗饭粒粘在她的下嘴唇上。我觉得她看上去不是热，而是让人作呕，但我还是径直走到窗边打开了窗。我一把窗打开，就有一只苍蝇飞了进来，开始围着奶奶的饭菜嗡嗡打转。

"你是怎么回事？"她一边说一边挥舞着筷子驱赶苍蝇，"别的女仆都不会在开窗时让苍蝇飞进来！"

我向她道歉，说我会拿个苍蝇拍来。

"把苍蝇拍进我的食物里？噢，不，你不能那么做！你就站在这里替我赶苍蝇，等我把饭吃完。"

所以我不得不站在那里伺候奶奶吃饭，还要听她对我唠叨当她才十四岁时，在一场赏月舞会上，伟大的歌舞伎演员市村羽左卫门（第十四代）[1] 曾牵过她的手。等我终于可以离开时，妈妈的茶早就

---

[1] 市村羽左卫门，日本歌舞伎演员，艺名今传至十七代，剧团名橘屋，历代均为市村座的座主。

冷得不能送上楼了。厨子和妈妈都很生我的气。

事实是，奶奶不喜欢一个人待着。即使是她上厕所的时候，她也会让阿姨站在门外面拉着她的手，帮她蹲着时保持平衡。由于臭气太浓烈了，可怜的阿姨拼命把头偏向远离厕所的方向，几乎快要把脖子拧断了。我没有这么倒霉的任务，可奶奶还是经常在她用一个小银勺挖耳朵时，叫我去替她按摩，替她按摩的活儿远比你想象的要苦。第一次，当她解开袍子，把它从肩膀上拉下来时，我几乎恶心得要吐了，因为她肩膀和脖子上的皮肤疙疙瘩瘩，颜色蜡黄，就像活鸡的皮肤。我后来知道，她的皮肤问题是她在做艺伎时用的一种我们称之为"瓷土"的白色化妆品造成的，那种东西的主要成分就是铅。一来瓷土是有毒性的，另一部分原因可能是奶奶在使用时调配不当。此外，奶奶年轻的时候还经常去京都北边的温泉泡澡，这本来是好事，可是以铅为基础原料的化妆品很难清洗干净，残留的铅和温泉水中的某种化学物质结合在一起就会变成一种伤害她皮肤的染料。奶奶不是唯一一个受这个问题折磨的人。甚至在第二次世界大战的最初几年里，你依旧能在祇园的街上看到许多老年妇女松弛的脖子皮肤是呈蜡黄色的。

来到艺馆大约三周后的一天，我比平时晚了好一会儿才上楼去整理初桃的房间。我很害怕初桃，尽管我几乎不太见得到她，因为她的生活很忙。要是她发现我一个人待着，我真不知道会发生什么，所以我总是尽量在她离开艺馆去上舞蹈课的那段时间里打扫她的房间。不幸的是，那天早晨奶奶让我做了很多事，等我忙完已经快到中午了。

初桃的房间是艺馆里最大的，占地面积比我在养老町的整个家都大。我一直想不通为什么她的房间要比别人的大那么多,直到一个年长的佣人告诉我,尽管现在初桃是艺馆里唯一的艺伎,可过去却有三四个之多,她们一起睡在那个房间里。也许初桃是一个人住的,但屋里却乱得好像有四个人住一样。那天我上楼进了她的房间,除了常有的杂志到处乱扔,梳子遗落在靠近她小梳妆台的垫子上之外,我还在桌子底下发现了一粒苹果核以及一只空的威士忌酒瓶。窗户敞开着,挂着她前一晚穿的和服的木架子一定是被风吹倒的——也有可能是她喝醉酒上床前把它踢倒了又懒得扶起来。通常这个时候阿姨已经把和服取走了,因为她在艺馆里负责照管服装,但出于某种原因,那天她还没有把和服拿走。正当我要把木架子扶起来的时候,门突然滑开了,我转身看见初桃站在那里。

"哦,是你啊。"她说,"我以为自己听见的是一只小老鼠或别的什么玩意呢。我知道是你一直在整理我的房间!你是那个一直重新摆放我所有的化妆品罐子的人吗?你为什么非要那样做?"

"我很抱歉,夫人。"我说,"我移动它们只是想擦下面的灰尘。"

"但是如果你碰了它们,"她说,"它们就会沾上你的味道。然后男人们就会对我说,'初桃小姐,为什么你臭得像一个从渔村里来的无知女孩?'我肯定你明白那个,不是吗?不过为了保险起见,还是让你把它重复一遍说给我听吧。为什么我不想让你碰我的化妆品?"

我几乎无法让自己说出口。可最后我还是回答她说:"因为它们会沾上我的味道。"

"很好!那男人们又会说什么呢?"

"他们会说,'喔,初桃小姐,你闻起来就像一个从渔村来的女孩。'"

"嗯……你说这些话的方式有点让我不喜欢。不过我想这也够了。我就是不明白为什么你这种从渔村来的女孩子闻起来都那么臭。前几天你那个丑姐姐来这里找过你，她身上的臭气几乎和你一样重。"

之前我的眼睛一直盯着地板，不过当我听到这些话时，我直直地注视着她的脸，想搞清楚她告诉我的是不是真话。

"你看上去是那么惊讶！"她对我说，"难道我没有提过她来这里了吗？她想让我给你带个口信，告诉你她住在什么地方。她大概是想让你去找她，然后你们两个人可以一起逃跑。"

"初桃小姐——"

"想让我告诉你她在哪里？那么，你必须靠自己来赚得这个信息。等我想好了要你怎么做，我会告诉你的。现在你给我出去。"

"初桃小姐，我知道你不喜欢我。"我说，"如果你能好心把我想知道的告诉我，我保证再也不来烦你。"

初桃听了这番话，看上去很高兴，她朝我走来，脸上写着明显的喜悦。老实说，我还从来没有见过比她更光彩照人的女人。有时街上的男人们会停下步子，把烟从嘴里取下来，然后凝视着她。我以为她会走过来在我耳边低语，可她站在我面前微笑了一下后，竟拔出一只手来给了我一记耳光。

"我跟你说了让你离开我的房间，不是吗？"她说。

我惊呆了，根本不知道该如何回应。可我一定是跌跌撞撞地走出了房间，因为下一件我清楚的事情是，我跌坐在走廊的木地板上，一只手捂着脸。不一会儿，妈妈的房门滑开了。

"初桃！"妈妈说着走过来扶我站起来，"你对千代做了什么？"

"她说想要逃跑,妈妈。我觉得最好由我来替您捆她。我想您大概忙得没工夫亲自修理她。"

妈妈唤来一个女仆,让她拿几片新鲜的生姜来,然后她把我领进她自己的房间,让我坐在桌边,等她打完一个电话。艺馆里唯一一部可以打到祇园外的电话就安装在她房间的墙上,而且不允许其他人使用。她把听筒放在一个架子上,当她重新拿起它时,粗短的手指把它握得那么紧,我觉得快要有液体被她从听筒里挤出来、滴到垫子上了。

"对不起。"她用刺耳的嗓音对着话筒说,"初桃又在乱捆女仆了。"

在艺馆最初的几个星期里,我对妈妈怀有一种莫名的感情——类似一条鱼对一个从它嘴巴上摘下鱼钩的渔夫的感情。这大概是因为我每天只在打扫她房间的时候,见到她不超过几分钟的时间。她总是在那儿,坐在桌子边,通常面前都摆着一本从书橱里拿出来的翻开的账本,她边看边用一只手的手指拨着算盘上的象牙珠子。她也许能有条理地管理她的账本,可在其他所有的方面,她甚至比初桃还要粗心大意。每次她"嗒"的一声把烟斗放在桌上时,星星点点的烟灰和烟丝就会飞出来,她就任它们留在那里。她不喜欢别人碰她的床垫,甚至不喜欢换床单,所以整个房间闻起来就像是一块脏抹布。由于她吸烟的缘故,窗户上的纸屏风也被熏得脏极了,这使整个房间显得阴沉沉的。

妈妈继续打电话的时候,一个年长的女仆拿了几片新切的生姜进来,让我敷在脸上刚刚被初桃捆的地方。开门关门的动静吵醒了妈妈的小狗"多久","多久"长了一张大扁脸,"多久"脾气很坏。它在生活中似乎只有三项娱乐活动——吠叫、打呼噜和咬那些试图抚摸它的人。女仆离开后，"多久"爬过来躺在我的身后。这是它的小花招之一：它喜欢让自己待在我可能不小心会踩到它的地方，等我万一真踩了它，它就会立刻扑上来咬我。我开始感觉自己像是一只被移门夹住的老鼠，置身于妈妈和"多久"之间，当妈妈终于挂上电话坐到桌子边上时，她用她那双黄眼睛望着我，最后说：

"现在你听我说，小姑娘。也许你听见初桃在说谎。然而，她说谎可以没事并不表示你也可以。我想知道……她为什么打你？"

"她要我离开她的房间，妈妈。"我说，"我十分抱歉。"

妈妈让我用标准的京都口音把话从头到尾再说一遍，我发现这做起来很困难。当我终于说得足够好、令她感到满意时，她继续说道：

"我想你还不明白你在艺馆里的工作。我们所有的人都只关心一件事情——那就是我们如何能帮助初桃成为一名成功的艺伎。连奶奶也是如此。你或许觉得她是一个麻烦的老女人，但她真的把她全部的时间都用来想办法帮助初桃。"

我一点也不能理解妈妈在说什么。说老实话，我觉得她都不可能骗一个脏兮兮的流浪汉去相信，奶奶还会在任何方面对什么人有帮助。

"如果一个像奶奶这样德高望重的长者也整天辛勤地工作，好使初桃轻松些，那想一想你干活得多努力才行啊。"

"是的，妈妈，我会继续拼命干活的。"

"我不想再听到你惹初桃生气了。其他的小姑娘都能避让着她，你也可以做到的。"

"是的，妈妈……但在我走之前，我能否问您件事？我一直在想是否有人知道我姐姐在哪里。您知道的，我一直希望能送张条子给她。"

妈妈有一张怪异的嘴,对她的脸而言她的嘴巴实在是太大了,而且很多时候它都是张着不闭上的;可是现在她的嘴巴以一种我之前从来没见过的方式动了一下,她把上下两排牙齿紧咬在一起,仿佛是想让我好好看看它们。这是她微笑的方式——尽管我直到她开始发出那种咳嗽的声音时才意识到她是在笑。

"我凭什么要告诉你这样一件事情呢?"她说。

这之后,她又咳嗽着笑了几声,然后挥手示意我应该离开房间。

我走出房间,阿姨正在楼上的客厅里等我干活。她给我一个水桶,让我爬上一架梯子穿过天窗到屋顶上去。屋顶的一个木头支架上放着一个收集雨水的箱子。雨水在重力作用下往下流,冲刷二楼妈妈房间附近的一个小厕所,当时我们还没有水管设备,连厨房里也没有。那段时间天气很干燥,厕所就开始发臭了。我的任务就是把水桶里的水倒进水箱,好让阿姨能冲几次厕所,把它清洗干净。

我感觉屋顶上的那些瓦片在正午太阳的照耀下烫得就像烧热的平底锅。我从桶里往外倒水时,不由得想起了我们村子后面海边的池塘,里面的水很凉,我们以前常去那儿游泳。几个星期前我还在那个池塘里游过泳,可是现在那情景似乎离我已经很遥远了,我脚下是艺馆的房顶。阿姨叫我下来前把瓦片间的杂草拔掉。我眺望出去,看到城市被一片朦胧的暑气笼罩着,环绕我们四周的小山像是监狱的围墙。某个屋顶下,我的姐姐大概也像我一样正在做家务。我想着她,一不小心撞到了水箱,里面的水泼溅出来,流到了街上。

我来到艺馆大约一个月后，妈妈通知我说该是开始上学的时候了。第二天早晨，我先要跟着南瓜去学校拜见老师们。之后，初桃会带我去一个叫"登记处"的地方，我过去从没听说过那个地方，接着在下午的晚些时候，我将观摩初桃化妆和穿和服的过程。这是艺馆里的传统，一个年轻的女孩子在开始受训的那天都要以这种方式观察一名最资深的艺伎。

当南瓜听到她将在第二天早晨领我去学校时，她变得非常紧张。

"你必须准备好一醒来就出发。"她告诉我，"要是我们迟到了，我们还是让自己在阴沟里淹死算了……"

我已经看到过南瓜每天早晨连滚带爬地离开艺馆，因为时间太早，她的眼睛都还是肿肿的，而且她出门时经常是一副快要哭的样子。事实上，当她穿着木鞋啪嗒啪嗒走过厨房的窗子时，我有时就觉得听到了她的哭声。她上课成绩不佳——实际上是一点也不好。她比我早来艺馆将近六个月，可她在我到达后的一个星期左右才刚开始上学。多数时候，她中午时分从学校回来，就立刻躲进女仆们住的房间，这样就没人会看见她沮丧的样子。

第二天早晨我比平时醒得还要早，我头一次穿上了蓝白两色的学生袍。学生袍不过是一件没有衬里的棉布衣服，上面点缀着一些孩子气的方格图案，穿上它我肯定自己看上去也不会比客栈里穿着浴袍走去洗澡的客人更优雅。可我之前连这样的衣服都从来没有穿过。

南瓜带着忧虑的神情在门口等我。我刚想把脚滑进鞋子里，奶奶又叫我去她的房间。

"别去！"南瓜压低声音说，她的脸像融化的蜡那样耷拉下来，

"我又要迟到了。我们快走吧，就假装没听见她喊你！"

南瓜的建议正中我的下怀，但是奶奶已经站在她房前的走廊里隔着门厅对我怒目而视了。还好，奶奶只耽搁了我刻把钟，可南瓜已经是满眼泪水了。我们终于出发了，南瓜立即开始健步如飞，我几乎跟不上她。

"那个老女人太让人吃不消了！"她说，"她叫你替她揉过脖子后，你一定要把手在盐里放一会儿。"

"为什么我要那么做？"

"我妈妈从前跟我说过，'灾祸是通过接触在世上传播的'。我也知道这是真的，因为我妈妈一天早晨在路上与恶魔擦了一下，后来她就死了。要是你没有把手弄干净，你会变成一团皱巴巴的老泡菜，就跟奶奶一样。"

南瓜和我是同龄人，在生活中又同处于一个特殊的位置，我相信如果可能，我们一定会经常在一起聊天。但繁重的家务让我们都太忙碌了，我们几乎连吃饭的时间都没有——南瓜比我早吃饭，因为她在艺馆的资格比我老。我在前面提到过，我知道南瓜比我早来六个月。但关于她的其他事情我知道得很少，所以我问她：

"南瓜，你是京都人吗？你的口音听起来像是京都人。"

"我出生在札幌。可是我五岁的时候，妈妈就死了，爸爸把我送来这边跟一个叔叔一起住。去年我叔叔失业了，我就来了这里。"

"你为什么不跑回札幌去呢？"

"我爸爸受了诅咒，去年死了。我不能逃跑，没有地方可去。"

"等我找到我的姐姐，"我说，"你可以跟着我们。我们一起逃走。"

考虑到南瓜上课那么费劲，我原以为她会很高兴听到我的提议。可她什么话都没说。这时我们已经到了"四条大街"，我俩默默地穿马路。那天出了火车站，别宫先生就带着佐津和我来过这条大街，当时街上拥挤极了。现在是一大清早，我只看见远处有一辆街车，还有一些骑自行车的人散布在各处。我们到了街的另一边后，拐进了一条窄路，然后南瓜自我们离开艺馆后第一次停下了脚步。

"我叔叔是一个很好的人。"她说，"他把我送走前，我听他说的最后一件事情就是，'有些女孩子是聪明的，另一些是笨的。你是个善良的姑娘，但属于笨的那一群。你不能靠自己在这个世界上生活。我将把你送去一个地方，在那里会有人告诉你做什么。按他们说的做，你就会一直得到照顾。'所以如果你想跑出去靠自己生活，小千代，你就去吧。但是我，我已经找到了度过我一生的地方。我会拼命干活，这样他们就不会把我送走了。我宁愿跳崖自尽也不愿毁掉成为一个像初桃那样的艺伎的机会。"

说到这儿，南瓜自己顿住了。她望着我身后地面上的某样东西。"噢，我的老天，小千代。"她说，"那东西不会让你觉得饿吗？"

我转过身，发现自己恰好对着另一家艺馆的入口。门里面的一个架子上摆着一个小型的神道佛龛和一块作为供品的甜米糕。我怀疑这就是南瓜看见的东西，可她的眼睛却始终盯着地板。通往内门的石径上长着一些蕨草和苔藓，可我没看见那里有任何别的东西。接着，我的目光落到了南瓜所说的那样东西上。在入口外面，就在街道的边缘上，躺着一根烧烤叉，上面留着一小块碳烤乌贼鱼。小贩们常在晚上推着小车卖烤物。烧烤用的甜酱汁的气味对我而言是一种折磨，因为像我们这样的女佣，多数时候只能吃到米饭和泡菜，一天能喝上一顿汤，一个月两次能吃到一点点鱼干。即便如此，地上的这块乌贼鱼也不能吊起我的胃口。两只苍蝇在它上面打转，仿佛它们是在公园里闲庭信步。

南瓜看上去像是一个若有机会便会迅速发胖的女孩子。有时我听见她的胃由于饥饿而咕咕作响，动静大得就像一扇大门在轰隆隆地打开。不过，我认为她不会真的打算去吃那块乌贼鱼，直到我看见她朝街上四处张望了一下以确定没有人走过来。

"南瓜，"我说，"如果你饿，看在老天爷的分上，把架子上的那块甜米糕吃了吧。苍蝇已经霸占了那块乌贼鱼。"

"我比苍蝇强大。"她说，"此外，吃那块甜米糕会亵渎神明的。它是供品。"

她说完这些，就弯下身子去捡那根烧烤叉。

诚然，在我长大的地方，孩子们会吃任何能动的东西，而且我承认我在四五岁时吃过一只蟋蟀，但那完全是因为有人捉弄我。可是眼前的景象却是南瓜站在那里举着烧烤叉，上面的那块乌贼鱼沾着街上的沙砾，还有苍蝇在绕着它飞……她朝它吹气，试图赶走苍蝇，但它们就是不肯飞走。

"南瓜，你不能吃那个。"我说，"你不妨再用舌头去添一下铺路石！"

"铺路石又有什么不好的呢？"她说。接下来——若不是亲眼所见，我简直不敢相信——南瓜双膝跪下，伸出她的舌头，贴着地面长长地细细地舔了一下。我震惊得张开了嘴巴。当南瓜再度站起来时，她看上去仿佛自己也无法相信她所做的事情。不过，她用手掌抹了抹舌头，吐了几次口水，然后把那块乌贼鱼放到牙齿之间，把它从烧烤叉上扯了下来。

那块乌贼鱼一定很硬，爬坡朝学校木头大门走的路上，南瓜一直在咀嚼它。我走进学校时，感到自己的胃都打结了，因为学校的花园在我看来实在是太壮丽了。四季常青的灌木和枝桠曲折的松树围绕着一个养满鲤鱼的装饰性池塘。池塘最狭窄的部分躺着一块石板，上面站着两个穿和服的老女人，撑着涂过漆的伞遮挡清晨的阳光。我一时间无法理解自己所看到的景致，不过我现在知道整个院落中只有很小的一部分是属于学校的。那座位于院落后部的巨大建筑物实际上是"歌舞练场"剧院——祇园的艺伎们每年春天都会在那里表演"古都之舞"。

南瓜急匆匆地朝一幢长形木屋的入口走去，我以为那是仆人们的住处，但那其实正是学校。我一踏进入口，就注意到有一股烤茶叶的特殊气味，甚至到现在我闻到这种气味胃还会一阵抽筋，仿佛自己又一次走在去上课的路上。我脱下鞋子，把它们放进手边最近的一个小壁橱里，但南瓜制止了我：对于使用哪一个壁橱，学校里有一条不成文的规定。在所有的女孩子里面，南瓜属于资格最浅的那一拨，所以不得不像爬梯子那样沿其他壁橱爬上去，把她的鞋子放在最高的那个壁橱里。既然这天早晨是我第一次去学校，我的资格就比南瓜她们还要浅，我必须使用她们上面的那个壁橱。

"你爬的时候千万小心不要踩到别的鞋子。"南瓜对我说，尽管只有几双鞋子摆在那里。"假如你踩到了它们，有一个女孩子看见的话，你会被臭骂到耳朵起水泡。"

学校的内部非常老旧，而且满是灰尘，在我看来仿佛是一座被废弃的房子。长走廊的尽头站着七八个女孩子。我的目光落在她们身上时，感到一阵惊喜，因为我认为其中的一个可能就是佐津；但当她们转过身望着我们时，我失望了。她们所有的人发型都是相同的——年轻艺伎学徒的发型——我觉得她们看上去似乎都非常了解祇园，知道的事情远远多于南瓜和我。

出了大厅，半路上我们走进了一间日本传统风格的宽敞教室。教室的一面墙上挂着一块很大的木板，上面的小木桩上又挂着许多小木牌，每一块小木牌上都用粗粗的黑体字写着一个名字。我的读写水平还很糟糕，在养老町时，我每天上午在学校念书，来到京都之后，我每天下午都要花一个小时跟着阿姨学习，但是我依然只能看懂很少的几个名字。南瓜走到木板旁，从地垫上的一个浅盒子里拿出一块写着她自己名字的木牌，并将它挂在空着的第一个钩子上。你明白了吧，墙上的木板就相当于一本签到簿。

这之后，由于南瓜还要上别的课，我们又去了其他几个教室用完全相同的方式签到。那天早上，她要上四门课——三味线、舞蹈、茶道和一种我们称之为"长咏调"的唱歌方式。南瓜在她上课的所有班级里都是最差的学生，她担心死了，当我们要离开学校回艺馆吃早饭时，她就开始拧她袍子上的腰带。不过，我们正要把脚滑进鞋子里时，一个和我们同龄的女孩子穿过花园冲过来，头发乱糟糟的。看见她后，南瓜似乎心情平静了一些。

我们在艺馆喝了一碗汤后，又尽快跑回学校了，这样南瓜才能有时间跪在教室后面装配她的三味线。如果你从来没见过三味线，可能会觉得它是一件模样很奇怪的乐器。有些人将它称为"日本吉他"，但实际上它要比吉他小许多，在它细细的木质琴把顶端有三根大大的调音桩。三味线的琴身不过是一只小小的木头盒子，顶部包着猫皮，像一面鼓。整件乐器能拆开来放进一个盒子或袋子里供人携带。无论如何，南瓜总算组装好了她的三味线，开始伸着舌头调音，但是我不得不遗憾地说，她的耳朵非常差，调出来的音调忽高忽低，好似浪尖上的小船，总也不能定在它们正确的位置上。教室里很快就挤满了女孩子和她们的三味线，大家就像盒子里的巧克力那样排列得整整齐齐。我始终盯着教室的门，希望佐津会走进来，可是她没有出现。

过了一会儿，老师进来了，是一个非常瘦小的老女人，有一副刺耳的尖嗓子。她名叫水木，我们当着她的面都称呼她为水木老师。不过"水木"这个姓的发音非常接近"老鼠"一词，所以背着她，我们都叫她老鼠老师。

老鼠老师面朝大家跪在一个垫子上，表情一点儿也不友善。当学生们一起朝她鞠躬并致早安时，她只是怒视着她们，一个字也没说。最后，她望着墙上的木板，喊了第一个学生的名字。

这第一个学生似乎自视甚高。她滑步走到教室前面，朝老师鞠躬后便开始弹奏。只弹了一两分钟，老师就对那女孩喊停，对她的演奏说了许多难听的话；接着她啪地一声合上扇子，朝那个女孩挥了一挥，让她退下。那个女孩谢谢她，再次鞠躬，便回到她的座位上，老师又喊了下一个学生的名字。

这样的情形持续了一个多小时，直到最后喊到了南瓜。我能看出南瓜非常紧张，事实上，她一开始弹奏，似乎就处处不对头。老鼠老师先是对她喊停，把三味线拿过去亲自替她调弦。接着南瓜又试了一遍，可所有的学生都开始面面相觑，因为谁也不知道她在弹哪一首曲子。老鼠老师重重地拍了一下桌子，命令她们所有的人都笔直向前看；然后她用折扇打出节奏让南瓜跟着弹。这也无济于事，所以最后老鼠老师开始转而纠正南瓜拿拨子的方式。在我看来，她几乎扭伤了南瓜的每一根手指，竭力想教会她以正确的手法拿拨子。最后，她连这点都放弃了，厌恶地让拨子掉到了垫子上。南瓜拾起拨子，眼泪汪汪地回到了她的座位上。

在这之后，我才明白为什么南瓜会如此担忧自己是一个最差的学生。因为这时，那个我们回去吃早饭时才头发乱糟糟地冲进学校的女孩子，走到教室前面，朝老师鞠躬。

"不要浪费你的时间想法子讨好我了！"老鼠老师朝她尖叫道，"要不是你今天早晨睡到很晚，你也许能及时赶到这里学点东西。"

女孩子向老师道歉，并马上开始弹奏，可是老师根本就不理会她，只是说："你每天早上睡懒觉。你都不能像其他女孩子那样按时到校签到，还怎么指望我来教你？回你的座位上去吧。我不想被你打扰。"

下课后，南瓜把我领到教室前面，我们向老鼠老师鞠躬。

"请允许我向您介绍千代，老师。"南瓜说，"恳请您拨冗指导她，因为她是一个没什么天赋的女孩子。"

南瓜并不是要侮辱我，这只是当时人们显示客气的一种说话方式。我自己的妈妈也会用同样的方式说那些话。

老鼠老师很长时间没有说话，只是上下打量我，然后她说："你是一个聪明的女孩子。我只要看看你就知道了。也许你能帮你姐姐学好她的功课。"

她当然指的是南瓜。

"每天早晨尽量早地把你的名字挂到板上。"她告诉我说，"在教室里保持安静。我决不能容忍学生上课时闲聊！你的眼睛必须盯着前面。要是你能做到这些事情，我就会尽力教你。"

说完这话，她就打发我们走了。

在教室之间的走道上，我睁大眼睛寻找佐津，可是我没能找到她。我开始担心自己也许再也见不到她了，我是如此沮丧，以至于一位老师开始上课前让大家安静，然后对我说：

"你，那边的人！你有什么心事？"

"喔，没事，夫人。我只是不小心咬到了自己的嘴唇。"我说。为了自圆其说——周围的女孩子都在盯着我看——我使劲咬了一下自己的嘴唇，血都咬出来了。

幸好，南瓜的其他课程看起来都不像她的第一门课程那么费劲。比如舞蹈课上，学生们一起练习动作，结果就不会有人显得扎眼。南瓜决不能算是最差的舞者，她的动作里甚至还有几分笨拙的优美。上午后来的歌唱课程对她来说更困难一些，因为她的耳朵不好，但是那节课上学生们又是一起练习，所以南瓜可以嘴巴动得很起劲，唱得却很轻，隐藏起她的闪失。

在她每一堂课的最后，她都会把我介绍给老师。有一个老师问我："你和南瓜住在同一个艺馆，是吗？"

"是的，夫人。"我说，"新田艺馆。"新田是奶奶和妈妈的家族姓氏，也是阿姨的姓。

"那就是说，你同初桃小姐住在一起啰。"

"是的，夫人。初桃是我们艺馆目前唯一的艺伎。"

"我会竭尽所能教你唱歌的。"她说，"只要你能活下来。"

说完这话，老师哈哈大笑起来，仿佛她刚讲了一个大笑话，然后便打发我们走了。

第五章

　　那天下午，初桃带我去到"祇园登记处"。我原以为那会是一个很气派的地方，去了才发现登记处就在教学楼的二楼，不过是几间铺着榻榻米的昏暗屋子，里面摆满了办公桌和账簿，还充斥着一股呛人的香烟味。一名工作人员透过朦朦胧胧的烟雾，抬头看了我们一眼，便点头示意我们去后面的房间。那里，在一张堆满了纸张的办公桌旁，坐着一个我这辈子所见过的个头最大的男人。当时我不知道他曾经是相扑力士；说真的，假如他走到外面，猛地撞一下这幢房子，大概所有那些办公桌都会从榻榻米台上摔下来掉到地上。他当相扑力士的战绩不够好，所以没能像有些选手那样在退休时获得一个名号；可是他依然喜欢别人称呼他为"淡路海"，那是他做相扑力士时所用的名字。一些艺伎打趣地把这个名字缩减为"淡路"，作为他的昵称。

　　我们一走进去，初桃就摆出一副媚态。这是我头一回看见她这么做。她对他说："淡路君！"她这样说话，要是半路断了气，我也不会觉得惊讶，因为她的腔调是这样的：

　　"淡——路——君——！"

　　她喊他名字的时候仿佛是在责怪他。他听见她的声音便放下了手中的笔，脸颊上的两块大肉提到了耳根，这是他微笑的方式。

　　"嗯……初桃小姐。"他说，"要是你更漂亮一点儿，我就不知道该怎么办了。"

　　他讲话就像是在高声耳语，因为相扑力士的喉咙常常在互相撞击中被毁坏了。

淡路海的身材尺寸或许跟一只河马差不多，但是他的穿着很雅致。他穿了一件细条纹的和服与一条裤裙。他的工作就是确保通过祇园的钱都流向它们该去的地方，并且有一部分现金直接流进他自己的口袋。那并不是说他在偷钱，其实这就是整个系统的运作方式。试想一下淡路海的工作是如此重要，所以让他高兴对每个艺伎都有好处，所以据说他不穿衣服和穿衣服的时间一样多。

初桃和淡路海聊了很长时间，最后初桃告诉他说自己来这里是为了给我在学校上课注册。淡路海一直没有正眼看过我，这时他才把大脑袋转过来。过了一会儿，他起身拉开了窗户上的一面纸帘好让屋内变得亮一些。

"哎呀，我还以为我的眼睛糊弄了我。"他说，"你应该早点告诉我你带了一个这么漂亮的姑娘过来。她的眼睛……居然是镜子的颜色！"

"镜子？"初桃说，"镜子是没有颜色的，淡路君。"

"镜子当然有颜色，是一种闪烁的灰色。当你注视镜子时，只能看到你自己，可我知道镜子有一种美丽的颜色。"

"是吗？反正我不觉得她眼睛的颜色好看。我曾经见过一个河里捞上来的死人，那人的舌头就跟她的眼睛颜色一样。"

"可能是你自己太漂亮了，所以看别人都没感觉。"淡路海说着翻开了一本账簿，拿起他的钢笔，"不管怎么样，我们先给这个女孩注册吧。嗯……千代，是吗？告诉我你的全名，千代，还有你的出生地。"

我一听到这话，脑子里就映出佐津凝望着淡路海、满脸困惑和恐惧的样子。她一定也在某个时间来过这个房间，假如我必须注册，那她肯定也必须注册。

"我姓坂本。"我说，"我出生在养老町。你也许听说过那个地方，先生，因为我的姐姐佐津跟你提过？"

我以为初桃会对我大发雷霆，可令我惊讶的是，她似乎很高兴我问了那个问题。

"如果她比你大，那她早该登记过了。"淡路海说，"可我从来没见过她。我想她根本就不在祇园。"

现在我明白初桃为什么微笑了，她早知道淡路海会说什么。如果说之前我对她是否真的跟我姐姐交谈过还抱有几分怀疑，那现在就是毫无疑问了。京都还有其他的艺伎区，不过我不了解而已。佐津就在其中的某个地方，我决意要找到她。

我回到艺馆时，阿姨正在等着带我去街另一头的澡堂洗澡。我去过那个地方，不过是跟年长的女仆一块儿去的，通常她们会给我一条小毛巾和一小片肥皂，然后我会像她们那样蹲在地砖上清洗自己。相比之下，阿姨对我要好许多，她跪在我的旁边替我擦背。我惊讶于她的毫不羞怯，她任由她那对管子状的乳房甩来甩去，好像它们只不过是两只瓶子而已。有几次，她的一只乳房甚至不小心打到了我的肩膀。

洗完澡后，她把我带回艺馆，让我穿上了自己平生的第一件丝绸和服，那是一件亮蓝色的和服，绿草镶边，袖子和胸口上还有明黄色的花朵图案。然后她把我领到楼上初桃的房间。进去前，她严正警告我说在任何情况下都不许影响初桃做事，更不能惹她生气。我当时并不明白她的用意，但现在我完全能理解她为什么要如此担心了。因为，你要知道，一名艺伎早晨醒来时跟其他任何女人完全一样。睡了那么久后，她的脸可能是油腻腻的，口气也不好闻。可能当她挣扎着睁开眼睛时，她还保持着前一晚的繁复发型；但在其他任何方面，她都跟别的女人一样，一点儿也不像一名艺伎。只有当她坐到她的镜子前面用心抹上她的化妆品后，她才变成了一名艺伎。我不仅仅是说她这时开始看上去像一名艺伎，这时她也开始像一名艺伎那样思考。

进了屋，阿姨吩咐我坐在离初桃一臂远的地方，恰好是在初桃的背后，我能从她梳妆台的小镜子里看见她的脸。她跪在一张垫子上，穿着一件棉布袍子，肩膀露在外面，手里拿着五六把形状各异的化妆刷。有几把刷子宽如扇子，另几把则看上去像筷子，顶端有一小撮软毛。最后，她转过身，展示给我看。

"这些是我的刷子。"她说，"你还记得这个吗？"她从梳妆台的抽屉里拿出一个装着纯白色化妆品的玻璃容器，在空中晃了几下让我瞧，"这是我叫你永远也不许碰的化妆品。"

"我没有碰过它。"我说。

她闻了几次盖着盖子的瓶子，又说："是的，我想你没有碰过。"接着她放下化妆品，拿起三根颜料棒，放在手心里给我看。

"这些是用来打阴影的。你可以看一下。"

我从她的手心里拿起一根颜料棒。它的尺寸类似小孩子的手指，但是像石头一样既硬又滑，所以没有在我的皮肤上留下任何颜色。棒子的一头裹着一层精美的银箔，由于经常被手捏着使用的缘故，已有些斑斑驳驳。

"那么你想一下，我为什么要给你看这些东西呢？"

"这样我就能知道您是如何化妆的了。"我说。

"老天啊，错！我给你看是为了让你明白，这里面没有什么神秘的东西。你真是可怜啊！因为这就说明单靠化妆是不能把可怜的千代变成美人的。"

初桃转回去面对镜子，一边轻声歌唱一边打开一罐浅黄色的面霜。要是我告诉你这种面霜是用夜莺粪做的，你可能不会相信，但确实如此。那时很多艺伎都把夜莺粪当面霜用，因为她们相信夜莺粪对皮肤很有好处；可是它太昂贵了，所以初桃只取了一点点涂在她的眼睛和嘴巴周围。接着她从一块蜡上扯下一小片，把它放在指尖上软化后，先是涂在脸上，然后又涂在脖子和胸口上。她花了一些时间用一块布把双手擦干净，然后将一支扁化妆刷放在一碗水里浸湿，再用它去搅和化妆品，直到弄出一团像粉笔那样的白色膏状物。她用这东西刷遍她的脸和脖子，只留出眼睛、鼻子和嘴巴。假如你见过小孩子把纸剪出几个洞当作面具，那么初桃看上去就是这个样子。接着她蘸湿几把小刷子，用它们把"镂空"的部位填满。这么一来，她看上去就像是刚刚脸朝下跌进了米粉缸，因为她的整张脸都煞白，弄得像个鬼似的。可是即便如此，我依旧自惭形秽，对她妒忌得要命。因为我知道大约一个小时后，男人们就会惊愕地注视着她的面孔；而我将依然待在艺馆里，满身臭汗，平庸无奇。

现在，她弄湿了颜料棒，用它们给脸颊添上几抹血色。我在艺馆的头一个月里，已经多次见过初桃完妆后的模样。无论何时，只要不显得太突兀，我就会偷看她几眼。我注意到她会根据和服的颜色，在面颊上敷用不同的色彩。这倒没有什么异乎寻常的。但是，数年后我才知道初桃挑选的腮红始终比别人用的要红许多。我不能解释为什么她要这么做，除非她是想让人联想到血。可初桃并不是傻瓜，她知道如何才能突显出她的容貌之美。

刷完腮红后，她还是像没有眉毛和嘴唇似的。不过这会儿，她暂且不去管她那张像古怪的白面具似的脸，而是叫阿姨替她刷脖子的后面。我一定得跟你讲讲日本人对脖子的想法，假如你还不知道的话，日本男人对一个女人脖子和喉咙的感觉就像西方男人对女人大腿一样。这就是为什么艺伎穿的和服在后背处领子袒得如此之低，把她们脊柱的头几个骨节都露在外面；我想这跟巴黎女人穿短裙的效果差不多。阿姨在初桃的后颈上画了一个我们称之为"三条腿"的图案。这是一幅极富戏剧性的画面，因为你会觉得自己仿佛是透过一道逐渐稀疏的栅栏在看她脖子处的裸露皮肤。过了好几年，我才理解它作用在男人身上的色情效果；从某种方面而言，这也像一个女人捂着脸透过手指缝窥视外面。事实上，艺伎会沿着发际线留出一小片皮肤不上妆，这使她的妆面看上去更加不自然，就像能剧里使用的面具。当一个男人坐在艺伎身旁，看着她面具般的妆面，他就会对她下面赤裸着的皮肤产生更加强烈的欲念。

初桃清洗刷子的时候，几次从镜子里看我的反应。最后，她对我说：

"我知道你在想什么。你在想你永远也不会如此美丽。嗯，千真万确。"

"我想要你明白一件事。"阿姨说，"有些人觉得小千代是相当可爱的姑娘。"

"有些人就是喜欢烂鱼味。"初桃说。接着，她就命令我们离开她的房间，好让她换上衬袍。

阿姨和我走出房间来到楼梯口，别宫先生正站在一面可以照出全身的镜子旁等着，他的穿着打扮跟他把佐津和我从家里接出来的那天完全相同。我到艺馆的第一个星期就得知，把女孩从家里拉出来根本就不是别宫先生的职业；他是一个穿衣师，就是说他要每天来艺馆帮初桃穿上她那繁复的和服。

　　初桃那天晚上要穿的和服就挂在镜子旁的衣架上。阿姨站在那里抚平那套和服，直到初桃从房间里出来。她穿着一件可爱的红褐色底袍，上面有深黄色的树叶图案。接下去的步骤，我当时一点儿也搞不清楚，因为复杂的和服会让不习惯穿它的人毫无头绪。但是如果加以适当的解释，也就很容易理解和服要那样穿的道理。

　　首先，你必须明白家庭主妇和艺伎穿和服的方式是大不相同的。家庭主妇穿和服时，她会使用各种衬垫把袍子的腰部很不诱人地束起来，最终的效果就是整个人完全呈圆柱形，就像寺庙礼堂里的木头柱子。但艺伎穿和服的频率太高了，所以她几乎不需要任何衬垫，束腰似乎从来就不是一个问题。家庭主妇和艺伎都会先脱下她们化妆时穿的袍子，在她们的光屁股周围缠好一根丝质的布条，我们称之为"裹布"。接着要穿上一件短袖的和服衬袍，在腰部扎紧，然后绑上衬垫，衬垫看上去就像是一些契合身形的小枕头，上面附有绳子以便将它们固定在需要的位置。初桃有着传统的小屁股，腰身纤细，她有多年穿和服的经验，所以根本不用衬垫。

　　至此，女人已经穿上身的任何东西都将被隐藏起来，等她完全穿戴好时，这些东西是看不见的。但是接下去要穿的那件底袍，其实不是一件真正的内衣。艺伎跳舞时，有时甚至是在街上走路的时候，为了行动方便，可能会用左手将和服的下摆提起来，这样就会露出膝盖以下的底袍。所以，你明白了吧，底袍的图案和质地必须与和服相配。实际上，底袍的领子也是露出来的，就像男人穿西装时会露出衬衫的领子一样。阿姨在艺馆的一部分工作就是每天给初桃打算穿的底袍缝上一个丝绸的领子，第二早晨又把领子拆下来清洗。一个艺伎学徒穿的底袍领子是红色的，当然初桃可不是学徒；

她的领子是白色的。

初桃从房间里走出来时，已经穿戴好我描述过的所有衣饰——尽管我们只能看见她的底袍和她腰间用来扎紧底袍的一根细绳。她还穿了一双我们称之为"足袋"的白色袜子，袜子一边有纽扣扣住使之穿着服帖。这时，就轮到别宫先生帮她穿衣服了。看着他干活，你就会立刻明白为什么他的帮助是必不可少的。无论给谁穿，和服的长度都是统一的，所以除去那些特别高的女人，长出来的部分都必须折进去藏在腰带下面。当别宫先生把和服过长的部分在初桃的腰间折起来并用一根细绳固定住后，那个部位从来都不会有一丝一毫褶皱。万一出现一个褶子，他会拉拉这儿又拽拽那儿，将它弄挺。等他完成全部工作时，整件和服总是能完美地贴合穿着者的身体曲线。

别宫先生作为穿衣师的主要工作就是系宽腰带，这可不像它听上去那么简单。一条像初桃用的那种宽腰带，长度是一个男人身高的两倍，宽度则和女人的肩宽差不多。缠绕在腰上后，上至胸骨下至肚脐的区域都会被它覆盖住。似乎多数对和服一无所知的人都以为宽腰带只是系在背后，起一根绳子的作用，这种观点与事实相距十万八千里。把宽腰带固定住需要用掉半打细绳和别针，为了打出一个挺括的腰结还必须用到一定数量的衬垫。别宫先生花了几分钟的时间才系好初桃的宽腰带。他弄完后，衣料上的任何一处几乎都看不见一丝褶皱，衣料的垂坠感被完美地呈现了出来。

我并不太懂那天在楼梯口所看到的一切。我似乎只看见别宫先生以一种疯狂的速度系绳子、折衣料，初桃却什么都不做，只是伸着手臂，凝望着她在镜子里的形象。看着她，我羡慕得要死。她穿的是一套以棕色和金色为基调的织锦缎和服，腰部以下，几头深棕色的鹿相互依偎，它们身后是一片金色和红褐色的图案，描绘了落叶撒满林地的景致。她的宽腰带是深紫色的，上面织着银线。我当时不知道，她穿的这套和服的价值大概相当于一个警察或小店业主一整年的收入。不过，看着初桃站在那里，当她转身在镜子里审视自己的后背时，你会觉得，再多的钱也无法在世间造就另一个像她这样光彩夺目的女子。

此时，剩下的所有事情就是最后补一点化妆品，再在头发上添一些饰物。阿姨和我跟着初桃回到她的房间，初桃跪在梳妆台前，拿出一个装着唇彩的小漆盒。她用一支小刷子给嘴唇上色。那时流行不涂上唇，这样可以使下唇显得更为饱满。白色的妆面会引发各种各样的奇思异想；假如一个艺伎将上下两片嘴唇都涂上颜色，那最后她的嘴看上去就会像两大片金枪鱼。因此大多数艺伎都喜欢把嘴描绘成撅着的形状，比较像一朵紫罗兰花。除非一名艺伎天生就长着一张这样的嘴——此类情况极少——她几乎总是会把嘴描得比它本身的形状更圆。不过我已经说了，那时的流行是只涂下唇，初桃也是这么做的。

现在，初桃拿出一根先前给我看过的泡桐树枝条，用火柴把它点燃。等它烧了几秒钟后，她将它吹灭，用指尖捏捏使它冷却，然后回到镜子前用烧出的炭画眉毛。画出来的眉毛呈一种可爱的柔灰色。接着，她走到壁橱前选了几件发饰，包括一块玳瑁和一支很特别的珍珠长发钗。将它们插进头发后，她又在自己裸露的后颈上洒了一些香水，并把装香水的扁木头瓶塞进宽腰带里，以备不时之需。她还在宽腰带里塞了一把折扇，在右边的袖子里放了一块手绢。一切就绪后，她转过身望着我，脸上挂着和先前一样的浅笑，连阿姨都不得不叹息，初桃看上去实在是太不同凡响了。

第六章

　　不管我们对初桃有什么样的看法，她是我们艺馆里的女皇，因为我们所有人都要靠她的收入生活。身为女皇，若深夜回来时发现她的宫殿一片漆黑，所有仆人都睡着了，她就会大不高兴。这就是说，当她喝得烂醉回到家没办法自己解开袜子上的纽扣时，有人必须帮她解开纽扣；假如觉得肚子饿，她肯定也不会自己踱进厨房弄东西吃——比如她很爱吃的点心"茶渍饭"，就是用热茶泡上剩饭和腌酸梅。实际上，我们的艺馆在这方面跟其他艺馆没有任何区别。等待艺伎回家并向她鞠躬表示欢迎的工作几乎总是落在资历最浅的"蚕茧"头上——我们常常把正在受训的年轻艺伎学徒叫作"蚕茧"。从开始去学校上课的那一刻起，我便成了我们艺馆里资历最浅的"蚕茧"。离午夜还有很长时间，南瓜和两个年长的女仆已经躺在蒲团 ① 上呼呼大睡了，就睡在离我仅有一米左右的门厅地板上；可我却不得不跪在那里，挣扎着不睡过去，有时一直要等到凌晨两点。奶奶的房间就在附近，她睡觉时也开着灯，门还要开一道缝。灯光照在我空着的蒲团上，让我想起从前有一天，就在佐津和我离开村子的前不久，我悄悄走进我们家后屋，看见母亲睡在那里。父亲把渔网挂在纸窗上好使屋子暗一些，但屋内的光线实在是太昏暗了，所以我决定打开一扇窗户；当我那样做后，一道明亮的阳光落在我母亲的床垫上，显出她的手是如此苍白而瘦骨嶙峋。看

---

① 日式床垫。

见奶奶房间里透出的光线照在我的蒲团上……我不得不怀疑我的母亲是否还活着。我们是如此相像,我确信如果她死了,我一定会感知到,但是现在我还没有得到任何征兆。

随着秋季天气渐凉,一天夜晚,我刚靠着一根柱子瞌睡过去,就听见外面的大门开了。要是初桃发现我在睡觉,她一定会非常生气,所以我竭力使自己显得机敏一些。不过当里面的门被打开时,我却惊讶地看见一个男人站在那里,他穿着一件传统的下摆包住臀部的宽松工人夹克,一条农夫穿的裤子——虽然他看上去一点儿也不像工人或农民。他的头发抹了油,全部往后梳,发型非常时髦,他还留着精心修剪过的络腮胡子,给人感觉挺像一个知识分子的。他俯下身,用手托起我的脑袋,直视我的面孔。

"喔,真是个俏姑娘。"他低声对我说,"你叫什么名字?"

我确信他一定是一个工人,虽然我想不通为什么他这么晚来这里。我有点害怕回答他的问题,但还是说出了自己的名字,然后他用舌头舔湿了一根手指并用它来碰我的脸颊——原来是为我沾去一根掉在脸上的眼睫毛。

"洋子还在这里吗?"他问。洋子是一个年轻女人,每天从下午两三点钟到晚上都坐在女仆房里。在那个年代,祇园的艺馆和茶屋都由一个内部电话系统联系起来,在我们艺馆里,洋子的工作几乎比任何人都要忙,她负责接听电话、登记对初桃的预约,有时邀请初桃参加宴会或聚会需要提前半年到一年预约。通常初桃的日程在前一天上午就排满了,可直到当天晚上电话还是从茶屋源源不断地打来,客人们都想让她抽时间过去一下。不过今晚电话倒是不多,我估计洋子大概也像我一样睡着了。那个男人不等我回答就示意我保持安静,他自己沿着泥土走廊朝女仆房走去。

接着我听见洋子在道歉——因为她确实是睡着了——然后她同交换台的接线员说了许久的话。她必须连线好几个茶屋直到她最后确定初桃在哪里并留下口信通知她歌舞伎演员尾野思轩来城里了。当时我不知道其实并没有尾野思轩这个人，这只是一个暗号。

之后，洋子就下班走了。她似乎一点儿也不担心一个男人在女仆房里等待，所以我也决定不跟任何人说。结果事实证明我这么做是对的，因为二十分钟后初桃回来了，她在门厅里停下对我说：

"我至今还没打算要把你的生活搞得凄凄惨惨。不过要是你敢跟别人提起有个男人来过这儿，或是我晚上早回来了，那情形可就不一样了。"

说这些话时她就站在我面前，当她把手伸进袖子拿什么东西时，我在昏暗的灯光下都能看见她的前臂涨红了。她走进女仆房并关上了门。我听见一阵含糊的谈话，接着艺馆又恢复了平静。间或，我想我是听到了一两声呜咽或呻吟，可是声音非常轻，我不能确定。我不想说自己知道他们在那里干什么，但是我的确想到了佐津把泳衣褪下去让杉井家的男孩看的情景。我感到既厌恶又好奇，即使我可以自由离开自己的岗位，也不会去偷看。

大约一星期一次，初桃和她的男朋友——附近一家面馆的厨师——就会把他们自己关在艺馆的女仆房里。其他时候他们也在别的地方碰头。我知道这些是因为洋子经常要替他们传口信，有时我会在无意中听见。所有的女仆都知道初桃的所作所为，但没有人透露一个字给妈妈、阿姨或奶奶，可见初桃对我们的控制力有多强。初桃交男朋友肯定会惹上麻烦的，这远比把男人带回艺馆糟糕。她跟男朋友待在一起的时间是没有进账的，甚至还要牺牲她在茶屋的宴会上赚钱的机会。此外，任何一个有兴趣保持一段昂贵的长期关系的有钱男人，若知道她和一个面馆厨师调情私通，那他肯定不会那么记挂她了，弄不好还会改变主意。

一天夜晚，我在庭院里的井边喝完水往回走时，听见外面的大门被人打开，又被重重地关上，撞在门框上发出"砰"的一声巨响。

"真的，初桃小姐。"一个低沉的声音说，"你会吵醒每一个人……"

我从来都不能理解为什么初桃要冒险把男朋友带回艺馆——不过也有可能她就是喜欢冒险。但是过去她从来没有大意到搞出这么多噪声。我急急忙忙地跪回自己原来待命的位置，很快初桃就走进了前厅，手里拿着两个亚麻纸包装的包裹。不一会儿，另一名艺伎跟在她后面走了进来，那人身材非常高，以至于她进门时必须弯下腰。当她站直身子俯视我时，位于她长脸底部的嘴唇看上去又厚又重，非常不自然。肯定不会有人觉得她漂亮。

"这是我们愚蠢的下女。"初桃说，"她有一个名字，但我想，你不妨就称呼她为'笨蛋小姐'好了。"

"好吧，笨蛋小姐。"那个艺伎说，"你为什么不去给你的大姐姐和我拿些饮料来呢？"原来我先前听到的那个低沉的声音是她发出来的，并非来自初桃的男朋友。

通常初桃喜欢喝一种特殊的名叫"甘口"的日本米酒——这种酒的度数很低，口味甜甜的。但是"甘口"只在冬季酿制，现在艺馆里似乎已经没有存货了。作为替代，我倒了两杯啤酒拿出去。初桃和她的朋友已经朝庭院走去了，她们穿着木鞋站在泥土走廊里。我能看出来她们已经醉得厉害，相对我们艺馆里的小木鞋而言，初桃朋友的脚实在是太大了，所以几乎她每走一步路，她们两个就会爆发出一阵大笑。你也许记得房子外面还有一条木地板走道。初桃把她的包裹放在那条走道上，当我送上啤酒时，她正要打开其中一个包裹。

"我不想喝啤酒。"她说着就俯身把两杯酒都倒到房子的基座下面去了。

"我倒是想喝。"她的朋友说，可是已经太迟了，"你为什么把我的酒也倒掉？"

"噢，安静点，光琳！"初桃说，"反正你也不需要再喝了。瞧瞧这个，你看见它一定会高兴得要死！"这时，初桃解开了一个包裹外捆住亚麻包装纸的细绳，把一件精美的和服摊在走廊上，这件和服的底色是各种不同的粉绿色，上面有红色的树叶图案作装饰。的确，这是一件美丽的丝质纱袍——不过只能夏天穿，秋季穿肯定就不合适了。初桃的朋友光琳实在是太喜欢它了，她猛地吸了一口气，竟然被自己的口水呛住了——这又引得她俩哈哈大笑。我想此刻是我告退的好时机。但是初桃却说：

"别走开，笨蛋小姐。"然后她又转过去对她的朋友说，"是找点乐子的时候了，光琳小姐。你猜这件和服是谁的？"

光琳还是咳嗽得很厉害，等她可以讲话时，她说："我希望它是属于我的！"

"好啦，它不是你的。它的主人不是别人，正是我俩在这个世界上最恨的人。"

"噢，初桃……你真是个天才。不过你是怎么弄到里子的和服的呢？"

"我不是在说里子！我说的是……完美小姐！"

"谁?"

"那个自以为比我们好得多的小姐……就是她!"

对话暂停了好一会儿,接着光琳说:"豆叶!噢,我的上帝啊,这是豆叶的和服。我无法相信自己居然没有认出来!你是怎么把豆叶的和服弄到手的?"

"前几天,我在一次排练中把一些东西落在'歌舞练场'剧院了。"初桃说,"当我回去寻找时,我听见从地下室的楼梯上传来一些像是呻吟的响声。于是我想,'不可能!这太有趣了!'我蹑手蹑脚地走到下面,打开灯,猜,我发现谁躺在地板上,像两只粘在一起的米团子似的?"

"我简直不敢相信!豆叶?"

"别傻了。豆叶太谨小慎微了,不可能做这样的事情。躺在那儿的是豆叶的女仆和剧院管理员。我知道为了让我不说出去,她会为我做任何事情,所以我后来找到她说我想要豆叶的这件和服。当她搞清楚我描述的是哪一件和服时,她当即哭了出来。"

"那么这个包裹里是什么东西?"光琳指着走道上另一个还系着绳子的包裹问道。

"这个是我让那个女孩用自己的钱买下来的,现在它属于我。"

"用她自己的钱?"光琳说,"哪个女仆会有足够的钱买一件和服?"

"得啦,就算它不是像她所说的那样买来的,我也不想知道它从哪儿来。无论如何,笨蛋小姐会替我把它放进储藏室。"

"初桃小姐,我是不可以进储藏室的。"我立刻说。

"如果你想知道你的姐姐在哪里,就不要让我重复一遍我今晚所说的任何话。我为你制定了计划。我向你布置完计划后,你可以问我一个问题，我会回答你。"

我不想说我相信她。但是，当然，初桃有能力用任何一种她想要的方式把我的生活搞得很惨。我别无选择，只得听命于她。

她将那件包在亚麻纸里的和服放在我怀里，带我走向院内的储藏室。到了那儿，她打开室门，"啪"的一声按亮电灯。我看见里面的架子上堆着床单、枕头，还有几个锁着的箱子及一些折叠起来的床垫。初桃抓住我的手臂，指指靠在储藏室墙上的一把梯子。

"把和服放在上面。"她说。

我爬上去，打开顶端的滑动木门。阁楼里没有楼下那样的架子，取而代之的是靠墙的一排排红漆箱子，它们被一个个摞起来，几乎堆到天花板那么高。两堵由箱子组成的墙之间有一条很窄的走道，走道的尽头有几扇挂着纸帘的条形通风窗。阁楼上的灯光和楼下一样刺目，但比楼下还要亮许多，我走到里面后可以清楚地看见刻在每个箱子正面的黑字，比如"模板图案设计：疏织丝绸薄纱"、"带衬里的黑冠礼服"。说老实话，当时我并不能看懂所有的字，可我还是在最上面一层找到了刻有初桃名字的箱子。我颇费了些功夫才把它拿下来，箱子里已经放着几件用亚麻纸包着的和服，最后我把手里的和服放进去，并将箱子放回原处。在好奇心的驱使下，我飞快地打开了另一只箱子，发现里面满满地堆放着大约十五套和服，我掀开其他一些箱子的盖子，看到的情况也是一样。见到储藏室里密密麻麻堆着那么多衣箱，我立刻理解了奶奶为什么如此怕火。我们艺馆内和服藏品的价值大概是养老町和千鹤镇加在一起的价值的两倍。很久以后我才知道那些最昂贵的和服被存放在另一个地方，并且只有艺伎学徒才可以穿，由于初桃已经不能再穿它们了，它们被放在一个租来的保险库里，等需要时再去取。

我回到院子里时，初桃已经从自己的房间拿来了一个砚台、一块墨和一支毛笔。我猜她可能是想写一张字条，等她把那件和服重新折起来时，她会把字条放进。她已经从井里取了一点水滴在砚台上，现在正坐在走道上磨墨。墨磨好后，她把毛笔在墨汁里浸了浸，并在砚台上将笔尖撺顺——如此一来就不会有墨水从吸饱了的毛笔上滴下来。然后她把毛笔交到我手里，又拉起我的手举在那件美丽的和服上面，对我说：

"练习一下你的书法吧，小千代。"

这件和服属于一位名叫豆叶的艺伎——当时我并没有听说过她——不过她的和服绝对是一件艺术品，从下摆到腰部之间有一根以绞成一股的漆线绣成的美丽藤蔓，它是衣料的一部分，可它看上去却栩栩如生，仿佛是一根真藤蔓长在那儿，我感觉只要我想，就可以用手指触摸到它，还可以把它揪下来，就像从土里拔出一棵草似的。藤蔓上的叶子蜷曲着，似乎正在秋日里凋零，叶子上甚至还带着几分淡淡的黄色。

"我做不到，初桃小姐！"我喊道。

"多丢人啊，小甜姐。"她的朋友对我说，"假如你让初桃再对你说一遍的话，你就会失去找到你姐姐的机会。"

"噢，闭嘴，光琳。千代知道她必须去做我交代她的事情。在衣料上写些什么吧，笨蛋小姐。我不管你写什么。"

毛笔在和服上画下第一道痕迹时，极度兴奋的光琳发出了一声长长的尖叫，把一个年长的女仆都吵醒了，她穿着拖沓的睡衣，头上顶着一块布，探出身子来看走道上发生了什么。初桃跺跺脚，摆出一个猫那样前扑的动作就足以把那个女仆吓回她的蒲团上去了。我在粉绿色的丝绸上犹犹豫豫地涂了几笔，光琳对此很不满意，所

以初桃就指点我该在哪里下笔，又该怎么涂。初桃让我涂的东西毫
无意义，她只是试图以她自己的方式来展示她的艺术天赋。之后，
她把和服重新折起来包上亚麻纸，用绳子扎好。她和光琳走回艺馆
的前门，再度套上她们上过漆的草履。当她们打开通往街道的大门
时，初桃命令我跟上。

"初桃小姐，要是我没有得到允许就擅自离开艺馆，妈妈会很
生气的，那——"

"我批准你。"初桃打断我说，"我们必须去还这套和服，不是
吗？我希望你不是打算让我久等。"

所以我没有选择，只得套上鞋子跟着她穿过小巷走上一条沿
着白川溪的大街。那个年代，祇园的那些街巷依旧都是美丽的石
头路。我们在月光下大约走了一个街区，身旁枝叶低垂到黑色水
面的樱桃树一直在沙沙作响，最后我跨过一座木拱桥来到祇园的另
一区，那地方我以前从未见过。白川溪两边石砌的堤岸大部分都
被一块块的苔藓覆盖着。堤岸上面，鳞次栉比的茶屋和艺馆背朝水
面连成一堵墙。它们窗户上挂着的芦苇帘将黄色的灯光切割成小
细条，让我想起当天的早些时候厨娘切得很薄的腌萝卜。我听见一
群男人和艺伎的笑声。有一间茶屋里一定发生了什么非常好玩的事
情，因为笑声一浪高过一浪，最后笑声逐渐消失，只剩下从另一场
宴会上传来的三味线的弹拨声。那一刻，我可以想象对有些人来说
祇园大概是一个令人快乐的地方。我不禁想到，佐津也许就在其中
的一场宴会上，尽管祇园登记处的淡路海已经告诉我佐津根本不在
祇园。

不一会儿，初桃和光琳在一扇木门前停住了。

"你拿着这件和服上楼去，把它交给那里的女仆。"初桃对我

说，"要是完美小姐自己来开门，你就交给她。什么话都不要说，交过去就行了。我们会在这儿看着你。"

说着，她把包好的和服塞到我怀里，光琳随即拉开了门。一级级磨光的木头阶梯通向一片黑暗。我害怕得直发抖，还没走到半路就不得不停了下来。然后我听见光琳在楼下压着喉咙喊道：

"继续走啊，小姑娘！没人会吃了你，除非你回来时手里还拿着那件和服——那我们就要不客气了，是吧，初桃小姐？"

初桃听了这话，叹了一口气，但没说什么。光琳在楼下眯起眼睛，试图看清楚我的位置；但是，站着比光琳的肩膀高不了多少的初桃却只顾啃她的一片指甲，一副完全不在意的模样。即使是在极度害怕的时刻，我仍不禁注意到了初桃那惊人的美丽。她或许跟一只蜘蛛一样残忍，但她啃指甲的样子比多数艺伎拍照时摆的造型还要可爱。若初桃是一块宝石，那与之相比，她的朋友光琳就是马路边的石子。光琳梳着很正式的发型，头上插了许多饰物，看起来却很不舒服，她的和服穿在她身上也显得很不协调。反之，初桃把和服穿得服服帖帖，仿佛和服就是她天生的皮肤。

登上楼梯的顶端后，我在一片漆黑中跪下，喊道：

"非常抱歉打扰了！"

我等着，但没有任何回应。"大声点。"光琳说，"她们又不知道你会来。"

所以我又喊："抱歉打扰了！"

"稍等片刻！"我听见一个含糊的声音说。很快，门打开了。跪在门里的女孩年纪也不比佐津大，身材瘦小，神情紧张得像一只小鸟。我把包在亚麻纸里的和服交给她。她十分惊讶，几乎是绝望地从我手里接过了它。

"谁在那儿，麻美？"公寓里面传来一个声音。我看见一个古色古香的灯架上挂着一个点燃的纸灯笼，灯架旁放着一张新制的蒲团。这张蒲团是艺伎豆叶的，因为上面铺着挺括的床单和雅致的丝绸床罩，还摆着一只"高枕"——就跟初桃用的那种一样。高枕其实根本不是真正的枕头，只是一个脖子处衬着垫子的木头托架，这是避免艺伎睡觉时弄乱她精致发型的唯一办法。

女仆没有回答里面那人的问题，只是尽量轻手轻脚地打开和服外的包装纸，并把和服拿到灯光下东看看西瞧瞧。当她发现上面的墨汁涂鸦后，她倒抽了一口气，用手捂住嘴巴。泪水几乎在顷刻间就滚满了她的脸颊，接着一个声音问道：

"麻美！谁在那儿？"

"喔，没有人，小姐！"女仆大声回答。她赶紧用一只袖子擦干眼泪，我觉得自己非常同情她。她走过去关门时，我瞥见了她的女主人。我立刻就明白了为什么初桃叫她"完美小姐"。她的脸是完美的鹅蛋形，即使没有上妆，皮肤也光滑细致得犹如瓷器。她朝门口走来，想看看楼梯上究竟有什么，不过女仆迅速关上了门，所以我就没能多看她几眼。

第二天上午下课后，我回到艺馆发现妈妈、奶奶和阿姨关起门一起坐在一楼的会客室里。我确定她们是在谈有关和服的事情。不用说，初桃从街上刚一踏进艺馆，就有一个女仆跑去通知妈妈，妈妈走出房间来到门厅拦住了正要上楼的初桃。

"今天早上，豆叶和她的女仆来拜访我们了。"她说。

"哦，妈妈，我就知道您要说什么。我真为那件和服痛心。我试图阻止千代往它上面洒墨汁，可是已经太迟了。她一定是以为那是我的和服！我不知道为什么她一来到这里就如此恨我……想想看，她为了要伤害我，竟然毁掉了一件那么漂亮的和服！"

这时，阿姨已经一瘸一拐地走进了门厅。她喊道："等过啦！"我完全明白她在说什么，这话的意思是："我们一直在等你！"可我一点也不清楚她为什么要这么说。实际上，这话说得很巧妙，因为在歌舞伎表演中，当一位大明星出场时，有时观众也会这么喊。

"阿姨，你是在暗示我跟毁坏和服的事情有关系吗？"初桃说，"我为什么要做那样的事情呢？"

"每个人都知道你恨豆叶。"阿姨回答她，"你恨任何一个比你成功的人。"

"那就是说我应该非常喜欢阿姨你啰，因为你是一个彻头彻尾的失败者？"

"够了！"妈妈说，"现在你给我听着，初桃。你不至于真的以为有人会没脑子到相信你的小故事吧。我不允许艺馆里存在这种行为，连你也不能出格。我非常尊重豆叶。我不想再听到有类似的事情发生。至于那件和服，有人必须赔偿它。就让小姑娘出钱。"妈妈说着把烟斗放回了嘴里。

此时奶奶从会客室里走出来，叫一个女仆去拿竹竿。

"千代负债已经够多了。"阿姨说，"我不懂为什么还要让她承担初桃的过错。"

"这件事情我们已经谈得够多了。"奶奶说，"小姑娘应该挨打并赔偿那件和服，就这么决定了。竹竿在哪里？"

"我自己来打她好了。"阿姨说，"我不想让你的关节又痛起来，奶奶。过来，千代。"

阿姨等女仆拿来竹竿后就把我带到院子里。她非常生气，鼻孔都张得比平时大了，双眼挤作一团，像拳头似的。自从我来到艺馆就一直小心翼翼，以免做错事后挨打。突然我觉得很热，连脚下的踏脚石也看不清了。不过阿姨却没有打我，她把竹竿靠在储藏室的墙上，一瘸一拐地走过来平静地对我说：

"你对初桃做了什么？她一心一意要毁了你。这肯定是有原因的，我想知道原因是什么。"

"我向你发誓，阿姨，打从我到了这里，她就一直这样对待我。我不知道自己怎么得罪她了。"

"奶奶或许会说初桃是一个笨蛋，可是相信我，初桃不是笨蛋。假如她想彻底毁掉你的事业，她是做得出来的。无论你做过什么事情惹她生气了，现在你必须停止那么做。"

"我什么也没做过，阿姨，我向你发誓。"

"你一定不能相信她，即使她说想帮助你。她已经让你背负上了如此沉重的债务，你可能永远也还不清。"

"我不明白……"我说，"什么债务？"

"初桃在那件和服上耍的小伎俩将让你付出你这一辈子都没想到过的一大笔钱。这就是我所指的债务。"

"可是……我怎么来还钱呢？"

"当你成了一名艺伎，你就要还钱给艺馆，包括你将要欠下的所有钱——你吃饭和上课的钱；假如你病了，还会欠下医药费。你必须自己支付一切费用。你以为妈妈为什么要在房间里花时间在那些小本子上记数字？你甚至还欠着一笔艺馆为了得到你而支付的费用。"

在祇园的这几个月里，我肯定想到过，在佐津和我从家里被带出来之前，一定存在金钱交易。我经常想起一段我在无意中听到的田中先生与我父亲的谈话，以及"烦躁夫人"说佐津和我都很"合适"的那些话。我也曾心生厌恶地怀疑田中先生在帮忙卖我们的事情上赚了钱，我很想知道我们究竟值多少钱。不过我从未想到过我必须自己来偿还艺馆买下我的费用。

"成为艺伎后，你需要花很长的时间才能还清债务。"她继续说道，"要是你最后成了一个像我这样失败的艺伎，那你永远也不可能把债还清。这是你想要的未来吗？"

在那一刻，我不是很关心自己的未来会如何。

"假如你想毁掉自己在祇园的生活，有许多办法。"阿姨说，"你可以试着逃跑。你一旦那么做，妈妈就会把你视为一项糟糕的投资，她不会投更多的钱在一个随时可能消失的人身上。那就意味着你的课程被终止了，而你不可能不经训练就成为一名艺伎。或者你可以让老师不喜欢你，那么她们就不会给予你帮助。又或者你可以像我一样长大后变成一个丑女人。奶奶把我从我父母那里带走时，我并不是一个难看的女孩子，但是后来我没有长好，在这件事情上奶奶始终怨恨我。有一次因为我做的某件事情，她狠狠地揍我，把我半边的股骨都打断了。那时起我就无法再做艺伎了。这就是为什么我要自己来打你，而不让奶奶动手。"

她把我领到通道上，让我背朝上躺下。我不是很在意她是否打我，在我看来已经没有什么能让我的处境变得更糟糕了。每一次竹竿落下，我的身体就会上下抖动一次，我放开胆子嚎啕大哭，想象初桃可爱的面孔正向下朝我微笑。打完我后，阿姨就留我在那里哭。不一会儿，我感觉走道由于某个人的脚步而有些颤动，我坐起来发现初桃站在我面前。

"千代，如果你能不挡着我的路，我将十分感激。"

"你承诺过要告诉我哪里可以找到我姐姐，初桃。"我对她说。

"我是这么说过！"她弯下身子，把脸凑近我。我以为她要告诉我说我做得还不够多，等她想出更多的事情让我做后，她会给我答案。可结果完全不是这样的。

"你的姐姐在一个名叫辰义的女郎屋里。"她告诉我说，"就在祇园南面的宫川町区。"

说完，她用脚轻轻地踢了我一下，我起身走到一边，空出路来让她通过。

第七章

我以前从未听过"女郎屋"这个词,所以第二天晚上,当阿姨把针线盘打翻在门厅的地板上、叫我帮忙清理干净时,我就问她:

"阿姨,什么是女郎屋?"

阿姨没有回答,只是继续绕着一卷线。

"阿姨?"我追问。

"这是初桃最终要去的一种地方,假如她遭到报应的话。"

她看来是不想再多说什么,所以我别无选择,只得问到这儿。

当然我的问题并没有得到回答,但是我却感觉到佐津遭受的苦难可能比我还要多。所以我开始思考一旦下次有了机会,我怎么才能偷偷跑到宫川町这个地方去。不幸的是,我因为毁坏豆叶的和服而受到的惩罚之一就是关在艺馆内五十天不准出去。我被允许在南瓜的陪同下去学校上课,但不再让我外出办事了。我估计只要我想,可以随时冲到门外去,但是我脑子很清醒,不会去做如此愚蠢的事情。首先,我不知道如何才能找到辰义这个地方。更糟的是,一旦我被发现失踪了,艺馆就会派别宫先生或其他某个人去找我。就在几个月前,隔壁艺馆的一个女仆逃跑了,他们第二天早晨就把她抓了回来。接下去的几天里,他们狠狠地揍她,她被打得又哭又嚷,听着就让人觉得恐怖。有时我不得不用手指塞住耳朵,以隔绝她的哭声。

我觉得自己别无选择,只能等待五十天的监禁期结束。与此同时,我努力寻找办法报复初桃和奶奶对我的残忍行为。我报复初桃的办法是，每当我给派去清理庭院里踏脚石上的鸽子粪时，我都会把刮下的鸽子粪收集起来，然后将它们拌进初桃的面霜。她的面霜里本来就含有夜莺粪，所以我想掺进去的鸽子粪可能也不会对她造成什么伤害，但这的确能给我带来满足感。我报复奶奶的办法是，用清洁厕所的抹布擦拭她睡袍的反面，看见她困惑地闻着睡袍却不把它脱下来，我觉得非常高兴。不久，我发现厨娘也因为和服事件而自作主张地惩罚我——虽然并没有人吩咐她这么做——她擅自大量削减了我每月两次的鱼干供应量。我想不出怎样报复她，直到一天我看见她拿着一根木槌在走廊里追一只老鼠。原来她比猫更仇视老鼠。所以我把主楼基座下的老鼠屎扫出来，撒在厨房各处。有一天，我甚至还用筷子在米袋底部戳了一个洞，这样一来，她为了搜寻老鼠的痕迹，就不得不把橱柜里的东西全都翻出来。

一天晚上我熬夜等初桃回家时，听见电话铃响了，过了一会儿，洋子出来上楼去了。她回来时抱着初桃的三味线，然后把琴拆卸开来装进漆琴盒里。

"你得把这个送到美津木茶屋去。"她对我说，"初桃打赌输了，不得不用三味线演奏一曲。我不知道她是怎么了，但她不愿意用茶屋提供的琴。我想她准是在拖延时间，因为她已经有好几年没碰过三味线了。"

洋子显然不知道我正在被艺馆关禁闭，这倒也不奇怪。她很少被允许离开女仆房，以防她漏接任何一个重要的电话，所以无论哪方面，她跟艺馆的生活都没有什么关系。我从她手里接过三味线，她则穿上和服外衣准备下班。她向我说明了怎么去美津木茶屋后，我在门口穿上鞋子，内心因为紧张而隐隐作痛，生怕有人会来阻止我出门。南瓜和女仆们——以及三个老女人——都睡着了，洋子几分钟后就要走了。看来寻找我姐姐的机会终于来了。

我听见天上响起打雷的声音，空气中已经可以闻到雨水的气味。所以我急急忙忙在街上走着，与一群群的男人和艺伎擦身而过。他们中有些人向我投来诧异的目光，因为在那个年代祇园里有一些男人和女人靠运送三味线为生，他们通常岁数都比较大，反正肯定不会有小孩子从事这个行当。要是经过我身边的路人中有人以为我偷了那把三味线后正在逃跑，我也不会觉得惊讶。

我到达美津木茶屋时，雨开始下起来。可是茶屋的入口实在是太考究了，弄得我都不敢迈步走进去。门廊里挂的小帘子后面是柔和的橙色墙壁，上面还有黑色的木头装饰。在一条磨光的石头小径的尽头立着一只巨大的花瓶，里面插着一把弯弯曲曲的枫树枝条，枝条上挂满了灿烂的红色霜叶。最后我鼓足勇气，撩开帘子走了进去。花瓶附近，宽敞的大门朝一边开着，里面的地面上铺着略经打磨过的花岗石。我记得自己被震住了，因为到此为止我所看见的还不是茶屋的入口，而只是通往入口的小径。美津木茶屋极其雅致——当然茶屋理应如此；我之前并不知道这间茶屋，没想到我第一次去茶屋便有幸去了全日本最高级的茶屋之一。你知道吗，茶屋其实不是喝茶的地方，而是男人们找艺伎寻欢的场所。

一踏进入口，我前面的门就打开了。门里面，一个年轻的女仆跪在被抬高过的地上俯视我，她一定是听见了我的木屐敲在石头小径上的声音。她穿着一件美丽的深蓝色和服，上面有一些简单的灰色图案。一年之前，我会把她当成这样一座豪宅的年轻女主人，但现在我已经在祇园待了几个月，所以立刻就能从她穿的和服上识别出她的身份——虽然她这身和服比养老町的任何东西都要漂亮——

但是对一名艺伎或一个茶屋的女主人来说，这套和服就显得太过朴素了。当然除此之外，她的发型也比较简单。不过，她的穿着打扮依然远比我考究，所以她用鄙视的眼光俯视着我。

"到后面去。"她说。

"初桃要求——"

"到后面去！"她重复了一遍，不等我回答便关上了门。

此时雨下得更大了，所以我只能沿着茶屋边的一条窄道朝后面跑去。跑到茶屋后面的入口时，后门就打开了，刚才的那个女仆跪在那里等我。她没说一个字，只是把我抱着的三味线盒拿了过去。

"小姐。"我说，"我能不能问一下？……您能告诉我宫川町区在哪里吗？"

"你为什么想去那里？"

"我必须去拿一些东西。"

她奇怪地看了我一眼，但还是告诉我沿着河边一直走，走过南伊豆剧院后就到宫川町了。

我决定站在茶屋的屋檐下等雨停了再走。我站在那儿东张西望，发现透过身旁的栅栏可以看见这座建筑物的一翼。我把眼睛贴到栅栏上，看见美丽的花园尽头有一扇玻璃窗，窗户里面是一间漂亮的榻榻米房，整个房间都浸浴在橙黄色的灯光中，一群男人和艺伎围坐在一张桌子旁，桌上散乱地摆着一些清酒杯和几杯啤酒。初桃也在那里，一个睡眼惺忪的老男人似乎正在讲一个故事。初桃被什么事情逗乐了，但显然不是因为那个老男人在说的事情。她一直在看另一个背朝我的艺伎。我不禁想起了自己上一次跟田中先生的小女儿偷看那间茶屋的经历，心情开始沉重起来，我在父亲死去的亲人坟前也体会过同样的沉重感——仿佛大地在把我往下拉向它。

一个念头浮现在我的脑海里，它越涨越大让我无法忽略它。我想摆脱它，可无力阻止这个念头占据我的脑海，就像风没有办法自己停下来一样。我往后退了几步，跌坐在门口的石阶上，背靠着门开始大哭起来。我不能不想到田中先生。他把我从父母身边带走，把我卖给艺馆当奴隶，把我姐姐卖到一个更糟糕的地方。我还把他当成好人。我觉得他那么有教养，那么见多识广。我真是一个愚蠢至极的孩子！我下定决心以后永远不回养老町。如果我回去的话，那也只是为了告诉田中先生我有多恨他。

当我终于站起来、用身上的湿袍子擦干眼泪时，大雨已经变成濛濛细雨了。小巷地面上的铺路石在灯笼的光芒下闪烁着金光。我穿过祇园的富永町区，走回南伊豆剧院，剧院巨大的铺瓦屋顶让我想起别宫先生把佐津和我从火车站带出来的那天所见到的一座宫殿。美津木茶屋的女仆叫我沿着河边一直走，走过南伊豆剧院后再往前走，但是沿河的路在剧院这里就打住了。所以我改走剧院后面的路。走过几个街区后，我发现自己到了一个没有路灯、也几乎没有人的区域。当时我不知道，街上空无一人主要是由于经济大萧条；在其他时期，宫川町可能比祇园还要热闹。那个夜晚，它在我眼里是一个悲悲切切的地方——我确实认为它始终是一个令人伤心的地方。这里建筑物的木质外观跟祇园差不多，但是这个地方没有树，没有可爱的白川溪，也没有漂亮的门径。唯一的光亮来自敞开的门廊里的电灯泡，灯下几个老女人坐在凳子上，她们身边的街道上常站着两三个我看着像艺伎的女子。她们身上穿的和服，头上戴的发饰都与艺伎类似，但她们的宽腰带是在前面打结，而不是在后面。我之前从未见过这样的腰带系法，也不明白它的含义，但这其实是妓女的标志。要是一个女人整晚都要不时解开又系上腰带，那么一次次在背后系结就太麻烦了。

亏得这些女人里有一个帮了我，我在一条总共只有四幢房子的死胡同里找到了辰义女郎屋。这四幢房子的大门附近都挂着招牌。我无法形容自己看见"辰义"这块牌子时的感受，可我要说我身体的每一寸都由于兴奋而隐隐作痛，觉得自己激动得快爆炸了。在"辰义"的门口，一个老女人坐在凳子上在跟巷子对面一个年轻许多、也坐在凳子上的女人聊天——但实际上都是老女人一个人在讲，她向后靠在门框上，灰色的袍半敞着，一双穿着草履的脚伸在外面。她穿的草履是用稻草编成的，制作粗糙，你可能在养老町见过差不多的草履，这种鞋子跟初桃配着和服穿的上过漆的漂亮草履完全不同。此外，这个老女人没有穿光滑的丝绸袜子，而是光脚穿着鞋子。她的脚指甲也没有修剪整齐，可她还是把脚伸在外面，就好像她以此为荣，巴不得别人能注意到她的脚似的。

"只要再过三个星期，你知道吧，我就不会回来了。"她在说，"女主人以为我还会回来，但我不会的。我的儿媳妇会照顾我，你知道。她不聪明，可干活很卖力。你见过她吗？"

"就算见过，我也不记得了。"对面的年轻女人说，"有个小姑娘在等着跟你说话。你没看见她吗？"

听到这话，老女人才看了我第一眼。她没说什么，只是点了一下头向我表示她在听。

"抱歉，夫人。"我说，"您这儿有一个名叫佐津的女孩子吗？"

"我们这里没有叫佐津的。"她说。

这使我十分震惊，不知道还能说什么，但是无论如何，老女人突然变得很警惕，因为一个男人正走过我朝大门走来。她半站起来，把手放在膝盖上对他鞠了好几次躬，对他说："欢迎光临！"男人走进去后，她重新坐回凳子上，又把脚往外一伸。

"你为什么还站在这里？"老女人对我说，"我已经告诉过你我们这里没人叫佐津了。"

"不，你们那里有一个佐津。"对面的年轻女人说，"你们的雪代，我记得她原来的名字就是佐津。"

"那也有可能。"老女人回答，"但我们没有这个女孩要找的佐津。我可不想无缘无故给自己找麻烦。"

我不知道她这么说是什么意思，直到那个年轻的女人咕咕哝哝地说我看上去像是一文钱都没有。她说得没错。一文钱——价值只有一元钱的百分之一——当时依然被普遍使用，尽管一文钱都不够从小贩那里买一只空杯子。自从来到京都，我的手里就再也没有拿过任何一枚硬币。艺馆打发我出门采购时，我也都是让店家把东西记在新田艺馆的账上。

"如果你想要钱。"我说，"佐津会给你的。"

"她为什么会替你付钱？"

"我是她的妹妹。"

她朝我招招手；我走近她时，她拉住我的手臂，让我转过身。

"瞧瞧这个小姑娘。"她跟巷子对面的女人说，"她看上去像雪代的妹妹吗？假如我们的雪代也跟这个一样漂亮，我们早就成了城里生意最红火的女郎屋了。你是一个骗子，肯定是这么回事。"一边说，她把我从门口往巷子里推。

我必须承认我吓坏了。但事已至此，尽管害怕，我的决心还是占了上风；我肯定不会仅仅因为这个女人不相信我就离开。于是我转过身朝她鞠了一躬，对她说："如果我看起来像个骗子，我很抱歉，夫人。但我不是骗子。雪代是我的姐姐。要是您行行好去告诉她千代在这里，她会支付您要的酬劳。"

这肯定是我应该说的话，因为她最后转过去跟巷子对面的年轻女人说："你起来替我跑一趟吧。你今晚不忙。此外，我的脖子不舒服。我留在这里，看守这个姑娘。"

年轻女人从凳子上站起来，穿过小街走进"辰义"。我听见她爬上里面的楼梯。最后她下楼回来了，说：

"雪代有一个客人在。等他完事了，有人会叫她下来。"

老女人打发我蹲到大门另一边的暗处，这样就没人会看见我了。我不知道过了多久，可是我越来越担心艺馆里会有人发现我不见了。尽管我有离开的借口，妈妈还是一样会对我发火；但是我没有借口在外面逗留。终于一个用牙签剔着牙的男人走了出来。老女人站起来鞠躬并感谢他的光临。接着，我听见了自来到京都以后最令人高兴的声音。

"您找我吗，夫人？"

那是佐津的声音。

我从地上弹起来，冲到她站着的门廊里。她的皮肤很苍白，几乎呈灰色——尽管也有可能是因为她穿了一件亮黄色与红色相间的和服。她的嘴唇上涂着鲜亮的口红，就跟妈妈用的那种一样。她的腰带也是在身体前面打结，同我在来时路上所见的那些女子相仿。我看见她后大大松了一口气，兴奋不已，忍不住冲到她的怀里；佐津也哭了出来，接着她用手捂住了嘴。

"女主人会对我生气的。"老女人说。

"我马上回来。"佐津告诉她，然后又消失在"辰义"里。片刻之后，她回来了，在老女人手里扔了几枚钱币，老女人叫她把我带到一楼空着的房间里去。

"假如你听见我咳嗽，"她补充道，"那意思就是说女主人来了。好了，你快点吧。"

我跟着佐津进了"辰义"昏暗的入口大厅，里面的灯光更接近棕色而非黄色，空气里有一股汗酸味。楼梯下面有一扇脱出轨道的移门。佐津将它拽开，我们进去后她又费了好大的劲把它拉上。我们站在一个很小的榻榻米房内，屋内只有一扇纸糊的窗户。从窗外透进来的光线足够让我看见佐津的轮廓，但我看不见她的容貌。

"噢，千代。"她说，然后她伸出手来抓自己的脸。或者说我以为她在抓自己的脸，因为我看不清楚。过了一会儿我才明白她是在哭泣。这之后，我也无法控制自己的泪水。

"太对不起了，佐津！"我对她说，"全是我的错。"

在黑暗中，我们跌跌撞撞地朝对方走去，最后终于抱在了一起。我发现自己脑子里唯一的想法就是她怎么变得这么消瘦。她抚摸我头发的方式让我想起了母亲，这引得我泪水涟涟，仿佛自己置身水下。

"安静点，小千代。"她对我耳语道。她的脸与我贴得如此近，她说话时我可以闻到她嘴里有一股刺鼻的气味。"要是女主人发现你在这里，我就会挨一顿打。为什么你过了这么久才来？"

"哦，佐津。我非常抱歉！我知道你来过我的艺馆……"

"几个月之前。"

"在那里跟你说话的女人是一个怪物。她拖了很久才把你的留言告诉我。"

"我必须逃走，千代。我再也不能在这个地方待下去了。"

"我跟你一起走！"

"我在楼上的榻榻米垫子下面藏了一份火车时刻表。只要有机会，我就偷一点钱。我有足够的钱摆平岸野太太。每一次有女孩子逃跑，她都会挨打，所以她是不会放我走的，除非我先付钱给她。"

"岸野太太……她是谁？"

"就是在前门口的那个老太太。她要离开这儿了。我不知道谁会接替她的位置。我再也不能等了！这是一个可怕的地方。决不能留在这样的地方，千代！你现在最好走吧。女主人随时都可能来这儿。"

"但等一等。我们什么时候逃跑呢？"

"在那边的角落里等着，不要出声。我必须上一次楼。"

我照她说的做。她走开的那段时间，我听见前门口的老女人招呼了一个男人，然后我头上的楼梯上响起了这个男人重重的脚步声。很快，又有人下楼来，门给拉开了。一瞬间我张皇失措，但只不过是佐津回来了，她脸色苍白。

"星期二。我们在星期二深夜逃跑，距离现在还有五天。我必须回楼上去了，千代。有一个男人来找我。"

"但等一等，佐津。我们在哪里碰头？什么时间？"

"我不知道……凌晨一点吧。可我也不知道该在哪里碰头。"

我提议我们在南伊豆剧院附近会合，但佐津认为那会使人们不费吹灰之力就找到我们。最后我们说好在河对面，正对剧院的地方见面。

"我现在必须走了。"她说。

"可是，佐津……要是我脱不开身怎么办？或者我们没碰上怎么办？"

"一定要到那里，千代！我只会有一次机会。趁女主人还没回来，你现在必须走了。要是她在这里抓到你，我可能就再也没办法逃走了。"

我有太多的事情想跟她说，可她把我带到走道上，然后奋力关上我们身后的门。我本想目送她上楼，但刹那间，大门口的老女人便拽着我的胳臂，把我拉到黑暗的街上去了。

我从宫川町跑回来，发现艺馆同我离开时一样平静，才松了一口气。我悄悄地走进去，在光线昏暗的门厅里跪下，用袍子的袖子擦去额头和脖子上的汗水，尽量调整好呼吸。既然没被人抓住，我的心情也开始平静下来，可正在这时，我望着女仆房的门，发现门开着一条刚够伸进胳膊的缝，顿时觉得浑身发冷。没有人会让门这样开着。除非天气炎热，房门通常都是关紧的。此刻，我注视着房门，确信自己听见里面有窸窸窣窣的声音。我希望那是一只老鼠弄出的声响；因为如果不是老鼠，那就又是初桃和她的男朋友。我开始后悔自己去了宫川町。我是真的后悔，我真希望存在奇迹，那时间就会在我的恳求下自动倒转回去。我站起来，蹑手蹑脚地走到泥土走廊上，担心让我感觉有点头晕，喉咙干得像一块布满灰尘的地板。到了女仆房的门口，我把眼睛凑到门缝上偷看里面的情况。我没办法看清楚，因为天气潮湿，洋子那天晚上早早就在地板上的火盆里烧起了炭，此时火盆内只剩下一点点微弱的火光，在那样黯淡的光线里，有一样白白的小东西在蠕动。我看见它差点尖叫起来，因为我肯定它是一只老鼠，正摇晃着脑袋啃什么东西。让我感到恐怖的是，我竟然还可以听见它嘴里潮湿的咂吧声。它看上去像是站在什么东西的顶部，我不能分辨出那是什么东西。朝我伸着的东西我以为是两捆布，我感觉老鼠似乎是爬到了它们之间啃咬，弄得两捆布分别朝两个方向倒去。它一定是在吃洋子留在屋里的东西。我

害怕它会通过门缝跑到走廊上来，当我正想关上门时，我听见了一
声女人的呻吟。然后在老鼠待着的地方突然抬起了一个脑袋，初桃
正直勾勾地盯着我看。我从门口往后跳了一步。原来我所看到的那
两捆布竟是她的腿。也根本没有什么老鼠，我看到的老鼠其实是她
男朋友伸在衣袖外面的一只白手。

"门外是什么？"我听见她男朋友的声音，"有人在那里吗？"

"没事。"初桃小声答道。

"有人在那儿。"

"没有，根本没有人。"她说，"我以为自己听见了什么动静，
但其实没有人在外面。"

我毫不怀疑初桃看见我了，但她显然不想让她的男朋友知道。
我赶紧回到门厅里跪下，整个人抖得厉害，仿佛刚才差点被一辆车
子压到似的。女仆房里的呻吟声和噪音又持续了一会儿，然后才停
止。最后当初桃和她的男朋友步出房间来到走廊里时，她的男朋友
直盯着我看。

"那个前厅里的女孩子。"他说，"我进来的时候，她不在
那里。"

"哦，别去管她。今晚她是一个坏姑娘，她不应该离开艺馆的，
然而她却跑出去了。我过会儿再跟她算账。"

"那么确实有人在那里偷看我们喽。为什么你要对我说谎？"

"康一君。"她说，"您今晚的情绪真是糟糕！"

"你看见她一点儿也不惊讶。你知道她整晚都在那儿。"

初桃的男朋友大步走到前面的门厅，走到大门口前他停下来怒
气冲冲地瞪了我一眼。我两眼盯着地板，可我可以感觉到自己的脸
涨得通红。初桃急急地越过我跑去帮他穿鞋子。我听见她用一种几

近哀求的声音恳求他，我之前从未听她这样对别人说过话。

"康一君。"她说，"请冷静下来。我不知道您今晚是怎么了！明天再来吧……"

"我明天不想见你。"

"我讨厌您让我等这么久。我会去您说的任何地方见您，哪怕在河底见面也行。"

"哪里我都去不了。我老婆把我看得实在是太紧了。"

"那就再来这里吧。我们还有这间女仆房——"

"是的，要是你喜欢偷偷摸摸并被人偷看的话！就让我走吧，初桃。我想回家。"

"请不要生我的气，康一君。我不知道您为什么会变成这样！告诉我您还会再来，即使不是明天就来。"

"总有一天我将不会再来。"他说，"我始终都跟你这么说。"

我听见外面的大门打开，又关上；过了一会儿，初桃回到前厅，站在那里茫然地望着走廊。最后，她转向我，擦擦潮湿的眼睛。

"好吧，小千代。"她说，"你去见了你那个丑姐姐，是吗？"

"请原谅，初桃小姐。"我说。

"之后你又回到这里偷看我！"初桃说这句话的声音实在是太大了，把一个年长的女仆都吵醒了，她用手肘支起身子看着我们。初桃对她喊道："回去睡觉，你这个愚蠢的老女人！"女仆摇摇头，又躺下了。

"初桃小姐，您让我干什么我就干什么。"我说，"我不想给妈妈知道，给自己惹麻烦。"

"我让你干什么你当然就得去干什么。这可用不着讨价还价！

你已经惹麻烦了。"

"我必须出去给您送三味线。"

"那是一个多小时前的事情了。你去找你姐姐了,还定下计划要跟她一起逃跑。你以为我是笨蛋吗?接着你又回到这里偷看我!"

"请饶恕我。"我说,"我不知道您在那里!我还以为那是——"

我想告诉她我以为自己看见了一只老鼠,但我想她不会乐意接受我的解释。

她注视了我一会儿,然后上楼回她自己的房间去了。当她再度下楼来时,手里攥着些东西。

"你想和你姐姐一起逃跑,是不是?"她说,"我认为那是一个好主意。你越快离开艺馆,对我越有好处。有些人认为我没有同情心,可那不是真的。想到你和那头肥母牛逃跑后要在这个世界上的某个地方孤零零地谋生,真是挺让人感伤的!你越快离开这里,对我来说越好。站起来。"

我站起来,尽管我害怕她会对我做什么事情。无论她手里攥的是什么东西,她是想把它塞到我袍子的腰带下面;可当她朝我走来时,我却往后退开了。

"瞧。"她说着摊开手掌。原来她手里握着若干张叠起来的钞票——我还从来没有见过这么多钱,虽然我并不知道到底有多少。"我从房间里拿了这些来给你。你不需要感谢我。就拿着吧。你离开京都就算是报答我了,那样我就再也不用看见你了。"

阿姨跟我说过永远不要相信初桃,即使她说要帮助我。当我提醒自己她有多么恨我时,我意识到她根本不是真要帮助我,她是在帮她自己除掉我。她将手伸进我的袍子里,把钞票塞到腰带下面,我站在那儿没有动。我感觉到她光滑的指甲划过我的皮肤。她把我转过去，替我重新绑紧腰带，这样钱就不会滑出来了，然后她做了一件最奇怪的事情。她又把我转过去面朝她，开始用手抚摸我脑袋的一边，她看我的眼神几乎就像一个母亲。初桃突然对我很仁慈，这实在是非常古怪，我觉得就像是一条毒蛇缠上我的身体，接着又像一只猫那样在我身上擦来擦去。我还没弄明白她在做什么，她又将手指插进我的头发里，碰到了我的头皮；突然她愤怒地咬紧牙关，抓住我的一把头发，把它往一边猛拉，我痛得跪倒在地，大哭起来。我无法理解所发生的一切，可初桃很快又把我拉了起来，乱揪着我的头发把我拖上楼。她愤怒地冲我大喊，我拼命高声尖叫，假如我俩把整条街上的人都吵醒了，我也不会有丝毫惊讶。

当我们登上楼梯的顶端，初桃就猛敲妈妈的房门，大声喊她。妈妈很快打开了门，她系着腰带，看上去非常生气。

"你们两个是怎么回事！"她说。

"我的珠宝！"初桃说，"这个蠢丫头！"说到这里，她就开始打我。我什么也做不了，只能在地板上缩成一团哭叫着求她停手，最后妈妈还是想办法制止了她。这时，阿姨也赶到了楼梯口。

"哦，妈妈。"初桃说，"今天晚上我在回艺馆的路上，我想我看见了小千代在巷子尽头和一个男人说话。我没当回事，因为我还以为不可能是她。她根本是不准离开艺馆的。可当我上楼走进我的房间时，我发现我的首饰盒里面乱七八糟，我又冲下楼，恰好看见千代把什么东西交给那个男人。她想逃跑，但被我抓住了。"

妈妈一言不发盯着我看，沉默了很长时间。

"那个男人逃走了。"初桃继续说，"但我认为千代可能把我的一些首饰卖了筹钱。她正打算从艺馆逃走，妈妈，这是我的看法……可我们一直对她那么好！"

"行了，初桃。"妈妈说，"够了。你和阿姨去你的房间查清楚少了什么。"

一旦只剩下我和妈妈两个人，我就跪在地板上抬头看着她，小声说道："妈妈，那不是真的……初桃刚才和她的男朋友在女仆房里。她因为什么事情生气了，于是将火发在我的身上。我没有从她那里拿过任何东西！"

妈妈没有说话。我甚至不能肯定她听到了我说的话。很快初桃就从房间里出来，说她少了一只装饰腰带正面用的别针。

"我的翡翠别针，妈妈！"她反复说这句话，还边说边哭，就像一个好演员。"她把我的翡翠别针卖给那个可怕的男人了！那是我的翡翠别针！她以为她是谁啊，竟然从我那里偷了这样一件东西！"

"搜这个姑娘的身。"妈妈说。

约莫六岁时，我曾见过一只蜘蛛在房子的角落里织网。蜘蛛的网还没有织好，就有一只蚊子直飞进它的网里被困在那里了。起初，蜘蛛看也不看蚊子，只是继续织它的网；一直等它全部织好后，它才移动纤细的足尖爬过去把可怜的蚊子刺死。我坐在木地板上看着初桃向我伸出她纤细的手指，我知道自己是掉入了她为我设下的陷阱。我无法解释自己腰带下面的现金的来源。当她把钱抽出来时，妈妈从她手里接过钱点了一下数目。

"你这个蠢货，一只翡翠别针才卖了这点钱。"她对我说，"何况你将来要还的钱比这还要多得多。"

她把钱塞进她的睡袍，然后对初桃说：

"今晚你把一个男朋友带到艺馆了。"

这话让初桃惊得往后退了一步，但她还是毫不犹豫地回答说："您怎么会这么想，妈妈？"

谈话停顿了好一会儿，接着妈妈对阿姨说："握住她的胳膊。"

阿姨握住初桃的胳膊并从后面抱住她，妈妈则掀开了初桃大腿处的和服。我以为初桃会反抗，可她没有那么做。她只是冷冷地看着我，妈妈翻开她的裹布，将她的双膝分开，然后把手伸进她的两腿之间，当妈妈把手拿出来时，她的指尖是湿的。她把手指相互搓了一会儿，接着又用鼻子闻闻它们。这之后，她把手缩回来，搧了初桃一记耳光，在初桃的面孔上留下一道湿痕。

第八章

　　第二天，初桃不是唯一恨我的人，因为妈妈为了惩罚大家容忍初桃把男友带来艺馆，下令取消所有女仆的鱼干供应六个星期。我想假如我真的亲手从女仆们的碗里偷食物，她们也不会比现在更难过；至于南瓜，她得知妈妈的命令后就哭开了。可说实话，尽管每个人都怒视我，并且我还要因为一个自己从来没见过或碰过的腰带别针而背上一笔额外的债务，我倒没你想象的那么忧虑。任何使我的生活变得更艰难的事情只会增强我逃跑的决心。

　　我不认为妈妈真的相信我偷了那个腰带别针，不过，拿我的钱去买一个新别针讨好初桃，她觉得挺满意。但她无疑也知道我曾擅自离开艺馆，因为洋子向她证实了此事。当我获悉妈妈为了防止我再出去、下令锁上前面的大门时，我几乎觉得我的生命仿佛自动在渐渐离我而去。现在我如何才能从艺馆逃出去？只有阿姨有大门的钥匙，可她一直把钥匙挂在脖子上，连睡觉也不例外。另一项额外的防范措施是，把我每晚等门的差使改派给南瓜。初桃深夜回家时，南瓜必须叫醒阿姨去打开大门上的锁。

　　每天夜里我都躺在蒲团上盘算，可直到星期一——佐津和我约好逃跑的前一天，我还没有想出任何离开艺馆的办法。我变得非常沮丧，根本没有精力干活，女仆们责骂我，怪我擦拭木器时只是装模作样把抹布在上面拖一遍，清扫走廊时也只是心不在焉地拉着把扫帚。星期一下午，我花了很长时间假装在院子里除草，其实是蹲在石头上想心事。然后一个女仆叫我去擦洗女仆房间的木地板，洋子就坐在那里守着电话，然后一件不同寻常的事情发生了。我把一块湿透的抹布上的水挤在地板上，我原以为水会朝着走廊流去，可水却朝后流向了房间的一角。

"洋子，瞧。"我说，"水正朝上流去。"

当然，并不是真的朝上流，只是我看着像而已。我非常惊讶，于是挤了更多的水在地板上，我看着水又流向了那个墙角。然后……嗯，我也无法准确地描述出这是怎么发生的，不过我想象自己像水一样沿着楼梯流到二楼的楼梯口，从那里又流上梯子，穿过天窗，最后流到屋顶上的水箱边。

屋顶！我被自己的念头惊呆了，完全忘记了自己身处的环境；当洋子身旁的电话响起来时，我差点就被吓得叫了出来。我还不确定一旦上了屋顶又该做什么，可如果我能成功地从那里找到一条下来的路，我或许就能最终和佐津会合了。

第二天晚上我上床前故意打了一个大哈欠，然后把自己像一袋米那样摔到蒲团上。任何一个看见我的人都会以为我立刻就睡着了，但实际上我是再清醒不过了。我躺了很长时间，想着自己老家的房子，我想知道当父亲在桌边抬起头看见我站在门廊里时，他脸上会有怎样的表情。大概他的眼袋都会掉下来，接着他会开始哇哇地哭，或者他的嘴巴会张成一种奇怪的形状，那是他微笑的方式。我不让自己如此生动地想象我的母亲；光是想到可以再次看见她，就足以使我热泪盈眶了。

最后，女仆们都在我身旁的蒲团上躺下了，南瓜则到她的岗位上去等候初桃。我听见奶奶念经，她每天临睡前都会这么做。接着我透过她半开的门看见她站在蒲团边换睡袍。当她把本来穿的袍子从肩膀上褪下来时，我被自己见到的情形吓坏了，因为之前我还从未见过她的裸体。不单是她脖子和肩膀上的鸡皮肤很可怕，而且她的身体让我联想到了一堆皱巴巴的布。当她从桌上拿起睡袍，哆哆嗦嗦地把它展开时，我觉得她看上去异常可怜。她身上的每一个部位都是下垂的，连她突出的乳头也像两根手指那样耷拉下来。我越看她，越觉得这个老女人混乱的脑子里一定也在拼命想着她自己的父母——他们大概在她很小的时候就把她卖给别人做奴隶了——就像我的脑子里满是关于我父母的想法一样。也许她也失去了一个姐姐。我过去从未以这样的方式想过奶奶。我发现自己很想知道她生活刚开始时状况是否也跟我差不多，尽管现在她是一个卑鄙的老女人，我则是一个在苦苦挣扎的小女孩。是否不正常的生活会让每一个人都变得卑鄙？我很清楚地记得在养老町时，有一天一个男孩把我推进池塘附近的荆棘丛。我从里面爬出来时，气得简直可以咬穿木头。如果受几分钟的罪就能让我如此愤怒，那受几年罪又会如何呢？滴水还可以穿石呢。

假如我没下定决心逃跑，我肯定不敢想象在祗园待下去还会受多少苦。毫无疑问，我也会变成奶奶那样的老女人。但我安慰自己说，明天我就可以将祗园的一切抛之脑后。我已经知道如何爬上屋顶，至于如何从那里下到街上……嗯，我一点没把握。我别无选择，只能在黑暗中碰运气。假如我真能安然无恙地爬下来，到了街上，我的麻烦其实才刚开始。无论在祗园的生活多么艰难，逃跑后的生活肯定会更加不易。这个世界实在是太残酷了，我怎么才能生存下来呢？我躺在床垫上苦恼了一会儿，怀疑自己是否真的有力量逃跑……可是佐津会在那里等着我。她会知道该做什么。

过了好一会儿，奶奶才在房间里安静下来。这时，女仆们呼噜已经打得很响了。我躺在床垫上假装翻了个身，以便偷瞥一眼跪在地上不远处的南瓜。我看不清她的脸，但觉得她是昏昏欲睡了。原来我打算等她睡熟后才行动，可是我不知道还要等多久；此外，初桃随时都可能回来。我尽可能轻地坐起来，心想要是有人注意到我，我就干脆去厕所然后再回来。不过没人留意我。给我第二天早晨穿的袍子折叠着摆在我附近的地板上。我抱起袍子直接朝楼梯口走去。

在妈妈的房门外，我站着听了一会儿。她睡觉通常不打呼噜，所以我无法在一片寂静中判断出什么，除了能确定她没在打电话，也没发出任何声响。实际上，她的房间里倒也不是完全没有动静，因为她的小狗"多久"在睡梦中喘息。我听得时间越长，越觉得它的喘息声像是在呼唤我的名字："千——代！千——代！"在确信妈妈睡着以前我不准备溜出艺馆，所以我决定拉开门进去探个究竟。要是她醒着，我就干脆说我以为有人在喊我。同奶奶一样，妈妈睡觉时也开着桌上的灯；所以我把门打开一条缝朝里窥视，可以看见她干枯的脚底板露在被单外面。"多久"躺在她的两脚之间，胸口一起一伏，正发出像是在呼唤我名字的喘息声。

我重新关上她的房门，在楼上的通道里换好衣服。现在我就缺一双鞋子——我从没想过不穿鞋子逃跑，从这点上你可以看出，自夏天以来我的生活习惯已经有了许多改变。要不是南瓜跪在前面的门厅里，我就可以从那里拿一双给人在泥土走廊里穿的木屐。现在我只得拿一双楼上厕所里用的木屐。这种木屐的质量非常差，鞋面上只有一根皮条用来固定脚的位置。更糟糕的是，这种木屐我穿着太大了，可我别无选择。

轻轻地关上身后的天窗之后，我把自己的睡袍塞在水箱下面，努力向上爬，最后终于劈开双腿坐到了屋脊上。我不想假装自己一点儿也不害怕，毕竟下面街上的人声听起来离屋顶是那么的遥远。但我没有时间去害怕，因为我觉得女仆、甚至是阿姨或妈妈，随时都可能打开天窗爬上来抓我。为避免木屐掉下去，我把它们脱下来拿在手里，开始沿着屋脊急走，这比我想象中要困难得多。屋顶上铺的瓦片很厚，所以两块瓦片重叠的地方几乎就形成了一个小台阶，而且我移动重心时它们还会相互碰撞出叮当声，除非我走得非常慢。我弄出的每一个声响都会在附近的屋顶间回响。

我花了好几分钟的时间才走到了我们艺馆屋顶的另一端。隔壁建筑物的屋顶比我们矮一截。我往下爬到它上面，在那里停了一会儿，寻找下去的路；但是除了月光，我还是只能看见一片黑暗。屋顶实在太高、太陡，我不能冒险从上面滑下去。我根本无法确定隔壁的屋顶是否会好一些，我开始觉得有一点恐慌。可我还是继续沿着一个个屋脊往前走，直到发现自己几乎走到了街区尽头，从一边望下去是一个敞开的庭院。要是我能够到檐槽，就能顺着它走到一个澡棚上面，然后便可以轻松地从澡棚顶上爬下去，落到院子里。

我心里并不情愿掉到别人家的院子里。我敢肯定这家也是一个艺馆，我们街区里所有的房子都是艺馆。按惯例，每家每户都会有一个人守在前面的大门口等待自家的艺伎回来，我要想从房子里面跑出去，肯定会有人上来抓住我的胳膊。万一这个艺馆的大门也像我们那里一样被锁住了，该怎么办？要是还有别的选择，我甚至都不会去考虑这条逃跑路线。但是，眼前我所能找到的最安全的路线就是从屋顶下到这家的院子里。

我在屋脊上坐了很长时间，倾听下面院子里的任何一丝动静。可我只听见街上的笑声和谈话声。我不清楚自己爬下去后会在院子里碰到什么，但最好还是赶紧行动，等我们艺馆的人发现我逃跑就麻烦了。要是我知道逃跑将对自己的未来造成多大的损害，我肯定会转身尽快赶回艺馆去。但是当时我对自己将要承担的后果却全无预见。我只是孩子，还以为自己是在经历一次伟大的冒险。

我跨过屋脊，身体刹那间就挂在了屋顶的斜坡上，只能勉强触到屋脊。我有些惊恐地意识到屋顶比我估计的要陡得多。我试图往上爬回去，可没有成功。我手里拿着那双在厕所里穿的木屐，根本无法抓住屋脊，只能用手腕钩住它。我知道这是在自作自受，因为我再也没办法爬回去了；我觉得一旦撒手，就会立刻失控从屋顶上滑下去。我的脑子里各种想法乱作一团，可还不等我下决心放手，我就开始往下滑了。起初，下滑的速度比我料想的要慢许多，这给了我一丝希望，或许我能在朝外卷起的屋檐处停止下滑。但就在这时，我的脚掀起了一片瓦，瓦片哗啦一声掉到下面的院子里摔碎了。接着，我只知道我又没拿住一只木屐，它擦着我的身体滑下去了。我听见它啪嗒一声落在院子里，然后传来了一种更为糟糕的声响——脚步声，有人穿过一条木板通道朝院子里走来。

我曾多次看见苍蝇停在墙壁或天花板上，稳得仿佛就粘在平地上。我不清楚这是因为它们的脚有黏性，还是因为它们的体重很轻，可当我听见下面有人走来时，我下定决心要立刻找到一个办法好使自己能像一只苍蝇那样粘在房顶上。否则再过几秒钟我的逃跑之旅就会以我趴在下面的院子里告终。我试着用自己的脚趾、手肘和膝盖扣住房顶。最后在绝望中我做了一件顶顶傻的事情——我松手让另一只木屐也滑下去，然后试图用两只手掌扒住屋顶上的瓦片来阻止自己下滑。我的手掌一定是在滴汗，因为它们接触到瓦片后我反而下滑得更快了。在下滑的过程中，我听见自己的身体擦过瓦片发出"唑唑"声，接着房顶突然就不在那儿了。

有一刹那，我什么都听不见，只剩下一片恐怖、空虚的寂静。在下坠中，一个想法清晰地呈现在我的脑海里：我想象一个女人走进院子，向下看到地上的碎瓦，然后她抬头朝屋顶上看，恰好看见我从她正上方的空中摔下来，当然实际情况并非如此。我在空中时身体转了一下，落地时身体的一边着地。我有意识地用一条胳膊护住脑袋；但我依然摔得很重，砸到地上后整个人头晕目眩。我不知道那个女人刚才站在哪里，甚至不知道自己从空中掉下来时，她是否在院子里。不过她一定目睹了我从屋顶上掉下来的过程，因为我昏昏沉沉地躺在地上，听见她说：

"天哪！下小姑娘雨了！"

唔，我当然想立刻跳起来逃走，可是我无法这么做。我的整个半边身体疼痛欲裂。慢慢地，我清醒过来，看见两个女人跪在我的身旁。一个人一直在反复说着什么，可我没听明白。她们两个交流了一下，然后把我从苔藓地上扶起来，让我坐在木板的通道上。我只记得她们谈话中的一个片段。

"我告诉您，她是从屋顶上掉下来的，妈妈。"

"她究竟为什么要带着在厕所里穿的拖鞋？你爬上去用了那里的厕所吗，小姑娘？你能听见我说话吗？你做了一件多么危险的事情啊！你没有摔得粉身碎骨真是太幸运了！"

"她听不见您说话，妈妈。瞧瞧她的眼睛。"

"她当然能听见我说话。说话啊，小姑娘！"

但我什么话都说不出来。我只是惦记着佐津会在南伊豆剧院对面等我，而我却不能赴约。

女仆被派到街上去敲每家艺馆的门，直到她找出我来自何处。我蜷缩成球状躺在那里，惊魂未定。我抱着自己剧痛的手臂干嚎着，突然感觉有人把我拽起来，抽了我一记耳光。

"蠢丫头，蠢丫头！"一个声音骂道。阿姨穿着一件破衣服站在我面前，然后她把我拉出那家艺馆，来到街上。我们走到自家的艺馆时，她把我推到木门上，又抽了我一记耳光。

"你知道你干了什么吗？"她对我说，可我无法回答。"你在想什么！好了，你把自己的一切都毁了……做出那么愚蠢的事情！太傻了，蠢丫头！"

我从未想到阿姨会如此愤怒。她把我拖进院子，把我面朝下推倒在地。这时，我开始动情地大哭起来，因为我清楚将要发生什么。不同于上次打我时的半真半假，这次阿姨浇了一桶水在我的袍子上好让我挨棍子时感觉更痛，接着她拼命打我，打得我几乎透不过气来。她打完我，把棍子扔在地上，又把我翻过来使我背部着地。"现在你永远也成不了艺伎了！"她喊道，"我警告过你不要犯这样的错误！现在谁都帮不了你了！"

我只听到她说这些，因为从走廊的尽头传来了可怕的尖叫声。奶奶正在打南瓜，惩罚她没有把我看好。

出逃事件的结果是，我掉到那个院子里时摔断了自己的手臂。第二天早晨，一个医生来到艺馆，带我去附近的诊所。我手臂打着石膏回到艺馆时，已接近傍晚。我依然觉得很痛，可妈妈却叫我立刻去她的房间。她一手拍着"多久"，另一手握着嘴里的烟斗，坐在那里盯着我看了很久很久。

"你知道我买你花了多少钱吗？"最后她对我说。

"不知道，妈妈。"我回答，"不过你马上会跟我讲，我不值你付的那么多钱。"

我知道这样回答是不礼貌的。事实上，我估计妈妈可能会因为这话再抽我一记耳光，但是我豁出去了。在我看来，我在这个世界上也没得混了。妈妈咬紧牙关，咳嗽了几声，她的咳嗽跟怪笑声没两样。

"你说得很对！"她说，"你连半块钱都不值。喔，我还以为你挺聪明的，可你却笨得不知道什么对你有好处。"

她吞云吐雾了一会儿，然后说："我买你花了七十五块钱，就是那么多。后来你毁了一件和服，偷了一枚别针，现在你又摔断了手臂，所以我还要把医药费加进你的债务。此外，还要算上你吃饭和上课的钱，就在今天早晨，我从宫川町'辰义'的女主人那里听说你姐姐逃跑了。那里的女主人至今还没有付她欠我的钱。现在她告诉我说，她不会付了！我要把那笔钱也加进你的债，不过这又有什么意义呢？你已经欠下了你一辈子都还不清的债。"

那么说佐津是逃掉了。我一整天都在想这事，现在我终于有了答案。我真想为她高兴，可我却做不到。

"我原来估计你做艺伎十年或十五年后能还清债务。"她继续说道，"前提是你恰好成了一名成功的艺伎。可一个整天想逃跑的女孩子，谁还会在她身上多投一文钱呢？"

我不知道自己该如何去偿还其中的任何一笔费用，所以我告诉妈妈我很抱歉。此前，她对我说话的态度还算过得去，但我道歉后，她把烟斗往桌上一放，立刻拉长了脸——是出于愤怒，我猜——我觉得她就像是一只准备打架的动物。

"抱歉，你觉得抱歉？我真是个傻瓜，一开始在你身上投了那么多钱。你大概是整个祗园最昂贵的女仆了！要是卖掉你的骨头可以抵消你的一部分欠债，那我早就把它们从你的身体里抽出来了。"

说完这些，她命令我滚出房间，接着又把烟斗放回了她的嘴里。

我离开时，嘴唇哆嗦个不停，但我还是尽量克制自己的情绪，因为初桃就站在楼梯口。别宫先生正等着替她系腰带，阿姨拿着一块手绢，站在她面前凝视着她的双眼。

"好吧，全弄脏了。"阿姨说，"我也无能为力了。你必须先止住抽泣，然后重新化妆。"

我很清楚初桃为什么哭。她得到一道禁令，不准把男朋友带到艺馆来，而她男朋友也就不来找她了。前一天早晨得知此事后，我就确信初桃会迁怒于我。我急切地想在她发现我之前下楼去，可已经迟了。她从阿姨手中抓过手绢，示意我到她跟前去。我当然不愿意去，但是我没办法拒绝。

"你的事情跟千代没有关系。"阿姨对她说，"你就到房间里去把妆化完吧。"

初桃没有回答，把我拉进她的房间，并关上了门。

"我花了好多天，琢磨该如何毁掉你的生活。"她对我说，"但是现在你想逃跑，正合我意！我不知道该不该高兴，因为我本来一直巴望着自己动手收拾你。"

我朝初桃鞠了一躬，没说什么就拉开门出去了，我知道这么做很粗鲁。她本可以为此而揍我，但她仅仅是跟着我走进了厅堂，然后说："假如你想知道一辈子做女仆是什么滋味，就去跟阿姨聊聊吧！你俩已经像是一根绳子的两头了。她有一个残废的屁股，你有一条断胳膊。也许有一天你连看起来都像个男人，就跟阿姨一样！"

"你走吧，初桃。"阿姨说，"向我们展示一下你出名的风度。"

我五六岁的时候，从没想过京都会跟自己的一生有什么关系。那时我认识我们村里一个名叫"昇"的小男孩。我认定他是个好孩子，可他身上有一股很难闻的气味，我想这就是他讨人厌的原因。每当他说话的时候，其他所有的孩子都不把他放在眼里，仿佛他只是一只唧唧喳喳的小鸟，或是一只呱呱叫的青蛙，于是可怜的昇常常坐在地上哭泣。出逃失败后的几个月里，我渐渐体会到了像昇那样生活的滋味，因为除了对我下命令，艺馆里根本没有人和我讲话。妈妈倒是向来都把我当成一团烟来对待的，因为她脑子里总是想着更重要的事情。但是现在所有的女仆、厨子和阿姨也以这样的方式对待我了。

整个酷寒的冬季里，我一直在想佐津和我的父母过得怎么样。大多数夜晚，我躺在蒲团上时都会焦虑不安，感觉心里面空荡荡的，仿佛整个世界只不过是一个巨大的客厅，里面空无一人。为了安慰自己，我会闭上眼睛，想象自己走在养老町海边悬崖旁的小路上。我太熟悉那个地方了，可以活灵活现地描绘出自己在那里的情景，就仿佛我真的跟佐津一起逃回了家乡。在我的脑海中，我拉着佐津的手朝醉屋冲去——尽管以前我从来没有拉过她的手——再过一会儿，我们就可以同父母团聚了。然而，在那些幻想中，我从未真的回到家里，也许我是太害怕看到家里的真实情况了。无论如何，想想自己走在家乡的小路上似乎已经可以给我慰藉了。某些时候，我会听见睡在我附近的女仆咳嗽，或是奶奶令人尴尬的放屁声，想象中大海的气味就会在瞬间消失得无影无踪，脚下粗糙的泥土路也会变回我蒲团上的床单，我还是跟开始幻想前一样，除了孤独，一无所有。

春天来临时，丸山公园里的樱桃树都开花了，于是京都人似乎除了樱花没什么可谈的。为了应付所有的樱花观赏宴会，初桃白天比往常更忙碌了。每天下午我都看着她为出门而梳妆打扮，真羡慕她充实的生活。我已经开始放弃希望，不再幻想某天夜里醒来发现佐津潜入我们艺馆来救我，也不再幻想能通过其他途径听到远在养老町的家人的消息。后来，一天早上，当妈妈和阿姨正在为带奶奶外出野餐做准备时，我下楼发现前厅的地板上有一个包裹。那是一个跟我的手臂差不多长的盒子，外面包着厚厚的纸，还扎着一根磨损了的细绳。我知道这不关我的事，但既然周围没有人看见我，我就走上前看了一下写在盒子正面上的名字和地址：

京都府　京都市

富永町　祇园

新田加代子　转

坂本千代　收

我太吃惊了，用手捂着嘴巴在那里站了很长时间，我敢肯定自己的眼睛瞪得有茶杯口那么大，因为邮票下面写的回复地址显示包裹是田中先生寄来的。我不知道包裹里面会有什么，但是看见田中先生的名字写在那儿……你也许会觉得我荒唐，可我真希望是他意识到了送我来这个可怕的地方是不对的，所以给我寄来一些可以使我离开艺馆重获自由的东西。但另一方面，我无法想象一个包裹可以让一个小女孩摆脱奴役，即使在此时，我还是很难想象这样的事情。可我心里确实相信当包裹最终打开时，我的生活将被永远地改变。

我还没想出下一步该做什么，阿姨就从楼上下来把我从盒子边轰走了，虽然它上面写着我的名字。我真想亲手打开它，可她叫人拿来一把刀，割断绳子，接着慢腾腾地拆开粗糙的包装纸。里面是一只厚厚的用粗渔线缝起来的麻布袋，袋子的一角缝着一个写有我名字的信封。阿姨从袋子上割下信封，接着扯开麻布袋，袋子里有一只黑色的木盒子。我开始兴奋起来，迫切地想知道里面装着什么，但是当阿姨掀开盒盖时，我的心情立刻变得很沉重。盒子里面，在层层叠叠的亚麻布中间躺着几块小小的灵牌，它们本来都竖立在我们醉屋的供坛前面。其中两块成色较新的灵牌我之前从未见过，上面写着陌生的法号，我不认识那些字。我害怕得甚至不敢去想田中先生为何要把灵牌寄给我。

这时，阿姨把木盒子放在地板上，把里面的灵牌整整齐齐放好，又从信封里拿出信来读。我在那里似乎站了很长时间，内心充满恐惧，甚至不敢去想任何事情。最后，阿姨重重地叹了一口气，拉着我的手臂带我进了会客室。我跪在桌边，双手放在膝盖上哆嗦个不停，这大概是因为我竭力想阻止那些可怕的念头浮现在我的脑海里。也许田中先生把灵牌寄给我是一个好迹象。有没有可能是我的家人要搬到京都来了？那样的话我们就要买一个新祭坛供奉灵牌；或许是佐津快要回到京都了，所以要求田中先生把它们寄给我。这时，阿姨打断了我的思绪。

"千代，我要给你读一读一个名叫田中一郎的男人写给你的信。"她的语气异常沉重缓慢。她在桌上摊开信纸时，我觉得自己气都透不过来了。

亲爱的千代：

你离开养老町已经半年了，很快树上新一季的花就要盛开了。花开花谢的过程提醒我们，总有一天死亡会降临在我们每个人身上。

我自己也曾经是孤儿，现在我不得不遗憾地告诉你一个可怕的消息，你一定要承受住。你离开家乡远赴京都开始新生活的第六个星期，你尊敬的母亲就病故了；仅仅几星期之后，你尊敬的父亲也离开了这个世界。我对你痛失双亲深表遗憾，希望你能节哀顺变。请放心，你父母的遗体已经被安葬在村里的公墓中。葬礼是在千鹤镇的子角寺举行的，养老町的妇女还吟诵了佛经。我相信你尊敬的双亲已经在极乐世界里安息了。

艺伎学徒的培训过程充满了艰辛。然而，我非常钦佩那些历经磨炼后脱胎换骨成为伟大艺术家的人。数年前我造访祗园时曾有幸观赏了春季舞蹈，之后还参加了一个茶屋宴会，那次的经历给我留下了非常深刻的印象。在某种程度上我觉得很满足，因为我在这个世界上为你找到了一个安全的地方，千代，艺馆可以让你免受漂泊不定的痛苦。我活到这么大的年纪，目睹了两代孩子长大成人，我深知普通的鸟儿极少能生出天鹅来。天鹅如果一直生活在它父母的树上就会死掉，所以那些天生丽质且天资聪颖的人必须在这个世界上为自己开辟一条路。

你的姐姐佐津去年深秋来过养老町，不过她很快又跟杉井家的男孩子跑了。杉井先生急切地希望能在有生之年再见到他的爱子，因此他请求你一有你姐姐的消息就立刻通知他。

你最诚挚的朋友
田中一郎

阿姨还没读完信，我的眼泪就止不住地往外涌，就像水冒出烧开的水壶一样。得知母亲或父亲去世已经够难受的了，但同时获悉双亲的死讯，以及姐姐一去不复返的消息……我立刻觉得自己像一只破碎的花瓶，站都站不住。我彻底迷失了，在房间里都辨不清方向。

你一定会认为我很天真，时间已经过去了好几个月还怀着母亲仍活在人世的希望。可我实在是没什么好指望的，哪怕只有一丝希望，我也会抓住不放。在我试图从悲伤中找回自己时，阿姨对我很好，她不断安慰我说："挺住，千代，挺住。这个世界上有很多事情，我们都是无能为力的。"

当我终于可以说出话时，我问阿姨她是否能把灵牌竖在一个我看不见的地方，并代我拜拜它们——因为我承受不了自己去拜的痛苦。可她拒绝了，她说我应该对自己的想法感到羞耻，无论如何我都不能不管自己的祖先。她帮我把灵牌立在楼梯口附近的一个架子上，这样我每天早晨就可以拜一拜它们了。"千万不能忘记他们，小千代。"她说，"他们是你童年所有的记忆。"

第九章

在我六十五岁生日前后，有位朋友寄给我一篇她在某个地方找到的文章，题目是"祇园历史上最伟大的二十名艺伎"。也许是三十名，具体的数字我不记得了。名单上列着我的名字，还有一小段文字介绍我的情况——上面写出生在京都——这当然是错的。而且我能向你保证，我并不是祇园里最伟大的二十名艺伎之一，有些人搞不清楚"伟大"与"小有名气"之间的区别。无论如何，要是田中先生没有写信通知我父母的死讯，也没有告诉我说我大概再也无法见到我的姐姐，最终我极有可能和其他许多可怜的女孩子一样，只是一个档次不高、境况悲惨的艺伎。

你一定还记得我曾说过，遇见田中先生的那个下午是我一生中最美好又最糟糕的一个下午。我大概不需要再解释它为什么是最糟糕的；可你也许会纳闷，我怎么可能还会觉得那个下午美好。诚然，迄今为止田中先生除了苦难没有给我带来任何东西，但他彻底改变了我的眼界。我们的生活就像山上流下来的水，基本上都是朝一个方向行进，直到我们碰到什么东西而不得不改变路线。假如我不曾遇到田中先生，我的生活轨迹就会像一条从醉屋流向大海的普普通通的小溪。田中先生把我送进一个全新的世界，从而改变了一切。不过来到另外一个世界并不一定意味着忘却家乡。收到田中先生来信时，我已经在祇园待了六个月；可是在那段日子里，我一刻也不曾放弃一个信念：总有一天我会跟家人在别处生活得更好，就算不能全家团聚，至少也能跟部分家人在一起。那样想的时候，我一半住在祇园，另一半依然活在自己回家的梦里。这就是为什么梦想也许是一种可怕的东西：它们像一团焖烧的火，有时会将我们完全吞噬。

收到信后余下的春天和接下去的整个夏天，我都感觉自己像是一个在大雾笼罩的湖上迷路的小孩。日复一日，我都是迷迷糊糊的。除了永远萦绕在心头的痛苦和恐惧，我只记得一些事情的片断。入冬后一个寒冷的夜晚，我久久地坐在女仆房里看着雪悄无声息地落在艺馆的小庭院里。在我的想象中，孤寂的房子里，我的父亲正坐在孤寂的小桌边咳嗽，我的母亲是如此虚弱，躺在蒲团上的她仿佛轻如鹅毛。我跌跌撞撞地走进院子里，试图逃避痛苦，但是当然我们永远也无法逃避自己内心的痛苦。

收到家人噩耗整整一年之后，早春时，发生了一件事情。那是在四月份，正逢樱花盛开的季节，那一天可能正好是一年前田中先生来信的日子。当时我快满十二岁了，开始看起来有点女人味了，而南瓜却依然是一副小女孩的模样。我的身高几乎已经长足，身体还是很瘦，摸上去有很多骨头，就像一根只有一两年树龄的嫩枝，但是面孔已经褪去了孩子气的柔和，现在我的下巴变尖了，颧骨的线条也分明起来，脸长开后眼睛呈现出杏仁的形状。过去，街上的男人很少注意我，仿佛我不过是一只鸽子；现在当我经过时，他们开始看我了。在被长久地漠视之后，我发现受人关注的感觉很奇怪。

不管怎么说，四月的一天清晨，我从一个怪异的梦中醒来。我梦见一个大胡子男人，他的胡子是如此浓密，我看不清他的五官，仿佛有人把它们从胶片上删除了。梦里他站在我面前说了一些话，内容我已经不记得了，然后他突然"啪"地一声拉开他身边窗户上的纸帘。我惊醒时觉得自己听见房间里有动静。女仆们在睡梦中叹息。南瓜安静地躺着，圆脸陷在枕头里。我确定每个物件看上去都一如寻常，但我的感觉却殊为异样。我觉得自己眼前的世界似乎变得和昨晚不一样了——我仿佛是透过梦里的那扇窗户朝外看。

我可能无法解释这是什么意思。但我那天上午清扫院子里的踏脚石时仍在想这事，直到我开始觉得脑袋里响起一种嗡嗡声，这是由于一个念头一直在脑袋里打转，答案却无处可寻，就像一只飞不出罐子的蜜蜂。很快，我放下扫帚，走到泥土走廊里坐下来，主楼基座下吹出来的阵阵凉风拂在我背上，感觉很舒服。接着，我想起一件事，它发生在我来京都后的头一个星期。

我和姐姐分开后才过了一两天，一天下午我被派去洗一些破布，一只蛾子从天上拍着翅膀飞到我的手臂上。我用手指弹了它一下，以为它会飞走，不料它却像一颗小鹅卵石般滚过院子，最后躺在那边的地上。我不知道是它从天上掉下来的时候已经死了，还是我杀死了它，但这只小昆虫的死亡触动了我。我喜欢它翅膀上的可爱图案，于是就用我正在洗的一块破布将它包起来，把它藏在主楼的基座下面。

自那时起，我再也没有想过这只蛾子；可是此时一想到它，我便跪下来，查看房子下面，重新把它找了出来。我的生活中有太多的事情已经改变，连我自己的模样也变了；可当我打开包在蛾子外面的"裹尸布"时，发现它依旧是那么可爱的一只小生物，就跟我埋葬它的那天一模一样。它仿佛穿了一件柔和的灰棕色袍子，就像妈妈晚上出去打麻将时穿的那件袍子。它身上的一切看起来都那么漂亮那么完美，而且丝毫没有随时间的流逝而改变。假如我的生活中唯有一件东西仍保持着我初到京都时看见它的模样……想到这里，我一阵晕眩，脑袋里仿佛刮起了飓风。我忽然觉得我们——那只蛾子和我——代表着两个完全相反的极端。我的生存状况就同溪流一样不稳定，变化莫测；而蛾子却像一块石头，一点儿变化都没有。我一边想，一边伸出一根手指去摸蛾子丝绒般的体表，但指尖刚触及它，它顷刻间就无声无息地变成了一堆粉末，我甚至都来不及看清它瓦解的过程。我极其惊愕地叫了一声。我的头已经不晕了，我仿佛踏入了暴风眼里。我任由那块小小的裹尸布和蛾子的尸灰飘洒在地上，终于想通了困扰我整个上午的事情。心中的郁闷一扫而光。过去的一切都已远逝。我的父母都已故去，这是我无法改变的事实。但我想，从某种程度而言，过去的一年里我也是一个死人。我的姐姐呢……是的，她已经走了，可我还没有走。我这么说你未必明白，但我觉得自己仿佛转了个身朝另一个方向看去，看到的不再是过去的往事，而是前方的未来。于是，我现在要面对的问题就是：未来会是什么样子？

这个问题在我脑海里形成的那一刻，我就无比确信自己会在那天的某个时刻得到一个暗示。这就是为什么我梦里的那个大胡子男人打开一扇窗。他是在对我说："等待那个自动出现在你面前的东西。因为你会发现，那个东西就是你的未来。"

我还来不及多想，就听见阿姨在大声叫我：

"千代！到这里来！"

于是，我就恍恍惚惚地走上了泥土走廊。如果阿姨对我说："你想知道你的未来吗？好吧，仔细听着……"我一点儿也不会觉得惊讶。但她没说什么，只是拿出一块正方形的白色丝绸，上面摆着两个发饰。

"拿着这些。"她对我说，"天知道初桃昨晚去哪里了，她回到艺馆时竟戴着另一个姑娘的饰物。她一定是比平时喝了更多的清酒。去学校找她，问问这些是谁的东西，然后把它们还掉。"

在我端详它们的时候，阿姨又给了我一张纸，上面写着一些她要我办的其他事项，并吩咐我做完事就尽快回艺馆。

晚上戴着别人的发饰回家听起来也许不是那么奇怪，但实际上这跟穿着别人的内衣回家没多少区别。你要知道，为了保持她们特别的发型，艺伎不会每天都洗头发，所以发饰可算是一件非常私人的物品。阿姨甚至不想去碰它们，这就是为什么她拿它们时要垫一块方巾。她把发饰包起来交给我，这么一来它们看上去就像我几分钟前拿过的那个被破布包裹的蛾子。当然，除非你懂得如何解释一个暗示，否则它是没有任何意义的。我站在那里注视着阿姨手中的丝绸包裹，直到她说："看在老天的分上，快拿着啊！"后来，在去学校的路上，我打开包裹又看了一眼那两件发饰。其中的一件是一把落日造型的黑漆木梳，边缘围绕着一些金色的花朵图案；另一件是一根亚麻色的木簪，一端有一小颗以两粒珍珠固定的琥珀。

我在校舍外面等着，直到听见下课的铃声响起。不一会儿，穿着蓝白两色袍子的女孩子就蜂拥而出。初桃在我认出她前就发现了我，她和另一名艺伎一起朝我走来。你也许会纳闷她为什么也在学校里，因为她已经是一个出色的舞者了，而且她无疑通晓作为一名艺伎所需要了解的一切事情。但事实上，即使是最著名的艺伎，也必须在她们的职业生涯里不断进修更高级的舞蹈课程，有些艺伎五六十岁还去学校上课。

"嘿，瞧。"初桃对她的朋友说，"我想这一定是一根芦苇。看看它有多高！"这是她嘲笑我的方式，因为我比她高出一指宽。

"阿姨派我来这儿，小姐。"我说，"她要我查出你昨晚偷了谁的发饰。"

初桃的笑容消失了。她从我手里夺过那个小包裹，将它打开。

"啊，这些不是我的东西……"她说，"你从哪里弄到它们的？"

"哦，初桃小姐！"另一名艺伎说，"你难道不记得了吗？你和加奈子两个人同宇和法官玩那个傻乎乎的游戏时，你们把发饰都拿下来了。加奈子回家时一定是戴着你的发饰，而你把她的戴回了家。"

"太恶心了。"初桃说，"你觉得加奈子上回洗头是什么时候？不管怎么说，她的艺馆就在你的隔壁，你替我还给她，行吗？告诉她我以后会去取回我的发饰，叫她最好别盘算着把它们留下来。"

那名艺伎拿着发饰走了。

"噢，不要走，小千代。"初桃对我说，"我想让你看一个人，就是那边那个正穿过大门的年轻姑娘。她名叫一木美惠。"

我望望一木美惠，初桃似乎不打算再多介绍她的情况。"我不认识她。"我说。

"是的，你当然不认识她。她没什么特别的，有一点笨，和跛子一样笨拙。不过她快要成为一名艺伎了，而你却永远当不成。我想你会觉得这很有意思。"

我想这是初桃所能对我说的最残酷的话。一年半以来，我一直被迫从事女仆的苦役。我觉得自己的生活就像是一条漫无尽头的长路，走在上面看不到一丝希望。我倒不是说我想成为一名艺伎，但我肯定不愿意一辈子做女仆。我在学校的花园里站了很久，看着与我同龄的年轻女孩互相聊着天鱼贯而过。她们可能只是回去吃午饭，可在我看来，她们做完了一桩重要的事情，又要接着去做另一桩，过着有意义的生活；而我却只能回去擦院子里的踏脚石。当花园里的人都走光后，我开始担心这或许就是我一直在等待的暗示——祇园里的其他年轻女孩都会奔赴她们的前程，只有我一个人被大家抛在后面。这个念头把我吓坏了，我再也无法独自在花园里呆下去了。我走到四条大街并转向加茂河。南伊豆剧院门口挂着巨大的横幅，宣告当天下午将上演一场名为《且慢》的歌舞伎表演，那是我们最著名的一出戏，可那时我对歌舞伎还一无所知。观众如潮水一般涌入剧院。男人们都穿着黑西服或和服，几个服饰艳丽的艺伎被衬得分外显眼，就像是浑浊的河水上漂着的秋叶。在这里，我又一次目睹热热闹闹的生活从我的身边走过。我赶紧离开大街，走上一条沿着白川溪的小路，可即使在那里，仍有一些男人和艺伎目标明确地在赶路。为了彻底摆脱这种想法带给我的痛苦，我朝白川溪走去，但残忍的是，连河水也有它流淌的目标——先流到加茂河，再流到大阪湾，最后流进内海。似乎所有地方都在给我同样的暗示。我靠在河边的一堵小石墙上哭泣。我是被遗弃在汪洋中的一座孤岛，非但没有过去，也不会有将来。不一会儿，我感觉自己到了一个荒无人迹的地方——然而，我却听见一个男人的声音：

"怎么了，这么好的天气实在不该如此悲伤。"

一般来说，祇园大街上的男人是不会注意一个像我这样的小女孩的；尤其是在我哭得像个傻瓜的时候。假如有个男人确实注意到了我，他肯定也不会和我说话，除非是叫我别挡着他的路，或诸如此类的事。然而，这个男人不仅耐心地同我讲话，而且态度非常友善。他对我说话的方式就好像我是一个大家闺秀——或许就像他一个好朋友的女儿。有那么一瞬间，我想象自己置身于一个完全不同的新世界，在那个世界里，人们公平、甚至友善地对待我——在那个世界里，父亲不会出卖他们的女儿。我周围喧嚣嘈杂的人声似乎消失了，或者至少是我感觉不到了。当我抬起头看着这个跟我讲话的男人时，我觉得自己仿佛把痛苦都留在了身后的石墙上。

我很乐意向你描述他，但我只想出一种表达方式——我要说说养老町的一棵树，它就立在临海的悬崖边。由于海风的作用，这棵树的表面和浮木一样光滑，而且我四五岁时，有一天在树上找到一张男人的面孔。就是说，我发现了一块盘子大小的光滑疤结，两边各有一块凸起像颧骨，它们造成的阴影像两个眼窝，眼窝下面稍鼓起来的部分就像鼻子。整张脸略微向一边倾斜，疑惑地凝视着我。我觉得它像男人的脸，这个男人和树一样非常清楚自己在这个世界上的位置。这张脸上有一种冥想的表情，我猜想自己发现了一张菩萨的面孔。

那个在街上和我说话的男人也同样有一张宽宽的平静脸庞。此外，他的容貌非常光洁安详，让我感觉他会一直平静地站在那里直到我不再悲伤。他大概四十五岁左右，灰色的头发从前额往后梳直。但是我无法长时间地注视他。他看上去实在是太优雅了，我只得面红耳赤地移开目光。

他的一边站着两个比他年轻的男人，另一边站着一名艺伎。我听见艺伎轻轻地对他说：

"唔，她不过是一个女仆！大概跑腿时绊到了脚趾。肯定很快就会有人来帮她的。"

"我希望自己也能像你这么对别人有信心，严子小姐。"这个男人说。

"演出马上就要开始了。真的，会长①，我认为您不该再浪费时间了。"

在祇园跑腿时，我经常听见有人被称呼为"部长"，偶尔也听到过"副社长"。但是我很少听见"会长"这个头衔。通常被称作"会长"的男人都是秃顶加蹙眉，在街上昂首阔步时身后总是簇拥着一批下属。我面前的这个男人跟一般的会长是如此不同，尽管我只是一个不谙世事的小姑娘，我也猜得出他的公司可能不很大。一个大公司的老板是不会停下脚步和我说话的。

"你是想跟我说待在这里帮助她是浪费时间吗？"会长说。

"噢，不。"艺伎说，"只是没有时间可供耽搁了。我们可能已经赶不上演出的第一幕了。"

"行了，严子小姐，你自己肯定也同样身处这个小姑娘的境地。你不能假装一个艺伎的生活总是那么简单。我认为你们所有的人——"

"我也身陷过她所处的境地？会长，您的意思是……我也曾当众出丑？"

这时，会长转身吩咐那两个年轻的男人带严子去剧院。他们鞠躬后就上路了，会长留下没有走。他看了我很长时间，我却不敢回看他。最后，我说：

"不好意思，先生，她说得没错。我只是一个傻姑娘……请您不要因为我误了看戏。"

"起来站一会儿。"他对我说。

我不敢违抗他，尽管我不知道他想干什么。不过我显然是多虑

---

① 日本企业领导人称谓中，"会长"指董事长，"社长"指总裁。

了，因为他只是从口袋里拿出一块手帕，替我擦去脸上的沙砾，那是我刚才从石墙上沾下来的。站得离他这么近，我都可以闻到他光洁的皮肤上的爽身粉味，这让我回想起大正天皇的侄子来我们小渔村的那一天。那位皇亲什么也没做，只是踏出轿车，走到出海口再走回来，朝跪在他面前的人群点了点头。他穿着一套西服，这是我头一回见到西服——虽然不应该，可我还是偷看了他几眼。我还记得他嘴唇上的胡须是精心修剪过的，和我们村里的男人截然不同，村里男人脸上的胡子都是乱糟糟的，就像路边的芦苇。天皇的侄子大驾光临之前，我们村里从来没出现过什么大人物。我想皇亲来的那天，那种高贵、隆重的气氛触动了我们每一个人。

在生活中，我们偶尔会碰到一些我们无法明白的事情，这是因为我们缺乏类似的经验。皇侄给我带来了很大的震动，现在这位会长也是如此。他拭去我脸上的沙砾和眼泪后，用手指托起我的下巴。

"没事了……一个漂亮的姑娘，没什么好难为情的。"他说，"可你却害怕看我。有人对你不好……要么就是你的生活不如意。"

"我不知道，先生。"我说，当然我的心里其实很明白。

"在这个世界上，我们谁也无法百分之百得到我们理应享有的福。"他告诉我说，接着他眯起眼睛，仿佛在说我应该认真琢磨一下他所说的话。

我巴不得想再看看他脸上光洁的皮肤，宽宽的眉毛，温柔的眼睛及上面大理石般的眼睑，但是我们的社会地位相差太悬殊了。最终，我还是抬起眼睛扫了他一眼，但立刻就红着脸移开了目光，也许他根本就没有注意到。不过，让我怎么描述那一瞬间见到的景象呢？当时他正看着我，就像一个音乐家在演奏前看着他的乐器，一副胸有成竹的表情。我觉得自己仿佛是他的一部分，他能看透我的内心。我真想成为他演奏的乐器啊！

过了一会儿，他伸手从口袋里取出一件东西。

"你喜欢甜李子还是樱桃？"他问。

"先生，您是说……吃东西？"

"我刚才路过一个小贩，他在卖淋着糖浆的刨冰。我成年后才第一次尝到刨冰，可我像小孩子一样喜欢它的滋味。拿着这个硬币去买一份吃吧。把我的手帕也拿着，这样你吃完后就可以擦擦脸。"他说着，把硬币放在手帕正中，包成一卷，然后伸出手来让我拿。

从会长开口对我说话的那一刻起，我就忘记了自己正在等待一个关于未来的暗示。但当我看见他手里的手帕卷，便想起了包在破布里的蛾子，我明白自己终于等到了那个暗示。我接过手帕卷，朝他深鞠一躬表示感谢，很想告诉他我是多么感激他——虽然很多感受难以言表。我感谢他不是因为那个硬币，甚至也不是因为他不怕麻烦停下来帮助我。我感谢他，是因为……嗯，是因为某些我至今都无法解释清楚的东西。也许是因为他让我明白了，在这个世界上，除了残酷无情，我们还能找到别的东西。

目送他走远，我的内心隐隐作痛——不过这是一种开心的痛，假如可以如此形容的话。我的意思是，如果你度过了一个毕生最激动的夜晚，你看到它结束会有些忧伤，但是你依然会对它的存在心怀感激。在与会长短暂的不期而遇里，我从一个面对空虚人生倍感迷失的女孩蜕变成了一个有人生目标的人。大街上的一次偶遇竟能带来如此的变化，这似乎有些奇怪。不过有时候生活就是那样的，不是吗？我确实认为，如果你在那里见我所见，感我所感，同样的事情也可能会发生在你的身上。

当会长的身影从我的视线里消失后，我立即冲到街上去寻找那个卖刨冰的小贩。那天并不是特别热，我也不怎么想吃刨冰，可吃刨冰能延长我邂逅会长的感觉。所以我买了一纸杯淋着樱桃糖浆的刨冰，又走回去坐在石墙上吃。糖浆的滋味似乎很刺激，也很复杂，我猜这只是因为我的情绪太激动了。假如我是一名像严子那样的艺伎，我想一个像会长那样的男人可能会花时间跟我在一起。我从来没想过自己会羡慕一名艺伎。当然，我原本就是被带到京都来做艺伎的；可是在此之前，只要有机会，我就会立刻逃跑。现在，我领悟到一件被自己忽视的事情：对我而言，重要的不是如何成为一名艺伎，而是做一名艺伎。如何成为一名艺伎……这个，不能算是生活的目标。但是，做一名艺伎……如今我意识到这是一块通往别处的踏脚石。如果我没猜错，会长的年纪大概不超过四十五岁。许多艺伎在二十岁时就已经取得了巨大的成功。这个叫严子的艺伎大概不会超过二十五岁。我还是一个孩子，将近十二岁……可是再过十二年，我就二十多岁了。那么会长呢？那个时候他应该不会比现在的田中先生老。

会长给我的那枚硬币面值远远超过一份刨冰的价钱。我手里攥着小贩找给我的钱——三个大小不同的硬币，起初我想把它们永远存起来，但现在我想到，它们可以派上非常重要的用场。

我奔到四条街，又一路跑到祇园东端的街尾，祇园神社就在那里。我爬上台阶，有着人字形屋顶的大门足有两层楼那么高，但是我没有胆量直接走进去，只得绕着门走。走过砾石铺地的庭院，爬上一段台阶，我穿过一道拱门来到了神社。我把三个硬币投进那里的供奉箱——这些硬币可能足够把我带出祇园了——然后我拍了三次手并鞠躬向神祝拜。我紧闭双眼，两手合十，祈求神明保佑我成为一名艺伎。为了有机会再次吸引到一个像会长那样的男人，我甘愿经历艰苦的培训，承受一切困难。

睁开眼睛，我依然可以听见东王寺大街上车水马龙的声音。一阵风刮过，树木还是跟刚才一样簌簌作响。一切都没有改变。至于神明是否听到了我的祈求，我不得而知。我什么也做不了，只能把会长的手帕塞进袍子里，回到艺馆。

第十章

数月后的一天早上，我们正在收拾罗袍——一种由轻丝纱织成的夏装——并把单袍拿出来——单袍没有衬里，适宜九月份穿——我突然闻到大门口飘来一股可怕的怪味，惊得我把抱着的一叠袍子都掉到了地上。这股气味是从奶奶的房间里传出来的。我奔上楼去找阿姨，因为我当即意识到一定是出了大事。阿姨尽可能快地从楼上一瘸一拐地爬下来，走进奶奶的房间，发现她死在地板上，死时的样子异常奇怪。

奶奶霸占着我们艺馆里唯——台电热炉。除了夏天，她每天晚上都要开电热炉。进入九月之后，我们忙着收拾夏装，奶奶又开始用起了她的炉子。其实这不一定意味着天气已经凉了，我们换装参照的是日历，而非户外的实际温度，奶奶用炉子也是如此。她对电热炉的依赖已经到了不可理喻的程度，大概是因为她曾饱受寒夜之苦。

通常，奶奶的习惯是每天早上先把电线绕在炉子上，再把它推到墙脚放好。时间一长，热金属烧穿了电线外面的绝缘体，最终导致没拔下插头的整台电器都带电了。警察说，奶奶早晨碰到电热炉，一定是立刻触电、动弹不得，甚至可能当场就死了。当她滑倒在地板上时，脸又刚好压在热金属的表面，这就是那股怪味的来源。幸好奶奶死后，我没有见过她的整个人，我只是在走廊里远远看见了她的两条腿，它们像细树枝，被包裹在皱巴巴的丝绸里。

奶奶死后的一两个星期里，你可以想象我们有多忙，不但要彻底清洁整幢房子——因为在日本神道里，死亡被视作最不洁的事情——还要布置房子，摆好蜡烛、盛供品的盘子，在门口挂上灯笼，安置茶摊和收礼金的托盘，等等。我们忙得焦头烂额。一天晚上，厨子病倒了，叫来医生一检查，发现病因是她前一晚只睡了两个小时，当天又忙得一刻都没坐下来过，而且全天只喝了一碗清汤。我惊讶地瞧着妈妈几乎毫无节制地花钱，她请人在知音寺为奶奶诵经，从葬仪社买来含苞待放的莲花座——而此时正是大萧条时期。起初，我以为她的举动是为了证明她对奶奶的深情，后来我才意识到她的真正用意：按照惯例，祇园里所有的人都会先来我们艺馆吊唁奶奶，然后再参加一周后在寺庙举行的葬礼，妈妈必须装点门面给大家看。

那几天里，确实全祇园的人都登门造访了我们艺馆，或者看起来是如此，我们必须给所有的人奉上茶和点心。妈妈和阿姨则忙着接待各个茶屋和艺馆的女主人，以及许多和奶奶相熟的女仆；还有店主、假发制作匠和发型师，这些人多数是男性；当然，也少不了一批批的艺伎。年纪比较大的艺伎在奶奶还工作时就认识她了，但年轻一点的艺伎甚至都没听说过奶奶的名字，她们过来是出于对妈妈的尊重——或者某一些人是因为和初桃有这样或那样的关系。

在这段繁忙的日子里，我的工作是把访客领进会客室，妈妈和阿姨在那儿等候她们。会客室距离大门只有几步之遥，但访客不容易自己找对路；此外，我必须记清楚哪张脸穿的是哪双鞋，因为为了避免门口太乱，我要负责把鞋子送去女仆房，然后到合适的时间再把它们拿回来。一开始，我有点做不好这项工作。我没办法既直视客人的眼睛又不显得粗鲁，可光瞥一眼他们的脸又不足以让我记住她们。不过我很快就学会了靠观察客人穿的和服来识别。

第二或第三个吊唁日的下午，大门打开，来客所穿的和服立刻打动了我，这套和服比其他访客穿的都要漂亮。由于场合的关系，它是暗色的——一件带纹饰的简单黑袍——但它下摆处的金色与绿色的青草图案看上去明艳华丽，我想象着养老町的渔家女子们见到这样的衣服会有多么震惊。这位访客还带着一个女仆，我猜她是一家茶屋或艺馆的女主人——因为极少有艺伎能负担得起这种排场。当她望着我们门口的神龛时，我逮着机会偷看了一眼她的脸庞。完美的鹅蛋脸让我立刻想起了挂在阿姨房间里的一幅水墨卷轴，画的是一千年前平安时期的一个官伎。她不是一个像初桃那样夺目的女子，可她的五官是如此完美，让我当即觉得自己比平时更卑微了。接着，我突然认出了她是谁。

艺伎豆叶，初桃逼我毁坏的和服就是她的。

她的和服惨遭破坏实在不是我的错；但我宁愿脱下身上的袍子赔给她，也不愿碰到她。我领她和她的女仆去会客室，一路上都低着头尽量藏起自己的脸。我想她不会认出我，因为我敢肯定自己去还和服时，她没有看到我的脸；就算她当时看见了，那也已经是两年前的事了。现在陪她来的女仆也不是当初那个满眼泪水从我手中接过和服的年轻女子。等到把她们带进会客室，我鞠躬告辞后终于舒了一口气。

二十分钟后，豆叶和她的女仆要走了，我把她们的鞋子拿出来在门口的台阶上摆好，整个过程中我依然低着头，紧张的程度一点儿也不亚于之前带路时。当她的女仆打开门时，我觉得自己的苦难结束了。但是豆叶没有走出去，她继续站在那里。我开始担心起来，恐怕我的眼睛已经不受头脑控制了，因为我明知道不该抬眼看她，可还是不由自主地那么做了。我被吓坏了，因为豆叶也正向下盯着我看。

"你叫什么名字，小姑娘？"她问，我觉得她的语调非常严厉。

我告诉她我叫千代。

"站起来一会儿，千代。我想看看你。"

我照她的吩咐站起身来。假如我可以像吃一根面条那样，让自己的脸一下子缩起来消失，我肯定会那么做的。

"到这里来，我想要看看你！"她说，"你的样子就像在数自己的脚趾头。"

我抬起头，眼睛却仍旧朝下看着，然后豆叶长长地叹了一口气，命令我抬起头看着她。

"多么不同寻常的眼睛啊！"她说，"我还以为是自己想象出来的呢。你说它们是什么颜色，辰美？"

她的女仆从门外走回来看了我一眼。"蓝灰色，夫人。"她答道。

"这也正是我想说的。那么，你认为祇园里有多少女孩子有这样的眼睛呢？"

我不知道豆叶是在对我说话还是对辰美，不过我们两个人都没有回答。她看着我，脸上的表情很奇怪——我觉得她是在盯着什么东西。然后，她致歉离开了，我大大松了一口气。

大约一周后的一个早晨，我们为奶奶举行了葬礼，这个日子是算命先生挑的。之后，我们着手将艺馆恢复原貌，但还是稍微有些变化。阿姨搬进了楼下奶奶的房间，早就开始艺伎学徒课程的南瓜住进了阿姨原来在二楼的房间。此外，一周后新来了两个精力旺盛

56

9

的中年女仆。家里人少了，阿姨却增加女仆的数目，这似乎挺奇怪的，但事实上艺馆原先一直人手短缺，因为奶奶无法容忍拥挤。

最后一项改变就是南瓜不用再做杂务了。她被告知把时间都用在练习艺伎所必须掌握的各种技艺上。通常女孩们不会有如此多的练习机会，但是可怜的南瓜学得很慢，别人专心需要练的东西她还需要额外加班。她每天都要跪在木板通道上练好几个小时三味线，舌头吐在外面，歪向嘴的一边，仿佛她正试图舔干净自己的脸颊，我光看她练琴的样子就觉得辛苦。每当我们的目光相遇，她都会朝我笑一笑；确实，她的脾气好得无与伦比。可是我发现自己已经无法再忍耐生命中永无休止的等待，我不愿再去等一丝渺茫的希望，或许它永远也来不了，却又是我唯一可能得到的机会。为了早日实现理想，现在我必须注意观察机会之门何时朝别人敞开，以便将别人的机会变成自己的机会。有些夜晚当我上床睡觉时，我会把会长给我的手帕摊在床垫上，手帕上有一股浓郁的爽身粉味，闻着它我的脑海里什么都没有，只剩下会长的形象、温暖的阳光照在我脸上的感觉以及那天我遇见他时所坐的硬石墙。他就是我的菩萨，一定会帮助我。我想象不出他要怎样来帮我，但是我祈祷能获得他的帮助。

奶奶死了将近一个月后，一天，新来的女仆中有一个跑来跟我说门外有位客人找我。那是一个十月的下午，天气热得反常，我浑身是汗，因为我正用老式的手动吸尘器清理楼上南瓜房间里的榻榻米垫子，那个房间在不久以前还是属于阿姨的。南瓜习惯把饼干偷拿到楼上去吃，所以她房间里的榻榻米需要经常打扫。我用一块湿毛巾迅速地把自己擦了一下，便冲下楼去，发现门口站着一个穿女仆和服的年轻女子。我跪下来向她鞠躬。看她第二眼时，我才认出她就是几周前陪伴豆叶来我们艺馆的那个女仆。看见她站在那里，我很不好受。我觉得自己肯定是有麻烦了。但当她示意我走下台阶朝外走时，我便穿好鞋子跟随她走到了街上。

"你经常被派出去办事吗，千代？"她问我。

距我上回企图逃跑已经过去很长时间了，所以我不再被禁闭在艺馆内。我不知道她为什么要这么问，可我还是对她如实相告。

"那就好。"她说，"你安排一下，明天下午三点在白川溪上的小桥等我。"

"是的，夫人。"我说，"但我能问为什么吗？"

"你明天就会知道了。"她皱皱鼻子回答道，我怀疑她是不是在戏弄我。

豆叶的女仆要我跟她去某个地方，我当然不会觉得高兴——我猜她大概是要我跟她去见豆叶，让我为过去所做的事情挨一顿骂。不过第二天我还是说服南瓜派我出去办一件可做可不做的事情。南瓜很担心会惹上麻烦，直到我许诺会想办法报答她。于是三点钟时，她在庭院里叫我：

"千代小姐，你能出去替我买一些新的三味线弦和歌舞伎杂志吗？"为了让她受教育，她被要求阅读歌舞伎杂志。接着我听见她用更大的声音说："可以吗，阿姨？"但是阿姨没有回答，因为她正在楼上睡觉。

我离开艺馆，沿着白川溪走到一座通往祇园本吉町区的拱桥。天气温暖宜人，街上有不少男人和艺伎边散步边欣赏沙沙作响的樱桃树，有些树的枝叶垂得很低，都碰到了水面。在桥附近等待时，我看见一群慕名来参观祇园地区的外国游客。我不是第一次在京都见到外国人，但我还是觉得他们的模样很奇怪，发色鲜艳的大鼻子女人穿着长裙，颇为高大自信的男人走路时鞋跟把路面踩得噔噔作响。一个男人指着我用外语说了几句话，然后他们所有的人都转过来看我。我觉得尴尬极了，只得假装在地上找东西，这样我就能蹲下身子把自己藏起来。

最后，豆叶的女仆终于来了。正如我所害怕的那样，她领我过了桥，沿着小河走到一扇大门边，就是上次初桃和光琳逼我上楼还和服的那家人。我还要为同一件事情承担更多的麻烦，这似乎对我也太不公平了——更别说事情已经过去那么久。女仆给我拉开门，我爬上光线灰蒙蒙的楼梯。在楼梯的顶端，我们两个脱掉鞋子走进公寓。

"千代来了，小姐。"她喊道。

接着我听见豆叶在后面的房间大声说："知道了，谢谢你，辰美！"

年轻的女仆把我领到敞开的窗户下的一张桌子旁，我在一个垫子上跪下，尽量让自己显得不那么紧张。很快，另一个女仆给我端进来一杯茶——原来，豆叶的女仆不止有一个，而是有两个。我当然没有料到有人会给我上茶，事实上，自从几年前在田中先生家吃了一顿晚饭后，此等美事就再也没有轮到过我。我向她鞠躬表示感谢，并拿起茶杯啜了几口，以免显得无礼。之后，我坐等了好长一段时间，无事可做，只能听听屋外白川溪的水流过齐膝高的小瀑布时发出的淙淙声。

豆叶的公寓不是很大，但十分雅致，屋内漂亮的榻榻米垫子明显都是新的，因为它们闪烁着一种可爱的黄绿色光泽，还散发出一股浓郁的稻草香。假如你仔细端详榻榻米垫子，就会注意到垫子四周镶的通常都不过是一条深色的棉质或亚麻质地的滚边，但这些垫子四周的滚边却是丝绸做的，上面还有绿色和金色的图案。房间里，不远处的壁龛内悬挂着一幅漂亮的书法卷轴，后来我才知道那是著名的书法家松平功一送给豆叶的礼物。卷轴下方的木质壁龛基座上摆着一捧盛开的山茱萸，盛花的容器是一个形状不规则的深黑色釉盘，盘子上有明显的釉裂。我觉得这个浅盘看上去怪怪的，但实际上把它送给豆叶的不是别人，正是在"二战"后被视为人间国宝的濑户黑陶艺大师吉田作治。

最后，豆叶终于从后面的房间里出来了，她穿着一件华丽的乳色和服，和服的下摆处有水纹图案。她朝桌边姗姗走来时，我转过身在垫子上向她深深地鞠躬。她到了桌边，在我对面跪下，喝了一口女仆给她上的茶，然后说：

"喏……千代，是吧？你为什么不跟我说说你今天下午是怎么从艺馆跑出来的？我敢肯定新田夫人不喜欢她的女仆大白天出去办私事。"

我当然料不到她会问这种问题。事实上，我根本想不出说什么，尽管我知道不作回答会显得很无礼。豆叶只是啜着茶，望着我，完美的鹅蛋脸上亲切和蔼。最后，她说：

"你是以为我要责骂你吧。但我只是关心你有没有因为来这里而给自己惹麻烦。"

听到她这么说，我长出了一口气。"我没事，小姐。"我说，"有人派我出来买歌舞伎杂志和三味线弦。"

"哦，那好办，这两样东西我都有许多。"她说，接着便叫她的女仆去拿了一些杂志和琴弦放在我面前的桌上。"你回艺馆时，带上它们，这样就没人会怀疑你去了哪里。嗯，告诉我一件事。我去你们艺馆吊唁的时候，见到了另一个与你同龄的女孩。"

"那一定是南瓜。是脸圆圆的吧？"

豆叶问我为什么叫她南瓜，我做了解释，她听完哈哈大笑。

"这个南瓜。"她说，"她和初桃的关系怎么样？"

"嗯，小姐。"我说，"我想南瓜在初桃心里的地位不会超过一片飘落在庭院里的树叶。"

"真有诗意……一片飘落在庭院里的树叶。初桃也是这样对待你的吗？"

我张开嘴巴想说话，可事实上我并不清楚该说什么。我对豆叶知之甚少，在外人面前说初桃的坏话也不太合适。豆叶似乎感觉到了我的想法，因为她对我说：

"你不需要回答。我完全了解初桃会如何对待你：我想大概就像一条蛇对待它的下一餐。"

"小姐，我能否问问是谁告诉你的？"

"没有人告诉我。"她说，"初桃和我相识时，我才六岁，她也只有九岁。当你瞧着一只动物在这么长的一段岁月里尽干坏事，那它接下来会做什么也就不言自明了。"

"我不知道自己做了什么让她如此恨我。"我说。

"了解初桃不会比了解一只猫更困难。只要周围没有同类出现，一只躺着晒太阳的猫就会一直心情很愉快。但是如果它觉得别的猫正在它的饭碗周围探头探脑……有人跟你说过初桃把年轻的初子赶出祇园的故事吗？"

我告诉她，没有人对我讲过。

"初子是一个多么迷人的姑娘啊。"豆叶开始讲述那个故事，"她是我的一个好朋友。她和你们家初桃是姐妹。就是说，她们都在同一个艺伎手下受训——当时，她们的老师，伟大的艺伎富初美，已经是一个老太太了。你们家初桃从来就不喜欢年轻的初子，当她俩都成为艺伎学徒后，她无法忍受有初子这么个对手。所以她开始在祇园散布谣言，说初子有天晚上被逮到在小巷里和一名年轻的警察干见不得人的勾当。当然她的话里没有丝毫是真的。假如初桃仅仅是到处讲这个故事，那么祇园里没有一个人会相信她。大家知道她是多么嫉妒初子。所以她又干了这样的事情：每当她碰到一个喝得烂醉的人——无论是艺伎，还是女仆，甚或是造访祇园的男人——她都会对人家耳语一番初子的事，隔天听的人往往只记得故事的内容，却不记得讲的人是初桃。很快，可怜的初子名声就臭了，接着初桃又耍了几个小手段，轻而易举地把初子赶出了祇园。”

听见除自己之外还有人受到初桃的虐待，我体会到了一种奇怪的轻松感。

“她无法容忍有对手存在。”豆叶继续说道，“这就是她那样对待你的原因。”

“初桃肯定不会把我视作她的对手，小姐。”我说，“我跟她比，就像小水坑和大海比。”

“也许在祇园的茶屋里你不是她的对手。可是在你们艺馆里情况就不同了……新田夫人从未将初桃收作自己的女儿，你不觉得奇怪吗？新田艺馆一定是祇园里最富有的艺馆，但却没有继承人。收养初桃，新田夫人不但可以解决继承人的问题，而且初桃所有的收入都将归艺馆所有，不会有一文钱流到初桃的手里。况且初桃是一个非常成功的艺伎！你想想看，新田夫人和别人一样爱钱，本应该早就收养初桃了。她没那么做，一定是有一个非常充分的理由，你不觉得吗？”

我过去肯定从未想过这个问题，不过听完豆叶的话，我坚信自己知道艺馆不收养初桃的确切原因。

"收养初桃。"我说，"就像把老虎从笼子里放出来。"

"千真万确。我断定新田夫人十分清楚初桃被收养后会变成一个什么样的女儿——她会想方设法把妈妈撵出去。不管怎么说，初桃比小孩子还没耐心。我猜她连柳条笼子里的蟋蟀都养不活。假如她被收养了，那一两年以后，她大概就会变卖掉艺馆收藏的和服，然后退休。小千代，这就是初桃如此恨你的原因。至于那个叫南瓜的女孩子，我想新田夫人是不可能收养她的，所以初桃也不会担心她威胁自己的地位。"

"豆叶小姐，"我说，"我肯定您还记得那件被毁掉的和服……"

"你打算告诉我，你就是那个把墨汁泼到它上面的女孩子吧。"

"嗯……是的，小姐。尽管我敢肯定您十分清楚初桃是幕后主使，我还是希望自己有一天能亲自向您道歉。"

豆叶凝视了我好一会儿，我不知道她在想什么，直到她说：

"如果你是这样希望的，那你可以道歉。"

我退到离桌子远一点的地方，深深地一鞠躬，头都快要碰到地垫了；但不等我开口说话，豆叶就打断了我。

"要是你是一个头一回来京都的农民，那刚才的鞠躬还算过关。"她说，"不过，既然你想要显得有教养，你就一定要这样做。看着我，首先要退得离桌子更远一点。好，退到那里就可以跪下了。现在伸直你的手臂，把手指尖放在你前面的垫子上；只是你的指尖，不是整只手。并且你一定不能叉开手指，我还可以看见你手指间的缝隙。很好，把它们放在垫子上……两只手一起……那儿！现在看好多了。鞠躬时尽可能压低身子，但你的脖子要保持笔直的状态，头不能垂下来。看在老天的分上，不要把任何重量压在你的两只手上，否则你会看起来像个男人！这样很好。现在你或许可以再试一遍。”

于是我朝她又鞠了一躬，并再一次为自己参与破坏她美丽的和服而道歉。

“那是一件美丽的和服，不是吗？”她说，“行了，现在我们就把它忘了吧。我想知道你为什么不再接受艺伎培训了？你学校里的老师告诉我说，你停课前一直学得很好。你将来应该会在祇园大获成功的。新田夫人为什么要终止你的培训？”

我跟她说了我的债务，包括那件和服以及初桃诬陷我偷的别针。我都说完后，她还是冷冷地看着我。最后，她说：

“你还有事情没有告诉我。考虑到你的债务，我想新田夫人只会更加期盼你成为一名成功的艺伎。你做女仆肯定是永远也还不清债务的。”

听了这话，我一定是在羞愧中不由自主地低下了头。豆叶似乎能在一瞬间读出我的心思。

“你试过逃跑，是这样的吧？”

“是的，小姐。”我说，“我有一个姐姐。别人把我们分开，但我们又想办法找到了对方。我们约好在一个夜晚碰头，然后一起逃跑……可是到了那天，我却从屋顶上摔下来，弄断了手臂。”

“屋顶！你一定是在开玩笑。你爬上屋顶是为了看京都最后一眼吗？”

我向她解释了自己为什么要那么做。之后我说：“我知道我很愚蠢。现在妈妈不会在我的培训上投资一文钱，因为她怕我会再逃跑。”

"原因还不止于此。一个逃跑的女孩子会让她艺馆的女主人很难堪。祇园里的人们就是这种思维方式。'我的老天啊，她甚至没办法管住她的女仆！'大家都会这么说。那你现在准备拿自己怎么办呢，千代？在我看来，你不像是一个愿意一辈子做女仆的女孩子。"

"噢，小姐……我愿竭尽所能来弥补过失。"我说，"现在离我犯错已经过去两年多了。我一直在耐心地等待，希望能获得机会。"

"耐心等待并不适合你。我能看出来你命中有很多水。水从来都不会等待。它会随情况改变形状和流向，总是能找着别人想不到的秘密路径——比如屋顶或盒子底部的小洞。毫无疑问，水在五行中最善变的。水能冲走土，能扑灭火，能腐蚀并冲走金。木与水天生互补，可就连木也不能离开水存活。然而，你还没有在生活中利用这些力量，对吧？"

"嗯，实际上，小姐，正是水流让我产生了从屋顶上逃跑的念头。"

"我确信你是一个聪明的姑娘，千代，但我认为那不是你最聪明的时刻。命中多水的我们无法选择自己将要去的地方。我们所能做的仅仅是听天由命，随波逐流。"

"我想我就像一条遭遇大坝阻拦的河，而那道大坝就是初桃。"

"是的，这大概是真的。"她平静地看着我说，"不过河水有时能冲走大坝。"

从我到达她公寓的那一刻起，我就一直纳闷豆叶为什么要召我来。我已经确定这与那件和服无关，但直到此时，我才终于恍然大悟，豆叶一定是决心要利用我来报复初桃。很明显，她俩是竞争对手，否则两年前初桃为什么要毁掉豆叶的和服呢？毫无疑问，豆叶一直在等待合适的时机，现在，她似乎等到了。她将利用我起到杂草的作用，把花园里的其他植物都憋死。她不仅仅是寻求报复，如果我没猜错的话，她是想彻底铲除初桃。

"无论如何，"豆叶继续说道，"在新田夫人恢复你的培训之前，一切都不会改变。"

"我对此不抱什么希望。"我说，"要说服她很难。"

"现在还用不着担心怎么说服她，先想想如何才能找到合适的时机对她开口吧。"

诚然，我已经在生活中得到了不少教训，但我一点也不懂做事要有耐心——我甚至不太明白豆叶所说的寻找合适时机的意思。我对她说，如果她能指点我该说些什么，我明天就会去跟妈妈谈。

"听着，千代，莽撞行事是最不可取的方式。你必须学会如何找准时机和场合。一只想要愚弄猫的老鼠不会一冲动就贸然冲到洞外。你知道如何查黄历吗？"

我不清楚你是否见过黄历。打开一本黄历翻一翻，你就会发现上面密密麻麻地印着各种复杂的图表和难懂的字。我说过，艺伎是最迷信的一类人。阿姨和妈妈，甚至是厨娘和女仆，她们在决定是否买一双新鞋子这样的小事上都查黄历。不过，我这辈子还从未查过黄历。

"一点儿也不奇怪，你已经历了那么多磨难。"豆叶对我说，"你是想说，你试着逃跑前都没有查过那天是否吉利？"

我告诉她，我们逃跑的日子是我姐姐定下的。豆叶想知道我是否还记得具体日期，我跟她一起查了日历后，想起来了，那是1929年10月的最后一个星期二，距佐津和我被人从家里带走仅几个月。

豆叶叫她的女仆拿来那年的黄历，接着她询问了我的属相——我属猴——她花了点时间查各种图表以及我在那一个月里的总体运势。最后她大声读道：

"大凶。严禁动针线、进异食及出行。"念到这儿，她停下来看着我，"你听到没有？出行。此外，它还说以下诸事皆不宜，你必须避免以下的……让我们瞧一瞧……'鸡鸣时沐浴'，'裁衣'，'开业'，听听这个，'移居'。"至此，豆叶合上黄历，凝视着我，"你有没有留意这其中的任何一桩事？"

许多人都对这种算命方式心存怀疑，不过要是你在场见到接下来所发生的事情，你所有的疑虑都会被一扫而光。豆叶询问了我姐姐的属相，又替她查了一通相同的玩意。"好啦。"她看了一会儿以后说，"是这么写的：'吉日，宜略作改变。'也许这天不是最适宜做逃跑这样的大事，但与这周或下周的其他日子相比，这天绝对是最好的。"接着就读到了一件令人惊讶的事情。"这里还写着，'吉日，宜往羊位出行。'"豆叶念道。她拿出一张地图，上面显示养老町位于京都东北偏北的方向，正好朝着黄道十二宫的羊宫。佐津查过她的黄历。她把我留在"辰义"楼梯间的那几分钟里，大概就是查黄历去了。她这样做当然是对的，她逃掉了，我却没有。

从这时起，我开始意识到自己过去考虑事情是多么不周全——不仅是筹划逃跑这件事，而是所有的事情。我从未领悟到事与事之间的密切联系。我指的不仅仅是黄道十二宫。我们人类只是宇宙的一小部分。我们走路的时候也许会踩死一只甲虫，也许会改变气流把一只苍蝇送到它本来不可能去的地方。假如我们换位思考，把自己想成昆虫，那么宇宙就扮演了我们在昆虫面前的角色，显而易见我们每天都在受到自己不可控制的力量的影响，就像可怜的甲虫无力抵抗我们的大脚一样。我们该怎么办呢？我们必须尽可能利用一切办法去了解我们周围的宇宙的运行方式，找准行动的时机，这样就可以顺流而行，避免了和潮流对着干。

豆叶再度拿起黄历，这一回她在未来几周内挑选了几个适宜做大变动的吉日。我问她，我是否应该在其中的某一天同妈妈谈话，以及我该说什么。

"我并不打算让你自己去和新田夫人谈。"她说，"她会立刻拒绝你的。假如我是她，我也会那么做！除非她知道祇园里有人愿意做你的姐姐。"

听到她这么说，我心里很难过："在这种情况下，豆叶小姐，我该做什么？"

"你应该回你们艺馆去，千代。"她说，"并且不要对任何人提起你和我谈过话。"

说完，她看了我一眼，意思是说此时我应该鞠躬告退，我也照做了。我走得太慌忙，连豆叶给我的歌舞伎杂志和琴弦都没有拿。她的女仆只好带着它们追到街上找我。

第十一章

　　我当时并不懂豆叶所说的"姐姐"是什么意思，现在我可以来解释一下了。当一个女孩终于准备好以艺伎学徒的身份初登社交舞台时，她需要与一名有经验的艺伎建立一种关系。豆叶曾提到初桃的姐姐就是伟大的富初美，她训练初桃时已经是一位老妇人了；但是姐姐并非总是比她训练的艺伎年长那么多。任何一名艺伎都可以充当一个年轻女孩的姐姐，只要她的资历比女孩深就行。

　　两个女孩子结拜为姐妹时，她们必须举行一个类似婚礼的仪式。之后，她们几乎将彼此视同家人，并以"姐姐"和"妹妹"相称，如同亲生姐妹。有些艺伎可能对这种关系不甚重视，但一个称职的姐姐会成为年轻艺伎一生中最重要的人。她要教会妹妹在男人讲猥亵笑话时表现出既尴尬又得体的大笑，要帮助她挑选上妆前使用的蜂蜡，但姐姐要做的事情远不止这些。她还要确保妹妹吸引到她今后需要认识的那些人的注意。为达到这个目的，她要带着妹妹在祇园到处走动，介绍她认识各个大茶屋的女主人、制作舞台表演用的假发的工匠、知名餐馆的主厨等等。

　　所有这些事情做起来都颇费功夫。不过，白天领着妹妹走访祇园各处仅仅是完成了做姐姐的一半职责。因为祇园就像一颗暗淡的星星，只有在太阳落山以后才能显现出它全部的美丽。夜晚，姐姐出去交际必须带上妹妹，以便将她介绍给自己多年来结交的顾客和恩主。她会对他们说："喔，您有没有见过我的新妹妹某某某？请一定要记住她的名字，她将会成为大明星！您下次来祇园时，请允许她来拜访您。"当然，极少会有男人花大价钱与一个十四岁的孩子聊天过夜，事实上，这位顾客下次造访祇园时大概也不会召唤这个年轻的女孩。但姐姐和茶屋的女主人会不断向他推销她，直至他就范。假如结果是他因为某些原因不喜欢她……嗯，那就另当别论了；否则，他大概会在她的全盛时期成为她的恩主，并且非常喜欢她——就像喜欢她的姐姐那样。

做姐姐的感觉经常就像背了一袋米在城里来回跑。因为妹妹非常依赖姐姐，就像旅客依赖她乘的火车一样；而且如果妹妹表现得很差，姐姐也必须承担责任。一名忙碌而成功的艺伎愿意费神费力地指导一个年轻女孩的原因在于，一旦这个学徒成功了，祇园里所有的人都会获益。当然，学徒自己也有好处，她过一段便能还清债务；假如她走运，最终能当上一个有钱男人的情妇。姐姐则能获得妹妹的一部分收入作为酬劳——为女孩们提供交际平台的各个茶屋女主人也能抽成。受益人甚至包括假发制作者、卖发饰的店家、糖果店（艺伎学徒会不时地买糖果送给恩主）……他们虽不能直接从女孩的收入中提成，但多了一名成功艺伎的光顾当然会对他们有利，而且这名艺伎还能把顾客招来祇园花钱。

公平地讲，在祇园里，一个年轻的姑娘几乎做每件事情都要仰仗她姐姐。然而，很少有女孩子能预测到谁将成为她的姐姐。一方面，一个有名气的艺伎不会拿自己的声誉冒险，去接收一个她认为迟钝或不讨恩主喜欢的妹妹。另一方面，已经投了很多钱培训一个学徒的艺馆女主人，也不会安静地坐等某个愚笨的艺伎前来提供培训。所以结果就是，一名成功的艺伎，请她做姐姐的人多得她都应付不过来。有些邀请她可以拒绝，有些则无法推辞……这使我理解了为什么妈妈会感觉——正如豆叶所言——祇园里没有一个艺伎会愿意做我的姐姐。

回溯到我初来艺馆时，妈妈脑子里大概是想让初桃来做我姐姐。初桃或许是属于那种会反咬蜘蛛一口的女人，但几乎任何一个学徒都会乐意做她的妹妹。在祇园里，初桃至少已经收过两个妹妹，她们是两名为大家所熟知的年轻艺伎。初桃没有像对我那样折磨她们，反而表现得挺不错。培训她们是初桃自己的选择，她这么做就是为了从中赚钱。不过，就我而言，我不能指望初桃会帮助我，然后满足于我带给她的那几块钱，就像不能指望一只狗在街上陪猫走了一段路，然后到了巷子里也不咬猫。妈妈当然可以逼迫初桃做我的姐姐——不仅因为初桃住在我们艺馆，还因为她自己拥有的和服太少，必须依赖艺馆的收藏。但是我认为这世上没有什么力量能迫使初桃好好培训我。我敢肯定，如果一天她被要求带我去见美津木茶屋的女主人，她会阳奉阴违地把我带到河岸边，对着河说："加茂河，你有没有见过我的新妹妹？"然后把我直接推到河里。

至于让另一名艺伎担负起培训我的任务……嗯，那就意味着和初桃针锋相对。祇园里几乎没有哪个艺伎敢这么做。

与豆叶见面后，隔了几个星期，一天上午的晚些时候，我正在会客室里给妈妈和一位客人上茶，阿姨拉开了门。

"我很抱歉打扰你们了。"阿姨说，"不过我不知道能否占用您一点时间，加代子小姐。"加代子是妈妈的真名，不过我们极少在艺馆里听到她被人这么称呼。"门口有一位我们的客人。"

妈妈听到这话，给出一个她独有的"咳嗽笑"。"你今天一定过得很无趣，阿姨。"她说，"有客人来，还要你亲自通报。女仆们一定是做事偷懒了，现在你是在替她们干活。"

"我猜您可能会比较愿意从我嘴里听到这个消息。"阿姨说，"来拜访我们的客人是豆叶。"

我本来已经开始担心自己和豆叶的碰面会不了了之，但听到她突然出现在我们艺馆……唔，我的血液猛地一下子往脸上冲，我感觉自己就像一只刚被点亮的灯泡。房间里有好一会儿寂静无声，接着妈妈的客人说："豆叶小姐……好呀！那我先走一步，不过你得保证明天把所发生的一切都告诉我。"

妈妈的客人离开时，我也趁机溜出了房间。然后在门厅里，我听见妈妈对阿姨说了一些令我意想不到的话。妈妈从会客室里带出来一只烟灰缸，她往里磕完她烟斗里的烟灰后，把烟灰缸递给我，并冲阿姨说："阿姨，请过来替我整理一下头发。"我过去从未见过她对自己的仪容有丝毫的担心。诚然，她穿的衣服都很雅致，不过正如她的房间虽然堆满了可爱的物品，但却阴暗至极一样，即使她身着精美的服饰，她的眼睛还是油腻得像一块发臭的鱼……事实上，她似乎觉得自己的头发就像是火车上的烟囱：只不过是一件碰巧出现在顶部的东西。

妈妈去应门的时候，我在女仆房里清理烟灰缸。我竖直耳朵，竭尽全力偷听豆叶和妈妈的谈话。

妈妈先说道："很抱歉让您久等了，豆叶小姐。您的到来真是我们莫大的荣幸！"

豆叶说："希望您能原谅我如此冒昧地造访，新田夫人。"反正就是诸如此类的没趣的话，两人间的客套持续了一会儿。我劳神费力只听到这些寒暄，就像一个男人气喘吁吁地爬上山顶，却只发现了一山的石头。

最后，她俩穿过前厅走进了会客室。我实在是太想知道她们谈话的内容了，于是在女仆房里抓了一块抹布，开始擦洗门厅的地板。通常会客室里有客人时，阿姨不会允许我在门厅里干活，但是此时她同我一样也一心想要偷听。当女仆上完茶从会客室出来时，阿姨站在门的一边，这样她既不会被人看见，又能确保把门留一道缝，供自己偷听。我专心致志地听着她们闲聊，完全忘却了周遭的一切，突然我抬头看见南瓜的圆脸正盯着我。她也在跪着擦地板，尽管我已经擦过了，而且她也不需要做任何杂务。

"豆叶是谁？"她轻声问我。

她显然是听见了女仆间的窃窃私语，我看见她们在通道边的泥土走廊上挤作一团。

"她和初桃是竞争对手。"我小声回答她，"初桃逼我往上倒墨汁的那件和服就是她的。"

南瓜看上去是还想再问些什么，但这时我们听到豆叶说："新田夫人，我真的希望您能原谅我在您那么忙的时候来打扰您，不过我想与您简短地聊聊关于您的女仆千代的事情。"

"噢，不。"南瓜说完非常难过地看着我的双眼，她以为我又要有麻烦了。

"我们的千代是会有点招人讨厌。"妈妈说，"真希望她没有给您添什么麻烦。"

"不，没有这回事。"豆叶说，"但是我注意到过去的几个星期里她都没有去上学。我已经习惯了时不时地在学校的门厅里遇见她……昨天我才意识到她一定是病得不轻！我最近结识了一个医术超群的医生。我在想，要不要我叫他顺路过来瞧一瞧？"

"您真是太好心了。"妈妈说，"不过您一定是认错了人。您不可能在学校的门厅遇见我们家千代。她已经有两年没去那里上课了。"

"我们是在说同一个女孩子吗？千代是不是挺漂亮的，有一对令人吃惊的蓝灰色眼睛？"

"她确实有一双不同寻常的眼睛。但是照您那么说，祇园里一定有两个这样的女孩……谁会想得到呢！"

"我真不敢相信距我在那里见到她已经过去两年了。"豆叶说，"或许她给我的印象太深刻了，让我误以为自己最近还见过她。我能否问一下，新田夫人……她还好吗？"

"哦，是的。同小树一样健康，就是非常任性，恕我直言。"

"可她不再去上课了？真让人想不通啊。"

"对一个像您这样受欢迎的年轻艺伎来说，我敢肯定祇园是个很容易谋生的地方。但是您知道，时局很艰难。我不能在随便什么人身上都投资。我发现千代不是一块做艺伎的料——"

"我敢肯定我们说的是两个不同的女孩子。"豆叶说，"新田夫人，我难以想象一个像您这么精明的生意人会认为千代不是做艺伎的料……"

"您确定她的名字叫千代？"

我们谁也没有料到，妈妈说完这句话就从桌边站起来，穿过小小的房间。才一眨眼的工夫，她就拉开了门，视线恰好直落在阿姨的耳朵上。阿姨若无其事地让到一边，我猜妈妈也是乐得装作没看见，因为她只是看着我说："小千代，进来一下。"

不等我关上门，在榻榻米垫上跪下鞠躬，妈妈就已经重新回到桌边坐下了。

"这是我们家千代。"妈妈说。

"我说的就是这个姑娘！"豆叶说，"你好吗，千代？很高兴看见你这么健康！我刚才还在跟新田夫人说我很担心你。可是你看起来过得还不错。"

"噢，是的，夫人，我很好。"我回答。

"谢谢，千代。"妈妈对我说。我鞠躬告辞，但是我还没有站起来，豆叶就说道：

"她真是一个可爱的姑娘，新田夫人。我不得不说，我时常寻思着要过来请您准许她做我的妹妹。不过，既然她已经不再接受训练……"

妈妈听到这话一定是惊呆了，因为她本来正端起茶杯想喝一口茶，这会儿拿茶杯的手却举在嘴边不动了，我走出房间时她的手还举在那里。我快要走回到门厅，准备继续擦地板时，妈妈才终于有了回应：

"一个像您这样受欢迎的艺伎，豆叶小姐……在祇园里，您可以挑任何一个学徒做您的妹妹。"

"的确是经常有人请我做姐姐。不过，我已经有一年多没有收新妹妹了。您大概认为在这段可怕的大萧条时期，客人会变得稀稀落落，不过实际上，我从来没有像现在这么忙过。我猜有钱人还是会继续有钱，即使在这样的年头也不会有多大变化。"

"他们现在更需要找点乐子。"妈妈说，"可是您刚才在说……"

"啊，我在说什么？唔，那已经无关紧要了。我不能再耽搁您的时间了。我很高兴，毕竟千代还是挺健康的。"

"非常健康，是的。可是，豆叶小姐，假如您不介意的话，请等一会儿再走。您刚才说您几乎已经在考虑收千代做您的妹妹了？"

"嗯，她现在已经那么久没有训练了……"豆叶说，"无论如何，我相信您做出这个决定是有非常充分的理由的，新田夫人。我不敢对您妄加猜测。"

"说来让人心碎，这年头人们做很多选择都是迫不得已。我只是无力再承担她的培训费用！然而，如果您感觉她有潜力，豆叶小姐，我敢肯定，您为她的未来投资的每一分钱都会得到丰厚的回报。"

妈妈在想法占豆叶的便宜。没有一名艺伎会给妹妹付学费。

"我希望这样一件事能行得通。"豆叶说，"不过在这段可怕的大萧条时期……"

"也许我可以想出一个解决办法。"妈妈说，"但是千代有一点倔强，她债务的数目也相当可观。我常常想假如有一天她能把债都还清，那会让人多么吃惊啊。"

"这么一个迷人的姑娘？我觉得要是她还不清债，那才真叫令人震惊呢。"

"不管怎么说，生活里总是有比钱更重要的东西，不是吗？"妈妈说，"有人想尽力帮助千代这样的女孩，也许我可以再投一些钱在她的身上……仅限于学费，这点您是能理解的。但我的投资会有什么成果呢？"

"毫无疑问，千代欠下了非常沉重的债务。"豆叶说，"可是即使这样，我也相信她在二十岁时就能还清它们。"

"二十岁！"妈妈说，"我想祇园里没有一个女孩做到过，更不用说是在大萧条时期了……"

"没错，现在确实是大萧条时期。"

"依我看，肯定是投资在南瓜身上比较安全。"妈妈说，"毕竟，对千代而言，您做了她的姐姐后，她在开始还债前又要欠下更多新债。"

妈妈谈的不仅仅是我的学费，她指的是她必须付给豆叶的费用。通常，一名像豆叶这样地位的艺伎对妹妹收入的提成会比普通的艺伎高。

"豆叶小姐，如果您能再多留一会儿。"妈妈继续说道，"我想知道您是否会接受一个方案。假如伟大的豆叶说千代能在二十岁时还清债务，我怎么可以怀疑它的真实性呢？当然，要是没有您这样的姐姐，一个像千代这样的女孩是不会获得成功的，不过我们这家小小的艺馆目前预算已撑到了极限。我不可能按惯例满足您的条件。您在千代未来的收入中的提成份额，我最多只能向您支付您通常所要求的一半。"

"眼下，我正在考虑几个非常慷慨的提议。"豆叶说，"假如我要认一个新妹妹，我不可能降低收费。"

"我还没有说完，豆叶小姐。"妈妈回答道，"我的方案是这样的：诚然，我只能支付您通常所要求的一半费用，但是假如千代真的能像您所预期的那样，在二十岁时就还清她的债务，那我就把您应得的另一半钱付给您，外加百分之三十的提成。从长远看，您能赚更多的钱。"

"假如千代二十岁时没能还清她的债务？"豆叶问。

"很遗憾，若是那样的话，我们两人的投资就都收不回来了。我们艺馆将没办法把欠您的钱付给您。"

一阵沉默之后，豆叶叹了一口气。

"我对算账很不在行，新田夫人。但是假如我没理解错的话，您是想让我接受一项您认为可能无法完成的任务，报酬却比平常还要少。祇园里许多大有希望的年轻女孩都想做我的妹妹，而且我无须为此承担任何风险。恐怕我不得不拒绝您的提议。"

"您说得很对。"妈妈说,"百分之三十是有点低。这样吧,如果您成功了,我给您加倍的钱。"

"但如果我失败了,就什么都没有。"

"请不要这么想。千代的一部分收入始终都是归您所有的。只是如果您失败了,我们艺馆将无法支付您额外的酬金。"

我确信豆叶不会答应,可是她却说:"我想先搞清楚千代的债务究竟有多少。"

"我去拿账本来给您看。"妈妈对她说。

我没有听到她们后来的谈话,因为这时阿姨不能再容忍我偷听了,她打发我出门办事。那天的整个下午,我像地震中的岩石一样焦虑不安,因为我不知道事情的结局会如何。如果妈妈和豆叶无法达成一致,我这辈子都会是一个女仆,就像乌龟永远只能做乌龟一样。

我回到艺馆时,南瓜正跪在庭院附近的通道上用她的三味线弹拨出阵阵噪音。她看见我后显得十分高兴,还叫我过去。

"找个借口去妈妈的房里。"她说,"她整个下午都在那里拨算盘。我敢肯定她会对你说些什么。然后你要再跑回这里告诉我!"

我认为这是一个好主意。阿姨派给我的任务之一就是帮厨娘买治疥疮的软膏,可是药店里卖光了。所以我决定上楼为自己办事不力向妈妈道歉;她当然不会在乎我是否买到了药膏,她大概都不知道我被派出去买东西。但是这至少能让我有借口进她的房间。

结果我发现妈妈正在听收音机里播的一出喜剧。通常如果我在这种时候打搅她,她会挥手叫我进去,然后继续听广播——边听边抽着烟斗看账本。可是今天，让我吃惊的是，她一看到我就关掉收音机，啪的一声合上了账本。我朝她鞠躬后走到桌边跪下。

"豆叶在这里的时候，"她说，"我注意到你在门厅里擦地板。你是想要偷听我们谈话吗？"

"不，夫人。那里的地板上有一道划痕。南瓜和我想尽力擦掉它。"

"我只希望你当上艺伎后，工作能力可以高过你的说谎水平。"她说着大笑起来，但没有从嘴里拿出烟斗，结果不小心把气吹进烟斗里，烟锅里的烟灰都喷了出来。一些烟丝掉到她的和服上时还在燃烧，于是她把烟斗放在桌上，用手掌用力拍打自己，直到扑灭所有的火星。

"噢，千代，你来艺馆已经一年多了。"她说。

"是两年多了，夫人。"

"在过去的日子里，我一直没怎么注意你。然而今天，来了一个豆叶这样的艺伎，她说她想做你的姐姐！究竟我该如何理解这一切呢？"

在我看来，豆叶实际上是想伤害初桃，而不是要帮我。但是我肯定不能把这件事情告诉妈妈。我刚想对她说我也不明白豆叶为什么会对我感兴趣，还没张口，妈妈的房门就被打开了，我听见初桃的声音：

"对不起，妈妈。我不知道您正忙着骂女仆呢！"

"她快要不做女仆了。"妈妈告诉她，"今天来了个客人，你也许会对此事感兴趣。"

"是的，我猜豆叶来过，要把我们的小鱼从鱼缸里救出来。"初桃说。她走过来在桌边跪下，她贴得我太近了，所以我不得不闪开一点，好为我们两人留出足够的空间。

"基于某些原因，"妈妈说，"豆叶似乎相信千代二十岁时就能还清债务。"

初桃把脸转过来对着我。看见她的微笑，你或许会以为她是一位正望着自己心爱小宝宝的母亲。可她说出来的话却是：

"也许，妈妈，如果你把她卖给一家妓院……"

"闭嘴，初桃。我请你进来不是为了跟你说这类事。我是想知道你最近做了什么得罪豆叶的事情？"

"也许是我在街上走过她的身边，破坏了这位娇小姐的好心情，但是除此之外，我什么也没做过。"

"她心里盘算着一些事。我想知道她究竟在想什么。"

"这根本不是一个难解之谜，妈妈。她想借笨蛋小姐羞辱我。"

妈妈没有回应，她似乎在思考初桃对她所说的话。"也许，"她最后说，"她真的认为千代会成为比南瓜更有成就的艺伎，于是她想从千代身上赚一笔钱。谁能为此而谴责她呢？"

"说真的，妈妈……豆叶不需要千代来替她赚钱。她选择把时间浪费在一个与我同属一家艺馆的女孩身上，您认为这是一件偶然的事情吗？假如豆叶认为您的小狗能帮助她把我赶出祇园，她大概还会跟小狗交朋友。"

"算了吧，初桃。她为什么要把你赶出祇园呢？"

"因为我比她漂亮。难道她还需要一个更好的理由吗？她想要羞辱我，她会对每个人说，'喔，请见见我的新妹妹。她和初桃住在同一家艺馆，可她实在是件珍宝，所以才委托我来培训她。'"

"我无法想象豆叶会那样做。"妈妈说，声音轻得几乎听不见。

"如果她以为她能把千代培养成一个比南瓜更有成就的艺伎，"

初桃继续说道，"结局一定会让她大吃一惊的。不过，我倒很高兴看到千代穿着和服到处转悠。这对南瓜来说是个再好不过的机会。您难道没见过小猫追击线球吗？南瓜在这个目标上磨利了牙齿之后，就会成为一名更加出色的艺伎。"

妈妈似乎很欣赏这句话，因为她抬抬嘴角，算是笑了一下。

"没想到今天是个好日子。"她说，"今天早晨我醒来时，艺馆里还住着两个毫无用处的女孩子。现在，她们却要一决高下……指导她们的竟是祇园里最著名的两位艺伎！"

第十二章

次日下午，豆叶就招我去她的公寓。这一回，女仆打开门时，她已端坐在桌边等我了。我小心翼翼地在门外鞠躬后才进入房间，走到桌旁时又鞠了一躬。

"豆叶小姐，我不知道什么使您做了这个决定……"我开口说道，"可我无法用言语来表达我对您有多么感激——"

"现在先不要谈感激。"她打断我说，"一切还没开始。你最好告诉我，昨天我走了以后新田夫人对你说了什么。"

"哦，"我说，"我猜妈妈有点搞不懂您为何关心我……坦白说，我也很疑惑。"我希望豆叶会说点什么，但她没有接我的话，"至于初桃——"

"别浪费时间去想她说的话。你早就知道，看见你失败，她会激动得发抖，新田夫人也是一样。"

"我不明白为什么妈妈也希望我失败。"我说，"想想看，要是我成功了，她能赚更多的钱。"

"也不尽然，如果你二十岁时能还清债务，她就会欠我一大笔钱。我昨天和她打了一赌。"一个女仆给我们上茶时，豆叶说，"除非我确信你会成功，否则我不会和她打赌。不过，如果当我的妹妹，你也要知道我的规矩是很严格的。"

我估计她会告诉我规矩的具体内容，可她只是凝视着我说：

"说真的，千代，你必须改掉用嘴吹茶的习惯。你的样子就像乡下人。把茶杯放在桌子上，等茶自然凉了再喝。"

"对不起，"我说，"我这么做是无意的。"

"是时候注意你的言行了，一名艺伎必须小心翼翼地维护自己
的形象。好了，我说过我的规矩非常严格。首先，我要求你无条件
地按我说的做，不许质问或怀疑我。我知道你时不时地违抗初桃和
新田夫人。你或许认为那是可以理解的事情，不过，要是你问我怎
么看，我就认为你本应该从一开始就更为顺从，那样的话，也许所
有这些不幸都不会发生在你的身上了。"

豆叶说得很对。虽然自那时起，世界改变了许多，现在的情况
和她那个年代已有所不同；但我小时候，一个不服从长辈管教的女
孩的确很快就会被摆平。

"几年前，我收过两个妹妹。"豆叶继续说道，"其中一个非常
努力，另一个却懒懒散散。一天我把她带来公寓，对她说我不能再
容忍她把我当成傻瓜糊弄，但谈话不起作用。次月我叫她走，给她
找了个新姐姐。"

"豆叶小姐，我向您保证这样的事情永远不会发生在我身上。"
我说，"多亏了您，我感觉自己像一艘船，终于头一回尝到了大海
的滋味。如果我让您失望，我永远也不会原谅自己。"

"行了，这样就好，不过我说的不仅仅是你要勤奋工作，你还
必须小心不要让初桃逮到机会整你。另外，看在老天的分上，不要
再做错事，背更多债了。连一只杯子也不能打破！"

我向她承诺我不会做出那样的事，但是我必须承认当我想到初
桃还要捉弄我时……唔，我不知道该如何保护自己。

"还有一件事。"豆叶说，"无论你我之间谈论什么，都必须保
密。决不能向初桃透露一丝一毫，即使我们只是聊聊天气，你明白
吗？假如初桃问我说了什么，你必须告诉她：'喔，初桃小姐，豆

叶小姐从来没说过什么有趣的事情！她说的话，我一听就忘。她是世上最乏味的人！'"

我告诉豆叶说我明白了。

"初桃很聪明。"豆叶接着说，"哪怕你给她最少一点暗示，你都会惊讶地发现她猜测的本事有多大。"

突然，豆叶朝我靠过来，用一种愤怒的语气说："昨天我在街上看见你们两个人在一起，你们在说什么？"

"没什么，小姐！"我说。尽管她继续瞪着我，我却吓得说不出话来。

"没什么，是什么意思？你最好回答我，你这个蠢丫头，否则今晚你睡着后，我会把墨水灌进你的耳朵里！"

我好一会儿才恍然大悟，原来豆叶是在模仿初桃。我觉得她装得不像，但既然我明白了她的用意，我便说："老实说，初桃小姐，豆叶小姐总是说一些最无趣的话！我连一句都记不住。她说的话就像雪花一样融化掉了。您肯定自己昨天看见我们说话了？因为就算我们交谈过，我也不记得了……"

豆叶继续拙劣地模仿了一会儿初桃，最后说我的表现很得体。我可没她这么有信心。不管豆叶怎么努力地模仿初桃，被她质问，跟站在初桃本人面前装作若无其事可不是一码事。

在妈妈中断我培训的两年里，我把过去学的大部分东西忘了。而且，我一开始也没学到多少东西，因为那时我尽想着别的事。所以，当豆叶答应做我的姐姐之后，我回到学校，感觉就像第一次去上课似的。

此时我已经十二岁，几乎和豆叶差不多高。长大一点了似乎是个优势，其实也不尽然。学校里的大多数女孩子自幼就开始学习，有些人按传统三岁零三天就开始上学了。这些那么小就开始上学的女孩子大部分是艺伎的女儿，在她们的成长环境里，舞蹈和茶道是她们日常生活的一部分，就像我从小就习惯了在池塘里游泳一样。

我已经描述过一些在老鼠老师手下学习三味线的情景。不过除了三味线，一名艺伎还必须学习许多其他技艺。事实上，"艺伎"的"艺"字指的就是"艺术"，所以"艺伎"这个词的真正意思是"艺人"或"艺术家"。我上午的第一堂课是学习打一种我们称之为"楚楚米"的小鼓。你也许会奇怪，艺伎为什么要大费周章地学打鼓，答案其实非常简单。在宴会或祇园里的任何一种非正式聚会上，艺伎跳舞时的伴奏通常只是一把三味线或一位歌手。但在舞台表演时，比如每年春季上演的"古都之舞"，至少有六把三味线伴奏，还配有各种鼓和一种日本长笛。所以一名艺伎必须粗通所有这些乐器，即使她最后只会专攻其中一两样。

如我所说，我的早课是学习打小鼓，和我们学习的其他乐器一样，小鼓也是跪着演奏的。小鼓和其他鼓不同，因为它是扛在肩膀上用手拍打的乐器，不像大一些的大鼓是放在大腿上演奏的，也不像最大的太鼓是搁在鼓架上用粗鼓棒来敲击的。这三种鼓我都要学。鼓似乎是小孩子都会玩的乐器，但实际上，每种鼓都有各种不同的敲法，比如大太鼓——演奏时，握鼓棒的手臂在身前交叉，反手击鼓，我们把这种击鼓方法叫作"擂"；双臂轮流举起来打鼓叫作"晒"。还有其他打鼓方法，每一种方法发出的声音都是不同的，但只有经过大量的练习才能做到。此外，乐队在表演时总是面对观众，所以演奏者的一举一动都必须优雅迷人，还必须和其他演奏者保持同步。打鼓这项表演的一半在于发出正确的声音，另一半则在于选用恰当的敲击方法。

打鼓课后，我上午还要学习日本长笛和三味线。学习这些乐器的过程大同小异。老师先演奏一段曲子，接着学生尽量把它弹出来。有时，我们听起来就像一支动物园里的动物组成乐队，但这样的情况不常有，因为老师们上课都很注意由浅入深。例如，我第一次上长笛课时，老师吹了一个单音，而我们只要尽可能吹准这一个音就可以了。即使只有一个音符，老师依然会做许多指导。

"某某人，你必须把小指头放下来，不要翘在空中。还有你，某某人，你的笛子气味很难闻吗？那你干吗那样皱着鼻子？"

和大部分其他老师一样，长笛老师也十分严格，自然我们都很害怕出错。她经常会从某个可怜的女孩手中夺过笛子，拿它敲女孩的肩膀。

学完鼓、笛子和三味线后，我通常还要接着上歌唱课。在日本，我们经常会在宴会上唱歌。当然，参加宴会是男人们来祇园的主要目的。即使一个女孩唱歌走调，永远不会被要求当众表演，她仍必须学习唱歌，以使自己能更好地理解舞蹈。这是因为舞蹈都有特定的配乐，歌手经常是一边弹三味线一边跳舞。

歌分许多种——多到我数不过来——但我们在课上只学习五种歌。有些是流行民谣，有些是歌舞伎戏里讲故事的长曲，另一些则是类似音乐诗的短曲。对我而言，尝试描述这些歌曲是没有意义的。不过让我这么说吧，我觉得大部分歌曲都令人陶醉，可似乎外国人经常认为它们听起来不像音乐，而更像是猫在寺庙的院子里哀号。的确如此，传统的日本唱法会运用许多颤音，而且发声的部位往往是在喉咙深处，所以声音不像是出自嘴巴，而像是从鼻子里传出来的。不过，这只是一个你听不听得习惯的问题。

在所有这些课程中，音乐和舞蹈只是我们学习的一部分内容。因为即使一个女孩精通各种技艺，假如她没有学会正确的行为举止，还是会在宴会上出洋相。因此老师总是坚持要求学生们时刻做到举止有礼、姿态优雅，就算只是从客厅跑去上厕所也要注意仪态。例如在上三味线课时，如果你没有选用最恰当的言辞，说话带地方口音而不是标准的京都腔，做事无精打采或走路脚步太重，你都会遭到老师严厉的纠正。事实上，女孩受到最厉害的斥责，往往不是因为乐器演奏得太差或记不住歌词，而是因为指甲太脏或言行失礼这类事情。

有时候我和外国人谈起我所受的训练，他们会问："那么，你是在何时学的插花？"答案是我从没学过插花。任何一个坐在男人面前表演插花的女人，很有可能一抬头便发现男人已经把头搁在桌子上睡着了。你必须牢记，艺伎归根结底是一个为人提供娱乐的表演者。我们会为男人斟酒倒茶，但我们绝不会替他们去拿一碟泡菜。事实上，我们艺伎都是被女仆娇生惯养着，几乎不懂如何照顾自己，也不会整理自己的房间，更别提用花来装饰茶屋的房间了。

我上午的最后一堂课是茶道。这个主题被很多书写过，所以我不打算详细描述了。不过大致说来，茶道就是由一两个艺伎坐在客人面前，按照极其传统的方式，使用美丽的茶杯和茶筅①等表演泡茶。连客人也是仪式的一部分，因为他们必须以特定的方式握着杯子喝茶。如果你认为茶道只不过是坐下来喝杯好茶……那么你就错了，茶道更像是一种舞蹈，甚或是一种冥想。茶道中使用的茶其实是由茶叶磨成的茶粉，经开水冲泡及搅拌后便成了一种起泡沫的混合物，我们称之

---

① 茶筅是茶道中的必需品，主要在茶道中起搅拌、抽抖作用，一般为竹质。

为"抹茶"，外国人很不喜欢这种茶。我必须承认它确实看起来像绿色的肥皂水，而且带一种苦味，需要一个适应的过程。

茶道是艺伎培训中非常重要的一环。在私人住宅里举行的宴会常常是由一段简短的茶道表演作为开场。每一季来祇园观看舞蹈演出的客人也都是先由艺伎奉茶招待。

我的茶道老师是一个二十五岁左右的年轻女子，后来我得知她不是一个很好的艺伎，但对茶道很热衷，教我们时仿佛茶道的每一个动作都是绝对神圣的。由于她的热诚，我很快就学会了尊重她的教学，而且我得说，整个上午冗长的培训能以茶道课作为结束真是太好了。茶道所营造的气氛是如此安详。直到现在，我还认为茶道与一夜好眠一样令人愉快。

一名艺伎的培训过程异常难熬，这不仅是因为她必须学习各种技艺，还因为训练会让她的生活忙碌不堪。接受了整整一个上午的培训之后，她还是会被要求在下午和晚上像以往那样干许多活。而且，她每晚只能睡三到五个小时。在受训的那些年月里，即便我能分身为两个人，恐怕还是忙不过来。要是妈妈能像对南瓜那样免除我的杂务，我会万分感激她；但考虑到她和豆叶打的赌，我认为她从没想过要多给我一点练习时间。我的一些杂务被分派给了女仆，但多数日子里我要负责的事情还是多得应付不过来，而且每天下午我还被要求至少练习一个小时的三味线。冬天里，南瓜和我都被逼着把手浸在冰水里锻炼，每次我们都痛得哇哇大哭，可接着还要在寒风凛冽的庭院里练琴。我知道这听起来很残忍，可那时的训练方式就是如此。事实上，大冬天浸冰水确实让我的手指变得更强韧了，对弹琴很有帮助。你要知道，上台后的恐惧会榨干你双手的感觉，但当你习惯了用麻木而疼痛的手来演奏时，舞台恐惧就不是一个问题了。

起初，南瓜和我每天下午都在一起练习三味线，之前我们先要跟阿姨学习一个小时的阅读和写作。自我来到艺馆起，我们就开始跟她学习日语，阿姨一直坚持女孩子要有教养。南瓜和我在一起玩得很开心。如果我们笑得太大声，阿姨或女仆就会跑来骂我们，但只要我们不弄出太大的声响，一边聊天一边随意地拨拨琴弦，我们就能在一起度过一段快乐的时光，这也是我每天最盼望的事情。

然而，一天下午，当南瓜正在教我一个弹连音的技巧时，初桃出现在我们面前的走廊里。我们甚至都没有听见她进入艺馆。

"嘿，瞧啊，豆叶未来的妹妹！"她对我说。她特别加上"未来"二字，因为在我以艺伎学徒的身份初入社交场合之前，豆叶和我还不能算是正式的姐妹。

"我或许应该叫你'笨蛋小姐'，"她继续说道，"不过经过我刚才的观察，我认为这个称号应该留给南瓜。"

可怜的南瓜把三味线放到腿上，就像一只狗夹起了尾巴。"我做错什么事情了吗？"她问。

我不用看初桃的脸就知道她一定是满脸怒气。我对接下去要发生的事情怕得要死。

"什么也没有做错！"初桃说，"我只是没有意识到你是一个如此体贴的人。"

"对不起，初桃，"南瓜说，"我是想帮千代——"

"但是千代并不需要你的帮忙。要是她需要别人指导她弹三味线，她可以去找她的老师。你的脑袋只是一个空心大葫芦吗？"

说完这话，初桃便使劲拧南瓜的嘴唇，三味线从南瓜的大腿上滑到她坐着的木头通道上，接着又从那里掉到了下面的泥土走廊上。

"我和你有必要谈一谈。"初桃对她说,"你去把三味线放好,我就站在这儿,免得你再干出蠢事。"

取得初桃的准许后,可怜的南瓜走下去捡起她的三味线,开始把它拆开。她可怜巴巴地瞥了我一眼,我以为她会平静下来。但事实上,她的嘴唇却开始发抖;接着,她整张脸都颤动起来,就像地震来临前的地面;然后,突然之间,她把手里的三味线部件扔在通道上,用手捂住已经肿胀的嘴唇,泪水沿着她的脸颊滚落下来。初桃的脸色柔和下来,犹如雨过天晴一般,她带着满意的笑容转过来对着我。

"你只能替自己另找一个小朋友了。"她对我说,"等我同南瓜谈过话,她将来就不会糊涂到去跟你说话了。是不是,南瓜?"

南瓜点点头,因为她别无选择,但我可以看出她心里很难受。此后,我们再也没有一起练习过三味线。

再次去豆叶的公寓时,我向她汇报了这件事情。

"我希望你记住豆叶对你说的话。"她告诉我,"如果南瓜不再与你说话,那么你也不能和她讲话,否则你只会让她陷入麻烦;此外,她将不得不把你说的话都告诉初桃。你过去可能非常信任这个可怜的女孩子,但你今后不能再这么做了。"

听到这话,我难受极了,有好一会儿说不出话。"想与初桃同在一家艺馆里生活,"最后我说,"就像一只猪企图在屠宰场里活下来。"

我说这句话时脑子里想的是南瓜,但豆叶一定是以为我在说自己。"你说得很对。"她说,"你保护自己的唯一办法就是成为一名比初桃更成功的艺伎，然后把她赶出去。"

"可是每个人都说她是最受欢迎的艺伎之一。我无法想象自己怎么才能成为比她更红的艺伎。"

"我说的不是受欢迎。"豆叶回答，"我说的是成功。出席许多宴会并不能说明一切。我住在一套宽敞的公寓里，还有两个属于我自己的女仆，而初桃——她参加的宴会数目大概跟我一样多——可她还是住在新田艺馆。当我说'成功'时，我指的是一名艺伎已经获得了独立自主的权利。除非一名艺伎拥有她自己的和服收藏——或者除非她被一家艺馆收为女儿，这跟拥有自己的和服收藏性质差不多——否则她将一辈子受制于人。你已经见过我的一些和服，是吗？你想我是怎么得到它们的呢？"

"我一直在想，可能您在住进这套公寓之前，就已经被某家艺馆收作女儿了。"

"我确实在一家艺馆一直住到五年前。但那里的女主人有一个亲生的女儿。她不可能再收养一个。"

"那么如果可以的话，我想问……所有这些和服都是您自己买的吗？"

"你以为一名艺伎能赚多少钱，千代！拥有一套完整的和服与每个季节有两三件供替换的袍子是两回事。如果男人看见你每晚都穿同样的衣服，他们很快就会厌倦的。"

我的脸庞一定是写满了我心中的困惑，因为豆叶看到我脸上的表情后，笑了起来。

"振作精神，小千代，这个谜语是有答案的。我的'旦那'是一个慷慨的男人，我的大多数和服都是他买的。这就是我比初桃更加成功的原因。我有一个有钱的'旦那'。而她已经好多年没有

'旦那'了。"

　　我到祇园的时间已经不短了，所以我对豆叶所谓的"旦那"略知一二。"旦那"是妻子对她丈夫的称呼——或者更确切地说，在我那个年代里，妻子是这么称呼丈夫的。不过，艺伎口中的"旦那"不是指她的丈夫。艺伎从不结婚。或者至少是她们一旦结婚就不再继续做艺伎了。

　　你知道，有时候与艺伎在宴会上调情作乐后，某些男人会觉得意犹未尽，并开始渴望获得进一步接触。其中一些人满足于去宫川町那样的地方，把自己的汗味留在那些讨厌的房子里，我找到姐姐的那个晚上就见过这些房子。另外一些男人则鼓足勇气，醉眼蒙眬地贴近他身边的艺伎，轻声问她要收多少"费用"。档次比较低的艺伎可能会欣然同意这样的安排；大概无论给她多少钱，她都会高兴地接受。这样的女人或许自称为艺伎，并且也在祇园登记处注册过，但是我认为你应该先看看她跳舞、弹奏三味线和表演茶道，然后再判断她是否真是一名合格的艺伎。一名真正的艺伎绝不会随便和男人过夜，玷污自己的名声。

　　我不会骗人说艺伎从来不会随便委身于一个她觉得有魅力的男人，但是不管有没有这种情况，都是她的私事。和所有其他人一样，艺伎也有七情六欲，她们也会犯同样的错误。冒这类风险的艺伎只能寄希望于自己不要被发现。她的名声肯定会因此变得岌岌可危，但更重要的是，如果她有旦那，这会威胁到她在旦那心中的地位。再者，她还会触怒她所在艺馆的女主人。一名艺伎若决意放纵自己的激情，她便要承担这些风险，可她这么做绝不会是为了挣零用钱，因为她通过正当的途径也能很容易地赚到钱。

所以你明白了吧，祇园里一流或二流的艺伎，是不会随便出卖一夜之欢的。但是假如有个合适的男人对别的关系感兴趣——不仅是一夜，而是较长一段日子——而且他也愿意支付相应的代价，唔，在这种情况下，艺伎会很乐意接受这种安排。宴会之类的活动都很热闹，但一名艺伎要想在祇园里赚大钱，还是得有一个旦那，没有旦那的艺伎——比如初桃——就像大街上没有主人喂养的流浪猫。

你可能会想，一个像初桃这么漂亮的女人，肯定会有无数的男人渴望成为她的旦那，我也确信许多男人曾向她表示过。事实上，有一段时间她有过一位旦那，可不知怎么搞的，她惹怒了自己常去的美津木茶屋的女主人，致使此后向女主人打听初桃情况的男人永远都被告知她没空——男人们大概就以为初桃已经有旦那了，尽管事实并非如此。初桃弄僵了与茶屋女主人的关系，损失最惨重的恰恰是她自己。作为一名很受欢迎的艺伎，她赚的钱足够让妈妈满意；但是没有旦那，她就无法赚到足以获得独立的钱，也永远无法搬出艺馆居住。她也没有办法将自己的注册关系变更到别的茶屋，请那里的女主人帮她寻找旦那，因为没有哪家茶屋的女主人会为了初桃而不惜破坏自家与美津木茶屋的关系。

当然，一般而言，艺伎不会陷入这样的困境。她花时间去吸引男人，希望他们最终会向茶屋的女主人提出来要她。许多这样的请求都是没有结果的。经过调查，也许会发现这个男人钱太少，或者当别人建议他送一件昂贵的和服以示心意时，他表现得犹犹豫豫。但假如几周的协商能达成一个圆满的协议，艺伎和她的新旦那就会像两名艺伎结拜姐妹时那样举行一个仪式。在大多数情况下，这种关系大概会维持半年左右，也可能更长——因为男人们总是很快就厌倦同一件东西。协议的条款一般会规定旦那替艺伎偿还她的一部分债务，包揽她每个月的大部分开销——比如购买化妆品的费用，部分的上课费用，或许还有医药费，诸如此类。除去所有这些奢侈的花销，旦那依然要按照她每小时的收费标准为自己与她共度的时光付账，就像她的其他顾客一样，但他可以享有一些特权。

普通的艺伎和旦那的协议大致就是如此。但祇园里大概有三四十名顶尖的艺伎，她们会要求更多。首先，一名顶尖的艺伎根本不会考虑接受一连串的旦那而使自己的名誉受损，她一生中可能只有一两位旦那。她的旦那不仅要承担她的所有生活费用，比如注册费、学费和伙食费，还要给她零用钱，资助她的独舞演出，给她买和服与珠宝。旦那和她在一起时，不会按照她每小时的收费标准付钱，而是会付得更多，以示自己的一片心意。

豆叶当然属于祇园里最顶尖的艺伎。事实上，我后来得知她大概还是全日本最著名的两三名艺伎之一。你也许听说过著名的艺伎豆月，就在第一次世界大战爆发之前，她与当时的日本首相私通，引发了一段丑闻。豆月是豆叶的结拜姐姐——这就是为什么她俩的名字里都有一个"豆"。通常，一名年轻的艺伎都会取一个和她姐姐相近的名字。

有一个像豆月这样的姐姐已经足够确保豆叶的艺伎生涯有所成就了。在二十世纪二十年代初期，日本交通公社①在国际上开始了它的第一轮广告攻势。四处散发的海报上印着位于京都东南部多角寺里的一座宝塔，宝塔的一边是一棵樱花树，另一边站着一个美丽的年轻艺伎学徒，她看上去十分羞涩，但又非常精致优雅。这名艺伎学徒就是豆叶。

① 日本交通公社是日本最大的旅行社。

  说豆叶从此出了名，未免有些轻描淡写。印有她形象的海报张贴在全世界的各大城市，海报上用各种语言写着"欢迎来太阳升起的地方"——不仅有英语，还有德语、法语、俄语……哦，其余的语言我甚至都没听说过。豆叶当时年仅十六岁，但是忽然之间，她发现自己被唤去招待每一个来日本访问的各国首脑，每一个英国德国来的贵族，还有每一个从美国来的百万富翁。她给伟大的德国作家托马斯·曼斟酒，之后这位作家通过翻译对她讲述了一个冗长乏味的故事，耗时将近一个钟头。她还接待过查理·卓别林、孙中山和海明威。喝得烂醉的海明威说，豆叶粉白脸蛋上的艳红嘴唇使他联想到雪中的鲜血。此后的几年里，豆叶在首相和各界名流经常光顾的东京兜町大戏院举办了若干场影响巨大的独舞表演，声名也越发显赫起来。

  当豆叶宣布她打算收我做妹妹时，我一点儿也不了解关于她的这些事情，但幸亏如此，否则我肯定怕得要死，只会一个劲儿地在她面前发抖。

  那天在豆叶的公寓里，她客气地让我坐下，向我解释了上述的一些问题。我听懂了她所说的一切，让她很满意，她说：

  "在社交场合初次露面之后，你在年满十八岁之前要一直当艺伎学徒。之后，如果你想还清自己的债务，就需要找一个旦那。一个非常有财力的旦那。我的工作就是确保你到时能在祇园里为大家所熟知，但能否成为一个出色的舞者就要看你是否努力。如果你十六岁时连五级水平都没有达到，那我也帮不了你，新田夫人一定会很高兴打赌赢了我。"

  "可是，豆叶小姐，"我说，"我不明白舞蹈跟整件事情有什么关系。"

"舞蹈太要紧了。"她告诉我说,"你看看祇园里最成功的那些艺伎,她们个个都是舞蹈高手。"

在艺伎的各项技艺中,舞蹈是最受尊崇的艺术。只有最具潜质、外貌最美丽的艺伎才会被鼓励去专攻舞蹈,其深厚的传统,或许唯有茶道可以与之相提并论。祇园地区的艺伎所表演的是源于能剧的井上派舞蹈。能剧是一种非常古老的艺术,一直受到皇室的资助。在河对岸的蓬托町区,舞者跳一种源于歌舞伎的舞蹈,祇园的舞者认为自己所跳的舞蹈更加高档。如今,我是一个忠实的歌舞伎欣赏者。事实上,在本世纪最著名的歌舞伎演员中,有许多是我的朋友,对此我深感荣幸。不过,歌舞伎是一种相对年轻的艺术形式,直到十八世纪才出现。歌舞伎一直为普通大众所喜爱,与受到皇室资助的能剧是不一样的,所以蓬托町派和井上派舞蹈之间根本就不存在可比性。

尽管所有的艺伎学徒都要学跳舞,但是我已经说过了,只有最具潜质、外貌最美丽的女孩才会被鼓励去专攻舞蹈,并最终成为真正的舞者,而不是三味线演奏者或歌手。很不幸,长着一张柔软圆脸的南瓜未被选中做舞者,所以她只得把大量的时间花在练习三味线上。至于我,我不像初桃,没有漂亮到非做舞者不可的地步,所以对我来说,唯有向老师证明自己愿意竭尽全力地学习,才有可能被选中做舞者。

然而,由于初桃的缘故,我的培训生涯有一个非常糟糕的开端。我的指导老师是一个五十岁左右的妇女,我们都叫她"屁股老师",因为她的皮肤皱缩在喉咙处,就像在下巴底下长了个小屁股。

屁股老师同祇园里的许多人一样恨初桃。初桃很清楚这点，于是你
猜她做什么了？她跑去找屁股老师——这是若干年之后屁股老师亲
口告诉我的——初桃说：

"老师，我可以请您帮个忙吗？我看中您班里的一个学生了，
我觉得她是一个非常有天赋的女孩子。如果您能告诉我您对她的看
法，我将不胜感激。她名叫千代，我非常非常喜欢她。您若能给予
她特殊照顾，我一定会报答您的。"

这之后，初桃无须再多说一个字，因为屁股老师如初桃所愿给
了我所有的"特殊照顾"。其实我舞跳得并不差，但屁股老师从上
课伊始便拿我做反面教材。例如，我记得一天上午，她为我们示范
一个动作：双臂在体前交叉，然后一只脚踩在地垫上。我们被要求
同时模仿这个动作，但由于我们都是初学者，当我们完成手臂动
作、脚踩在垫子上时，发出的声音就像是打翻了一个堆满豆包的盘
子，因为没有哪两个人的脚是同时落下的。我可以向你保证，我做
得并不比任何人差，可是屁股老师走过来站在我的面前，下巴底下
的那只小屁股颤动着，用她的折扇拍了几下她的大腿，然后又拿它
来敲我的半边脑袋。

"脚踩下去是要按节拍的。"她说，"还有，下巴是不能乱
动的。"

跳井上派舞蹈时，舞者必须始终面无表情，以此来模仿能剧中
使用的面具。屁股老师抱怨我抽动自己的下巴，可与此同时，愤怒
使她自己的下巴也在颤抖……唔，我几乎快要哭出来了，因为她打
了我，但是其他学生却爆出一阵大笑。屁股老师把别人的哄笑归咎
于我，把我赶出教室以示惩罚。

要不是豆叶最后跑到学校与屁股老师谈话，帮她弄清楚事情的

真相，我真不好说自己在她的照顾下会变成什么样子。无论屁股老师先前有多么讨厌初桃，我敢肯定当她知道初桃欺骗她后，一定更恨她了。令我高兴的是，屁股老师为曾以那样的方式待我而深感抱歉，于是我反倒很快便成了她的得意门生之一。

　　我不敢说自己在舞蹈或其他方面有任何天赋，但我确实是在一心一意地学习，不达目的誓不罢休。自从那年春天在街上偶遇会长以来，我最渴望的就是能有机会成为艺伎，为自己在这个世界上找到一块立足之地。既然豆叶已经给了我这样的机会，我就决心要做出一番成绩来。但是背负着那么多的课程和杂务，以及对自己很高的期许，头半年的训练让我感觉筋疲力尽。之后，我开始发现一些可以提高效率的小秘诀。比如，我找到了一种边跑差事边练习三味线的办法。具体做法是，我在脑子里练习一首曲子，想象自己的左手该如何在琴把上按弦，右手该如何用拨子拨弦。这样，当我真将乐器搁在大腿上时，即使一首曲子我之前只试弹过一次，有时候我也可以把它弹得相当好。一些人以为我不用练习就能学会曲子，但事实上，我穿梭在祇园的大街小巷里时，一直在反复练习。

　　我用另一个小秘诀学会了学校里教的民谣和其他歌曲。从孩提时起，我就可以记住自己前一天只听过一遍的音乐。我不知道是什么原因，大概是我的脑子有点特别。所以我养成习惯，在睡觉前把歌词写在纸上。然后醒来时，趁着脑子还很平静敏感，我就躺在蒲团上看那些纸片。通常这样就足以让我记住歌词了，不过曲调会比较难记，我的秘诀是借用一些图像来提示自己。比如，一根树枝从树上掉下来，可以让我想到鼓声；溪水流过一块岩石可以让我想到三味线的音调升高；我在脑子里想一首歌时，就像在一片风景中漫步。

当然，对我而言，最大的挑战是舞蹈，它是最重要的一项技艺。有好几个月，我试遍了自己发明的各种小秘诀，可都没有什么帮助。然后，有一天我不小心把茶洒到了阿姨正在看的一本杂志上，阿姨生气极了。奇怪的是，在她骂我之前，我还一直觉得她很好心。挨完骂，我觉得非常伤心，不禁想起我的姐姐，她待在日本的某个地方，不管我了；我又想起母亲，但愿她如今在天堂里安息了；还想起父亲，他很爽快地卖掉我们，然后孤孤单单地走完了他的一生。随着这些念头闪过脑海，我的身体变得沉重起来。于是我爬上楼梯，走进南瓜和我合睡的房间——豆叶拜访我们艺馆之后，妈妈就让我搬到那里去了。我没有躺在榻榻米垫上哭泣，而是在胸前挥动自己的手臂。我不知道自己为什么要这么做；那是我们当天早上学会的一个舞蹈动作，我觉得这个动作看起来很伤感。与此同时，我又想到了会长，要是我能靠上一个像他那样的男人，日子就会好过多了。我看着自己的手臂在空中挥动，流畅的动作仿佛在述说某种哀伤与渴望。我的手臂庄重地在空中划过——不像叶子从树上飘落下来，而是像一艘海轮滑过水面。我想"庄重"这个词表达了一种自信和确定，拥有这种气度的人根本不会把一点点小风小浪放在眼里。

那天下午，我发现当自己的身体感觉沉重时，我还可以庄严地活动。假如我想象会长正观察着我，我的动作会变得极富深情，有时候每一个舞蹈动作都是与他的某种交流。转圈时保持头斜向一个角度也许是代表询问："我们该去哪里共度好时光呢，会长？"伸出手臂打开折扇表示：我非常感激能有幸得到他的陪伴。当我啪的一声合上扇子，这是要告诉他：取悦他是我生命中最重要的事情。

第十三章

到了 1934 年的春天，也就是我接受训练两年多以后，初桃和妈妈决定让南瓜以艺伎学徒的身份初次亮相。当然，没有人对我透露有关此事的任何消息，因为南瓜被禁止同我讲话，初桃和妈妈则压根不会费工夫去考虑是否要告诉我。我发现此事是因为一天下午南瓜早早地离开了艺馆，直到晚上才回来，并且梳了一个年轻艺伎的发型——就是所谓的"么么尾"，意思是"裂开的桃子"。当她踏进门厅，我第一眼看见她便失望、妒忌得要命。她的眼睛几乎就没有正视过我，大概她难免也会想到自己身份的改变会对我产生什么样的影响。她的头发从太阳穴处往后拢起，梳成一个美丽的球状发髻，而不是像以往那样随便扎在脖子后面，这使她看起来很像一名年轻女子，尽管她的脸还是孩子气十足。多年以来，我和她一直都很羡慕年长的女孩子所梳的雅致发型。现在，南瓜可以作为艺伎外出应酬了，而我却依然留在原地，甚至不能过问她的新生活。

接着有一天，南瓜第一次穿上了艺伎学徒的服装，跟随初桃去美津木茶屋参加她们结拜为姐妹的仪式。妈妈和阿姨也去了，当然没有我的份。但我和她们一起站在门厅里，目睹南瓜在女仆们的协助下走下楼梯。她穿着一件带新田艺馆纹饰的华丽黑色和服，系着一根深紫色与金黄色的宽腰带；她的脸也头一回涂成了白色。你或许会想，南瓜戴上发饰，描着鲜艳的红唇，会看上去既自豪又漂亮，但我觉得她的神色中除了担心别无其他。她走路跟跟跄跄的，因为艺伎学徒的服饰非常笨重。妈妈将一个照相机塞到阿姨手里，吩咐她出去把燧石第一次在南瓜背后擦出火星以求好运的镜头拍下来。我们其余人仍旧挤在门厅里，不会被拍到。南瓜由女仆们搀扶着手臂，把两只脚滑进木屐内，艺伎学徒都穿这种我们叫作"高齿木屐"的鞋子。然后，妈妈站到南瓜身后摆出一个意欲击石取火的姿势让阿姨拍照，其实平日里这项工作都是由阿姨或女仆来做的。照片终于拍好后，南瓜跌跌撞撞地走了几步，又转身往回看。其他人都在朝她走去，但她却只看着我，脸上的表情似乎在说她非常抱歉事情变成这样。

当天晚上，南瓜有了一个正式的艺名，"初美代"。"初"引自"初桃"。拥有一个源于初桃这样著名艺伎的名字，本应该对南瓜的事业大有帮助，但最后事与愿违，几乎没什么人知道她的艺名，大家还是与我们一样叫她南瓜。

我迫不及待地想把南瓜外出亮相的事情告诉豆叶。但她最近比以往更加忙碌，经常应她旦那的要求去东京，结果我们有差不多六个月没有见面。又过了几个星期，她终于有时间召我去她的公寓了。我进门时，女仆吸了一口气；过了一会儿，豆叶从后面的房间走出来时也吸了一口气。我很纳闷。然后，我跪下来向豆叶鞠躬，告诉她我很荣幸能再次见到她，可她根本不理会我。

"我的天哪，隔了那么久了吗，辰美？"她对自己的女仆说，"我几乎认不出她了。"

"听您这么说，我觉得很高兴，小姐。"辰美答道，"我还以为是我的眼睛出了毛病呢！"

这时，我当然是非常纳闷她们在说什么。不过很显然，在没同她们见面的六个月里，我的改变远比我自己所意识到的要多。豆叶让我把头转到这边又转到那边，还不停地说："我的老天，她已经变成一个年轻女人了！"有一度，辰美甚至叫我站着举起双臂，好让她用手量我的腰围和臀围，然后她对我说："好了，毫无疑问，和服穿在你身上会像袜子套在你脚上一样服帖。"我确信她是在称赞我，因为她说这话时表情很是和蔼可亲。

最后，豆叶吩咐辰美领我去后屋为我挑一身合适的和服。我是穿着早晨去学校上课时穿的蓝白两色的棉袍来到豆叶公寓的，可辰美给我换上的却是一件深蓝色的丝绸袍子，上面还有鲜亮的红黄色小车轮图案。它不是我见过的最美丽的和服，但当辰美将一根亮绿色的宽腰带系在我的腰部时，我望着穿衣镜里的自己，发现除了平庸的发型之外，自己就像是一个正赶去参加宴会的年轻艺伎学徒。我倍感自豪地走出房间，以为豆叶又会大吸一口气，或做出诸如此类的举动，可她只是站起来，在衣袖里塞了一块手帕，便径直走到门边，把脚套进一双绿色的上漆草履里，然后回头看着我。

"啊？"她说，"你不来吗？"

我一点儿也不知道我们要去哪里，但我非常害怕被人瞧见与豆叶一起走在大街上。女仆拿出一双柔灰色的上漆草履给我。我穿上它们跟随豆叶走下黑漆漆的楼梯井。当我们踏上大街时，一位年长的妇女慢下脚步向豆叶鞠躬，接着，她转向我，用几乎同样的动作朝我也鞠了一躬。我简直不知道这是什么意思，因为以往在街上几乎没有人注意过我。强烈的阳光严重影响了我的视力，我辨不清楚自己是否认识这个老妇人。不过我还是向她鞠躬回礼，她很快就走了。我猜想她大概是我的一位老师，可没隔几秒钟，同样的事情又发生了——这回朝我鞠躬的是一位我很仰慕的年轻艺伎，她以前从不会对我所在的方向瞥一眼。

我们沿着大街一路走，几乎路过的每个人都会对豆叶说几句话，至少会向她鞠躬，之后再朝我点一下头或者也鞠个躬。好几次，我停下来鞠躬回礼，于是就落后了豆叶一两步路。她看出我有些应付不过来，便把我带进一条安静的小巷，为我示范正确的走路方式。她解释说，我的问题在于还没有学会把上下半身的动作分开来。当我需要向人鞠躬时，我就停下了脚步。"慢下步子是一种表示尊敬的方式。"她说，"你步子放得越慢，就显得越恭敬。向你的老师鞠躬时，你可以完全停下脚步，但对其他人，看在老天的分上，不必过分放慢步子，否则你永远没法到达目的地了。走路的节奏要尽可能连贯；步幅要小，以便让你的和服下摆保持飘动。一个女人走路的时候，应该带给人一种细浪漫过沙洲的印象。"

我按豆叶所描述的那样在小巷子里来回地走，边走边盯着自己的脚，观察和服下摆是否正确地飘动。直到豆叶满意后，我们才重新上路。

我发现，多数情况下，我们碰到的问候方式无非就是两种。我们走过年轻的艺伎时，她们通常会放慢脚步或干脆停下来向豆叶深鞠躬，豆叶会亲切地说一两句话，略微点一下头；然后年轻的艺伎会疑惑地看看我，朝我欠一下身，我则回以一个深得多的鞠躬——因为我们遇到的每个女人都比我年长。当我们走过中年或老年妇女时，豆叶几乎总是先鞠躬，然后对方再礼貌地回以一个比豆叶浅的鞠躬，接着她们会上下打量我一番，朝我轻轻地点一下头，而我总是要回以最深的鞠躬，同时还不能停下脚步。

那天下午，我跟豆叶说了南瓜外出亮相的事情。之后的几个月里，我一直盼望着她会对我说，我也可以开始做艺伎学徒了。但是，春天过去了，夏天也过去了，她都没有对我说这样的话。同南瓜当时红火的生活相比，我的生活里只有枯燥的课程和繁重的杂务，以及每周有几个下午与豆叶在一起的十五或二十分钟。我们的会面，有时就是我坐在她的公寓里接受她的指导，她会教我一些我必须知道的事情；但更多的时候，她会让我穿上她的某件和服，带着我在祇园里到处走，办一些事情、拜访她的算命先生或假发制作匠。即使是下雨天她没什么事要办，我们也会撑着漆伞，一家家店地逛下去，查看从意大利运来的下一船香水何时会到，或者询问某件和服是否修补好了，尽管离约定的完工日还有一个星期。

起初，我以为豆叶带我到处走的用意是想教我正确的姿势——因为她不断地用折扇敲我的背，提醒我站直身子——以及如何待人接物。豆叶似乎认识每一个人，即使是面对最年轻的女仆，她也总是微笑或和颜悦色地寒暄几句，因为她明白，她能享有崇高的地位靠的就是大家对她的赏识。但后来有一天，当我们走出一家书店时，我突然意识到了她带着我四处转悠的真正目的。她对逛书店、假发店或文具店并无特别的兴趣。她办的那些事情也不是非常重要。此外，她完全可以派女仆去跑腿，无需亲自出马。她自己来跑这些差事，只是为了让祇园里的人们看见我们一起在街上漫步。她有意推迟我的正式亮相，好使每个人都有时间注意到我。

十月里，在一个阳光灿烂的下午，我们从豆叶的公寓出发，沿着白川溪的河岸往下游方向走，边走边观赏樱桃树的叶子飘落到水面上。其他许多人也是带着同样的目的出来散步，正如你所预计的那样，所有的人都会问候豆叶。几乎每一次，他们在跟豆叶打招呼的同时，也会与我打个招呼。

"认识你的人将越来越多，对不对？"她对我说。

"我想假如一只羊走在豆叶小姐的身旁，大家也会跟它打招呼的。"

"那是肯定的，"她说，"因为身边走着一只羊实在是太不寻常了。不过说真的，我听见很多人在打听这个长着一对可爱灰眼睛的姑娘是谁。他们还不知道你的名字，但这无关紧要。反正千代这个名字你也不会再用多久了。"

"豆叶小姐的意思是——"

"我的意思是，我已经咨询过贺先生了，"——贺先生是她的算命师傅——"他说十一月三日是你正式亮相的好日子。"

豆叶停下来望着我，而我则像一棵树似地呆立在那里，眼睛睁得有米饼那么大。我没有欢呼也没有拍手庆祝，但确实是高兴得说不出话来。最后，我对豆叶鞠躬，向她表示我衷心的感谢。

"你会成为一名优秀的艺伎。"她说，"不过要是你能善于利用你的眼神，你将更出色。"

"我从来没想过用眼睛也能说话。"我说。

"眼睛是女人身上最有表现力的部分，尤其是你。在这里站一会儿，我来演示给你看。"

豆叶拐过街角，把我一个人留在巷子里。过了一会儿，她又走出来，从我身边经过，眼睛却看着旁边，给我的感觉是她害怕朝我这边看会发生什么事情。

"好吧，如果你是一个男人，"她说，"你会怎么想？"

"我会觉得你一心想要避开我，以至于无法思考任何其他事情。"

"有没有可能我只是在看房子底部的排水管呢？"

"即便如此，我想你那么做也只是为了避免看我。"

"这就是我要说的。一个外貌惊艳的女孩子绝不会意外地把不适当的信息传给男人。但是男人们会注意到你的眼睛，然后想象你正用眼神暗示他们，即使你并没有那么做。现在，再看我做一遍。"

豆叶又拐过街角，这一次她走回来时眼睛看着地面，一副心不在焉的样子。接着，当她走近我时，眼睛抬起来看了我一下，但旋即又飞快地移开了目光。我得说，我有一种触电的感觉。假如我是男人，我一定会觉得她正在竭力掩藏自己内心的某种强烈情感。

"如果我用一双普通的眼睛也能达到这样的效果，"她对我说，"那想想看，你这双特别的眼睛更是能颠倒众生。假如你让一个男人当街晕倒，我也不会觉得惊讶。"

"豆叶小姐！"我说，"要是我有能力让一个男人晕倒，我确信自己早该知道了。"

"我很惊讶你自己竟然不知道。让我们约定一下吧，一旦你朝一个男人眨眨眼便能使他停住脚步，我就马上带你正式进入社交界。"

我迫不及待地想踏入社交界，即使豆叶要求我用眼神伐倒一棵树，我也肯定会放手一搏的。我请求她陪我走一段路，让我在几个男人身上试验一下，她高兴地答应了。我碰到的第一个男人岁数已经很大了，老得就像和服里面只剩下骨头。他拄着拐杖在街上慢慢地走，戴着的眼镜上满是灰尘，假如他一头撞在建筑物的角上，我也不会惊讶。他根本就没看到我，所以我们继续朝四条街走去。不久，我看到了两个穿西装的生意人，但我又同他们无缘。我估计他们认识豆叶，抑或他们只是觉得她比我更漂亮，反正不管怎么说，他们的目光始终聚焦在豆叶身上。

正当我快要放弃的时候，我看见了一个二十岁左右的送货男孩，他端着一个堆满午餐盒的托盘。当时，祇园附近的许多餐馆都提供外送服务，他们下午会派男孩去回收空饭盒。通常，饭盒被装在板条箱里，用手提着或驮在自行车上。我不知道为什么这个男孩用的是托盘。无论如何，他离我有半个街区，正朝我走来。我发现豆叶正盯着他看，然后她说：

"让他摔掉托盘。"

不等我搞清楚她是否在开玩笑，她就转进一条小路走了。

我不相信一个十四岁的女孩——或者任何年龄的女人——用某种目光看一个男人一眼，就能使他摔掉手里的东西。我认为这种事情只可能发生在电影或小说里。要不是我注意到两件事情，我肯定试也不试就放弃了。首先，那个男孩已经对我目不转睛了，就像一只饥饿的猫盯着一只老鼠。其次，祇园的大多数街道都没有路缘，但这条街有，而且这个送货男孩正走在路缘的附近。假如我能盯得他不好意思，让他不得不迈上人行道，他就可能被路缘绊倒，打翻手中的托盘。我先是看着自己前方的地面，接着我试着模仿豆叶几分钟前示范给我看的眼神。我抬起双眼，与男孩四目相对，只一瞬便迅速移开目光。走了几步路之后，我又这样做了一遍。这回，他专心致志地看着我，大概是忘记了手里的托盘，更忘记了脚边的路缘。当我们走得很近时，我略微调整了自己的行走路线，进一步逼近他，这样一来，他要通过我的话，就必须迈过路缘走人行道。接着，我又注视着他的眼睛，他试图绕过我时，正如我所愿，他的脚被路缘绊了一下，摔倒在地，饭盒全撒在人行道上了。哈，我忍不住大笑起来！令我高兴的是，男孩也大笑起来。我帮他捡起饭盒，给了他一个微笑，他则深深地向我鞠躬，重新上路了。这是第一次有男人对我致以如此深的鞠躬。

一会儿之后，我与豆叶会合，她看到了刚才所发生的一切。

"我想你已经具备了所有的必要条件。"她说完，领着我穿过主干道，来到她的算命师傅贺先生的公寓，请他为我的正式亮相选一个万事大吉的日子，因为那天我要做许多事——包括去神庙许愿，第一次做头发，参加与豆叶结为姐妹的仪式。

那天晚上，我彻夜未眠。我盼望已久的事情终于要来临了，噢，我的胃也因此剧烈地翻腾！一想到自己将穿上梦寐以求的华丽服饰，出现在一屋子男人面前，我的手心就不住地冒汗。每当想到这一幕，我就觉得有一种最甜蜜的紧张感从膝盖一路蔓延到胸口。我幻想自己身处一间茶屋，当榻榻米房的门滑开时，里面的男人都转过来看我；当然，会长也位列其中。有时候，我想象他一个人坐在房间里，没有穿西装，而是穿着男人们在夜晚放松时常穿的日本和服。他光滑得犹如浮木的手指，正端着一个酒杯。此时在这个世界上，我最想做的事情就是替他斟酒，与他四目相对。

我才不过十四岁，可是我觉得自己仿佛已经活了两辈子。新生活刚刚起始，旧生活在一段时间以前就已结束。距我得知家里的噩耗已经过去几年，令我惊讶的是，自己的想法完全改变了。我们都熟悉这样的景象：冬日里，一切银装素裹，连树木都被大雪覆盖住了，可到了来年的春天，此情此景将彻底不复存在。然而，我没有料到这样的事情也会发生在我们自己身上。当家里不幸的消息刚传进我的耳朵时，我仿佛立刻被埋在了厚厚的大雪下面。但是过了一段时间，可怕的严寒便慢慢消融，展现在我面前的是一幅我从未见过或想过的景象。我不知道你是否明白我的意思，但在我正式亮相的前夜，我在脑海里描绘出一座花园，里面的花朵刚刚破土而出，所以还不知道这些花将来会长成什么样子。我的内心充满了兴奋的情绪；在我幻想的花园里，中心位置竖立着一尊雕像，它刻画了一名艺伎的形象，那正是我想要实现的目标。

第十四章

我听人说过，一个年轻姑娘为自己以艺伎学徒身份亮相做准备的那个星期里，就像一条毛毛虫蜕变成了一只蝴蝶。这种说法很美，但就我的体验而言，我实在不理解为什么有人会产生那样的念头。一条毛毛虫只要为自己织一个茧，然后在里面睡一会儿就可以变成蝴蝶了；而我在准备的那个星期里，却累得筋疲力尽。第一步，我得把头发梳成艺伎学徒的样式，就是我前面提到过的"裂桃式"。那个年代，祇园里有许多发型师。豆叶的发型师在一个极拥挤的房间里工作，工作室的楼下是一家鳗鱼餐厅。我必须苦等将近两个小时才能轮到，房间里有七八个艺伎跪在各处和我一起等，还有人在门外的楼梯口等待。我不得不遗憾地说，弥漫在空气中的脏头发味强烈到令人窒息。由于那个年代，艺伎的发型异常繁复，梳一次既耗时又费钱，所以通常艺伎做一次头发要保持一周；在每周的最后几天，即使她们往头上洒再多的香水也盖不住脏头发的气味。

终于轮到我时，发型师做的第一件事就是把我拉到一个巨大的洗涤槽边，让我低下头，这个姿势使我怀疑他是不是要砍下我的脑袋。然后，他往我的头发上倒了一桶热水，开始用肥皂搓洗。实际上，"搓洗"一词还不够有力，因为他用手指挠我的头皮，下手重得像农民用锄头掘地。如今回想起来，我能理解他的做法。头皮屑是困扰艺伎的一个大问题，它不但破坏艺伎的魅力而且会使头发显得越发不干净。发型师的做法是出于好意，但才过了一会儿，我的头皮就刺痛起来，痛得我几乎快哭了。最后他对我说："如果你非要哭，就哭吧。你以为我喜欢把你架在洗涤槽上吗！"

我猜他自认为开了一个巧妙的玩笑，因为他说完后哈哈大笑起来。

当他抓够了我的头皮，就让我坐在旁边的一个垫子上，开始用一把木梳替我梳理头发，直到我的脖子因为他的拉扯而酸痛不堪。最后，他把我所有打结的头发都梳通了，显得颇为心满意足，然后把山茶花油均匀地抹在我的头发上，使之呈现出一种美丽的光泽。我以为最糟糕的步骤都已经结束，但接着他又拿出一块石蜡。我必须告诉你，即使有山茶花油作润滑剂，并用热烙铁使蜡软化，还是无法改变头发与石蜡水火不容的特性。人们总是说我们人类有多么文明，或许这就是为什么一个年轻姑娘愿意坐在那里让一个成年男子往她的头发上抹蜡，却一点儿也不反抗，只是默默地啜泣。要是你对一只狗也这么做，它准保在你手上咬个洞。

给我的头发均匀地上完蜡，发型师把我前额的头发往后梳，和其余头发拢在一起在头顶梳成一个针垫①似的发髻。从背后看，这个针垫发髻上面有一道缝，就像被割成了两半，所以这款发型被命名为"裂桃"。

尽管之后的好几年我都梳着裂桃头，但有件事情我从来没有想到过，直到很久以后一个男人向我解释了这款发型的奥秘。那个针垫型的发髻，是把头发缠在一块布上梳成的。从背后看，发髻是裂开的，会露出里面的布；这块布可以是任何图案或颜色，但是一名艺伎学徒——至少在她生命中的某个时刻之后——梳发髻时总是用一块红色的丝绸。一天夜晚，一个男人对我说：

---

① 一种给裁缝插针用的小垫子。

"这些天真的小姑娘大都根本不懂'裂桃'发型真正的挑逗意味！试想一下，你走在一名年轻艺伎的后面，满脑子都是你想和她做的各种性事，接着你看见她头上的裂桃型发髻，以及从裂缝中露出来的那抹殷红……你会怎么想？"

唔，我什么想法都没有，我如是作答。

"你没有运用你的想象力！"他说。

过了一会儿，我才领会，面孔涨得通红，他看到我的反应不禁大笑起来。

在回艺馆的路上，我可怜的头皮就像被制陶工用尖棍子划过的陶土，痛得要命，但我并不太在意。每次在商店的橱窗上看见自己的模样，我就觉得自己将会受人重视了；因为我不再是一个小女孩，而是一个年轻的女人了。我回到艺馆后，阿姨让我向她展示了一番发型，还对我说了许多好话。连南瓜都忍不住羡慕地围着我转了一圈——初桃若是知道她这么做，肯定很生气。你知道妈妈的反应是什么吗？为了把我的发型看得更清楚，她踮起脚尖来看我——这么做没多大用处，因为我已经长得比她高了——接着她抱怨说，我大概应该去找初桃的发型师，那人的水平比豆叶的发型师高。

每个年轻艺伎最初或许会对自己的发型颇为得意，可是在三四天之内就会开始怨恨它了。因为你瞧，一个女孩子筋疲力尽地从发型师那里回来，假如到家后像前一晚那样把头放在枕头上睡一会儿，她的头发就会被压得走样，那她一醒来将不得不立刻赶回去找发型师重新拾掇。因此，一名年轻的艺伎学徒头一次做完发型后，就必须学会一种新的睡觉方式。她不能再用普通的枕头，而要用我前面提到过的高枕。它是一个为脖子提供支撑的托架，不太像枕头。大多数高枕里都填充着一袋小麦壳，但睡在上面的感觉还是跟睡在石头上差不多。晚上，你躺在床垫上，搁在高枕上的头悬在空中，想着美好的事情直到睡着；但睡着后你多少会翻几次身，醒来时，你发现自己的脑袋已经放在蒲团上了，发型也被压扁了，跟不用高枕没两样。为了让我长记性，阿姨在我的头发下面放了一盘米粉。每当我睡着后，只要头一往后垂，头发就会掉进米粉里，米粉会粘住我头发上的蜡，结果就毁了我的发型。我已经目睹过南瓜经受这样严酷的考验。现在轮到我了。有一度，我每天早晨醒来时头发都是乱的，起床后就必须去发型师那里排队，等候他再次折磨我。

准备亮相的那一周里，每天下午阿姨都要让我穿上整套的艺伎学徒服装，在艺馆的泥土走廊里来回走，以锻炼我的力量。开始，我几乎无法走路，总是担心自己会往后仰倒。你瞧，年轻的女孩穿着比年长的妇女更为华丽，这意味着更加鲜艳的色彩，更加亮丽的面料，以及更长的宽腰带。成熟女性的腰带系结在身体的背面，我们称之为"鼓结"，因为它呈一个规整的小盒子状，打这种结不需要用到很多布料。但二十岁左右的年轻女孩使用的宽腰带必须更引人注目。对一名艺伎学徒而言，宽腰带是她身上最出彩的部分，她使用的"悬垂腰带"——系结的位置差不多与肩胛骨齐高，腰带的尾端几乎拖到地面。无论和服的颜色有多么鲜艳，宽腰带总是更绚丽。当一名艺伎学徒在街上走在你的前面时，你注意到的不是她的和服，而是她色彩艳丽的悬垂腰带——只有肩膀及身体的两侧会露出一点和服的边缘。为了达到这样的效果，宽腰带必须长得可以从房间的一头拖到另一头。不过，导致宽腰带非常难系的不是它的长度，而是它的重量，因为它通常都是由重磅织锦缎制成的。光是把腰带拿上楼就要费上九牛二虎之力，所以你可以想象把它绑在身上会是什么样的感觉——厚厚的饰带像一条可怕的蛇，紧勒着你整个身体的中段，沉重的布料垂在背后，让你感觉仿佛有人将一只旅行箱绑在你的背上。

更糟糕的是，袖子既长又宽的和服本身也很重。我倒不是说和服的袖子会从手上一直垂到地上。你或许已经注意到，当一位穿着和服的女人伸出手臂时，袖子下端会垂下来形成一个口袋。我们把这个宽松的口袋称为"富瑞"，艺伎学徒穿的和服富瑞会特别长。女孩子一不小心就会把它拖在地上。跳舞的时候，如果她不把袖子绕着前臂缠上几圈，肯定会被它绊倒。

几年后，一位京都大学的著名科学家某晚喝得烂醉后，对艺伎学徒的服饰做了几句让我永生难忘的评价。"中非的山魈经常被视作灵长目动物中最艳丽的一群，"他说，"但我认为祇园里的艺伎学徒也许才是最绚丽多彩的灵长目动物！"

终于到了豆叶和我举行结拜姐妹仪式的日子。我一早沐浴完毕，上午剩余的时间就都花在穿着打扮上了。化妆和发型的最后步骤是由阿姨帮我完成的。由于我的皮肤上覆盖着一层蜡和化妆品，我有一种脸部完全麻木的奇怪感觉。每次触摸自己的脸颊，我只能隐约感觉到手指对皮肤的压力。我摸了太多次脸，所以阿姨不得不给我补妆。之后，我坐在镜子前端详自己，一件最奇怪的事情发生了。我知道这个跪在梳妆台前的人是我自己，但镜子里的女孩子看上去是如此陌生，让我居然伸出手去摸她。她化着艺伎的浓妆，雪白的脸庞上，除了被染成柔粉色的双颊，还盛开着一抹艳丽的红唇。她的头发上插着许多娟花和谷穗，身上穿着一套正式的黑色和服，上面有新田艺馆的纹饰。最后我好不容易站起来，走到大厅，当我在穿衣镜里看到自己的全身，更是吃惊不已。我的和服上绣着一条巨龙，从下摆的边缘一直盘旋到我大腿的中部。龙的鬃毛是由上过红漆的美丽丝线绣成的，爪子和牙齿是银色的，双眼则是金色的——绣线是由真金制成的。我不禁热泪盈眶，不得不抬头望着天花板，以免泪水滚落到我的脸颊上。离开艺馆之前，我把会长给我的手帕塞进宽腰带里以求好运。

阿姨陪我来到豆叶的公寓，我向豆叶表达了我的感激之情，并发誓会尊重她、报答她。然后，我们三人一起来到祇园的神庙，在那里豆叶和我拍手，向众神宣布我们将很快结成姐妹。我祈求众神在未来的几年保佑我，接着我闭上眼睛感谢他们实现了我三年半以前许下的愿望，让我成了一名艺伎。

结拜仪式将在一力亭茶屋举行。毫无疑问，那是全日本最有名的茶屋，历史相当悠久，十八世纪初一位著名的武士就曾藏身于此。不知道你是否听过"四十七个浪人"①的故事——四十七个浪人为他们主人的死报仇雪恨，然后便切腹自杀——唔，他们的首领就是藏在一力亭里策划了那场报复行动。祇园里大部分的一流茶屋，在街上是看不见它们的门面的，只能看见它们朴素的入口，但一力亭的门面却像树上的苹果一样显眼。它坐落在茂生大街上知名的一角，四面环绕着一堵光滑的杏黄色围墙，屋顶上铺着瓦片，在我看来就像是一座宫殿。

豆叶的两个妹妹和我们艺馆的妈妈也赶来参加仪式。当我们所

① 失去主人的武士被称为"浪人"。"四十七个浪人"即著名的"忠臣藏"故事。江户时代中期，浅野家第三代传人长矩刺伤吉良上野介，因而全家遭斩，领地被没收。1702年，为了替剖腹自尽的君主复仇，四十七名家臣攻打吉良宅府，杀死吉良上野介后也剖腹自杀。当年，四十七人之首领大石内藏助即栖身一力亭茶屋谋划复仇计划。

有的人在茶屋外面的花园集齐后，一个女仆领着我们走过门厅，穿过一条弯弯曲曲的美丽走廊，来到后面的一间小榻榻米房。我以前从未置身于如此优雅的环境。每一件木制饰物都光泽熠熠，每一面灰泥墙壁都光滑如丝。我闻到"黑烧"带点烟尘气的甜甜香味——这是一种柔灰色的粉末状香料，是由烧焦的木头研磨成的。"黑烧"非常老式了，连豆叶这么传统的艺伎也更偏爱使用西方的东西。但是过去历代艺伎身上的黑烧香气依旧在一力亭里萦绕。如今我的一只木头瓶子里还保存着一些黑烧，每当闻到它的气味，我就仿佛回到了从前。

一力亭茶屋的女主人也出席了仪式，但整个仪式从头到尾只持续了大约十分钟。一个女仆用托盘端来几杯清酒，豆叶和我必须共饮一杯。我先拿起一杯酒喝三口，然后把杯子递给豆叶，她也要喝三口。如此喝完三杯酒，仪式就结束了。从那一刻起，我不再是千代了，而是艺伎新手小百合。在做艺伎学徒的头一个月里，年轻的艺伎被称作"新手"，她不能离开姐姐单独表演舞蹈或接待客人，事实上除了观摩学习，她基本不做别的事情。至于我的名字"小百合"，这是豆叶和她的算命先生讨论了很久才选定的。决定一个名字的好坏，发音不是唯一的因素，名字里每一个字的意思也非常重要，甚至不可以忽视笔画的数目——因为数字有幸运与不幸运之分。在我的新名字"小百合"中，"小"的意思是"一起"；"百"指的是生肖中的"鸡"——把它放在名字里是为了平衡我命中的"五行"；"合"的意思是"理解"[1]。我的艺名与豆叶的名字没什么关

---

[1] "小百合"在原著书中为 Sayuri，是"小百合"这个日本女子常用名字的译名，不过《艺伎回忆录》日文译者小川高义根据作者对三个字的解释，并与作者阿瑟·高顿核实后，将 Sayuri 译为佐西理，"西"字除了指生肖中的"鸡"，字形还像酒器，用在艺伎名字里很恰当。但由于"小百合"之名流传甚广，本书统一译为"小百合"。

系，是因为据算命先生测算，所有与"豆叶"有关的名字碰巧都是不吉利的。

我觉得"小百合"是一个可爱的名字，但是不再被唤作"千代"总是感觉怪怪的。仪式结束后，我们到另一个房间享用午餐"红米饭"，就是米和红豆混在一起煮成的饭。我只象征性地尝了几口，心里惴惴不安，一点儿也不觉得是在庆祝。茶屋的女主人向我提了一个问题，当我听见她叫我"小百合"时，我意识到是什么在困扰我了。我的不安源于：那个光着脚从池塘跑向醉屋的小女孩"千代"不复存在了。

豆叶打算下午带我去祇园四处转转，把我介绍给与她有来往的各家茶屋和艺馆的女主人。但我们吃完午饭没有马上出发。豆叶把我带进一力亭茶屋的一个房间，吩咐我坐下。当然，一名艺伎从来不会穿着和服真正地"坐下"，我们所谓的"坐下"大概就是别人所说的"跪下"。不管怎么说，我"坐下"后，她的脸色很不满，叫我把动作重做一遍。身上的袍子是那么累赘，我试了好几遍才把动作做对。豆叶给了我一个葫芦状的饰物，并教我如何将它挂在我的宽腰带上。这个葫芦是空心的，分量很轻，被认为可以用来抵消身体的沉重感，许多笨拙的年轻学徒都靠它来防止自己摔倒。

豆叶和我谈了一会儿话，接着正当我们准备离开时，她又叫我给她倒一杯茶。茶壶是空的，但她叫我假装倒茶。她想看看我倒茶时是如何应付我的大袖子的。我认为自己很清楚她要看什么，做动作时尽了全力，但她还是很不满意。

"首先，"她说，"你在往谁的杯子里倒茶？"

"您的杯子！"我说。

"啊，看在老天的分上，你不必刻意讨好我。假装我是别人，那我是男人还是女人？”

“男人。”我说。

“好，那么，再给我倒一杯茶。”

我又重复了一遍倒茶的动作，豆叶为了看我怎么把手臂从袖子里伸出来，几乎扭断了她的脖子。

“你觉得怎么样？”她问我，“要是你把手臂举得那么高，肯定会发生这样的状况。”

我把手臂放低一些，再试了一次。这一回，她假装打哈欠，然后转过去开始与身旁她的一名假想的艺伎交谈。

“我想您的意思是我让您厌烦了。”我说，“可是我仅仅倒了一杯茶，怎么就让您厌烦了呢？”

“你可能不想让我看进你的袖子里去，但是你也不必动作那么僵硬啊！男人只对一件事情感兴趣。相信我，你很快就会明白我所说的一切。在倒茶的时候，你可以让他以为他被允许看到你身体的某些部分，而别人都没有此种优待，这样他就会很高兴。如果一名艺伎学徒的表现与你刚才一样——像是女仆在倒茶——那么那个可怜的男人就要大失所望了。再试一次，不过先让我看看你的手臂。”

于是我把袖子拉到肘部，伸出手臂给她看。她握着我的手臂，把它转过来转过去，上上下下地看。

“你的手臂很漂亮，皮肤也很好。你应该确保让每一个坐在你附近的男人都至少看到它一次。”

于是我继续一遍遍地练习倒茶，直到倒茶时挽袖子挽得恰到好处，既能让客人看见我的手臂，又不让他们觉得我是刻意为之，豆叶才满意。如果我倒茶时把袖子拉到手肘以上，我就会显得很可笑。挽袖子的窍门是要显得不经意，仿佛我只是为了倒茶方便才去弄袖子，但与此同时，一定要把袖子往上拉到离手腕有几指宽的地方，以便秀出我的前臂。豆叶说手臂最美的部分是它的内侧，所以我举起茶壶时，必须保证男人看见我手臂的内侧而不是外侧。

她让我再做一遍，这一次是假设在给一力亭茶屋的女主人倒茶。我用同样的方式展示了手臂，豆叶马上拉长了脸。

"看在老天的分上，这回我是一个女人。"她说，"你为什么要那样显露你的手臂？大概你正是想惹怒我。"

"惹怒您？"

"那我还能怎么想？你在向我显示你多么年轻、多么美丽，而我已经年老色衰了。如果你不是在炫耀，那就说明你举止粗鲁……"

"怎么是粗鲁呢？"

"要是你不粗鲁，你为什么让我看见你手臂的内侧？你大概还可以向我展示你的脚底板或大腿里面。假如我碰巧瞥到了什么，嗯，那不要紧。不过你是在特意给我看手臂内侧！"

于是我又练习了几遍，直到我学会了一种更端庄、更得体的倒茶方式，豆叶才宣布我们可以一起去逛祇园了。

此时，我穿着艺伎学徒的整套行头已经有好几个小时了。现在，我又要穿上被我们称为"高齿木屐"的鞋子在祇园里到处走。这是一种木制的高跟鞋，用来固定脚的是美丽的涂漆皮带，只有鞋底的一半大小。穿上它走路就像是在踩高跷，但大多数人都认为这样的走路方式很优雅。但是我发现穿着它们很难走得好看，总感觉自己的脚底好像绑着瓦片。

豆叶和我拜访了大约二十家艺馆和茶屋，大都只在每处停留几分钟。通常应门的是女仆，豆叶会礼貌地要求和女主人谈话；等女主人来了，豆叶就会对她说："我想给您介绍我的新妹妹小百合。"然后我便深鞠躬，说："请多关照，夫人。"女主人会和豆叶聊一会儿，接着我们就走。有几处，我们被请进去喝茶，也许就要待个五分钟。不过，我并不怎么愿意喝茶，只好摆摆样子拿茶润湿嘴唇，因为穿着和服上厕所是这个世界上最难学会的事情之一，当时我根本没有把握自己能否应付得来。

无论如何，不到一个小时我就筋疲力尽了，唯一能做到的就是走路时尽量不发出呻吟。但我们一点儿也没有放慢脚步。在那个时候，我估计祇园里大约有三四十家一流的茶屋，还有一百来家档次较低的。当然，我们不可能一一拜访。我们去了十五六家豆叶常去的茶屋。至于艺馆，祇园里准有数百家之多，不过我们也只去了几家与豆叶有来往的艺馆。

三点刚过，我们便完成了所有的拜访。我最想做的就是回到艺馆美美地睡上一大觉。可豆叶已经为我计划好了晚上的活动。当晚，我要作为艺伎新手第一次接待客人。

"去洗一个澡。"她对我说，"你出了不少汗，脸上的妆也掉得差不多了。"

这是一个温暖的秋日，而我一整天都在辛苦地东奔西跑。

回到艺馆后，阿姨帮我脱下和服，出于同情，她准许我睡半个小时。由于我做的蠢事已经成为过去，并且我的前途似乎比南瓜还要光明，所以现在我又能得到阿姨的宠爱了。小睡片刻后，阿姨把我唤醒，我便全速冲进浴室洗澡。不到五点，我就穿好衣服化好妆了。你可以想象我的心情是多么激动，因为数年来，我看着初桃以及后来的南瓜，每天下午或晚上容光焕发地出门去，现在终于轮到我了。这天晚上，我将平生第一次去关西国际饭店参加宴会。宴会是一种非常正式的活动，在一间铺着榻榻米的大房间里，所有的客人肩并肩坐成一个 U 字形，一盘盘食物摆在他们面前的小桌子上。在场招待的艺伎在屋子的中间活动——就是 U 字凹进去的那部分——在每个客人面前跪几分钟，给他斟酒，与他聊天。宴会不是什么令人兴奋的活动，作为新手，我的工作比豆叶更没劲。我只是像影子一样跟在她的身边，每当她向客人介绍自己时，我也就跟着深鞠躬说："我名叫小百合。我是新手，请多多关照。"然后，我就不用说话了，也不会有人对我说一个字。

宴会接近尾声时，房间一侧的门全部被拉开，豆叶和另一名艺伎一起表演了一段名为"友谊长存"的舞蹈。这段舞蹈描述的是两位闺中密友久别重逢的场景。大多数男客看舞蹈时从头到尾都在剔牙；他们是聚集在京都开年会的一家大公司的管理人员，他们公司做的是橡皮阀门之类的产品。我认为他们中没有一个人懂得分辨舞蹈和梦游。不过就我而言，我被这段舞蹈迷住了，豆叶跳得尤其出色。首先，她合上扇子，边转圈边优雅地挥动手腕，表示有水流过。接着，她打开扇子当作酒杯，她的舞伴做出为她斟酒的动作。我认为这段舞蹈很美，音乐也很美，但弹奏三味线的艺伎却瘦得吓人，还长着一对泪汪汪的小眼睛。

一场正式的宴会通常持续的时间不会超过两小时，所以八点不到我们就从茶屋里出来了。站在大街上，我刚想感谢豆叶并向她道晚安，她却对我说："嗯，我原本想送你回家睡觉了，但你看起来精力充沛。我现在要去小森田茶屋。你同我一起去吧，让你见识一下非正式的聚会。也许我们可以尽快帮你打入社交界。"

我没法对她说我太累了不想去，只得强咽下自己的真实感受，跟着她走。

在路上，她介绍说，接下去的这个宴会的东道主是东京国立剧院的总管。此人几乎认识全日本每一个艺伎区里所有的重要艺伎。尽管豆叶介绍我时，他大概会表现得很和善，但我也不能指望他说许多话。我唯一要做的就是确保自己看起来既漂亮又机灵。"千万不要让任何有损你形象的事情发生。"她警告我。

我们进入茶屋后，一个女仆领我们到二楼的一间屋子。豆叶跪下来拉开房门时，我几乎都不敢朝里看，但我瞥见七八个男人围坐在一张桌子旁，还有大约四名艺伎陪着。我们鞠躬后进到屋内，在身后门附近的垫子上跪下——艺伎进入一间屋子的方式就是如此。按照豆叶事先对我的吩咐，我们先向别的艺伎问好，接着与坐在桌角的东道主打招呼，最后才招呼其余客人。

"豆叶小姐！"一名艺伎说，"你来得正是时候，快跟我们讲讲假发师傅根田先生的故事吧。"

"喔，天哪，我一点儿都不记得了。"豆叶说完，每个人都笑了起来。我一点儿不懂这个笑话的意思。豆叶领着我绕过桌子，她在男主人的身边跪下。我照着她的样子，也在一旁跪下。

"总管先生，请允许我向您介绍我的妹妹。"她对他说。

我听到这话，便要鞠躬，报上自己的名字，并恳请他多多关照，等等。他是一个非常神经质的男人，有一对肿眼泡和一副孱弱的鸡骨架。他甚至没有看我一眼，只是把烟灰弹进他面前几乎快满了的烟灰缸里，然后说：

"做假发的根田先生到底做了什么事情？整个晚上女孩子们不断提及他，可没人肯把故事讲出来。"

"说实话，我真不知道！"豆叶说。

"她这话的意思是，"另一名艺伎说，"她不好意思讲。假如她不愿说，那估计只好由我来讲了。"

男人们似乎很喜欢这个主意，可豆叶仅仅是叹了一口气。

"这会儿，我要给豆叶倒一杯清酒，给她压压惊。"总管说着把他自己的酒杯在桌子中央的一碗水中洗了一洗——那碗水放着就是给人洗杯子用的——然后把杯子递给豆叶。

"好啦，"那名艺伎开讲了，"这位根田先生是祇园里最好的假发师傅，至少人人都这么说。数年来，豆叶一直去他那里做假发。你们晓得的，她总是什么都追求最好。瞧瞧她的样子就知道了。"

豆叶装出一副生气的表情。

"她的冷笑也是最好的。"一个男人说。

"在一场演出中，"那名艺伎继续说道，"假发师傅总是待在后台帮忙换衣服。当一名艺伎脱下一件袍子，换另一件时，经常会有这样那样的东西滑下来，接着突然之间……露出一对乳房！或者……一小撮毛！你们知道的，这些事情都是可能发生的。不管怎么说——"

"我这些年始终都在银行工作。"一个男人说，"我想当假发师傅！"

"还有比呆呆望着裸体女人更有趣的事呢。不管怎么说，豆叶小姐做事总是一本正经的，她走到一面屏风后面去换衣服——"

"让我来讲这个故事。"豆叶打断了她的话，"你这么说会坏了我的名声。我可不是因为一本正经。根田先生一直盯着我看，仿佛他迫不及待想看我换下一套衣服似的，所以我搬了一面屏风进去。根田先生还是试图透过屏风偷看，他的目光没有在屏风上烧出一个洞，真是一个奇迹。"

"你为什么不能让他偶尔瞥上几眼呢?"总管打断豆叶说道,"行行好又不会伤害到你自己。"

"我从来没这样想过。"豆叶说,"你说得很对,总管先生。瞥一眼能造成什么伤害呢?也许您现在就想让我们瞥您一眼?"

这句话使屋里的每一个人都哈哈大笑起来。等到气氛刚要平静下来时,总管的举动再度引爆了屋里的笑声,因为他站起来开始解他袍子上的腰带。

"我刚好想这么做。"他对豆叶说,"假如你愿意瞥我一眼作为回报……"

"我从来不做这种事。"豆叶说。

"你真是太不大方了。"

"大方的人不会成为艺伎。"豆叶说,"大方的人会成为艺伎的恩主。"

"好吧,没关系。"总管说着重新坐了下来。我得说,当他放弃时我如释重负,因为这个玩笑让我觉得很尴尬,虽然其他人似乎都非常享受这样的气氛。

"我刚才说到哪里了?"豆叶说,"唔,有一天我搬了一面屏风进去,以为这足以保护自己不受根田先生的窥视了。但一次当我匆匆忙忙从厕所跑回来时,哪儿都找不到他。我开始有些恐慌,因为我需要下一次出场时带的假发;但是过了不久,我们发现他坐在靠墙的一只箱子上,看上去非常虚弱,还在出汗。我怀疑是不是他的心脏出了问题!我的假发就放在他的身边,当他看见我时,就向我道歉并帮我戴上它。后来那天下午,他递给我一张他写的字条……"

说到这儿,豆叶的声音轻了下去。最后,一个男人说:"那么,字条上写着什么？"

豆叶用手捂住眼睛，尴尬得无法继续说下去，而屋里的每一个人却都笑了起来。

"好吧，我来告诉你们他写了什么。"最开始说故事的那名艺伎说，"大意就是：'最亲爱的豆叶。您是祇园里最美丽的艺伎，'……'您戴过的假发，我总是很珍惜，我把它们保存在我的工作室里，每天好多次把脸埋在它们中间，闻您头发上的香气。今天您急匆匆地赶去厕所时，您给了我一生中最美好的时刻。当您在厕所里时，我躲在门边，听到了悦耳的叮当声，比瀑布的声音还美妙——"

男人们笑得太厉害了，那个艺伎只好等一会儿再继续说。

"'——听到了悦耳的叮当声，比瀑布的声音还美妙，使我那话儿硬了起来——'"

"他不是这么写的。"豆叶说，"他写的是：'悦耳的叮当声，比瀑布的声音还美妙，使我想到您正光着身子，我那话儿便鼓胀了起来……'"

"然后他告诉她，"另一名艺伎说，"之后由于兴奋，他无法站起来。他希望有一天能再次体验这样的时刻。"

当然，每个人都大笑，我也假装大笑。但事实是，我简直不敢相信这些男人——他们花了这么多钱来这里，置身于穿着美丽昂贵的礼服的女人中间——真想听这种养老町的小孩子在池塘嬉戏时也会讲的故事。我原来想象他们会谈一些令我费解的话题，比如文学或歌舞伎什么的。当然，祇园里也有话题高雅的宴会，偏偏我参加的第一个宴会是属于比较幼稚的类型。

豆叶讲故事的过程中，坐在我身边的男人自始至终都在用手搓他脸上的脏东西，几乎没有注意听过。此时，他盯着我看了好一会儿，然后问道："你的眼睛是怎么回事？是不是我喝多了？"

他确实喝多了——尽管我知道这么告诉他不太合适。但是不等我回答，他就皱起了眉头，然后他伸出手拼命抓自己的头皮，头皮屑就像一阵小雪那样掉在他的肩头。原来他就是祇园里著名的"雪花先生"，他的头皮屑实在是多得可怕。他似乎忘了自己向我提的问题——或者也许并不指望我回答——因为现在他又问起了我的年纪。我告诉他我十四岁了。

"你是我见过的最成熟的十四岁女孩。来，拿着这个。"他说着把自己的空酒杯递给我。

"噢，不，谢谢您，先生。"我回答，"我只是一个新手……"这是豆叶教我说的话，但雪花先生根本不听。他一直把杯举在空中，直到我接过它，然后他举起一瓶清酒要为我倒酒。

我是不能喝清酒的，因为一名艺伎学徒——尤其是在她的新手期里——应该表现得像个孩子。但我也不能违抗他。我只得拿起酒杯，可他在倒酒前又去挠头皮了，我恐惧地看到几粒头皮屑落进了杯子。雪花先生斟满酒杯，对我说："喝完它，快点，接着还要喝好多杯呢。"

我给了他一个微笑，慢慢地将酒杯举到唇边——正当我不知道该如何是好时——谢天谢地，豆叶拯救了我。

"这是你在祇园的头一天，小百合。喝醉酒可不好。"她这样说是为了让雪花先生有台阶下，"你只要沾湿嘴唇，就算喝过了吧。"

于是我按照她的话，用清酒把自己的嘴唇沾湿。我在沾湿嘴唇的时候，把嘴抿紧到几乎扭伤的地步，只让酒沾到了嘴周围的皮肤。然后我快速将酒杯放回桌上，说："唔！真好喝！"一边伸手去找塞在宽腰带里的手帕。我用手帕擦干嘴唇后，顿时松了一口气。

令我高兴的是，雪花先生根本没有觉察到我擦嘴，因为他正目不转睛地盯着自己面前满满的酒杯。过了一会儿，他用两根手指捏起酒杯，将酒一饮而尽，然后起身致歉说要去厕所。

一名艺伎学徒会被要求送男人去上厕所，再陪他回来，但没有人会要求一名新手这样做。当屋里没有学徒时，男客通常会自己去厕所，或者由一名艺伎陪他去。但是雪花先生却站在那里注视着我，直到我意识到他是在等我站起来陪他去。

我不清楚小森田茶屋的布局，但雪花先生肯定是认识路的。我跟着他走过大厅，又转了一个弯便到了厕所门口。他退到一边，让我替他拉开厕所的门。他进去后我又把门拉上，然后站在走廊里等他，我听见有人上楼的声音，但我也没有多想。雪花先生很快就上完了厕所，我们便原路返回。我进屋时，看见又有一名艺伎带着一名学徒加入了宴会。她们背朝着我，所以我直到跟随雪花先生绕过桌子，重新回到原来的位置后，才看见她们的脸。你可以想象出我看到她们时有多震惊，因为桌子那边坐着我惟恐避之不及的女人——初桃。她朝我微笑，身旁坐着南瓜。

第十五章

初桃高兴的时候就会微笑，这同所有的人一样；不过，当她让别人受罪时，她才觉得最快乐。这就是为什么她满脸堆笑地说了下面这番话：

"噢，我的老天！多么奇怪的巧合啊。看哪，一个新手！我真的不该再往下讲了，因为恐怕我会让这个可怜的小东西难堪。"

我希望豆叶会告辞带着我离开，但她只是焦虑地看了我一眼。她一定觉得留初桃单独和这些男人在一起，就像置一幢着火的房子于不顾；这种情况下，我们还是留下来控制住局面比较好。

"说真的，我想没有比做新手更困难的事情了。"初桃说道，"难道你不这样认为吗，南瓜？"

南瓜六个月前也是新手，但她现在已经是一名羽翼丰满的学徒了。我同情地望了她一眼，但她只是双手扶膝跪在那里，两眼盯着桌子。我太了解她了，知道她鼻子上的小皱纹意味着她心情很沮丧。

"我是这样认为的，夫人。"她说。

"做新手的日子真是生命中的艰难时期。"初桃继续说道，"我仍清楚地记得自己当时觉得有多苦……你叫什么名字，小新手？"

所幸我不必回答，因为豆叶开口了。

"你说得很对，你的新手期确实是你生命中的一段艰难时光，初桃。当然啰，那是因为你比大多数人都要倒霉。"

"我想听听整个故事。"一个男客说。

"不怕刚加入我们的可怜的新手尴尬？"初桃说，"假如您保证听故事的时候不去想这个可怜的姑娘，我就讲。您一定要换一个假想对象。"

初桃真有几分鬼聪明。男人们或许本来并不会把这个故事和我扯在一起，但现在他们一定会认定故事与我有关了。

"让我们想一想，我刚才说到哪儿了？"初桃开讲了，"哦，对了。唔，我所说的那个新手……我已经不记得她的名字了，但我应该给她取一个名字，以免你们把她和这个可怜的姑娘混为一谈。告诉我，小新手……你叫什么名字？"

"小百合，夫人。"我说。由于紧张，我觉得脸烫得要命，假如我的妆面就此融化并滴到我的大腿上，我也不会惊讶。

"小百合。多么可爱的名字！虽然不怎么适合你。那么，让我们把故事里的新手叫作'麻由里'吧。事情是这样的，一天我和麻由里一起走在四条街上，我们要去她姐姐的艺馆。当时风很大，把窗户都吹得嘎嘎作响。可怜的麻由里没有多少穿和服的经验，她同一片树叶一样轻，而和服的袖子却犹如风帆。当我们正要穿马路时，她消失了，我听到身后传来一个很轻的声音，'啊……啊'，音量非常弱……"

说到这儿，初桃转过来看着我。

"我的声音不够高。"她说，"让我听你说一遍'啊……啊'。"

喔，我能怎么办呢？只得尽力模仿了一遍那个声音。

"不，不对，声调还要高许多……哦，没关系！"初桃转过去对着她身边的男人，压低声音说："她不太聪明，不是吗？"她摇摇头，继续说道："不管怎么说，我转过身，发现可怜的麻由里被风刮到后面去了，离我足有一个街区，她挥动着手脚，就像一只仰面朝天的臭虫。我笑得连自己的宽腰带儿乎快绷断了，但接着突然之间，她从路缘上爬起来，跌跌撞撞地跑到一个交通繁忙的路口，正好一辆汽车飞驶过来，谢天谢地，她被风吹到了发动机罩上！她的腿飞起来……如果你在脑子里描绘出这幅画面，风正好吹起她的和服。于是……好了，接下去发生的事情就无须我多说了。"

"你一定要说啊！"一位男客说。

"您难道一点儿想象力都没有吗？"她答道，"风吹起和服露出了她的屁股。她不想让每个人都看到她的裸体，所以为了保持她的端庄，她翻了一个身，不料双腿不听使唤朝两个方向撇去，她的私处压在挡风玻璃上，正对着司机的脸……"

当然，男人们此时都已经歇斯底里了，包括那位总管在内，他把清酒杯在桌面上敲得像开机关枪，喊道："为什么我从来没有碰到过这等好事？"

"不过说真的，总管先生，"初桃说，"那女孩只是个新手！其实司机看不到什么的。我是说，您能想象隔着桌子看见这个女孩的私处吗？"当然，她是在说我，"大概她和一个小孩子没什么区别！"

"女孩子有时十一岁就开始长毛了。"一位男客说。

"你几岁了，小百合小姐？"初桃问我。

"我十四岁，夫人。"我尽可能礼貌地告诉她说，"但我是一个成熟的十四岁姑娘。"

男人们喜欢听我这么说，初桃的笑容变得有点僵硬。

"十四岁？"她说，"很好！当然，你是不会有毛的……"

"哦，我有毛的。还很多呢！"我伸出一只手拍拍自己脑袋上的头发。

我猜大家一定觉得我这么做非常聪明，尽管对我而言这个举动算不上什么。男人们笑得比听初桃讲故事时更厉害了。初桃也跟着大笑，我估计这纯粹是因为她不想让人觉得她反倒成了笑料。

哄笑声平息之后，豆叶和我便离开了，可不等我们关上身后的房门，就听见初桃也在告辞。她和南瓜跟着我们下了楼。

"啊，豆叶小姐，"初桃说，"这实在是太有趣了！真不知道为什么我们没有更频繁地在一起寻开心！"

"是的，这很有趣。"豆叶说，"我对未来将要发生的事情真是充满了期待！"

说完，豆叶非常满意地看了我一眼。她满心期待着目睹初桃一败涂地。

那天晚上洗完澡卸完妆后，我正站在门厅回答阿姨对我这一天的询问，初桃从街上回来了，立在我面前。通常她不会这么早回来，但一看到她的脸，我就明白收拾我是她回来的唯一目的。她倒没有摆出她残忍的微笑，可她的嘴唇很不好看地抿在一起。她在我面前只站了一小会儿，便伸手扇了我一记耳光。在她的手搧到我以前，我瞥见她紧咬着的牙齿就像两串珍珠。

我惊呆了，不记得之后紧接着发生了什么。不过，阿姨和初桃一定是吵了起来，因为我听见初桃说："如果这个姑娘再次当众让我难堪，我会很高兴再扇她一记耳光！"

"我怎么让您难堪了？"我问她。

"你心里很明白我当时指的是什么'毛'，但你把我弄得像个傻瓜。我欠你一份情，小千代。我一定很快还你，我发誓。"

初桃的怒火似乎自动熄灭了，她又走出艺馆，南瓜在大街上等她，看见她出来，赶紧向她鞠躬。

第二天下午，我向豆叶汇报了此事，但她似乎不太在意。

"有什么问题吗？"她说，"初桃并没有在你的脸上留下印子，谢天谢地。反正你也不指望她会对你说的话感到高兴，不是吗？"

"我只是担心我们下回碰到她又会发生什么事情。"我说。

"我来告诉你会发生什么事情。我们会转身离开。宴会的主人或许会惊讶于我们刚到就要走，但这总比再给初桃一次机会羞辱你要好。不管怎么说，如果我们碰到她，就是我们的福气。"

"真的吗，豆叶小姐，我不懂这怎么会是我们的福气。"

"假如初桃迫使我们中途离开一些宴会，我们就有时间拜访更多的茶屋了，这样你会在祇园更快地出名。"

豆叶的自信让我觉得安心。后来我们在祇园里转悠时，我期待自己能度过一个美好的夜晚，这样我回到艺馆卸妆时肯定会心满意足。当天，我们的第一站是去参加为一位年轻的电影演员所开的宴会，他最多不过十八岁，但脑袋上已经不剩一根头发，甚至没有眼睫毛和眉毛。几年后，他变得非常有名，但不是因为别的而是因为他死得离奇。他在东京谋杀了一个女招待后用一把剑结束了自己的生命。我觉得他很奇怪，直到我发现他一直在盯着我看。我在与世隔绝的艺馆生活了那么久，必须承认我很享受被人关注的感觉。我们在这个宴会上待了一个多小时，初桃始终都没有出现。我对度过一个美好夜晚的幻想似乎快要实现了。

我们参加的第二个宴会是由京都大学校长举办的。到了那儿，豆叶立刻与一个久未谋面的男人聊了起来，把我独自抛在一边。我发现桌子四周只有一个老男人身边还有一个空座，这个老男人穿着一件沾污的白衬衫，他一定是非常口渴，因为除了打嗝的短暂间隙，他一直在不停地喝啤酒。我在他的身边跪下，刚想做自我介绍，就听见门被拉开了，我以为是女仆进来送清酒，不料走廊里却跪着初桃和南瓜。

"噢，老天！"我听见豆叶问她正在招待的客人，"您的手表准时吗？"

"非常准时，"他说，"我每天下午都根据火车站的大钟调校手表。"

"恐怕小百合和我不得不失礼地告辞了。我们本该半小时前就赶到另一个地方的！"

说完这话，我们在初桃和南瓜进门的那一刻起身溜出了宴会。

我们往茶屋外走的路上，豆叶把我拉进一间空着的榻榻米房。在朦胧的黑暗中，我无法看清她的五官，只能看见她美丽脸庞的鹅蛋形轮廓以及头上精致的发型。如果我看不清楚她，那她也一定看不清楚我的模样。我任由自己拉长了下巴，心中充满了沮丧和绝望，因为我似乎永远也逃不出初桃的手掌心。

"你之前跟那个恶婆娘说什么吗？"豆叶问我。

"什么也没说，夫人！"

"那她怎么会在这里找到我们？"

"我自己都不知道我们会来这里，"我说，"怎么可能告诉她。"

"我的女仆知道我的约会安排，可是我无法想象……好吧，我们去一个几乎没人知道的宴会。名贺照辰上星期刚被任命为东京爱乐乐团的新指挥。他今天下午来城里好让每个人都有机会去崇拜他。我不是太想去他的宴会，不过……至少初桃不会在那里出现。"

我们穿过四条街，转入一条弥漫着清酒和烤红薯味的小巷。在我们头顶上方，有淅淅沥沥的笑声从二楼亮堂的窗户里洒下来。进了茶屋,一名年轻的女仆把我们领到二楼的一个房间,那位指挥坐在里面,稀疏的头发抹了油全部往后梳着,他正生气地用手指敲着一只清酒杯。房间里的其他男人在与两名艺伎玩一个喝酒游戏,但指挥却拒绝加入。他和豆叶聊了一会儿,不久就要求她跳一支舞。坦白说,我想他不是真的想看跳舞,他只是想结束喝酒游戏,让他的客人们重新把注意力集中到他身上。女仆刚拿来一把三味线交到一名艺伎的手上——豆叶甚至还没有摆好姿势——门就被拉开了,然后……相信你知道我接下去要说什么。她们就像两只狗,永远不会停止尾随我们。又是初桃和南瓜。

你真应该瞧瞧豆叶和初桃相互微笑的样子。你几乎会以为她们是在分享一个私密的笑话——但事实上,我敢肯定初桃正为胜利找到我们而扬扬得意,至于豆叶……唔,我想她只是在用微笑来掩藏自己的怒气。她跳舞的时候,我看得出她噘着下巴,鼻孔一张一翕。一曲舞毕,她甚至没有回到桌边就直接对指挥说:

"万分感谢您允许我们顺道拜访!恐怕时间已经太晚……小百合和我现在必须告辞了……"

我无法向你形容我们关门离去时,初桃有多高兴。

我跟随豆叶走下楼梯。走到最底下一级台阶时,她停步等着。最后,终于有一名女仆冲进门厅来送我们出去——之前也是这名女仆领我们上楼的。

"你做女仆,生活一定很不容易吧!"豆叶对她说,"或许你想要许多东西,却没有钱买。但是告诉我,你会怎么花你刚赚到的赏金?"

"我没有赚到任何赏金,夫人。"她说。可是看到她如此紧张地咽口水,我断定她在说谎。

"初桃答应给你多少钱?"

女仆的目光立刻落到了地板上。直到这时,我才明白豆叶在想什么。隔了一段时间,我们得知,在祇园的每一家一流茶屋里,初桃都至少收买了一名女仆。于是,每当豆叶和我到了一个宴会,就会有人打电话给洋子——我们艺馆里负责接听电话的女孩。当然,我们当时并不知道洋子也有份参与此事,但是豆叶颇为准确地猜到这家茶屋的女仆给初桃通了风报了信。

女仆不敢抬头看豆叶。即使豆叶托起她的下巴,女孩还是眼珠朝下,仿佛它们是两粒重得举不起来的铅球。当我们离开茶屋时,我们可以听见初桃的声音从上面的窗户里传出来——因为这条巷子非常窄,什么声音都有回响。

"啊,她叫什么来着?"初桃说道。

"小叶子。"一个男人说。

"不是小叶子。是小百合。"另一个男人说。

"我想就是这个名字。"初桃说,"可是说真的,那真是太令她难堪了……我一定不能告诉您!她看起来像个好姑娘……"

"我对她没有太深的印象。"一个男人说,"不过她非常漂亮。"

"那双眼睛真是太特别了!"一名艺伎说。

"你们知道前几天我听到一个男人怎么说她的眼睛吗?"初桃说,"他告诉我说它们的颜色同碾碎的蠕虫一样。"

"碾碎的蠕虫……我过去肯定从没听人这样形容过一种颜色。"

"唔,让我告诉你她的一些事情。"初桃继续说道,"不过你一定要保证不传出去。她有某种病,她的胸脯看起来跟老太婆没两样——全都耷拉下来,满是皱褶——真的,太可怕了!我曾在浴室里见过一次……"

豆叶和我一直在驻足聆听，但听到这里，豆叶轻轻地推了我一下，我们便一起走出了小巷。豆叶停步朝大街各处望了望，说：

"我在想我们可以去哪里，但是……我连一个地方都想不出来。如果那个女人能在这里找到我们，那我估计我们去祇园的任何地方都会被她发现。在我们想出新计划前，你还是先回你们艺馆去吧，小百合。"

以上的这些事情过去几年后，正是"二战"时期，一天下午在一场在枫树下举办的宴会上，一名军官从枪套里拔出手枪，把它放在草垫上向我炫耀。我记得自己当时被手枪的美丽震住了，金属闪烁着幽暗的灰光，线条平顺完美。抹过油的木制枪柄上有许多华丽的木纹。不过当我听军官讲故事时，一想到枪的真正用途，我就再也不觉得它美了，只能感受到它的恐怖。

初桃破坏了我的初次亮相后，她在我心里的形象就和枪一样恐怖。这倒不是说我过去从来不觉得她坏，但那时我总是很羡慕她的美丽，而现在我不会再羡慕了。我本该每晚出去参加许多宴会，有十到十五个宴会，可是现在我被迫留在艺馆内练习舞蹈和三味线，仿佛我的生活毫无变化，还是跟前一年一样。当盛装的初桃在走廊里与我擦肩而过时，她化着白妆的脸在深色袍子的映衬下，就像夜空中的明月，我敢肯定即使是瞎子也会觉得她非常美丽。可我看见她，没有任何感觉，只有仇恨，连耳朵里听到的脉搏跳动声都充满了恨意。

接下来的几天里，我数次被召去豆叶的公寓。每一次，我都希望她会说她已经找到了躲避初桃的办法，但她只是要我帮她办一些不能托付给女仆的差事。一天下午，我问她是否知道我的将来会是什么样。

"恐怕你目前是被社交界驱逐出境了，小百合小姐。"她回答，"我希望你能更加坚定自己的决心去击溃那个邪恶的女人！不过在我想出办法以前，你跟着我在祇园转悠对你没有好处。"

当然，我听到这话感到很失望，但豆叶说得很对。初桃对我的讥讽会破坏我在男人眼里的形象，甚至还会让祇园里的女人看不惯我，所以当下我还是待在家里比较好。

所幸的是，豆叶神通广大，还是不时设法为我安排一些可以安全出席的活动。初桃或许堵死了我在祇园的通路，但她无法把祇园以外的整个世界都堵死。当豆叶去参加祇园外的活动时，她经常邀我同去。一次，豆叶受邀去神户为一家新工厂剪彩，我就跟着她坐火车去了那里。另一次，我和她一起陪同日本电话电报公司的前任社长乘着豪华轿车游览京都。这次观光之旅给我留下了深刻的印象，因为这是我第一次领略到小小祇园以外的京都风情，当然也是我第一次乘坐轿车。那些年里，我其实真的不了解穷人们的生活有多艰难，直到我们沿着城南的河边行驶，看见许多蓬头垢面的妇女在铁轨边的树下哺育她们的孩子，男人们穿着破烂的草鞋蹲在草丛中。我倒不是说穷人从来不会出现在祇园，但我们确实极少见到这些忍饥挨饿、穷到连澡都洗不起的农民。我从未想到自己——一个受初桃欺凌和奴役的女孩——在大萧条时期过的日子居然还算是不错的。但是那天我意识到了自己的幸运。

一天，快到中午的时候，我从学校回来发现一张字条，上面写着让我带上化妆品尽快赶去豆叶的公寓。当我到了那里，一丁田先生（与别宫先生一样是穿衣师）正在后屋的一面穿衣镜前给豆叶扎腰带。

"赶快去化妆。"豆叶对我说,"另一个房间里摆着我为你选好的和服。"

按祇园的标准来看,豆叶的公寓算是很宽敞的了。除了可以铺六张榻榻米垫的主室,还有另外两个小房间——一间是比女仆房大一倍的穿衣室,另一间是她的卧室。在她的卧室里,有一张新制的蒲团,女仆把给我穿的那套和服摊在上面。我望着床垫有点困惑,上面铺着的床单平滑得犹如初雪,肯定不像前一晚刚被豆叶睡过的样子。我一边纳闷,一边换上自己带来的棉质袍子。当我开始化妆时,豆叶向我说明了她召我来的原因。

"男爵回城里来了。"她说,"他会来这里吃午饭。我想让他见见你。"

我还没有机会提到这个男爵,不过豆叶所指的松永恒义男爵就是她的旦那。如今日本已经不再有男爵、伯爵了,但在"二战"以前我们是有的,松永恒义男爵无疑是最富有的贵族之一。他的家族控制着日本最大的银行之一,在金融界非常有影响力。原本是他的哥哥继承了男爵的封号,但他哥哥在犬养毅首相的内阁任职大藏大臣时被暗杀了。那会儿,豆叶的旦那已经三十多岁了,他不但继承了男爵的封号,而且获得了他哥哥所有的财产,包括一栋位于京都、离祇园不远的豪宅。由于生意的关系,他大部分时间都待在东京,当然他在那里也有别的原因——多年以后我得知他在东京的赤滨艺伎区还有一个情妇。能担负得起一个艺伎情妇的男人已经很少了,可是男爵却养了两个。

既然知道了豆叶下午要陪她的旦那,我就不难理解为什么她卧室的蒲团铺上了新床单。

我迅速换上了豆叶为我准备的服装——一件浅绿色的底袍，以及一件下摆上绣着松树图案的赤褐与鹅黄两色的和服。这时，豆叶的一名女仆从附近的餐馆用一只大漆盒子带回了男爵的午饭。盒子里面的食物都用盘子或碗盛着，可以像在餐馆里一样，直接端上桌子。盒子里最大的一个漆盘上盛着两条烤咸鲇鱼，鱼肚朝下，仿佛它们正在河里一起游泳；盘子的一边趴着两只蒸螃蟹，这种体积很小的螃蟹是可以整只吃下去的；在黑漆盘的边缘撒着一道弯曲的盐粒，代表螃蟹刚爬过沙滩。

几分钟后，男爵就到了。我透过拉门的缝隙往外偷看，看见他站在门口，豆叶正在帮他脱鞋子。他给我第一印象就像是一颗杏仁或者类似的坚果，因为他的身材既小又圆，给人以一种沉重感，尤其是他的眼睛周围。那个年代很流行蓄胡子，男爵的脸上也有一些长长软软的毛，我敢肯定它们是他留的胡子，可在我眼里它们更像是某种装饰物，类似有时被用来撒在米饭上的细条海苔。

"噢，豆叶……我真是累死了。"我听见他说，"我太讨厌乘火车长途跋涉了！"

最后，他踏出鞋子，迈着轻快的小碎步穿过房间。那天一大清早，豆叶的穿衣师就从门厅对面的储藏室里拿出一把极松软的椅子和一块波斯地毯，摆在窗户的附近。男爵在那里坐下，之后发生的事情我就不知道了，因为豆叶的女仆过来朝我一鞠躬，然后轻轻一推，把门关严实了。

我在豆叶小小的穿衣室里至少待了有一个小时，期间我听见女仆进进出出伺候男爵用餐。偶尔我还能听见豆叶的声音，但主要都是男爵在说话。有一度，我以为他在对豆叶发脾气，但后来我听明白了，原来他只是在抱怨自己昨天碰到的一个男人，此人问了一些让他不高兴的私人问题。最后饭总算是吃完了，女仆开始上茶，豆叶就唤我去。我走出穿衣室，在男爵的面前跪下，心里十分紧张——因为我过去从来没有碰到过贵族。我鞠躬请他多多关照，本以为他会对我说点什么，但他似乎正在环视公寓各处，几乎压根就没注意到我。

"豆叶，"他说，"你过去挂在壁龛里的卷轴到哪里去了？那好像是一幅水墨画——比你现在挂着的东西要好多了。"

"男爵，现在挂着的这幅卷轴是松平功一亲笔写的一首诗，它已经挂在那儿快四年了。"

"四年？难道我上个月来时见到的那幅水墨画不是挂在那儿的吗？"

"不是的……不过不管怎么说，男爵已经有将近三个月没有光临寒舍了。"

"怪不得我觉得这么累。我一直说自己应该多花点时间待在京都，可是……唔，事情总是一桩接着一桩，没完没了。让我们瞧一瞧我说的那幅卷轴吧。我简直不敢相信距我上回见到它已经过去四年了。"

豆叶吩咐女仆从壁橱里取出卷轴，派我负责展开它。我的双手抖得非常厉害，当我把画打开给男爵看时，它竟然从我的手里滑掉了。

"小心点，姑娘！"他说。

即使在鞠躬致歉后，我依然觉得万分尴尬，不禁一再瞟男爵，看他是否在生我的气。当我展开卷轴给他看时，他似乎看我多于看画。不过，那不是责备的眼光。过了一会儿，我发现他的目光里满是好奇，这让我更觉难为情了。

"这幅卷轴远比你现在挂在壁龛里那幅吸引人，豆叶。"他说。

但他好像还是在看我，并且当我瞥他时，他也没有把目光移开。"不管怎么说，书法都太老气横秋了。"他接着说道，"你应该把那东西从壁龛里拿下来，重新挂上这幅风景画。"

豆叶别无选择，只得按男爵的建议做；可她居然有办法表现得很自然，仿佛她也认为那是个好主意似的。当女仆和我取下壁龛里的书法，挂上风景画后，豆叶叫我过去给男爵倒茶。若从上面俯瞰，豆叶、男爵和我——我们三人恰好形成了一个小三角形。当然，都是豆叶和男爵在说话；我只是茫然地跪在那里，像一只身处鹰巢的鸽子。我曾幻想自己也能接待豆叶所接待的那些客人——不仅有男爵这样的大贵族，还有会长之类的贵客。不过，几天前我跟豆叶去见那位指挥时……连指挥都没怎么看我。先前我就知道自己没有资格陪伴男爵，现在我更是再次意识到自己只不过是一个来自渔村的无知女孩。初桃会不惜一切死死压制我，让我永远没有机会接近任何一个来祇园的男人。无论如何，我想自己可能不会再见到松永男爵了，大概也永远不会再碰到会长。有没有可能豆叶意识到我前途无望后，就任我在艺馆里慢慢凋零，就像抛弃一件稍微有些磨损的和服，尽管它也曾美美地挂在商店里？男爵——我开始发现他是一个有些神经质的男人——他俯下身去抠豆叶桌子上的一道痕迹，这让我想起了我的父亲，我最后一天见到他时，他也在用手指甲抠木头缝内的污垢。假如父亲看到我跪在豆叶的公寓里，穿着一身比他见过的任何东西都要昂贵的袍子，对面坐着一位男爵，身边坐着全日本最著名的艺伎之一，不知道他会怎么想。其实，我根本配不上这样的环境。想到包裹在自己身上的艳丽丝绸，我突然有一种被美丽淹没的感觉。此时此刻，美丽本身所蕴含的痛苦与忧伤，深深地触动了我。

第十六章

一天下午，豆叶和我穿过茂生桥，想去蓬托町区选购一些新发饰——因为豆叶从来不喜欢祇园里卖发饰的商店——走到半路，豆叶突然停下了脚步。一艘老旧的拖船在桥下缓缓地驶过，我以为豆叶是厌恶拖船喷出的黑烟，但过了一会儿，她转身用一种令我费解的表情望着我。

"怎么了，豆叶小姐？"我问。

"我还是告诉你吧，因为你迟早会听别人说起的。"她说，"你的小姐妹南瓜刚刚赢得了学徒奖，而且还极有希望再度获奖。"

豆叶所指的奖是颁给前一个月赚钱最多的艺伎学徒的。这种大赏的存在似乎很奇怪，但其实也有充分的理由。鼓励学徒尽可能多地赚钱有助于将她们塑造成最受祇园赏识的艺伎——那就是说，这些艺伎不仅自己赚钱多，而且也让祇园里的每一个人收益颇丰。

豆叶好几次都预言南瓜会苦苦挣扎几年，最后成为一名仅有几位忠实顾客的艺伎——而且这几位老顾客都没什么钱，这样的景象可够惨的，我很高兴南瓜干得比豆叶预计的要好。如今南瓜似乎是祇园里最受欢迎的学徒，可我依然是名不见经传。当我开始对自己的未来产生疑惑时，周遭的世界似乎也变得黯淡了。

我站在桥上思考着南瓜的成功，觉得其中最不可思议的一点是她居然超越了前几个月连连获奖的那个名叫利香的娴雅的女孩。年轻的利香出身名门，她的母亲曾是祇园里著名的艺伎，她的父亲所属的家族是全日本最显赫的家族之一，富可敌国。每当利香从我的身边走过，我就觉得自己仿佛是一条不起眼的胡瓜鱼，而她则像是一条游过我身边的银色鲑鱼。南瓜是如何设法超越她的呢？初桃打从南瓜一亮相，就使尽各种招数推动南瓜的进步，为此她自己最近消瘦了许多，人都有点脱形了。不过，无论南瓜有多努力，她真的能比利香还受人欢迎吗？

"哦，说真的，"豆叶说，"别这样垂头丧气。你应当为南瓜的成功感到高兴！"

"是的，我是太自私了。"我说。

"我不是这个意思。初桃和南瓜都将为这个学徒奖付出高昂的代价。五年后，没有人会记得南瓜是谁！"

"我觉得，"我说，"每个人都会记得她就是那个胜过利香的女孩。"

"并没有超越利香。南瓜或许上个月赚钱最多，但利香依然是祇园里最受欢迎的学徒。来吧，我来解释给你听。"

豆叶把我带到蓬托町区的一家茶屋，让我坐下。

豆叶说，在祇园里，一名大受欢迎的艺伎总是能确保她的妹妹赚钱比谁都多——只要她甘愿冒着自己名誉受损的风险，其中的奥妙与如何收取"花资"有关。在旧时代，差不多一百多年以前，每当一名艺伎出席一场宴会，茶屋的女主人就会点燃一炷可以烧一个小时的香——这种香被称作"花"。艺伎能赚多少钱就看她离去的时候一共烧了多少炷香。

每一炷香的价值总是由祇园登记处规定的。我做学徒的时候，一炷香是三块钱，大约相当于两瓶酒的价格。这或许听起来挺多的，但一名不走红的艺伎一个小时只能赚一炷香的钱，日子会过得很艰难。她很可能多数夜晚都要在炭盘边苦等，却接不到一笔生意；即使在她忙碌的时候，她一个晚上也最多只能赚十块钱，根本不够还她欠艺馆的债。同流入祇园的巨额财富相比，她不过是一只收拾残骸的昆虫——相形之下，初桃或豆叶就像是大开杀戒的母狮，不仅因为她们每晚都有赴不完的约会，还因为她们的收费很高。就拿初桃来说吧，她每十五分钟就要收一炷香的钱，而不是每小时收一炷。至于豆叶……唔，祇园里没人能像她一样：她每五分钟就要收一份花资。

当然，没有一名艺伎能享有她们全部的收入，连豆叶也不行。为她提供赚钱平台的茶屋要抽走一部分钱，艺伎工会要拿一小部分，她的穿衣师等人也要抽成，她甚至还要付一笔费用给艺馆，因为艺馆为她管理账目、替她记录日程安排。她大概只能得到总收益的一半多一点。当然，比起那些一日日沉沦下去的无名艺伎，她到手的钱的数目还是十分可观的。

为使自己的妹妹显得比实际情形更成功，一名像初桃这样的艺伎会采取如下的手段。

首先，在祇园内，一名当红的艺伎几乎受到任何一场宴会的欢迎，所以她会出席许多宴会，但每次只停留五分钟左右。即使她仅仅是露面问声好，她的顾客们还是会很乐意为此掏钱。他们知道当自己下一次来祇园时，她大概就会在桌边坐下，陪他们寻欢作乐一番。但对一名艺伎学徒而言，情况就不同了，她不可能在一场宴会上露面几分钟就走人，因为她必须构筑与顾客的关系。在学徒年满十八岁成为正式艺伎之前，她不该在各个宴会间赶场子。她至少得在一场宴会上待满一小时，然后才能打电话给她的艺馆，询问她的姐姐此时在哪家茶屋，再赶到那里去结识新的客人。一个晚上，她的姐姐或许能造访多达二十个宴会，而学徒大概顶多只能参加五场。不过，初桃没有遵循这样的做法。她带着南瓜到处赶场子。

在十六岁之前，一名学徒每小时可收半份花资。如果南瓜在一场宴会上只待了五分钟，宴会的主人也要按一小时来付花资。然而，南瓜匆匆离场的做法是不会让众人满意的。初桃带着她的妹妹在宴会上露一下脸便走，若仅有一两个晚上出现了类似的情况，男人们大概不会太介意。但如果老是这样，他们一定会开始纳闷为什么初桃忙得多待一会儿也不行，为什么她的妹妹不能按惯例在姐姐走后再多留一会儿。南瓜的赶场行为也许能让她多赚钱——可能每个小时能赚到三四份花资，但她肯定要为此赔上自己的名声，初桃也是如此。

"初桃的表现恰恰向我们显示了她已经孤注一掷。"豆叶总结道，"她将不惜一切粉饰南瓜。你知道这是为什么，对吗？"

"我不能肯定，豆叶小姐。"

"她想让南瓜显得出色，这样新田夫人就会收养她了。假如南瓜被收作艺馆的女儿，她的未来就有了保障，那初桃以后也有着落了，因为她毕竟是南瓜的姐姐，新田夫人肯定不会把她扫地出门。你能理解我所说的吗？假如南瓜被收养了，你将永远无法摆脱初桃……除非是你被她们赶了出去。"

我心潮澎湃，犹如乌云遮日后的海浪。

"我曾希望你不用多久便能成为一名受人欢迎的艺伎学徒，"豆叶继续说道，"但初桃显然是挡住了我们的路。"

"是的，她堵住了路！"

"好了，至少你在学习如何恰当地取悦男人。你已经有幸见到了男爵。目前我可能还找不到避开初桃的办法，不过说实话——"说到这里，她自己打住了。

"小姐？"我问。

"噢，没什么，小百合。我真傻，居然跟你说自己的想法。"

听到这句话，我觉得很受伤。豆叶一定是立刻觉察到了我的感受，因为她很快又说："你和初桃住在同一个屋檐下，不是吗？我跟你说的任何事情都有可能传进她的耳朵。"

"豆叶小姐，如果我做了任何使您看低我的事情，我都深感懊悔。"我对她说，"不过，难道你真的认为我会跑回艺馆把一切都告诉初桃？"

"我倒不是担心你会做什么。老鼠被吃掉，并不是因为它们跑到猫睡觉的地方把猫叫醒了。你十分清楚初桃有多么神通广大。你只要信任我就行了，小百合。"

"是的，小姐。"我回答，除此之外我也实在没什么好说的了。

"我要告诉你一件事。"豆叶说，身子略微前倾，我猜她是有点兴奋，"未来两周之内，你将和我一起去参加一个宴会，初桃绝对找不到那个地方。"

"我能问是什么地方吗？"

"当然不能！我连时间都不会告诉你。你只要做好准备就行了，到时候，你会知道一切你想知道的事情。"

那天下午我回到艺馆后，便躲在楼上查看黄历。未来的两周之内，有好几个不错的日子。下周三宜向西出行，我估计豆叶也许打算带我出城。接着第二个星期的周一也碰巧是"大安"——即"六曜"①中上上大吉的一天。最后，第二个星期的周日，黄历上写着："吉凶守衡，可开启命运之门。"这句话听起来最诡异。

第一周的星期三没有任何动静。几天后的一个下午（黄历显示这天对我不利），她倒是把我叫去了她的公寓，但只是和我讨论了一下学校茶道课中的变动。之后，她又整整一个星期没有联系我。然后星期天中午时分，我听见艺馆的门打开了，赶紧把已经练习了一个小时左右的三味线放在走廊上，冲到大门口。我期待见到豆叶的女仆，但站在那里的只是一个药商派来的送货员，来给阿姨送治疗关节炎的中国草药。我们艺馆的一名女仆接过包裹，我刚想回去继续练习三味线时，发现那个送货员正竭力吸引我的注意。他的一只手里握着一张纸，只让我一个人看到。我们的女仆正要关门时，他对我说："抱歉麻烦您，小姐，您能否帮我把这个扔掉?"女仆觉得很奇怪，但我还是接过纸条，假装去女仆房里丢掉它。这张纸条没有署名，但上面是豆叶的笔迹：

"请求阿姨准许你出门。告诉她我让你来我的公寓干活，一点前赶到我这里。不要让其他任何人知道你去哪儿了。"

我确信豆叶的谨慎是合情合理的，不过此时妈妈正在和一个朋友吃午饭，初桃和南瓜已经出门去赴下午的约会了。除了阿姨和女仆，艺馆里基本上没人了。我直接跑去楼上阿姨的房间，发现她正把一块厚厚的棉毯在床垫上铺开，准备睡午觉。我跟她说话时，她穿着睡袍站在那里瑟瑟发抖。她一听到是豆叶叫我去，连原因也没问，就直接挥挥手让我走了，自己则爬进毯子里睡觉。

---

① 日本黄历中以"大安、友引、先胜、赤口、先负、佛灭"标明吉凶，总称"六曜"，其中"大安"即黄道吉日。

豆叶那天上午有个约会，我抵达她的公寓时，她还没回来，但她的女仆把我领进穿衣室，帮我化妆，之后又拿进来一套豆叶为我挑好的和服。我已经习惯于穿豆叶的和服，可事实上，艺伎这样出借自己的和服是一桩很不寻常的事。在祇园里，两位好朋友间可能会互借和服一两个晚上，但年长的艺伎极少会对一个年轻的女孩那么好。其实，我给豆叶添了许多麻烦：她自己已不再穿这些长袖的和服，为了给我穿，她不得不把它们从储藏室里取出来。我常在想，她是否会要求我以某种方式来报答她呢？

那天她给我选的和服漂亮极了——是一件橙黄色的丝绸袍子，膝盖处有一道银色的瀑布倾泻下来，流进灰蓝色的海洋。瀑布被棕色的峭壁一劈为二，底部还有用漆线绣成的多节浮木。我并不知道这套和服在祇园里很有名，人们一见到它大概就会立刻想起豆叶。我觉得她让我穿上这身和服，是想让我沾染到一点她的气质。

与和服相配的宽腰带是赤褐色的，上面绣有鲜亮的金线，一丁田先生帮我系好腰带后，我给自己定妆并插上发饰。我经常把会长给我的手帕带在身边，这次也不例外，我把它塞在宽腰带里，站在镜子前注视着自己。豆叶安排人把我打扮得如此漂亮已经让我万分惊讶了；可更让我惊讶的是，她回来后竟然换上了一身很普通的和服。那是一件土豆色的袍子，上面布满了浅灰色的影线，她的宽腰带以深蓝色打底，仅饰有一些简单的菱形图案。但她身上仍一如既往地散发着一种珍珠般低调的光辉。当我们一起走在大街上时，女人们朝豆叶鞠躬，眼睛却都盯着我看。

我们在祇园神社乘上人力车，往北行进了大约半个小时后，来到了一个我从未去过的京都区域。路上，豆叶告诉我，我们将作为岩村坚的客人去观赏一场相扑表演，岩村坚是大阪岩村电器公司的创始人——凑巧的是，奶奶就是被这家公司生产的电热炉害死的。岩村的左右手延俊和是公司的社长，也会到场。延是一个相扑迷，正是他帮忙组织了那天下午的表演。

"我应该告诉你，"豆叶对我说，"延的相貌……有点奇怪。你见到他后，要好好表现，给他留一个好印象。"说完这句话后，她看了我一眼，仿佛在说，假如我表现不佳，她将十分失望。

至于初桃，我们无须担心她会出现，因为相扑表演的门票几周前就全部售完了。

最后，我们在京都大学下了人力车。豆叶领我走进一条种满了小松树的泥路，路的两旁立着许多西式建筑，这些房子的窗户都被上过漆的细木条分割成一个个玻璃小方块。置身于大学校园里，我觉得自己格格不入，直到这时我才意识到祇园有多么像我的家。我们周围尽是一些皮肤光滑、梳着分头的年轻男人，他们中的一些穿着背带裤。他们似乎觉得豆叶和我颇具异国情调，所以我们从他们身边走过时，他们都会停下来看我们，甚至还会相互说笑。不久，我们与一群人一起穿过了一扇铁门，这群年长的男人与女人中夹杂着不少艺伎。京都只有几处地方可以举办室内相扑表演，其中之一便是京都大学的老展览馆。这座建筑如今已不复存在了，当时，它的周围都是西式建筑，相形之下，它就像是一个穿和服的干瘪老头站在一群西装革履的生意人中间。展览馆整体呈盒形，屋顶看上去似乎不够结实，给我一种茶壶配错盖的感觉。一面墙上的几扇大门变形得非常厉害，似乎要拱起门上的铁箍。这种破烂相使我想起了老家的醉屋，不禁感到一阵悲伤。

当我拾阶而上，往场馆内走时，我瞥见两名艺伎正穿过碎石庭院朝这边走来，便向她们鞠躬。她们朝我点头回礼，其中一人对另一人说了些什么。我觉得这很奇怪——但当我看清楚她们时，我的心直往下沉，她们中的一个是初桃的朋友光琳。既然认出了她，我便又向她鞠了一躬，并尽力保持微笑。她们一移开目光，我就对豆叶轻声说道：

"豆叶小姐！我刚刚看到了初桃的一个朋友！"

"我不知道初桃还有朋友。"

"是光琳。她就在那里……至少刚才还在，与另一名艺伎在一起。"

"我认识光琳。你为什么如此担心她？她又能做什么呢？"

我回答不了这个问题。不过，如果豆叶不担心，我想自己也没有理由担心。

我对展览馆的第一印象就是一间空旷的大屋子，屋顶很高，阳光透过头顶上的纱窗倾泻下来。整个空间内，人声鼎沸，味噌浆甜米糕的气味不断从外面的烤架上飘进来。会场的中央摆着一个供选手比赛的方形土俵①，土俵的顶部有个类似神社的屋顶。一位神道法师在台上绕着圈走，口诵经文，手摇神杖，神杖上装饰着一些折起来的纸条。

豆叶领我走到观众席的前排，然后我们脱掉鞋子，穿着分趾绸袜踏在木缘上朝座位走去。邀请我们的东道主就坐在这一排，但我不知道他们是谁，直到我看见一个男人向豆叶挥手。我立刻知道他就是延。怪不得豆叶事先要让我对他的模样做好心理准备，因为即使隔着一段距离，我也能看见他脸上的皮肤就像是融化的蜡烛。他曾被严重地烧伤，整张脸看上去是如此凄惨，我简直无法想象他

---

① 土俵是作相扑摔跤场用的土墩。

所经受的痛苦。碰到光琳已经让我感觉很奇怪了，现在又见到了延，我开始担心自己会在他面前莫名其妙地犯傻。跟在豆叶后面朝座位走去的时候，我没有看延，我的注意力全被他身边一位优雅的男士吸引住了。这名男子穿着一身细条纹和服，从我的目光落在他身上的那一刻起，我就体会到了一种神奇的平静感。他正在同隔壁包厢里的一个人讲话，所以我只能看见他的后脑勺。但他让我感觉太熟悉了，以至于一时间我对自己所看到的东西竟有些不知所措。我只知道他与在场的每一个人都不同，不等我想明白为什么，我的脑海里出现了一个他的影像：他在我们小村里的街上回头朝我看……

接着我恍然大悟：这人是田中先生！

他有了一些我难以形容的变化。我看到他伸手去抚平他的灰发，他优美的手势深深打动了我。为什么我看着他时会感到一种异样的平静呢？也许我看到他就脑子发晕，几乎不明白自己究竟是什么感觉。嗯，假如我在这个世界上恨什么人，我恨的正是田中先生，我必须提醒自己牢记这一点。我不会走过去跪在他的身边，说："啊，田中先生，再次见到您真是太荣幸了！什么风把您吹到京都来了？"相反，我要设法向他显示出我的真实感受，即使这不是一名艺伎学徒该做的事情。实际上，我在过去的这几年里很少想到田中先生，但我仍决心不能对他客气，要是能把酒洒在他的腿上，我就绝不会把酒倒进他的杯子。如果我不得不对他微笑，我会挤出初桃对我的那种笑容，然后说："哦，田中先生，多重的鱼腥味啊……坐在您的身边真让我想家！"他会多么震惊啊！或者我会对他说："哎呀，田中先生，您看上去……几乎是很高贵！"虽然事实上，当我看着他时——现在我们差不多快走到了他坐的包厢——

我发现他的确看起来很高贵，远超乎我想象的高贵。豆叶到了包厢便跪下鞠躬。然后他转过头，我得以看到他宽宽的脸庞和高耸的颧骨……还有那紧紧折在眼角的平滑眼睑。突然之间，我周遭的一切似乎都变得安静了，他像一阵风，而我只是一片被他吹着走的云朵。

　　当然，我对他太熟悉了——从某些方面而言，我看他比看镜子里的自己还要熟悉。但他根本不是田中先生。他是会长。

第十七章

我此前与会长仅有一面之缘，但那以后我却花了很多时间幻想他。他好像是一首歌，虽然我只断断续续地听过一遍，此后却经常在脑海里吟唱。当然，音符会随着时间的流逝而有所改变——就是说，我原以为他的额头还要再高些，灰发也没这么厚。当我在展览馆里见到他的时候，有一瞬间我不是很确定他是否真的是会长，但我所体会到的平静感，让我确信自己无疑已经找到了他。

豆叶同这两个男人打招呼的时候，还轮不到我鞠躬，于是我便站在后面等着。要是我开口说话时，嗓子发出像破布擦过光滑木头的咯吱声怎么办？面带悲惨伤疤的延正盯着我看，但我不确定会长是否注意到了我的存在，我十分羞怯，不敢往他的方向看。豆叶落座后，开始抚平她膝盖处的和服，我看见会长正用一种好奇的目光望着我。由于血一股脑儿地涌到了脸上，我的双脚变得冰凉。

"岩村会长……延社长，"豆叶说，"这是我的新妹妹，小百合。"

我相信你一定听说过著名的岩村电器公司的创办者，岩村坚。可能你也听说过延俊和。他俩的合作在全日本的商界首屈一指。他们的关系就像大树和树根，神社和它面前的大门，互相依存，不离不弃。连我这样一个十四岁的女孩子都听说过他们的故事。不过我从未想到自己在白川溪的河岸边偶遇的那个男人就是岩村坚。我跪下来朝他们鞠躬，按惯例说了些"请多关照"之类的客套话。说完后，我走过去跪坐在他俩之间的空位上。延在与他身边的一名男子聊天，坐在我另一边的会长的膝盖上搁着一个托盘，他用手握着托盘上的一只空杯子。豆叶开始与他攀谈，我拿起一把小茶壶，挽着袖子为他们倒茶。让我惊讶的是，会长的目光竟然飘到了我的手臂上。当然，我自己也非常想瞧瞧他正在看的东西。或许是展馆内光线昏暗的缘故，我的手臂内侧似乎闪烁着珍珠般的温润光泽，皮肤呈现出一种美丽的象牙色。我过去从未觉得自己身体的哪个部分如此赏心悦目。我清楚地感觉到会长正目不转睛地盯着我手臂，只要他在看，我就肯定不会把手臂移开。然后，豆叶突然之间就不说话了。我认为她闭口不语是因为她发现会长在看我的手臂，而没有在听她讲话。隔了一会儿，我才意识到究竟是怎么一回事。

原来那把茶壶是空的。而且，它被我拿起来的时候就是空的。

我几秒钟前还觉得自己挺迷人，现在却只得咕咕哝哝地道歉，并赶紧放下茶壶。豆叶大笑起来。"您可以看出来她是一个多么死心眼的姑娘，会长。"她说，"哪怕壶里只有一滴茶，小百合也要把它倒出来。"

"你妹妹穿的这套和服真漂亮，豆叶。"会长说，"我记得你在做学徒的时候也穿过它，对吗？"

假如说我之前对这名男子是否真的是会长还有所怀疑的话，那么听到这熟悉的声音后，我的疑虑就一扫而空了。

"我想很可能是如此。"豆叶回答，"不过会长多年来见我穿过那么多套和服，我难以想象您都记得真真切切。"

"嗯，我和其他男人没两样。美丽的东西总能给我留下深刻的印象。但说到这些相扑力士，我就搞不清楚他们的模样了。"

豆叶从会长面前倾过身来对我耳语道："会长真正的意思是他并不是特别喜欢相扑。"

"喔，豆叶，"他说，"如果你是想让我和延起摩擦……"

"会长，延先生老早就知道你的想法了！"

"不过，小百合，这是你第一次看相扑吗？"

我一直在等待机会与他说话，现在好不容易机会来了，可我还没来得及调整好呼吸，我们就被大厅里"嘭"的一声巨响吓了一跳，众人都安静下来，其实那只不过是一扇大门关上的声音。过了一会儿，我们听见铰链格格作响，接着第二扇大门也被两位大力士推上了。延已把目光从我的身上移开了，我忍不住去偷看他侧面和脖子上可怕的烧伤疤痕，以及那只被烧得不成样子的耳朵。然后我发现他上衣的一只袖子是空的。之前我的注意力全集中在别的地方，居然没有看见。这只空袖子被一折二，用一个长长的银别针固定在肩膀上。

我还要说一件你可能不知道的事情。在日本占领朝鲜时期，年轻的延是一名海军上尉，他在 1910 年汉城以外发生的一次爆炸中严重受伤。我见到他的时候，并不知道他的英雄事迹——但事实上，这个故事在全日本广为人知。如果延没有与会长合作、并最终成为岩村电器的社长，他这个战争英雄大概也早就被人们遗忘了。而如今，他那些可怕的伤疤使他的成功显得越发不同凡响，所以这两桩事经常被放在一起说。

我不太了解历史——因为在那个小学校里，她们只教授各类技艺——但我想日本政府是在日俄战争后取得了对朝鲜的控制权，并在几年后决定将朝鲜纳入帝国日渐扩张的版图。我敢肯定朝鲜人不喜欢这样。延所属的小部队正是被派去朝鲜控制局面的。一天傍晚，他陪同指挥官去视察汉城附近的一个小村庄。在回拴马点的路上，巡逻队员受到了袭击。当他们听到炮弹飞来的可怕嚣叫声时，指挥官试图往下爬进一条沟里，但他是一个老人，移动的速度慢得就跟一只藤壶①差不多。炮弹眼看就要落下来时，他还在试图找一个踏脚点。延扑在指挥官的身上竭力保护他，但这个老头却不知趣地还想往外爬，并挣扎着抬起了脑袋，延想把他的头按下去，但炮弹落地，炸死了指挥官，延也被严重炸伤。那年的晚些时候，延接受了截肢手术，失去了整条左臂。

我第一次看到他别起的衣袖时，不禁惊恐地移开了目光。我以前从来没见过四肢不全的人——只有小时候见过田中先生的一名助手在拾掇鱼时切掉了自己的一个手指尖。不过，就延的情况而言，许多人都觉得少一条手臂倒是他最次要的问题，因为他烧伤的皮肤看上去实在是太骇人了。我很难形容他的模样，或许试图去描述它就是一件很残忍的事情。我曾听一名艺伎这样评论延的外貌：“我每次看着他的脸，就会想到被火烤得起泡的地瓜。”

展馆的大门被关上后，我转过头来回答会长的问题。作为一名艺伎学徒，只要我愿意，我可以像一盆插花一样，安静地坐在那里不言不语，但我决意不让这次机会溜掉。即使我只能给他留下极浅的印象，就像小孩的脚踏在满是灰尘的地板上所留下的印迹，这至少会是一个开始。

“会长问我这是不是我第一次看相扑？”我说，“是的，这是我头一回看。要是会长愿意给我做点解说，我将不胜感激。”

“如果你想了解这是怎么回事，”延说，“你最好来问我。你叫什么名字，学徒？这里太吵了，我听不清你说的话。”

我很不情愿地把头从会长这边转开，就像饥饿的小孩不愿意离

———
① 藤壶：一种附在岩石或船底上的甲壳动物。

开一盘食物。

"我名叫小百合，先生。"我对延说。

"你是豆叶的妹妹，那你的名字为什么不是以'豆'开头的呢？"延接着说道，"那不是你们愚蠢的传统之一吗？"

"是的，先生。但根据算命师傅的测算，所有以'豆'打头的名字对我都不吉利。"

"算命师傅？"延不屑地说，"是他替你取的名字？"

"是我帮她取的名字。"豆叶说，"算命师傅不给人取名字，他只负责告诉我们一个名字是不是吉利。"

"总有一天，豆叶，"延说，"你长大了，就不会再听蠢人的话了。"

"行了，行了，延先生。"会长说，"谁听了你讲话都会以为你是全国最新派的人。可是，我从来不知道还有什么人比你更相信命运。"

"每个人都有他的命运。但有必要让算命师傅去算吗？难道我要去问过厨师，才能知道自己是否饿了吗？"延说，"不管怎么说，小百合是一个很美的名字——虽然拥有美丽名字的姑娘不一定总是很漂亮。"

我开始怀疑他接下去是否会说出类似这样的话："豆叶，你认的妹妹真是丑啊！"但后来我松了一口气，因为他说：

"眼前的这个姑娘，名字和外貌很一致。我认为她甚至比你还要漂亮呢，豆叶！"

"延先生！没有一个女人喜欢听到别人说，她不是这里最漂亮的人。"

"尤其是你，是吧？唔，你最好学着习惯这点。她有一双特别美丽的眼睛。转过来对着我，小百合，让我再看看它们。"

既然延要看我的眼睛，我就不能再盯着地上的垫子看了。我也不能直接注视着他，因为那样会显得太放肆。于是，我像在冰面上找立足点一样，略微扫视了一下四周，最后我让自己的目光落定在他的下巴区域。假如我能够让自己的眼睛看不见，我一定会那么做的，因为延的脸看起来就像是糟糕的泥塑。你肯定还记得我说过，当时我对致使他毁容的那场悲剧一无所知。我在猜测他的遭遇时，又体会到了那种抑制不住的可怕的沉重感。

"你闪闪发光的眼睛确实令人惊讶。"他说。

这时，会场外围的一扇小门打开了，进来一个男人，他穿着特别正式的和服，头上戴着一顶黑色的高帽子，似乎是直接从一幅宫廷画里走出来的。他沿着通道走来，身后跟着一队相扑力士，他们的身材十分高大，必须猫着腰才能通过出入口。

"你对相扑了解多少，小姑娘？"延问我。

"只知道相扑力士同鲸鱼一样大，先生。"我说，"有一个在祇园工作的男人曾经就是相扑力士。"

"你说的一定是淡路海。他就坐在那边，你瞧。"延用他仅有的一只手朝一个座池指了指，淡路海坐在那里，正为什么事情而哈哈大笑，他身边坐着光琳。光琳一定是看到了我，因为她朝我微微笑了一下，然后凑近正往我们的方向看的淡路海，对他说了几句话。

"他从来也不能算是一个相扑力士。"延说，"他喜欢用肩膀去撞对方，那是没用的，但这个蠢家伙却好多次因此而弄断了自己的锁骨。"

此时，相扑力士已经全部入场，站在土俵的周围。他们的名字被逐一宣读出来，然后他们爬上土俵，面朝观众站成一圈。后来，这队相扑力士重新退场，以便让与他们较量的另一队相扑力士登场亮相。延对我说：

"台上的那圈绳子是赛场的界线。率先被推出绳圈、或者除脚以外的身体部位触及台面的那一方就输掉了比赛。这听起来好像挺简单，但你要怎样才能把这么一个巨人推出绳圈呢？"

"我想我可以拿着木响板①站在他的身后，"我说，"希望可以把他吓得跳出绳圈。"

"严肃点。"延说。

我不会硬撑说自己刚才的回答特别巧妙，但这是我第一次尝试去和一个男人说笑。延的反应让我倍感尴尬，我想不出还能说什么。这时，会长倾身靠近我。

"延不会拿相扑说笑。"他轻轻地说。

"我不会拿生活中最重要的三件事来开玩笑。"延说，"相扑，生意和战争。"

"我的老天，我认为这就是一种玩笑。"豆叶说，"那么您不是自相矛盾了吗？"

"假如你在战斗现场旁观，或者身处一场业务会议之中，你能明白那是怎么一回事吗？"

我不太清楚他的意思，但我从他的语气判断他期望我说不。"哦，我一点也不能明白。"我回答。

"确实如此。也不能指望你懂相扑。所以你可以跟着豆叶的小笑话笑一笑，或者也可以听我讲解，学习个中之道。"

"多年来他一直试图教会我欣赏相扑。"会长轻声对我说，"可

---

① 一种农民用来赶鸟的工具。

我是一个非常笨的学生。"

"会长是一个很聪明的人。"延说，"他在相扑方面不开窍，是因为他没有把相扑当回事。要不是他慷慨地接受了我的提议，让岩村电器赞助这场表演，他今天下午甚至都不会来这儿。"

此时，两支队伍都已经完成了入场仪式。接着又分别为每一队的"横纲"举行了两个特别的仪式。"横纲"是相扑力士的最高级别——"就相当于豆叶在祇园里的地位。"延是这样对我解释的。我当然没有理由怀疑他的说法，不过假如豆叶在宴会上的登场过程有这两位横纲入场仪式的一半长，就肯定不会有人再邀请她了。第二位横纲个子很矮，脸长得十分奇怪——面部没有一丝松弛之处，整张脸仿佛是由石头凿出来的，他的下巴使我联想起渔船的方形船头。观众为他欢呼，震耳欲聋的音量让我不得不捂起了耳朵。他叫宫城山，如果你真的懂相扑，你就能理解观众为什么会对他如此狂热。

"他是我见过的最伟大的相扑力士。"延告诉我说。

比赛开始前，广播里公布了优胜者可获得的奖赏，其中的一项就是一大笔奖金，由岩村电器公司的社长延俊和提供。延听到广播后，似乎很生气，他说："真愚蠢！钱不是我出的，是岩村电器出的。非常抱歉，会长。我将找人去纠正播音员的错误。"

"并没有什么错误，延。想想我欠你那么多情，这是我应尽的绵薄之力。"

"会长真是太慷慨了。"延说，"我对此万分感激。"说着，他递给会长一只清酒杯，并为他斟满酒，然后他们两人便一同喝起酒来。

第一个相扑力士进场后，我以为比赛将立即开始。可是在接下去的五分多钟里，他们只是把盐撒在土俵上，下蹲，把身体斜向一边，高举起一条腿，再将它重重地放下。他们不时弯下腰，怒视对方，但正当我以为他们要发起攻击时，其中的一方又会站起来走到旁边去抓一把盐，撒在台面上。最后，在我没有准备的时候，比赛倒开始了。他们抓住彼此的腹带，互相猛推对方。刹那之间，一方被推得失去了平衡，比赛就结束了。观众鼓掌叫好，可延却摇摇头，说："技术太差劲。"

在接下来的几轮比赛中，我常常觉得自己的一只耳朵连着头脑，另一只则连着内心，因为我一面听着延颇为有趣的讲解，一面却总是被会长与豆叶的谈话所吸引。

一个多小时过去了，此时我注意到淡路海所在的那片区域有一件颜色鲜艳的东西在移动。原来那是一朵摇晃的橙色绢花，头发里插着这朵花的女人正在位子上跪坐下来。起初，我以为那是更换了和服的光琳，但接着我发现那人根本不是光琳，而是初桃！

我完全没有预料到会在这里看见她……我感到一阵战栗，像是踩到了一条电线上。当然，她总是能找到办法羞辱我，这对她来说只是个时间问题，即使在这样一个会聚了好几百人的大厅里，她也会对我毫不留情。如果她非要捉弄我，我倒不是太介意她在大庭广众之下这么做，但我无法忍受自己在会长面前出丑。我觉得喉咙烫得要命，当延又开始向我介绍两名正在上台的相扑力士时，我几乎没办法再假装认真听了。我看看豆叶，只见她迅速地瞥了一眼初桃，便对会长说："会长，请原谅，我不得不离开一会儿，我想小百合大概也想出去一下。"

她等延跟我说完话，然后我就跟着她出了大厅。

"喔，豆叶小姐……她就像一个幽灵。"我说。

"光琳一个多小时前就走了。她一定是去找初桃汇报了，所以初桃才会来这里。说真的，你应该觉得荣幸，想想看，初桃为了折磨你可费了不少工夫。"

"我无法忍受她在这里捉弄我，当着……嗯，当着这么多人的面。"

"不过，假如你做出一些让她觉得可笑的事情，她就会放过你，难道你不这样认为吗？"

"求求您，豆叶小姐……不要让我使自己难堪。"

我们穿过一个庭院，正要踏上阶梯进入厕所所在的那幢楼时，豆叶却把我领进了远处的一个带顶篷的通道里。到了无人处，她低声对我说：

"延先生和会长多年来都是我的恩主。天晓得延对他不喜欢的人有多凶，但他对朋友就像家臣对封地领主一样忠诚，你决不会碰到比他更值得信赖的人。你认为初桃会了解延的这些品质吗？当她望着延时，她只见到了一个……'蜥蜴先生'。初桃就是这样称呼他的。'豆叶小姐，昨天晚上我看见你和蜥蜴先生在一起。噢，老天啊，您看上去浑身都是斑点。我猜他是挨着您蹭来着。'她会说一些诸如此类的话。听着，我不管你现在是怎么想延先生的，你终究会明白他是多么好的一个人。不过，如果初桃以为你很喜欢延，她大概就会放过你了。"

我不知道该如何回应。我甚至不能确定豆叶将要求我做什么。

"今天下午的大部分时间，延先生都在跟你谈有关相扑的事。"她继续说道，"别人又不会知道你崇拜他，那么你就要为初桃演一出戏，让她以为你彻底被延迷住了。她会觉得这是一桩滑稽透顶的事情，为了看笑话，她大概会让你在祇园待下去。"

"可是，豆叶小姐，我怎么才能让初桃以为我被延迷住了呢？"

"如果你连这样一件事都不会做，那我真是白教你了。"她回答。

我们回到包厢时，延又在同附近的一个男人交谈。我没法插话，所以只好假装聚精会神地观看台上的相扑力士在较量前所做的各项准备活动。观众已经等得有点骚动不安了，延不是唯一在说话的人。我非常想转向会长，问他是否还记得几年前的一天，他曾好心地帮过一个小女孩……可是我当然不能说这件事。此外，初桃正看着我，我若是把注意力集中在会长身上，那后果将是灾难性的。

不久，延回过头对我说："这几轮比赛有点冗长乏味。等宫城山出来，我们就能见识到一些真功夫了。"

在我看来，这是我讨好他的一个机会。"不过，我看到的这几场较量已经够让人印象深刻的了！"我说，"而且延社长好心讲给我听的故事都是那么有趣，我无法想象后面还有更好的。"

"别傻了。"延说，"这些相扑力士中没有一个人有资格与宫城山同场竞技。"

越过延的肩头，我可以看见初桃坐在远处的包厢里。她在和淡路海聊天，似乎没有在看我。

"我知道这么问很愚蠢，"我说，"但像宫城山这样矮小的人怎么可能是最伟大的相扑力士呢？"要是你能看到我的脸，你准会以为这是我最感兴趣的话题。我觉得自己很可笑，居然要假装对这么一桩琐事百思不得其解，但每一个看见我们的人都会认为我们是在探讨内心最深处的秘密。令我高兴的是，就在这个当口，我瞥见初桃正把头转向我。

"宫城山难免看起来比较矮小，因为其他人都远比他胖。"延说，"但说到自己的体形，他倒是有些虚荣。几年前有家报纸将他的实际身高和体重精确地刊登了出来，这让他非常生气，他叫一个朋友用木板狠狠地砸他的头顶，又狼吞虎咽地大吃土豆、猛喝水，然后跑去那家报社向他们证明数据是错误的。"

为了做戏给初桃看，延说任何事情大概都会让我发笑。不过事实上，想象宫城山闭着眼睛蹲在那里等待木板砸下来，的确是十分好玩。我在脑子里想着那一幕情景，便肆意地大笑起来，很快延也开始同我一起放声大笑。在初桃眼里，我们一定是像两个最好的朋友，因为我看见她开心地拍着手。

不久，我突然有了一个主意，就是假装把延当作会长。每次他说话的时候，我都尽量忽略他粗糙的外表，试着想象会长的优雅。渐渐地，我发现自己可以望着延的嘴唇，而不去想它上面的色差和疤痕，把它当成会长的嘴唇，想象他声调的细微变化都代表了会长对我的各种感觉。有一度，我甚至使自己相信我并不是在展览馆里，而是在一间安静的屋子里，正跪在会长的身边。自记事以来，我还从未感到如此幸福。我觉得自己滞留在一种忘却时空的平静状态中，就像一只被抛起的皮球，在下落之前似乎会有一瞬悬在空中不动。当我环顾会场四周时，我只看见巨型木料的美丽，只闻到甜米糕的芳香。我以为这种状态或许永远也不会结束，但后来我不知说了一句什么话，便听见延回应道：

"你在说什么啊？只有傻瓜才会思考这样无知的事情！"

还来不及克制自己，我的笑容就消失了，就像控制微笑的那根弦被一下子切断了似的。延直直地注视着我的眼睛。当然，初桃坐在离我们很远的地方，但我确信她正望着我们。然后，我突然想到假如一名艺伎学徒在一个男人面前眼泪汪汪，岂不是会让大部分人以为她正疯狂地爱恋着那个男人吗？我本可以用道歉来回应延严厉的评论，但我却试着想象是会长很生硬地对我讲话，于是我的嘴唇旋即颤抖起来。我低下头，非常孩子气地啜泣起来。

令我惊讶的是，延竟然说："我伤到了你，是吗？"

夸张地吸吸鼻子对我来说一点儿也不难。延又看了我很久，然后说："你是一个迷人的姑娘。"我敢肯定他还想说些什么，但这时宫城山入场了，人群中爆发出排山倒海般的欢呼。

有好一会儿，宫城山和另一位名叫左保的相扑力士只是在台上装模作样地兜圈子，不时抓一把盐撒在台面上，或者按相扑力士的习惯重重地跺脚。每当他们面对面猫下腰，就会使我联想到两块快要翻倒的大圆石。宫城山的身体看上去总是比左保更加前倾一点。左保不仅比宫城山高，还比他重许多。我以为当他们互相猛烈地推搡时，可怜的宫城山肯定会被推出去，因为我无法想象有人能把左保推出绳圈。他俩摆了八九次开战的姿势，但谁也没有发动进攻，这时延对我耳语道：

"押出①！他要使出押出了。瞧瞧他的眼神就知道了。"

我按照延的提示，去观察宫城山的眼神，可我只注意到宫城山从来不看左保。我猜左保不喜欢这样被人忽视，因为他像一头野兽似的怒视着对手。他的下颔是那么巨大，脑袋看起来就像是一座小山。怒气使他的脸涨得通红。但宫城山继续摆出一副不把他放在眼里的腔调。

"不会再拖多久了。"延低声对我说。

确实，他们再次拳头撑地蹲下后，左保发起了进攻。

---

① 相扑获胜技巧的一种，指猛推对方，使其摔出绳圈，跌落在观众席的第一排。

看到宫城山身体前倾的模样，你会以为他准备扑向左保。不料他却顺着左保进攻的力量往后退了一步。刹那间，他像旋转门一样扭身一闪，一只手顺势绕到了左保的脖子后面。此时，左保的重心已经太冲前了，就像一个摔下楼梯的人。宫城山全力推了他一把，左保的脚就擦出了绳圈。接着，令我震惊的是，这个像一座大山似的男人竟然飞出台边，张手张脚地扑向了观众席的第一排。人群慌忙朝四面逃开，但结果还是有一名男子被左保的一个肩膀压到了，只见他站在那儿直喘气。

这次交锋持续的时间几乎不到一秒钟。左保一定为自己的失败倍感羞耻，因为观众尚在喧闹时，他便草草地一鞠躬，比当天其他的失败者更迅速地步出了大厅。

"那个动作，"延对我说，"就叫作押出。"

"太有意思了。"豆叶恍恍惚惚地说。她甚至还没有回过神来。

"什么太有意思了？"会长问她。

"宫城山刚才的动作太有意思了。我从来没有见过那样的动作。"

"不，你见过的。相扑力士常用这一招。"

"噢，它肯定是让我想到了……"

后来，在我们回祇园的路上，豆叶在人力车里兴奋地转向我。"那个相扑力士给了我一个最绝妙的启发。"她说，"初桃还不知道，她其实已经自乱了阵脚。等她发现这点时，肯定已经晚了。"

"您有计划了吗？哦，豆叶小姐，请告诉我吧！"

"你想我会讲吗？"她说，"我甚至不会把它透露给我自己的女仆。你只要确保延先生一直对你有兴趣就行了。一切都要靠他，还有另一个男人。"

"另一个男人是谁?"

"那个男人你还没见过。好了,不要再谈这些了! 我大概已经讲得太多了。今天你见到了延先生,这是一件大事。他可能就是你的救星。"

我不得不承认,当我听到这句话时,我的心里感到一阵恶心。假如我将要有一个救星,我希望那人是会长,而不是其他任何人。

第十八章

知道了会长的身份后，我当天晚上就开始翻阅自己所能找到的每一本废弃杂志，希望能多了解一些有关他的情况。不到一个星期，我的房间里就积起了很高的一摞杂志，以至于阿姨都怀疑我脑子是否出了毛病。的确有一些文章讲到了他，但都是附带地提一下，没有一篇写到了我真正想知道的事情。然而，我继续收集每一本被丢弃在垃圾桶里的杂志。有一天我在一家茶屋后面捡到了一捆旧报纸，其中夹着一本两年前出版的新闻杂志，里面正好有一篇专门介绍岩村电器的文章。

根据文章所述，岩村电器在1931年4月欢庆了公司成立二十周年。现在回想起来还令我惊诧不已的是，正是在那个月，我在白川溪的河岸边遇见了会长。假如我当时有机会翻翻杂志，我会在几乎所有的杂志上看到他的脸。知道了岩村电器创立的确切日期后，我花时间设法找到了更多有关公司周年庆的文章，这还多亏了巷子对面的那家艺馆，她们在自家的老奶奶死后，扔出了一大堆垃圾，我就是从中找到了自己想看的大部分文章。

看过报道后，我得知会长生于1890年，那就是说，我遇到他的时候，尽管他的头发已变灰，其实他才四十出头的年纪。那天我以为他大概只是一家小公司的会长是大错特错了。据这些杂志所言，岩村电器的规模虽然比不上它在日本西部的主要竞争对手大阪电器，但会长和延的完美合作使他俩远比其他大公司的领导更为人所熟知。不管怎么说，岩村电器被视为一家更富有创新精神的公司，拥有极其良好的声誉。

会长十七岁便开始在大阪的一家小电器公司工作。很快他就接管了那个地区为各家工厂的机器铺设线路的队伍。当时，居家和办公室对电子照明设备的需求正与日俱增，于是会长利用晚上的空闲时间设计出一款装置，使得一个插座上可以同时安装两个灯泡。然而，那家小公司的负责人不肯将这个发明投入生产，所以 1912 年刚结婚不久、年仅二十二岁的会长就辞职创立了自己的公司。

创业初期的日子相当艰难，后来在 1914 年，会长的公司签下了为大阪一个军事基地的一栋新大楼铺设电路的合同。那时，在爆炸中身负重伤的延由于在别处找不到工作，仍留在军队里，并被派去监督岩村电器的工程质量。他和会长很快就成了朋友，第二年当会长邀请他加入公司时，他便欣然答应。

有关他俩合作的文章，我读得越多，就越觉得他们真是天造地设的一对最佳搭档。几乎所有的文章都配有他俩的同一张合影。照片上，会长穿着一身时髦的三件套呢子西装，手里拿着公司的第一件产品——陶制的双灯泡插座，他的样子好像是有人刚把插座递给他，而他还拿不定主意该如何处置它。他的嘴略微张开，露出牙齿，几乎是用一种威胁的表情盯着相机，仿佛他要扔掉手中的插座。相形之下，比他矮半个头的延站在他身边倒是一副全神贯注的模样，仅剩的一只手握拳放在身体的一侧。延穿着一件晨衣和一条细条纹的裤子，布满疤痕的脸毫无表情，双眼睡意蒙眬。会长——也许是因为他早生华发，个子又比较高的缘故——看起来几乎可以做延的父亲，尽管他只比延大两岁。那些文章里写道，会长为公司的发展和方向掌舵，延则负责经营和管理。外表缺乏魅力的延干的工作也不是那么引人注目，但他显然做得很出色，会长经常在公开场合表示，如果没有延的卓越才干，公司不可能熬过几次重大的危机。正是延招来的一批投资者，才使公司在 1920 年代初期免于破产。人们多次听到会长说："我欠延的情一辈子也无法还清。"

几个星期后，一天我收到一张字条让我次日下午去豆叶的公寓。此时，我已经习惯了豆叶的女仆把一整套珍贵的和服摆出来给我穿。这次，我到了豆叶的公寓后，便开始换上一套鲜红色与黄色的丝质秋袍，袍子的图案是落叶撒在一片金色的草地上，但让我大吃一惊的是，袍子的背面竟有一个足以容纳两指的裂口。豆叶还没有回来，于是我捧着袍子去给她的女仆看。

"辰美小姐，"我说，"真是糟糕透了……这件和服是烂的。"

"不是烂，只是需要修补罢了……它是女主人今天早上从街那头的艺馆借来的。"

"小姐肯定不知道它是破的。"我说，"我过去弄坏过她的和服，现在这件和服破了，她大概会以为——"

"喔，主人知道它破了。"辰美打断我说，"事实上，这套和服的底袍也有破洞，就在同一个位置。"我已经穿上了乳色的底袍，当我把手伸到大腿后面的那块地方时，果然摸到了一个破洞，辰美说得没错。

"去年一名艺伎学徒穿着它不小心划到了一枚钉子。"辰美告诉我说，"不过女主人明确表示她想让你穿上它。"

这真让我摸不着头脑，但我还是按照辰美说的做了。等豆叶赶回家后，我趁她补妆的时候，向她询问此事。

"我跟你说过，按我的计划，"她说，"两个男人将对你的未来起到至关重要的作用。几个星期前，你见到了延。另一个男人此前一直不在城里，到今天才回来，在这身破和服的帮助下，你将有机会见到他。是那名相扑力士使我想到了这个绝妙的主意！我简直等不及想看到初桃发现你起死回生后的反应。你知道她前几天对我说了什么？她万分感激我把你带去看相扑。她说，她费了那么多工夫赶到那里是值得的，因为你朝'蜥蜴先生'抛媚眼了。我敢肯定你招待延先生时，初桃不会来烦你，除非她是顺道经过想亲自来瞧瞧。事实上，你在她面前谈延的事情越多越好——但你一定绝对不能对她提及你今天下午将要见到的男人。"

听到这话，我试图表现得高兴一点，可我的内心却深感痛苦，因为一个男人是永远不会和自己好朋友的情妇建立亲密关系的。几个月前的一天下午，我在一个澡堂里听见一个年轻女人正在安慰另一名艺伎，因为那名艺伎刚刚获悉自己的新旦那将成为她梦中情人的生意伙伴。我望着她时，丝毫没有料想到自己有一天也会面临同样的处境。

"小姐，"我说，"我能否问一下，让延有一天成为我的旦那是您计划的一部分吗？"

豆叶放下手中的化妆刷，在镜子里以一种我认为可以挡住火车的表情瞪着我。"延先生是一个好人。你是否在暗示，他做了你的旦那，你将会感到羞耻？"她问。

"不，小姐，我不是那个意思。我只是想知道……"

"好，那么我只有两件事情要对你说。首先，无论如何，你只是一个寂寂无名的十四岁女孩。如果你能成为一名有地位的艺伎，让延这样的男人考虑提出做你的旦那，那就算你走大运了。其次，延先生还从未喜欢哪个艺伎到想收她做情妇的程度。假如你能开此先河，我期望你能倍感荣幸。"

我的脸刷地一下涨得通红，仿佛着了火一般。豆叶说得很对，无论我的未来如何，若能吸引到延这样的男人，我就算很幸运了。如果我连延也吸引不了，那会长无疑更是遥不可及。自从在相扑比赛上再次遇见会长之后，我便开始思考生活向我提供的各种可能。可是现在豆叶的这番话，让我感觉自己是在一片悲伤的海洋中艰难跋涉。

我匆忙穿好衣服，豆叶便领我上街去到她从前居住的艺馆，六年前她赢得独立后就从那里搬了出来。一名年长的女仆在大门口迎接我们，她咂吧了一下嘴唇，又摇摇头。

"我们之前给医院打过电话了。"她说，"医生今天四点回家。现在已经将近三点半了，你知道。"

"我们去以前会再给他打电话的，加誉子小姐。"豆叶答道，"我肯定他会等我的。"

"我希望如此。任由这个可怜的女孩子一直流血，真是太可怕了。"

"谁在流血？"我惊恐地问，但女仆只是望着我叹了一口气，便把我们领到了二楼的一个拥挤的门厅里。在一个大约有两张榻榻米垫大小的空间里，除了豆叶和我，以及领我上楼的女仆，还挤着三名年轻女子和一位穿着挺括围裙的瘦高个厨娘。三名年轻女子都小心翼翼地看着我。肩膀上搭了一条毛巾的厨娘则开始磨一把像是用来剁掉鱼头的菜刀。我觉得自己好像是一块刚被杂货商送来的金枪鱼，因为现在我意识到自己就将成为那个流血的女孩子。

"豆叶小姐……"我说。

"听着，小百合，我知道你要说什么。"她对我说——这真有趣,因为我自己也不知道我要说什么,"在我成为你的姐姐以前,你不是保证过要不折不扣地照我说的做吗?"

"假如我早知道还包括割掉我的肝脏——"

"没人要割掉你的肝脏。"厨娘说,语气是想安慰我,让我觉得好过一些,但是没有起什么作用。

"小百合,我们将在你的皮肤上割一道小口子。"豆叶说,"只是一道小口子,这样你就可以去医院见一位医生了。你知道吗?我跟你提过的那个男人就是一位医生。"

"我不能假装胃疼吗?"

我说这句话时是非常认真的,但似乎每个人都认为我在开玩笑,因为她们都哈哈大笑起来,连豆叶也不例外。

"小百合,我们大家都是为了你好。"豆叶说,"我们只需要让你流一点点血,能让医生愿意瞧瞧你的伤口就行了。"

不久,厨娘把刀磨快了,平静地走到我面前,仿佛她只是要帮我化妆——但看在老天的分上,她拿的可是一把刀啊。带我们进门的年长女仆加誉子用双手把我的衣领拉开。我觉得自己开始慌了神,幸好豆叶说话了。

"我们把口子开在她的腿上吧。"她说。

"不要开在腿上。"加誉子说,"开在脖子上更加挑逗人。"

"小百合,请转身让加誉子瞧瞧你和服背面的窟窿。"豆叶对我说。当我照她的吩咐做后,她继续说道:"那么,加誉子小姐,如果我们在她的脖子上而不是腿上割一道口子,我们又该如何解释她和服背面的破损呢?"

"这两件事情有什么关联?"加誉子说,"她穿了一件破和服,她的脖子上照样可以有一道伤口。"

"我不明白加誉子一直在唠叨什么。"厨娘说，"豆叶小姐，您就告诉我该在哪里拉口子，我马上照办。"

听到这话，我想自己应该高兴才对，可我就是高兴不起来。

豆叶打发一个年轻的女仆拿来了一根用来涂嘴唇的红色颜料棒，然后把它伸进我和服上的窟窿，迅速在我大腿背面靠上的地方划了一个记号。

"你一定要准确地把口子拉在这儿。"她对厨娘说。

我张开嘴巴，刚想说话，豆叶就吩咐我说："躺下来，保持安静，小百合。假如你再浪费我们的时间，我就要生气了。"

我说过要听她的话，那么我就应该躺下，当然，我也别无选择。于是我在地板上铺开的床单上躺下，闭上眼睛，豆叶拉起我的袍子，直到我几乎露出了屁股。

"记住，若口子不够深，你随时可以重划。"豆叶说，"下手尽量轻一点。"

我一感觉到刀尖，便咬紧了嘴唇。我不确定自己会有怎样的反应，但我担心自己会尖叫起来。无论如何，我感觉到有些疼，接着豆叶说：

"不能这么浅。你几乎都没割破表皮。"

"看上去像嘴唇。"加誉子对厨娘说，"你在红记号的中间划了一根线，使整个记号看起来就像是两片嘴唇。医生见了会大笑的。"

豆叶同意加誉子的看法，当厨娘保证自己能找对位置后，豆叶就把红记号擦掉了。一会儿，我再度感觉到了刀子割在皮肤上的力道。

我这人向来是见不得血的。你或许还记得我遇见田中先生那天，摔破嘴唇后就昏了过去。所以你大概可以想象，当我扭过身，看见一股鲜血沿着我的腿淌到豆叶按在我大腿内侧的一条毛巾上时，我是什么感觉。我一见到这情景，脑子就一片空白，对接下来发生的事情全无印象——我根本不知道自己被抬进了人力车或其他什么交通工具，直到我们快到医院时，豆叶才把我摇醒。

"现在听我说！我敢肯定你已经一再听人说，作为一名学徒，你的任务就是给其他艺伎留下好印象，因为她们会对你的事业有帮助，而不用去管男人们怎么想。好了，把那些话都忘掉！对你而言，那条路是行不通的。我已经跟你说过了，你的未来要仰仗两个男人，你马上就要见到他们中的一个了。你务必要有得体的表现。你在听我说吗？"

"是的，小姐，每一个字都听清了。"我喃喃地说。

"当你被问到怎么会割伤了腿，你就回答说，你穿着和服去上厕所时，摔倒在某个锋利的东西上了。你甚至都不知道那是什么东西，因为你晕过去了。你可以根据需要编造一些细节，但要确保自己显得很孩子气。当我们进去时，你要表现得很无助。你做一遍，让我瞧瞧。"

唔，我把头往后仰，眼珠子向上翻。我想这很符合我的实际感受，但豆叶一点儿也不满意。

"我没让你装死。我说的是要表现得无助。就像这样……"

豆叶摆出一副恍惚的表情，就像她都不知道眼睛该朝哪里看似的，同时她的一只手一直托着脸颊，仿佛她感觉自己快要晕倒了。她让我模仿她的表现，直到她满意为止。车夫把我扶到医院的大门口后，我就开始了自己的表演。豆叶走在我的身旁，不断帮我整理袍子，以确保我依然看起来很吸引人。

我们推开弹簧木门进入医院去找院长，豆叶说他正在等我们。

最后，一名护士领我们走过一条长长的走廊，来到一间满是灰尘的房间，房间里摆着一张木头桌子，一面普通的折叠屏风挡在窗户前。我们等待的时候，豆叶取下她包在我腿上的毛巾，把它扔进了废物篮。

"记住，小百合，"她几乎是在用嘘声对我说，"我们要你在医生面前尽可能显得天真和无助。往后仰一些，表现出你的虚弱。"

装出这副模样对我来说毫不困难。过了一会儿，门打开了，螃蟹医生走了进来。当然，他的真名不是螃蟹医生，但是假如你见到他，我敢肯定你的脑海里也会闪现出同样的名字，因为他的双肩拱起，两个手肘向外撇得很厉害，虽然他不是研究螃蟹的，但他的模样实在是太像一只螃蟹了。他走路的时候，甚至一只肩膀前冲，就像横着爬行的螃蟹。他的脸上蓄着络腮胡须，见到豆叶，他显得很高兴，尽管他的眼神里的惊讶多于笑意。

螃蟹医生是一个做事讲究方法和条理的人。他关门的时候，先旋转把手以免门合上时发出噪声，然后再加力压一下门，以确保门关严实了。之后，他从外套口袋里拿出一只盒子，小心翼翼地打开，唯恐有东西洒出来似的，但其实盒子里面只是装着另一副眼镜。他脱下自己原来戴的眼镜，换上盒子里的那一副，然后重新把眼镜盒放回口袋里，又用手抚平自己的外套。最后，他注视着我，朝我略微点了一下头，于是豆叶说道：

"非常抱歉麻烦您，医生。小百合前途一片光明，但她现在却不幸割伤了自己的腿！要是留下疤痕或感染了细菌什么的，那可怎么办啊？我想您是唯一可以帮她治疗的人了。"

"是这样子啊。"螃蟹医生说，"嗯，也许我可以瞧一下伤口？"

"恐怕小百合一见到血就会受不了，医生。"豆叶说，"最好让她别过脸去，由您自己来检查伤口。伤口就在她大腿的背面。"

"我完全能理解。能否请你叫她趴在检查台上？"

我不明白为什么螃蟹医生不自己问我；但为了显得顺从，我直等到豆叶发话后才照做。然后医生把我的袍子掀到快露出屁股的地方，他拿来一块纱布和一瓶气味很刺鼻的药水，在我的腿上擦完药水后，他说："小百合小姐，请告诉我你是如何受伤的。"

我夸张地深吸了一口气，依旧尽量显得十分虚弱。"唔，我觉得很尴尬。"我开口说道，"可是，实际上，我……今天下午喝了很多茶——"

"小百合刚开始做学徒。"豆叶说，"我正带着她熟悉祇园的各个地方。自然，大家都想请她进去喝茶。"

"是的，我可以想象得到。"医生说。

"无论如何，"我接下去说，"我突然觉得自己必须……嗯，您知道的……"

"喝茶太多会引发强烈的排尿需求。"

"哦，谢谢您。事实上……嗯，'强烈的需求'还说得太轻了，因为当时我怕再过一会儿，一切都要变黄了，如果您能明白我的意思……"

"只要把发生的事情告诉医生就行了，小百合。"豆叶说。

"对不起，"我说，"我的意思是当时我必须立刻去厕所……我非常急，当我终于到了厕所……唔，和服很累赘，我一定是失去了平衡。摔倒后，我的腿碰到了某个锋利的东西。我甚至都不知道那是个什么东西。我想我一定是晕过去了。"

"你失去知觉后没有小便失禁，真是个奇迹。"医生说。

说这些话的时候，我一直是趴在检查台上的，为了避免弄脏脸上的化妆，我还得扳起头与望着我后脑勺的医生交谈。当螃蟹医生作出最后的评论时，我尽力扭过头去看豆叶。幸好，她的脑筋转得比我快，因为她说：

"小百合的意思是，当她试图从下蹲的姿势站起来时，她失去了平衡。"

"我明白了。"医生说，"伤口是由某个非常尖锐的物体划开的。也许你是摔在了碎玻璃或金属片上。"

"是的，我确实感觉到那是一个非常尖锐的东西。"我说，"像刀一样锋利。"

螃蟹医生没有再多说什么，只是反复地清洗伤口，仿佛是想看看他能把我弄得多疼，接着他又用了更多的刺鼻药水去擦拭干结在我整条腿上的血迹。最后，他告诉我说伤口只需要敷上软膏，用绷带包扎好就行了，并交代了我一些今后几天的注意事项。之后，他翻下我的袍子，把他的眼镜轻轻地搁在一边，好像手脚重一点就会打碎镜片似的。

"你弄破了一套这么美丽的和服，真让我觉得遗憾。"他说，"但是我非常高兴能有机会见到你。豆叶小姐知道我一直对新面孔很有兴趣。"

"噢，不，见到您完全是我的荣幸，医生。"我说。

"也许我很快能在某个晚上在一力亭茶屋见到你。"

"说实话，医生，"豆叶说，"小百合是一件……一件宝贝，我敢肯定您能想象得到。她的爱慕者已经多得让她应付不过来，所以我尽量让她少去一力亭茶屋。或许我们可以换个地方，去白井茶屋拜访您？"

"好啊，我自己也比较喜欢那里。"螃蟹医生说。接着，他又把换眼镜的"仪式"重复了一遍，这样他才可以看清自己从口袋里掏出来的一本小册子。"我会在那里……让我瞧瞧……两天后的晚上我会去那里。我希望届时能见到你们。"

豆叶向他保证我们一定会去那里坐坐，然后我们就告辞了。

我们坐人力车回祇园的路上，豆叶说我刚才表现得很好。

"可是，豆叶小姐，我什么都没做呀！"

"啊？那么你怎么解释我们在医生的额头上所看到的东西？"

"除了我身下的木头桌子，我什么也没看见。"

"这么说吧，医生在擦拭你腿上的血迹的时候，他的额头上挂满了汗珠，仿佛我们正处在炎热的夏天。可是待在那间屋子里连暖和都谈不上，不是吗？"

"我也觉得不热。"

"那就对了！"豆叶说。

我真的搞不清楚她在说什么——或者更确切地说，我不知道她带我去见医生的用意是什么。但是我又没办法问，因为她早已明确表示她不会告诉我她的计划。后来，当人力车夫拉着我们翻过茂生桥，重新进入祇园时，豆叶自己把话题岔开了。

"你知道吗，小百合，穿上这身和服，你的眼睛越发美丽动人了。鲜红色和黄色的和服……几乎使你的眼睛闪耀着银色的光芒！哦，老天啊，我不敢相信自己竟没有早点想到这个主意。车夫！"她喊道，"我们已经走过头了。请你就停在这里吧。"

"小姐，您告诉我说要去祇园的富永町，我不能在桥中央停车啊。"

"你要么让我们在这里下车，要么过桥后再把我们拉回去，坦白说，我觉得那没有必要。"

于是车夫就地放下车把，让我和豆叶下车了。许多骑自行车经过的人生气地猛按车铃，但豆叶根本不予理睬。我想她是太清楚自己在世间的地位了，所以她无法想象有人会因为她挡了路这样的小事而感到不快。她不慌不忙地从自己的丝质零钱包里一枚一枚地往外掏硬币，直至付清车费，然后领着我往回走去。

"我们要去内田小三郎的画室。"她宣布，"他是一位了不起的艺术家，他会喜欢你的眼睛，我敢肯定。有时，他会有一点……心烦意乱，也许你可以这么形容。他的画室乱得一塌糊涂。他或许需要一些时间才会注意到你的眼睛，但是你只要把眼睛朝他会瞄到的地方看就行了。"

我跟着豆叶走过几条小街，来到一条小巷。巷子尽头矗立着一扇鲜红色的缩小版神社大门，紧紧地卡在两栋房子中间。走过大门，又穿过几座小亭子，我们来到一道石阶前，石阶两旁的大树呈现出瑰丽的秋色。沿着阴湿的小道拾阶而上，拂面而来的空气如水般凉爽，让我觉得自己正进入一个完全不同的世界。我听见一种嗖嗖声，使我想起了海浪冲过沙滩的声音，原来是一个背对着我们的男人在把最高一层台阶上的水往下扫，他所持的扫帚鬃毛已变成了巧克力色。

"啊，内田先生！"豆叶说，"难道没有女仆来替您打扫吗？"

站在台阶顶端的男人沐浴在阳光里，当他转过身俯视我们时，我怀疑他只能看见树底下有两个人影。然而，我倒是能很清楚地看到他。他是一个长相十分奇怪的男人，一边的嘴角有一颗好似一块食物的大痣，眉毛浓密得犹如两条爬出头发睡在那里的毛毛虫。他身上的每个部位都是乱糟糟的，不仅是他的灰发，连他的和服看起来也像是前一晚被他穿着睡觉似的。

"谁在那儿？"他问。

"内田先生！过了这么多年，您还是听不出我的声音？"

"假如你想惹我生气，不管你是谁，你已经快成功了。我没有心情被人打扰！要是你不告诉我你是谁，我就要用扫帚扔你了。"

内田先生看上去火冒八丈，如果他把嘴边的痣咬下来吐我们，我也不会觉得惊讶。但豆叶只是继续沿着台阶往上走，我跟着她——不过，我小心地躲在她的身后，这样如果扫帚真的飞下来，击中的会是她。

"这就是您的迎客之道吗，内田先生？"豆叶说着，已经踏出阴影，来到了阳光下。

内田眯着眼看看她。"原来是你啊。你为什么不能像其他人一样报上名来？来，拿着这把扫帚，扫扫台阶吧。在我点上香以前，谁也不许进我的屋子。我的老鼠又死了一只，屋里闻起来就像是一口棺材。"

豆叶似乎被他的话逗乐了。她等内田先生进屋后，才把扫帚靠在一棵树上。

"你有没有长过脓疮？"她轻声对我说，"当内田先生工作不顺利时，他就会情绪极差。你必须让他发泄，就像戳破一个脓疮，这样他才能重新平静下来。假如你不惹他生气，他就会开始喝酒，事情只会变得更糟糕。"

"他养老鼠作宠物吗？"我悄悄地问，"他说他的老鼠又死了一只。"

"老天啊，不是的。他把颜料棒放在外面，老鼠吃了它们后就会中毒而死。我给过他一个盒子，让他放颜料棒，但他不愿用它。"

这时，内田画室的门开了一半——因为他推了一下门，就又走进去了。豆叶和我脱掉鞋子，进门后呈现在我们眼前的是一个农舍风格的大房间。我看见远处的角落里点着香，但并未发挥多少作用，因为死老鼠的气味直冲我的鼻子，就像一块糊在我鼻子上的泥巴，躲都躲不开。内田的房间比初桃的还要乱上千万倍，到处都是长柄的画刷，有的坏了，有的笔尖秃了，房间里还有一些木板，上面钉着黑白两色的半成品画作。在这些东西中间，摆着一张未经收拾的蒲团，床单上有斑斑点点的颜料印。我想象内田先生的身上也一定是沾满了颜料的污渍，当我转身去看他时，他对我说：

"你在看什么？"

"内田先生，请允许我向您介绍我的妹妹小百合。"豆叶说，"她跟着我一路从祇园赶来，就是为了能有幸见到您。"

其实祇园离这里并不是太远，但无论如何，我只管在蒲团上跪下，向他鞠躬行礼，恳请他多多关照，虽然我不能确定他是否听到了豆叶对他说的话。

"午饭前一切都还不错。"他说，"然后你瞧瞧发生了什么！"内田走到房间的另一头，举起一块画板。画板上钉着一幅素描，画的是一名女子的背影，女子的目光投向一边，手中撑着一把伞——此外，画面上有几个清晰的猫爪印，显然是猫爪上沾着颜料，从画上踩过去了。这只猫此时正蜷缩在一堆脏衣服里呼呼大睡。

"我带它来这里是为了让它抓老鼠，可是你看！"他继续说道，"我真想把它扔出去。"

"噢，不过这些猫爪印很可爱。"豆叶说，"我认为它们使这幅画更美了。你觉得呢，小百合？"

我本不打算说什么，因为豆叶的评论已经使内田显得很不高兴了。不过，我很快意识到豆叶是在试图"戳破脓疮"。于是我装出最热诚的声音说：

"这些猫爪印真是太迷人了，实在是令我惊讶！我想那只猫大概也是一位艺术家。"

"我知道你为什么不喜欢它。"豆叶说，"你是嫉妒它的天才。"

"我嫉妒它？"内田说，"那只猫又不是艺术家。它不过是一个小恶棍！"

"原谅我，内田先生。"豆叶说，"事实的确如你所言。不过请告诉我，您打算把这幅画扔掉吗？假如是这样的话，我将很乐意接收它。它很适合挂在我的公寓里，不是吗，小百合？"

内田先生听到这句话，立刻把画从板子上扯下来，说："你们喜欢它，是吗？好吧，我就把它变成两份礼物送给你们！"他将画一撕为二，递给豆叶说："这是一张！这是另一张！现在给我滚出去吧！"

"我真希望您没有把画撕掉。"豆叶说，"我认为它是您画得最好的一幅作品。"

"滚出去！"

"喔，内田先生，我不能这么做！如果我没替您收拾房间就走了，那我就太不够朋友了。"

这时，内田自己冲出了房间，连门也不关，任其敞开。我们看见他踢了一脚豆叶倚在树上的扫帚，奔下湿滑的台阶时几乎失足摔倒。我们花了半个小时整理画室，正如豆叶所预料的，等内田先生回来时，他的心情已经好了许多。但在我看来，他依然算不上高兴；事实上，他习惯于不停地啃咬嘴角的黑痣，这使他看上去总是忧心忡忡的。我猜他对自己先前的行为感到尴尬，因为他不愿直视我们两人中的任何一个。很明显，他一时半会儿根本不会注意到我的眼睛，于是豆叶对他说：

"难道您不认为小百合非常漂亮吗？您有没有看过她呢？"

我想，这是豆叶不得已才使出的最后一招，但内田仅仅是瞟了我一眼，就像拂去桌上的面包屑。豆叶显得非常失望。下午的阳光已经开始黯淡下来，我们只得起身告辞了。豆叶草草地鞠躬道别。当我们踏出画室时，我忍不住停下脚步望了望夕阳，远山后面的天空被染成了铁锈色与粉红色，像美丽的和服一样夺目——甚至比和服更美丽，因为不管和服有多漂亮，它无法使你的手闪烁橙色的光芒，但是在夕阳里，我的手仿佛浸染了彩虹色。我举起双手，久久地凝视它们。

"豆叶小姐，瞧。"我对她说，可她以为我指的是夕阳，便漫不经心地转身瞅了一眼。内田在门口僵住了，脸上的表情极其专注，一只手不停地捋着头上的一撮灰发。不过他根本不是在看夕阳，而是在看我。

如果你见过内田小三郎的一幅名画：一位身着和服的年轻女子欣喜若狂地站在那里，眼睛里闪耀着光辉……唔，他从一开始就坚持说灵感来源于那天下午他见到这景象。我从未真正相信这一点。我无法想象，一个女孩傻傻地站在夕阳里望着自己双手的场面，竟能让人画出一幅如此美丽的画。

第十九章

在那惊人的一个月里，我先是与会长重逢，后来又结识了延、螃蟹医生和内田小三郎，这让我觉得自己像只被人把玩的蟋蟀终于逃出了它的藤条笼子。多年来，我头一次在夜晚入睡前相信自己也许并非总是像溅在蒲团上的一滴茶渍那样，没法在祇园赢得他人的半点留意。我仍然不知道豆叶的计划，也不知道这个计划怎样才能使我成为一名成功的艺伎，更不知道成为一名成功的艺伎后能否接近会长。但是每晚我躺在铺上，总是把他的手绢捂在脸上，一次次地回想与他相遇的情景。我就像寺庙里的一口钟，敲击之下，回音不绝。

数周一晃而过，没有人传来口信，豆叶和我开始担忧起来。终于，一天上午，岩村电器公司的秘书打电话给一力亭茶屋，请我当晚去陪宴。豆叶听到消息满心欢喜，盼望这个邀请是延提出的。我也非常高兴，但我希望请我去的是会长。那天晚些时候，当着初桃的面，我告诉阿姨我要去陪伴延，请她帮我挑一套和服。可我没料到初桃主动提出要来帮我忙。我敢肯定要是一个陌生人见到这副光景，一定会以为我们是和和乐乐的一家子。初桃没有冷嘲热讽，她确实是在帮忙，我想阿姨和我一样困惑。我们最后选定了一套细绿点子的和服，上面绣着银色和朱红色的叶子，配上灰底金线的腰带。初桃说她会过来坐坐，观赏我和延相处的情景。

那天傍晚，我跪在一力亭茶屋的门厅里，觉得我的整个生命就是为了这一刻。我听见模模糊糊的笑声，不知会长的声音是否也在里面。我推开门，一眼便看到他正坐在首席，延则背对着我……唉，会长的微笑把我的魂牵走了，尽管这不过是刚才一阵大笑的残余痕迹，我拼命克制自己不要对他报以微笑。我先向豆叶问好，又和其他几位艺伎打招呼，最后才和那六七个男客一一见过。我按照豆叶的想法，起身直接走到延旁边。不过我一定是跪得太近了，他立刻着了恼，把酒杯往桌上重重一顿，身子挪开了一点。我道了歉，但是他根本不理睬我，豆叶皱起了眉头。剩下的时间里我一直不知所措。后来我们一起告辞的时候，豆叶对我说："延先生很容易生气。以后小心些，别再惹着他了。"

"对不起，小姐。看来他不像你想的那样喜欢我……"

"哦，他是喜欢你的。要是他不高兴你陪他，你准会哭着鼻子走的。有时候他的脾气就像一袋石头，但你会发现他是个好人，而且有他自己的方式。"

那个礼拜我又被岩村电器公司邀请到一力亭茶屋，此后几周又有好多次，我并不总是和豆叶同去。她提醒我不要待太长时间，以免显得我在别处不受欢迎。所以每次待够一个小时左右，我就鞠躬告退，好像真要去赶赴另一个宴会似的。我赴宴前梳妆打扮的时候，初桃常常暗示说她可能会过来坐坐，但其实她一次也没来。有天下午，我倒是没想到她说当晚有空，一定会来。

你能想象，我有点紧张，但后来我到一力亭茶屋竟没有看到延，事情好像更糟了。那是我在祇园参加过的最小的宴会，只有另外两名艺伎和四个男客。要是初桃一来发现我招待的只有会长而没有延可怎么办？正当我一筹莫展的时候，房门突然拉开了，我看见初桃跪在门厅里，我顿时焦急万分。

我打定主意只能装出一副提不起劲头的样子，让自己看上去对除了延以外的男客都不感兴趣。可能这招会让我安然度过那个夜晚，但谢天谢地几分钟后延就到了。初桃一看到延跨进屋子，就灿烂地笑起来，笑得两片嘴唇像伤口上的血珠那样鲜艳欲滴。延刚在桌前安坐，初桃就像一位慈母般地建议我去给他斟酒。我坐到他身边，尽量摆出种种姿态，让自己像个陶醉的小姑娘一样。比如说，他大笑时我就对他眨眼，一脸情不自禁的样子。初桃兴致勃勃地看着我们，目光毫不掩饰，甚至没有留意到所有男客都盯着她，不过更有可能的是她早已习惯被人看了。那天晚上，她和平常一样美若天仙。坐在末座的年轻人除了吸烟，就是看她。甚至连会长也时不时地偷眼看她，手里优雅地环握着一杯清酒。我真纳闷男人是不是都被美色迷了心窍，哪怕是和一个漂亮的魔鬼在一起过日子，他们也会觉得很荣幸。我心里突然闪过一幅景象，一天晚上会长到我们艺馆来见初桃，他跨进门厅，手里拿着顶软呢帽，一边解大衣扣子，一边还低头朝我微笑。我想，他不会真的被她的美色迷住，而对她的种种劣迹视而不见。但有件事情是毫无疑问的，一旦初桃发现我对会长的感情，她会用尽一切法子来勾引他，就是要让我痛苦。

突然我觉得时间紧迫，初桃打算离席了。我知道她是来看这出"发展中的罗曼史"，这是她说的。于是我决定让她看到她想看的东西。我不停地用指尖触碰脖子和发型，好像是在担心我的妆容不整。我漫不经心地摸到一个发饰，突然就有了主意。等到有人讲了个笑话，我就一边大笑一边整理头发，向延侧过身去。我承认整理头发有点奇怪，因为发型是用发蜡固定好的，几乎不用去操心。但我的目的是要让一个发饰脱落下来，就是那一大串黄色和橘色的绢花，然后让它落到延的腿间。可是我没想到固定那个发饰的木脊插得挺后面，不过我总算把它弄了下来，它在延胸口弹了一下，掉到了他盘在榻榻米上的两腿中间。几乎每个人都看到了，但好像没人知道该怎么办。我原想把手伸到他腿间去拿，然后再装出一副小姑娘的羞涩样，但我还是没敢伸手过去。

延拈起头饰，慢慢转动着木脊。"叫那个接待我的小女仆过来，"他说道，"告诉她我要我带来的包裹。"

我按他的吩咐去做，回到房间时，发现每个人都等着。他还拿着我发饰的木脊，绢花直垂到桌上。我把包裹给他，可他没接。"我本来想晚些时候，等你回去的时候给你。但看来我现在就想给你了。"他说着，朝包裹抬了抬下巴，示意我打开。每个人都看着我，我相当尴尬，但还是拆开了包裹纸，打开里面的小木匣，看到缎垫上躺着一把精致的装饰木梳。这把梳子是半月形的，红得惹眼，嵌着漂亮的花。

"这是几天前我弄到的一件古董。"延说。

会长仔细端详着桌上匣子里的发饰，动了动嘴唇，却没说出话来。他清了清嗓子才说："哟，延先生，我还真不知道你是个多情种子。"他的声音里有种奇怪的伤感。

初桃从桌旁站起来，我想是我的风头压过了她，不料她走过来跪在我身边。我不知道她什么意思，她却把梳子从匣子里拿出来，小心翼翼地插到我那个像针插一般的大发髻的底端。她伸过手，延把那串绢花递给她，由她重新插回我头上，那细心的模样仿佛母亲照料孩子。我朝她浅浅一躬，表示感谢。

"难道她不是最可爱的人儿吗？"她挺有礼貌地对延说道。接着她故作夸张地感叹了一声，好像刚才几分钟是她经历过的最浪漫的时刻，然后便走了，这正如我所愿。

不消说，男人的性情各不相同，正如灌木会在不同的时节开花。虽然相扑比赛后才几星期，延和会长好像都对我产生了兴趣，但直到几个月后，无论是螃蟹医生还是内田都还没有音讯。豆叶很清楚，我们得一直等着，而不是再找借口去接近他们，但最后她自己也等得受不了，就在一天下午到内田那里去查探消息。

原来，上次我们拜访过他不久，他的猫被獾咬了，没几天就受感染一命呜呼，结果内田又开始借酒消愁。一连几天，豆叶都去拜访他，想让他的心情好起来，后来他总算好像拐过弯来了。她让我穿上一件镶着多彩花边的淡蓝色和服，稍微用上一点西式的化妆品，她说这能"显出棱角"，还让我带上一只珍珠白的小猫作为礼物，我不知道这花了她多少钱。我觉得小猫很讨人喜欢，但内田没怎么注意它，只一个劲眯缝着眼打量我，头一会儿偏到这边，一会儿偏到那边。几天后，传来消息说他要我去他的画室当模特。豆叶告诫我不要和他说一个字，还让她的女仆辰美陪我同去。辰美一下午都在堆放草稿的角落里打盹。内田把我从一个位置挪到另一个位置，发疯似地调着颜料，在宣纸上画了几笔，又把我挪开。

如果你到过日本各地，看到内田在那年冬天和以后几年以我为模特创作的许多作品——比如挂在大阪住友银行会议室的就是他迄今仅存的一幅油画——你可能会觉得给他做模特是件惬意不过的事，事实上却是无聊透顶。大部分时间我只是很不自在地坐上一个小时或更长时间。我总记得我很口渴，因为内田从不给我饮料喝，甚至我自己用密封罐带去的茶水，也会被他放到屋子的另一头，免得分散他的注意力。我遵照豆叶的嘱咐，从不和他说一个字。二月中旬那个难受的下午，我本想和他说几句，但还是没开口。内田总

是坐在我对面，直直地盯着我的眼睛，一边咬着嘴角上的黑痣。他
有一大堆颜料和冰镇水，但是不管他怎么调和蓝色和灰色颜料，就
是得不到满意的结果，最后少不了把颜料泼到外面的雪地里去。下
午作画的时候，他盯着我的目光里透出烦闷来，火气越来越大，终
于把我打发走了。后两周我都没有得到他的消息，不久发现他又酗
酒去了。豆叶责备我不该把事情弄到这地步。

说到螃蟹先生，我初次和他会面时，他满口许诺会在白井茶屋
邀见豆叶和我，但六个星期过去了，我们还是没有收到他的片言只
语。豆叶逐渐焦急起来。我仍然不知道她要扳倒初桃的计划究竟如
何，但我想这就像活动门上的两个铰链，一个是延，另一个是螃蟹
医生。她想拿内田干什么，我说不好，但我觉得这是另外一个独立
的项目，而肯定不是计划的核心部分。

终于在二月下旬，豆叶在一力亭茶屋遇见螃蟹医生，了解到他
一直忙于大阪一所新医院的开张。现在大部分事情已经告一段落，
他希望能在下周请我去白井茶屋再续前缘。你一定记得豆叶说过我
在一力亭茶屋一露面，就会请约不断的，所以螃蟹医生才邀请我们
去白井茶屋。当然了，豆叶真正的意图是要避开初桃。我在为与医
生的第二次相见而做准备时，心里忐忑不安，总担心初桃还是能找
到我们。不过一看到白井茶屋，我几乎要大笑失声，这个地方初桃
是绝对不会来的。它让我想到一树繁花中一朵枯萎的小花。哪怕在
大萧条后期，祗园仍能欣欣向荣，但这家白井茶屋本来就没什么分
量，现在只能一路不景气了。像螃蟹医生这样的有钱人竟来光顾，
唯一的理由是他并非一直有钱。他早年的时候，白井可能已是他所
能去的最好的茶屋了。后来他虽然能去一力亭茶屋了，但并不意味

着他要和白井茶屋一刀两断。男人有了情妇，也不是转身就和妻子离婚。

那天傍晚在白井，我斟酒，豆叶讲故事。螃蟹医生坐着的时候，胳膊肘撑得很开，有时碰到了我们就点头道歉。我发现他是个寡言少语的人，大部分时间总是透过一副小圆镜片眼镜看着桌子，不时地塞片生鱼片到胡须下面，这样子让我想到一个小男孩把什么东西藏到了地毯下。那天晚上我们告辞的时候，我想我们是失败了，以后不大会见到他了，因为一般来说，如果男客不能尽欢的话就不会费事再到祇园来。然而结果却是后一周他就邀请我们。此后数月，几乎每周都邀请我们。

与医生的关系发展顺利，直到三月中旬的一天下午，我做了件蠢事，差点毁掉了豆叶的精心策划。我相信有很多年轻姑娘自毁前程往往是因为拒绝做一件别人要她做的事，或者冲撞了某位贵人，或者类似的事情，但我犯的错误微不足道，我甚至压根没有留意到。

这事发生在艺馆，前后只有一分钟。一个冷天，午饭后不久，我正抱着三味线跪坐在过道的木头地板上。初桃溜达过来上厕所，要是我穿着鞋子，我会马上走到泥土走廊上给她让开道。可是实际上我挣扎了几下才起来，手脚都快冻僵了。若是我动作快一点，初桃也许不会耐烦和我讲话，可就在我起身的时候，她说："德国大使到镇上来了，可南瓜腾不出时间去接待他。你为什么不请豆叶安排一下，让你代替南瓜去呢？"说完她笑了一声，好像我去做这件事情就和把一盘橡果壳端给天皇一样地可笑。

当时德国大使的来访在祇园引起了不小的轰动。一九三五年那时候，一个新政府刚刚在德国上台，虽然我不大懂政治，也知道那些年日本和美国的关系日渐疏远，很想给这位新上任的德国大使留下一个好印象。祇园里每个人都在猜想谁会有这个荣幸去接待即将到来的德国大使。

初桃这么和我说的时候，我本该羞愧地垂下头，大大地展示一番自觉不能和南瓜相提并论的可怜样。可当时，我正在心里默想我的景况已有了多大改善，豆叶和我又多么成功地把计划——不管是什么计划——瞒住了初桃。凡是初桃对我说话，我的第一反应就是微笑，可当时我把表情装得像戴了副面具，沾沾自喜地以为自己什么都没有泄漏出去。初桃奇怪地看了我一眼，我本该立即意识到她心里想到了些什么。我很快让到一旁，她走过去了。我以为这件事情就到此为止。

几天后，豆叶和我又去白井茶屋见螃蟹医生。但是推开房门时，我们发现南瓜正在穿鞋准备离开。我见到她，大惊失色，她怎么会到这里来的？接着初桃也走到了门道里，我一下子就明白了，初桃比我们棋快一招。

"晚上好啊，豆叶小姐，"初桃说道，"看看谁跟你一起来了！她就是医生以前喜欢的学徒吧。"

我相信豆叶和我一样震惊，但她不动声色。"哦，是初桃小姐，"她说，"我差点儿认不得你了……老天，你看上去多老啊！"

初桃其实并不老，只有二十八九岁。我想这是豆叶在故意拿话气她。

"我想你们去见医生了吧，"初桃说，"他可真是个有意思的人！只望他现在还会高兴见到你们。好了，再见吧。"初桃走开的时候得意扬扬，但是就着路灯光，我看到南瓜脸上有伤心之色。

豆叶和我脱下鞋子，没有交谈，都无话可说。当晚白井茶屋的阴郁气氛就和池塘里的水一样厚重。空气里有股走味了的化妆品的味道，墙角潮湿的石灰剥落下来。只要能马上离开，真是做什么都好。

我们拉开门厅的门，看见茶屋的女主人正陪着螃蟹医生。以往我们到来后，她总是再待上几分钟，大概是想让医生多付她香资费。可今晚我们一进去，她就告退了，走过我们身边也不抬头看一眼。螃蟹医生背对我们而坐，于是我们就免了鞠躬行礼，直接走向桌子坐在他身边。

"医生，您看上去很累。"豆叶说，"今晚您还好吧？"

螃蟹医生没说话。他转动着桌上的一杯啤酒，消磨时间。他是个讲求效率的人，只要有可能，他是一分钟都不会浪费的。

"是的，我相当累。"他终于说，"我不太想说话。"

说完，他把啤酒一饮而尽，站起来打算走了。豆叶和我交换了一下眼色。螃蟹医生走到门口时，转过脸来对我们说："我信任的人结果却来欺瞒我，我当然不会高兴。"

接着他就走了，门也没关。

豆叶和我都惊得说不出话。后来她起身去把门拉上，回到桌前，抚平身上的和服，怒气冲冲地闭上了眼，对我说："好吧，小百合。你到底对初桃说了些什么？"

"豆叶小姐，是因为这件事吗？我答应过您我不会做任何自毁前程的事。"

"看上去，医生显然把你抛到一边了，好像你和空麻袋一样一钱不值。其中必有缘由……想知道的话，我们只能弄清楚今晚初桃对他说了些什么。"

"怎么才能弄清楚呢？"

"刚才南瓜也在这屋里。你得去问她。"

我不能肯定南瓜是否会告诉我，但我说我会去试试，豆叶看来对我的回答感到满意。她站起身来准备离开，但是我坐着不动，她转过身来看我是怎么回事。

"豆叶小姐，我能问您一个问题吗？"我说，"初桃知道我和医生在一起，她大概也猜到了个中缘故了。医生当然也知道。您也知道。连南瓜也知道！可就是我不知道。您能不能行行好，把您的计划告诉我呢？"

这个问题看似让豆叶颇有歉意。很长一阵子她都不看我，终于她叹了口气，跪到桌子旁，对我说了这番我想知道的话。

"你很清楚，"她这么说，"内田先生是用艺术家的眼光看你的，但医生的兴趣在别的方面，延也一样。你知道什么叫做'无家可归的鳗鱼'吗？"

我一点也不知道她说的是什么，我就如实回答。

"男人身上都有一条……嗯，一条鳗鱼。"她说，"女人没有。但男人有。它就在……"

"我想我知道您说的是什么了，"我说，"我只是不知道它叫作鳗鱼。"

"它不是真的鳗鱼，"豆叶说，"但把它当作鳗鱼，事情就容易讲明白。让我们就这样叫它吧。是这样的，鳗鱼一辈子总是在找一个窝，你知道女人身上有什么吗？有洞。鳗鱼就喜欢住在洞里。每个月洞里都会流血，我们有时候称为'云遮月'。"

我已经到了能够明白豆叶所谓的"云遮月"的年龄，几年前我就开始有这种经历了。头一次来的时候，我惊慌莫名，就好比打了个喷嚏，却发现擤在手帕上的是脑浆。我真怕我要死了，后来阿姨发现我在清洗一块染血的布头，便告诉我流血是女人成长过程的一部分。

"你可能对鳗鱼不太了解，"豆叶继续说，"它们很在意自己的领地。它们找到一个喜欢的洞，就会在里面扭动一会儿，确定……嗯，这么说吧，确定它是不是够舒服。如果它们认定这是个舒服的洞，它们就会用……用黏液来圈出它们的领地。你明白了吗？"

如果豆叶直截了当地告诉我，我想我肯定会吃惊，但至少能更容易就弄明白。几年后，我发现豆叶的姐姐当年也是这么跟她说的。

"接下来的事你会觉得很稀奇。"豆叶继续说道，好像她刚才说的不稀奇一样，"男人其实喜欢做这种事。事实上，他们喜欢得要命。甚至有些男人，一辈子就在想方设法寻找不同的洞穴让他们的鳗鱼住进去。如果一个女人的洞穴以前没有让别的鳗鱼进去过，对男人就特别珍贵了。听懂了吗？我们把这叫作'水扬'①。"

"把什么叫作'水扬'？"

"女人的洞穴初次被男人的鳗鱼钻进去。这就是我们所谓的'水扬'。"

"扬"就是"升上来"或者"放上去"，所以"水扬"听上去就像是水升上来或者把什么东西放在水上。如果屋子里有三个艺伎，她们对这个词的来源解释会各不相同。豆叶解释完毕，我只觉得越发摸不着头脑，但我装着多少明白了些。

① 指初夜权。

"我想你能猜出医生为什么喜欢在祇园到处转悠了。"豆叶又说,"他在医院里赚了很多钱。除了养家活口,他就把钱花在寻找'水扬'上面。小百合小姐,你正是他最喜欢的那种小姑娘,这你可能会觉得有趣。我太清楚了,因为我也曾经是个小姑娘。"

我后来才知道,我到祇园的前一两年,螃蟹医生为豆叶的"水扬"叫出了刷新纪录的天价,大概是七千或八千元。听上去不多,但在当时是笔巨款,就连满脑子想着钱和怎么赚更多钱的妈妈,一辈子也可能只见过一两回。豆叶的"水扬"如此昂贵,一方面是由于她声名远播,但还有另一方面的原因,那天下午她告诉了我。当时有两个非常富有的男客为她的"水扬"竞价,一个是螃蟹医生,另一个是名叫不二门的商人。一般情况下,男客是不会在祇园这么竞争的,因为他们彼此认识,宁可协商解决问题。但是不二门住在偏僻的乡下,只偶尔来祇园,他不在乎得罪螃蟹医生。而螃蟹医生自命有贵族血统,讨厌像不二门这样自己闯路子的人。虽然他其实也差不多是个自己闯路子的人。

豆叶在相扑比赛上注意到延好像很喜欢我,她立刻就想到延和不二门是多么相像,他也是自己闯的路子,而且也讨厌像螃蟹医生这样的人。初桃就像家庭主妇撵蟑螂一样地到处撵着我,这种情况下,我当然没法走上豆叶成名之路,最后我的"水扬"也不会有高价。但如果这两个男人觉得我很有吸引力,他们就可能会展开一场竞价战,如此我就能像一名成功的学徒一样来还清我的债务。这就是豆叶所谓的"扳倒初桃"。初桃很高兴见到延喜欢我,但她没料到这很可能会提高我的"水扬"价格。

事情很清楚,我们得夺回螃蟹医生的欢心。如果没有他,延就能随心所欲地支付我的"水扬",如果他确实有意于此的话。我不肯定他有没有，但豆叶信誓旦旦地说，如果一个男客心里不念着"水扬"，他是不会和一个十五岁的艺伎学徒发展关系的。

"你别以为他是喜欢你的谈吐。"她对我说。

我假装自己没有被这句话刺伤。

第二十章

回想往事，我认识到和豆叶的那次谈话让我世界观发生了转折。之前我对"水扬"一无所知，是个不谙世事的天真姑娘。但之后我开始明白像螃蟹医生这样的男客把时间和金钱花在祇园是为了什么。一旦知道了这种事情，就不会糊里糊涂的了。我没法再像以前那样去想他了。

那天晚上回到艺馆，我待在自己的房间等初桃和南瓜上楼。午夜后大概又过了一个小时，她们终于回来了。我听到南瓜的手拍在楼梯上的声音，就知道她累了，她有时候就像狗一样四肢着地，爬着上楼。初桃在关上房门前，叫来了一个女仆，让她去拿啤酒来。

"慢着，"她说，"拿两瓶来。我要南瓜和我一起喝。"

"拜托，初桃小姐，"我听到南瓜说，"我宁可喝痰。"

"我喝我的，你得大声念书给我听，所以你也要来一瓶。还有，我讨厌太清醒的人，那简直就是可恶。"

于是女仆下楼去了。过了片刻又上来，我听到她端着的托盘上酒瓶碰撞的声音。

很长时间，我一直坐在房里竖起耳朵，听南瓜读着一篇关于一名新出道的歌舞伎的文章。后来初桃跌跌撞撞地走进门厅过道，拉开门，去楼上厕所。

"南瓜！"我听见她说，"你想来碗面吗？"

"不想，小姐。"

"你去看看能不能找到个面摊。给你自己也买一份，这样就能陪我吃。"

南瓜叹了口气，走下楼梯。我一直等到初桃回到房间后才偷偷地跟上去。我本来赶不上南瓜，可是她太累了，走路的速度就像烂泥从山坡上淌下来，而且还多少有故意的成分在。我最后找到她，她看到我大吃一惊，问我有什么事。

"没什么，"我说，"就是……我非常需要你的帮忙。"

"唉，小千代，"她对我说，我想只有她还在这么称呼我，"我没有时间！我在给初桃找面条，她要我也吃。我怕我会吐她一身的。"

"南瓜，你真可怜，"我说，"你就像快要融化的冰。"她满脸疲惫之色，衣服的分量好像就要把她压趴了。我让她找个地方坐下，我去帮她买面条。她实在累坏了，连反对的力气都没有，只把钱递给我，然后坐倒在白川溪畔的长凳上。

我找了一阵子才找到个面摊，但当我端着两碗冒着热气的面条回来时，南瓜已经睡熟了。她仰着头，张着嘴，像是要接雨水一样。现在是凌晨两点，周围还有些人在走动。一群男人大概以为南瓜是他们几周来看到的最好笑的东西。我也承认，一个穿戴齐整的艺伎学徒倒在长凳上打鼾确实颇为怪异。

我把面条搁在她身边，尽可能轻地把她推醒。我说："南瓜，我太需要你的帮助了，但是……我想你听了可能会不高兴。"

"没关系，"她说，"什么事情都没法让我高兴了。"

"傍晚初桃和医生谈话的时候，你在屋里。我怕这番谈话会影响我的整个前途。初桃肯定对医生编造了我什么，现在医生不肯见我了。"

尽管我恨极了初桃，也迫切想要知道她傍晚干了什么好事，但和南瓜提这件事，我觉得很不好意思。她看上去痛苦不堪，我刚才把她推醒已经太过分了。很快几滴眼泪蹦到了她的圆鼓鼓的脸颊上，好像她储存这些眼泪已经有些年头了。

"我不知道，小千代！"她说道，笨手笨脚地在宽腰带里摸索手绢，"我不知道！"

"你是说，你不知道初桃会那样说？但谁又会想到呢？"

"我不是说这个。我不知道会有这么坏的人！我不明白……她做事就是为了伤害别人。最糟糕的是她还以为我崇拜她，一心想成为她那样的人。但我恨她！我从来没有这么恨过一个人。"

现在可怜的南瓜的黄手绢粘上了白色的化妆品。如果说先前她还是一块正在融化的冰，这会儿已经是个水坑了。

"南瓜，你听我说。"我说道，"如果我有其他办法，我也不会来问你。我不想一辈子当个女仆，但要是让初桃为所欲为的话，我就只能当女仆了。她不会罢休的，直到把我像蟑螂一样踩在脚下。我是说，如果你不帮我逃开的话，她会把我踩扁的。"

南瓜觉得这个说法很有趣，我们一起笑起来。她边笑边哭的时候，我拿过她的手绢，想把她脸上的化妆品弄匀。我又看到了以前的那个南瓜，心里感触万千，她曾经是我的朋友。我的眼眶湿了。我们终于拥抱在一起。

"唉，南瓜，你的妆容一团糟。"后来我对她说。

"没关系，"她说，"我就告诉初桃说我在街上碰到个醉汉，他拿着一块手帕就往我脸上擦，我两手都端了面条，一点办法都没有。"

我以为她不会再说什么了，可是她深深地叹了口气说："我想帮你，千代。可是我出来太久了，如果还不赶快回去，初桃会出来找我。万一她发现我和你在一起……"

"我只问几个问题，南瓜。你只要告诉我，初桃是怎么发现我在白井茶屋招待医生的？"

"哦，这个啊，"南瓜说，"几天前她想拿德国大使的事情戏弄你，但你看上去满不在乎。你这么冷静，她就想你和豆叶一定在搞什么计划。于是她就到登记处的淡路海那里去问你最近去过哪些茶屋。她一听说你去了白井，脸色就变了。那天晚上我们就去白井找医生，去了两次才找到。"

白井的老主顾不多，因此初桃一下子就想到了螃蟹医生。当时我已了解到，他在祇园是以"水扬专家"闻名的。初桃一想到他，大概就猜出豆叶打的是什么主意了。

"晚上她对他说了些什么？你们走后，我们去拜访医生，结果他连话都不肯说。"

"唉，"南瓜说，"他们谈了一小会儿后，初桃假装想起了一件事。她这么说：'有个叫小百合的年轻学徒住在我艺馆里……'医生一听到你的名字……我跟你说，他就像被蜂蜇了一口，一下子坐直了身子。他问：'你认识她？'初桃对他说：'哦，医生，我当然认识她啦。她就住在我的艺馆里嘛。'然后她说了些什么我不记得了，她后来又说：'我不该谈论小百合的，因为……唉，其实啊，我替她保守了一个重要的秘密。'"

听到这里，我浑身发冷。我敢肯定初桃编造出了一些非常难听的话。

"南瓜，什么秘密？"

"噢，我想我不太清楚，"南瓜说，"看上去不是什么大事。初桃对他说有个年轻人住在艺馆附近，妈妈严禁我们交男朋友。初桃说你和那个小伙子彼此都喜欢对方，她并不介意帮你隐瞒，因为她也觉得妈妈这方面太严厉了。她说她甚至在妈妈出门的时候，让你们在她房间里单独相会。后来她是这么说的，'哦，但是……医生，我真不该告诉您这个！万一传到妈妈耳朵里可怎么办？好歹我也帮着出了不少力！'但医生说他很感激初桃告诉他这些，他一定会保守秘密的。"

我完全能想象初桃对她的阴谋是多么沾沾自喜。我问南瓜还有没有别的话，她说没有了。

我一再感谢南瓜的帮忙，说我很同情她，因为这些年她像奴隶一样被初桃使唤。

"我想好事也是有的，"南瓜说，"几天前，妈妈决定收养我了。我一直梦想有个地方可以让我待上一辈子，现在大概美梦成真了。"

我听了这些话心里很难过，但我说我真为她高兴。我的确是为南瓜高兴，但我也知道豆叶计划的重要一笔是让妈妈收养我。

第二天，我在豆叶的寓所告诉她我打听到的情况。她听到小伙子的事，厌恶地直摇头。我已经明白过来了，但她还是对我解释说初桃找到了一个巧妙的法子，让医生以为我的"洞穴"已经被别的"鳗鱼"钻过了。

豆叶得知南瓜即将被收养，她就更不痛快了。

"我想，"她说，"在她被收养前我们还有几个月的时间，小百合，这就是说你的'水扬'时辰到了，无论你有没有准备好。"

那一周，豆叶到一家糖果店以我的名义定制了一种糯米甜点，我们叫做阿库波，日语里就是"酒窝"的意思。我们叫它阿库波是因为它顶上像酒窝一样凹陷下去，酒窝中间还有一个小红圈。有些人认为它的样子很能引人遐想。我总是觉得它们像小枕头，软软的凹痕，就像一个女人睡觉前累得不想抹掉口红，一睡上去，就把口红抹在了枕头中间。总之，一个艺伎学徒即将"水扬"的时候，她会把阿库波装在小盒里，分送给她的恩主。大多数学徒会分送给至少十几个男客，或者更多，但我只能给延和医生——如果我们运气够好的话。我感到伤心，因为我没法把它送给会长，但另一方面，整个事情让我觉得不是滋味，他置身事外，我倒也并不十分遗憾。

把阿库波送给延很容易。在一力亭茶屋女主人的安排下，一天傍晚他早早地来了，豆叶和我在一间能够俯视前院的小房间里和他见面。我感谢他对我的多方照顾。过去半年，他确实对我关怀备至，即使会长不在的时候，他也常常邀我去陪宴，而且除了初桃在场的那晚他送我装饰梳外，他还送了我其他各种礼物。谢过他后，我拿起装阿库波的小盒——盒子外面包着未经漂白的纸，扎着粗糙的麻绳——向他鞠一躬，然后把盒子推到桌子对面。他收下了。豆叶和我又多次感谢他的好意，不停地鞠躬，直到我鞠得头晕。短暂的仪式过后，延一手拿着盒子走出了房间。此后我去他的宴会陪酒，他再也没有和我说起此事。其实，我想这次遭遇让他有一点儿不自在。

螃蟹医生当然就另当别论了。一开始，豆叶不得不到祇园各家名茶屋去找女主人，让她们看到医生来了就通知她。我们等了几个晚上，终于传来消息说，他到了一家叫八筱的茶屋，出席另一个人的聚会。我奔到豆叶的寓所换衣服，然后带上用丝绸包裹的阿库波盒子向八筱出发。

八筱是一家很新的茶屋，完全西式风貌。房间用暗色的木梁装修，典雅华贵。我那天晚上进去的那间屋子没有榻榻米，桌子周围也没有垫子，而是硬木地板铺上波斯地毯，一个咖啡桌，几张沙发椅。我从没想过要坐在椅子上，只好跪在地毯上等豆叶，地板太硬了，硌得我膝盖生疼。我那样等了半小时，她终于来了。

"你在干什么？"她对我说，"这里不是日式房间。坐到椅子上去，放自然一点。"

我照她说的做。但当她坐在我对面时，她看起来和我一样处处不自在。

医生似乎在隔壁房间参加聚会。豆叶已经陪了他一阵子。"我灌了他很多啤酒，他就会去上厕所的。"她对我说，"他出来的时候，我会在过道里截住他，让他到这里来。你得马上把阿库波给他。我不知道他会怎么反应，不过这是我们唯一的机会来弥补初桃造成的破坏。"

豆叶离开后，我在椅子上等了很长时间。我觉得又热又紧张，担心我一出汗就会坏了白色的妆容，像被人睡过的蒲团一样一塌糊涂。我想找些东西来分一分神，可是我能做的事情只有时不时地起身去照挂在墙上的镜子。

终于我听到了人声，接着是一记敲门声，豆叶推开了门。

"只要一小会儿，医生，如果您愿意的话。"她说。

我看见螃蟹医生站在过道的暗处，神色严峻，就像银行大厅里的旧肖像画。他从眼镜后面盯着我瞧。我不知道该做什么，通常我会在垫子上向他鞠躬，于是我走过去跪到地毯上鞠了个躬，虽然我知道豆叶一定不高兴我这么做。我想医生根本没正眼看我。

"我要回聚会上去，"他对豆叶说，"很抱歉。"

"医生，小百合有东西要给您。"豆叶说，"只要一小会儿，如果您愿意的话。"

　　她做了个手势，请他进屋里坐在一张舒服的沙发椅上。我想她一定是忘记她早先说过的话，因为我们俩都跪在地毯上，一左一右地跪在螃蟹医生的膝盖边。我相信医生看到两个盛装打扮的女子这样跪在他脚下，心里一定颇有成就感。

　　"真对不起，我好些天没有看见您了。"我说，"天气已经回暖了。我看这个季节就要过去了。"

　　医生没有回答，只是盯着我看。

　　"请接受阿库波，医生。"我说，鞠了一躬后，把盒子放在他手边的桌子上。他把手放在大腿上，似乎在说他压根不想碰它。

　　"你为什么给我这个？"

　　豆叶插嘴道："真对不起，医生。我让小百合相信您大概是想得到她的阿库波的。但愿我没有弄错吧？"

　　"你弄错了。可能你不知道这个姑娘并不如你所想。豆叶小姐，我很看得起你，但你把她推荐给我，这个回报可不怎么样啊。"

　　"医生，真抱歉，"她说，"我不知道您这样想的。我一直觉得您很喜欢小百合。"

　　"很好。现在事情都清楚了，我要回宴会上去了。"

　　"但我能问一下吗？难道是小百合冒犯了您吗？事情转变得太突然了。"

　　"她确实冒犯了我。我跟你们说过，我讨厌欺瞒我的人。"

　　"小百合小姐，你居然欺瞒医生，简直太可耻了！"豆叶对我说，"你必须和医生说实话。到底怎么回事？"

　　"我不知道！"我万般委屈地说，"除了几个星期前我说天气转暖了，可是其实并没有……"

　　我说的时候，豆叶瞪了我一眼，我想她不高兴了。

"这是你们俩的事，"医生说，"和我无关。告辞了。"

"可是，医生，在您走之前，"豆叶说，"是不是有点误会？小百合是个诚实的姑娘，从不欺骗别人，尤其是对她这么好的人。"

"我想你该问问她关于邻家小伙子的事。"医生说。

我松了口气，他总算把事情说出来了。他是个保守的人，如果一直不说的话，我也不会奇怪。

"是这样啊！"豆叶对他说，"您一定和初桃说过话了。"

"我不知道这和她有什么关系。"医生说。

"她在祇园到处散播这个故事。这完全是一派胡言！自从小百合被指派在'古都之舞'里扮演重要的舞台角色以来，初桃一直不遗余力地诋毁她。"

"古都之舞"是祇园每年一度的大事。再过六周，四月初，它就要开幕了。所有的舞蹈角色几个月前就分派出去了，如果我被分到了，我会很荣幸。虽然我的一个老师有此提议，但据我所知，在豆叶的坚持下，我唯一的那个角色是在乐队里面，而并非在舞台上，这是为了避免触怒初桃。

医生看着我的时候，我尽量装得像个即将扮演重要舞蹈角色的人，而且早已知晓此事。

"我不想说，医生，可是初桃说谎是出了名的。"豆叶继续说道，"相信她说的每句话可不保险。"

"初桃说谎？我可是头一次听说。"

"没人会告诉您这个，"豆叶说，压低了声音，像是真的怕隔墙有耳，"许多艺伎都不诚实！没人想第一个出来揭发。要么我现在对您当面扯谎，要么就是初桃对您编造了那个故事。医生，就看您更了解哪个，又更相信哪个了。"

"我不明白，为什么小百合拿了舞台角色，初桃就要编造故事？"

"你肯定见过初桃的妹妹南瓜吧？初桃希望南瓜能参加演出，但现在小百合拿到了，而我也拿到了初桃想要的那个角色。但这都无所谓，医生，如果小百合的诚实受到怀疑，我能理解您为什么不愿接受她给您的阿库波了。"

医生坐着看了我很长时间。最后他说："我会让医院里的医生来给她做检查。"

"我会尽量配合，"豆叶回答说，"不过我很难安排，因为您还没有答应做小百合'水扬'的恩主。如果她的诚实受到怀疑……嗯，小百合会把阿库波送给很多人。我肯定大多数人不会相信初桃的故事。"

豆叶的话见效了。螃蟹医生默坐了片刻，说："我也不知道该怎么办。我第一次碰到这么特殊的情况。"

"医生，请您接受阿库波，我们还是不要理睬初桃的愚蠢吧？"

"我经常听说有些不老实的姑娘会把'水扬'放在每月的那个时候，男人很容易就上当了。你知道，我是医生。我可没那么容易受骗。"

"可是没有人想要骗您！"

他又坐了一会儿，然后站起来，躬着背，撑着胳膊肘，大步跨出房门。我忙不迭地鞠躬道别，也来不及看他到底拿了阿库波没有。但所幸他和豆叶离开后，我朝桌上一看，盒子已经不在了。

豆叶提到我的舞台角色时，我以为她不过是临时编出来的，好解释为什么初桃要造我的谣。因此你能想象，第二天我得知她说的是真话，我有多么惊讶。或者说，即使那不是真话，豆叶也信心十足地认为在周末前那会成为不折不扣的真话。

二十世纪三十年代中期那时候，祇园大约一共有七百到八百名艺伎，但最后每年春天参加"古都之舞"的不过六十名。多年来，为争夺角色，不少人反目成仇。豆叶说她从初桃手里抢到了一个角色，那不是真的，因为她是祇园少数几名每年都有独舞角色的艺伎之一。但没错的是，初桃为了南瓜能上舞台，费尽了心机。我不知道她怎会以为这事有可能，南瓜也许能得学徒奖，也能拿些别的荣誉，可她的舞技实在不怎么样。但是，就在我把阿库波送给医生的前几天，一个担任独舞角色的十七岁学徒从楼梯上摔下来，摔坏了一条腿。这个可怜的姑娘没戏了，但是祇园其他的学徒都很高兴地想趁机填补这个空缺。这个角色最后归我所有。当时我只有十五岁，从未在舞台上跳过舞，但我并非毫无准备。大多数学徒忙于奔波在聚会之间的夜晚，我却待在艺馆里，和着阿姨的三味线练习舞蹈。这就是我能在十五岁就达到了十一级的原因，虽然我的舞蹈天分并不比其他学徒更高。要不是豆叶因为初桃的缘故，极力主张让我避开公众视线，也许我去年就能参加季度舞蹈了。

我在三月中旬被分派到了这个角色，只有一个多月的时间来练习。好在我的舞蹈老师非常帮忙，经常在下午给我单独指导。妈妈一直不知道这事——初桃当然不会告诉她——直到几天后，她搓麻将时听到了这个传言。她回到艺馆就问我是不是真的拿到了角色。我告诉她是真的，她走开的时候脸上那种困惑的表情就像是看到她的狗儿"多久"帮她把账本上的数字给加起来了。

当然，初桃暴跳如雷，但豆叶毫不在意。照她所说，我们把初桃摔出场外的时间到了。

第二十一章

一周后或更久以后的一个下午，豆叶在排演间隙来找我，好像有什么非常激动人心的事情。在前一天，男爵在不经意间向她提到，下个周末他将要为一位名叫岚野勇的和服制作专家举办一个宴会。男爵是全日本最有名的和服收藏家之一。他的大多数藏品是古董，但他也经常从当代艺术家手中购买精致的和服作品。他决定要购买岚野的一件和服，于是兴起为他举办宴会的念头。

"我想我是知道岚野的，"豆叶对我说，"但是男爵刚提到他时，我没有反应过来。他是延最要好的朋友之一！你有点头绪了吧？我今天才想到，我会争取让男爵同时邀请延和医生来参加这个小型宴会。他们俩肯定都不喜欢对方。当你的'水扬'开始竞价时，你想也想得到，他们要知道奖品会被对方夺去，肯定坐不住。"

我实在很疲倦，但为了豆叶的缘故，也只好兴奋地拍着手说我非常感谢她，亏她想出了这么聪明的法子。我认定这法子聪明，但她真正的聪明之处却在于她确定自己能毫不费力地说服男爵邀请这两人。显然他们都乐意前来赴宴，对延来说，男爵是岩村电器公司的投资者，虽然当时我并不知情；而螃蟹医生则是因为……呵，因为医生自认是个贵族——虽然他的祖宗里面可能只有一位具有不太确定的贵族血统——所以把参加男爵邀请的活动当作是自己的使命。至于男爵何以会同意邀请这两位，我就不得而知了。他不喜欢延，喜欢延的人实在没几个。至于螃蟹医生，男爵与他素未谋面，他还不如到街上随便拉个人去参加宴会呢。

但我知道豆叶很有说服力。宴会安排好了，她让我的舞蹈老师在周六放我假，好让我参加聚会。聚会活动从下午开始，一直延续到晚餐时分，但豆叶和我要在晚宴开始后才到。三点左右，我俩叫了辆人力车，前往男爵的府邸，它位于市东北角的山下。这是我头一次造访如此奢华的场所，我看到的一切使我惊叹不已。如果你认为观赏和服的制作需要注意细节的话，那么参观男爵府邸的设计和管理也同样需要注意细节。主楼在他祖父在世时就造好了，但那巨幅织锦般的花园是他父亲设计建造的。楼房和花园显然一直不怎么协调，后来男爵的兄长挪动了池塘的位置，又建造了一座长满苔藓的花园，历历石阶通往楼房一侧的圆月亭，这样才算两相辉映了。此后才一年，他兄长就遭暗杀。池塘里黑天鹅游来游去，它们神气活现的样子倒让我觉得作为一个笨拙难看的人类，实在惭愧。

我们着手准备茶道仪式，男客们事情完了就会过来参加。可是我们穿过大门后没有去通常举行茶道仪式的亭阁，而是径直来到池塘，登上了一条小船，这让我大感不解。船大约有一间窄屋的大小。四周摆满木头椅子，只有一头立了个小亭子，遮檐下是铺着榻榻米的平台。亭子外面围着一圈纸糊的屏风，拉开着透气。亭子正中有个正方形的木斗，装满沙子，豆叶在里面点燃炭饼，加热装在一只雅致的铁茶壶里的水。她做这些事情的时候，我整理着茶道器皿，好让自己看上去并不闲着。我已经够紧张的了，可是豆叶给茶壶点上火后，就转身对我说：

"小百合，你是个聪明姑娘。我不说你也知道，如果螃蟹医生或延对你失去兴趣，你的前途会是什么样。你绝不能让他们任何一个以为你对另外一个情有独钟。当然了，适当的嫉妒也不是坏事。我相信你能把握好。"

我不太有把握，但我会尽力试一试。

半小时后，男爵和十位客人从楼里踱了出来，不时地止步，从不同角度欣赏山坡的景色。他们上船后，男爵用一根篙把船撑到了池塘中央。豆叶煮好了茶，我把茶碗分给每个客人。

此后，我们和客人一起在花园里散了会步，来到一处悬在水面上的木制平台，穿着相同和服的女仆正在为男客铺设坐垫，把温好的清酒放到托盘上。我在螃蟹医生身边找了个地方跪下，刚想找点话说，没料想他先向我转过身来。

"你腿上的伤口痊愈了没有？"他问。

你知道，我是在十一月弄伤了腿，而现在已经是三月份了。这几个月，我和他见面的次数数都数不过来，我就不明白他为什么这时候才问我，而且当着这么多人的面。好在我想别人也没有听见，于是我压低了嗓音说："谢谢您，医生。多亏您帮忙，已经完全好了。"

"但愿伤口不会留下太大的疤。"他说。

"哦，没有，只有一个小肿块，真的。"

我本想给他斟酒或转移话题，就此打住这段对话，可是我碰巧看到他正把他的大拇指插进另一只手的手指环成的圈里去。医生是那种没啥意义的动作从来不做的人。如果他想着我的大腿时这样插着他的大拇指……嘿，我要是转移话题可就太傻了。

"不能算是个疤，"我继续说道，"有时候我在洗澡时会摸到它……真的只是有个小小的包。大概就是这样。"

我用食指抚摸着指节，伸出手去，让医生也摸。他抬起手，犹豫了一下。我看到他的目光蹦到我身上。他随后缩回手，摸了下自己的指节。

"这样的伤口应该好得很快。"他对我说。

"可能还没我说的这么大。怎么说,我的腿是很……哦,很敏感的,您知道。就算腿上只淋到一滴雨,我也会打个冷战。"

我不想把这些话说得合情合理。肿块不会因为我的腿敏感而显得更大。再说了,我什么时候感到有雨淋在腿上了?但如今我知道螃蟹医生对我感兴趣的真正目的,我努力捉摸他脑子里想些什么的时候,心里既厌恶又兴奋。不管怎么说,医生清了清嗓子,向我挨过来。

"嗯……你练习过吗?"

"练习什么?"

"你受伤是因为你在……失去了平衡,嗯,你知道我的意思。你不想重蹈覆辙。所以我以为你会想练习。但是你是怎么练习的呢?"

说完后,他身子又缩回去,闭上眼睛。我心里清楚,他不止想听到我的片言只语。

"唉,你会把我想得很蠢,我每天晚上……"我开口说道,然后又停下来想了想。我们默默无言,但医生一直没有睁开眼睛。在我看来,他就像只等待母鸟喂食的雏雀。"每天晚上,"我接着说,"进浴室前,我练习在各种姿态下保持平衡。有时候冷风吹在我裸露的皮肤上,我简直冷得发抖,但是我会这样练上五到十分钟。"

医生清了清喉咙,我想这是个好兆头。

"我先试着单脚独立,然后换另一个脚。但麻烦的是……"

之前男爵一直在平台的另一头和其他客人交谈,可这会儿他的话讲完了。我接下去说的话十分清晰,就像是我站在乐队指挥台上宣布一样。

"……我身上什么衣服都没穿……"

我一手捂住了口，还不知道怎么办时，男爵说话了。"天哪！"他说，"你们在那里说什么呢？听上去肯定比我们刚才说得有趣多了！"

客人们听了哈哈大笑。医生好意做了一番解释。

"去年年底，小百合小姐弄伤了腿，到我这里来求医，"他说，"她是摔倒的时候弄伤的。所以我建议她多练练怎么保持平衡。"

"她一直在努力练习呢，"豆叶补充说，"不过这身衣服可比看上去碍事多了。"

"那么，我们就让她脱了吧！"一个客人说。当然，这只是个笑话，大家都捧腹大笑起来。

"好，我同意！"男爵说，"我从来不明白为什么女人会这么费事穿和服。哪里有比一丝不挂的女人更好看的。"

"如果和服是我的好友岚野做的，就另当别论了。"延说。

"即使岚野的和服也不会比它们遮盖的东西更美。"男爵说道，想把他的清酒杯搁到平台上，可是酒溅了出来。他肯定没喝醉，虽然他一直在喝酒，我没想到他能喝那么多。"别误会，"他继续说，"我觉得岚野的和服是漂亮。否则他也不会坐在我身边了，是不是？但如果你问我在穿着和服和一丝不挂的女人之间，我更愿意看哪一个，这个么……"

"没人问你，"延说，"我个人更有兴趣的是，岚野最近又完成了哪件作品。"

可是岚野没有机会回答，因为男爵急着要插话，他咕嘟一口把酒喝完，差点呛住。

"唔……等一等，"他说，"难道世上的男人不都想看脱光衣服的女人吗？我的意思是，延，你这样说是指你对女人的裸体没有兴趣吗？"

"我没这么说，"延说，"我是说，我觉得我们该听听岚野谈论他最新的作品。"

"哦，当然，我也很有兴趣，"男爵说，"但你知道，我着实发现了一件有趣的事情，不管我们男人外表看起来怎么不同，底下都是一个样。延先生，你可不能假装清高啊。我们都知道这码事，不是吗？这里难道有人不想出点钱看小百合洗澡吗？嗯？我承认，我喜欢想这些。好吧！别假装你和我想的不一样。"

"可怜的小百合还只是个学徒，"豆叶说，"我们这次就别让她听到这种话了。"

"当然不行！"男爵回答道，"她越早看到这个世界的真相越好。许多男人装得好像他们追女人不是为了能钻到她们和服下面去，但是你听我说，小百合，世上的男人只有一种！我们谈论这个话题的时候，你就该知道，每个在座的男人今天下午都多少想着，如果看到你脱光的身体，他们会多享受啊。你是怎么想的呢？"

我坐着，双手搁在腿上，眼睛看着木平台，尽量让自己看上去很害臊。对于男爵的问话，我总要作出回答，而且现在每个人都默不作声。我还没有想好该怎么说，延做了件好事。他把酒杯放在平台上，站起身来说要离开："抱歉，男爵，但我不知道厕所怎么走。"当然，他是暗示我陪他一起去。

我也不知道厕所怎么走，但我不会错过这个能离开这群人的机会。我站起来的时候，一个女仆主动给我引路，带我从池塘绕过去。延跟在后面。

在房子里，我们经过一条长长的走廊，铺着浅色地板，一边开着窗户，另一边，放着一排玻璃罩子的陈列柜，在阳光下熠熠生辉。我想带延一路走下去，可他停在一个柜子前，里面是几柄古剑。他看似在观赏展览，但主要是在用手指敲着玻璃，鼻孔不断地哼气，他还在生气。刚才的事情，我也觉得不好受。我很想感谢他的解围，只是不知道该如何开口。下一个柜子里陈列的是一些雕着人像的小象牙坠子，我问他是否喜欢古董。

"你是说男爵那样的古董？当然不喜欢。"

男爵的年纪不大，其实比延还年轻得多。但我知道他的意思，他把男爵看作封建时代的遗老遗少。

"对不起，"我说，"我想的是这些柜子里的古董。"

"我看到那边的剑，就想起男爵来了。我看到这里的坠子，又想起男爵来了。他是我们公司的投资人，我欠他不少钱。但我不愿在可以不想他的时候浪费时间来想他。这样算回答你了吗？"

我朝他鞠了一躬，他大步走出走廊，向厕所去了。他走得飞快，我没法先赶到厕所前给他开门。

后来我们回到水边，我高兴地发现宴席快要散了，只有几个人还想留下来吃晚饭。豆叶和我将众人从小路带到大门口，车夫都在街对面候着。我们向最后一个人鞠躬道别后，我转身看到男爵的仆人正准备把我们带到房子里去。

接下来的一个小时，豆叶和我在仆人的房间里用了一顿精美的晚餐。餐桌上有切成纸片般薄的生鲷鱼片，呈扇形摆在叶子形状的瓷盘里，上面还淋了柑橘酢酱油。要不是豆叶心情不佳，我真能美美吃上一顿。她只吃了几口生鱼片，就坐着呆望着窗外的黄昏。有时候她咬着嘴唇，也许是怒气冲冲地瞥一眼昏暗下来的天空，这种神情让我以为她是想回到池塘去坐。

我们到男爵那边去的时候，他们已吃到一半。那个地方被男爵作为"小宴会厅"，其实，这个小宴会厅能容纳大约二十到二十五人。但现在宴会已缩小规模，只有岚野先生、延和螃蟹医生还在。我们进去时，他们正默默无言地吃饭。男爵喝了太多酒，眼珠子在眼窝里直晃荡。

豆叶开始说话时，螃蟹医生用餐巾擦了两下胡子，便离席去上厕所。我带他走早先和延经过的走廊。夜幕已降临，头顶的灯光反射在陈列柜的玻璃罩子上，我几乎看不清里面的东西。但螃蟹医生停在装着古剑的柜子前，转着脑袋直到能看清它们。

"你当然知道男爵府上的路。"他说。

"哦，不是的，先生，我在这么大的地方摸不着方向。我能找到路是因为早先带延先生来这里走过。"

"我肯定他直冲过去了，"医生说，"像延这样的人，缺乏鉴赏力，欣赏不了柜子里的陈列品。"

我不知道该怎样回答，而医生盯着我看。

"你经历得太少，"他说，"但迟早你会知道要当心那种人，比如像延今天下午的所作所为，接到像男爵这样人的邀请爱理不理的，在他府上又对他言谈无礼。"

我向他鞠躬致谢，弄清他不打算再说了，就带他穿过走廊去厕所。

我们回到小宴会厅，客人们都在彼此交谈，多亏了豆叶手段过人。她正坐在客人背后斟酒。她常说艺伎的角色有时候就是要把汤搅起来。如果你注意过，碗底的几团豆面酱用筷子轻轻一搅就和在一起，这就是她的意思了。

很快，话题转移到和服上去。我们都下楼到男爵的地下博物馆。墙壁上巨大的镶板打开着，里面的滑动杆上挂满和服。男爵坐在房间中央的凳子上，双肘支着膝盖，仍然醉眼迷离，不发一言。豆叶做向导，带领我们参观收藏品。我们都认为最美妙绝伦的是那件上面绣了神户风光的，城倚峻山，山靠大海，肩上绣了蓝天白云，膝盖处是山坡，袍子下面的衣摆则是一带碧海，美丽的金色波涛上远帆点点。

"豆叶，"男爵说，"我想你应该穿着这身去参加我下周在箱根的赏花会。那肯定会很有意思，不是吗？"

"我当然很想去，"豆叶回答说，"但我前些天说过，我今年恐怕不能去参加这个聚会了。"

我看到男爵不高兴了，他眉头一拧，像是关上了两扇窗户，"你什么意思？你和谁订了约会，不能取消？"

"我太想去那里了，男爵。但今年，我想我去不成。我在医院里有个预约，正好和聚会冲突。"

"和医院预约？那到底是什么意思？那些医生可以改时间。明天去把时间改了，下周和以前一样来参加我的宴会。"

"我很抱歉，"豆叶说，"几周前我和医院的预约，是经过男爵同意的，现在不能改了。"

"我不记得我同意过！不管怎么说，你总不是要去堕胎，或类似的事情吧……"

一阵长久、难堪的沉默。豆叶只是整理着衣袖，我们默然站着，唯一的声响是岚野先生呼哧呼哧的喘气声。我看到延本来没有注意他们的对话，现在转过身来观察男爵的反应。

"哦，"男爵终于说道，"我想我是忘了，现在你提起来……我们当然不能有小男爵在身边跑来跑去，对吧？但豆叶，我真不知道你为什么不能私下里提醒我……"

"对不起，男爵。"

"不管怎样，如果你去不了箱根，嗯，你是去不了！那么你们怎么样？一个不错的聚会，下周末在我箱根的庄园。你们都得来！每年樱花盛开的时候我都会举办这个宴会。"

医生和岚野都不能参加。延没有回答，男爵追问了他一句，他说："男爵，你难道真想请我大老远路去箱根看樱花？"

"唔，看樱花只是举办聚会的借口，"男爵说，"不管怎样，这没关系。我们会请到你们的会长，他每年都来。"

一提到会长，我惊讶地发现自己居然心慌意乱，因为我整个下午都时不时地在想他。有一阵子我觉得自己的秘密好像被人识破了。

"你们一个都不来，真让我苦恼，"男爵接着说，"我们本来多么美好的夜晚被豆叶打断了，她本该在私下里说那些事情。好吧，豆叶，我要适当地惩罚你一下。今年我不邀请你参加聚会了。而且，我要你把小百合送来代替你。"

我想男爵是在开玩笑。但我得承认，我立即就想到，在美轮美奂的庄园里，我和会长在庭院中款款而行，身边没有延，没有螃蟹医生，甚至没有豆叶，这是多么惬意的事情啊！

"男爵，这是个好主意，"豆叶说，"可是很不巧，小百合正忙着排练。"

"胡说，"男爵说，"我要在那里见到她。为什么我对你提出的要求你每次都拒绝？"

他看上去真是生气了，而且糟糕的是，因为他酒喝多了，嘴里流出不少口水来。他想用手背擦去，但却把自己又长又黑的胡须弄脏了。

"我对你提出的要求，你都不理睬吗？"他继续说，"我要在箱根见到小百合。你只要回答：'是，男爵。'然后去做就是了。"

"是，男爵。"

"好。"男爵说。他靠回自己的凳子，从口袋里取出一块手帕来把脸擦干净。

我真替豆叶感到难过。但我一想到要去参加男爵的宴会，说激动都不足以形容我的心情。坐在人力车上返回祇园的途中，我每一想起就觉得耳根发热。我非常害怕会被豆叶发现，但她只是望着外面，一句话都不说。下车后，她转过身对我说："小百合，你在箱根要多加小心。"

"是，小姐。我会的。"我回答说。

"记住，即将进行'水扬'的学徒就像桌上的一道饭菜。如果男人听说已经有人啃过一口，是不会再想吃它的。"

她说完这话，我几乎没有看着她的眼睛。但我心里非常清楚，她是指男爵。

第二十二章

我当时还不知道箱根在哪——不久我便知道它位于日本东部，距离京都很远。此后几天，一想到像男爵这样的大人物居然会把我从京都请去赴宴，我心里就喜滋滋地自鸣得意起来。事实上，后来坐进漂亮的二等车厢时，我好不容易才藏起自己的兴奋之情。豆叶的穿衣人—丁田先生坐在靠过道的座位上，不让别人跟我说话。我装着看杂志消磨时光，但其实我只不过翻着书页罢了，因为我一直用眼角余光看着过道上的行人放慢脚步来看我。我发现自己喜欢别人的关注。午后不久，火车到达静冈车站，我站着等换车去箱根，突然间我心里涌起一阵伤感。一整天我都尽量让自己不去想，可是现在我分明看到另一个时期的我，站在另一个月台上，搭上另一趟火车，只不过与我同行的人是别宫先生。那一天，我和姐姐被带离了家乡。我惭愧地承认，这些年来，我多么努力地工作，为的是不去想佐津、爸爸、妈妈，还有我们那个海崖边的醉屋。我就像一头钻在布袋里的孩子。日复一日，我看到的就是祇园，以为祇园就是一切，祇园是这世上我唯一在意的东西。但现在一出京都，我醒悟到绝大多数人的生活和祇园毫无关系，而且，我情不自禁地去想我曾经有过的另一种生活。悲哀是种非常奇特的东西，在它面前，我们如此无助。它就像一扇窗户，自作主张地打开，房间冷了下来，我们除了发抖，毫无其他办法。但它每次都比上一次打开得小一些，再小一些，终于有一天，我们会奇怪它去哪儿了。

第二天上午，我给接到一家面朝富士山的小旅馆，然后男爵的汽车司机又把我送到他的避暑山庄，那是在湖边的一片美丽树林中。汽车绕湖环行一周，我身着京都艺伎学徒的盛装走下车来的时候，许多男爵的客人都转身朝我瞧，其中有很多妇人，有的穿和服，有的穿西式礼服。后来我才知道她们大多是东京的艺伎，此地距离东京只有几个小时的火车。接着男爵出现了，他和几位客人从林间小径大步走来。

"啊，这就是我们都在等的东西！"他说，"这个可爱的小东西是从祇园来的小百合，也许有朝一日，她会成为'祇园伟大的小百合'。我敢保证你们以后绝对看不到像她这样的眼睛。你们要等着看她走路的样子……小百合，请你过来，这样每个客人都有机会看到你，你的任务很重要啊。你得到处转转，走到屋子里，走到湖边，走进林子里，哪里都要去！来，现在就工作起来吧！"

我开始照男爵的吩咐在别墅里走动起来，经过繁花压枝的樱花树，向客人们鞠躬行礼，不让人看出自己是在寻找会长。我走得很慢，因为每走几步，就有人让我停下来，说些这样的话："天哪！从京都来的艺伎学徒啊！"然后就会拿出相机，要我和他合影，或者陪我走到湖边的小望月亭或其他什么地方，让他的朋友也看我一眼，就好像他从网里捞起了一个史前生物。豆叶告诫过我，人人都会为我的出现而着迷，因为那里没有祇园的艺伎学徒。的确，在东京一些较好的艺伎区，像新桥和赤坂，一个姑娘想要成名，也是要掌握各种技艺的，但当时许多东京艺伎都赶时髦，所以男爵别墅里好些走来走去的人都穿着西式礼服。

男爵的聚会似乎会一直持续下去。到了下午，我其实已放弃找到会长的希望。我走进屋里去找个地方稍事休息，可就在我踏进前厅的时候，身子一下子僵住了。他在这里，和另一个人边谈话边从一间榻榻米房间里出来。他们互相道了再见，然后会长转身看到了我。

"小百合!"他说，"男爵用什么法子把你一路从京都弄来了？我真没想到你和他认识。"

我知道我应该把眼睛从会长身上移开，不过那就像把钉子从墙上拔出来一样难。我最后终于收回了目光，向他鞠了一躬，说道："豆叶小姐让我代替她来。很荣幸见到会长，我太高兴了。"

"是啊，我也很高兴见到你。你能给我出出主意。来看看我给男爵带来的礼物。走之前，我有点不想送给他了。"

我跟他进了榻榻米房间，觉得就像风筝被线拉了进去。在箱根这个我所知道的最远的地方，和这个让我思念得比谁都厉害的男人共处一室，想起来，便让我心动不止。他走在我前面，我欣赏他身着剪裁合度的羊毛西装、行动自如的样子。我能看出他壮实的小腿，甚至还能看到他背部的凹陷，就像树根分叉的那个裂缝。他从桌上拿了一件东西来给我看。起初我以为是一种金制的装饰品，但却是一个送给男爵的古董化妆盒。会长告诉我，这件是江户时期的艺术家新田权六制作的。它是一个镀金的枕形盒子，上面用柔和的黑色绘着飞翔的仙鹤和跳跃的兔子。他把它放在我手中，它光彩四射，我看得屏气息声。

"你觉得男爵会喜欢吗？"他说，"我上周找到它的时候就想到了男爵，但是……"

"会长，你怎能以为男爵会不喜欢它呢？"

"唉，那个人什么藏品都有，他很可能把它当成三流货色。"

我向会长保证没有人会这么想。我把盒子还给他，他重新用丝绸包好，点点头，朝门口走去，示意我跟他一起走。在门口，我帮他穿鞋。我用手指帮他把脚套进去时，发觉自己在想象我们将共度一个下午，还有一个漫长的夜晚。这个想法让我发怔，等我回过神来，不知已过了多久。会长一点也没有不耐烦的意思，但我自觉太不应该，急忙穿上木屐，这也穿得比平时慢得多。

他带我走过小径，来到湖边，我们看到男爵正和三个东京艺伎坐在樱花树下的垫子上。他们都站了起来，不过男爵有点儿举动不稳。他喝了酒，脸上都是红点，看上去像是有人用棍子戳了他好多下。

"会长！"男爵说，"我很高兴你来参加我的聚会。你来我总是很开心，你知道吧？你的公司一直在发展，不是吗？小百合有没有告诉你，上周延来参加我的京都宴会了？"

"延都告诉我了，我肯定他还是老样子。"

"他当然是，"男爵说，"一个古怪的矮子，不是吗？"

我不知道男爵怎么想的，他自己比延还矮几分。会长看来不喜欢这个评价，他皱了皱眉。

"我是想说……"男爵开口道，但会长打断了他。

"我是来向你道谢，也是来道别的，但首先我有样东西要给你。"他把化妆盒递过去。男爵已经醉得连绸布都解不开了，他交给一个艺伎，让她解开。

"多么漂亮的东西！"男爵说，"大家都是这么想的吧？瞧瞧它。哦，会长，它可能比站在你身边的小可爱都漂亮呢。你认识小百合吗？如果不认识，我来介绍一下。"

"哦，我们很熟，小百合和我。"会长说。

"有多熟，会长？有熟到叫我嫉妒的程度吗？"男爵说完笑话，自己哈哈大笑起来，可是别人都不笑，"不管怎样，小百合，这件慷慨的礼物让我想起我有样东西要给你。但我要等到这些艺伎都走了才给你，免得她们也想要。所以你一直得留到别人都走完。"

"男爵您太好了，"我说，"但说真的，我不希望自己添麻烦。"

"我知道你从豆叶那里学了一套怎么对一切事情说不的法子。我的客人走后，你在前厅等我。会长，她送你上车的时候，你帮我叮嘱她一句。"

如果男爵不是醉得这么厉害的话，我肯定他会想自己送会长出门。两人互相道别，我跟随会长回到别墅。他的司机替他开门，我鞠躬感谢他的好意，他正要上车，又停步了。

"小百合，"他开口说，接着似乎不知道该怎么说下去，"豆叶是怎么对你说男爵的？"

"说得不多，先生。或者至少……嗯，我不知道会长的意思。"

"豆叶是你的好姐姐吧？她有没有告诉你应该知道的事？"

"啊，是的，会长。豆叶对我的帮助，我真是一言难尽。"

"哦，"他说，"如果我是你，有男爵这样的人要送东西给你，我会小心的。"

我不知道该如何回答，只好说男爵对我很好，一直顾念着我。

"是，我相信他对你很好。你自己要多小心。"他说完，认真地看了我一会，然后上车。

下一个钟头，我在剩下的几位客人之间周旋，一次次回想我和会长在一起的时候，他对我说的每句话。我不怎么在意他给我的提醒，倒是兴奋他和我讲了这么长时间的话。事实上，我头脑里根本没有余地来想我和男爵的事，直到天色向暮，我发现自己一个人站在前厅里。我随意地走进旁边的榻榻米房间跪在里面，透过玻璃窗子，望着外面的庭院。

十分钟或一刻钟后，男爵终于跨进前厅。我一看到他，心里就忐忑不安，他身上只穿了件棉布浴衣，手里拿了块毛巾，擦着脸上可以被视之为胡须的长黑毛。显然他刚洗完澡。我站起来向他鞠躬。

"小百合，你知道我是个多么蠢的人啊！"他对我说，"我喝得太多了。"这倒是真的。"我忘了你在等我！我希望你看到我为你准备的东西后会原谅我。"

男爵从大厅往房间里走，示意我跟着他。可我想起豆叶说过，学徒在"水扬"之前就像是桌上的菜，于是留在原地不动。

男爵停下脚步，"来吧！"他对我说。

"噢，男爵。我真的不该来。请允许我等在这里吧。"

"我有东西要给你。到我房间里去坐着，别做傻姑娘。"

"哦，男爵，"我说，"我只能是个傻姑娘，因为我本来就是。"

"明天你又要回到豆叶的看管之下，嗯？但这里没人看着你。"

如果我当时稍有常识，就该感谢男爵邀请我来参加这么好的宴会，然后告诉他我很抱歉，但希望他能让司机送我回旅馆。但是什么都笼上了一层梦幻色彩……我想我是惊愕过度了，我唯一能确定的是我能感到自己有多害怕。

"跟我来，我要穿衣，"男爵说，"你下午喝多了吗？"

过了很长一段时间。我觉得自己的脸上毫无表情，仅仅是挂在脑袋上而已。

"没有，先生。"我终于说出了口。

"我想你也不会的。你喜欢的话，我会让你喝个够。来吧。"

"男爵，"我说，"求您了，我肯定旅馆里有人等我回去。"

"等你？谁在等你？"

我没有回答。

"我说，谁在等你呢？我不知道你为什么这个样子。我有东西要给你。难道你是要我拿来给你吗？"

"非常抱歉。"我说。

男爵瞪着我。"在这里等着。"他终于说，然后进内室去了。片刻他出来，手里拿着一扁平盒子，用亚麻纸包着。我不用细瞧就知道是件和服。

"好了，"他对我说，"既然你一定要做傻姑娘，我就把你的礼物拿来了。这样你感觉好些了吧？"

我对男爵说，我再次感到抱歉。

"那天我看出你有多喜欢这件袍子。我想把它送给你。"他说。

男爵把包裹放在桌上，解开绳子，打开包裹。我以为这是那件绣着神户风光的和服，说实话，我忧喜参半，因为我不知道该拿这么一件贵重的东西怎么办，又该怎么向豆叶解释男爵把它送给我呢？但男爵打开包装时，我看到的却是件华丽的黑色织品，上面有银色漆线的刺绣。男爵把袍子提起来，比在肩上。他告诉我，这是一件博物馆里的和服，制于十九世纪六十年代，是为最后一位幕府将军德川庆喜的侄女制作的。袍子上的花饰是飞翔在夜空下的几只银鸟，衣摆下沿是一片带有神秘色彩的黑色树木和岩石。

"你得跟我过来，穿上试试，"他说，"现在别犯傻！我亲手给人扎腰带的经验丰富着呢。你回去的时候还穿你原来的和服，这样没有人会知道。"

我愿意把男爵送的袍子换成摆脱困境的法子。但他是个权威人物，连豆叶也不敢违背他，如果她都无法拒绝他的要求，我又怎么能？我能觉察到他正渐渐失去耐心。天晓得我成名后的几个月来他对我有多好，吃饭的时候让我伺候他，还让豆叶带我去参加他京都府邸的聚会。现在他又再次表达好意，送给我一件精美绝伦的和服。

我想我终于得出结论，我已别无选择，只能唯命是从，无论后果如何，我都得接受。我羞涩地垂下眼睛望着垫子，在这种依旧如梦似幻的状态中，我发现男爵拉着我的手，带我穿过走廊，来到后室。一个仆人迎到门厅，但一见到我们，就鞠躬退走了。男爵一句话也不说，只是带着我走，一直走到一间宽敞的榻榻米房间，一面墙壁设了整排的镜子。这是他的穿衣室。对面的墙壁装着壁橱，门都关着。

我的手害怕得直抖，即使男爵注意到了，他也一言不发。他让我站在镜前，把我的手举到他唇前，我以为他要吻我的手，但他却把我的手背抚上他的胡子茬儿，做了件奇怪的事。他把我的衣袖褪到手腕，嗅着我皮肤的味道。他的胡子扎得我胳膊痒痒，但不知为何我竟没有感觉到。我什么感觉都没有，仿佛被一层层的担忧、迷惑、惧怕……掩埋起来。接着男爵绕到我背后，伸手到我胸前来解"带缔"，这是固定和服腰带的一条绦带。我一惊，顿时清醒过来。

我意识到男爵当真要给我脱衣服，心里一阵悚然。我想说句什么，但我的嘴艰难地蠕动着，不听使唤，而且男爵嘴里嘟嘟囔囔地叫我安静。我想用手阻挡他，但他推开我的手，终于解下了"带缔"。然后他退后一步，开始费力地解我的腰带结，那扎在我的肩胛骨之间。我的嗓子干得要命，好几次开口，但什么声音都没发出来。我恳求他不要解了，但他不听，很快又来松我的腰带，手臂在我腰间绕来绕去。我看见会长的手帕从衣服里掉了出来，飘落在地上。顷刻之间，男爵让腰带褪落下来，接着来脱"伊达缔"①，这是里面的腰带。和服从我腰间松开的时候，我非常难受。我用双臂把它捂紧，但男爵把我手臂扯开。我无法忍受再看着镜子。我闭上眼睛前记得的最后一件事是那件沉重的袍子从我肩上窸窸窣窣地褪了下来。

男爵看来像是完成了他要干的事，或者至少他目前到此为止了。我感觉他的手在我腰间，抚摸着我的衬袍。最后我睁开眼睛的时候，他一动不动地站在我背后，嗅着我头发和脖子的香味。他的目光盯在镜子上，在我看来，是盯在衬袍的腰带上。每次他的手指移动，我都试图用意志力去阻挡，可是很快它们就像蜘蛛一样爬到我肚子上，接着在我腰带上纠缠了一番，就来扯腰带。我好几次想让他停手，男爵却一直把我的手推开。终于腰带解开，从男爵的手指间滑过，坠落在地。我双腿战栗，他捏住我衬袍的前襟向两边拉开，房间里一片模糊，我忍不住再次抓住他的手。

"小百合，别担心！"男爵轻声对我说，"老天爷作证，我不会对你做不该做的事。我只想看看你，你懂吗？这没有什么要紧的。每个男人都会这么做。"

他说话的时候，脸上油亮的髭须触着我的耳朵，我只好把头转到一边。我想他把这个动作当成了同意的表示，因为他动手更急切了。他拉开我的衬袍。我感觉他的手指碰在我肋骨上，他试图把我和服内衣的束带解开时，弄得我很痒。过了片刻，他成功了。我不敢想象男爵看到了什么，我扭过头去的时候，两眼竭力看着镜子。我的和服内衣敞开了，从胸口往下露出一线皮肤。

---

① 系衣带之前使用，以防衣服走样。

　　现在男爵的手已经活动到了我臀部，忙着解我的腰卷。今天早上，我在箍腰卷的时候，把它在腰间紧紧地箍了好几圈，比平时紧得多。男爵找腰带头费了好大劲，但拽了几下后终于拉松了带子，他又扯了一阵才把我衬袍下这条长布条整个解下。丝绸在我皮肤上滑过时，我听见自己的喉咙里有一个啜泣般的声音。我用手抓住腰卷，男爵把它拉过来扔在地上。他就像给一个熟睡的孩子脱衣服般，屏住呼吸，缓缓地打开我的内衣，仿佛正在拉开神圣之物的覆盖。我觉得嗓子眼里一阵灼热，我知道我快要哭了，但我受不了男爵既看到我的身体，又看到我哭泣。我忍着眼泪，用眼角余光打量着镜子，我看得如此专注，很长一段时间，我几乎感觉时间已经停止。我当然从未见过自己这样一丝不挂的样子。虽然我脚上还穿着足袋，但我觉得现在内衣大敞的样子比在浴室里什么都不穿还赤裸得厉害。我看到男爵的目光在镜子中的我身上到处逗留。起先他把衣服又敞开了些，唖摸我腰部的曲线。接着他垂下眼睛，观察我到京都以后这几年才繁茂起来的一片黑色。他的目光在那里停留了很长时间，最后慢慢向上移，经过我的胸部，顺着肋骨到达一对深红色的圆圈，先看一边，然后另一边。现在男爵拿开了一只手，我衾衣的那半边又披到身上。他另一只手在干什么我不知道，但我再没有看到过这只手。当我看到他一边裸露的肩膀从浴衣里滑出来，顿时惊惶失措。我不知道他在干什么，但大致也可猜个八九不离十，我宁可不要去想。我唯一知道的是我分明感觉到他的呼吸暖洋洋地喷在我后颈上。后来我什么都看不见了。镜子成了一片模糊的银色，我再也无法忍住眼泪。

　　有一刻男爵的呼吸缓了下来。由于害怕，我的皮肤又热又湿，他终于脱掉我的内衣，衣服落下时，我感觉到我身侧的空气如微风般拂过。很快屋里就剩我一个人了，男爵出去的时候我都没有发现。他一走，我开始手忙脚乱地拼命往身上穿衣服，一边跪在地上收拾我的各种装束。我好像看到一个饿急了的孩子在攫取各种食物。

我用颤抖的手尽力把衣服穿好。但是没有帮忙的话，我只能穿上衬袍，束好腰带。我等在镜前，若有所思地看着我脸上弄糟了的化妆品。如果要等上一个小时的话，我也准备等。但只过了几分钟，男爵就回来了，丝绸浴袍紧束在他鼓鼓的肚子上。他一言不发，帮我穿上和服，然后像一丁田先生一样给我系上。他手臂挽着我长长的和服腰带，一圈圈地丈量长度，好给我围上，我开始有种可怕的感觉。起初我不知道是怎么回事，但它渐渐地渗入我的身体，好似一滴水渗入布匹，我很快就明白了。这种感觉是我做了可怕的错事。我不想在男爵面前哭，但我忍不住，不管怎样，他回到屋里后都没有再看我的眼睛。我只是想着我就像雨中的一幢房子，雨水在我面前倾盆而下。男爵一定看到了，他离开房间，过一会回来的时候拿着一块手帕，上面有他姓名字母缩写。他让我留着它，但我用完后就放在了桌子上。

不久，他把我带出门外，一句话都不说就走了。一个仆人及时来到，手里捧着那件重新用亚麻纸包好的古董和服。他躬身递给我，然后护送我到男爵的汽车上。回旅馆的路上，我在后座啜泣，司机装着没听到。我不再为刚才发生的事情哭泣，我想到了一些更可怕的事。就是说，一丁田先生看到我一塌糊涂的化妆，帮我脱衣服的时候又看到扎得乱七八糟的腰带，打开行李再看到这件贵重的礼物，那会怎么样呢？下车前，我用会长的手帕擦了脸，但收效甚微。一丁田先生一眼看到我，就抓了抓下巴，好像他完全明白发生了什么事。他在楼上房间给我脱和服腰带时，他说："男爵脱了你的衣服吗？"

"对不起。"我说。

"他脱了你衣服，在镜子里看你，但他没有享用你。他没有碰你，或者趴到你身上，对吗？"

"是的，先生。"

"那就好。"一丁田先生说，直直地看着前方。我们再没说别的话。

第二十三章

次日清晨，火车开进京都车站，我的心情还没有平静下来。毕竟如果一块石头落入水潭，即使已沉入水底，水面依然荡漾不止。我走下月台的木阶梯，一丁田在我后面一步之遥，这时发生了一件让我震惊的事，一时间其他事情都抛到了九霄云外。

玻璃橱窗里布置着本季度"古都之舞"的海报，我驻足观看。再过两周就是这一盛会了。海报前一天就四处张贴了，当时我可能正在男爵的府邸里闲逛，希望能和会长见上一面呢。每年的舞蹈都有一个主题，例如"京都四季之色"或《平家物语》名胜。今年的主题是"晨日的辉光"。这张海报，当然是内田小三郎的作品，自打 1919 年后，几乎每张海报都出自他手。画上是一个艺伎学徒，身着绿橙两色的艳丽和服，站在一座木拱桥上。长途旅行已让我筋疲力尽，火车上又睡得不好，所以我站在海报前，看到绮丽的金绿色背景有点晕眩。我后来才把目光转到那个穿和服的姑娘身上。她凝视着日落的灿烂光辉，而她的眼睛竟然是惊人的蓝灰色。我一手扶住了扶手让自己站稳。内田画中站在桥上的姑娘就是我！

从火车站回来的路上，一丁田指点着看我们经过的每张海报，甚至还让人力车夫绕一下路，让我们看到老大丸百货大楼上整幅墙壁的海报。见到自己被贴得满城都是，并不如我想象的那么欣喜若狂。我一直在想海报上那个可怜的姑娘站在镜子前，她的腰带正被一个年纪更大的男人解开。不管怎么样，在接下来的几天，我期待听到各种各样的祝贺，但很快我发现这样的荣耀并非全无代价。自从豆叶帮我争取到了季度舞蹈中的角色，我就听到不少难听的话。而海报一张贴，事情就更糟。举个例子，次日上午，我向一个年轻艺伎学徒鞠躬问好的时候，她把眼睛望向别处，一周前，她还对我挺友好的。

说到豆叶，她正在寓所康复，我去探望过她。我发现她对此事倍感自豪，好像海报里的人是她一样。她对我的箱根之行自然是不高兴，但她似乎仍然一如既往地为我的成功而努力——奇怪的是，或许更努力了。有一阵子，我担心她会把我和男爵之间可怕的遭遇看作是对她的背叛。我想一丁田会把此事告诉她……但即使他说了，她也从未在我面前提起过此事。我也没有。

两周后，季度舞蹈拉开了序幕。第一天在"歌舞练场"剧院的更衣室里，我简直按捺不住激动之情，因为豆叶告诉我，会长和延会来观看。化妆的时候，我把会长的手帕塞在衬衣里，紧紧贴着肌肤。因为要戴假发，我的头发用一根丝带束紧在头上。当我照见镜子，看到平常脸庞周围的一圈头发没有了，而脸颊和眼眶棱角分明起来，这是我从未发现过的。可能看起来有些古怪，但我一想到我自己的脸型都让我这么惊讶，就突然觉得生活中没有什么东西会永远像我们所想的那么简单。

一小时后，我和其他学徒一起站在舞台侧面，准备表演开幕式舞蹈。我们穿着统一的红黄两色和服，腰带是橙色和金色，每个人看起来都仿佛熠熠闪光。音乐奏起，鼓一声，三味线数弄，我们像一串珠子依次踏着舞步上台，舒开双臂，打开折扇。我感觉从未有过的参与感。

开幕那场过后，我立刻到楼上去换和服。我要表演的独舞是

"朝日映波"，表现的是一位少女晨起在海中沐浴，爱上了一头被施了魔法的海豚。我的装束是一身华美的粉色和服，绣着灰色的波浪图案，我手持蓝色的绸带，象征我身后的波涛。中了魔法的海豚王子由一位名叫宇美代的艺伎扮演。除此之外，还有艺伎分饰风、阳光和浪花，另有几个穿深灰色和蓝色和服的学徒，在舞台底部扮演海豚，召唤它们的王子回去。

我换装很快，还剩下几分钟可以向观众席里张望一番。我跟着时断时续的鼓声来到舞台侧面，那里有两间乐队室，其中一间后面有条狭窄幽暗的过道。其他几个艺伎和学徒已经凑在滑动门上的雕花缝隙往外瞟了。我也过去看，发现会长和延坐在一起，我觉得会长像是把好位子让给了延。延聚精会神地看着舞台，可我惊讶地发现会长似乎要睡着了。从音乐里我知道豆叶的舞蹈开始了，我就到过道尽头去，那里透过滑动门可以看到舞台。

我只看了豆叶几分钟，她的舞蹈留给我永不磨灭的印象。井上派的绝大多数舞蹈都是表演某个故事，这一支"朝臣返妻"是从一首中国诗改编的，说的是一位朝臣与宫廷中的女子有一段长久的恋情。一天夜晚朝臣的妻子躲藏在皇宫的外面，想知道丈夫是在什么地方消磨时光的。终于，次日清晨，她在灌木丛中看到丈夫和情妇辞别，可是她因受寒而病倒，不久就去世了。

在我们的春季舞蹈中，故事把中国换成了日本，但情节不变。豆叶演的是那个因风寒和心碎而死的妻子，艺伎金子饰演她的朝臣丈夫。我从朝臣辞别情妇开始看。舞台背景美不胜收，清晨光线柔和，三味线在幕后的徐徐演奏就像心跳声。朝臣对情妇跳起一支美妙的舞蹈，表达对她一夜之情的感激，接着他来到旭日光辉下，为她采撷温暖。此时豆叶避开丈夫和情妇的视线，在舞台一侧跳起她的伤心之舞。不知是因为豆叶舞姿优美还是故事动人，总之我看着她，心里感到悲伤，觉得我自己就是这场可怕的背叛下的牺牲品。舞蹈末尾，阳光充溢了舞台，豆叶穿过一片树林，跳起她的死亡之舞。我不知道后来怎么样，我实在不忍心看下去，而且无论如何我也该回后台去准备自己的登场了。

我等在舞台侧面的时候，有种奇怪的感觉，好像整个建筑物的重量都压在我身上，这当然是因为悲伤对我来说总是重得出奇。优秀的舞者经常会穿小一码的白色足袋，这样可以用足底感受到舞台上的木板接缝。但我站在那里试图鼓起勇气去跳舞的时候，觉得那么重的分量压在我身上，我不仅能感觉到舞台的缝隙，甚至还能感觉到袜子的纤维。终于我听到鼓声和三味线的奏乐，其他舞者迅速上场，经过我身边时衣服簌簌直响。我后来几乎什么也不记得了，但我能肯定我双臂举起，手握合拢的折扇，膝盖微曲，因为这是我登场的姿势。后来我也没有听到提词，我唯一记得清楚的是我惊讶地看到自己的胳膊舞动得如此娴熟、流畅。我把这支舞蹈练习了无数次，我想我一定是练到家了，因为尽管头脑一片空白，我仍然舞蹈自如，毫不紧张。

那个月后来的每一场舞蹈，我在准备登场时总是想着"朝臣返妻"，心里充溢着忧伤。我们世人有种绝妙的本事，可以对一切事物习以为常。然而当我见到豆叶避开丈夫和情妇，缓缓跳起她哀愁的舞蹈时，我就情不自禁地悲伤，就像你看到桌上切开的苹果，忍不住要上前闻一闻。

舞蹈表演的最后一周，豆叶和我有一天在更衣室和另一个艺伎聊天，待得晚了。我们走出剧院时，发现已经空无一人，观众已全部散去。我们走到街上，一个穿制服的司机从汽车里出来，打开后座车门。豆叶和我正要走过去，延却出现了。

"啊，延先生，"豆叶说，"我都开始担心您不再喜欢小百合的陪伴了呢！这一个月，我们每天都希望收到您……"

"你们还抱怨等得太久？我等在剧院外面都快一个小时了。"

"您刚才是又来看舞蹈吗？"豆叶说，"小百合真是个明星了。"

"我刚才什么都没干，"延说，"一小时前我就看完了舞蹈，接下来的时间足够我打了个电话，又让我司机到市中心给我取了点东西。"

延猛地用手砸了一下车窗，可怜的司机吓了一跳，连帽子都吓掉了。司机摇下车窗，递给延一个西式小购物袋，看上去像是用银色的锡箔制成的。延转身对着我，我朝他深深一躬，说我见到他是多么高兴。

"你很有舞蹈天分，小百合。我不会平白无故送人东西。"他说。当然我自己也认为这不是假话。"可能这就是豆叶和其他祇园的人不像喜欢别的男人一样喜欢我的原因了。"

"延先生！"豆叶说道，"谁说过这种事？"

"我很清楚你们艺伎喜欢什么。只要男人送给你们礼物，无论什么荒唐事你们都能忍受。"

延拿出一个小包裹放在掌心，让我来拿。

"哦，延先生，"我说，"你想让我忍受什么荒唐事呢？"我当然是开玩笑，可是延不这么想。

"我刚才不是说了我和别的男人不一样？"他语调一沉，"你们艺伎怎么都不相信我说的话？如果你想要这个包裹，最好在我改变主意前就拿去。"

我谢了延，接过包裹。他又在车窗上砸了一下，司机跳出来为他开门。

我们一直鞠躬，直到汽车转弯开走。接着豆叶带我回到"歌舞练场"剧院的花园里，我们坐在鲤鱼塘边的石凳上，查看延给我的小包。里面只有一个小盒子，用金色的纸和红色的丝带包着，纸上压了一家著名珠宝商店的浮雕花印。我打开一看，发现是块样式简单的珠宝——一块和桃核一样大小的红宝石。它仿佛一大滴鲜血溅在阳光下的池塘上。我用手指转动它时，光芒从一面闪烁到另一面。我能感觉到心在胸腔里的每一下跳动。

"我看得出你有多激动，"豆叶说，"我也很为你高兴。但别太高兴了。小百合，你一生当中还会有别的珠宝，我想会有很多。但你不会再有这样的机会。把这红宝石带回艺馆去交给妈妈。"

看着这块美丽的宝石，它透出的光把我的手映成了粉红色，再想想妈妈那病恹恹的黄眼睛和猪肉色的眼眶……唉，在我看来，把珠宝送给她就好比给乞丐穿上丝绸。当然啰，我得听豆叶的话。

"你给她的时候，"豆叶接着说，"你必须拿出特别甜美的样子说，'妈妈，我真的不需要这样的珠宝，如果您肯收下的话，我就太荣幸了。这些年我给您添了太多麻烦。'但是其他不要多说，否则她会以为你在讽刺她。"

后来我坐在房间里，磨墨准备给延写一封短束以示感激，但我的心情越来越坏。如果是豆叶自己跟我要这块红宝石，我会很高兴地送给她……但是去给妈妈！我渐渐对延产生了好感，想到要把他贵重的礼物送给这样一个女人，就觉得难过。我心里十分明白，如果红宝石是会长送的，我是绝对不会放弃的。总之我写完了短束就去妈妈的房间和她说话。她坐在昏暗的光线下，一边抚摸她的狗，一边抽烟。

"你有什么事？"她对我说，"我正要叫一壶茶。"

"很抱歉打扰了你，妈妈。今天下午豆叶和我离开剧院的时候，岩村电器社长延先生在等我……"

"你是说，在等豆叶小姐。"

"妈妈，我不知道。但他送给我一件礼物。这礼物很漂亮，但我用不着。"

我想说如果她肯收下我深感荣幸，但是妈妈没有在听我。她把烟斗放到桌上，我还没把盒子给她，她就从我手里拿了过去。我想把事情再说一说，但妈妈一下打开盒子，把红宝石倒在她油腻腻的手上。

"这是什么？"她问。

"这是延社长送给我的礼物。我是说，岩村电器公司的延俊和。"

"你以为我不知道延俊和是谁？"

她从桌边站起，走到窗前，拉开纸窗帘，把红宝石举到傍晚的余晖下。她做着我在街上做过的事，转着珠宝看光芒，从一面转到另一面。最后她拉上窗帘，走回来。

"你一定搞错了。他是让你交给豆叶吧？"

"哦，当时豆叶和我在一起。"

我可以想象妈妈的头脑里就像十字路口的车水马龙。她把红宝石放到桌上，开始吸她的烟斗。我看到每一片吐出来的烟云都像是一个困惑的念头。终于她对我说："这么说，延俊和对你有意思，是吗？"

"我很荣幸，我得到他的关注已经有一段时间了。"

听到这个，她把烟斗一放，好像是说谈话就此变得严肃起来了。"最近我没有好好看管你，"她说，"如果你有男朋友的话，现在就告诉我吧。"

"妈妈，我从来没有男朋友。"

我不知道她是否相信我，总之她打发我走了。我还没有照豆叶的吩咐把红宝石给她，正想着怎么提这事，但我目光一转到放着红宝石的桌上，她定是以为我想把它拿回去。我什么话都没来得及说，她就伸手一把抓在了手里。

数天后的一个下午，这事终于发生了。豆叶来到艺馆，把我带到接待室，告诉我说我的"水扬"竞价已经开始了。早上她就收到一力亭茶屋女主人的消息。

"这个时间真让我失望透顶，"豆叶说，"因为今天下午我要到东京去。不过你也用不着我。竞价升上去，你自会知道，事情才刚刚开头。"

"我不明白，"我说，"什么事情？"

"各种事情。"她说完就走了，连杯茶也没喝。

她去了有三天。起初我一听到女仆走来，心就一下子提起。但两天过去了，还是没有任何消息。接着第三天，阿姨到门厅里来找我，说妈妈要我上楼。

我刚踏上第一级阶梯，就听到门拉开了，南瓜突然一头冲了下来。她就像一桶水倒出来，奔得脚不沾地，跑到一半，她在扶手上扭了手指。她一定弄伤了，因为她叫了一声，停在楼梯底端捧着手。

"初桃在哪里？"她说，痛苦显而易见，"我要去找她！"

"你看起来伤得挺重，"阿姨说，"你要去找初桃，让她伤你更重些？"

南瓜看来沮丧万分，不只是为了她的手指。但我问她发生了什么事，她却冲进过道，跑出去了。

我进门时，妈妈正坐在桌前。她刚要把烟丝塞进烟斗，但想了想又搁下了。账本架顶端的玻璃盒里有一架漂亮的西式钟。妈妈不时地看一看它，过了几分钟她还没有对我说话。我只好开口："妈妈，很抱歉打扰您，但听说您要见我。"

"医生迟到了，"她说，"我们要等他。"

我以为她说的是螃蟹医生，他来艺馆谈我"水扬"的安排。我没有料到这事，心头一震。妈妈抚摸着"多久"打发时间，"多久"很快就不耐烦了，轻轻地咕噜起来。

终于我听到女仆在楼下前厅招呼客人的声音，妈妈便下楼去。几分钟后，她又上来，随她一起上来的根本不是螃蟹医生，而是一个年轻得多的人，长着一头柔顺银发，提一个皮包。

"就是这个姑娘。"妈妈对他说。

我向年轻医生鞠了一躬，他也还了一礼。

"夫人，"他对妈妈说，"我们在哪……？"

妈妈对他说这间屋子就好。看到她关门的样子，我就知道事情有些不妙。她开始来松我的腰带，解下来后折放在桌子上。接着她从我肩上脱去和服，挂在屋角的衣架上。我穿着黄色衬袍站在那里，尽可能让自己镇静些，但妈妈来动手解我衬袍的腰带时，我忍不住用手臂阻拦她，可是她像男爵那样一把推开，这让我觉得恶心。她除去我的腰带后，就伸手进来扯我的腰卷——第二次了，就像在箱根发生的一样。我一点也不喜欢这样。不过她没有像男爵那样拉开我的衬袍，而是把它披在我身上，让我去垫子上躺着。

医生跪在我脚边，道了声歉，卷起我的衬袍，露出我的双腿。豆叶已经告诉了我一些有关"水扬"的事，但看来我还得多学点。难道竞价结束了吗？这个年轻医生是胜利者？那螃蟹医生和延呢？我甚至想到会不会是妈妈故意阴谋破坏豆叶的计划。年轻医生调整了一下我腿的位置，把手伸进我双腿之间，我已经发现他的手和会长的一样光滑优雅。我觉得羞愧难当，无处躲藏，简直就想把脸遮起来。我想把腿合起来，但又担心这会给他的工作造成困难，反而延长了时间。我躺在那里，双眼紧闭，屏住呼吸。感觉就像"多久"喉咙里卡了一根针，阿姨扳开它的嘴，妈妈把手指伸进它喉咙去。有一刻我觉得医生把两只手都伸到我腿间了，但终于他把手拔了出来，盖好我的袍子。我睁开眼睛，看见他正用一块布擦手。

"姑娘白璧无瑕。"他说。

"噢，是个好消息！"妈妈回答说，"会出很多血吗？"

"完全不会出血。我只用目测的方法。"

"不，我说的是'水扬'的时候。"

"说不好。我想就是寻常的量吧。"

年轻的银发医生走后，妈妈帮我穿上衣服，命我坐在桌旁。她突然二话不说，揪住我的耳垂用力拉，我叫了起来。她这样抓着我，把我的脑袋凑到她的脑袋前，说道："小姑娘，你是个非常值钱的货色。我低估你了。好在什么都没有发生。但你一定要知道，以后我会牢牢看着你的。男人想要你，就得付一大笔钱。听明白了吗？"

"是，夫人。"我说。当然啰，她把我耳朵拉得这么惨，无论她说什么，我都会说"是"的。

"如果你把自己白白地给了男人，你就是在欺骗我们艺馆。你欠了债，我会从你这里讨回来。我指的不止是这件事！"说到这里，妈妈空余的那只手的手指擦着手掌发出一种可怕的咯咯声。

"男人要付出代价，"她接着说，"就是和你说说话，他们也要付钱。要是我发现你偷溜出去找男人，哪怕只是讲几句话……"她终于想停当了，又狠命拽了我一下耳垂才放手。

我好容易才喘过气来，觉得能开口了，我说："妈妈……我没有做惹您生气的事！"

"现在还没有。如果你够聪明，你就不会做。"

我打算告退，但妈妈叫住我。她倒了倒烟袋，尽管烟袋是空的，然后把烟丝塞进去点燃，说道："我决定了。你在艺馆的地位要变动一下了。"

我吃了一惊，正想说些什么，但妈妈阻止了我。

"下周你和我要举行一个仪式。那以后，你就是我的女儿，和我亲生的一样。我决定收养你了。有朝一日，艺馆就是你的。"

我不知道该说什么，也不太记得后来发生了什么。妈妈一直滔滔不绝，告诉我作为艺馆的女儿，我就要在某一天搬进初桃和南瓜住的大房间里去，而她们要搬来我现在住的小房间。我心不在焉地听着，但慢慢领会到当了妈妈的女儿，我就不用在初桃的暴虐下挣扎了。这一直是豆叶的计划，但我从未想过能成真。妈妈继续训诫我。我看着她耷拉的嘴唇和黄色的眼睛，她也许是个恶婆娘，但成为这个恶婆娘的女儿，我就被放到初桃够不着的架子上了。

说到一半，门拉开了，初桃站在过道上。

"你有什么事？"妈妈说，"我正忙着。"

"出去，"她对我说，"我有话和妈妈说。"

"如果你要和我说话，"妈妈说，"你就要问小百合，看她是不是高兴离开。"

"小百合，请你行行好，离开吧。"初桃冷嘲热讽地说。

我生平第一次，和她顶嘴却不怕她来惩罚我。

"如果妈妈让我出去，我就出去。"我对她说。

"妈妈，你能不能行行好，让这个笨蛋小姐走开？"初桃说。

"别烦人了！"妈妈对她说，"进来，跟我说你有什么事。"

初桃不喜欢这样，但她还是进来坐在桌前。她坐在我和妈妈中间，离我很近，我能闻到她身上的香水味。

"可怜的南瓜刚才非常沮丧地跑来找我，"她开始说道，"我答应她来和您说说。她告诉我一件奇怪的事。她说，'哦，初桃！妈妈改变主意了！'但我告诉她我怀疑这不是真的。"

"我不知道她指什么。我最近当然没有改变什么主意。"

"我就是这样对她说的，说您不会收回说过的话。妈妈，但我想如果您自己跟她说，她会觉得更好些。"

"告诉她什么？"

"您没有改变要收养她的主意。"

"她怎么会有这种想法？首先我根本没有要收养她的念头。"

我听了这话，心里一阵痛苦，忍不住想到南瓜从楼梯上冲下来时难过的样子……难怪如此，因为现在谁也说不准她今后的命运将会如何。初桃挂着微笑的脸看起来像是件精美的瓷器，但妈妈的话就像石头一样砸向她。她怨恨地看着我。

"这么说是真的！你是打算收养她。妈妈，难道您不记得了吗？您说过您要收养南瓜的，是您让我告诉她这件事的！"

"你对南瓜说了什么不关我的事。另外，我还不满意你对南瓜的学徒训练。有一阵子她做得很好，但最近……"

"您答应过的，妈妈。"初桃的音调吓我一跳。

"别胡说了！你知道我看上小百合已经好几年了。我为什么要转变主意去收养南瓜？"

我非常清楚妈妈在说谎。现在她干脆转过来对我说："小百合小姐，我第一次说要收养你是什么时候？大概一年前吧？"

如果你曾见过母猫调教它的崽子捕猎，它抓住一只老鼠，把它撕成两半。嗯，我觉得妈妈是在给我机会让我学会怎样向她看齐。我要做的就是像她一样扯谎："噢，是的，妈妈，这件事你说过多次了！"如果我有朝一日会变成一个窝在暗室里翻账本的黄眼老太婆，这就是第一步了。我既不能站在妈妈这边，也不能站到初桃那边。我眼睛看着垫子，这样就看不见她们俩，然后说我不记得了。

初桃气得脸上冒出一块块红斑。她站起来往门外走，但妈妈叫住她。

"一周后小百合就是我的女儿了，"她说，"这段时间，你要学会尊重她。你下楼的时候，吩咐女仆给小百合和我送茶来。"

初桃略略鞠了一躬，走开了。

"妈妈，"我说，"我很抱歉惹出这么多麻烦。我想初桃是误会你要收养南瓜，可是……我能不能问一句，你能同时收养南瓜和我吗？"

"哦，你现在算是生意经了，是吧？"她回答说，"你是不是想告诉我怎么管这个艺馆呢？"

过了几分钟，女仆端着托盘来了，上面是一壶茶和一个茶杯——只有一个，不是两个。妈妈看来并不在意。我给她斟满一杯茶，她便喝起来，用她红色眼眶的眼睛直盯着我。

第二十四章

次日豆叶回到镇上，听说妈妈决定收养我，倒不像我预料的那么高兴。她点点头表示满意，满意是当然的，但她没有笑。我问她是否事情不尽如人意。

"哦，不是的，螃蟹医生和延之间的竞价正如我所愿，"她对我说，"最后会是个很大的数目。我刚知道这事，就听说新田夫人要收养你。我实在没法更高兴了！"

这是她说的话。但后来几年我慢慢了解到，真相并不如此。首先，竞价根本不是在螃蟹医生和延之间展开的，而是螃蟹医生和男爵。我没法想象豆叶对此有何感受，但我想有段时间她突然对我特别冷淡，这肯定是个原因，因此她也没有把实情告诉我。

我的意思不是说延毫无涉足此事，他确实来势汹汹地竞争我的"水扬"，但几天后价格超过了八千，他就收手了。他退出也许不是因为价格太高。从一开始，豆叶就知道，如果延愿意的话，他可以击败任何人。问题是，豆叶没有料到，延对我的"水扬"兴趣并不大。只有一种男人会把时间和金钱花在追求"水扬"上，可偏巧延不是这种人。几个月前，如果你记得的话，豆叶曾说，如果不是意在"水扬"，没有一个男人会和一个十五岁的学徒发展关系。那次她还告诉我，"你别以为是你的谈吐吸引了他。"我不知道她这句关于我谈吐的断言是否正确，但我吸引延之处，也不是我的"水扬"。

至于螃蟹医生，如果让像延这种人把一次"水扬"从他手里夺走，他可能是会选择自杀这种古老方式的。当然，最初几天，他并非是在和延竞价，但他不知道这情况，而一力亭茶屋的女主人铁了心要把他瞒到底，想尽可能地抬高价格。因此在电话中，她是这样跟他说的，"哦，医生，大阪那边传来消息，叫价已经上到五千元了。"她也许是从大阪得到的消息，也可能是从她妹妹那里听到的，女主人倒不是个喜欢无中生有的人。但她一提到大阪和叫价，螃蟹医生就想当然地以为是延在叫价，其实那人却是男爵。

男爵却完全清楚他的对手是医生，但他并不在乎。他想要我的"水扬"，一想到他可能赢不了，就会像个小孩一样噘起嘴。后来，有个艺伎告诉我当时她和男爵的一段对话。"你知道发生了什么事情吗？"男爵对她说，"我想安排一次'水扬'，但半路杀出个可恶的医生。只有一个人能够开发这块处女地，我想成为这个人！但我该怎么做？这个蠢医生好像不明白他甩出去的数目都是真的钱！"

随着竞价的上升，男爵开始说要退出了。但数字已经接近新的纪录，一力亭茶屋女主人决定要把价格再抬一抬，她打定主意要像误导医生一样来误导男爵。她在电话里对他说，"一位先生"出了个大价钱，又说"不过很多人都相信他不会出更高的价了"。我想确实会有些人相信医生出不了更高的价，但女主人不是其中之一。她知道无论男爵最后的叫价是多少，医生都会盖过去的。

最后，螃蟹医生同意为我的"水扬"支付一万一千五百元。这在当时的祇园，是"水扬"有史以来的最高价，也许在日本的其他艺伎区也是最高的了。要知道那时候，一个艺伎每小时陪客只有四元，一件精致的和服大概是一千五百元。听起来似乎不多，但已经远远超过一个工人的全年收入。

我得承认我对钱没什么概念。大多数艺伎引为自豪的是她们从不用带现金，而是习惯于到处记账。即使现在在纽约，我也是这样。我去认识我的店里购物，店员就会很热心地为我记账。月底账单来了，我会让一个漂亮的助手去为我付账。所以你知道，我没法告诉你我用了多少钱，也说不出一瓶香水又比一本杂志贵多少。所以谈到钱的事，我可能是世上最茫然的人了。不过，我想告诉你一件事，那本是我的一个好友告诉我的。他在六十年代当过日本大藏省副大臣，他讲的事我不是太明白。他说，现金在逐年贬值，所以豆叶在1929年的"水扬"价实际上超过我1935年的价格，虽然我的是一万一千五百元，而她的是七千多或八千元。

当然，在我出售"水扬"的那阵子，这些都无关紧要。人人都知道是我刷新了纪录，而且这个纪录一直保持到1951年才被胜美代打破，在我心里她是二十世纪最出色的艺伎之一。另外，据我的大藏省副大臣朋友说，豆叶的纪录保持到了六十年代。但无论这个纪录是属于我的，胜美代的，还是豆叶的，甚至上溯到十九世纪九十年代的豆光，你都完全可以想象到，妈妈听到这笔闻所未闻的款子，肉乎乎的小手要发痒了。

不消说，这就是她要收养我的原因。我"水扬"的费用除了还清我在艺馆的债务外还有富余。如果妈妈不收养我，部分钱就会落到我手里，你能设想妈妈对此有何感受。我成为艺馆的女儿后，我的债务就一笔勾销了，但我所有的收入也归艺馆所有，不仅是我"水扬"的费用，也包括以后的一切收入。

下一周举行了收养仪式。我的名已经改成小百合了，现在我的姓也改了。在海崖上的醉屋里，我是坂本千代，现在我叫新田小百合。

在一个艺伎一生中的重要时刻里，"水扬"当然是最重大的。

我的"水扬"发生在 1935 年的七月初，当时我十五岁。下午，螃蟹医生和我在仪式上共饮清酒，这就把我们结合在一起了。这个仪式的缘由是，虽然"水扬"只持续很短的时间，但螃蟹医生今生今世都是我"水扬"的恩主，而不拥有其他的特权，你懂吧。仪式在一力亭茶屋举行，妈妈、阿姨和豆叶都在。一力亭茶屋的女主人也参加了仪式，还有我的穿衣师别宫先生。穿衣师总是参加这类仪式的，他们代表艺伎这一方的利益。我穿一套最正式的学徒装：带五个纹印的黑袍和红色的衬袍，这个色调代表新的开始。豆叶教导我要端庄严肃，要毫无幽默感。我走进一力亭的前厅，袍裾拖在脚边，因为心里紧张，要显得严肃倒是不难。

仪式后，我们去一家吉兆饭店用餐。这也是个庄重场合，我话少，吃得更少。席间，螃蟹医生可能已经开始想到后面的事，我从来没有见过这样烦躁的人。一顿饭，我都垂着眼睛，装出一副一无所知的样子，但每次我朝他偷偷一瞥，都发现他透过镜片的目光像是在谈公务。

饭终于吃完了，别宫先生陪我坐人力车到南禅寺附近一家漂亮的旅馆。那天他早先已经来过，安排好隔壁的换衣间。他帮我脱了和服，给我换上一件家常衣服，宽腰带上没有要系结的衬垫——衬垫对医生来说是个麻烦。他把结扣打得容易解开。穿好衣服后，我紧张得要命，别宫先生只好扶我回到屋里，让我在门边等候医生。他走开后，我有种万分恐惧的感觉，好像就要动手术切除一个肾脏或肝脏之类的东西。

螃蟹医生很快就来了，他吩咐我给他准备清酒，自己则去室内浴室洗澡。我想他大概希望我帮他脱衣服，因为他给了我一个奇怪的眼色。但我双手发冷，僵直，没法去帮他。几分钟后，他穿着浴袍出来了，拉开通往花园的门。我们坐在木结构小阳台上，啜着清酒，听着脚下的蟋蟀鸣声和小溪的潺潺流水。我把酒泼到了和服上，但医生没注意。说实话，他好像什么都没注意，除了附近池塘里溅出水花的一尾鱼，他还指给我看，好像我没见过一样。我们坐着的时候，来了一个女仆，把我们的床铺并排铺好。

终于医生进去了，把我独自留在阳台上。我微微侧身，恰好可以用眼角余光看到他的举动。他从包里拿出两块白毛巾放在桌子上，左右摆弄了一阵。他又同样在一个床铺上摆弄枕头，然后过来站在门口，直到我起身跟他进去。

我还站着的时候，他除下我的腰带，让我去舒舒服服地躺在其中一个床铺上。可是一切事物在我看来都是既奇怪又可怕，无论怎么都不可能做到舒服了。但我还是仰面躺下，脖子下枕了个塞满大豆的枕头。医生掀开我的袍子，又花了不少工夫一步步解开里面的衣服，摩擦着我的双腿，我想他是想帮我放松。这样过了很长时间，他终于拿来那两块先前取出的白毛巾。他让我抬起臀部，把它们铺在我下面。

"这是吸血的。"他对我说。

当然，"水扬"是要出一定量的血，但没有人准确地向我解释过原因。我原该默不作声，或者感谢医生如此为我着想，还铺了毛巾，可我脱口而出："什么血？"说话时，我的声音发尖，因为喉咙太干燥了。螃蟹医生开始解释，"处女膜"——虽然我还不知道那是什么东西——撕裂时总会流血……然后是这个，那个，另外……我想我听着听着就紧张了，我从床铺上微微抬起了身，医生把手按在我肩上，轻轻把我按下去。

我能肯定这类谈话足以让某些想成事的男人扫兴，但医生不是这种人。他解释完毕后，对我说："这是我第二次有机会采集你的血样了。你想看看吗？"

我注意到他带来的不仅是过夜用的皮包，还有一个小木箱。医生从衣橱的裤子口袋里取出一串钥匙，打开了木箱的锁。他把箱子拿过来，从中间打开，原来是个独立式的陈列箱。两边都是盛放着玻璃小瓶的支架，瓶上带塞子，瓶身用带扣固定。支架底部有几件工具，什么剪子啦，镊子啦。除此以外，整个箱子里就塞满了这样的小玻璃瓶，大概有四五十个之多。除了最上层的架子上有几个是空的外，瓶子里都有东西，但我不知道是什么。医生把桌子上的台灯移过来，我这才看清了每个瓶子顶部都贴了白色的标签，上面是各个艺伎的名字。我看见豆叶的名字，还有著名的豆月的名字。我还看到其他许多熟悉的名字，包括初桃的朋友光琳。

"这个，"医生边说边取出一个小瓶，"是你的。"

他把我名字写错了，小百合的"合"他写了别字。瓶子里是一块缩成一团的东西，我觉得像块话梅，但它是褐色而不是紫色。医生拔出塞子，用镊子夹出来。

"这块棉签浸透了你的血，"他说，"你记得吧，是你弄伤腿那阵子。一般我不会保留病人的血样，但我……非常喜欢你。收集了这个样本后，我决定要成为你'水扬'的恩主。我想你也认为这种样本会很特别，不仅取自你的'水扬'，还取自几个月前你腿上的伤口。"

医生接着又向我展示其他几个瓶子，包括豆叶的，我强忍着厌恶。豆叶的瓶子里不是棉签，而是一团白色织物，上面染了铁锈色，十分僵硬。螃蟹医生似乎觉得这些藏品很有意思，但在我看来……唉，为了礼貌起见，我把脸对着它们，但医生一不注意，我就转开视线。

他终于关上盒子，放到一边，又摘下眼镜，折好了搁到一旁的桌子上。我担心的这一刻到来了，果然，医生分开我的双腿，然后跪在我腿间，摆正姿势。我想我的心跳已经和老鼠一样快了。医生解开睡袍的腰带，我闭上眼，想用手捂住嘴，但又一想这样难免会留下个坏印象，就把手放在头边了。

医生的两手挖掘了好一阵子，就像几周前那个年轻的银发医生所做的，让我很不舒服。接着他俯身悬在我上方。我竭尽全力想象有块金属隔板挡在我和医生之间，但我还是没法不感到医生的"鳗鱼"——照豆叶的说法——在我大腿根里撞击。台灯仍然亮着，我搜寻着天花板上的影子，想分散自己的注意力，现在医生用力推着，弄得我的头在枕头上摇来晃去。我不知道该拿自己的手怎么办，只好抓住枕头，紧闭双眼。很快我的身体上进行着一大堆的动作，我也能感觉到身体里面也有一大堆的动作。肯定出了大量的血，因为空气里有股不好闻的金属味。我不断提醒自己，医生为这个优先权付了多少钱，我记得有一刻我希望他比我享受到更大的乐趣。至于我的乐趣，不会比有人用一把锉刀在我腿间摩擦直到流血更大。

最后，我想，无家可归的鳗鱼在他的领地上作了标志，医生重重地压在我身上，汗流浃背。我很不喜欢挨他这么近，所以我假装自己呼吸困难，希望他能把身体移开。过了很长时间他没有动静，但突然他跪了起来，又是一副公事公办的样子。我没看他，但我从眼角瞥见他正用原来压在我身下的一块毛巾给自己擦拭。他扎好腰带，戴上眼镜，却没发现镜片一角染了一点鲜血。他开始用毛巾、棉签之类的东西在我腿间擦拭，好像我们又回到了医院的一个诊断室里。我最不舒服的时候已经过去了，我得承认躺在那里我简直觉得好笑，虽然我还是两腿分开，暴露无遗。我看到他打开木盒子，取出剪子，在我身下染血的毛巾上剪下一块，团紧了，和一个他用过的棉球一起塞进那个写错我名字的瓶子里去。然后，他一本正经地向我鞠躬，说："非常感谢。"我躺着，没法很好地还礼，但没关系，因为医生立刻站起来，又进浴室去了。

我一直没有察觉到，但我确实因为紧张而呼吸急促。现在一切都结束了，我稳住了呼吸，看起来还像正在进行一次外科手术，但觉得一阵轻松，我微微笑了一下。整个经历中有些成分使我感觉如此荒谬，我越想越觉得可笑，最后竟笑了出来。我应该保持安静，因为医生还在隔壁房间。但是一想到我的整个未来都因此改变，那又如何呢？我想象着竞价期间一力亭茶屋的女主人给延和男爵打电话，想象着所有花掉的钱和一切麻烦。如果是和延发生这事，该有多么奇怪啊，我现在已经开始把他当作我的朋友了。我更不愿去想和男爵之间的情况了。

医生还在浴室里，我敲了敲别宫先生的房门，一个女仆冲进来换被单，别宫先生帮我穿好睡衣。后来，医生睡着后，我起来悄悄地洗澡。豆叶告诉过我要整夜不合眼，以防医生醒来需要什么。但无论我怎样努力不睡，仍然禁不住瞌睡过去了。我只是做到早晨及时醒来，医生睁眼看到我时，我已准备停当。

早饭后，我看到螃蟹医生走到旅馆前门，就去帮他穿鞋。他走之前，为昨夜的事向我道谢，还给了我一个小包。我猜不出里面是什么，是和延一样送我一件珠宝，还是从昨晚染血的毛巾上剪下的几个小块？我回到屋里，鼓起勇气打开一看，原来是一包中药。我不知道该怎么处理，就问了别宫先生，他说我应该每天用它泡茶喝，这样能降低怀孕的可能。"小心点，这是很贵的。"他说，"但也不用太小心。比做流产总要便宜。"

说不清，道不明，但是"水扬"之后，这个世界对我来说确实不一样了。南瓜还没有经历过"水扬"，虽然她比我大，我不知怎么就觉得她不懂事、孩子气。妈妈和阿姨，还有初桃和豆叶当然都是过来人，不过在这件特别的事情上，我可能比她们更能认识到这点共同之处。"水扬"后，学徒要换新发式，束在针插型发髻底端的是一条红绸带，而不是印图案的发带了。有段时间，我走在街上，或在小学校的过道里时，除了留心哪些学徒用红发带哪些用图案发带外，我很少注意别的。对于那些经历过"水扬"的人，我有种新的敬意，对于没有经历过的，我自觉比她们更见多识广。

我相信，每个经历过"水扬"的学徒，都和我差不多感到有了变化。但是在我而言，还不仅仅是对世界的看法不一样了。我的日常生活也随之改变，因为妈妈对我的看法不同了。我知道你看得出，她是这样一种人，只注意那些上面有价格标签的东西。她走在街上时，脑子八成像算盘一样运作："唔，那个是小幸子，她的愚蠢让她可怜的姐姐去年支付了一百元！这边来的是一松，她的新旦那花费的钱肯定让她很满意。"如果在一个和煦的春日走在白川溪边，你几乎肯定能看到一种美丽的东西顺着樱树的嫩枝滴入水面，妈妈却大概什么也不会看到，除非……我不知道……她心里正计划着把树拿去卖钱，或者诸如此类的念头。

在我"水扬"之前，我想妈妈根本不关心初桃是否在祇园给我惹麻烦，但如今我有了高价标签，我没向她提出要求，她就让初桃别再给我找麻烦了。我不知道她是怎么做的。可能她只是说："初桃，如果你的行为给小百合造成问题，让艺馆花了钱，你是要赔偿的！"自从我妈妈病后，我的生活一直很艰难，但眼下这段时间，什么事情都顺顺当当的。我不是说我从不感到疲倦感到失望，事实上，我经常觉得累。女人在祇园讨生活不是件轻松事。但脱离了初桃的威胁，总是轻松多了。同样在艺馆里，生活也几乎充满乐趣。作为养女，我可以想什么时候吃饭就什么时候吃饭。原先是南瓜挑好和服才能轮到我挑，现在是我先挑，挑定以后，阿姨就会把缝口缝到合适的宽度，再把领子缝到我的衬袍上，之后她才会去缝初桃的。我不在乎初桃因为我享受特殊待遇而拿愤恨的目光来看我，但南瓜在艺馆里经过我身旁眼中带着忧伤，我们面对面时她也不看我，这让我非常痛苦。我以前觉得，如果不是这种情况挡在我们之间，我们的友情是可以发展下去的。现在，我却没有这种感觉了。

在我"水扬"之后，螃蟹医生几乎完全从我的生活中消失了。我说"几乎"是指，虽然豆叶和我不再去白井茶屋给他陪酒，但我偶尔也会在祇园的宴会上碰到他。男爵我却再也没有见过。我仍然不知道他在我"水扬"升价的过程中扮演了什么角色，但回想起来，就能理解为什么豆叶会希望我们分开了。我在男爵身边也许会浑身不自在，正如豆叶留我在他身边也会浑身不自在。但无论如何，我都不会怀念这两个男人。

但有一个人，我热切渴望能与他再次相见，相信我不必说出他是会长。他在豆叶的计划里没有发挥任何作用，因此我也不认为我和他的关系会因我"水扬"的结束而改变或终结。不过，我得承认，几周后我听说岩村电器公司打电话来邀我去陪宴，我是大大地松了一口气。我到的那天傍晚，会长和延都在。要在以前，我当然是去坐到延身边，但如今妈妈已经收养了我，我就不必再把他当成我的救星了。恰好会长身边有个空位，我就过去坐了下来，心里一阵激动。我给会长斟酒时，他很是亲切友好，喝酒前还举了举杯，以示谢意，但整个晚上他都没有看我一眼。而延，每当我朝他看时，他都盯着我，好像我是这屋里他唯一看到的一个人。我当然知道对某人心有所待是何等滋味，所以宴会结束前，我借机过去陪了他一会。此后我就小心翼翼地不再忽视他了。

一个多月过去了，一天傍晚在宴会上，我偶尔向延提起，豆叶已经安排我去参加广岛的一个节日。我都不确定他是否听到了我的话，但第二天我课后回到艺馆，在屋里发现一只新的木质旅游箱，是他送给我的。这箱子甚至比我向阿姨借去参加男爵箱根宴会的那只还好得多。我原以为既然延已经不再是豆叶任何计划的重点了，我就可以把他甩开，如今我为这种想法感到羞愧难当。我给他写了封谢柬，告诉他我非常希望能在下周见到他时当面道谢。那是岩村电器公司筹备了好几个月的大型宴会。

可是奇怪的事情发生了。宴会开始前不久，我收到通知说已经不需要我出席了。洋子，就是我们艺馆专管接电话的那位，认为宴会被取消了。正巧当晚我要去一力亭茶屋参加另一场宴会。正当我跪在门厅准备进去时，我看见最里面的一间宴会大厅的门拉开了，一个年轻的艺伎走出来，她叫克江。她关门前，我确信自己听到会长的笑声从里面传来。我大惑不解，所以我站起身来，没等克江走出茶屋就追上她。

"很抱歉给您添麻烦，"我说，"您是刚从岩村电器公司的宴会上出来吗？"

"是啊，很热闹呢。那里肯定有二十五个艺伎，将近五十位客人……"

"那么……岩村会长和延先生都在吗?"我问她。

"延不在。今天早上他身体不适回去了。错过这个宴会,他会很遗憾的。会长倒是在。你问这个干什么?"

我自己也不记得说了句什么,她就走了。

在此刻之前,我一直以为会长和延一样乐意我的陪伴,但现在我不得不考虑这是否只是幻想,在乎我的只有延一人。

第二十五章

豆叶已经赢了她和妈妈的打赌，但她仍对我的未来担着干系。因此后几年，她总设法让我结识她最好的顾客，还有祇园的其他艺伎。当时，我们刚刚从大萧条中缓过劲来，正式的酒会不像豆叶所指望的那么多。她就带我去许多非正式的聚会，不仅是茶屋的宴会，也有远足游泳、观光旅游、歌舞伎表演等。炎热的夏天，人人都轻松自在，这些非正式的聚会常常有不少赏心乐事，对在努力做接待工作的我们而言，也过得很开心。举个例子，一群客人有时候会坐上运河船到加茂河上泛舟，品着清酒，把脚浸在水里。我年纪小，不参加他们的狂欢闹饮，我常干的活是把刨冰做成蛋筒冷饮，这么换换工作也是乐趣盎然。

有些晚上，富商和贵族会为他们自己的寻欢作乐而举办艺伎宴会。他们整个晚上载歌载舞，和艺伎喝酒，经常闹到午夜。我记得有一次，主人的妻子站在门口，给我们每个离开的人分发信封，里面是一笔慷慨的小费。她交给豆叶两份，并让她把第二份转交给艺伎都瑞，她说都瑞"因头痛而早早回家了"。其实她和我们一样心知肚明，都瑞是她丈夫的情妇，已经陪他去另一间厢房过夜了。

祇园许多盛大宴会都有知名艺术家、作家、歌舞伎演员来参加，有时它们会成为激动人心的事件。但是我很遗憾地告诉你，一般的艺伎宴会都是很乏味的。主人大抵是一家小公司的分管领导，贵宾则是他的供应商，或者他刚提拔的一个雇员，诸如此类的人。

一些艺伎常时不时地好意告诫我，作为一个学徒，我的任务就是，除了打扮得漂亮外，就是安分地坐着听别人讲话，希望有朝一日也能成为一个擅长谈吐的人。唉，不过我在聚会上听到的大部分谈话都并不聪明。一个男客或许会对身边的艺伎说："天气很暖和，不是吗？"艺伎就会这样回答："哦，是的，非常暖和！"接着她就和他划酒令，或想法让所有的男客都唱起歌来，很快，和她说话的客人都醉得忘记自己并没有如愿以偿地开心过。在我看来，这总是可怕的浪费。如果一个人到祇园来的目的是为了休闲，而最后却玩起"石头剪子布"这样幼稚的游戏……嗯，我觉得他还不如待在家里，和他的儿女或孙辈玩呢，他们或许比这些可怜、迟钝的艺伎更聪明吧，坐在这些艺伎的身边他也够倒霉的。

当然，我也不时会听到一位真正聪明的艺伎的谈话，豆叶自然就是其中之一。我从她的谈吐中学得不少东西。比如，如果客人对她说："天气暖和，不是吗？"她至少准备了一打的回答。如果对方是个老色鬼，她可能会说："暖和？大概是因为您身边围了这么多漂亮的女人吧？"如果是个傲慢的年轻商人，不知天高地厚，她或许会杀杀他的威风："您身边可坐着祇园里六个最好的艺伎，您只能谈谈天气啦，别的事可别想。"一次我碰巧在观察她，只见她跪到一个非常年轻的小伙子身边，他最多只有十九、二十岁，要不是他的父亲是聚会的主人，他大概不会来参加艺伎宴会。当然，他不知道在艺伎中间该说什么做什么，而且我肯定他觉得紧张了，但他非常勇敢地转向豆叶，对她说："暖和，不是吗？"她压低声音，这样回答道："哦，暖和，您当然说对了。您真该看到今天早上我从浴室里出来的样子！通常裸着身子的时候，我总会觉得凉快轻松。可今天早上，我浑身都是小汗珠，大腿上都是，肚子上，还有……

嗯，还有其他地方。"

那个可怜的小伙子把酒杯放在桌上时，他的手指在发抖。我肯定他这辈子都忘不了这次艺伎聚会。

如果你问我，为什么绝大多数的聚会都很无聊，我想大概有两个原因。其一，一个小姑娘从小就被家里卖了去当艺伎，并不代表她今后会出落得聪明伶俐或者谈吐幽默。其二，男客也是一样。一个男人有足够的钱来祇园，随心所欲挥金如土，并不代表跟他做伴会妙趣横生。其实，很多客人都习惯被人捧着。别人伺候他们时，他们大多是把手放在膝上，两道粗眉横在脸上。一次我听到豆叶花了一个小时给一位客人讲故事，可他压根没有看她一眼，她讲话时，他却看着屋子里的其他人。奇怪的是，他就喜欢这样，每晚来镇上总是会请豆叶去。

又过了两年时而聚会时而出游的日子——其间，我只要有空，总是继续学习，参加舞蹈演出——我从一个学徒成长为艺伎。那是1938年夏天，我十八岁。我们把这个转变叫做"换领子"，因为学徒用的是红领子，而艺伎用的是白领。虽然如果你看到一个艺伎和一个学徒在一起，你不会去注意她们的领子。学徒穿着精致的长袖和服，围着拖曳的宽腰带，可能会使你想起日本娃娃，而艺伎外表也许更朴素，但更富女人味。

我换领子的那天是妈妈一生中最高兴的日子之一，至少我从未见过她高兴成这样。我当时还不明白，但如今我一清二楚她在想些什么。你知道，艺伎和学徒不同，艺伎除了给客人斟酒，还能为他们做其他事情，只要名目上说得过去。因为我和豆叶的关系，以及我在祇园的名声，我的地位让妈妈有很多理由来兴奋了。对妈妈而言，兴奋就是金钱的同义词。

自从搬到纽约以后，我就知道"艺伎"一词对大多数西方人的真正含义。在高雅聚会上，我一次次被介绍给一些穿戴得珠光宝气的年轻女子。当她们得知我曾经是祇园的艺伎，就把嘴张成一个微笑的样子，但嘴角又不像微笑那样上翘。她不知道该说什么才好！于是给我们做介绍的男客或女客感到谈话的压力，因为我这许多年并没有学会多少英语。当然，这种场合也没必要试图解释，因为这个女人在想："上帝……我正和一个妓女交谈……"片刻后她就被她的陪同救走了，一个比她大三四十岁的有钱人。唉，我常想，她为什么不能意识到我们是多么相像呢？她是一个被养着的女人，你知道，我在我那些日子里也是一样。

关于那些华装丽服的年轻女子，我所知不多，但我常常觉得，如果没有富有的丈夫或男友，她们中许多人都会挣扎度日，而不会这么自视甚高了。当然对于一流的艺伎而言也完全相同。一名艺伎来往于宴会间，周旋于众多男客之中当然是好，但是若要成为明星，就完全只能依赖旦那。就连豆叶，她是因为一次广告比赛而自己成名的，但如果没有男爵花钱来推进她的事业，她会很快失去地位，在芸芸艺伎中无法脱颖而出。

我换衣领后不到三周，妈妈来找我，我正在客厅吃快餐。她坐在桌子对面，吸了好一阵子旱烟。我本来在看杂志，但出于礼貌，她一来我就不看了，尽管起先妈妈似乎没有什么话要对我说。过了一会，她放下烟斗说："你不该吃这些黄腌菜，它们会毁了你的牙。瞧瞧它们把我的牙弄成什么样了。"

我从不认为妈妈相信她的黄牙是和吃腌菜有关。她向我展示完她的牙齿后，又拿起烟斗，吸了口烟。

"阿姨爱吃黄腌菜，夫人，"我说，"但她牙齿挺好。"

"谁在乎阿姨牙齿好不好？她不是靠漂亮的小嘴赚钱。吩咐厨师不要给你腌菜吃了。不过，我不是来和你讨论腌菜的。我是来告诉你，下个月你就要有一位旦那了。"

"一位旦那？但是，妈妈，我才十八岁……"

"初桃二十岁才有旦那。但是当然，没有保持下来……你应该很高兴才是。"

"哦，我是很高兴。但是让一位旦那开心不是要花费我很多时间吗？豆叶认为我应该先把名气打响，只需要几年的时间。"

"豆叶！她懂什么正经事？下次我想知道在宴会上什么时候该傻笑的话，我就去问问她。"

如今的年轻姑娘，甚至是日本姑娘，都动辄从桌边跳起来对她们的母亲大喊大叫，但在我那时候，我们是鞠着躬说："是，夫人。"然后为添了麻烦而道歉，我就是这么回答的。

"大事情上我来拿主意，"妈妈继续说，"只有傻瓜才会放过延俊和给出的条件。"

我一听之下，心跳差点停止。我想，延终有一日会提出要当我的旦那，这是显而易见的，毕竟几年前他就竞争过我的"水扬"，而且自那以后，他比任何一个人都更频繁地邀我去陪宴。我不是没有设想过这种可能，但这并不是说，我相信我的人生道路就该这么走。我和延初次相遇在相扑竞技场的那天，我的黄历是这么说的："吉凶守衡，开启命运之门。"此后我几乎每天都多少会想起这句话，所谓吉与凶……嗯，是豆叶与初桃，是后果——我被妈妈收养与前因——"水扬"，当然还是会长与延。我不是说我不喜欢延，恰恰相反。只是成为他的情妇，我的人生就和会长永远无缘了。

妈妈肯定发觉我听到她话以后的震惊，或者是其他原因，总之她对我的反应感到不满。但她还没说话，我们就听到外面过道有点动静，像是某人忍着咳嗽的声音，片刻，初桃出现在门口，手里端着一碗饭。这是很粗鲁的举动，她不该端着碗离开桌子。她吞着饭，哈哈一笑。

"妈妈!"她说，"你想让我噎死吗?"显然，她吃饭的时候一直在听我们的谈话。"这么说，著名的小百合要有延俊和当旦那啦，"她又说，"这可太美妙了!"

"如果你是来说有用的话，你就说吧。"妈妈对她说。

"的确是，"初桃严肃地说道，她过来跪在桌边，"小百合小姐，你可能不知道，艺伎和她的旦那之间做的事，其中有一件是会让艺伎怀孕的，你明白吗? 如果男人发现他的情妇生的是别人的孩子，是会非常生气的。像你这种情况就该特别小心，因为一生下来延就会知道。如果这孩子碰巧和我们一样都有两条胳膊，怎么可能是他的呢?"

初桃以为她的小笑话很有趣。

"初桃，你也许应该砍掉自己的一条胳膊，"妈妈说，"如果这能让你像延俊和一样功成名就的话。"

"如果我的脸像这个，或许也一样有用呢!"她笑着说道，举起她的碗让我们看。她吃的是掺着红豆的米饭，从某种恶心的角度看，确实像是起泡的皮肤。

到了下午，我开始觉得头晕，脑子里奇怪地嗡嗡作响，我就到豆叶的寓所去和她聊天。时值盛暑，我坐在桌边，小口喝着她凉好的大麦茶，不想让她看出我的感受。我正是为着能接近会长，才经受种种训练，如果我的生活里只有延、舞蹈表演，在祇园的夜复一夜，我不知道为何要如此奋斗。

豆叶已经等了很久来听我来此的原因，我把茶杯放到桌上，担心自己一开口，声音就会失控。我又花了几分钟来让自己镇静，最后咽了下唾液，勉强说道："妈妈告诉我，一个月后我可能就会有位旦那。"

"是的，我知道。这位旦那就是延俊和。"

我一直在拼命忍着不哭出来，几乎已经说不了话了。

"延先生是个好人，"她说，"而且非常喜欢你。"

"是的，但是，豆叶小姐……我不知道该怎么说……我从来没有想过要这样！"

"你什么意思？延先生一直对你很好。"

"可，豆叶小姐，我不需要人对我好。"

"不需要？我想我们都需要别人对我们好。你大概是说，除了对你好，你还想要别的。那可不是你所能求的。"

当然，豆叶说对了。我听到这句话，眼泪就冲破脆弱的防护墙，我羞愧地把头埋在桌上，泪水恣意流淌。后来我平静下来，豆叶才开口。

"小百合，你想要什么？"她问。

"除此以外的一些东西！"

"我理解你可能觉得延难看，也许是吧，但……"

"豆叶小姐，不是这样。正如您说的，延先生是个好人。只是因为……"

"只是因为你想要静枝那样的命运。是吗？"

静枝虽然不是个大红大紫的艺伎，但祇园里人人都认为她是最幸运的女人。三十年来，她都是一位药剂师的情妇。他不是很有钱，她也不是很漂亮，但你纵观京都都不会找到像他们这样情深意笃的一对。和往常一样，豆叶总是能一语说中我不愿承认的实情。

"小百合，你十八岁了，"她又说，"你和我都不知道自己的命运。可能你永远也不会知道！命运并不总像晚宴的散场。有时候，它只是挣扎度日罢了。"

"可是，豆叶小姐，这太残酷了！"

"是的，很残酷，"她说，"但我们谁都逃不过命运。"

"我不是要逃脱我的命运，也不是其他这类的事。正如您说的，延先生是个好人。对于他的关爱，我知道我除了感激不应该有其他想法，但是……我还有很多梦想。"

"所以你担心一旦延碰了你，梦想就会破灭？说真的，小百合，你对艺伎的生活是怎么想的？如果我们生活美满，就不会来当艺伎。我们来当艺伎，是因为别无选择。"

"唉，豆叶小姐……求您了……我这样是不是很愚蠢，一直怀着希望，希望有朝一日……"

"小姑娘会对各种各样愚蠢的事抱有希望，小百合。希望就像发饰，姑娘们想要戴得越多越好，但是老了以后，即使只戴一种都看着很蠢。"

我打定主意不让自己的情绪再度失控。我竭力忍住眼泪，但还是有几滴淌了出来，好似树上渗出几滴树汁。

"豆叶小姐，"我说，"你对男爵……感情深吗？"

"男爵对我来说是个好旦那。"

"是啊，那当然是，可你对他是否有对男人一样的感情？我是说，有些艺伎确实对她们的旦那有感情，不是吗？"

"男爵和我的关系对他很方便，对我很有利。如果我们的关系被感情束缚……嗯，感情会很快滑向嫉妒，甚至仇恨。我当然承受不起一个有权有势的人来恨我。我在祇园奋斗多年，才为自己挣得一席之地，但是如果一个有权有势的人决定要毁掉我，呵，他就能做到！小百合，如果你想成功，你就得掌控男人的感情。男爵也许有时候不好伺候，但他有的是钱，也不怕花掉。而且谢天谢地的是，他不要孩子。延对你来说是个挑战。他很清楚自己的想法。如果他对你的期望比男爵对我的多，我一点也不奇怪。"

"但是，豆叶小姐，您自己的感情呢？我是说，有没有一个男人……"

我想问有没有一个男人曾让她动情，但我发觉她动怒了。如果说刚才只是个花蕾，现在则是盛开的花朵了。她两手撑腿，挺直了腰，我想她就要责备我了，我立刻为我的莽撞向她道歉，于是她又坐了回去。

"小百合，你和延有缘，你逃不掉的。"她说。

当时我就知道她说对了。缘是一生的宿命。如今很多人似乎相信他们的生活完全是可以选择的，但我们那时候，大家却把自己看成是一块块陶土，谁来碰一下，就会留下谁的手印。延的触碰给我留下的印象比绝大多数人来得深。没有人能告诉我，他是否就是我的宿命，但我总是感觉到我们之间的缘分。他总是存在于我生命画卷中的某个地方。然而，我经历了种种考验，而最困难的一关还在前头？我是不是真的应该把每个梦想都藏到一个别人再也看不到的所在，连我自己也看不到？

"小百合，回你的艺馆吧，"豆叶对我说，"为眼前的今晚做好准备。没有什么比工作更能克服失望的情绪。"

我抬眼看她，想再最后恳求一次，可我看到她的表情，就收回了打算。我不知道她在想什么，但她眼中似乎只有空茫一片，她绷紧了漂亮的鹅蛋脸，眼角和嘴角都起了皱。接着她重重地叹了口气，垂下眼帘看着她的茶杯，这种目光我觉得是苦涩。

一个住在豪宅里的女人可能会为她所有漂亮的东西而自豪，但一听到着火的劈啪声，她会迅速决定哪些才是她最珍视的。豆叶和我谈话后的几天，我就觉得生活正在我身边熊熊燃烧，当我挣扎着想要寻找一样事物，一样在延成为我的旦那后我仍然在乎的事物，我遗憾地说，我没找到。一天晚上，我跪在一力亭茶屋的一张桌子旁，不想沉溺在自己的悲伤情绪中，但突然觉得自己好像一个孩子迷失在大雪覆盖的森林里。我抬头看我正伺候着的白发男人们，他们就像我周围一棵棵披雪的树，我一阵惊惧，好像自己是全世界唯一还活着的人。

只有一种军人的聚会，虽然规模小，但让我觉得自己的生活还有那么点意思。在1938年，我们都习惯于每天收听战况报道。我们使用一些物件来让自己想起我们海外的军队，比如"日升午餐盒"，那是一盒饭中间放一颗话梅，就像是日本的国旗。几十年来，陆军和海军的军官都来祇园休养。现在，他们饮下七八杯清酒后，会瞪着水汪汪的眼睛告诉我们，没有什么比来祇园更能让他们振奋精神了。也许军官对女人都说这种话，但是我以为自己不过是个来自海边的小姑娘，却真正能为国家做点重要的事……我不想说这些宴会减轻了我的痛苦，但它们确实让我记起，我的痛苦有多自私。

几个星期过去了，一天傍晚，在一力亭茶屋的门厅里，豆叶提到该是她和妈妈清算赌注的时候了。我相信你还记得她俩打过赌，赌我能否在二十岁前偿清债务。当然，我才十八岁，债务已经偿清了。"你既然已经换了领子，"豆叶对我说，"我想不必再等了。"

这是她说的，但我想真相更为复杂。豆叶知道妈妈讨厌清算债务，尤其是赌注高的债务。我有了旦那后，收入会猛增，而妈妈只会更加一毛不拔。我相信豆叶是认为要尽快收回她的欠款为好，至于将来的钱，将来再说。

过了几日，我被叫到我们艺馆楼下的会客厅，看到豆叶和妈妈正隔着桌子相对而坐，聊着夏天的气候。豆叶身边坐着一位头发花白的妇人，她是生形夫人，我曾见过她多次。她是豆叶曾经住过的艺馆的女主人，现今仍然照管着豆叶的账务，并从中收取一定的报酬。我从没见过她这个严肃模样，两眼盯着桌子，对谈话毫无兴趣。

"你来了！"妈妈对我说，"你的姐姐好意前来拜访，还带来了生形夫人，你要过来见个礼。"

生形夫人开口了，目光仍然垂在桌上："新田夫人，豆叶在电话里可能提过，此次拜访是事务性的，而不是礼节性的。没必要让小百合参与进来。我相信她还有别的事要做。"

"我不想让她对您二位失礼的，"妈妈回答说，"既然你们来了，她就在这里陪一会儿吧。"

于是我坐到妈妈身边，女仆进来送茶。豆叶说："新田夫人，您一定倍感自豪，您的女儿非常能干。她的运气已经远远超出了预想！您说是吧？"

"现在是不错，但豆叶小姐，我怎么知道您的预想是什么？"妈妈说道。说完后她咬紧牙关，现出她那种奇怪的笑容，看看这个，又看看那个，想知道我们是不是欣赏她的聪明。没人在笑，生形夫人扶了扶眼镜，清了清嗓子。妈妈终于又说："至于我的预想，我当然不会说小百合已经超过了我的预想。"

"几年前，我们第一次讨论她的前途时，"豆叶说，"我的印象是您对她不怎么看好。您甚至不愿意让我来训练她。"

"那是把小百合的未来托付给一个外人，当时我不确定那样做是否明智，这要请您谅解。"妈妈说，"你知道，我们有初桃。"

"哦，好啦，新田夫人，"豆叶笑道，"只怕初桃还没有训练这个可怜的姑娘，就已经把她给勒死了。"

"我承认初桃不好相处。但是当您发现一个像小百合这样与众不同的姑娘时，您肯定会适时采取正确决定的，正如我和您作出的安排，豆叶小姐。我想您是来清算我们的账务的？"

"已经麻烦生形夫人把数字写清楚了，"豆叶回答说，"请您过目。"

生形夫人托了托眼镜，从放在膝盖上的包里拿出一本账本。她把账本摊开在桌上，逐条向妈妈说明，豆叶和我则默然而坐。

"这是小百合去年一年的收入，"妈妈插嘴说，"天哪，真希望我们像您想的这么运气！这比我们艺馆的总收入还多。"

"是的，数字很惊人，"生形夫人说，"但我相信这是确切数目。我已经在祇园登记处仔细核对过了。"

妈妈咬着牙笑了，我想她是因为被戳穿了谎言而难为情。"大概我没有好好看过账目。"她说。

十分钟或一刻钟后，这两个女人商定了一个我成名后的赚钱总数。生形夫人从包里拿出个小算盘，拨了几下，在账本的空白页上写下一串数字。她写完最后一个数字，在下面划了条横杠。"好了，这就是豆叶应得的数目。"

"考虑到她为我们的小百合出了很多力，"妈妈说，"我相信豆叶小姐应该拿得更多。可惜，根据我们的约定，豆叶同意在小百合偿清债务之前，她只拿通常情况下拿的半数。既然债已经清了，豆叶当然应该拿另外的一半，这样她就能拿全额了。"

"我的理解是，豆叶确实同意只拿一半，"生形夫人说，"但最终能拿双份。所以她才会冒这个险。如果小百合没有偿清债务，豆叶只能拿到一半，但如今小百合成功了，豆叶就应该拿双份。"

"说真的，生形夫人，您怎么会以为我能同意这样的条件？"妈妈说，"祇园里人人知道我对钱有多仔细。豆叶的确帮了我们小百合。我不能付双份，但我能再加上一成。我得说，这已经是大方了，因为我们艺馆现在钱可不多。"

处于妈妈这种地位的女人说出来的话应该可信，而且除了妈妈以外的女人说出来的话确也可信，但现在她打定主意要撒谎……唉，我们默默坐了半晌。最后生形夫人说："新田夫人，我现在处境很为难。我记得很清楚，豆叶对我是这么说的。"

"您当然记得，"妈妈说，"豆叶有她的记忆，我也有我的记忆。我们要的是第三方，好在这里正有一个。虽然小百合当时年纪小，但她对数字很有头脑。"

"我相信她的记忆力强，"生形夫人说道，"但没人能说她就没有私人利益。毕竟她是艺馆的女儿。"

"是的，她有，"豆叶说，这是她长时间来第一次开口说话，"但她也是个诚实的姑娘。我准备接受她的说法，如果新田夫人也接受的话。"

"我当然接受。"妈妈说着，放下了烟袋，"好吧，小百合，是怎么样的?"

如果能给我一个选择,或者像孩提时期那样从屋顶上滑下去摔断胳膊,或者坐在屋里想出一个答案来回答,我宁可立马上楼、登梯、上屋顶。在祇园所有的女人之中,豆叶和妈妈是我生活中影响最大的两位,而显然我要得罪其中一个了。我心里对事情的真相是毫不含糊,但另一方面,我还得继续和妈妈在艺馆住下去。当然,豆叶为我做的事比祇园里任何一人都多,我不能站在妈妈的立场来反对她。

"怎么样?"妈妈对我说。

"我记得的是,豆叶确实答应只拿一半,但您也同意最后给她双份。妈妈,对不起,我记得的就是这样。"

一阵沉默,然后妈妈说:"唉,我已经不像过去那么年轻了。我的记性出错也不是第一次了。"

"这种事我们都会有,"生形夫人回答说,"现在,新田夫人,您说的再给豆叶一成是怎么回事?我想您是说,除了原先约定的双倍以外再加一成。"

"如果我能做这种事的话。"妈妈说。

"但您才说过不久,您的主意不会改变这么快吧?"

生形夫人不再看着桌面,而是盯着妈妈。过了好一阵子,她说:"我想我们就这样吧。不管怎么说,今天的事够多的。要不我们下次再约个时间清算最终数目。"

妈妈神情严肃,她略略欠身,表示同意,再感谢她们的到访。

"我想您一定很高兴,"生形夫人边说边收起她的算盘和账本,"小百合很快就会有旦那了。才十八岁呐!年纪轻轻,进步这么大。"

"豆叶这个年纪也有旦那了，她肯定也干得不错。"妈妈回答说。

"十八岁对大多数姑娘来说是小了点，"豆叶说，"但我相信，新田夫人在小百合这件事上的决定是对的。"

妈妈抽了一阵旱烟，瞅着桌子对面的豆叶。"豆叶小姐，我对您有个建议，"她说，"您只管指教小百合怎样漂亮地转动她的眼珠子，至于业务上的事，交给我来决定。"

"我从没想过要和您讨论业务，新田夫人。我确信您的决定是最正确的……但我能问一句吗？是不是延俊和的出手最大方？"

"只有他一个提出要求。我想这就是最大方的了。"

"只有他一个？真可惜……要是有几个男人竞争，情况就会有利多了。您没有发觉吗？"

"我说过了，豆叶小姐，业务上的事就交给我。我心里有个非常简单的法子，能和延俊和谈有利条件。"

"如果您不介意，"豆叶说，"我很想听一听。"

妈妈把烟袋放到桌上。我以为她要责怪豆叶，但她却说："好，既然您提起了，我不妨告诉您。您或许能帮上我。我在想，如果延俊和知道岩村电器的电热炉弄死了奶奶，他就会更大方了。你认为呢？"

"哦，我不大懂业务，新田夫人。"

"您或小百合下次见到他，也许可以在谈话中有意无意地提一下。让他知道这是个多么可怕的打击。我想他会赔偿我们的。"

"是啊，我想这是个好主意，"豆叶说，"不过，还是遗憾……据我的印象，另一个人对小百合表示有兴趣。"

"一百元就是一百元，从哪个男人手上来的都一样。"

"一般是这样，"豆叶说，"但我想到的这个人是鸟取准之介将军……"

听到这里，我已经搞不清这两人在说什么，我开始意识到豆叶在努力把我从延那里救出来。我当然没有想过这回事。我不知道她是否改变了主意要帮我，还是为了感激我帮她对付妈妈……当然，可能她根本不是真想帮我，而是有其他目的。各种想法在我头脑里赛跑，直到妈妈用烟袋杆敲了敲我的胳膊。

"嗯？"她说。

"夫人？"

"我问你是不是认识将军。"

"妈妈，我见过他几次，"我说，"他常来祇园。"

我不知道自己为什么会这么说。事实上，我见过将军不止"几次"，他每周都来祇园赴宴，通常是别人的座上客。他个头偏矮，其实比我还矮。但他可不是你能忽视的那类人，正如你不能对一挺机枪视而不见。他行动敏捷，抽起烟来常常一支接一支，所以他身边烟雾缭绕，就像火车在铁轨上慢跑时喷云吐雾一样。一天晚上，将军微有醉意，他花了很长时间把部队里的军阶全部跟我讲了一遍，我一直混淆不清，他就觉得很有趣。鸟取将军的军阶是"少将"，那在将军衔里是最低的。但我是个笨姑娘，觉得这不是很高。他也许为了自谦，故意把他的地位说得不重要，我一无所知，只好相信他。

但现在豆叶告诉妈妈，将军刚得了个新职位，掌管"军需品采办"。豆叶接着解释说，这个工作听上去就像家庭主妇去市场购物。比方说，如果军队里短缺印台，将军就要确保以非常优惠的价格购得印台。

"得了新职位，"豆叶说，"将军现在的地位就可以有个情妇了。我很肯定他对小百合有兴趣。"

"他对小百合有没有兴趣，关我什么事？"妈妈说，"这些军人从来都不如商人或贵族待艺伎这么好。"

"新田夫人，这也许没错，但我想您会发现鸟取的新职位对艺馆很有帮助。"

"没道理！我不需要什么人来帮助艺馆。我需要的是稳定、宽裕的收入，一个军人没法给我这些。"

"我们这些祗园人到目前为止还算幸运，"豆叶说，"但如果战争持续下去的话，物资短缺会影响到我们。"

"我相信会的，如果战争持续的话，"妈妈说，"可是战争六个月后就结束了。"

"到那时候，军队的地位就盛况空前了。新田夫人，您可别忘记鸟取将军是照管军队资源的人。无论战争是否持续，在日本没有人比他更能为您提供一切您需要的东西了。日本所有港口的物资运输都要经他批准。"

我后来才知道，豆叶关于鸟取将军的话并不全对。他只掌管五大行政区其中之一，但他比其他行政区长官的级别要高，所以他差不多是全管的了。不管怎样，你应该看看妈妈听到豆叶的话后的举动。当她想着能得到鸟取将军那种人的照顾时，你几乎能看到她的头脑是怎么运转的。她看了茶杯一眼，我就能想出她的念头："嗯，我弄到茶叶还是没有问题的，现在还没有……虽然价格在上涨……"然后她不知不觉地把手伸进和服腰带里，捏一捏她装烟叶的绸包，好像是要看看还剩下多少似的。

接下来的一周，妈妈在祇园到处转悠，电话一个接一个地打，想方设法了解鸟取将军。她干得太投入了，有时候我对她说话，她都好像没有听见。我想她正忙于转念头，她的头脑就像一辆拖着过多车厢的火车头。

这段时间，延一来祇园我就见到他，我尽量装着什么事情也没发生。他大概希望我在七月中旬就成为他的情妇。当然我也这么想，但直到月末，他的谈判似乎没有结果。后来几周，我好几次注意到，他看我的眼神带着迷惘。一天晚上，他大步走过一力亭茶屋女主人身边，竟连头都没有点一下，我从未见过他如此失礼。女主人一直把延当老主顾，她看了我一眼，又是惊讶，又是担心。我参加延举办的聚会时，难免注意到他愤怒的表现——下巴上肌肉抽搐，猛地把酒灌进嘴里。我并不责怪他有这种感觉。我想他一定认为我无情无义，他对我这么好，我却不把他当回事。想着这些，我就心情沉郁，突然酒杯放到桌上的轻响把我惊醒。抬眼看去，延正望着我。他周围的客人都笑语喧哗，只有他坐在那里直直地看我，和我一样失魂落魄。我俩就像一片熊熊燃烧的炭火中的两个湿湿的印记。

第二十六章

那年九月，我十八岁。鸟取将军和我在一力亭茶屋举行的仪式上共饮清酒。这个仪式与最早我和豆叶结拜姐妹以及后来螃蟹医生成为我"水扬"恩主的仪式是一样的。随后几周，人人都祝贺妈妈找到了一个好靠山。

仪式过后的当晚，我按照将军的吩咐，来到京都西北角一家叫猿屋的小旅馆，这家旅馆只有三个房间。如今我已看惯了奢侈的环境，而猿屋的寒碜吓了我一跳。屋子里有股霉味，榻榻米又潮又胀，一脚踩上去，它就发出叹气一样的声音。角落里靠近地板的墙壁石灰剥落。我能听到隔壁房间一个老人在大声朗读杂志。我跪在那里，越来越觉得不是滋味，后来将军的到来让我很是松了口气，虽然他什么也没做。我向他问好后，他就打开收音机，坐下来喝啤酒。

过了一会儿，他到楼下去洗澡。他回到屋里就立即脱掉浴袍，赤裸身子走来走去，一边拿毛巾擦头发，他鼓鼓的小肚子挺在胸膛下面，底下还有一大撮毛。我以前从未见过完全赤裸的男人，觉得将军松弛的臀部简直好笑。但他朝向我时，我得承认，我的目光径直投向……呃，投向应该有"鳗鱼"的地方。那里确有东西在摇晃，但是直到将军仰面躺下，让我脱掉衣服时，它才显露出来。他是个矮小结实的家伙，还有点古怪，但是他告诉我该做什么时却毫不掩饰。我一直担心自己是不是要想方设法来取悦他，不过情况却是，我只需按令行事即可。我的"水扬"已经过去了三年，我本已忘记医生匍匐在我身上的那种极度恐惧。现在我想起来了，但奇怪的是，我倒不觉得怎样害怕，只是稍感恶心。将军没关收音机，灯也亮着，好像是要我把这个单调的屋子看个清楚，还有天花板上的水渍。

几个月过去了，恶心的感觉渐渐消失，我和将军的接触只是两周一次并不愉快的例行公事。有时候我会想，如果和会长一起会是什么样。说真的，我有些担心那同样不会愉快，就像和医生、将军一样。后来发生的事情却让我转变了看法。那阵子有个叫安田明的男人常来祇园，他成功设计了一种新型的自行车车灯，所有的杂志都报道了他。他在一力亭茶屋还不受欢迎，而且大概也付不起那里的费用，但他每周有三四个晚上会去一家立松小茶馆，那是在祇园的富永町区，离我们艺馆不远。1939 年春，我初次在宴会上见到他，那时我十九岁。他比周围的男人都年轻许多，可能还不到三十吧，他一进屋我就注意到了他。他和会长一样气质高贵。他坐在那里，衬衫袖子挽起，外套脱在背后的垫子上，我觉得他这样子很有魅力。有一会儿我瞧着旁边的一个老头，他举起筷子，夹了一块焖豆腐，嘴巴张得老大，这让我觉得好像一扇门正在拉开，一只乌龟缓缓爬进去。与之形成对比的是，安田先生举起他那优雅如雕塑一般的手臂，双唇诱人地开启，把一小片焖牛肉送进嘴里。见到此景，我几乎为之倾倒。

我绕着坐成一圈的客人走动，走到他身边时，我做了自我介绍。他说："我希望你能原谅我。"

"原谅您？为什么，您做了什么呢？"我问他。

"我很唐突，"他回答说，"整个晚上，我都没法把目光从你身上移开。"

冲动之下，我伸手从和服腰带里取出织锦名片夹，悄悄地抽出一张给他。艺伎和商人一样，随身携带着名片。我的名片很小，只有通常的一半，厚宣纸上只用毛笔写了"祇园"和"小百合"。时值春天，所以我的名片还画了一枝鲜艳的梅花做背景。安田欣赏了一阵才放进衬衫口袋。我觉得，无论什么言语都及不上这个简单的举动，于是我向他鞠了一躬，然后走到下一位男客那里去了。

那天以后，安田先生每周都邀我去立松茶馆给他陪酒。他请我的次数太多，我没法每次都去。但我们认识三个月后，一天下午他送了我一件和服。我感到非常荣幸，虽然这件和服做工并不精细，丝织质量欠佳，颜色过于艳丽，花和蝴蝶的设计也很平常。他要我在下一晚见面时就穿在身上，我答应了。但当晚我把和服带回艺馆时，妈妈在楼上看到我手上的包裹，就拿了过去看个究竟。她一看到袍子就嗤之以鼻，还说她不会让我穿着这么难看的东西出去见人。第二天，她就把它卖了。

当我发觉她干的好事，就鼓起全部勇气对她说，这袍子是送给我的礼物，不是送给艺馆，她卖掉是不对的。

"当然这是你的袍子，"她说，"但你是艺馆的女儿。艺馆的就是你的，反过来也是一样。"

听到这话，我义愤填膺，再也不想看她一眼。至于想看我穿这件袍子的安田先生，我对他说因为这袍子的颜色和蝴蝶图样，我只能在早春穿，而眼下已经是夏天了，他要看我穿，只能再等将近一年的时间。他听了倒也不很失望。

"一年有什么？"他说，具有穿透力的目光看着我，"我愿意等更长的时间，就看我能等到什么。"

屋里只有我们两个，安田先生把啤酒杯放到桌上，这动作让我红了脸。他过来拉我的手，我把手给他，以为他是想用双手握得长久些，但我没想到他马上把我的手按到他唇上，接着又深情地吻我的手腕内侧，我连膝盖都感觉到了。我想我是个柔顺的女子，至今一直大体按照妈妈和豆叶的话去做，甚至在别无选择时还听初桃的话。但是对妈妈的恼怒和对安田先生的喜爱让我当即决定，我要做这件妈妈明确不准我做的事。我让他半夜在这家茶馆见我，然后我就走开了，留下他一个人在那儿。

半夜前，我回来了，对一个小女仆说，如果她肯让安田先生和我在楼上的房间里待上半小时，不让别人来打扰的话，我就给她一小笔钱。我在黑暗中等在那里的时候，女仆拉开房门，安田先生一步跨了进来。他把他的呢帽扔到垫子上，甚至不等门关上就一把将我拉起。我们紧紧相拥，感觉如此心满意足，好似长久挨饿后吃到的一顿饭。无论他把我抱得怎么紧，我都把他抱得更紧。他的双手熟练地探过我衣服的缝隙，触摸我的肌肤，不知怎么，我一点也不觉得惊讶。我不是说，我和他一起就完全没有和将军之间的那种笨手笨脚，但我的感觉就完全不一样了。和将军在一起的时候，我觉得自己就像小时候，勉强爬上一棵树去摘最顶上的那片叶子。直到我达成目标，整个过程都是小心翼翼，很不自在的。但是和安田先生在一起，我觉得自己就像一个孩子，自由自在地冲下山坡。过后，我俩精疲力竭地并排躺在垫子上。我撩开他的衬衫下摆，把手放在他肚子上，感受他的呼吸。我一生中从未和另一个人靠得这么近，虽然我们一句话也不说。

直到此刻我才明白：为了医生或将军，呆呆地躺在床上是一码事，和会长则完全会是另一码事。

许多艺伎有了旦那之后，日复一日的生活就发生剧变，但我这种情况，却几乎没有任何改变。每晚我仍然和前几年一样，在祇园转悠；下午我仍然不时要出门，有时是些非常特别的事情，例如陪一位客人去医院探望他的兄弟。但是我盼望的那些变化——旦那为我举办重要的舞蹈表演，送我贵重的礼物，请我过一两天休闲时光——唉，都没有出现。正如妈妈说的那样，军人不会像商人或贵族那样对艺伎好。

也许将军没有给我的生活带来什么变化，但他作为艺馆的靠山，当然是无价之宝，至少妈妈是这样认为的。就像一般的旦那，他也为我支付许多开销，包括我的上课费用、我的年度登记费、医药费等等，嗯，我不知道还有其他什么，或许还包括我的袜子钱吧。但更重要的是，正如豆叶所说，他那军需处处长的新职位就是一切，他为我们艺馆做的事是别的旦那做不到的。举个例子，1939年3月，阿姨得了病，我们都焦急万分，医生也束手无策。但给将军打了电话后，上京区军事医院就来了一位重要的医生，他给了阿姨一包药就把她治好了。因此，虽然将军没有送我去东京参加舞蹈表演，也没有送我珍贵的珠宝，没人能说我们艺馆没有得他好处。他按时送来茶叶和糖，还有巧克力，这在祇园都是稀缺品。当然，妈妈说战争六个月就会结束是错了，我们当时还不相信，但已经隐隐看到黑暗的日子就在眼前。

将军成为我旦那的那个秋天，延不再邀请我去以前我常常给他陪酒的聚会了。不久我得知，他也不再去一力亭茶屋了。我不知道他为什么要这么做，除非是为了避开我。一力亭茶屋的女主人叹了口气说，我大概说对了。过年的时候，我给延写了张贺卡，就如我给其他的老主顾都写的那样，但他没有回复。现在我能轻松地回顾过去，毫不在意地告诉你过去了多少时光，但当时我是在痛苦中煎熬。我觉得自己对不起这个待我好的男人，我已经把他当成了朋友。更有甚者，延离开我后，岩村电器公司的聚会也不再邀请我了，那就是说，我几乎完全失去了见到会长的机会。

当然，虽然延不来一力亭茶屋，会长还是常来的。一天傍晚在过道里，我见到他正轻声斥责一个下属，手里拿着支钢笔做强调的姿势，我不敢和他打招呼，生怕打扰了他。还有一个晚上，一名面带愁容、露出虎牙的年轻学徒直津正陪他去厕所，他看到了我，就丢下直津过来和我说话。我们客套了几句。我想我从他淡淡的微笑里看到，一个男人通常在看着儿女时的那种克制的自豪之情。他走之前，我对他说："会长，如果有天晚上需要一两名艺伎……"

这样我是过于冒昧了，好在会长没有生气。

"小百合，这是好主意，"他说，"我会邀请你的。"

但过了几周，他没有请我。

三月下旬的一天，我偶尔来到一个非常热闹的聚会上，那是京都知事在春树茶屋举办的。会长在那里，他输了酒令，看起来精疲力竭，衬衫袖子卷起，领带松开。其实据我所知，大部分回合是知事输了，但他的酒量比会长好。

"小百合，真高兴你在这儿，"他对我说，"你要帮帮我。我正有麻烦呢。"

我看到他皮肤光洁的脸上冒出红点，手臂从卷起的袖子下露出来，我就立刻想起立松茶馆那晚的安田先生。刹那间我有种感觉，屋子里所有东西都消失了，只剩下会长和我，借着他微醉的样子，我可以倚在他怀里，等他的胳膊搂住我，我就吻他的唇。我甚至有一瞬的尴尬，我想得这么清楚，会长一定知道了……但即便如此，他似乎还是一样地对我。我唯一能帮他的是和另一个艺伎串通起来，放慢酒令的速度。会长看来对此很感激，结束以后，他坐着和我谈了很久，喝着水醒酒。最后他从口袋里拿出一块手帕，和我腰带里掖着的那块一模一样，用它擦着额头，又把他蓬乱的头发向后拂了拂，然后对我说："你和你的老朋友延最后一次说话是什么时候了？"

"会长，有好久没说话了，"我说，"说真的，我觉得延先生可能生我的气了。"

会长看着手帕，把它折起。"小百合，友谊是珍贵的，"他说，"不该把它丢弃。"

后来几周，我一直想着这些话。四月下旬的一天，我正在为参加"古都之舞"化妆，一个我不太认识的年轻学徒过来和我说话。我放下化妆笔，以为她是来求我帮忙，因为我们艺馆的物资充足，其中好些是祇园其他人弄不到的。但她却说："小百合小姐，非常抱歉打扰您。我叫高津子，我不知道您能否帮我个忙。我知道您曾和延先生是很好的朋友……"

我长年累月地想着他，又为自己的所作所为对他深深抱愧，如今出乎意料地听到延的名字，就像是打开了防风窗，一股空气扑面而来。

"高津子，我们应该尽自己所能互相帮助，"我说，"如果是延先生的事情，我会特别关心。我希望他过得好。"

"是的，小姐，他挺好，至少我这样觉得。他去东祇园的粟住茶屋，您知道那个地方吗？"

"哦，是啊，我知道，"我说，"但我不知道延先生去那儿。"

"小姐，他去的，经常去，"高津子对我说，"但……小百合小姐，我能问一句吗？您认识他很久了……嗯，延先生是个好人，是吗？"

"高津子小姐，你为什么问我呢？如果你和他交往过，你当然知道他是不是个好人！"

"我知道我的话很笨，但我实在糊涂了！他每次来祇园都叫我去，我的姐姐对我说，他是每个姑娘都梦寐以求的那种恩主。但他现在生我的气了，因为我在他面前哭了几次。我知道我不该哭，可我都没法保证下次就不会再哭！"

"他对你很严厉，是吗？"

可怜的高津子没有回答，她抿紧了颤抖的嘴唇，眼角一下子就湿了，小小的圆眼睛像两潭水一样地望着我。

"有时候延先生不知道自己说的话有多刺耳，"我告诉她，"不过他定是喜欢你的，高津子小姐。否则，他为什么要请你呢？"

"我想他请我只是因为他觉得我像个什么人，"她说，"一次，他的确说了我的头发闻起来挺干净，但接着又说，这样变一变也不错。"

"真奇怪你常能和他见面，"我说，"几个月来，我一直想碰到他。"

"噢，不要啊，小百合小姐！他已经说了我什么都比不上您，如果他又见了您，只会把我想得更糟。小姐，我知道不该拿我的事情来麻烦您，可是……我想您可能知道我能做些什么来让他高兴。他喜欢富有情趣的谈话，但我从不知道该说什么。人人都说我不是个聪明姑娘。"

京都人都会说这种话，但我觉得这个可怜的姑娘说的大概是实话。如果延仅仅把她当成一棵让老虎磨爪子的树，我也不会觉得惊异。我想不出什么办法来帮她，最后我建议她去读一本延或许会感兴趣的历史书，然后见面时一点一点地把历史故事讲给他听。我自己就常做这种事，因为有些男客就喜欢靠坐在那里，醉眼惺忪地听女人的声音。我不知道这对延是否管用，但高津子看起来对这个主意很感激。

既然知道哪里可以找到延，我就决定去见他。我因为他生我的气而歉疚不安，当然，没有他，我可能再也见不到会长了。我自然不想激起他的痛苦，但我想，和他见个面或许可以寻回我们的友谊。麻烦的是，没有受到邀请，我是不能去粟住的，我和这家茶屋素无正式往来。于是我最后决定，只要我晚上有空，就去延经过的路上转转，希望能够遇见他。我深知他的习惯，能猜准他何时会来。

我的计划执行了八周或九周，终于有天傍晚，我在前面一条幽暗的巷子里发现了他，他正从豪华轿车的后座里出来。我知道是他，外衣一边空荡荡的袖子别在肩上，这样的侧影绝不会错。我走过去的时候，司机正把公文包递给他。我停在巷子的路灯光下，轻轻地吁了口气，听起来是十分喜悦。正如我希望的那样，延朝我这边望来。

"好，好，"他说，"都忘了一个艺伎会有这么漂亮呢。"他的口气是如此随意，我简直要怀疑他是否认出了我。

"啊，先生，听上去您像是我的老朋友延先生，"我说，"但您不会是他，因为据我的印象，他已经彻底从祇园消失了。"

司机关上了门，我们默默站着直到车开走。

"我算是放下了心，"我说，"终于又见到了延先生！我真幸运，他该是站在阴影里而不是路灯光下。"

"有时候我真不知道你在说什么，小百合。你定是跟豆叶学的。要么所有的艺伎都是这样学的。"

"延先生站在阴影里，我就看不见他脸上的怒气了。"

"我明白了，"他说，"你以为我生你气了？"

"如果一个老朋友失踪了那么长时间，我还能怎么想呢？我想您会告诉我，您忙得不可开交，来不了一力亭茶屋。"

"你为什么说得好像这完全不可能似的？"

"因为我碰巧知道，您一直常来祇园。但请不要问我是怎么知道的。我不会告诉您，除非你答应和我散一会步。"

"好吧，"延说，"因为今晚夜色不错……"

"哦，延先生，别这么说。我宁可您说：'因为我碰到一个好久不见的老朋友，除了和她散一会步，我想不出来还能干些什么。'"

"我会和你散步，"他说，"随你去想什么理由。"

我微微欠身，表示同意，然后我们一起沿着巷子朝丸山公园的方向走。"如果延先生想让我相信他没有生气，"我说，"他应该表现得更友好，而不是像头几个月没喂食的豹子。难怪可怜的高津子那么怕您……"

"原来是她告诉你的，是不是？"延说，"唉，如果她不是个这么让人生气的姑娘……"

"如果您不喜欢她，为什么您每次来祇园都邀请她呢？"

"我从来没有请过她，一次也没有！是她姐姐硬把她推给我的。你真不该让我想起她来。你今晚碰到我，就想利用这个机会，拿我喜欢她的话头来羞辱我?"

"延先生，其实我根本不是'碰到'您的。我已经在巷子里转悠了好几周，就是为了找到您。"

这似乎让延有所思考，因为我们默默无言地走了一段。最后他说:"我不该感到惊讶。我知道你是个狡猾的人。"

"延先生! 我还能怎么做?"我说，"我以为您彻底消失了。要不是高津子哭着来告诉我您对她怎么不好，我可能永远也不知道哪里才能找到您。"

"嗯，我想我是对她厉害了点。但她没你聪明，或者也没你漂亮。如果你认为我生你的气，你说得很对。"

"我能不能问一下，我做了什么让一个老朋友这么生气?"

延停下脚步，转身看着我，眼神悲哀莫名。我渐渐有种喜爱的感觉，一生中很少有男人能让我产生这种感觉。我想到我有多么思念他，又是多么深深伤害了他。虽然我羞于承认，但我的喜爱之中还掺杂着惋惜之情。

"我费了相当大的劲，"他说，"才找出谁是你的旦那。"

"如果延先生来问我的话，我是乐意告诉他的。"

"我不相信你。你们艺伎是嘴巴最严的人。我问遍了祇园谁是你的旦那，她们一个个都装作不知道。要不是一天晚上我请通三来陪酒，只有我们两个人，兴许我永远都不知道。"

通三当时有五十岁了，是祇园的一个传奇。她不漂亮，但她鞠躬问好时皱一皱鼻子，有时连延这种人都能心情畅快起来。

"我让她和我划酒令，"他又说，"我一直赢，后来可怜的通三醉得不成样子。无论我问她什么，她都会说的。"

"这么费心!"我说。

"哪里。她是个让人非常开心的伙伴。我没有要费什么心。不过我该告诉你一些话吗？我已经不再尊重你了，因为我知道你的旦那是个穿着制服的小人，没人尊敬他。"

"延先生这么说，好像我能选择谁做我的旦那似的。我唯一能选择的是穿哪件和服。即使那样……"

"你知道此人是怎么得到部门职位的吗？是因为没有人相信他能办什么要紧事。小百合，我非常了解部队。连他自己的上司都觉得他没用。你等于是找上了一个乞丐当靠山！说真的，我曾经非常喜欢你，但是……"

"曾经？难道延先生不再喜欢我了？"

"我不喜欢蠢人。"

"这种话太冷酷了！你是要把我弄哭吗？哦，延先生！我成了蠢人就因为你看不起我的旦那？"

"你们艺伎！没有比你们更讨厌的人了。你们到处查黄历，说'啊，我今天不能往东走，我的命相说不吉利'！但是如果是件关系终身的大事，你们的看法又不一样了。"

"说是改变看法，不如说是对没法阻止的事情只能闭上眼睛。"

"是这样吗？好，那晚我把通三灌醉后打听到了一些事。小百合，你是艺馆的女儿。你不能说你毫无影响力。你有责任运用你的影响力，除非是你自己想随波逐流，就像一条鱼在溪水里翻起肚皮。"

"我希望我真能相信生活不只是一条溪流，我们不只是翻起肚皮，随波逐流。"

"好吧，如果是条溪流，你仍然能够自由选择在这里或在那里，不是吗？水流会一再分岔。如果你撞击、扭打、争斗，利用一切有利条件……"

"哦，那敢情好，我相信，如果我们确有有利条件的话。"

"你处处都能找到，如果你曾费心找过！拿我来说，即使我什么都没有，只有……我不知道……只有一个啃过的桃核，或者这一类的东西，我也不会浪费。该是时候扔出去，我一定会把它扔到我不喜欢的人身上去！"

"延先生，你是在教我扔桃核吗？"

"少开玩笑。你很清楚我在说什么。小百合，我们很像。我知道别人叫我'蜥蜴先生'之类的，你呢，是祇园最漂亮的人物。但我多年前在相扑竞技场刚见到你时，你是什么？十四岁？即便是在那时候，我就看出你是个聪明女孩。"

"我一直认为延先生高估我了。"

"也许你是对的。小百合，我觉得你应该更有成就。但是看来你甚至不知道自己的目标在何方。把自己的命运和将军这种人捆在一起！我曾想好好照顾你，你知道。想到这个，我就很恼火！一旦将军离开了你的生活，他不会留下什么值得你记住的东西。你就想这样浪费青春？一个做蠢事的女人就是个蠢人，你说呢？"

如果经常摩擦一块布料，它很快就会被磨穿。延的话狠狠地折磨着我，我没法再按豆叶指教的那样，藏到一张精心绘制的面孔下去。幸好我是站在阴影里，我相信如果延看到了我的痛苦，一定会更加小瞧我的。但也许是我的沉默暴露了自己，他用他那只手抓住我的肩膀，把我转过一个角度，让灯光照在我脸上。他看着我的眼睛，长叹一声，起初听起来像是失望。

"小百合，我为什么觉得你老多了？"他顿了一顿说，"有时候我都忘记你还是个孩子。你现在要说我对你太厉害了吧。"

"延先生就是延先生，我不能指望他变成其他人。"我说。

"小百合，我失望的时候态度很恶劣，你应该知道。你让我失望了，无论是因为你太年轻，还是因为你不是我想的那种女人……总之你让我失望了，对不对？"

"延先生，求您了，您说的这些话让我害怕。我不知道我能不能按照您对我的判断标准来做事……"

"真有什么判断标准吗？我希望你睁开眼睛去过日子！如果你心里有目标，生活中每一刻都是靠近目标的机会。我没法指望像高津子这种笨姑娘有此觉悟，但……"

"整个晚上延先生不都在说我笨吗？"

"你知道我生气时候说的话是不作数的。"

"那么延先生不生气了吧。那么他会到一力亭茶屋来看我吗？或者会请我去见他吗？其实我今晚没有什么特别要紧的事，我现在就能去，如果延先生请我的话。"

那时我们已绕过了一个街区，正站在茶屋门口。"我不会请你。"他说罢推开了门。

我听后不禁叹了口大气。我说"大气"，是因为里面包含了许多"小气"，有失望的叹气，焦虑的叹气，悲伤的叹气……我都不知道还有什么。

"唉，延先生，"我说，"有时候我很难了解您。"

"我是个很容易了解的人，小百合，"他说，"我不喜欢眼前放着我得不到的东西。"

我还没有说话，他就跨进了茶屋，关上了身后的门。

第二十七章

1939 年夏天，我忙于各种应酬，还要间或与将军会面，参加舞蹈表演等，每天早晨从床铺上挣扎起来的时候，我经常觉得自己就像装满了钉子的提桶。通常在下午三点左右，我会努力忘记疲劳。我常想，自己这样努力，究竟赚了多少钱。但我从未真想去查一查，所以，一天下午妈妈把我叫到她屋里，说我在过去半年内赚的钱比初桃和南瓜加起来还多时，我实在是吃惊不小。

"那就是说，"她说，"该是你和她们换房间的时候了。"

听到这话，我并不如你想象的那么高兴。这几年，初桃和我都彼此避让，才好歹相与为邻。但我把她看作是一头睡着的老虎，而不是落败的老虎。初桃当然不会认为妈妈的做法是"换房间"，她会觉得自己的房间被夺走。

那天晚上我见到豆叶，就把妈妈的话告诉了她，还说我担心初桃心里的火气又要旺起来了。

"哦，好啊，这很好，"豆叶说，"只有见了血，一个女人才会一败涂地。现在我们还没有见到。就给她一个小小的机会，看她这次能闹成什么样子。"

次日清晨，阿姨上楼来告诉我们搬东西的办法。她首先把我带到初桃的房间，说有个角落现在属于我了，我能在那儿放任何东西，别人都不能碰。接着她又带初桃和南瓜到我的小房间，也给她们定了相应的地方。我们彼此交换东西后，换房就结束了。

那天下午，我开始在过道里搬东西。我希望自己也能像豆叶一样，在这个年纪已经收藏了许多好东西。但国内形势变化很大，化妆品和卷发器最近已经被军政府禁为奢侈品。当然，我们这些祇园人是权势人物的玩偶，仍然可以随心所欲地或多或少有一些。然而，贵重礼品是几乎绝迹了，于是我这些年收藏的东西不外乎一些卷轴、砚台和大酒杯，还有一套立体摄影的风景名胜照片，外带一只精致的纯银镜头，都是歌舞伎演员尾上阳五郎十七世送给我的。总之，我把这些东西都搬了过去，和我的化妆品、衬袍、书籍、杂志一起堆在屋角。但直到第二天晚上，初桃和南瓜还没有把她们的东西搬出去。第三天中午上完课回来的路上，我打定主意，如果初桃的瓶瓶罐罐还挤在梳妆台上的话，我就要请阿姨来帮忙了。

我走到楼梯上时，惊讶地发现初桃和我房间的门都开着。一个白油膏罐摔碎在过道地板上。好像出了什么岔子，一走进房间，我就知道怎么回事了。初桃坐在我的小桌前，一口一口抿着小玻璃杯里开水一样的东西——正在看我的一个笔记本！

艺伎理应对她们认识的男客保密，而数年前当我还是学徒的时候，我在某天下午去了一家纸品店，买回一本空白的漂亮本子，开始写日记。你听到这个，可能会觉得奇怪。我还没有笨到去写下一个艺伎不该披露的事情。我只写我的所思所想。凡是我要写到某个男人时，我就给他取个代号。比如说，我把延称为"嘘先生"，因为他有时候嘴里会发出一种嘲讽的声音，听上去就像"嘘！"会长我称为"哈先生"，因为有一次他深吸了口气，又慢慢呼出，听上去就像"哈"，而且好像他在我身边刚睡醒一样，我当然对此印象深刻。但我从未想过有人会看到我写的这些东西。

"啊，小百合，见到你我太高兴了！"初桃说，"我一直在等你，想告诉你我多么爱看你的日记。有几篇特别有意思……说真的，你的写法很有味道！我觉得你的字倒写得不怎么样，不过……"

"你有没有注意到我写在扉页上那句有趣的话？"

"我想没有，让我看看……'私人日记'，嗯，我正说你写的字，这就是个例子。"

"初桃，请把本子放到桌上，离开我的房间。"

"说真的！你让我很吃惊，小百合。我是想帮你忙！听我说几句就知道了。举个例子：你为什么要给延俊和取名为'噎先生'？完全不适合他。我想你应该叫他'水疱先生'或'独臂先生'。你说是吧？你愿意就可以改过来，不必为此称赞我。"

"我不知道你在说什么，初桃。我根本没有写过延先生。"

初桃叹了口气，似乎在说我多么不会说谎，接着开始翻我的日记。"如果你写的不是延，我希望你告诉我，你写在这儿的男人是谁。让我看看……哈，在这里，'有时候我看见有个艺伎盯着噎先生看，他就会满脸怒气。但我却可以想看他多久就看多久，他似乎很乐意被我看。我想他喜欢我是因为，我不像别的姑娘一样觉得他的皮肤和独臂奇怪可怕。'我猜，你会告诉我有人和延长得一样。我想你应该给他们介绍介绍！想想他们有多么相似啊。"

此刻我不知该怎么形容心头的难过。发现你的秘密突然曝光是一回事，但造成曝光的是你自己的愚蠢……唉，如果我打算诅咒某人，那就是我自己，先是写了日记，又把日记放在初桃能找到的地方。店主没关窗，就不能怪暴雨浇湿了货物。

我走到桌前，想从初桃手里拿回日记，但她把它抱在怀里站起来。她另一只手端起那个玻璃杯，我原先以为是开水，现在站得近了，就闻到清酒的味道。这根本不是水。她醉了。

"小百合，你当然想把日记拿回去，我当然也会还给你，"她说，但她边说边朝门口走去，"问题是，我还没有看完。所以我带到我的屋里去……除非你更想让我带给妈妈。我相信，她会很高兴看到你写她的几页的。"

之前我提过，一个油膏罐打碎在过道地板上。初桃就是这么做事，弄得一团糟，还懒得叫女仆。但她一出我的房间，就遭报应了。她大概喝醉了，忘了这瓶子，总之一脚踩了上去，发出一声尖叫。我看到她瞧了一会儿自己的脚，嘶嘶地吸冷气，又继续往前走。

她走进自己屋里，我害怕起来。我想该怎么从她手里把本子夺回来……接着我想起了豆叶在相扑比赛时的灵感。跟着初桃去夺当然是个办法，但我要等到她松懈下来，觉得她自己得逞了，再出其不意地从她那里抢回来。这似乎是个好主意……可是我很快又想到，她会把它藏在我永远也找不到的地方。

她现在关了门。我走到门外，轻声说道："初桃小姐，如果你觉得我发火，那是我不对。我能进来吗？"

"你不能进来。"她说。

但我还是拉开了门。房间里乱七八糟，因为初桃是走到哪里东西就丢到哪里。日记就在桌上，初桃正拿一块毛巾捂着脚。我不知道该怎么引开她的注意力，但我决定不拿到日记绝不离开房间。

初桃可能有水老鼠那种脾气，但她也绝不笨。如果她清醒着，我都不会想要去斗过她。但她当时那个样子……我环顾地板，只见成堆的内衣，香水瓶，还有其他她乱扔的东西。壁橱的门开着，她放首饰的小保险柜也开着，好几件首饰掉在垫子上，似乎她早晨坐在那儿一边喝酒一边试戴首饰。突然一样东西攫住了我的目光，它明亮得好像夜幕里唯一的星星。

这是一个翡翠腰带饰针，就是多年前我发现初桃和她男友在女仆屋内的那个夜晚，初桃指责我偷走的那一个。我压根儿没想到能再看见它。我径直走向壁橱，从一堆首饰里把它拿出来。

"多棒的主意！"初桃说，"过来偷我的一个首饰。老实说，我宁可要你赔给我的钱。"

"我很高兴你不介意！"我对她说，"但我要为它付多少钱？"

我说罢便走过去把饰针举到她面前。她脸上灿烂的微笑消退了，就像黑暗从日出的山谷里消退一样。正当初桃坐着发愣的时候，我用另一只手把桌上的日记本一下子拿走了。

我不知道初桃会有怎样的反应，总之我走出房间就把门关上了。我想要径直到妈妈那里去，给她看我找到的东西，但我当然不方便拿着日记本去。我用最快速度拉开放着当季和服的壁橱，把日记藏到两件用薄纱纸包裹的袍子中间。这只花了几秒钟，但我却汗毛直竖，生怕初桃随时会拉开房门看到我。我关上壁橱门后，冲回自己屋里，把我梳妆台的抽屉开了又关，让初桃觉得我把日记藏在这里了。

我走到过道上，她正在自己门口看着我，噙着一丝笑意，好像觉得整件事情很有趣。我装出担心的样子——这倒不难——拿着饰针来到妈妈的房间，把它放在她面前的桌上。她放下正在读的杂志，举起饰针来欣赏。

"这个很漂亮，"她说，"但眼下在黑市卖不出好价钱。没有人会为这种首饰出高价。"

"妈妈，我肯定初桃会出高价，"我说，"您还记得几年前，她说我偷了她的饰针，还让我赔钱吗？就是这个。我刚才在她首饰盒边的地板上找到的。"

"您知道吗，"初桃说着走进房间，站在我身后，"我相信小百合是对的。这就是我丢失的饰针！或者至少看起来像那个。我从没想到还能再看到它！"

"是啊，你一直喝醉酒，找东西当然很难了，"我说，"你只要在你首饰盒里仔细找上一找就行了。"

"我在她房间里找到的，"初桃说，"她把它藏在梳妆台里。"

"你为什么去翻她的梳妆台？"妈妈说。

"妈妈，我本来不想告诉你这些，小百合把一样东西忘在了她桌上，我是想替她藏起来。我知道我应该立即拿给您看，可是……她一直在写日记，您知道。她去年就给我看过。她写了很连累一些人的东西，而且……说真的，还有几页写到了您，妈妈。"

我本想分辩几句，但已无关紧要。初桃有麻烦了，无论她说什么都不会扭转局势。十年前她是艺馆的台柱，可以随心所欲地诬陷我。如果她说我吃了她房间里的榻榻米，妈妈都会让我赔钱买新的。但现在时令变了，初桃的光辉事业正在枝头凋零，而我的则欣欣向荣。我是艺馆的女儿、头号艺伎。我想妈妈甚至不会关心事情的真相。

"妈妈，没有什么日记，"我说，"那是初桃编出来的。"

"是吗？"初桃说，"那么，我这就去找出来，妈妈看了以后，你就能告诉她我是怎么编的了。"

初桃走到我的房间去，妈妈跟在后面。过道里脏乱不堪。初桃不仅打碎了瓶子、踩了上去，还把油膏和血迹沾得楼上到处都是，更糟的是，沾到了她自己房间的榻榻米上，还有妈妈的房间，现在连我的也沾上了。我去看的时候，她正跪在我的化妆台前，慢慢关上抽屉，看上去有点垂头丧气。

"初桃说的日记是怎么回事？"妈妈问我。

"如果有日记的话，我相信初桃会找出来的。"我说。

听到这里，初桃双手放到大腿上，轻笑一声，好像整件事情是个游戏，而她则聪明地胜出了。

"初桃，"妈妈对她说，"你诬赖小百合偷你饰针，你得赔她钱。还有，艺馆的榻榻米不能被血弄脏，换榻榻米的钱你出。你这一天够花销的了，现在还没过中午。我就算到这里吧，如果你到此为止的话。"

我不知道初桃是否听到妈妈的话。她一直怒视着我，脸上有种不寻常的表情。

我年轻的时候，如果你问我，我和初桃之间关系的转折点是什么，我会说是我的"水扬"。它确实把我搁到了初桃够不着的架子上，但如果没有其他事情发生，她和我仍然可以一直比邻而居，直到我们老去为止。我现在明白了，真正的转折点就在初桃看我日记的那天，而我发现了她诬赖我偷走的腰带饰针。

要解释这回事，先让我告诉你海军上将山本条太郎一天晚上在一力亭茶屋说过的话。山本上将常被称为日本皇家海军之父，我和他并不很熟，但我有幸参加了几次他出席的宴会。他是个小个子男人，但要知道一根炸药管体积也不大。上将一来，宴会就会热闹起来。那晚，他和另一个人玩着最后一轮酒令，约定输者要去附近的药房买一个避孕套。你知道，就是为了寻开心，没有其他目的。当然，最后是上将赢了，一群人都欢呼鼓掌。

"好在你没有输，上将。"他的一个副官说，"想想可怜的药房主人一抬头看到山本上将站在柜台外面！"

人人都觉得好笑，但上将说，他从不怀疑自己会赢。

"哦，好啦！"一个艺伎说，"人都会有输的时候！上将，即使是您！"

"我想人确实都有输的时候，"他说，"但我从不。"

屋里或许有人会以为这种说法过于自负，但我不这么想。在我看来，上将确实是那种常胜不败的人。后来有人问他成功的秘诀。

"我从来都不想去打败我的对手，"他解释说，"我只想去打败他的信心。一个意志动摇的人是无法全神贯注去夺取胜利的。两个人只有在拥有同等的自信时，才是真正的棋逢对手。"

我想我并未立即明了，但初桃和我有了日记本之争后，正如上将所说，她的意志开始动摇了。她明白，无论何种情况，妈妈都不会再站在她那边来对付我了，结果就是，她就像从暖和的衣柜里拿出来的一件衣服，被挂到户外，任凭风吹雨打，日渐消磨。

如果豆叶听到我这么说，肯定会开口反驳。她对初桃的看法与我大相径庭。她相信初桃是个一心要自我毁灭的女人，我们所要做的只是把她诱上一条她迟早要走的路罢了。也许豆叶是对的，我不知道。确实，"水扬"后那几年，初桃渐渐显露出性格中的某种缺陷——如果确有性格缺陷的话。比如说，她已经无法控制酗酒，也无法控制乱发脾气。在她的生命还没有被磨损之前，她发狠是有针对性的，正如武士拔剑不是为了胡劈乱砍，而是为了刺向敌人。但是现在初桃似乎已经分不清谁是敌手，有时甚至冲着南瓜发作，乃至她陪宴时都会冒犯客人。另外，她不像以前那么漂亮了。她皮肤蜡黄，五官浮肿，至少我看来是如此。一棵树也许总是美的，但一旦你留意到它遭了虫蛀、树梢泛黄的话，就是枝干的秀色也会减损三分的。

人人皆知受伤的老虎很危险。因此接下来几周的晚上，豆叶坚持要我们在祇园跟踪初桃。一来是因为豆叶希望盯着初桃，如果初桃找到延，把我日记的内容透露给他，我们谁也不会奇怪，她还会透露我对"哈先生"隐藏的情感，延或许会猜出他是会长。但更重要的是，豆叶想让初桃的日子更难过。

"如果你要打碎一块木板，"豆叶说，"从中间开个裂缝不过是第一步。你用尽全力锤击木板，直到它一折为二，这才算成功。"

所以每天晚上，除了有不得不赴的请约外，豆叶总在傍晚时到我们艺馆，初桃一出门，就跟在后面。豆叶和我并不总在一起，但我们总有一个会花掉晚上的部分时间，一场宴会一场宴会地跟踪初桃。第一天晚上我们这么做，初桃假装一笑置之。但到了第四天晚上，她眯缝起双眼对我们怒目而视，伺候起客人来也是强颜欢笑。到了下星期的周一或周二，她突然在巷子里一个转身截住了我们。

"让我来瞧瞧，"她说，"狗跟主人，你们两个也到处跟着我，东嗅嗅西闻闻。所以我想你们是想当狗吧！要不要告诉你们，我是怎么对付我不喜欢的狗的？"

说罢，她抬起手来就往豆叶的脑袋一侧打。我尖叫起来，这让初桃停下来想她到底干了什么。她怒火燃烧的眸子瞪了我一阵子，没等火冒出来就走了。巷子里的人都看到了这一幕，有几个就走过来查看豆叶是否无恙。她说她没事，又难过地说道："可怜的初桃！一定是医生说的那样，她脑子出问题了。"

当然，没有医生这么说过，但豆叶的话如愿奏效。不久谣言传遍了祇园，说是有个医生说初桃的精神不稳定。

几年来，初桃一直和著名歌舞伎演员坂东正次郎六世过从甚密。正次郎是一位"女形"，就是说他总是扮演女性角色。一次在一本杂志的访谈中，他说初桃是他见过的最漂亮的女子，他在舞台上也经常模仿她的姿态，以使自己显得更有魅力。因此你可以想见，正次郎每次来镇上，初桃都会去拜访他。

一天下午，我听说正次郎即将参加先斗町艺伎区茶屋的晚宴。先斗町与祇园隔河相对。我是在为一群海军军官饯行会上做茶道表演时听来的。之后我冲回艺馆，但初桃已经穿好衣服溜出去了。她这做法和我以前一样，早早出门以免被人跟踪。我急于告知豆叶听到的事情，所以我径直去她寓所。不巧的是，她的女仆告诉我她半小时前去"上香"了。我知道这是什么意思，豆叶去了祇园东角的小寺庙，给那三个地藏菩萨上香，那是她出资供在庙里的。你知道，一个地藏菩萨就是纪念一个死去孩子的灵魂，豆叶按男爵的要求堕胎三次，便是这三个地藏菩萨。如果是其他情况，我会去找她，但我不便去打扰她这种私事，此外她大概也不想让我知道她去了那里。于是我便待在她寓所里，边等边让辰美给我上茶。豆叶终于面带倦容地回来了，我不想一开口就提此事，于是我们聊了一会即将到来的"古风节"，豆叶被指派在其中表演《源氏物语》作者紫式部的角色。最后豆叶把目光从她的红茶上——我到来之前，辰美一直在烤茶叶——抬起来，笑了一笑，我便告诉她我今天下午的发现。

"太好了！"她说，"初桃开始松懈下来，以为摆脱我们了。正次郎会在宴席上对她大加关注，这样一来她又会得意了。那么你我就像巷子里刮去的一阵恶臭，彻底把她的晚上毁掉。"

鉴于初桃这么多年来如此狠毒地对待我，我又是多么恨她，我以为自己必定会对此计划欢欣鼓舞。但是不知怎么，阴谋迫害初桃并不如我想的那么快活。我不禁想起我孩提时代，一个上午，我在我们那个醉屋附近的池塘里游泳，突然感到肩膀上一阵灼痛。一只黄蜂蜇了我，正挣扎着逃走。我只顾喊叫，一点都没想要怎么办，一个男孩把它抓下来，捏着翅膀按到石头上，我们一起商讨该怎么弄死它。我被它蜇得这么痛，当然对它不存好心。但我想到这个挣扎着的小东西只能眼睁睁地等死时，心里却大大地不忍起来。我对初桃也有这种感觉，那些夜晚我们在祗园跟踪她，逼得她只能回艺馆来躲避我们，我觉得我们几乎已经是在折磨她了。

总之，当晚九点左右，我们渡河到先斗町。先斗町和祗园不同，它是沿河的一条长街，跨越多个街区。人们依据它的形状，称它为"鳗鱼之床"。那晚秋意微寒，但正次郎的宴会还是设在户外的一条木敞廊上，下面用桩子撑在水面上。我们走进玻璃门时，没人特别注意我们。敞廊上点着纸灯，颇有情调，对岸一家酒店的灯火映着泛金的河水。正次郎正坐在中间，用他抑扬顿挫的声音讲故事，大家都在听着。你真该看看初桃见到我们的表情，她脸一下子耷拉下来了。我不禁想到前一天我手里拿过的一只烂梨，在欢笑的脸庞中，初桃的神情就像一块难看的淤肿。

豆叶走过去跪在初桃旁边的垫子上，我觉得这是个大胆的举动。我走在敞廊的另一头，跪在一个慈眉善目的老者身边，他原来是筝乐演奏家橘花善作，我还藏有他嘎吱作响的老唱片。我那晚发现，橘花是个盲人。我本想抛开此行目的，好好与他倾谈一番，因为他是个有趣而亲切的人。但我们还没说上话，大家突然就大笑起来。

正次郎极具模仿才能。他的身材纤细如柳枝，手指修长，举止轻缓，一张长脸可以做出各种奇形怪状的表情。他扮成猴子，足以让猴群以为他是真的猴子。那时候他正在模仿他背后的一名大约五十岁的艺伎。他嘴唇噘起，眼波流动，摆出种种女子的腔调，像极了她，弄得我不知道该大笑出声，还是该惊讶地捂住嘴。我见过正次郎的舞台表演，但这个更好。

橘花靠近我低声说："他在干什么？"

"他在模仿他边上的一个老艺伎。"

"啊，"橘花说，"那是栎原。"接着他用手背拍了拍我，确定我在听他说话。"南座剧院的院长。"他说，又在桌子下面伸出他的小指，别人都看不到。在日本，你知道，举起小指的意思是"男朋友"或"女朋友"。橘花告诉我的是，那个名叫栎原的老艺伎是剧院院长的情妇。其实院长也在那里，比谁都笑得响亮。

过了一会，正次郎表演到一半的时候，他用一根手指伸进了鼻孔。大家都哈哈大笑，你简直能觉得敞廊都震动起来了。我一时没有明白，原来挖鼻孔正是栎原的一个招牌动作。她看到后，满脸通红，举起一只和服衣袖遮住了脸，而喝多了酒的正次郎甚至把这个动作也模仿了。大家含蓄地笑起来，只有初桃似乎觉得是真的好笑，因为正次郎这样做已经超越界限，有点过分了。最后剧院院长说："好了，好了，正次郎先生，留点力气明天表演吧！不管怎么说，你不知道你身边正坐着祇园最好的舞蹈家之一吗？我提议我们请她跳支舞。"

当然，院长说的是豆叶。

"老天，不要吧。现在我不想看什么舞蹈。"正次郎说。我后来渐渐明白，他是说他要成为公众焦点。"再说，我正高兴着呢。"

"正次郎先生，我们不能放过看有名的豆叶的机会。"院长说，这次一点幽默感都没有了。几个艺伎随声附和，正次郎终于同意邀请豆叶跳舞，但他像个小男孩似的一脸不悦。我已经看到初桃不高兴了。她又给正次郎斟酒，他也给她斟酒。他们长久地对视了一会，像是在说他们的宴会被搅了。

女仆取来三味线，一名艺伎调了调弦，准备伴奏。过了几分钟，豆叶站到茶屋布景前，表演了几个小片断。几乎人人都认为豆叶漂亮，但极少有人认为她比初桃更漂亮，所以我很难说是什么吸引了正次郎的目光。或许是由于他喝多了清酒，或许是豆叶出众的舞姿，毕竟正次郎自己也是个舞蹈家，不管怎样，豆叶回到桌边时，正次郎似乎非常喜欢她，请她坐在自己身边。她坐下来时，他为她斟了杯酒，把背对着初桃，仿佛她只是另一个心存仰慕之情的学徒罢了。

呵，初桃的嘴僵硬了，眼睛眯得只有平常一半大小。至于豆叶，我从未见她这样恣意地调情。她的声音清亮柔和，目光从他的胸口扫到脸，又扫回胸口。她不时用指尖抚摸脖颈底端，好似觉得那里有块红斑一样。其实并没有红斑，但她做得像真的一样，别人若不细看就不会知道。然后有个艺伎问正次郎是否收到巴吉鲁先生的来信。

"巴吉鲁先生，"正次郎用他那种戏剧化的腔调说道，"已经把我抛弃了！"

我不知道正次郎说的是谁，老演员橘花好心向我低声解释说，"巴吉鲁"就是英国演员巴塞尔·拉斯本，虽然当时我对此人闻所未闻。数年前，正次郎去过伦敦，在那里举办过一次歌舞伎表演。演员巴塞尔·拉斯本对演出大为赞赏，他们通过翻译建立了友谊。

正次郎也许会很眷顾初桃或豆叶这样的女子，但其实他是个同性恋。自从英国之旅后，他就闹出了一连串的笑话，说他的心注定要碎了，因为巴吉鲁先生对男人没有兴趣。

"这真让我伤心，"一个艺伎轻声说道，"目睹一段浪漫感情的终结。"

大家都笑了，但初桃没有，她继续脸带愠色地看着正次郎。

"我和巴吉鲁先生的区别在这里，我表演给你们看。"正次郎说着起身，邀请豆叶和他一起表演。他把她带到屋子一头的空地。

"我是这样干的。"他说罢，大摇大摆地从屋子这头走到那头，灵活的手腕挥着一把折扇，头像跷跷板上的球一般来回滚动。"而巴吉鲁先生是这样干的。"他一手挽住了豆叶，不顾她一脸惊讶，把她放到地上，这动作看似一个深情的拥抱，然后满头满脸地吻她。屋子里所有人都欢呼鼓掌。除了初桃。

"他在干什么？"橘花悄悄问我。我想没有别人听见这句话，但我还没回答，初桃却叫道："他在丢人现眼！这就是他干的事。"

"哦，初桃小姐，"正次郎说，"你嫉妒了，是吗？"

"她当然在嫉妒！"豆叶说，"您得给我们表演你们俩是怎么干的。来吧，正次郎先生。别害臊！您得像吻我一样地吻她！这才公平。吻法也要一样。"

正次郎一开始有些为难，但他很快把初桃拉了起来。走到众人面前，他搂住初桃，让她向后仰。但突然间，他大叫一声，跳了起来，捂着嘴唇。初桃咬了他，虽然没流血，但足以使他震骇了。她龇牙站着，愤怒地眯着眼，接着挥手打了他一下。我想她是喝多了酒，胳膊运转不灵，一下打在他头侧而不是脸上。

"出了什么事？"橘花问我。屋子里一片静寂，他的话清晰得像撞钟声。我没回答，但他听到正次郎的嘀咕和初桃沉重的喘息声，我肯定他明白了。

"初桃小姐，"豆叶说道，她的声音十分平静，听起来像是置身事外，"算是帮我个忙……尽量冷静点吧。"

我不知道是豆叶的话神机妙算似的起了作用，还是初桃的精神已经崩溃，初桃扑向正次郎，在他身上乱打一气。我确实觉得她在某种程度上是疯了，这不是因为神志不清，而是此刻头脑和一切事物都失去联系。剧院院长从桌边站起来，跑过去制止她。此间豆叶不知怎么溜了出去，片刻后带了茶屋女主人回来，那时剧院院长正从后面抱住初桃。我以为危机过去了，但正次郎开始朝初桃大喊大叫，我们听到回音穿过屋子，越过河面，传到了祇园。

"你这个魔鬼！"他喊道，"你咬了我！"

如果不是茶屋女主人头脑冷静，我都不知道我们该如何是好。她柔声安慰正次郎，同时示意剧院院长带初桃离开。我后来得知，他不是把她带到另一间屋子，而是把她拉到楼下的前门，又推到街上。

初桃整夜都没有回艺馆。次日回来时，身上气味难闻，好像呕吐过了，头发也是一团糟。她立刻被叫到妈妈房间，在那里待了很久。

数天后，初桃离开了艺馆，只穿着妈妈给她的一件棉布单袍，头发胡乱披在肩上，这样子我从未见过。她背着一个包裹，里面是她的物件和首饰，没有和我们道别就走到了大街上。她不是自愿离开的，是妈妈把她赶出去的。事实上，豆叶相信妈妈这些年一直想摆脱初桃。无论是真是假，我肯定妈妈是很高兴少一张嘴吃饭的，因为初桃已经不再像以前那么能赚钱了，而食物也越来越难买到了。

如果初桃不是刻薄出了名，即使她对正次郎做了那件事后，还是会有别的艺馆肯收留她的。但她就像一把茶壶，即使是好好的都会烫手。祇园里人人都知道这点。

我不太清楚初桃后来怎样。战后几年，我听说她在宫川町当妓女。她不会长久在那里的，因为那晚我听到聚会上有人信誓旦旦地说，如果初桃成了妓女，他会去找她，并让她到自己那边去工作。他确实去找过了，但是找不到。这些年，她或许已经因酗酒而死，这样收场的艺伎她不是第一个。

正如一个男人坏了一条腿也能逐渐习惯，我们也已经习惯艺馆里有初桃了。即使初桃离开很长时间后，她的影子还是无处不在。我们没有意识到的种种事情正在慢慢痊愈。即使初桃只在屋里睡觉，女仆们也知道只要她在，那天就会训斥她们。她们在生活中总是小心翼翼，正如走过一个结冰的池塘，老担心脚下的冰随时会裂开。至于南瓜，我想她已渐渐依赖于姐姐了，一旦离开就有种奇怪的失落感。

我已是艺馆的台柱，但我过了很长时间才拔除因初桃而生了根的怪毛病。即使初桃离开很久以后，每当有人用奇怪的眼神看我，我就会想他是不是从她那里听到了我的坏话。每当我上楼时，我总是垂着眼睛，害怕初桃会等在楼梯上找人出气。数不清有多少次，我踩上最后一层楼梯，猛然惊觉已经没有初桃了，而且再也不会有了。我知道她走了，但空了的房子似乎在暗示她的某种存在。即使现在我年纪大了，有时候掀起梳妆镜上的织锦罩子，脑子里也会突然闪现出她在镜子里的样子，扬扬得意地冲我笑。

第二十八章

在日本，我们把从大萧条到"二战"末的时期称为"黑谷"，即黑暗的谷底，很多人的生活就像把脑袋滑进浪底的孩子。通常情况下，我们祇园人总要少受一点罪。整个三十年代，大多数日本人都生活在黑暗的谷底，而我们在祇园仍然能够晒到一点阳光。我相信我不必说明原因，内阁大臣和海军军官的情妇们，总是大笔金钱的受惠者，她们又会把这些金钱给其他人分享。可以说，祇园就像山顶上的一个池塘，各路溪水源源不竭汇流其中。有些地方的水来得更充足些，但整个池塘水面总是在上升。

由于鸟取将军的关系，我们艺馆也是水源充足的地方之一。有几年，周围的情况每况愈下，但即使是配给制度实行后很久，我们仍能按时得到食物、茶、日用织品，甚至化妆品和巧克力这样的奢侈品。我们或许可以关起门来把这些东西留为自用，但祇园不是这样的地方。妈妈把许多东西送了人，觉得物有所值，这当然不是因为她慷慨大方，而是因为我们都像蜘蛛一样聚居在同一个网上。大家一次次地来寻求帮助，只要力所能及，我们也很愿意帮忙。比方说，1941年秋天，有一次军警发现，一个女仆携带的盒子里装有的配给券比应有的多十倍。她的女主人准备把她送到乡下去，在安排妥当之前，先把她送到我们这里来避难。当然，祇园的每个艺馆都存有配给券，越是好的艺馆，越是存得多。把女仆送到我们这里而不是别处，那是因为鸟取将军关照过军警不要来打扰我们。你看，即使在祇园这山顶池塘里，我们也是游泳在最温暖的水中的鱼。

黑暗继续笼罩日本，终于，我们赖以维生的一线光明也熄灭了。那发生在 1942 年 12 月，新年前几周的一个下午，我正在吃早饭——或者说，是当天的第一顿饭，因为我一直忙于打扫艺馆迎接新年——一个男人的声音在门口响起。我想大概是来送东西，就继续吃我的饭，但是过了一会儿，女仆来对我说，一个军警要见妈妈。

"一个军警?"我说，"告诉他妈妈出去了。"

"是啊，我这么说了，小姐。他又说要找您谈谈。"

我走到门厅，看到那个军警正在门道里脱靴子。大概多数人见到他的手枪仍然别在皮袋里，就会松口气，但我说过，我们艺馆之前从未发生过这种事。警察通常会比大多数客人更恭敬有礼，以免他的来访让我们受惊。但看他猛拽靴子的架势……嗯，他用这种方式表示，无论我们是否请他，他都要进来的。

我向他鞠躬行礼，但他只看了我一眼，似乎在说等会再和你算账。他最后扯了扯袜子，压了压帽子，走到前厅，说要看看我们的菜园。就这样子，没说一句打扰抱歉的话。你知道，那时候在京都，甚至在整个国家，各家花园都改成了菜园，而我们是例外。有鸟取供应足够的粮食，我们就无需耕种自家的花园，相反，我们还可以继续欣赏苔藓、花椰菜和墙角的小枫树。这是在冬天，我希望军警看几眼冻土就得了，以为蔬菜都死了，我们在园林作物间种的是南瓜和甜土豆。我把他带到院子里，一言不发。我看着他跪在地上，用手指碰了碰泥土。我想他是在查看土地是否被翻耕过。

我急于说些什么，脑子里的念头就脱口而出："地上的雪泥可让您想起海上的泡沫?"他没有回答,只站起身来问我们种过什么蔬菜。

"长官,"我说,"非常抱歉,但事实上我们没机会种什么蔬菜。现在土地又硬又冷……"

"你们的街坊组织说得一点没错!"他说着摘下帽子,从口袋里拿出一张纸,开始宣布我们艺馆的一长串罪名。我都记不全了——囤积棉料、未上缴战争所需的金属和橡胶物品,配给券的不正当使用,等等诸如此类的事情。我们确实犯了这些事,可祗园的每家艺馆都犯了。我猜测,我们的罪名无非是比大多数艺馆享有更多财产,不但没有过早倒闭,景况还颇为良好。

幸运的是,正在此时妈妈回来了。她看到有军警在,似乎毫不惊讶,事实上,她对他的礼数比对我见过的任何一人都周全。她把他请入会客室,奉上我们来路不正的茶水。门关了,但我听到他们谈了许久。后来她出来拿东西时,把我拉到一边说:"鸟取将军今天早上被拘留了。你最好赶快把我们的好东西藏起来,否则到了明天就没有了。"

在养老町的时候,我曾经在春寒料峭的日子去游泳,然后躺在池塘边上的石头上吸收太阳的热量。如果阳光突然被云遮挡——这种情况常有——冷空气就好似一层金属般贴紧我的皮肤。我听说将军倒了霉,站在前厅里,我就有这种感觉。仿佛太阳消失了,也许永远消失了,而我却落得浑身湿透、赤身裸体地站在寒冷的空气里。军警来过后一周之内,我们艺馆被抄走了很多其他家庭很久以前就没有了的东西,比如粮食,衣服等等。我们一直接济豆叶茶叶,我想她把它们还人情了。但如今她的供应比我们好,她反过来接济我们了。到了月底，街坊组织开始没收我们的瓷器和字画，拿到我们所说的"灰市"上去卖。灰市和黑市不同，黑市是卖燃油、食品、金属之类，大多属于配给物资，是禁止交易的；灰市则更清白些，主要是家庭主妇变卖一些贵重物品来换取现金。变卖我们的东西是为了惩罚我们，所以现金都到了别人手中。街坊组织的领导是附近一家艺馆的女主人，每次来拿我们的东西都深表歉意。但军警下的命令，无人敢违背。

如果说，战争开头几年还像一趟令人兴奋的海上航行的话，到了 1943 年的年中，我们就意识到风浪对于我们的船只而言是太大了。我们以为大家都会淹死，确实有许多人淹死了。日复一日的生活变得越来越凄惨，没有人敢承认，但我想我们都开始担心这战事何时才是个头。大家都不再欢笑，许多人似乎觉得享乐是不爱国的表现。那段时期，我听到的最像笑话的笑话，是某天晚上艺伎利香说的。数月来，我们一直听到传闻说军政府准备关闭全日本的艺伎区，后来我们觉得真有其事。正当我们都在想着前途命运的时候，利香突然发话了，"我们不能把时间浪费在想这些事情上，"她说，"可能除了过去，没有什么比未来更渺茫了。"

也许你觉得不好笑，但那晚我们都大笑起来，笑得眼角淌泪。关闭艺伎区的一天就要到来了。那样一来，我们都要到工厂干活。为了让你对工厂生活有个了解，我可以说说初桃的朋友光琳。

前一年冬天，祇园中每个艺伎最为担心的灾难终于降临到了光琳头上。她艺馆里一个照管沐浴的女仆，引燃报纸烧热水的时候，火头失了控。整个艺馆都被烧毁，包括所有的和服。结果光琳去了城南一家工厂工作，干的活是把透镜装到一种用于飞机投弹的装置里去。后来几个月，她经常回祇园来看看，我们都惊骇于她变化之大。不是因为她看起来越来越不快活——我们都体味到了不快活，而且对不快活有了心理准备——而是她老在咳嗽，就像小鸟老在唱歌一样，她的皮肤染得好像在墨水里浸过似的，因为工厂用煤品质低劣，一烧起来就把什么东西都蒙上一层黑灰。可怜的光琳被迫一人做两班，但每天只能吃上一碗薄面汤，或是掺了土豆皮的稀粥。

因此你可以想象，我们对工厂有多害怕。每天起来发现祗园还开着，我们就足感欣慰。

第二年一月的一天早晨，天下着雪，我拿着配给券正在米店门口排队，隔壁的店主突然探出头来，喊了一句。

"出事了！"

我们面面相觑。我都快冻僵了，没去想他的话是什么意思。我只在农民的装束外面裹了条厚围巾，现在已经没有人白天穿和服了。最后我前面的艺伎抹了把眉毛上的雪，问他是什么意思，"战争没有结束，是不是？"她问道。

"政府已经宣布关闭艺伎区，"他说，"明天早上你们都得到登记处去报到。"

我们听了很久从他店里传出来的收音机声音。接着门轱辘辘地关上了，只剩下雪花落地轻微的嘶嘶声。我看见周围艺伎脸上绝望的神情，顿时明白我们都在转同一个念头：我们认识的男人当中有谁会让我们免遭进工厂的命运？

虽然鸟取将军直到去年还是我的旦那，但我当然并非他结识的唯一一名艺伎。我得赶在其他人之前找到他。因为天气的缘故，我没有讲究穿戴，把配给券往农民裤子口袋里一塞，就立即往市西北角走去。据说将军住在猿屋旅馆，就是多年来，我俩每周两个晚上见面的旅馆。

一个多小时后，我到了那里，一身披雪，冻得皮肤灼痛。我向女主人问好，她却端详了我好一阵子，然后鞠躬道歉说，她不认识我。

"女主人，是我啊……小百合！我来是有话和将军说。"

"小百合小姐……我的天哪！我从没想过您竟然看起来像个农妇。"

她立刻带我进去了，但没有直接让我去见将军，而是领我上楼，让我换了她的和服。甚至还给我用了些她藏着的化妆品，这样将军就能认出我来。

我走进他屋子的时候，将军正坐在桌旁，听收音机里的一段戏文。他的棉袍敞开，露出瘦骨嶙峋的胸脯和稀疏的灰色胸毛。我看得出，他这一年受的苦比我还多。毕竟，他被指控犯了几项重罪：渎职、无能、滥用职权等等，有些人认为他没坐牢就够运气的了。报上有篇文章甚至指责他应当为皇家舰队在南太平洋的战败负责，说他没有管理好物资货运。不过，有些人更经得起磨砺，我只看了将军一眼，就知道过去一年的分量压在他身上，把他的骨头都压脆了，就连他的脸都看着有点变形。过去他身上总有种酸酸的腌菜味，现在我在他旁边的垫子上深深鞠躬时，闻到他身上的酸味变了。

"将军，您看起来很好，"我说，这当然是假话，"真高兴再见到您！"

将军关掉收音机。"你不是第一个来找我的，"他说，"我没法帮你什么，小百合。"

"我来得这么快！真不知道怎么会有人比我先到！"

"自上周来，几乎每个我认识的艺伎都来找过我了，但我已经没有掌权的朋友了。我不知道为什么你这种身份的艺伎会来找我。那么多有影响力的男人喜欢你。"

"有人喜欢和有雪中送炭的朋友是两码事。"我说。

"是啊，两码事。不过你来找我帮什么忙呢？"

"将军，什么忙都可以。这些日子，我们在祇园只谈着进工厂后生活会多惨。"

"运气好的人日子也惨。其他人都不能活着看到战争结束。"

"我不明白。"

"炸弹很快就会落下来了，"将军说，"你能想得到，工厂受攻击的可能更大。如果你想活到战争结束，最好找个人把你藏到安全的地方。抱歉我做不到。我已经用尽了我的影响力。"

将军问候了妈妈和阿姨的身体健康，然后就和我道别。很久以后，我才明白他所谓的用尽了影响力。猿屋的老板有个小女儿，将军设法把她送到了日本北部的一个镇子上。

回艺馆的路上，我知道该是行动的时候了，但我不知道怎么办才好。就连把恐惧阻挡在一臂之外这样简单的事情也不是我能够办到的。我到豆叶现在居住的寓所里，因为她和男爵的关系几个月前结束了，眼下她已搬入一个小得多的地方。我以为她可能知道我该怎么办，但其实她和我一样惊惶失措。

"男爵什么都不帮我，"她说，脸色因担忧而苍白，"我想不到还能找其他什么人。小百合，你要想个人出来，尽快去找他。"

我和延已经四年没有联系了，我当即知道自己不能去找他。至于会长……唉，我会抓住每个机会和他说话，但我不能去求他帮忙。尽管他在门厅里对我态度友好，却从来不请我去他的宴会，即使艺伎很少的时候也不请。我觉得受了伤害，但我能做什么呢？不管怎样，即使会长想帮我，他和军政府的争吵最近见报了，他自己已经麻烦缠身了。

于是这个下午我就冒着严寒，从一家茶馆跑到另一家，询问许多我数周未见乃至数月未见的男人。没有一个女主人知道哪里才能找到他们。

那天晚上，一力亭茶屋到处都是饯别会。有意思的是，艺伎们对这个消息的反应各异。有些人看上去好像精神崩溃了，有些人像是一尊尊菩萨，镇静漂亮，但却抹上了一层悲愁。我不知道自己是什么样子，但我的脑子就像个算盘，不停地思虑谋划，想着我能去找哪个男人，又该怎么做。我想得太入神，差点没有听到女仆跟我说，有人请我去另一个房间。我想是一群男客要我去陪酒，但她带我上到二楼，穿过走廊来到茶屋的后室。她拉开一间小榻榻米房间的门，这屋子我从未进去过。桌子上放着一杯啤酒，边上坐着延。

我还没有鞠躬说话，他就开口了："小百合小姐，你让我失望了！"

"天哪！延先生，我已经四年没有给您陪酒的荣幸了，突然一下子就让您失望。我这么快做了什么错事？"

"我和自己打了个小赌，赌你看到我，嘴巴就会张大。"

"其实，我已经吃惊得无法动弹了。"

"进来吧，让女仆关门。不过先让她再送一杯啤酒进来。你和我得为一件事情喝点什么。"

我照办了，然后我跪到桌子的一头，我们隔着一个桌角。我觉得延几乎是在用目光抚摸我的脸，我脸红了，正如一个人会在暖日底下红了脸一般，我都忘了被人欣赏是多么惬意的事。

"你脸上有我从未见过的棱角，"他对我说，"别告诉我你和其他人一样在挨饿。我不希望你这样。"

"延先生自己也有些清瘦了。"

"我有足够的食物，就是没时间去吃。"

"真高兴您一直很忙。"

"这是我听到的最奇怪的话。如果你见到一个人为了躲避子弹而忙活，你会觉得他有事做，替他高兴？"

"我希望延先生的意思不是指他真的担心自己的性命……"

"没有人要来谋害我，如果这是你的意思。但如果岩村电器公司是我的性命，那就是了。我确实为它害怕。现在告诉我，你的旦那怎么样了？"

"我想，将军和我们大家差不多。多谢您好意问起。"

"哦，我可没存半点好意。"

"这些日子很少有人问到他。换个话题吧，延先生，我想你晚上常来一力亭茶屋，但为了避开我，就待在这楼上的特别房间，是吗？"

"这个房间挺特别，不是吗？我想这是茶屋里唯一不能看见花园的房间。如果你拉开纸窗，就能看到街上。"

"延先生对这房间很熟。"

"一点不熟，这是我头一次用这房间。"

他说这句话时，我做了个鬼脸，表示我不相信。

"小百合，你爱怎么想就怎么想，但我确实以前从未来过这里。我想这是女主人给过夜的客人准备的，如果有这样的客人的话。我和她说了来此的原因，她就很好心地让我今晚待在这里。"

"好神秘啊……这么说，你来是有目的的。我能知道是什么目的吗？"

"我听见那个女仆拿着我们的啤酒回来了，"延说，"她一来你就会知道了。"

门拉开，女仆把啤酒放在桌子上。当时，啤酒已是稀罕物，于是看着金黄色的液体注满杯子也是非同一般的感受。女仆走后，我们举起了酒杯，延说："我是来这里为你的旦那干杯的。"

我听了这话，把啤酒放下了："我得说，延先生，能让我们开心的事情实在不多，但要我想出来您为我旦那干杯的理由，恐怕得花我几个星期呢。"

"我应该说得详细一点。我是为你旦那的愚蠢干杯的！四年前我告诉过你，他不值分文。你怎么说。"

"事实是……他已经不再是我的旦那了。"

"这就是我要说的！就算他还是你旦那，他也没法为你做什么，是不是？我知道祇园就要关了，人人都在发慌。今天早上，有个艺伎打电话到我办公室……我不想说出她的名字……但你就想不到吗？她问我是否能在岩村电器公司为她找个工作。"

"如果您不介意的话，我想知道您是怎么对她说的。"

"我没法给任何人找工作，我自己都快找不到工作了。就连会长大概也很快要失业了，如果他再不听政府的号令，就要坐牢了。他跟他们说，我们生产不了刺刀和弹夹，但现在他们居然让我们设计制造战斗机！真的是说战斗机？我们生产电器！有时候我真想知道这些人都是怎么想的。"

"延先生小声点说吧。"

"谁在听我们？你的将军？"

"说到将军，"我说，"我今天去见过他了，去求他帮忙。"

"他能活着见到你，你真运气。"

"他病了吗？"

"不是病。但他这些天就要自杀了，如果他有这个勇气的话。"

"延先生，求您别说了。"

"他没帮你，是不是？"

"是，他说他已经用尽了自己的影响力。"

"他的影响力不持久。他为什么没有为你保留一点儿影响力呢？"

"我有一年多没有见到他了。"

"你四年多没有见到我了。我却为你保留了最大的影响力。为什么之前你不来找我？"

"我总以为您一直在生我的气。延先生，看看您的样子！我怎么能来找您呢？"

"你怎么不能来找我？我能让你不进工厂。我能送你去十全十美的避难所。相信我，那地方好极了，就像一只鸟的鸟窝一样。小百合，我只想给你一个人。但我不会给你，除非你在我面前一躬到地，承认你四年前犯了多大的错。你的确说对了，我生你的气！我们可能还没能见上一面就都死了。我可能会失去这唯一的机会。你不仅仅把我晾在一边，你还把你最青春的岁月浪费在一个笨蛋身上，那个男人连欠国家的债都还不清，怎么能还欠你的债。他倒像个没事人一样过得好好的。"

你能想象，我此刻心情如何。延扔出来的话就像石头一样。不是这些话本身，也不是这些话的含义，而是说话的方式。起初我下定决心，无论他说什么，我都不哭。但我很快意识到，延先生就是想让我哭。这感觉很容易，好比让一张纸片从指缝间划下去。每一滴淌下我脸庞的泪珠都有不同的含义。伤心事太多了！我为延哭，为我自己哭，为我们茫茫的前途而哭。我甚至还为鸟取将军哭，为光琳哭，她在工厂里变得如此苍老而虚弱。然后我照延的要求，从桌旁挪开了一点，一躬到地。

"请原谅我的愚蠢。"我说。

"哦，起来吧。只要你说你不会再犯同样的错，我就满意了。"

"我不会了。"

"你和那个男人共度的每一分钟都是浪费！我早就跟你说过了，不是吗？大概你现在学乖了，会朝自己未来的目标努力了吧。"

"延先生，我会朝自己的目标努力的。别的我什么都不想了。"

"我很高兴听到这话。你的目标在哪里呢？"

"在经营岩村电器公司的人那里。"我说。当然，我心里想的是会长。

"这就对了。"延说，"我们来干杯吧。"

我喝酒只沾了沾唇，我思路混乱，心情低落，一点也不觉得渴。后来延告诉我有关他筑好的巢。那是他的好友——和服制作家岚野勇的住处。我不知道你是否还记得他，他就是几年前男爵在箱根府邸举办宴会邀请的贵宾，那次延和螃蟹医生也出席了。岚野先生的家也就是他的作坊，坐落在加茂河浅水湾河畔，就在祇园上游五公里处。几年前，他和他的妻子女儿就以制作漂亮的友禅^①和服出了名。但近来，所有的和服制作师都被征调去缝制降落伞，因为他们毕竟擅长和丝织品打交道。延说，我会很快学会这个活，而且

---

① 友禅是和服织锦的一种染画法，分为加贺友禅和京友禅，前者发源于加贺地区，后者流行于京都。

岚野一家非常欢迎我去。延自己会去找有关当局做好必要的安排。他把岚野的地址写在一张纸上交给我。

我一再对延道谢。我每说一遍，他就高兴一分。正当我想提议一起出去，踏着新雪散散步时，他看了眼手表，喝干了最后一滴啤酒。

"小百合，"他对我说，"我不知道我们何时才能再见，再见时这世界又会变成什么模样。我们都有可能会遇到许多可怕的事。但每当我想到，这世上还有美好存在，我就会想起你。"

"延先生！您也许本该是个诗人！"

"你非常清楚我毫无诗意。"

"您说这些甜蜜话的意思是您要离开了？我希望我们能一起出去走一走。"

"天气太冷了。你就送我到门口吧，我们在那里道别。"

我跟着延下了楼，在茶屋门口蹲下身替他穿鞋。接着我把脚伸进厚底木屐——下雪天我才穿它——陪延走到街上。若是几年前，外面会有一辆车等他，但如今只有政府官员才能坐车，因为几乎已经没有汽油来开车了。我建议送他到电车车站。

"现在我不需要你陪我了，"延说，"我要去会见我们的京都批发商。我放在心上的这类事情很多。"

"延先生，我得说，我更喜欢你在楼上说的告别词。"

"这样的话，下次再上那儿去好了。"

我向延鞠躬道别。大多数男人大概会回头再看一眼，但延只是在雪中缓缓行去，拐个弯转上四条大街就消失了。我手里紧紧攥着他给我的纸片，上面写着岚野先生的地址。我觉得我把它握得太紧了，几乎就要捏碎，我肯定能捏碎它，只不明白为何自己这样紧张害怕。我凝视着身边纷纷扬扬的雪，看着延一直延伸到拐角处的脚印，突然知道是什么在让我烦恼。我何时才能再见到延？见到会长？或者再见到祇园呢？我还是个孩子时，曾被人从家里带走。我想，正是那些年痛苦不堪的回忆，让我感觉如此孤单。

第二十九章

　　你也许会想我是个成功的年轻艺伎，倾慕者众多，就算没有延，别人也会自告奋勇来救我。但是，一个需要帮助的艺伎并不是掉在街上的珠宝，人人都会想捡。最后那几周里，祇园几百名艺伎都千方百计地想找个能避开战争的小巢，但是只有几个运气好的才找到了。所以你看，我住在岚野家里，越来越感到自己欠延的情。

　　次年春天，我听说艺伎利香在东京的大轰炸中遇难了，这时我才真正发现自己有多么幸运。正是利香说了那句我们发笑的话，除了过去，没有什么能比未来更渺茫的了。她和她母亲都是知名的艺伎，她的父亲则出身一个著名的商业家庭。对我们这些祇园人来说，没有人比利香更有可能熬过战争了。她遇难的时候，显然正在他父亲东京田原调布的宅邸里，给她的小侄子读一本书，我想她大概觉得那里和京都一样安全。说也奇怪，在利香遇难的那次空袭中，著名相扑力士宫城山也死了。他俩都生活在相对舒适的环境中。至于南瓜——她似乎已经和我绝交——也努力活过了战争，虽然她工作的那家大阪郊区镜片厂被轰炸了五六次。我知道在那一年，没有什么事情比谁能活下来而谁不能活下来更不确定的了。豆叶捱过来了，她在福井县的一所小医院里当护士助手。但她的女仆辰美却死在长崎的狂轰滥炸中；她的穿衣师一丁田先生，在一次空袭警报演习中因心脏病突发而死。但别宫先生却活了下来，在大阪的海军基地工作。鸟取将军也活着，一直住在猿屋旅馆，五十年代中期才过世。男爵也没死，但说来可悲，在联军占领那头几年，男爵的爵位和许多财物都被剥夺，于是他自沉于他那个美丽的池塘。我想，他是无法面对一个他不能随心所欲的世界。

说到妈妈，我没有一刻怀疑过她能熬过战争。她有着损人利己的高超本领，在灰市上如鱼得水，仿佛她一向干的就是这个。她在战争中倒卖别人的祖传家当，不但没有穷困潦倒，反而发家致富。每次岚野先生要从他的藏品里变卖一件和服换取现金，他就会让我和妈妈联系，以便她能帮他赎回来。你瞧，许多在京都被买走的和服都经她的手。岚野先生大概希望妈妈能放弃牟利，把他的和服保存几年，直到他可以赎回来，但她好像从来都找不到那些衣服，至少她是这么说的。

我住在岚野家里的那些年，他们一家人待我都非常好。白天，我和他们一起缝制降落伞，晚上，我和他们的女儿、外孙一起睡，地铺就打在作坊里。我们没有多少煤炭，只好靠燃烧压成块的树叶取暖，或者烧报纸杂志，烧任何能觅到的东西。当然，食物越来越少了，你没法想象我们都学会了吃什么。吃大豆渣，这通常是喂牲口的。还有一种很难看的东西，叫做"糠面包"，是把米糠和小麦粉掺在一起油炸而成，样子就像风干了的旧皮革，我相信皮革的滋味都比这个好。我们偶尔也会有少量土豆或甘薯，鲸鱼肉干，海豹肉香肠，有时候还有沙丁鱼，我们日本人从来是把沙丁鱼当作肥料的。那些年，我瘦了许多，走在祇园的大街上，没有人认得出我。有些日子，岚野的小外孙纯太郎饿得直哭，这通常是岚野先生决定变卖一件和服的时候。这就是我们日本人所说的"洋葱头生活"，每次剥一层皮，泪流不止。

1944年春天的一个晚上，我和岚野一家住了才三四个月，就目睹了生平第一次空袭。星星如此明亮，我们都能看见轰炸机在头顶盘旋的黑色剪影，还有发射升空的星星——我觉得是这样——从地面飞起来，又在地面附近爆炸。我们担心会听到可怕的警报声，看到京都在我们眼前烧成一片火海。如果这样的话，无论我们是死是活，生活都将在那一刻终结，因为京都和飞蛾的翅膀一般脆弱，一旦被摧毁，绝对无法像大阪、东京或其他城市那样重建起来。但是轰炸机放过了我们，而且每个晚上都放过了我们。许多夜晚，我们看着大阪的火光映红了月亮；有时，我们见到灰尘如落叶般飘浮在空气中，甚至能见到五十公里外京都上空的灰尘。你完全能想象，我为会长和延心忧如焚，他们的公司就在大阪，家又都住在京都。我不知道我姐姐佐津怎么样了，她又在哪里。我也许没有意识到，但自从她逃走的那周开始，我心底总藏着这样一个信念，我们生命的轨迹终有一日会让我们重逢。我想，她也许会寄信到新田艺馆，也许会回祇园找我。后来有一天下午，我带小纯太郎在河畔散步，从河边捡起石头扔回水里，我突然想到，佐津再也不会回祇园来找我了。眼下我生活如此窘迫，根本无法可想能够旅行到某个遥远的城市。况且，佐津和我可能对面相逢不相识了……至于我以为她会给我写信，唉，我又觉得自己好生愚蠢，难道过了这么多年我才明白其实佐津无从知道新田艺馆的名称？即使她想写信也无从写起，除非她去找田中先生，可她又决不会去找的。小纯太郎还在往水里扔石头，我蹲在他身边，一只手往脸上浇水，一直朝他微笑，装着是想让自己凉快一下。我的小诡计得逞了，纯太郎看来不知道是怎么回事。

逆境就像一阵狂风。它不仅阻挡我们去某些我们本来能去的地方，还从我们手中夺走本来无法被夺走的东西，于是狂风过后，我们看到的是原形毕露的自己，而不是爱成什么样就能成什么样。举个例子，岚野先生的女儿在战争中失去了丈夫，于是她便全心投入到两桩事情当中：一是照看她的小儿，二是为士兵缝制降落伞。她生活再无别的目的。她日渐消瘦，你都能知道她每一克肉到哪里去了。战争结束的时候，她紧紧抓着孩子，仿佛抓着悬崖边缘，一松手便会掉到下面的岩石上。

　　既然历经磨难，我对自己的了解就像在唤醒那些几乎已忘却的往事。换言之，在华丽的衣裳、娴熟的舞姿、机智的谈吐之下，我的生活毫不复杂，而是如石头落地一般的简单。过去十年里，我的所作所为只有一个目的，那就是赢得会长的心。日复一日，我看着作坊下面加茂河浅滩的潺潺流水，有时我会丢一片花瓣下去，有时是一根稻草，知道它会被载到大阪，然后再入海。我想，有天下午会长也许坐在桌前，探出窗口看到了花瓣或稻草，说不定就会想起我来。但顷刻我的思路又颤抖起来，会长也许是会看到它——虽然我怀疑这种可能性，但即使看到了，他靠回座椅，由花瓣而想到了数百桩事，其中或许不会有我。他的确一直对我很好，但他就是这么个好人。从未有过一丝迹象，表明他认出我是他当年安慰过的女孩，表明他知道我关心着他，想着他。

　　一天，我想到一件事，这在某种程度上比我突然明白佐津与我无法团聚更令我伤心。前一晚，我一直转着个可怕的念头，我第一次想到，万一直到我走到人生尽头，会长都对我无动于衷呢？第二天早晨，我仔细翻查黄历，希望能找到一点迹象来说明我不是漫无目的地过日子。我心情沮丧，连岚野先生也似乎看出来了，他让我去一家干货店买缝衣针，步行过去要半小时。我回来时天已黄昏，在路上走着，差点撞上一辆军车。这是我距离死亡最近的一次。次日早晨我才留意到黄历上说走鼠位方向不吉，而干货店正在鼠位。我一门心思查找有关会长的征兆，因而对此浑然不觉。这件事让我懂得，把心思放在不存在的事物上是危险的。难道我直到生命尽头才会觉醒到，日夜盼望的男人永远不会来？我吃下去的东西从未细细品尝，路过的地方从未好好欣赏，只因我一任生命悄悄溜走，一心思念着会长。这种悲哀不堪承受。然而，如果我把思念从他身上抽回，我又拥有什么样的生活呢？我会像一个舞者，从小就为了一次演出而苦苦练习，但这次演出永不会到来。

1945 年 8 月，战争结束了。大多数当时住在日本的人都能告诉你，那是漫漫黑夜中最为惨淡的一刻。我们的国家不仅被打败了，还被摧毁了，我说的不止是轰炸带来的后果，虽然轰炸是极其可怕的。当你的国家战败，外国军队涌入，你就会觉得自己仿佛被押到刑场上跪下，双手绑着，只等断头刀落下。那一两年内，我从未听到过笑声，连小纯太郎也不笑，虽然他什么也不懂。每当他要笑时，他外公就挥挥手让他安静。我常留意到那些年里成长起来的男男女女，他们总有种特定的严肃味道，他们的童年太缺少欢笑了。

1946 年春天，我们都知道自己要生活在战败的苦难中了。还有人相信日本有朝一日会复兴。所有关于美国兵会奸淫杀害我们的说法都是谣言。事实上，我们慢慢了解到，美国人总体上是相当友善的。一天，他们有一队随行人员驾着军车驶过这地方。我和几位邻家妇女一起站着旁观。在祇园这些年里，我觉得自己是住在另一个特殊的世界里，和其他女人隔离开来。那种被隔离的感觉很强烈，我几乎从不去想其他女人——甚至是我伺候的男人的妻子——

是怎样生活的。而我如今穿着一条破烂的工作裤，一头长发披在背上，已经几天没有洗澡了，因为我们的燃料只够一周烧几次水。在驾车驶过的美国兵眼里，我和周围的其他女人也没什么分别。我自己想来，谁又能说我有所不同呢？如果你没有了树叶、树皮或树根，你还能叫自己是一棵树吗？"我是个农妇，"我对自己说，"不再是艺伎了。"看到自己粗糙的双手，我吓了一跳。为了把恐惧的念头抛开，我又把注意力放在开过的运兵车上。这就是那些让我们来痛恨的美国兵吗？是他们用恐怖的武器炸毁了我们的城市？他们驶过我们的街区时，向孩子们抛撒糖果。

投降后一年，岚野先生又被获准制作和服了。我除了会穿和服外，什么也不懂，所以只好整天待在作坊附属间的地下室里，伺弄那些染缸里沸腾的染料。这是个可怕的活计，因为我们只用得起"塔东"，这种燃料是焦油和煤尘的搅拌物，烧起来的恶臭你无法想象。过了一段时间，岚野先生的妻子教我怎么收集合适的树叶、枝条回来制作染料，像是给我升了职。大概是升职吧，可是有一种材料——我不知道是哪种——效果古怪，能把我的皮肤染色。我这双娇嫩的跳舞的手，曾经用最好的护肤霜来保养，如今却开始像洋葱头的皮一样剥落下来，还被染成了青紫色。这段时间，也许是因为太寂寞，我和一个年轻的榻榻米制作者发展过一段短暂的恋情。他叫井上，我觉得他很英俊，两道柔和的眉毛扫在细腻的皮肤上，嘴唇非常润滑。那几周，我每过几天就会在晚上溜进附属间，让他进来。我一直没有意识到自己的手有多么难看，直到一天晚上，染缸下面的火熊熊燃烧，我们把彼此看得清楚。井上一眼看到我的手，就再也不让我用手碰他了。

为了让我的皮肤好过些，到了夏天，岚野先生让我去采集鸭跖草。鸭跖草是种花，汁能用来浸丝，浸染之后丝绸才能上浆、染色。它们一般生长在雨季时节的河塘边。采集花草听上去是件愉快的活，于是七月的一个早晨，我就背上背包准备去享受这凉爽、干燥的一天。但我很快发现，鸭跖草很是鬼灵精。据我所知，它就像一条小巷子，募集了日本西部所有的昆虫。只要我采下一把花，一群群的蚊虫就会来袭击我。更糟的是，有一次我还踩上了躲在暗处的一只小青蛙。收集花草这悲惨的一周过去后，我着手做一项轻松得多的工作，挤花汁。但如果你从来没有闻过鸭跖草花汁的味道……唉，到了周末，我非常庆幸又能回去烧染料了。

这些年我工作十分努力，但每晚睡觉时，总想起祇园。投降后不出数月，日本所有的艺伎区都重新开放了，但妈妈没有找我，我是不能自己回去的。她把和服、工艺品和日本刀卖给美国人，日子过得有滋有味。所以现在她和阿姨仍然住在京都西部的小农场里，还开了家店，而我继续和岚野一家一起工作生活。

祇园离这里只有几公里，你也许会以为我常常回去。然而我在这里住了将近五年，只回去过一次。那是战后第一年的一个春日下午，我为小纯太郎去上京区医院抓药。我沿着河原町大街一直走到四条，过了桥就到了祇园。我震惊地看见河边挤着一家家穷苦百姓。

在祇园我认出了许多艺伎，但她们都没有认出我。我没有和她们说话，只想用一种局外人的眼光来打量这个地方。但其实我走了一路，看到的根本不是祇园，而是我自己鬼魂般的记忆。我走在加茂河畔，想起许多个下午，豆叶和我一起在此散步。附近便是我向南瓜求助那晚，她和我拿着两碗面条坐过的长凳。不远处的小巷，延曾在那儿责备我让将军当我旦那。又走过半个街区，到了四条大街的拐角，那儿我曾让一个年轻的送货员丢了手里的午餐盒。在所有这些地方，我觉得自己像是站在舞台上，而舞蹈已经结束好几个小时了，寂静像雪毯一样沉重地压在空荡荡的剧场里。我去了我们的艺馆，依依不舍地望着门上的重铁锁。当我被锁在里面的时候，我想出来。如今沧海桑田，我被锁在外面了，却又想再进去。我已经成年，如果我愿意，自然可以在那一刻自由自在地走出祇园，再不回来。

战后三年，十一月的一个寒冷下午，我正在附属间的染缸旁烘手，岚野夫人下来说有人要见我。我从她的神情中看出，来访者不是某位邻家妇女。但我走上楼梯竟然看到了延，你能想象我有多么惊讶。他和岚野先生坐在作坊里，端着一个空茶杯，像是已经谈了一阵子了。岚野先生看到我就站起身来。

"延先生，我在隔壁还有点活，"他说，"你们两个在这里聊吧。我很高兴你来看我们。"

"岚野，别傻了，"延回答说，"我是来看小百合的。"

我觉得延这么说话不礼貌，而且也不好笑，可是岚野先生听了却哈哈大笑，他拉上工作间的门出去了。

"我以为整个世界都变了，"我说，"但不是这样，因为延先生还和以前完全一样。"

"我从来不变，"他说，"但我不是来聊天的。我想知道你是怎么回事。"

"没出什么事。延先生没有收到我的信吗？"

"你的信读起来全像诗歌！你只会说美丽的潺潺流水，或类似的废话。"

"啊,延先生,我给您写的信可不是废话。"

"我也希望不是,但它们看起来就是。你为什么不说说我想知道的事?比如说你什么时候回来祇园。每个月我都打电话到一力亭茶屋去打探你的消息,女主人总是顾左右而言他。我以为你可能是得了重病。我想你比以前瘦了,但看来还健康。你为什么不回去?"

"我每天都想着祇园。"

"你的朋友豆叶一年多前就回去了。就连通三,年纪都一大把了,祇园一复业她就露了面。但没人告诉我,为什么小百合还没有回来。"

"说实话,决定权不在我手上。我一直等着妈妈重开艺馆。延先生希望我回去,我也一样急着想回去。"

"那么打电话给你妈妈,说时候到了。我已经耐心等了半年。我给你写的信你看明白了吗?"

"您说您想要我回祇园。我以为您的意思是,您希望很快在那里见到我。"

"如果我说我想你回祇园,我的意思就是,我要你整理行囊,回祇园来。我不知道你为什么要等你妈妈!如果她还不想回来,她就是个傻瓜!"

"很少有人说她好,但我能保证她不是傻瓜。要是延先生了解她的话,甚至可能会佩服她的。她把纪念品卖给美国兵,日子过得很好。"

"士兵不会永远待在这里。你去告诉她,你的好朋友延要你回祇园。"说罢,他一手拿了个小盒子,扔到我身边的垫子上。然后一言不发,只边品茶边看我。

"延先生扔给我的是什么?"我说。

"我带来的礼物。打开吧。"

"如果延先生送我礼物，我先得把我的礼物给他。"

我走到屋子角落里，从我的物品箱里找出一把折扇，很久以前我就想把这送给延。一把扇子对于一位把我从进工厂的命运中拯救出来的人而言，似乎太轻了，但对艺伎来说，用于舞蹈的扇子就像神物一般，而且这还不是一把普通的舞扇，而是当我达到井上派舞蹈师匠级时，我的老师送给我的。我从未听说艺伎会放弃这样的东西，这就是我决定把它送给他的原因。

我把扇子用一块方形棉布包好，过去递给他。他打开来看，脸上现出愕然之色。我早知他会如此，便把原委尽力解释了一番。

"真是谢谢你，"他说，"但我配不上它。把它送给比我更会欣赏舞蹈的人吧。"

"我不会送给其他人。它是我的一部分，我已经把它送给延先生了。"

"那么，我非常感谢，也会好好珍惜它的。现在打开我给你的盒子吧。"

解开外面的纸包和绳子，又打开几层报纸，里面是块拳头大小的石头。我相信我收到石头的困惑程度和延收到扇子时不相上下。细看时，我才发现它不是石头，而是一块水泥。

"你手里拿的是我们大阪工厂的一块瓦砾。"延对我说，"我们四个工厂给毁了两个。整个公司能否撑过未来几年都很难讲。所以你瞧，如果你把你的一部分寄托在扇子里给了我，我想我也把我的一部分给了你。"

"如果这是延先生的一部分，我会珍惜它的。"

"我不是送给你来珍惜的，这是块水泥！我要你帮我把它变成一块漂亮的珠宝，让你来保存。"

"要是延先生知道该怎么做，请告诉我。我们都会发财了！"

"我要你在祇园办一件事。如果顺利，我们的公司就会在一两年内重振雄风。当我问你要回这块水泥、把它换成珠宝时，就是我终于要成为你旦那之时。"

我一听之下，浑身和玻璃一般冰冷，但我丝毫没有显露出来。"太神奇了，延先生。我做一件事，就能帮上岩村电器公司的忙？"

"这件事不好办。我不会骗你。祇园关闭前两年，有个叫佐藤的男人曾出席过知事的宴会。我要你回去招待他。"

我听了忍俊不禁，"这种事很难办吗？延先生有多讨厌他，我就能伺候得他更糟。"

"要是你还记得他，就会晓得有多难办了。他脾气暴躁，举止行为跟猪似的。他告诉我，他通常坐在桌子对面，就为了可以看着你。他除了你什么都不谈，一开口就说到你，因为他大多数时间都是坐着。也许上个月你在报纸上看到过他，他刚被任命为大藏省副大臣。"

"天哪！"我说，"他一定很有本事。"

"呵，有这个头衔的人少说也有十五个。我知道他把酒灌进嘴里很有本事，没见过他干别的事。我们这样一个大公司的未来居然要受这种人影响，悲剧啊！小百合，活在这个年代真是可怕。"

"延先生！您不能这么说。"

"怎么不能？没人会听我说话。"

"不是有没有人听您的问题，而是您的态度！您不能这样想。"

"为什么不能？公司的情形已经糟糕透顶。整个战争中，会长都拒绝接受政府要他做的事，最终他答应合作时，战争都快结束了，我们制造的东西都没有——没有一样——用于战场。但这有没有阻止美国人把岩村电器列为和三菱一样的财阀呢？荒谬。和三菱比，我们就像麻雀看着一头狮子。还有更糟的，如果我们没法在这个案子上说服他们，岩村电器就会被查封，设备都会被当作战争赔款出售！两周前，我就说过这够糟的了，但如今他们又派了佐藤这个人来复审我们的案子。那些美国人觉得让日本人来接替这个职务是很高明的一着。哼，我宁愿看到一条狗来当这个官，也不希望是这个人。"突然，延打断了话头，说："你的手是怎么回事？"

自打从附属间上来，我就尽量把双手藏起来。显然延不知怎么还是看见了。"岚野先生好心让我去煮染料。"

"指望他知道怎么把这些色渍除去，"延说，"你不能这样子回祇园。"

"延先生，我的手不成问题。我只是不知道自己能否回祇园。我会尽力去和妈妈说，但说到底，这不是我能决定的。再说，我相信别的艺伎也能帮上这个忙。"

"没有别的艺伎！听我说，一天我把副大臣和另外六个人请到一家茶馆。他先是一个小时没说话，然后终于清了清嗓子说：'这不是一力亭茶屋。'我对他说：'不是一力亭茶屋。您说得当然没错。'他像头猪似的哼哼了几声，又说：'小百合在一力亭茶屋陪客。'于是我告诉他：'不是的，副大臣，如果她在祇园，一定会过来陪我们。但我告诉您，她不在祇园！'于是他就端起酒杯……"

"我希望您对他能更礼貌些。"我说。

"我当然不会！我只能忍着陪他半小时，时间再长我就没法保证会说出什么话来了。这就是我要你去的缘故！别再跟我说，这不是你能决定的。这是你欠我的，你非常清楚。再怎么说，其实是……我想借此机会和你待上一段时间……"

"我也想和延先生在一起。"

"你来的时候别抱任何幻想。"

"过了这几年，我想我是一点幻想都不剩了。不过，延先生可是在特别考虑什么事？"

"一个月内，别想我来做你旦那，这就是我说的话。只要岩村电器没有复苏，我就没有条件来提这种请求。我很是担心公司的前途。但说实话，小百合，我看到了你，就觉得未来有希望了。"

"延先生！您太好了！"

"别说笑了，我不是在讨你欢心。你我的命运交织在一起。岩村电器一日不复苏，我就不能当你旦那。或许公司注定是会复苏的，就像我注定会遇见你。"

战争最后几年，我已经学会不去想什么是注定，什么不是注定了。我常对邻家妇女说，我不肯定自己能否回祇园，但事实上，我一直知道我能回去。无论我的命运是什么，它在那里等我。这些年里，可以说，我学会让我性格里的水凝滞结冰。唯有用这种方法停止我思潮的自然流动，我才能忍受这等待。如今听到延提到我的命运……哦，我感觉他粉碎了我体内的冰，再次唤醒我的夙愿。

"延先生，"我说，"如果给副大臣留个好印象很要紧的话，陪宴的时候，你也许应该把会长请来。"

"会长是个忙人。"

"但如果大臣对公司的未来很重要，确实应该请他来……"

"你还是关心自己怎么去吧。我关心的是对公司最有利的事。如果这个月底你还没有回到祇园，我会很失望的。"

延起身离开，他得在晚上之前赶回大阪。我陪他走到门口，帮他穿上大衣和鞋子，又给他戴上呢帽。之后他久久地站着看我。我以为他会说我很美，因为他有时无缘无故地看我后，就会这么说。

"天哪，小百合，你看上去真像个农妇！"他说。他转身走时，脸上带着一丝愁容。

第三十章

那天晚上，岚野一家入睡后，我就着附属间染缸下"塔东"燃烧的亮光，给妈妈写信。不知是我的信起了作用，还是妈妈本来就打算重开艺馆，总之一周后，有个老妇人的声音在扣岚野的门，我拉开门一看，是阿姨。她掉了牙的脸瘪了下去，皮肤呈现出病态的灰白色，这让我联想到一盘放了一夜的生鱼片。不过我看她身子骨还硬朗，一手提了一袋煤，另一手提了食物，送给岚野一家作为照料我的谢礼。

第二天，我和他们挥泪作别，回到了祇园。妈妈、阿姨和我三个把东西收拾好。我环顾艺馆，突然觉得我们这么多年没有打理房子，连房子也在惩罚我们。我们花费了四五天时间只解决了最棘手的问题：打扫木器上纱布一般厚的积尘，清除井里的死老鼠，拾掇好妈妈楼上的房间，麻雀已经把榻榻米拆成稻草，衔去壁龛上做窝了。我想不到妈妈居然和我们一样勤快，这一半是因为我们只请得起一个厨师和一个成年女仆。我们还有个叫悦子的小姑娘，她是妈妈和阿姨住过的那个农场场主的女儿。悦子才九岁，这似乎是在提醒我，我自己也是九岁那年来的京都，真是年华如流水。她好像有点怕我，就像我曾经怕过初桃一样，虽然我一直都对她笑颜以待。她又瘦又高，像把扫帚，一跑起来，长长的头发甩在脑后。她的脸像一粒米似的窄，我不禁想，有一天她也会像我一样，被扔进锅里，煮成又白又香的米饭，被人吃掉。

等艺馆能住人了，我就去祇园各处拜访。我先去见豆叶，她住在祇园神社附近药房楼上的单间公寓里。她一年前就回来了，但是没有旦那给她付房租，没法住得更宽敞些。她看到我时很吃惊，说是我的颧骨都突出来了。但其实我和她一样吃惊，她漂亮的鹅蛋脸没变，但她的脖子却青筋突起，显得老了。最奇怪的是她有时会像老太太似的瘪着嘴，因为她的牙齿在战时松了，现在还在牙疼，虽然我没看出什么。

我们聊了很久，后来我问她"古都之舞"明年春天还会不会续办。这个表演已经中断很多年了。

"哦，为什么不呢？"她说，"主题能改成'溪水之舞'。"

如果你曾去过温泉胜地，碰到过装扮成艺伎的妓女，你就会听懂豆叶的小玩笑了。表演"溪水之舞"的女子其实是在跳脱衣舞。她假装一步步朝水深处走去，一边把自己的和服不断地提高免得浸湿，最后男人就能看到他们想看的东西，于是欢呼叫好，互相碰杯。

"这些天祇园里都是美国兵，"她继续说，"英语比舞蹈管用。不管怎么说，'歌舞练场'剧院已经变成卡巴莱了。"

这个词是从英语 cabaret① 变来的，我以前从未听说，但我很快就知道了它的意思。还住在岚野家里时，我就听过一些美国兵的故事和他们的喧闹聚会。虽然如此，那天下午三四点钟，我走进一家茶馆时，还是吃惊不小。阶梯下面原该放着一排男客的鞋子，现在却横七竖八地丢满了军靴，每一只看起来都有妈妈的小狗"多久"那么大。门厅里，一个只穿着裤衩的美国人正把自己往壁龛架子下面挤，而两个艺伎哈哈大笑着要把他拖出来。我看见他胳膊、胸前

① 卡巴莱，有歌舞或滑稽短剧等表演助兴的餐馆或夜总会。

还有背上的黑毛，觉得从来没有见过这么像野兽的人。显然他是在划拳中输掉了自己的衣服，于是便想躲起来，但很快就让女人们给拽着胳膊拖了出来，把他拉回大厅，拉进一扇门里去了。他一进去，我就听见一片口哨和叫好声。

我回来后一个星期，终于准备重操旧业了。我花了一天时间，又是去发廊，又是去算命先生那里，用肥皂把手上的色渍洗得干干净净，还跑遍祇园找我要的化妆品。我已经快三十岁了，除了某些特殊场合，一般不需要再在脸上抹白粉。但那天我还是在化妆台前用了半小时，试着用不同的西式眼影和香粉来遮掩自己消瘦的面容。别宫先生来帮我穿衣时，小悦子看着我的神情就像我当年看着初桃一样。我在镜子里只见她满脸惊讶，这让我真正觉得自己又恢复了艺伎的模样。

当晚我出门时，一场美丽的雪笼罩了整个祇园，雪花纷纷扬扬，一阵微风就能把屋顶刮干净。我披着和服围巾，撑一把漆伞，相信自己和那天重访祇园时的农妇面貌已经不可同日而语了。路上遇见的艺伎，我只大概认得一半。那些战前就在祇园的艺伎很容易分辨，因为她们即使没有认出我，经过时也会略略鞠躬，而其他人大不了只是点个头。

街上到处都是士兵，我担心在一力亭茶屋也会碰到他们。但门口排着锃亮的黑靴，那是官员穿的。奇怪的是，茶屋比我当年还是学徒那阵子安静多了。延还没有来，至少我没看见他。但我立即被引入底楼的一间大屋子，说是他很快就会来的。通常我会等在女仆的门厅间里，暖暖手，喝杯茶，没有一个艺伎喜欢让人发现她在偷闲。但我不介意等延，而且我觉得，独自在这样一间屋子里待上一会儿也是种优待呢。在过去五年里，我的生活中太缺少美了，而这间屋子却美得让你心动。墙上覆着一层浅黄色的丝缦，气度高华，我觉得自己裹在里面，像是鸡蛋裹在蛋壳里。

我希望延自己一个人来，结果我听见他在门厅里的声音，就知道他把佐藤副大臣一起带来了。我说过，我不在乎让延看见我在等他，但万一大臣觉得我不受欢迎，那可就糟了。于是我迅速溜进边上一间没有人的房间，这倒给了我一个机会来听听延是怎么竭力让自己和颜悦色的。

"这间屋子不错吧，大臣？"他说。我听到一声咕哝似的回答。"这是我特地为您预定的。这幅禅宗派的画很有味道，您觉得呢？"沉默良久后，延又说："嗯，今晚夜色很好。哦，我有没有问过您，您尝过一力亭茶屋的招牌清酒吗？"

对话就这样持续着，延大概觉得难受极了，就像一头大象偏要装成个蝴蝶的样子。最后我走入门厅，拉开房门，延看到我，大大地松了口气。

我做了自我介绍后，细细打量了大臣一番，才过去跪在桌旁。他不太面熟，虽然他自称盯着我看过数小时。他容貌特别，我不知怎么竟会忘了他，我从未见过有人转脸都那么困难的，他的下巴皱缩在胸骨上，好像抬不起头来的样子，下颌垂得很低，还向外突出，弄得呼出来的气息又都吹回自己的鼻孔里。他朝我微微点头，报出自己的名字，然后就咕哝开了，他的咕哝声几乎是用途不限，过了好长时间我才听到他发出其他声音。

我尽力和他搭话，后来女仆端着一盘清酒进来，打断了我们。我给大臣斟满了酒，接着目瞪口呆地看着他一口气把酒倒进下垂的下巴里，就像倒进一条水槽。他闭上嘴，片刻后再张开，清酒已经消失了，别人吞咽总有些迹象，可他一点也没有。要不是他举起了空酒杯，我都不能肯定他是否把酒喝完了。

就这样过了一刻多钟，我给大臣说故事，讲笑话，想让他放轻松些，还问了他几个问题。但我又想也许根本就没有"大臣放轻松"这回事。他对我的回答从来只有单个字。我建议过猜拳，甚至还问过他是否喜欢唱歌。在最初的半小时内，我们之间最长的一次交谈是大臣问我会不会跳舞。

"是啊，我会。大臣想看我跳一段吗？"

"不想。"他说。这段谈话到此结束。

大臣不喜欢和人眼神接触，却喜欢研究自己的食物，这是我在女仆把饭菜给他们端上来时发现的。他用筷子把食物举起来，翻来覆去，左看右看，最后才送进嘴里。如果他不认得这道菜，就会问我。"这是用酱油和糖煮出来的山药。"我说，他手里夹片橙色的东西。其实我并不知道那是山药还是鲸鱼肝，或者是别的什么，但我知道大臣不会想听我这么说。后来他夹起一片腌牛肉时，我想开个小玩笑。

"哦，那是块腌皮，"我说，"茶屋的特色菜！是用大象的皮做成的。我想我该说'象皮'。"

"象皮？"

"哈，大臣，您知道我在开玩笑！这是牛肉。您为什么对食物这么仔细呢？你觉得来这里会吃到狗肉或什么别的东西吗？"

"我吃过狗肉的，你知道。"他对我说。

"真有意思。但我们今晚没有狗肉。所以别再盯着您的筷子看了。"

我们很快就开始猜酒令。延讨厌猜酒令，但我朝他使了个眼色，他就不作声了。我们可能让大臣输得多了些，因为后来我们解释一个他从未玩过的酒令规则时，他的眼珠已经像海浪上的软木塞那样直晃荡了。突然他站起来向屋角冲过去。

"大臣，"延对他说，"您要去哪里？"

大臣的回答是打了个饱嗝，我想这是个恰到好处的回答，他看来就要呕吐了。延和我跑过去帮他忙，他已经捂住了嘴。如果他是座火山，此刻已在冒烟。我们别无他法，只好拉开通往庭院的玻璃门，让他吐到雪地上去。你可能会觉得在精美雅致的花园里呕吐实在大煞风景，但大臣肯定不是第一个这么做的。我们艺伎会尽量把人扶到门厅那边的厕所去，但有时我们也没办法。如果我们对女仆说，有个男客方才去过花园了，她们就都知道是什么意思，会立刻带上清洁工具过去。

延和我设法让大臣跪在过道上，头伸到雪地上。虽然我们费了好大劲，他还是一个倒栽葱掉了下去。我用尽全力把他一推，以免他倒在呕吐物上。可大臣笨重得就像一大块猪肉，我这么一推，他也不过翻了半个身。

延和我束手无策，面面相觑，眼前大臣一动不动地躺在深雪里，好似一条从树上掉下去的树枝。

"唉，延先生，"我说，"我不知道您的客人还会出什么洋相。"

"我相信我们会杀了他。如果你问我，那是他活该。真叫人忍无可忍！"

"您就这么对待您的贵宾？您得把他扶到街上去走一走，好让他醒醒酒。冷空气对他有好处。"

"他躺在雪里。还不够冷吗？"

"延先生！"我说，我想这个惩罚也够了，只听延叹了口气，穿着袜子就踩到花园里去把他弄醒。他忙着这些时，我去找了个能帮忙的女仆，因为我想延只有一条胳膊，没法把大臣弄回屋子里去。过后我给两人拿来了干袜子，又叫女仆在我们离开后去把院子打扫干净。

我回到屋里，延和大臣又坐在桌前了。你能想象那大臣的样子，还有身上的味道。我只得自己用手把他脚上的湿袜子扒下来，不过和他保持着一定距离。我刚脱下袜子，他就翻身倒在垫子上，片刻后又不省人事了。

"您觉得他能听到我们说话吗？"我对延低声说。

"他就是清醒着，我看他也听不到，"延说，"你还碰到过比他更傻的傻瓜吗？"

"延先生，小声点！"我低声说，"您认为他今晚上快活吗？我是说，你想要的就是这样的晚上？"

"我想要什么无所谓。就看他要什么。"

"我希望这不是说下周我们还得这样来一次。"

"如果大臣喜欢这种晚上，我就喜欢这种晚上。"

"延先生，说真的！您当然不快活。我从没见您这么闷闷不乐过。依大臣这种情形，我想我们不能假设这是他过得最好的晚上……"

"说到大臣，你什么都不能假设。"

"我相信如果我们把气氛搞得……像过节，情形会好些。您说呢？"

"如果你觉得有用，下回多请几个艺伎来，"延说，"我们下周还要来。把你姐姐请来。"

"豆叶当然聪明，可大臣太难伺候了。我们得找个能……我不知道……能胡搞的艺伎来！把每个人都吸引住。您知道，我想着想着，就觉得我们还需要另请一个客人，而不是艺伎。"

"我看不出有此必要。"

"要是大臣老是喝酒看我，您就会越来越厌烦他。我们要有个很有节日气氛的晚上，"我说，"说实话，延先生，也许您下次该把会长一起请来。"

你可能会以为，我这晚上一直在筹划着把这话讲出来。当然，自从回到祇园，我最希望的就是能有机会和会长相处一段时间。我抓住这个机会，并非是因为我想再次和他共处一室，靠近他的身子低声耳语，嗅着他皮肤的味道。如果这些时光是生活给予我的全部快乐，我宁可关闭这唯一的光源，让双眼开始适应黑暗。目前看来，也许我的生命真的在朝廷坠落而去。我并没有蠢到以为自己可以改变命运的分上，但我也不能放弃最后的一线希望。

"我考虑过请会长，"延回答说，"大臣对他印象很深。但我不知道，小百合。我曾经说过，他很忙。"

大臣好像被捅了一下似的在垫子上抽搐了几下，接着慢慢爬起来坐到桌前。延看到他的衣服，恶心之极，就让我去叫女仆拿块湿毛巾来。女仆擦干净大臣的上衣就出去了。延说："对了，大臣，今天晚上当然很愉快！下回我们会有更多乐子，因为您不但能吐到我身上，或许还能吐到会长身上，说不定还会请一两个艺伎来！"

听到延提及会长，我非常高兴，但不敢说什么。

"我喜欢这个艺伎，"大臣说，"不需要再来一个。"

"她叫小百合，您最好这样叫她，否则她可能就不高兴来了。大臣，您起来吧，我们得送您回家了。"

我把他们送到门口，帮他们穿上外套和鞋子，又看着他们走到雪地里。大臣的情形实在不妙，要不是延扶着他指引方向，他会一

第三十章 | 423

头撞到门上去。

后来晚些时候，我和豆叶一起参加了一个美国军官的宴会。我们到的时候，他们的翻译官被灌了太多酒，已经不行了，但是军官都认得豆叶。我略带惊讶地看到他们哼着歌，舞着胳膊，做手势请她跳舞。我以为我们会静静坐着看她跳舞，不料她一起舞，数名军官也起来在四周蹦跶开了。如果你事先告诉我会是这样，我还有点不太信呢，可是看到这场面……呵，我捧腹大笑起来，好久没有这么开心过了。我们最后一起玩游戏，豆叶和我轮流弹奏三味线，美国兵则围着桌子跳舞。音乐一停，他们就得冲回自己的座位上去，最后一个坐到的就要喝干一杯清酒。

聚会中，我对豆叶说，大家语言不同，却彼此都很尽兴，真是奇怪啊，但我早先和延还有另一个日本人一起参加宴会，简直糟糕透顶。她问了几句那个宴会的情况。

"三个人当然太少，"她听完后说，"特别是其中一个延还心情不佳。"

"我建议他下回带会长来，我们再找个艺伎，您说呢？要一个滑稽会起哄的。"

"是啊，"豆叶说，"我大概会过来……"

我起初听到这话时一怔。因为说实在的，从来没人把豆叶形容为"滑稽会起哄"。我正要再说一遍我的意思，她却似乎察觉了我的误解，说道："是的，我想过来瞧瞧……但我想如果你要一个滑稽会起哄的，你应该去找你的老朋友南瓜。"

自从回到祇园，无论在哪里我都能想起南瓜。其实，我首次跨进艺馆那一刹那，就想起她在祇园关门那天站在前厅的样子，她朝我僵硬地鞠了一躬，因为她必须向艺馆的养女如此道别。我们大扫除那周，我不断地想起她来。一次帮女仆清除木器上的灰尘时，我好像看到南瓜正在我面前的过道上练习三味线。空空荡荡的地方似乎装满了浓重的愁绪。我们少年相处的时日已经遥不可追了吗？我以为我能轻易把它逐出头脑，但至今我还在为我们友谊的枯竭而失落。我责怪初桃把我们逼成了竞争对手，妈妈收养我自然是最后一击，但我不禁想，我自己也并非全无责任。南瓜对我一片好心，我也许应该找个机会回报她。

说也奇怪，直到豆叶提出建议，我才想起要去找南瓜。我们的初次相遇无疑会很尴尬，我琢磨了一个晚上，觉得南瓜也许会高兴被介绍给一个更为高雅的社交圈，而不是一直在大兵的聚会上陪宴。当然，我也有其他打算。这么多年过去了，我们或许可以重修旧好。

我丝毫不知南瓜的现状，只知道她回了祇园，于是我就去找阿姨，几年前她收到过南瓜的一封信。信中，南瓜恳求艺馆一复业就让她回去，说她找不到其他安身之处。阿姨也许愿意要她回来，可是妈妈却不答应，理由是南瓜是一项糟糕的投资。

"她住在花见町一家可怜的小艺馆里，"阿姨对我说，"但别因为同情她就带她回来看看。妈妈不想见到她。我觉得你去找她是干蠢事。"

"我得承认，"我说，"我总觉得我和南瓜之间的事不公平。"

"你们之间没发生什么。南瓜失败了，你成功了。再说，她近来过得不错。我听说美国人对她兴趣大着呢。她是那种粗野型的，你知道，正对他们的胃口。"

当天下午，我穿过四条大街到祇园的花见町，找到阿姨说的那家可怜的小艺馆。你记得初桃的朋友光琳吧，她的艺馆在最黑暗的战争岁月被烧毁了……唉，那场火还殃及了隔壁邻居，就是南瓜现在住的地方。它一面外墙被整个烧黑了，屋顶上烧掉瓦片的地方用木板补了。我想要是在东京或大阪，它或许已经是街坊里最完整的房子了，可这是在京都的中心地带。

一个年轻的女仆把我带到会客室，那里有种潮湿的尘土气味，接着又给我上了一杯清茶。我等了许久，南瓜终于拉开门进来了。外面的过道光线昏暗，我看不清她，但知道她来了，我就感觉一阵温暖，我从桌边站起来想过去拥抱她。她几步跨进屋里，跪下给我鞠了个很正式的躬，好像我是妈妈似的。我吃了一惊，停下脚步。

"南瓜……只有我一个呀！"我说。

她看都不看我一眼，目光垂在垫子上，像是个等候吩咐的女仆。我惘然若失，回到自己的桌旁。

我们上次见面还是在战争末期，南瓜的脸仍像小时候一样圆，但带上了几分愁容。这些年来她变了很多。我当然还不知道，她工作的镜片厂关门后，她在大阪当了两年妓女。她的嘴似乎缩小了，也许因为一直闭紧的缘故，我不知道。她的圆脸没变，但原先鼓鼓的腮帮子却消瘦不少，这种憔悴但却优雅的气质让我不胜惊讶。我不是说南瓜可以和初桃那类模样媲美，但她脸上确有一种以前不曾得见的女人味。

"南瓜，我想这些年你不好过，"我对她说，"但你看起来很漂亮。"

南瓜没有回答，只是微微点头，以示听到了我的话。我祝贺她出名了，还想问问她战后生活如何，但她一直面无表情，我开始后悔这次造访。

一段尴尬的沉默后，她开口了。

"小百合，你只是来闲聊的吗？我没有什么让你感兴趣的话说。"

"其实，"我说，"我最近见到了延俊和，而且……说真的，南瓜，他经常带一位客人来祇园。我想你大概乐意帮我们招待他。"

"但你看到了我这副样子，当然就改变主意了吧。"

"怎么会呢，"我说，"不知道你为什么说这话。延俊和和会长，我是说……岩村坚，非常高兴有你作伴。就这么简单。"

好一阵，南瓜默然跪着，盯着垫子。"我不再相信生活中有'就这么简单'的事，"她说，"我知道你觉得我笨……"

"南瓜！"

"……但我想你大概还有不想让我知道的理由。"

南瓜微微一躬。我觉得这动作很费解，既不是为刚才的话道歉，又不像是要离开。

"我是有另一个理由，"我说，"说实话，我希望过了这么多年，你我还能像从前那么做朋友。我们一起经历过这么多事……包括初桃！我觉得我们再见面是理所当然的。"

南瓜一言不发。

"岩村会长和延下周六会在一力亭茶屋宴请大臣，"我对她说，"如果你肯来，我会非常高兴的。"

我带来一包茶叶作礼物，我解开外面的绸布，放在桌上。我起身时，本想在走之前说几句好话，但看她一脸困惑的样子，我想还是直接走的好。

第三十一章

　　我和会长分别以来这五六年间，我不时从报纸上看到他面临的困境。战争末期他和军政府意见不一，后来还为了保住公司，一直和占领当局抗争。如果这些苦难让他衰老许多，也是不足为奇的。《读卖新闻》上有他一张照片，因为忧虑过度，眼睛周围的皮肤绷紧，就像岚野先生的一个邻居，由于常常眯眼望天，防备轰炸机，眼睛就成了那个样子。无论如何，周末即将到来，我不得不提醒自己，延还没有打定主意是否要请会长。我唯有怀着希望了。

　　周六早晨，我早早起床，拉开纸帘，看到冷雨打着玻璃窗。下面的小巷里，一个年轻的女仆在结冰的鹅卵石路上滑了一跤，正在爬起来。天气阴沉乏味，我都不敢去查黄历。不久，温度又下降了，我在接待室里用午餐时，都能看见自己呼出来的气息。冰冷的雨噼噼啪啪地敲打窗户。因为街上的路不好走，当晚所有的宴会都取消了。到了晚上，阿姨打电话给一力亭茶屋，询问岩村电器公司的宴会是否如期举行。女主人告诉我们，大阪的电话线路断了，她也不清楚。于是我洗过澡，换了衣，由别宫先生搀扶着去一力亭茶屋。他脚下穿的胶鞋是从弟弟那里借来的，他弟弟在先斗町也当穿衣师。

　　我到一力亭茶屋的时候，里面一片混乱。仆人房间里的一个水烟袋烧了起来，女仆们东奔西忙，没人来注意我。我就自己走过门厅，来到上周款待延和大臣的那个房间。我从没想过会有人在里面，延和会长大概还在从大阪过来的路上，豆叶出城去了，这会儿赶回来恐怕也不方便。拉开房门之前，我闭眼跪了一会儿，一手按着胸口来让情绪安定下来。我突然觉得门厅里太安静了，屋子里一点声息也没有。我想屋里肯定是空无一人了，一阵失望袭上心头。我正要起身离开，却又决定开门看看，以防万一。房门拉开，会长坐在桌前，双手持着一本杂志，从老花眼镜上方看着我。我看到他，惊讶得说不出话来。后来总算勉强能开口了："天哪，会长！谁把您一个人丢在这里？女主人一定要生气了。"

"就是她把我丢在这里的。"他合起杂志说道，"我正在想她出了什么事。"

"您连喝的东西也没有。我去给您取清酒来。"

"女主人就是这么说的。你这样会一去不回，我就得整夜读杂志了。你还是陪着我吧。"说完他把老花眼镜收起，塞进口袋里，眯起眼长久地打量我。

我起身走到会长身边，觉得浅黄丝缕覆壁的宽敞屋子变得很小，因为我想没有一间屋子大得足以装下我的情感。隔了这么久又见到他，我心里某种急切之情被唤醒了。我原以为自己会喜出望外，却出乎意料地发现自己悲哀莫名。我曾经担心会长会和阿姨一样，在战争中过早衰老。从门口走过来时，我就注意到他眼角的鱼尾纹比我记忆里深多了。嘴边的皮肤也开始松弛，虽然我觉得这样一来，他线条分明的下颌更显尊贵。我跪到桌边时，偷偷看了他一眼，发现他还在面无表情地打量我。我正想说话，他却先开口了。

"小百合，你还是个漂亮女人。"

"哦，会长，"我说，"我不信您的话了。今晚我在梳妆台上花了半小时，才让脸颊上的凹陷看不出来。"

"我相信你过去几年吃了不少苦，不只是体重减轻。我知道我也一样。"

"会长，如果您不介意我这么说……我从延先生那里听说了一点您公司的困境……"

"是啊，唉，我们不用谈这个吧。有时候我们能熬过逆境，完全是因为心里想着梦想实现后世界有多美好。"

他朝我凄然一笑，这表情好美，我浑然不觉地看着他嘴唇完美的弧度。

"现在你有个机会，用你的魅力来扭转局面。"

我还没说话，门就拉开了，进来的是豆叶，南瓜跟在后面。看到南瓜我很意外，没想到她会来。豆叶显然是刚从名古屋回来就直奔一力亭茶屋，以为自己迟到很久了。她向会长问了好，感谢他上周为她做的一件事，又问延和大臣怎么还没来。会长说他也正纳闷。

"今天可真特别，"豆叶说，似乎是在自言自语，"火车在京都车站外停了一个小时，我们都不能下车。最后两个年轻人从窗口跳了出去。我想其中一个可能摔伤了。我刚才赶到一力亭茶屋，好像一个人都没有。可怜的南瓜在过道里迷了路！会长，您见过南瓜的吧？"

我这才细细地打量了南瓜一眼，她穿了一身不同寻常的烟灰色和服，腰部以下点缀着金光闪闪的圆点，细看原来是绣上去的萤火虫。背景是月光下的山川河流。我和豆叶的和服都不能与之相比。会长好像和我一般吃惊，他让她站起来给他瞧瞧。她非常谦虚地起身转了个圈。

"我想要是穿平时的和服，都踏不进一力亭茶屋这种地方，"她说，"我们艺馆大多数和服都不好看，虽然美国人是分不出好坏的。"

"南瓜，如果你不说实话，"豆叶说，"我们会以为这就是你平日穿的衣服呢。"

"你在取笑我吗？我这辈子都没穿过这么漂亮的和服。这是从街那头的艺馆借来的。你不知道她们让我付多少钱，反正我也没有钱，所以无关紧要，不是吗？"

我看到会长被逗乐了，艺伎是从不在男客面前说和服多少钱这类粗俗的话的。豆叶转头对他说话，但南瓜插嘴说："我想今晚这里会来一位大人物。"

"你心里大概想的是会长吧，"豆叶说，"你不觉得他是一个'大人物'吗？"

"他知道自己是不是大人物。不用我来告诉他。"

会长看看豆叶，扬起眉毛，微哂带诧。"反正，小百合告诉我另外有人要来。"南瓜又说。

"南瓜，是佐藤纪孝，"会长说，"他是大藏省新上任的副大臣。"

"哦，我知道佐藤这个人。他长得像头肥猪。"

我们都笑了。"真是的，南瓜，"豆叶说，"只有你才说得出这种话。"

正在此时，门开了，延和大臣进来，脸都冻得发红。后面跟着一个女仆，端着清酒和点心的碟子。延用一条胳膊抱着身子，跺着脚，但大臣径直走到桌边去了。他朝南瓜咕哝了几声，把头一偏，让她挪动一下，好让自己挤到我身边。彼此介绍后，南瓜说："嗨，大臣，我打赌您不记得我了，但我知道你不少事情呢。"

大臣把我刚倒满的一杯清酒灌到嘴里，盯着南瓜看，我觉得这是斥责的眼神。

"你都知道什么呢？"豆叶说，"说来我们听听。"

"我知道大臣的妹妹嫁给了东京都知事，"南瓜说，"我还知道他练过空手道，还弄断过手腕。"

大臣看来有点惊讶，这说明这些事情是真的。

"大臣，还有，我认识一个您曾经认识的姑娘，"南瓜又说，"直丰子。我们曾一起在大阪城外的工厂做工。您知道她跟我说了什么吗？她说你们两个干过好几回那种事。"

我担心大臣会发怒，但他的表情却柔和下来，我觉得他流露出一丝骄傲之色。

"她是个漂亮姑娘，是的，丰子。"他说，笑容温和地看着延。

"哈，大臣，"延说，"我真没料到你和女人还有这么一手。"他的话听起来发自肺腑，但我能看到他脸上几乎不加掩饰的厌恶之情。会长看了我一眼，似乎觉得这一来一回很有意思。

片刻后，门开了，三个女仆送来他们的晚餐。我有点饿了，只好不去看盛在漂亮的青瓷盘里的银杏蛋奶沙司。之后女仆又送上铺在松针上的烤热带鱼。延定是注意到了我有多饿，坚持要我尝尝。后来会长也让豆叶尝了一口，还叫南瓜也尝，但她拒绝了。

"我无论如何都不会碰这鱼的，"南瓜说，"我看都不想看一眼。"

"这鱼怎么啦？"豆叶问。

"我要告诉了你，你只会取笑我。"

"南瓜，说吧。"延说。

"我为什么要说呢？这是个很长很长的故事，没有人会相信的。"

"大骗子！"我说。

我不是真的说南瓜在撒谎。还在祇园关门前，我们玩过一个叫做"大骗子"的游戏。游戏里每人都要讲两个故事，一真一假。听故事的人就要猜哪个是真哪个是假，猜错了就要被罚喝一杯清酒。

"我没玩游戏。"南瓜说。

"那么就说说鱼的故事吧，"豆叶说，"不用讲另一个了。"

南瓜看来不太高兴，但豆叶和我瞪了她一会后，她开始讲了。

"哦，好吧。故事是这样的。我是在札幌出生的，那里有个老渔夫，一天捕到一条奇怪的鱼，会说话。"

豆叶和我对视一眼，大笑起来。

"想笑就笑吧，"南瓜说，"但这千真万确。"

"好吧，说下去，南瓜。我们听着。"会长说。

"嗯，事情是这样，那个渔夫把鱼拿出去洗干净，它发出的声音像人在说话，但渔夫听不懂。他叫来了一帮渔夫，大家一起听了一阵。很快鱼就奄奄一息，因为出水太久了，于是他们决定杀了它。这时一个老人从人群中走出来说，他听懂这条鱼说的每个字，它说的是俄语。"

我们都失声大笑，连大臣也咕哝了几声。我们平静下来后，南瓜说："我知道你们不相信，但确实是真的。"

"我想知道那条鱼说的是什么。"会长说。

"它快死了，所以……说话声音很轻。老人俯身把耳朵贴在鱼的嘴唇上……"

"鱼没有嘴唇！"我说。

"是啊，贴到鱼的……不管怎么叫，"南瓜接着说，"嘴边。鱼就说：'让他们把我洗干净。我已经不想活了，那边刚死不久的鱼是我的妻子。'"

"这么说鱼结婚了！"豆叶说，"它们也有夫有妻的！"

"那是战前的事，"我说，"战后他们就结不起婚了，只是游来游去找活干。"

"这是战前的事了，"南瓜说，"对，战前，那时我妈妈都还没出生呢。"

"那你怎么知道这是真的?"延说,"当然不是那条鱼告诉你的。"

"那条鱼当时当地就死了!我还没出生,它怎么可能告诉我?再说了,我也不懂俄语。"

"好吧,南瓜,"我说,"所以你认为会长的鱼也是会说话的?"

"我可没这么说。但它看起来很像那条说话的鱼。我就算饿死也不会吃它的。"

"如果你还没有出生,"会长说,"连你妈妈都还没有出生,你怎么知道那条鱼长得什么模样?"

"您知道首相的长相,对吧?"她说,"但是您见过他吗?也许您见过。我换个更好的例子。您知道天皇长得什么样,但您没有那个荣幸见到他!"

"南瓜,会长有过那个荣幸。"延说。

"您知道我的意思。人人都知道天皇的相貌。这就是我想说的。"

"天皇有照片可看,"延说,"但你没有那条鱼的照片。"

"那条鱼在我老家很出名。我妈妈向我描述过它,现在我告诉您,它就像桌上那东西!"

"南瓜,感谢老天有你这种人,"会长说,"你让我们都成了十足的傻瓜。"

"好啦,我的故事完了,我就不说另一个了。如果你们谁想玩'大骗子',就让另外一个人开头吧。"

"我来说,"豆叶说,"我的第一个故事是这样的。我六岁那年,一天早晨到我们艺馆的井边去汲水,听到一个男人清嗓子和咳嗽的声音,像是从井里发出来的。我叫醒女主人,她也出来听个究竟。我们举着个灯笼往井里照,连个人影都没有,但那个声音一直不断，直到太阳出来才消失。后来我们再也没有听到过。"

"另一个故事是真的，"延说，"我不用听就知道。"

"您两个都得听一听，"豆叶继续说，"这是第二个故事。有一次，我和几个艺伎去大阪秋田正一家陪宴。"秋田是个知名商人，战前发了财。"我们唱歌喝酒过了几个小时，秋田先生倒在垫子上睡着了，一个艺伎偷偷溜进隔壁房间，打开一个大箱子，里面全是春宫图。还有色情版画，有的出自广重之手。"

"广重从来不画色情版画。"南瓜说。

"南瓜，他确实画过，"会长说道，"我见过几幅。"

"还有，"豆叶接着说，"他收藏了各种各样欧洲肥胖男女的画，还有几盘电影胶卷。"

"我了解秋田正一，"会长说，"他不会收藏春宫图。另一个故事是真的。"

"这么说，会长，"南瓜说，"您相信那个井里有男人声音的故事。"

"我不必相信，只要豆叶认为它是真的就好了。"

南瓜和会长选井里男声，大臣和延选春宫图。至于我么，我以前就听过这两个故事，知道井里男声那个是真的。大臣毫无怨言地喝了罚酒，但延抱怨了好一阵子，于是我们让他接着说故事。

"我不玩这个游戏。"他说。

"您要么玩这个游戏，要么每一轮都得喝一杯罚酒。"豆叶对他说。

"那好吧，既然要两个故事，我就说两个。"他说，"第一个是这样的。我有一条小白狗，名叫九保。一天我回家发现久保的毛全变成了蓝色。"

"我相信这个，"南瓜说，"它可能被什么鬼怪绑架了。"

延似乎不相信南瓜这话是一本正经说出来的。"第二天又发生了，"他迟疑地接着说，"不过这次久保的毛成了红色。"

"肯定是鬼怪，"南瓜说，"鬼怪喜欢红色。这是血的颜色。"

延一听，看样子简直要发火。"这是第二个故事。上周我上班很早，秘书还没有来。好了，哪个是真的？"

我们当然都选那个秘书的，可是南瓜却不，于是被罚喝一杯清酒。我说的一杯不是指茶杯，而是啤酒杯。大臣给她斟酒，一滴一滴地加满，差点就要从杯口溢出来了。南瓜不得不小小地啜了一口，才能把杯子举起来。我担心地看着她，她的酒量很小。

"我不相信狗的故事不是真的。"她喝完后说。我想她的声音已经有点含糊了。"您怎么能编出这种东西来？"

"我怎么编出来的？我倒要问，你怎么会相信的？狗不会变成蓝色或者红色，世上也没有鬼怪。"

接下来轮到我了。"这是我的第一个故事。几年前的一天晚上，歌舞伎演员阳五郎喝得烂醉，跟我说他觉得我很美。"

"这不是真的。"南瓜说，"我了解阳五郎。"

"我相信你了解。但他说我美貌。从那晚起，他时不时给我寄信，每封信的一角都粘了一根小小的黑色卷毛。"

会长大笑起来，但延却坐直了身子，忿形于色，说："说真的，这些歌舞伎演员真是讨厌！"

"我没听明白。你说的黑色卷毛是什么意思？"南瓜说，但一看她的表情，就知道她立马得出了答案。

大家都不作声，等我讲第二个故事。游戏刚开始时，我还没想要说这个，我有点紧张，不知该不该这么说。

"我还是个孩子的时候，"我开始说道，"一天心情非常不好，就走到白川溪边哭了起来……"

故事一开头，我就觉得自己像是越过了桌子，握住会长的手。在我看来，屋子里其他人都听不出我的话中有何异样，只有会长才会明白这个秘密。至少，我希望他明白。我觉得仿佛在和他进行一次前所未有的亲密交谈，说着说着，身上便暖和起来。我正要讲下去，又抬头看了会长一眼，希望他正愕然看着我。可是，他好像一点也没有上心。突然我一阵空虚，就像一个姑娘想在人群中摆首弄姿，却不料街上空无一人。

我知道屋里的人都等得不耐烦了，豆叶说："嗯？下面呢？"南瓜也嘟囔了句什么，但我没听清楚。

"我另外讲个故事，"我说，"你们还记得艺伎冈尾智吗？她在战时出事故死了。许多年前，有一天她和我说起，她常常害怕会有一个很重的木头箱子掉到她头上把她砸死。而她就是这么死的。一个装满铁制零件的板条箱从架子上掉下来。"

我一直心神恍惚，这时才发现我的两个故事都是半真半假。这我倒是无所谓，因为大多数人玩这个游戏时都在骗人。我等着会长选，结果他猜阳五郎和卷毛那个故事是真的，我就宣布他猜对了。南瓜和大臣只好喝罚酒。

接下来轮到会长了。

"我不擅长玩这类游戏，"他说，"不像你们艺伎，说起谎来不眨眼。"

"会长！"豆叶说，当然她无非开开玩笑。

"我担心南瓜，就讲简单点吧。如果她再喝一杯，我想她就要不行了。"

南瓜确实连眼神都不济了。我觉得她压根没有听见会长说话，直到他叫了她名字。

"南瓜，听好了。这是第一个故事。今天晚上我参加了一力亭茶屋的聚会。这是第二个，几天前，一条鱼走进我的办公室——唔，这个不算，你可能会相信鱼走路。这个怎么样。几天前，我打开桌子抽屉，一个穿军装的小人跳了出来，又唱又跳。好了，哪个是真的？"

"您不是想让我相信一个人从您抽屉里跳出来吧？"南瓜说。

"挑一个吧。哪个是真的？"

"另外一个，我都记不得是什么了。"

"会长，您得为此喝罚酒。"豆叶说。

南瓜一听到"罚酒"，就定是以为自己又猜错了，因为接着我们看到她喝下去半杯酒，然后情形就不太妙了。会长是第一个注意到的，立刻从她手里把杯子夺下。

"南瓜，你不是排水管。"会长说。她茫然盯着他，他问她是否听见他说的话。

"她可能听见了，"延说，"但肯定看不见你。"

"走吧，南瓜，"会长说，"我陪你回家。如果有必要的话，拖你回家。"

豆叶说要帮忙，于是这两人把南瓜扶出去了，留延与大臣和我坐在桌边。

"呵，大臣，"延终于说，"你觉得今天晚上怎么样？"

我看大臣喝得和南瓜一般醉了，但他喃喃说今晚非常快活。"很尽兴，真的。"他又说，点了好几下头。说罢，他又举杯让我给他斟酒，但延一把抢过去了。

第三十二章

那年冬天和次年春天，延每周都会带大臣来祇园一两次。这几个月，他们相处时日非短，你想大臣也终于应该认识到，延对他就像冰尖对冰块，但即便他这样想，也没有显露出来。其实大臣从来都不注意别的事，除了关心我是不是跪在他身边，他的酒杯是不是满的。他对我的这种关注让我有时候很为难。我对大臣过分殷勤，延就会脾气暴躁，半边伤疤较少的脸就会因恼怒而涨红。因此会长、豆叶和南瓜在场，对我来说就分外宝贵，他们的作用就好比垫在板条箱里的稻草。

当然，我珍惜会长的到来也是别有目的。这几个月来，我见到他的次数比以往都多，慢慢地我发觉他在我心中的形象——我每晚躺在床铺上就会想起来——和他的相貌有些出入。比如说，我从前以为他的眼睑很光滑，几乎没长睫毛，可事实上却长着浓密柔软、像小刷子似的睫毛。他的嘴也比我心目中的表情更丰富，其实是相当具有表现力，以致他经常无法掩饰自己的情感。每当觉得一件事情有趣，又不想表现出来时，我就会看见他嘴角轻颤。每次他陷入沉思——也许是在思索白天碰到的问题，他有时会把酒杯在手里转来转去，用力抿着嘴，弄得下巴两侧满是皱纹。每次他这样沉思时，我就会肆无忌惮地盯着他看。他一皱眉，一蹙额，我都觉得美不胜收。这显示他考虑问题是多么周全，为人处世又是多么严谨。一天晚上，豆叶正在讲一个长故事，我全神贯注地看会长，看得入了神，回过神来时，我觉得每个看到我的人都会想我到底是怎么回事。好在大臣喝多了，什么也没注意，而延嘴里正在嚼东西，拿筷子在盘里东戳戳西碰碰，既没留意豆叶，也没留意我。南瓜却好像一直在看着我，我望向她时，她露出一个微笑，我不知道那是什么意思。

二月底的一个晚上，南瓜患了流行性感冒，没法来一力亭茶屋。那晚会长也迟到了，所以前一个小时，只有豆叶和我在伺候延和大臣。我们最后决定跳支舞，与其说是为了让别人欣赏，不如说是为了让自己好过些。延对舞蹈不太热心，大臣更是毫无兴趣。要打发时间，这不是最佳选择，但我们别无他法。

豆叶先跳了几曲短舞，我用三味线为她伴奏。后来我们换过来。正当我摆出第一支舞蹈的开始动作——俯身弯腰，折扇触向地板，另一条手臂在一侧扬起——这时，滑门拉开，会长进来了。我们向他问好，等他落座。我很高兴他的到来，因为虽然我知道他见过我的舞台表演，但从未在如此亲密的场合看我跳舞。起初我想表演一支名叫"闪光的秋叶"的短舞，如今我改变主意，请豆叶改奏"残酷的雨"。"残酷的雨"讲述的是一位年轻女郎的情人在雨中脱下自己的和服外套，为她挡雨。女郎深受感动，因她知道他是一个被施了魔法的精灵，一旦沾湿，躯体就会渐渐消失。我的老师屡次表扬我，说我表现出了这个女郎悲哀的心情。有一段舞我需要慢慢蹲下，大多数舞蹈者的大腿都会颤抖，但我就不。我大概曾提过，井上派的舞蹈，面部表情和肢体动作同等重要。因此虽然我跳舞时很想偷眼看看会长，但一直做不到，因为我必须总是把目光投在适当的地方。而且为了使舞蹈更有感觉，我一心想着最让我伤心的事情，那就是我的旦那也在这屋子里，但他不是会长，而是延。我一有这个念头，周遭的一切似乎都重重地向地面坠去。外面的花园，屋檐上滴落的雨水沉重得仿佛玻璃珠子，甚至连垫子也紧压着地板。我提醒自己，我要表现的不是年轻女郎失去精灵爱人的悲伤，而是当我的生命最终被剥夺我最为恋慕的东西时，我所感到的痛苦。我发觉自己同时也在想佐津，我为我们最后离别的苦痛而舞。到了后来，我几乎要被悲哀压垮了，但当我回身去看会长时，我没有预料到这种情景。

他坐在离我最近的桌角，这个角度只有我才能看见他的脸。我想他的表情先是惊诧，因为他的双眼瞪得大大的。然后嘴角抖动了两下，往常都是因为忍笑，而这次却有别样的情绪。我不敢肯定，但我觉得他眼里蓄满了泪。他看着门，装着要摸摸鼻翼，借机用一根手指在眼角一抹，他还抚着眉毛，好像他这个样子是眉毛出了什么问题。看到会长痛苦的表情，我惊讶万分，一时间不知所措。我走回桌边，豆叶和延交谈起来，过了一会儿，会长插嘴说："今晚南瓜去哪里了？"

"哦，会长，她病了。"豆叶说。

"你什么意思？她不能来了吗？"

"是啊，不能来了，"豆叶说，"这是好事，要知道她得了流感。"

豆叶回头继续说话。我看见会长瞧了眼手表，用还没有完全镇静下来的声音说："豆叶，请你原谅。今晚我不太舒服。"

会长拉上滑门时，延说了句好笑的话，大家都大笑起来。但我却突然有了一个可怕的想法。我在舞蹈中着力表现的是情人不在身边的痛苦，我自己自然是忧伤难过，但竟也让会长难过了。有没有可能他正想着南瓜呢？毕竟，她也是不在场的人啊。我没法设想他是为了南瓜生病这种事情而泪水盈眶，但或许我激起他心底某些更为深沉复杂的情感。我所知道的是，我跳完舞后，会长就问起南瓜，听说她病了就离开。如果我发现会长对豆叶有感情，我一点也不会奇怪，但南瓜？会长怎么可能喜欢这样一个……嗯，缺乏品位的人？

你也许会想，任何有点常识的女人，到了这般地步也该放弃希望了。有段时间，我每天都去找算命先生算命，查黄历也比平时更仔细，想要找出一些迹象来说明我的确应该向我无法逃避的命定屈服。当然，我们日本人生活在一个希望破灭的时代，如果我也和其他许多人一样慢慢绝望，也是意料之中的。但另一方面，很多人相信这个国家终有一日会复兴，但如果我们一直生活在瓦砾堆中，这是绝无可能的。每当我在报纸上读到一家小店，比方说，一家战前生产自行车零部件的厂家，如今重新开业，似乎战争从未发生一样，我就对自己说，如果整个国家能从黑暗的低谷里重生，那么，我也完全可以从我黑暗的低谷里重生。

从三月开始直到春末，豆叶和我都忙于准备"古都之舞"，自从祇园战末关闭以来，这还是第一次重新开演。碰巧，会长和延这几个月来忙得不可开交，只带大臣来了两次祇园。后来六月头一周的一天，我得知当晚岩村电器公司请我去一力亭茶屋。几周前我就定下了预约，很难推脱。后来我推开滑门进去时，已经迟到了半小时。奇怪的是，桌边不像往常那样围坐着一圈人，而是只有延和大臣在。

我立即看出延在生气。我当然以为他是生我的气，因为我让他单独和大臣相处这么长时间——不过说实话，他们的"单独相处"

无非就好比一头松鼠和一只昆虫在同一棵树上"单独相处"罢了。延用指节扣着桌面，神色很是烦躁，大臣则站在窗前，看着庭院。

"好了，大臣！"我坐到桌前，延说道，"看花草也该看够了，我们是不是要坐在这里等您一晚上？"

大臣吃了一惊，微微鞠躬表示歉意，然后坐在我为他铺好的垫子上。我通常会无话可说，但今晚好办多了，因为我已经很长时间没有见他。

"大臣，"我说，"您不再喜欢我了！"

"呃？"大臣说，使劲调整了一下表情，现出一个惊讶的样子。

"有一个多月您没来看我了！是因为延先生冷淡了您，不常带您来祇园了吗？"

"延先生没有冷淡我，"大臣说，连吹了好几口气进鼻孔，又说，"我已经欠他很多情了。"

"一个月不招呼您？他当然冷淡您了。我们要大大补偿一下。"

"是啊，"延插嘴说，"尤其要多喝酒。"

"天哪，延先生心情可不太好。他一晚上都这样吗？会长、豆叶还有南瓜在哪里？他们不来了吗？"

"会长今晚没空。"延说，"其他人我不知道。那是你的问题，不是我的。"

片刻，门拉开，两个女仆端着晚餐进来。我竭尽全力想让他们边吃边聊，就是说，我先试着让延讲话，可他没有讲话的心情，接着我又让大臣讲，当然了，这比让他盘子里的烤鱼开口说话还难。最后我放弃了，随口闲聊，想到什么就说什么，到了后来，我都觉得自己像是个老太太对着她的两条狗在唠叨。与此同时，我一直给他们斟酒。延喝得不多，而大臣每次都领情地举杯。正在大臣的眼睛即将水汪汪时，延就像刚刚清醒过来似的，突然把杯子重重地搁在桌上，用餐巾擦了嘴，说："好了，大臣，今晚就到此为止。您该回家了。"

"延先生！"我说，"我觉得您的客人才刚来了兴致。"

"他已经尽兴了。天啊，我们今天早些送他走吧。那么，走吧，大臣！您的夫人会感激我们的。"

"我没有结婚。"大臣说，但他开始拉袜子，准备起身。

我带延和大臣穿过走廊来到门口，又帮大臣穿好鞋。由于汽油短缺，轿车还是很少见。女仆叫来了一辆人力车，我把大臣扶上了车。我注意到他今晚有些奇怪，一直看着自己的膝盖，连告别话也不说一句。延留在门口，仰望夜空，似乎瞧着云聚云散，但今晚其实万里无云。大臣走后，我对他说："延先生，看在老天的分上，你们两个到底是怎么啦？"

他厌烦地瞟了我一眼，回身走进茶屋。我看到他坐在屋里，一手轻拍着桌上的空酒杯。我以为他是要清酒，但我问他时他对我不理不睬，而酒瓶也碰巧已经空了。我等了很长时间，以为他有话对我说，但最终还是我先开口："瞧瞧您，延先生。您两眼间的皱纹深得像马路上的车辙似的。"

他放松了些眼睛周围的肌肉，皱纹就消失了。"你知道，我已经不比以前年轻时候了。"他对我说。

"这么说是什么意思？"

"我的意思是，这些皱纹成了永恒的印记，不是你让它们消失，它们就会消失的。"

"延先生，别忘了，皱纹有好也有坏。"

"你也不像以前那么年轻了，你知道。"

"别再损我了！你的心情比我想的还糟糕。怎么没酒了？你得喝点酒。"

"我没有损你。我说的是事实。"

"皱纹有好有坏，事实也有好有坏，"我说，"要尽量避免坏的事实。"

我找了个女仆，让她送上威士忌酒和水，又叫了鱿鱼干作点心，因为我吃惊地看到延晚饭没吃什么。食物送到后，我在玻璃杯里倒了威士忌，掺了水，然后送到他面前。

"这个，"我说，"把它当作药，喝了吧。"他抿了一小口，只喝了一丁点。"全喝了。"我说。

"我自有我喝酒的方式。"

"医生要病人服药，病人就得服药。现在喝了它！"

延喝干了酒，但是没有看我一眼。我又倒了些酒让他喝。

"你不是医生！"他对我说，"我有我喝酒的方式。"

"好了，好了，延先生。您每次一开口，麻烦就更多。病人病得越重，药就喝得越多。"

"我不喝。我讨厌一个人喝酒。"

"好吧，我陪您喝。"我说。我在杯子里放了些冰块，举起来让延斟满。他从我手里把杯子拿过去的时候，脸上露出一丝微笑——我今夜第一次看到他笑——然后小心翼翼地往我杯里倒酒，比我刚才给他倒的多一倍，最后加了一点水。我把他的杯子也拿过来，把里面的酒倒在桌子中间的碗里，接着又在杯子里倒了相同量的威士忌，又多加了一点作为惩罚。

我们喝完酒后，我不禁做了个鬼脸，发现喝威士忌就像在路边啧啧有声地喝雨水一样好玩。我想做鬼脸是很有用的，因为之后延脸上的怨色就减了不少。我喘过气来时，就说："我不知道今晚您怎么会这样，是因为大臣的关系吗？"

"别提那个人！我正要忘记他，你又让我想起来了。你知道他早先说了些什么话吗？"

"延先生，"我说，"让您高兴起来是我的责任，不管你是不是想再喝点威士忌。你看着大臣夜复一夜地喝醉，现在该是你喝醉的时候了。"

延又不高兴地瞟我一眼，拿起杯子，那样子像是走向刑场，盯着酒杯看了好久才喝下去。他把酒杯放在桌上，用手背揉揉眼，似乎要把眼睛擦干净。

"小百合，"他说，"我得告诉你一些事，你迟早会知道的。上周大臣、我，还有一力亭茶屋的女主人有过一次谈话，我们商量让大臣来当你旦那。"

"大臣？"我说，"延先生，我不明白。这是您想看到的吗？"

"当然不是。但是大臣帮了我们大忙，我别无选择。占领当局准备对岩村电器公司作最后裁决了，你知道。公司可能会被没收。我想会长和我都要学会去干灌水泥之类的活，因为他们不准许我们再经商了。但是，大臣让他们重审我们的案子，又让他们相信对我们的判决是过于严厉了。你知道，的确太严厉了。"

"但是延先生总是说大臣各种难听的话，"我说，"我觉得……"

"他配得上我想出来的任何难听话！我不喜欢这个人，小百合。即使欠了他情，我还是不喜欢他。"

"我知道，"我说，"所以把我给大臣是因为……"

"没有人会把你给大臣。而且他也出不起钱当你的旦那。我让他以为岩村公司会给他出钱，但我们当然不会。我早就知道答案，否则也不会这么问。大臣非常失望，你知道，有一刻我差点就替他感到难过了。"

延说的话挺有趣，我忍不住笑了起来，因为我突然想到大臣做了我的旦那，朝我越靠越近，下垂的下巴往前突，呼吸吹到了我鼻孔里。

"哦，你觉得很有趣，是吗？"延说。

"真的，延先生……抱歉，但一想到大臣的样子……"

"我不愿去想他的样子！和他坐在一起，跟一力亭茶屋女主人谈话，就够讨厌的了。"

我又给延倒了一杯掺水的威士忌，他也给我斟了一杯。此刻我最不想做的事就是喝酒，因为我眼前已经有点模糊了。但延举起了杯子，我没办法只好陪他一起喝。接着他用餐巾擦了擦嘴，说："小百合，现在日子可真难过啊。"

"延先生，我想我们喝酒是为了高兴起来。"

"小百合，我们认识当然很久了。大概……十五年了吧！对吗？"他说，"不，别回答。我有件事要说给你听，你就坐到这里来，好好听着。这话我早就想告诉你，现在是时候了。我希望你听仔细了，因为我只说一遍。事情是这样：我不太喜欢艺伎，这个你大概知道的。但我总觉得你，小百合，和其他艺伎不大一样。"

我等着延说下去，但他没说话。

"这就是延先生要对我说的话？"我问。

"那么，是不是说我要替你做各种事？比方说……哈！比方说，我该给你买珠宝。"

"您已经给我买过珠宝了。事实上，您一直非常好。那是说，对我非常好；您当然不是对人人都好。"

"唔,我该给你买更多。不过,我要说的不是这个。我不知道该怎么说。我想说的是,我现在明白自己是个傻瓜。刚才你听到大臣要当你旦那的想法就笑了,但瞧瞧我吧,只有一条胳膊,皮肤又像……他们是怎么叫我的,蜥蜴?"

"哦,延先生,您不能这么说自己……"

"这一刻总算到来了,我已经等了几年。我已经等过了你和将军的胡闹。每次我想到他和你……好吧,我连想都不愿想。说到这个蠢大臣!我对你提过他今晚向我说的话吗?真是再糟糕也没有了。他知道自己无法当你旦那,他就像一堆尘土似的坐了很久,后来说:'我以为你说过我能当小百合的旦那。'唔,我可没这么说过!'我们已经尽力了,大臣,但还是没办法。'我对他说。接着他说:'你不能只安排一次吗?'我问:'安排一次什么?安排一次你做小百合的旦那?您是说,只一个晚上?'他点了点头!好,我说:'大臣,您听我说!到茶屋女主人那边去要求让您这样的人来当小百合这样的女人的旦那,已经够为难了。我这样做是因为我知道这不可能。但要是您想……'"

"您没有这么说!"

"我当然这么说了。我说:'但如果您想我会替您安排,哪怕是四分之一秒……您凭什么要她?再说,她不是我的东西,可以随便送人,是不是?想想我去跟她说这种事!'"

"延先生,我希望大臣没有怪罪,要知道他为岩村电器公司做的事。"

"等一等,不要以为我没有心存感激。大臣帮助我们是因为这是他的责任,这几个月来,我招待他这么周全,而且以后还会继续招待他。但这并不是说我会放弃已经等了十多年的东西,而去让给他！如果我如他要求的那样来问你，你怎么说？难道你会说：'好啊，延先生，我为您做这件事？'"

"好了……我该怎么回答这种问题？"

"简单。只要告诉我你绝不会做这种事。"

"但是延先生，我欠你这么多……如果您请求我，我是不能轻易拒绝的。"

"嚯，这可新鲜！小百合，难道是你变了吗？还是这本来就是你的一个方面，而我一直不知道？"

"我一直认为延先生过于抬举我了……"

"我不会看错人。如果你不是我想的那种女人，那这个世界也不是我想的那样。你是说，你能够考虑把自己献给大臣那种人？难道你感觉不到这世上有对错好坏之分吗？还是你在祇园里待的时间太长了？"

"天哪，延先生……我很多年没见你这么愤怒……"

这句话必然是说错了，因为延的脸一下子就气得通红。他用一只手抓起玻璃杯，狠狠地砸了下去，杯子碎了，冰块洒了一桌。延翻过手来，掌上有道血痕。

"啊，延先生！"

"回答我！"

"我现在没法想这个问题……求您，我要去拿点东西来给您止血……"

"不管是谁要你做，你都会把自己交给大臣吗？如果你是个会做这种事的女人，我要你马上离开这屋子，再也不要和我说话！"

我不明白今晚的情势怎会急转而下，但我非常清楚，我只能给出一个答案。我急着去找块布头来给他包扎，他的血已经滴到桌上了。但他逼视着我，我不敢动。

"我绝不会做这种事。"我说。

我以为这句话能让他平静下来，不料过了一段长长的、可怕的时间，他还是盯着我，最后终于叹口气。

"下次，不要等我弄伤了自己再说话。"

我冲出去找女主人。她带着几个女仆过来，拿来一碗水，还有毛巾。延不让她请医生，而且说实在的，伤口也没有我想得那么厉害。女主人离开后，延奇怪地陷入了沉默。我试着打开话题，但他表示没有兴趣。

"我先是没法让您镇静，"我终于说，"现在又无法让您说话。我不知道是该让您喝更多酒，还是正是这酒惹的麻烦。"

"小百合，酒我们已经喝够了。这该是你把那块石头拿回来的时候了。"

"哪块石头？"

"去年秋天我给你的那块。工厂里的水泥。去，把它带来。"

我听后，浑身冰冷，因为我完全清楚他的意思。延要当我旦那的时刻终于到来了。

"哦，说真的，我喝得太多了，不知道还能不能走路！"我说，"延先生或许可以让我下次见面时再带来。"

"你今晚就拿来。你以为大臣走后，我还留下来干什么？我在这里等你，你去拿。"

我想派一个女仆去帮我拿石头，但我知道我跟她说不清石头放在哪里。于是我只好跌跌撞撞地走到门厅去穿鞋，又半醉半醒地摸过祇园的街道。

我到了艺馆，进屋里找到了那块水泥，它外面裹着绸布，塞在我壁橱的架子上。我拿出石头，把绸布扔到地上，虽然我不知道自己为什么这么做。我出去的时候，在楼上过道碰到阿姨，她必定是听到我步履蹒跚的声音，上来看个究竟，她问我干吗手里捧块石头。

"阿姨，我是给延先生送去，"我说，"请您别让我去！"

"小百合，你喝醉了。你今晚是怎么回事？"

"我得把这个给他。还有……哦，如果我这么做，我就要死了。请别让我去……"

"喝醉酒，还在哭。你比初桃情形更糟！你不能这样子出去。"

"那么就请给一力亭茶屋打电话，让她们转告延先生我不能去了，好吗？"

"延先生为什么会等你拿石头给他？"

"我没法解释。我没法……"

"没关系。如果是他在等你，你就得去。"她对我说，扶着我回到屋里，用一块布擦干我的脸，又就着电灯笼的光给我补妆。我浑身无力，她用手支着我的下巴，不让我的头倒来倒去。她最后不耐烦了，双手卡住我的头，让我的头不要动。

"我希望你不要再让我看到你这个样子，小百合。天知道你是怎么回事。"

"我是个傻瓜，阿姨。"

"今天晚上你当然是傻瓜，"她说，"如果你做了什么事，失去了延先生的欢心，妈妈会非常生气的。"

"我还没有做，"我说，"但是如果您觉得什么事情能……"

"别说了。"阿姨对我说，直到补完妆，她都没有再说一个字。

我双手捧着这块沉重的石头，朝一力亭茶屋走去。我不知道是它确实太重，还是我喝多了酒，胳膊沉甸甸的。我回到延的屋里时，觉得已经用尽了气力。如果他开口要我做他情妇，我不能肯定自己是否能控制住情绪。

我把石头放在桌上。延把它抓起来，托在裹着毛巾的手上。

"我希望我没有答应过你这么大的珠宝，"他说，"我没有这么多钱。但从前不可能的事现在都有可能了。"

我鞠了一躬，尽量不让他看出我的沮丧。延不必告诉我他这句话什么意思。

第三十三章

那天晚上我躺在铺上，屋子在我周围旋转，我决心要像一个渔夫那样不停地把网里的鱼捞出来。只要会长在我心头浮起，我就把它们捞出去，一次次地捞，直到一点不剩为止。我想，这套办法挺聪明的，如果我能让它行之有效的话。然而只消我一想到他，我就抓不住它，眼看它快速溜走，把我带到那个我不准自己想的地方。好多次我停下来说：别想会长了，想想延吧。我故意设想我在京都和延相遇。但是哪里出了岔子，我设想出来的地点却是我常想遇见会长的地方，比如说……倏然间，我又再次陷入到对会长的思念中去了。

我就这个样子过了几周，想把精神恢复过来。有时候我不想会长了，就会觉得心上像被挖了个洞。就连小悦子晚上给我端来的清汤，我都没有胃口。有几次我把心思放在延身上，可那样一来我就浑身麻木，毫无知觉了。化妆时，我的脸像挂在衣竿上的和服，拉得长长的。阿姨说我像个鬼似的。我还像往常一样参加聚会和宴会，但只是默默地跪在那里，两手放在膝盖上。

我知道延即将提出当我的旦那，我每天都在等这个消息传到我耳里。但几周拖下来，却毫无动静。六月底一个炎热的下午，在我送还石头将近一个月后，我正在吃饭，妈妈拿来一张报纸，给我看一篇题为《岩村电器公司从三菱银行获得资助》的文章。我以为能看到关于延、大臣、当然还有会长的报道，但文章主要是列举了一大堆的信息，看了也记不住。文章说，联军占领当局已经改变了对岩村电器的处置，从……我记不清，哪一级降到了哪一级。文章又说，那就说明公司不再受到签订合约、申请贷款等等的限制。接下来几段讲的都是利率和信贷细目，最后终于提到，前一日，岩村电器从三菱银行获得大笔贷款。这篇文章中充斥着数据和商务术语，读起来别提多艰难。读完后，我朝妈妈看去，她跪坐在桌子的另一侧。

"岩村电器的命运完全扭转了，"她说，"你为什么不告诉我？"

"妈妈，我基本上没看懂刚才那篇文章。"

"难怪这几天我们从延俊和那里听到不少消息。你一定知道他已经提出要当你旦那。我正在考虑回绝他。谁会要一个前途不定的男人呢？现在我知道你为什么这几个礼拜都心神不宁了！好吧，你能放松一下了。终于来了。我们都知道这许多年来，延有多么喜欢你。"

我继续盯着桌面看，就像一个端庄的女儿。但我相信自己脸上一定挂着痛苦的表情，因为片刻后妈妈又说："延要你上床时你可不能这么无精打采。可能你的身体不太对劲。你从天见回来后，我送你去看大夫。"

我所知道的唯一一个天见，是距离冲绳不远的小岛，我不敢想象这就是她说的地方。但事实上，妈妈接着又告诉我，一力亭茶屋的女主人当天早晨接到岩村电器公司的电话，说是下周末去天见度假。我和豆叶，南瓜，还有一个妈妈记不得名字的艺伎，都在邀请之列。我们下周五下午动身。

"但是妈妈……这不可能啊，"我说，"到天见去度周末？光坐船就要一整天。"

"不是这么回事。岩村电器已经安排你们坐飞机去。"

我一下子把延的顾虑抛到脑后，像被人用别针刺了似的迅速坐直了身子，"妈妈！"我说，"我不能坐飞机。"

"你坐上去，它就起飞了，你什么办法都没有！"她回答说。想来她以为自己的小玩笑很好笑，吹气式地大笑起来。

我以为在汽油这么稀缺的情况下是不可能开飞机的，所以我也不必担心。但到了第二天，我和一力亭茶屋女主人谈话时得知，冲绳岛上好像有几个美国军官，每月有几个周末坐飞机来大阪。通常飞机是空飞回去，然后过几天再来接他们。岩村电器就安排我们搭乘这趟回程飞机。我们能去天见，完全是因为有空飞机坐，否则我们大概只能去一处温泉胜地，也不必担心生命危险。女主人对我说的最后一句话是："谢天谢地，是你而不是我要去坐那个会飞的玩意。"

周五早晨，我们搭火车去大阪。除了别宫先生一直帮我们把行李送到机场外，我们这一队人马还包括豆叶、南瓜、我，还有一个名叫静枝的老艺伎。静枝是从先斗町而不是祇园来的，戴着一副平平无奇的眼镜，一头银发，显得比实际年龄更老。更难看的是，她的下巴中间有道大裂缝，就像一对乳房似的。静枝看我们的神情仿佛一株雪松看着下面的野草。大多数时候，她只是望着车窗外面，不时打开她那橙红相间的手提包的搭扣，拿出一块点心，朝我们瞥一眼，似乎不明白我们为什么会来让她烦心。

我们从大阪火车站坐小巴士去机场，这巴士只比轿车略大，燃煤驱动，肮脏不堪。一个多小时后，我们终于下车来到一架银白色的飞机旁，它的机翼上挂着一对硕大的螺旋桨。看到支撑机尾的那个小轮子，我心里惴惴不安。我们走进机舱，通道剧烈往下倾斜，我觉得飞机肯定是断裂了。

男人们已经在飞机上了，正在尾座上谈生意。除了会长和延，大臣也在，还有一个上了年纪的人，我后来才知道是三菱银行的分行行长。坐在他身边的是个三十多岁的男子，长着个和静枝一样的下巴，镜片也和她的一般厚。原来，静枝长期以来是银行行长的情妇，这男子则是他们的儿子。

我们坐在飞机的前排座位，让那些男人去谈无聊的事。很快我听到一声咳嗽似的噪音，飞机颤动起来……我向窗外望去，那个硕大的螺旋桨已经开始动了。顷刻间，剑刃般的叶片转动起来，距离我的脸只有十几厘米，发出可怕的嗡嗡声。我觉得它肯定会割进机身，把我剖成两半的。豆叶让我坐在窗口，是觉得飞在天上时，外面的景致会让我镇静下来，如今她看到螺旋桨的所作所为，就拒绝和我调换位置。发动机的噪音越来越响，飞机开始蹦跳向前，转来转去。最后噪声达到了最恐怖的音量，通道抬平了。又过了片刻，我们听到砰的一声，飞机升到了空中。我们离地很远时，才有人告诉我，这趟行程有七百公里，将近四小时。我听后，大概已经泪花闪闪了，人人都冲我笑。

我拉起窗帘，读起一本杂志，想借此平静心绪。隔了很长时间，豆叶在我身边睡着了，我抬眼看到延正站在过道上。

"小百合，你还好吧？"他轻声说道，以免吵醒豆叶。

"延先生以前可没这么问过我，"我说，"他一定心情非常愉快。"

"前途是从未有过的光明！"

豆叶被我们的谈话惊醒了，延不再多言，走过通道去上厕所。开门前，他回身向其他男人坐的地方扫了一眼。有那么一瞬间，我从一个全新的角度看到了他，觉得他有一种特别专注的神情。当他的目光朝我闪来时，我想他也许捕捉到了我脸上一丝担忧，我是在为我的未来担忧，而他则对未来充满信心。我想到此处，觉得很是奇怪，延并不怎么了解我。当然，艺伎指望旦那的了解，就好比老鼠指望蛇的同情。再说，延只把我当作艺伎看待，而我的真实自我却小心翼翼地隐藏起来，这样他怎么可能了解我呢？会长是唯一一个我作为艺伎小百合伺候过的男人，又知道我千代的身份。虽然这么想有点奇怪，因为我竟从未意识到这点。如果那天在白川溪边发现我的是延，他会怎么做？他当然就径直走过去了……如果那样的话，我会活得轻松许多。我不会夜夜思念会长，不会一次次去化妆品店闻着空气中滑石粉的味道，回想他的皮肤，也不会勉力去想象在某个地方，他陪在我身旁。如果你问我，为何我需要这些东西，我就会回答，为什么成熟的柿子味道好？为什么燃烧的木头有焦味？

但是我又来了，像个试图空手去抓耗子的小女孩。我为什么就不能不想会长？

片刻之后，厕所门开了，灯光熄灭。我想我的痛苦必然清楚无疑地摆在脸上。我不想让延看到我这个样子，于是我把头靠在窗上，假装睡觉。他过去后，我才睁开眼睛。我发现我靠窗的动作已经把窗帘拉开了，我向窗外望去，这在起飞后还是第一次。下面是一片蓝绿色的海洋，广袤无边，几点翠绿斑驳其间，颜色和豆叶常戴的发饰一样。我从没想到大海里会有一块块绿色。从养老町的海崖上眺望，海洋总是一片蓝灰。现在，大海一直延伸成一道铺设在天地之间的羊毛线，这景致不仅一点也不吓人，而且还美得无法言喻。就连螺旋桨转成的模糊圆盘也自有它的美，银色的机翼有种壮

丽感，上面装饰着美国战斗机的标志。看到这些标志是多么奇怪
啊，要知道战争结束才五年。在战争中，我们作为敌方残酷拼杀，
现在又如何呢？我们已放弃了过去。我完全明白这一点，因为我自
己也曾经放弃过去。如果我能找到一个办法放弃未来……

我有了一个可怕的想法：我看到自己剪断了与延相连的命运纽
带，眼看着他一路掉进了下面的大海。

我不是说这只是个想法或白日梦，而是说我猛然间知道该怎么
做了。我当然不是真要把延扔到海里去，而是突然明白了一桩事，
正如心里打开了一扇窗，知道怎样才能永远结束我和他的关系。我
不想失去他的友谊，但我要努力接近会长，延就是个怎么也绕不过
去的障碍。我会让他被自己的怒火吞灭。是延自己告诉我该怎么做
的，就在几周前，在一力亭茶屋割伤手的那晚，他说，如果我是那
种会把自己交给大臣的女人，他就要我立刻离开屋子，再也不会和
我说话。

我想到这里的感觉……就像是突然发起高烧，浑身湿漉漉的。
我庆幸豆叶还在我边上睡着，否则她看到我喘着气，用指尖擦着额
头，肯定会奇怪发生了什么。我有了这个想法，但我能做这种事
吗？我不是说勾引大臣这件事，这我知道自己完全能做到，就像找
医生来给我打一针。我只消眼睛望着别处，过一会儿就结束了。但
我能对延做这种事吗？用这么可怕的办法来回报他的爱意？和让艺
伎们多年受苦的那些男人相比，延也许是个非常称心如意的旦那。
但我能忍受过着一种永远没有希望的日子吗？这几周我一直想说服
自己可以过，但我真能吗？我想，我大概明白为什么初桃会这么狠
心，奶奶又会这么吝啬。就连南瓜，她快三十岁了，许多年来脸上
一直有种失望的神色。我没有变成那样，唯一的原因是我还有希

望，如今为了保住这个希望，我会做出令人厌恶的事来吗？我说的不是勾引大臣，而是背叛延的信任。

在余下的飞行时间里，我一直在做思想斗争。我从没想到自己会搞这种阴谋，但时候一到，我就一步步想下去了，就像在下一盘棋：我会在旅馆里把大臣引到一边，不，不能在旅馆，要在其他地方，然后让延撞见我们……或者让他在别人口里听到也就够了？你能想到，旅程结束时，我是多么筋疲力尽。即使下了飞机，我大概还是一脸担忧，因为豆叶不断地安慰我说航程结束了，我终于安全了。

日落前一小时，我们抵达旅馆。其他人都夸赞我们住的房间，但我心里烦躁不安，只好装出一副欣赏的样子来。房间有一力亭茶屋最宽敞的屋子那么大，日式风格，有榻榻米和光洁的木制家具，装修得富丽堂皇。一面长长的墙整个是玻璃门，门外是罕见的热带植物，有的叶子几乎和人一样大。树木间有条带顶棚的走廊，一直通往溪边。

行李安置好后，我们都很想洗澡。旅馆备有折叠屏风，我们把它立在屋子中间，以便隔开彼此的视线。我们换了浴袍，穿过一条条带顶棚的走廊，走在茂密的树叶之间，来到旅馆另一头的豪华温泉。男女的入口处分别有隔板遮挡，淋浴处也有瓷砖砌成的分区，但一旦泡进温泉浑浊的水里，走到隔板外面，男女就在一片水域里了。银行行长不停地和豆叶还有我开玩笑，说要我们其中一个到温泉旁的树林里去捡一块鹅卵石，或小树枝之类的东西。他开这玩笑当然是想看我们的裸体。他的儿子则一刻不停地和南瓜谈话，我们很快就看出了他的用意。南瓜的乳房相当丰满，她叽叽喳喳说话时，就会不留心把它们浮在水面上。

也许你会觉得奇怪，我们男女混浴，之后晚上还打算同室而眠。但其实艺伎经常和她们最好的客人这样做，或者至少在我那时候是这样的。一个珍视名誉的艺伎当然不会被人看到自己和旦那以外的男人单独相处。但是像我们这样清清白白地集体沐浴，有浑浊的水彼此挡着……就是另一码事了。至于集体睡觉，我们日语里甚至有个词——杂鱼寝，即"鱼睡觉"。如果你看到过一捧鲭鱼被一起扔进桶里，我想大概就是这个意思了。

我说过，这样集体洗澡是清白的。但这并不是说不会有一只手溜到它不该去的地方，我泡在温泉里，就想着这回事。如果延是喜欢调戏的人，他可能就会挪到我身边，我们聊了一阵天后，他可能会突然伸手在我臀部上掐一把，或者在……哦，说实话，什么地方都可能。下一步我应当是失声尖叫，而延则哈哈大笑，这事就告一段落。可是延不是喜欢调戏的人。他先前一直泡在水里和会长说话，现在又坐在石头上，大腿以下浸在水里，胯间围着一块小小的湿毛巾。他不太注意我们，只是漫不经心地看着池水，擦拭着自己的断臂。此刻太阳落山，时近黄昏，延正坐在纸灯的亮光下。我从来没有见过他赤裸的身子。原以为他一侧脸上的疤痕已经是最难看的了，但是他的一个肩膀上也同样疤痕累累，虽然他另一个肩膀的皮肤像鸡蛋般美丽光滑……想到我正考虑如何背叛他，他一定会以为我这么做只有一个理由，而永远不会知道我的真正目的。我一想到要伤害延，或摧毁他对我的心意，我就受不了。我不能肯定自己是否能坚持下去。

第二天早饭后，我们穿过热带丛林去附近的海崖，我们旅馆的溪流流到崖边，形成一道小瀑布冲入大海，景象如诗如画。我们站了许久，欣赏这一美景，直到要离开时，会长仍然依依不舍。回来的路上，我走在延身边，他心情前所未有的愉快。后来，我们搭上一辆军车，坐在车后的条凳上游览小岛。看到树上有香蕉和菠萝，还有漂亮的鸟。从山顶往下看，大海就像一块起皱的青绿色毯子，上面有点点暗蓝。

下午，我们在小村庄的泥土路上溜达，看到一幢很像仓库的旧木房子，斜屋顶上盖着稻草。我们停下脚步，绕到房子后面，延走上几级石阶，打开角落里的一扇门，阳光照在一个木板铺设的舞台上，满地积尘。显然，它曾被用作仓库，但现在是村子里的戏院。我刚走进去时，还没想到什么。但是当门被砰地关上，我们走回街上，我又有了突然发烧的感觉。我脑子里出现一个画面：我和大臣躺在凹凸不平的地板上，门吱呀一声开了，阳光落在我们身上。我们无处可藏，延不可能看不到我们。许多年来，我想我多少有点希望找这样一个地方。但是我没有想这些事，我真的什么也没想，我只是努力把思路理清，它们就像一袋大米被撕破了一个口子，全撒在我身上。

我们翻过小丘回到旅馆，我从袖子里掏手帕，于是落在了队伍后面。路上当然很热，下午的阳光直晒在我们脸上，不止是我在流汗。但是延走回来问我觉得怎么样。我一下子不知该怎么回答，希望他以为是因爬山太过疲劳所致。

"小百合，整个周末你看上去都不太好。也许你该留在京都。"

"那么我怎能看到这个美丽的小岛？"

"我相信这是你离家最远的一次，现在我们距离京都就像北海道离京都那么远。"

其他人已经绕过了前面的转弯口。越过延的肩膀，我能看见树叶掩映下的旅馆屋檐。我想回答他，但我发现自己心里盘旋着飞机上困扰我的那个念头，就是延根本不了解我。京都不是我的家，也不是延所说的养育我的地方，我从来没有离开过的地方。我在热辣辣的阳光下凝视着他，一瞬间决定要做那件让我害怕的事。我要背叛延，尽管他站在那里含情脉脉地看着我。我用颤抖的手把手帕塞好，我们继续爬山，一句话也不说。

我到房里时，会长和豆叶正在和银行行长坐在桌边下围棋，静枝和她的儿子在旁观看。屋子那头的玻璃门开着，大臣枕着自己的一条胳膊，往外眺望，另一只手剥着他带回来的一根短手杖的皮。我非常担心延会和我谈话，让我无法脱身，但他直接走到桌边去和豆叶说话了。我还没想好怎么让大臣和我一起去戏院，更不知道怎么让延在那里找到我们。也许南瓜会请延一起散个步，如果我请她这么做的话？我不认为我能请豆叶做这件事。南瓜和我一起长大，虽然我没有像阿姨那样说过她粗野，但她的天性里确有种粗俗，听到我的计划，不太会被吓得懵住。我必须和她直截了当地说，要她带延去老戏院，否则他们不会那么巧正好撞见我们。

有一阵子，我跪坐着凝视阳光下的树叶，希望自己能够欣赏这个美丽的热带午后。我不断地自问，我策划这个计划时神志是否清醒。但不管我有什么疑虑，都挡不住我去做这件事。很清楚，只要我不把大臣引开，就什么事也不会发生，而在我这么做的时候，也不能让别人注意到我。刚才他让女仆给他送些点心来，现在他就双腿盘坐，盘子放在腿上，往自己喉咙倒啤酒，用筷子夹着腌鱿鱼内脏往嘴里塞。作为一道菜，似乎有点恶心，但我保证在日本酒吧和餐馆里，你到处可以找到这道腌鱿鱼内脏。这是我父亲最爱吃的，可我从来都无法下咽。大臣吃的时候，我甚至看都不想看。

"大臣，"我轻声对他说，"我能为您找些更开胃的东西来吗？"

"不用，"他说，"我不饿。"我得承认，我心里有这么个疑问，既然如此，他为什么坐下来就吃呢？现在豆叶和延边说边走出后门去了，其他人，包括南瓜，都围坐在桌上的棋盘边。会长似乎犯了个大错，他们都笑起来。好像机会来了。

"大臣，如果你是因为无聊才吃东西，"我说，"那么您为什么不和我一起在旅馆里转转？我很想到处看看，但一直没空。"

我没有等他回答，就起身走出屋子。过了一会儿，他到门厅里来找我，我不由松了口气。我们默默穿过走廊，来到一个拐角处，我四顾无人，就停下脚步。

"大臣，请原谅，"我说，"但是……我们一起再去村庄里散散步好吗？"

他看来很是疑惑。

"下午我们还有一个多小时，"我继续说，"我想起来，有样东西我非常想再看一眼。"

沉默很久，大臣说："我得先去上个厕所。"

"好的。"我对他说，"您去上厕所，完后到这里等我，我们一起去散步。我来找您前，您哪里也别去。"

大臣好像答应了，沿着走廊向前走去。我回到屋里。我觉得头晕得厉害——如今我的计划已经展开了——我把手放在门上，门推开，手指间却好像什么也没有碰到。

南瓜不在桌旁，她在自己的旅行箱里翻找东西。我张了张口想说话，但什么声音都没有发出来。我只好清了嗓子再度开口。

"南瓜，打扰了，"我说，"只要一小会儿时间……"

她不太想停下手里的活，但她还是放下乱七八糟的箱子，和我走到门厅里。我把她带到走廊上，走了几步，回头对她说："南瓜，我想求你帮忙。"

我等着她说她很乐意帮我，但她只是拿眼瞅我。

"我想你不会介意我请你……"

"说吧。"她说。

"大臣和我要出去散散步。我会把他带到老戏院里，然后……"

"为什么？"

"那样他和我就能单独相处。"

"大臣？"南瓜难以置信地说。

"我过后会解释，但这就是我要你做的事，我要你把延带去那里，还有……南瓜，这听起来很奇怪，我要你们发现我们。"

"你什么意思，'发现'你们？"

"我要你找个法子，把延带到那里，打开那扇我们早先看到的后门，这样……他就看见我们了。"

我解释的时候，南瓜留意到大臣等在另一条绿叶遮盖的通道上。她又看着我。

"小百合，你到底要干什么？"她问。

"现在我没有时间解释。南瓜，但这非常要紧。说真的，我的整个未来就在你手里。搞清楚，只要你和延——不是会长，看在老天的分上，也不能是其他人。你要我怎么报答你都可以。"

她久久地看着我。"又要南瓜帮你忙了，是吗？"她说。我拿不准她这话什么意思，但她没有解释就离开了。

我不能肯定南瓜是否答应了帮忙，但我此时只能去找医生打针了，就这么说吧，唯有指望她和延会出现。我在走廊上找到大臣，一起朝山下走去。

我们绕过马路上的拐弯处，旅馆已经在我们身后了，我不由想起那天豆叶在我腿上划一刀，然后带我去见螃蟹医生的事。那天下午，我心里有种莫名的恐惧，现在我又感到了同样的恐惧。我的脸被午后的阳光晒得发烫，好像是离烧烤炉太近了似的。我看了大臣一眼，汗水从他的额角淌到脖子里。如果一切顺利，他很快就会把这个脖子靠到我的……想到这里，我从和服腰带里拿出折扇，给我和他摇扇降温，一直扇到手酸为止。大臣似乎不知所以，他清了清喉咙，仰首看天。

"大臣，您能和我进来一会儿吗？"我说。

他好像不解其意，不过我走上房子一侧的通道时，他也就跟在后面。我爬上石梯，为他开了门。他犹豫了一下就进去了。如果他这辈子都在祇园里混，他当然会明白我的想法。因为如果艺伎把一个男人引到偏僻之处，简直就是把自己的名誉置于险地，一流的艺伎更不会轻易做这等事。但是大臣仅仅是站在戏院里的一块阳光地上，像是在等公交车。我把折扇塞回腰带，双手抖个不停，不知道自己能否把计划坚持到最后。关门的简单动作耗尽我所有力气，接着我们站在屋檐间漏入的惨淡光线下。大臣仍然一动不动，脸朝着舞台角落里的一堆稻草垫。

"大臣……"我说。

我的声音在不大的厅里回响不绝，我之后就放低了音量。

"我知道您曾为我的事和一力亭茶屋的女主人谈过。是吗？"

他深深地吸了口气，什么也没说。

"大臣，如果可以的话，"我说，"我想告诉您一个关于艺伎和代的故事。她已经不在祇园了，但我曾经和她很熟。有个重要人物——就像您，大臣——一天晚上见到了和代，非常喜欢她，于是每晚都来祇园看她。几个月后，他提出要当和代的旦那，但茶屋的女主人却道歉说这是不可能的。这人非常失望，但有天下午和代把他带到一处僻静的地方，只有他们两个。那个地方和这个空戏院很像。她对他说……即使他不能当她旦那……"

我刚说到最后一句话，大臣的神色就变了，好似云彩四散，阳光照遍山谷。他笨拙地向我走来。我的心怦然而跳，好像有面鼓在耳朵里敲。我禁不住把目光从他身上移开，闭上了眼睛。我再度睁开眼时，大臣已经近在咫尺，我们几乎肌肤相触，我觉得他脸上湿答答的肉都擦着我的面颊了。他慢慢地靠近我，直到我们贴在一起。他大概想用胳膊把我推到木地板上，但我阻止了他。

"舞台上灰尘太多，"我说，"您得从那儿拿个垫子过来。"

"我们到那边去。"大臣回答说。

如果我们躺在角落里的垫子上，延即使开门也不会在阳光下看到我们。

"不行，"我说，"请拿个垫子过来。"

大臣照我说的做了，接着垂手而立，眼看着我。直到此刻之前我还存有半分幻想，幻想有什么能够阻止我们，但现在我知道什么都不能了。时间过得真慢。我的双脚从漆草履里脱出来，踩在垫子上，好像别人的脚一样。

几乎是在一瞬间，大臣甩掉了鞋子抱住我，环住我的一双手来扯我的腰带结。我不知道他是怎么想的，我还没有脱和服的打算。我伸手到背后阻挡他。我早上穿衣的时候，还没有打定主意，但为了做好准备，想到还没到晚上，衣服可能会弄脏，我特意穿了自己不太喜欢的灰色衬袍，一件蓝紫相间的薄纱丝织和服，还系了耐磨的银色腰带。至于内衣方面，我弄短了腰卷——我的"束臀布"——把它绕在腰间，这样如果我最终决定勾引大臣的话，他会毫不困难地找到它。现在我把他的手移开，他困惑地看了我一眼。我想他以为我不让他干，但我躺倒在垫子上，他就大为欣慰。这不是榻榻米，只是一片粗糙的草编垫，我能感觉到下面坚硬的地板。我用一只手把和服和衬袍掀到一边，膝盖以下就露了出来。大臣衣服还齐整，但他立马躺到我身上，腰带结挤压我的背，我只好抬起一侧臀部让自己舒服一点。我的头也扭到一边，因为我梳的是散岛田发型，后面垂了一个硕大的发髻，稍一用力，就会弄坏。这个姿态当然很不舒服，但我的不舒服与心里的不安和焦虑比较起来，根本不足挂齿。突然我想到，我把自己置于这种窘境，头脑是否一直清醒？大臣用一条胳膊撑起身子，手伸入和服开始摸索，指甲挠着我的大腿。我没来得及想自己在干吗，就按住他肩膀把他推开……但我随即想到延成为我的旦那，我的生活中将永无希望，我又把手缩回来，垂到垫子上。大臣的手指沿着我大腿内侧往上蠕动，我没法不感觉到。我试图把自己的注意力放在门上，可能它现在就会打开，在大臣还没有更进一步之前。正在此时，我听到他腰带的哗啦声，接着是裤子拉链嘶地一响，片刻后他就挺入了我的身子。我怎么又觉得自己回到了十五岁那年，这种感觉奇怪地和螃蟹医生产生的感觉呼应。我甚至听到自己的啜泣声。大臣用胳膊肘撑着自己，脸靠在我的脸上，我只能从眼角瞥见他。这么近距离地看过去，他朝我突着下巴，那样子不像人，倒更像一头野兽。这还不是最惨的，由于他下巴前突，下嘴唇就像一个杯子似的盛满了口水。我不知道是不是刚才吃鱿鱼内脏的缘故，他的口水里有种灰色的黏稠物，这让我想起一条鱼被刮鳞后，留在砧板上的东西。

　　我早上穿衣的时候，在腰带后面塞了几张吸水宣纸。我想如果我决定要做这件事，到了后来大臣可能会用它们来擦身子。目前看来，我得提前用它们来擦掉溅到我脸上的口水。可是他这么重的分量压在我臀部，我没法伸手去摸后腰带。我试着低低地喘了几口气，但恐怕大臣误会成我很兴奋，总之，他突然变得精力旺盛，嘴唇里的口水也汹涌而出，简直像溪水一样奔流不绝，不可遏止。我只能紧闭双眼等待。我头晕目眩，好似躺在小船底部，在风口浪尖上被抛来甩去，头不住地撞击船侧。突然，大臣发出一声呻吟，静止了一会儿，同时我觉得他的唾液淌在我脸上。

　　我又想去拿腰带里的宣纸，但大臣跨在我身上，喘着粗气，好像刚进行完一场赛跑。我正要推开他，却听到外面一阵沙沙作响。我的厌恶感已经无以复加，几乎能淹没所有的东西。但我想起了延，心又怦怦直跳。我又听到动静，有人上了石阶。大臣好像不知道会出什么事，他抬起头，漫不经心地朝门看去，好像是想在那里看到一只鸟。接着门吱呀一声敞开，阳光倾泻在我们身上。我不得不眯起眼，辨出两个人影。一个是南瓜，她正如我希望的那样来到戏院。但她身边探头张望的那个人根本不是延。我不知道南瓜为什么这么做，她把会长带来了。

第三十四章

门开后，我什么也不记得了，我以为自己大概流着血，浑身发冷、麻木。我知道大臣从我身上爬开，但也许是我把他推开的。我还记得我哭着问他是否和我看到了一样的场面，门口站着的是否真是会长。我看不清会长的表情，因为将近傍晚的阳光是从他身后射进来的。但是门一关，我不禁想象我看到了他脸上的镇静，正如我心中的镇静。我不知道这镇静是否存在，而且我怀疑是没有的。然而我们感觉痛苦时，即使是开花的树木也像是被我们的愁苦压弯了枝头。所以看到会长在那儿也是同一回事……唉，我把自己的痛苦投射在我所见到的所有东西上。

如果你认为，我把大臣带到空戏院去是为了把自己置于险境——这么说吧，就只等刀子向断头台上砍来——我相信你能理解，我虽然快要被担忧、恐惧、厌恶所压垮，但还有一种兴奋之情。门推开前一刹那，我几乎可以感觉到自己的生命在膨胀，仿佛河流在涨水。因为我从未采取如此极端的办法来改变我未来的人生轨迹。我就像个孩子，踮着脚尖走到悬崖峭壁上俯视大海，但怎么料到一个大浪卷来，把我击入海流，席卷而去。

纷乱的情绪过后，我渐渐清醒过来，豆叶跪在我身边。我困惑地发现自己已经不在那个老戏院里，而是在旅馆的一间幽暗的小屋里，躺在榻榻米上。我完全想不起来怎么离开戏院的，但我肯定是离开了。后来豆叶告诉我，是我去找旅馆老板要一间清静的屋子休息，他看出我情形不妙，就去把豆叶叫来了。

所幸，豆叶似乎相信我是真的病了，就把我留在了屋里。后来，我走回房间，头晕乎乎的，心里怕得要命。我看见南瓜走进了前面带顶棚的通道。她瞧见我就停下脚步，我本以为她可能会跑过来向我道歉，但她慢慢把目光凝聚在我身上，好像一条蛇发现了老鼠。

"南瓜，"我说，"我让你带延来，不是会长。我不明白……"

"是啊，小百合，你一定很难想明白，生活不是一帆风顺的！"

"一帆风顺？已经糟糕透顶了……你是搞错了我让你干什么吗？"

"你就是觉得我笨！"她说。

我怔住了，默默地站了很久。"我把你当朋友。"我最后说。

"我也把你当朋友，曾经。不过那是很久以前的事了。"

"你说得好像我做过什么伤害你的事，南瓜，但是……"

"没有，你从来不做这种事，是吗？完美的新田小百合小姐从来不做！我想你夺走我艺馆女儿的地位也是无所谓的？小百合，你还记得吗？我不顾一切地帮你和那医生——不管他叫什么名字。我冒着惹初桃生气的危险帮你！你却背信弃义，偷走我的东西。这几个月来我一直奇怪，你为什么要把我卷进大臣的小圈子里来。这次我很抱歉，你再想利用我就没那么容易了……"

"但是南瓜，"我打断她的话，"那你就不能不答应吗？你为什么要把会长带来？"

她站直了身子。"我非常清楚你对他的意思，"她说，"只要没人看见，你的眼睛就长在他身上，就像毛皮长在狗身上一样。"

她愤怒地咬着嘴唇，我能看见唇膏染红了她的牙齿。我现在意识到，她一直打算用最恶毒的方法来伤害我。

"小百合，很久以前你拿走了我的东西，现在你觉得怎样？"她说。她的鼻孔张开，满脸怒火，像着了火的树枝。仿佛这么多年来，初桃的灵魂一直困在她体内，现在终于挣脱出来了。

那天晚上后来发生的事，我只有个模模糊糊的印象，只记得自己对眼前的每一分每一秒恐惧万分。大家围坐着饮酒欢笑，我也只能勉强赔笑。一晚上我的脸一定都红着，因为豆叶一次次地来摸我的脖子，看我有没有发烧。我能坐得离会长多远就坐多远，以免和他眼神相交，整个晚上我都在尽量避开他。但后来我们准备睡觉时，我走进门厅，正好碰到他回房。我应该给他让道，但我羞愧难当，略略鞠躬后快步从他身边走过去了，一点也没有掩饰自己的悲哀。

那是个折磨人的夜晚，我所记得的还有另外一件事。大家都睡着后，我恍恍惚惚地走出旅馆，走到海边悬崖，往黑暗里眺望，海水在我脚下咆哮，波涛轰鸣，宛如痛哭。我好像看到所有事物的表面下都隐藏着一种我前所未知的残酷——这树，这风，甚至我脚下站的岩石，都似乎和我童年的敌人初桃结为同盟。风声呼啸，枝叶摇摆，好像在嘲笑我。难道我生命中的溪流从此就永远分道扬镳了？那晚我把会长的手帕带着睡觉，望能得到最后一次安慰。现在我把它从袖子里拿出来，擦干脸，举到风中。我刚要让它舞入黑暗，突然想起许多年前田中先生寄给我的小小牌位。对于离我们远去的东西，我们总会留个纪念品。艺馆里的牌位是我童年生活的唯一遗存，而会长的手帕，也将会是我余生的遗存。

回到京都后几天，我身不由己地参加一连串的活动。我别无选择，只能像往常一样化妆、赶赴茶屋约会，好像这世上什么都没有改变。我一直用豆叶的话来提醒自己，没有比工作更能战胜失望情绪的了，但我的工作似乎帮不了我。每次跨入一力亭茶屋，我就想起延很快就会叫我来这儿，告诉我一切都安排妥当了。他前几个月很忙，我以为大概在一两周内不会听到他的消息。不料从天见回来三天后的周三下午，我得到通知说岩村电器公司打电话给一力亭茶屋，让我晚上去陪宴。

下午三四点钟的时候，我穿上了黄色的丝织和服，绿色的衬袍，还有镶金线的深蓝腰带。阿姨说我漂亮极了，但当我往镜子里瞧时，见到自己像是个被打败了的女人。以前当然也有过这样的时候，还没离开艺馆，我就对自己的样子不满意，但我往往能找到一处亮点，让我整个晚上都充满自信。比方说，无论我多么疲累，一件柿红色的衬袍，总能衬托出我眸子里的蓝色，遮掩去灰色。但那天晚上，我的脸颊凹陷得尤其厉害，虽然我像往常一样用了西式化妆品也无济于事，就连我的发型也好像左右不对称。我想不出改善的法子，只好让别宫先生把我的腰带往上加了一指的宽度，好让我减去几分沮丧的神色。

我的第一个宴会是一位美国上校举办的，上宾是新上任的京都府知事。宴会在从前的住友家族府邸举办，如今已是美国陆军第七师的指挥部。我吃惊地看到，花园里许多美丽的石头都被涂成了白色，英语标牌——我当然看不懂——挂在一棵棵树上。散会后，我前往一力亭茶屋，一个女仆带我上楼，来到那间祇园关门那晚延与我相会的屋子里。就是在这个地方，我得知他为我找到了躲避战乱的天堂，看来我们在同一间屋里庆祝他成为我旦那，也是理所当然，虽然对我来说，这绝对不是什么庆祝。我跪坐在桌子一端，这样延的位置就面对壁龛。我小心翼翼地选择座位，好让他用一条胳膊斟酒时，桌子不会碍着他。他告诉我一切都已安排妥当后，当然会想要给我斟一杯酒。对延来说，这是个美妙的夜晚，我只能尽力不去破坏它。

灯光昏暗，茶色的墙壁上折射出红色的光影，气氛确实非常宜人。我先前忘记了这屋子的独特气味——一种混合着尘土味和木器清洁油味的味道——现在我又闻到了。我回忆起了几年前和延在这里相会的种种细节，本来我是不会再去想了。我记得，他的两只袜子上都有洞。一只消瘦的大脚趾露在外面，指甲剪得很整齐。难道那晚过后，时间当真只过了五年半？我觉得好像已经过了整整一代人，我认识的许多人都已经过世了。难道这就是我回祇园来过的日子？正如豆叶曾对我说的话：如果我们想要活得快乐，就不会来当艺伎。我们当艺伎，是因为别无选择。如果我母亲还健在，我大概已经在海边为人妻母了吧，我会觉得京都是个遥远的地方，鱼要用船运到那边去。我的生活还能更糟吗？延曾对我说："小百合，我是个很容易了解的人。我不喜欢眼前放着我得不到的东西。"也许我也一样，我在祇园的日子里，一直幻想着会长出现在我眼前，但现在我得不到他。

我等了十分钟或一刻钟后，开始想他到底来不来。我知道不该这么做，但我还是把头靠在桌上休息了，前几晚都没睡好。我没睡着，只是在我通常的忧愁心绪里打了个盹。我好像做了个奇怪的梦，听到远处有击鼓声，还有水龙头里流水的咝咝声，接着我觉得会长的手抚在我肩上。我知道这是会长的手，因为我抬头看是谁在碰我时，他就在那里。击鼓声是他的脚步声，咝咝声是门轴滑动的声音。现在他站在我身边，女仆候在他身后。我鞠躬为自己的睡着而抱歉。有一刻我糊涂了，怀疑自己是否真的醒了，但这并不是梦。会长坐在延的座位上，延却不在。女仆上来送酒时，我突然有个可怕的念头。会长是来告诉我延出了事故，还是遭遇了别的什么坏事？否则，为什么延自己不来？我正要问会长，茶屋的女主人探进头来。

"哟，会长，"她说，"我们几周没有见到您了。"

女主人在客人面前总是热情大方，但我听出她声音里有点紧张，她心里藏着事情。她大概和我一样想到延了吧。我为会长斟酒，女主人过来跪在桌旁。他正要喝酒，她却把他的手拦下了，凑过去闻了闻酒味。

"说真的，会长，我不明白您为什么特别喜欢这种酒。"她说，"我们今天下午开了一些，最好的已经藏了几年。我肯定延先生来了会喜欢的。"

"我相信他会的，"会长说，"延喜欢好东西。但他今晚不来。"

我听到这话吃了一惊，但还是两眼看着桌面。我发现女主人也很惊讶，她很快换了话题。

"哦，好，"她说，"不管怎样，你觉得我们的小百合今晚迷人吗？"

"啊，女主人，小百合什么时候不迷人了？"会长说，"她让我想起……我给你看一样我带来的东西。"

会长把一个蓝绸小包放在桌上，他进来的时候我没注意到他拿在手里。他打开包裹，里面是一卷狭长的卷轴，他把它展开。画因年代久远，已经有了裂缝，画上是富丽堂皇的宫廷缩景。如果你见过这种卷轴，就知道能把它从屋子的这头展到那头，观赏宫廷全景，从一端的大门一直看到那端的宫殿。会长把画卷放在面前，从一轴往另一轴卷，跳过酒宴场面，跳过把和服系在腿间踢球的贵族，直到他看见一个年轻女子，穿着美丽的十二单①跪坐在皇帝寝宫外的地板上。

"你们觉得它怎么样！"他说。

"这幅卷轴太棒了，"女主人说，"会长是从哪里得来的？"

"哦，我是多年前买的。看看这个女子，她就是我买这幅画的原因。你注意到什么没有？"

女主人凑眼过去细瞧，之后会长又挪过来让我看。这位年轻女子虽然不过一枚大号硬币那么大，但画得纤毫毕现。我先前没注意，以为她的眸色是灰白色的……我细看后，才知道原来是蓝灰色。我立即想起内田以我为模特画的许多作品。我脸红了，喃喃地说了句画很漂亮。女主人也欣赏了一会儿，然后说："好了，我不陪您二位了。我要去送一些刚才说起过的新鲜凉酒。您觉得我应该留些等延先生下次来吗？"

"不必费心了，"他说，"这里的清酒就可以。"

"延先生……很好吧，是吗？"

"哦，是啊，"会长说，"他很好。"

听到这话，我如释重负，但同时又愧意上涌，非常难受。如果会长不是为延带口信来的，那么一定别有目的，或许是来谴责我的行为。回京都后的几天，我一直尽量不去想象他看到的情景：大臣的裤子没有穿上，我的两条光腿伸在乱糟糟的和服外面。

女主人走了，关门声像是一把剑从剑鞘里拔出来的声音。

"会长，请允许我说，"我竭力把话说得平静，"我在天见的

---

① 十二单是日本平安时代贵族妇女的一种服装，一般由五到十二件单衣组合而成。

行为……"

"小百合，我知道你在想什么。但我不是来听你道歉的。好好坐一会儿。我要告诉你一件很多年前的事情。"

"会长，我糊涂了，"我开口说，"请原谅我，但……"

"听着吧。你很快就知道我为什么和你说这个。你还记得一家叫积雄的饭店？它在大萧条末期时关门了，不过……哦，没关系，你那时候还很小。总之，很多年前的一天——准确说，十八年了，我和几个助手去那里吃午饭。有一位名叫严子的艺伎陪着我们，她是从先斗町来的。"

我立刻想起了严子这个名字。

"当时人人都喜欢她，"会长继续说，"我们吃完饭，碰巧时间还早，我就提议去散步，沿着白川溪走到剧院。"

这时候，我已经把会长的手帕从腰带里拿了出来，默默地放在桌上，把它铺平，他的姓名缩写清晰可见。过了这么多年，手帕的一角染上了污渍，颜色也已经发黄，但会长似乎一眼就认出来了。他慢慢地住了口，把它拿起来。

"你从哪里得到的？"

"会长，"我说，"这些年来，我一直在想，你究竟是否知道我就是那个您说过话的小女孩。那天下午您去看歌舞伎表演《且慢》的路上，把手帕送给了我。你还给我一个硬币。"

"你是说……你还是学徒的时候，就知道我是那个和你说话的人？"

"我第二次见到会长就认出来了，那是在相扑比赛上。说实话，会长还记得我，真让我惊喜。"

"哦，小百合，或许你该好好照照镜子。尤其是当你的眼睛哭湿了的时候，它们就变成……我说不清，我觉得能看透你的眼睛。你知道，我很多时间都在和男人们周旋，他们从来不跟我讲真话，这个女孩从来没有见过我，却愿意让我看透她。"

说着会长打断了话头。

"你有没有想过，为什么豆叶会当你姐姐？"他问我。

"豆叶？"我说，"我不明白。豆叶和这件事有什么关系？"

"你确实不知道，对吗？"

"知道什么？会长。"

"小百合，是我请豆叶照顾你的。我对她说，我遇见一个漂亮的小女孩，有一双令人惊讶的灰眼睛，如果她在祇园碰到你，就请她帮你。我说，如果有必要的话，钱由我来付。才过了几个月，她果然碰到了你。从这些年她告诉我的事情来看，如果没有她的帮助，你是当不上艺伎的。"

几乎无法形容会长的话对我的影响。我一直想当然地以为豆叶是出于个人目的，想让自己和祇园摆脱初桃。现在我明白了她的真实动机，她培养我是因为会长……啊，我觉得我早该回想一下她对我的所有评价，思索其中的含义。不仅豆叶在我眼里的形象改变了，我自己也好像变成了另一个女人。我的目光落在我搁在腿上的双手，这双手是会长给的。兴奋、害怕、感激一时俱来。我从桌边挪开一点，向他鞠躬道谢，我不由说道："会长，请原谅我，但我真的希望多年前您就让我知道……所有这些。这对我的意义实在太大了。"

"小百合，我不能让你知道是有原因的。这也是我不让豆叶告诉你的缘故。这和延有关。"

听到延的名字，我所有的感觉一下子全抽空了，我突然明白会长一直以来的缘由。

"会长，"我说，"我知道自己不值得您的眷顾。上个周末，我在……"

"小百合，我承认，"他打断我说，"天见发生的事让我心情很沉重。"

我能感觉到会长在看着我，我却没法看着他。

"我有些事要和你谈谈，"他继续说，"我整天都在想该怎么做。我一直想着多年前的事。我相信我能有更好的办法说清楚，可是……我希望你能明白我要说的话。"

他停下来，脱了外衣，折叠放在身边的垫子上。我能闻到他衬衣上浆的味道。这让我想起在猿屋旅馆拜访将军时，他的房间里总有一种熨衣服的气味。

"岩村电器公司还是刚起步的时候，"会长开始说道，"我认识一个叫池田的人，他在镇子那头为我们的一家供应商工作。他在解决线路问题上是个天才。有时候我们的设备出了问题，我们就会借用他一日，他会把什么问题都解决。一天下午，我下班后匆匆回家，却在药店碰到他。他对我说，他轻松了，因为辞了工作。我问他为什么辞职，他说：'该是辞职的时候，我就辞了！'嗯，我当场就聘用了他。过了几周，我又问他：'池田先生，你到底为什么辞了镇子那头的工作？'他对我说：'岩村先生，这几年我一直想来你公司工作。但你从来都不请我。只有你们碰到问题时才叫我，但从来不叫我来工作。有一天我意识到，你永远都不会叫我来的，你不想因为在供应商那里挖墙脚而搞坏了商务关系。只有我先辞职，你才有机会聘用我。所以我辞职了。'"

我知道会长在等我说话，但我没敢开口。

"所以，我在想，"他接着说，"你和大臣的事可能和池田辞职一样。我会告诉你我为什么这么想。那是因为南瓜带我去戏院后说的话。我对她非常生气，一定要她说出这么做的理由。很长一段时间她没开口，后来她对我说的话初听起来不知道是什么意思。她说，你是让她带延过去。"

"会长，求您别说了，"我不安地开口说道，"我犯了这样一个大错……"

"在你还没有说下去之前，我很想知道你为什么要做那事。也许你觉得那样是在……帮岩村电器的忙。我不知道。或者你欠了大臣什么人情，但我不知道。"

我一定是轻轻摇了一下头，因为会长立刻不说话了。

"我非常惭愧，会长，"我终于好不容易说出话来，"但是……我这么做完全是出于个人目的。"

过了很久，他叹口气，举起酒杯。我为他斟酒，觉得手好像不是自己的。他把酒在嘴里鼓捣了一阵，停留了片刻才咽下去。看见他嘴巴鼓鼓的，我觉得自己像是只空瓶子，里面装满了羞愧。

"好吧，小百合，"他说，"我告诉你我这么问的确切原因。要是你不知道我和延的关系，你就不可能明白我今夜来此的目的，也不清楚这些年我为什么这么对待你。相信我，我比任何人都清楚，他有时候确实难相处。但他是个天才。我对他的看重，超过一个工作班子。"

我不知道该说什么或做什么，于是只好用颤抖的手拿起瓶子给会长斟酒。他没有举杯，我觉得是个坏兆头。

"我刚认识你不久的一天，"他接着说，"延送你一把梳子，当着宴席上众人送给了你。直到那时我才意识到他有多喜欢你。我想之前应该还有别的表示，但我忽略过去了。我一旦察觉到他对你的感情，他那晚看你的样子……唉，我立刻知道，我不能从他手中夺走他这么想要的东西。这并没有减轻我对你的关心，事实上，过了这许多年，延每次说到你，我倒是越来越不能无动于衷了。"

会长顿了顿，说："小百合，你在听我说话吗？"

"会长，我当然在听。"

"你当然不会知道我欠了延很大的人情。我确实是公司的创办人，他的上司。但是岩村电器还年轻的时候，发生了资金流动的严重问题，公司差点倒闭。我不想放弃对公司的掌控，延坚持要引入投资者，我拒不接受。最后他赢了，但是我们之间有段时间有了隔阂。他提出辞职，我差点就让他走了。当然，他完全正确，错的是我。要不是他，我会失去整个公司。这样的人，你该怎么报答他？你知道我为什么不是'社长'而是'会长'？因为我把这个头衔让给了延，虽然他本想推辞。所以，我一发现他对你的感情，就决定隐藏自己对你的心意，好让他得到你。小百合，生活对他太残酷了，他几乎没有幸福可言。"

我做艺伎的这些年，从来没有一刻能让自己相信会长对我有特别的眷顾，如今我知道他为了我和延……

"我不想对你这么冷淡，"他接着说，"但你也知道，如果他发觉我感情的蛛丝马迹，一定会立即放弃你的。"

自从我孩提时期，我就梦想有一天会长会对我说，他喜欢我，现在我简直不敢相信这是真的。我当然没想过，他当真会说出我想听的话，但也没想过延就是我的命中注定。也许，我一生追求的目标欺骗了我，但至少在这一刻，和会长共处一室，我能鼓起勇气向他倾诉衷情。

"请原谅我要说的话。"我终于开口。

我想讲下去，但喉咙却不知怎么吞了口东西，我不知道我吞了什么，除非是我硬压下去的一小团感情，因为我脸上已经放不下了。

"我对延感情很深，但我在天见的所为……"我不得不停顿了很长时间，抑止嗓子里的灼烧，"我在天见的所为，是因为我对您的感情，会长。自从我还是祇园的一个小孩子，我这一生所走的每一步路，都是为了能接近您。"

说完这些话后，我体内的所有热量好像都涌到脸上来了。我觉得自己可能会飘浮到空中，就像一片灰烬飘浮在火焰上，除非我能把注意力转移到这屋子的其他地方。我想从桌子上找到一个污迹，可是桌子也闪闪发亮，从我视野里消失了。

"看着我，小百合。"

我想照会长说的做，可是办不到。

"真奇怪，"他轻声又说，几乎是在自言自语，"许多年前那么直率地看着我眼睛的小姑娘，同一个女人，现在却做不到了。"

或许抬起眼睛看着会长应该是很简单的，但不知为何我觉得紧张，即使我独自站在舞台上，全京都的人都看着我，我也没这么紧张。我们坐在桌子一角，挨得很近，我最后擦了擦眼睛，抬起来和他目光相交时，我能看到他眼睛周围的黑圈。我想我是否应该移开目光，稍微鞠个躬，然后给他斟酒……但是无论什么动作都打不破这种紧张。我正在想着，会长把酒瓶和杯子挪到一边，伸手抓住我袍子的衣领，把我拖向他。片刻间我们的脸靠得这么近，我都能感觉到他皮肤的温暖。我仍然竭力想弄明白自己是怎么回事，我该做什么或说什么。随即会长又把我拉近了些，吻了我。

你可能会奇怪，这是我这一生中第一次真正地被人吻。鸟取将军当我旦那时，有时候会把嘴唇压在我嘴上，但那是毫无感情的。那时我就想，他是不是只是需要一个地方来搁他的脸。即使安田明，那个送我和服的男人，我在立松旅馆引诱他的那晚，他在我脖颈和脸上亲吻了几十次，但从来没有用他的嘴唇碰我的嘴唇。因此你能想象，这次亲吻，我生命中第一次真正的亲吻，对我来说比我体验过的任何东西都来得亲密。我觉得我从会长那里拿走了一些什么，他则把什么东西给了我，那东西比以前任何人给我的东西都更为私密。这种滋味销魂蚀骨，不同于任何水果或蜜糖的味道。我尝到这滋味，肩膀垂下去了，腹部鼓起来了。不知为何它让我想起十几种不同的场景，我不知道自己怎么会记起来的。我想起在艺馆的厨房里，厨子掀开米锅锅盖，一股蒸气直冲出来。我又想起在那条作为先斗町交通要道的小巷子里，一天傍晚挤满了怀着良好祝愿的人群，来观看吉三郎从歌舞练场剧院退休当日的告别演出。我相信我大概想到了几百件事情，好似我思绪的界限全都打破，记忆毫无阻隔地任意驰骋。接着会长又往后靠了靠，离开了我的身子，一只手仍然搭在我脖子上。他离我很近，我能看到他潮湿而光泽的嘴唇，闻到刚才亲吻的滋味。

"会长，"我说，"为什么？"

"什么为什么？"

"为什么……这一切？您为什么吻我？您刚才还说着把我当礼物送给延先生。"

"小百合，延放弃了你。我没有拿走他的任何东西。"

我情绪混乱，不太明白他的意思。

"我在那里看到你和大臣时，你眼里的神情和我多年前在白川溪边看到的一样，"他对我说，"你看上去那么绝望，好像没人救你你就要淹死了。南瓜告诉我你是想让延看到，我就决定把我看到的告诉他。他十分震怒……喏，如果他没法原谅你的作为，我很清楚，他永不会是你命中注定的人了。"

回想起小时候在养老町的一天傍晚，一个叫义佐的男孩爬到树上去往池塘里跳。他爬得太高了，但池水不够深。我们让他别跳了，但他不敢下来，因为树下都是石头。我跑回村子去找他父亲山下先生，他父亲不慌不忙地走上山头，我怀疑他是否清楚儿子的危险状况。他走到树下时，男孩——他不知道父亲来了——正好失手坠落。山下先生轻而易举地接住了他，就像有人把一个麻袋抛到他怀里，然后让他儿子站直了。我们全都欢呼起来，围着池塘又蹦又跳。义佐飞快地眨眼，睫毛上挂着惊讶的点点泪滴。

如今我非常了解义佐的感受。我正朝石头上坠落，会长却跨过来接住了我。我感觉如此安心，连眼角的泪水也无力擦去。他在我眼中一片模糊，但我看到他向我靠近，一把将我搂在怀里，仿佛我是一条毯子似的。他的双唇吻向我露出在和服前襟外的颈部肌肤。我感觉到他在我脖颈上的呼吸，他那种迫不及待的心情几乎要把我吞噬。我不禁想起几年前的一件事，我走进艺馆厨房，发现一个女仆俯在洗涤槽上，正在咬一只熟透的梨子，汁水淌到她脖颈里，她想把它藏起来。她说，她太想吃这只梨了，求我不要告诉妈妈。

第三十五章

现在，将近四十年过去了，我坐在这儿回顾和会长在一起的那晚，那一刻我心里所有痛苦的声音全归于沉寂。自从我离开养老町以后，我一直在担心，命运之轮的每一次转动都会在我的道路上设置另一个障碍。当然，这种担忧和奋斗也总使我的生活丰富多彩。当我们在汹涌的潜流中逆流而上时，每一个立足点都至关重要。

但自从会长成为我旦那后，生活柔化成了舒适愉快的日子。我开始觉得自己像是一棵树，终于把根深深地扎进了沃土。我以前从不认为我比别人更幸运，但现在我这样想了。但我得说，我过了很长一段心满意足的生活后，才得以回顾从前，并发现生命曾经是一片荒芜。否则，我必然无法讲述自己的故事，我想只有当我们脱离苦境时，才能坦诚地倾诉苦痛。

会长和我在一力亭茶屋举行仪式、共饮清酒的那天下午，发生了一件奇怪的事。我不知道为什么，但当我从三个杯子中最小的那个里面啜饮清酒时，清酒在我舌尖上滚动了一下，有一小滴从嘴角边淌了出来。我穿着带五个纹印的黑色和服，下摆的滚边上绣了一条金色和红色相间的龙。我记得那滴酒掉到我胳膊下，滚落到下摆的黑绸上，正好停在那条龙的深银色牙齿上。我相信大多数艺伎会把我洒出清酒的事看作恶兆，但我看来，这滴从我身上滚落的水珠，就像能述尽我一生经历的泪珠。它掉入虚空，无法控制自身命运；它滑过丝绸之路，停留在龙牙上。我想起在岚野先生的工作间外面，我扔进加茂河里的花瓣，想象着它们能漂到会长那里。我觉得，它们大概已经到达了。

我从小就怀抱着这样愚蠢的希望，总是想象自己成为会长的情妇后，生活就会尽善尽美。这是个幼稚的想法，但即使现在我长大了，仍然是这样想。我应该更清楚地知道：我有过多少次痛苦的教训，尽管我们希望能把扎进肉里的倒刺拔出来，但会留下难以治愈的伤疤。我把延永远地摒弃在我生活之外，不仅失去了他的友谊，还把自己也永远摒弃在祇园之外了。

原因很简单，我早该知道它会发生。一个人赢得了朋友渴望得到的东西，他就面临两难选择：如果能办到，就把东西藏到朋友永远看不到的地方，否则便要承受友情的破裂。这就是我和南瓜之间的问题，我们的友谊在我被收养后再也没有恢复。因此会长就当我旦那的事和妈妈谈判了几个月，最后达成协议，我不能再当艺伎了。除开逃离祇园的，结婚后离开的，放弃艺伎生涯去开茶馆或艺馆的，我当然不是第一个离开祇园的艺伎。但我却被困在了一个进退两难的处境中。会长要我离开祇园，以便脱离延的视线，但他肯定不会娶我为妻，他已经结婚了。或许最好的解决方法是会长提出的，他建议我开一家自己的茶馆或艺馆，而延是不会造访的。但妈妈不想让我离开艺馆，你知道，如果我不再是新田家的人，她就再也无法从会长那里收取年金了。这就是为什么到了后来，会长答应每个月给艺馆一大笔钱，条件是妈妈同意让我不当艺伎。我还是像以前一样住在艺馆，但不用早晨去那个小学校，不必在祇园转悠，出席一些特别的场合，当然也无须晚上去陪宴了。

我立志成为艺伎是为了赢得会长的感情，说来我应该不会为离开祇园而感到失落。但这些年来，我结交了许多朋友，不仅是艺伎，也有很多我相熟的男客。我不会仅仅因为不再陪宴而和女伴断了联系，但在祇园谋生的人是没有多少时间用于私人交往的。每当我看到两个艺伎匆匆忙忙地赶去赴约，一起为上次宴会上的事情开怀大笑，我就常常感到嫉妒。我嫉妒的不是她们不稳定的生活方式，而是这种我很熟悉的期待感——下次晚宴上可能会有些恶作剧的乐子。

我和豆叶常见面。我们一周有几次在一起喝茶。从我还是个孩子起，她就帮了我大忙，又在我的生活中为会长扮演了如此重要的角色，因此你能想象我对她有多么感激。一天，我在店里看到一幅十八世纪的绢画，画上是一个女子在教年轻的姑娘学字。老师有一张漂亮的鹅蛋脸，充满关切地看着她的学生，这让我立即想起了豆叶，我就买下来送给了她。一个下雨的午后，她把它挂在自己那间萧索居室的墙上，我听见东王寺大街上的车声。我不禁想起她数年前那套高雅的公寓，还有窗下白川溪里那道齐膝高的小瀑布传来的潺潺水声，心里一阵失落。那时候的祇园在我看来，就像一件精致的古董衣服，但如今已大变了样。现在豆叶的单室公寓里用的是旧茶色的垫子，屋子里有楼下中药店的草药味，弄得她的和服上有时候都散发出淡淡的药香来。

她把水墨画挂在墙上，欣赏了一阵，又回到桌前。她两手捧着热气腾腾的茶杯，盯着里面的茶，像是想从中找出几句话来说。我惊讶地发现，她手上的青筋已经开始显露出年龄的痕迹了。最后她带着一丝伤感说："未来带给我们的东西真是令人好奇啊。小百合，你一定要小心，永远不要期望过高。"

我相信她是对的。如果接下来几年我不再指望延有朝一日能原谅我的话，我会过得轻松得多。最后我不得不放弃询问豆叶他可曾问起过我，我极度痛苦地看到她叹了口气，久久地，悲哀地看着我，仿佛在为我的奢望而感到遗憾。

我成为会长情妇后一年的春天，他在京都东北角买下一栋豪华住宅，把它命名为"富真疗养所"。它本是为招待公司的贵宾，但实际上会长用得比谁都多。他和我每周有三四个晚上在那里共度，有时次数更多。他最忙碌的时候，来得很晚，我和他聊天，他只想泡在热水缸里，然后就睡着了。但大多数时候他是傍晚时分来的，或者稍迟一些，我们边聊边用晚餐，看着仆人点亮花园里的灯。

通常会长一来就会聊一阵子工作。他会跟我说一件新产品有什么问题，装载零件的卡车又出了什么事故，或者诸如此类的事情。我当然是乐意安坐倾听，我很清楚，会长对我说这些不是为了让我知道，而是为了把这些事从头脑里清理出去，就像把水倒出水桶一样。因此我倾听的不是他说话的内容，而是他的语调。水倒出来，声音会更响，会长也一样，我听着听着，就发现他的音调柔和下去了。这时候，我就换过话题，不再谈工作上的正经事，而是随便讲些别的，比如他清早上班路上的事啦，几天前我们在疗养所看的电影啦，我从豆叶那里听来的趣事啦——豆叶有时候晚上会过来陪我们。不管怎么说，先把会长的脑子清空，然后再用愉快的话题让他放松，这个过程虽然简单，但效果就如同把湿毛巾晾在太阳下晒干一样。他刚来时，我用热毛巾给他洗手，他的手指僵硬得像沉重的树枝，但我们聊上一会儿后，它们就如同他睡觉时那样优雅地蜷曲了。

我想这就是我的生活，晚上陪伴会长，白天随便干些什么来打发时间。1952年秋天，我陪会长去美国，那是他第二次访美。前一年冬天，他也去过，他一生中从未经历过如此深刻的印象，他说他首次理解了富裕的真正含义。举个例子，当时大多数日本人只有在特定时间才能用电，但美国的灯火是昼夜不熄的。我们都为京都新建的火车站骄傲，因为它的地面是用水泥浇铸而成，而不是老式的木板，但美国火车站用坚硬的大理石铺地。会长说，即使在美国的小镇上，电影院都和我们的国家剧院一样宏伟，而公共浴室到哪里都一尘不染。最令他惊讶的是，每个美国家庭都拥有一台电冰箱，一个普通工人只需一个月的收入就足以买下，而在日本，则需要一个工人十五个月的工资，极少有家庭买得起。

总之，如我所说，会长让我陪他踏上第二次访美旅途。我独自坐火车到东京，然后和他一起飞往夏威夷，在那里过了几天惬意的日子。会长给我买了件泳衣，那是我的第一件泳衣，我穿着它坐在沙滩上，头发整齐地垂在肩膀上，就像周围的女子一样。夏威夷让我奇怪地想到了天见，我担心会长也会想到，但即使如此，他也没说什么。我们离开夏威夷又去了洛杉矶，最后来到纽约。以前除了电影中的镜头，我对美国毫无了解，并不怎么相信纽约真有那些摩天大厦。最后当我住进华尔道夫大酒店时，从窗口望出去，只见周围都是山一般高的大楼，下面是平整洁净的大街，我就觉得在我看到的这个世界中，没有什么事是不可能的。我承认，我在这个世界里就像婴儿脱离了母亲的怀抱，我以前从未离开日本，住在纽约这样陌生的城市只会让我害怕。大概是会长的热情帮我找到了一种积极的心态。他有间房主要用于办公，但每晚都和我待在另一个套间里。我睡不惯那里的床，半夜醒来时常发现他坐在靠窗的椅子上，拉开薄纱窗帘，俯视公园大街。一次凌晨两点钟，他拉着我的手把我拖到窗口，让我看一对在街角路灯下亲吻的年轻人，看他们的穿戴是刚从舞会上出来。

此后三年里，我随会长又去了两次美国。白天他接待业务，我则和女仆一起逛博物馆，去餐厅，还看了场美妙的芭蕾表演。奇怪的是，我们在纽约找到的几家日本餐馆之一居然是我在战前就认识的一位祇园厨师在经营。一天下午午餐时分，我在他餐馆后面的私人房间，接待了几位多年不见的人，有日本电讯公司的副社长；新上任的日本总领事，他曾任神户市市长；京都大学政治学系的教授。我像是又回到了祇园。

会长有两个女儿，没有儿子。1956年夏天，他想让大女儿嫁给一个叫西阪稔的人。会长的本意是让西阪入赘并继承他的事业，但到了最后关头，西阪先生改变了心意，告诉会长他不想参加婚礼了。西阪是个性情十分冲动的年轻人，但会长认为他才华横溢。有一周多的时间，会长心情恶劣，毫无缘由地训斥仆人和我。我从未见他如此心烦。

没人告诉我西阪稔为何改变主意，但也不必告诉我。前一年夏天，日本最大的保险公司之一的创始人解除了他儿子的经理职务，把公司交给一个年轻得多的人，是他和一名东京艺伎的私生子。这事成为一时丑闻。这类事以前在日本也发生过，但只局限在小圈子里，如家庭经营的和服店或糖果店之类。这位保险公司的社长在报纸上把他的大儿子说成"年轻人为人勤恳，惜才力不逮……"，随后任命了私生子，丝毫没有提及他们的关系。但这无关紧要，因为很快众人皆知其中真相。

好了，如果你想得到西阪稔在答应继承会长的事业之后，有了某些新发现，比如说会长最近有了个私生子……那么，在这种情况下，我觉得他不参加婚礼大概也是可以理解的。众所周知，会长为膝下无子而苦闷，并深爱他的两个女儿。有没有可能他同样会疼爱一个私生子，并在逝世前改变主意，把一手创办的公司交给这个私生子呢？至于我是否真给会长生了个儿子……如果有的话，我当然也不愿多说，否则他的身份可能会曝光，那样对谁都没有好处。我想，守口如瓶才是上策，这我相信你能理解。

西阪稔改变主意后一周，我决定要和会长提一件相当微妙的事。饭后，我们坐在"富真疗养所"户外的走廊上，望着长满青苔的花园。会长在生闷气，自从饭菜送上来后就没有说过话。

"我和旦那说过吗？"我开口说，"我最近有很奇怪的感觉。"

我看了他一眼，瞧不出他是否在听我说话。

"我一直想着一力亭茶屋，"我又说，"说实话，我开始意识到自己有多么怀念陪宴的日子。"

会长吃了一小口冰激凌，又把勺子放在碟子上。

"当然，我不能回祇园工作，这点我非常清楚。但我想，旦那……能在纽约开一家小茶屋吗？"

"我不知道你在说什么，"他说，"你想离开日本，真是莫名其妙。"

"现在日本商人和政客去纽约，就和乌龟进池塘一样正常，"我说，"大多数都是我认识多年的人。确实，离开日本会很突然，但考虑到旦那将来在美国的时间会越来越多……"我知道确实如此，因为他告诉过我他要在纽约开设分公司的设想。

"小百合，我对此没有兴趣。"他说道。我想他还有话说，但我装着没听见，继续说了下去。

"别人说，在两种文化中成长起来的孩子，会经历一段困难时期，"我说，"所以当然啦，母亲要是带着她的孩子去美国这种地方，聪明的话，大概是会定居在那里了。"

"小百合……"

"那就是说，"我又说，"一个女人做了这样的选择，大概是永远不会带她的孩子回日本了。"

到这时会长一定明白了我的意思，我从日本除去了西阪稔成为他继承人的唯一障碍。他脸上顿时出现了惊诧的神色。接着，他大概脑海中浮现出我离他而去的情景，怒气就像鸡蛋一样被砸破了，眼角聚起一滴泪水，他飞快眨眼，像拍苍蝇一样把眼泪弄没了。

那年八月，我移民纽约，开办了我自己的一家小茶屋，接待到美国旅行的日本商人和政客。当然，妈妈想要我在纽约的所有生意都成为新田艺馆的分号，但被会长拒绝了。只要我还在祇园，妈妈就还能管我，但我一离开，关系就断了。会长派了两个会计去交涉，保证我从妈妈那里拿回我应得的每一分钱。

许多年前，我刚进华尔道夫大酒店，房门在我身后关上时，我不能说心里一点也不害怕。但纽约是个令人激动的城市，不久后我就觉得和在祇园一样宾至如归了。其实，回想起来，我和会长在此共度的漫长时间给我的美国生活增添了许多在日本时没有的情趣。我的小茶屋坐落在第五大道附近的一家老俱乐部的二楼，几乎是一开张就生意不错。许多来自祇园的艺伎都到我这里来工作，豆叶也常常来访。现在只有当好朋友和老熟人来时，我才亲自去接待，平时我则有许多活动。上午我常去一群当地的日本作家和艺术家那里，学习我们感兴趣的东西，如诗歌、音乐，有一个月我们还学纽约历史。大多数日子，我都和一个朋友一起午餐。下午则跪坐在梳妆台前准备这个那个的宴会，有时候就在我的公寓里开宴会。每当我掀开镜子上的锦缎罩子时，总会想起我在祇园常用的乳白色化妆品。我真想回去看看，但我又怕看到种种变化。每次从京都来的朋友带照片给我看，我就常想，祇园已经像一个经营不善的花园一样，长满了野草。比如说，几年前，妈妈死了，新田艺馆被拆除，原地建了一幢小水泥楼，底楼开书店，上面是两间公寓。

我刚到祇园时，那里有八百名艺伎，现在则六十个都不到，学徒也不多。而且这个数字逐日递减，因为变化的步伐不会减慢，即使我们相信它会减慢。会长最后一次来纽约时，他和我在中央公园里散步。我们偶尔谈到了过去，当时正走上一条松林小径，会长突然停下脚步。他经常告诉我，在大阪城外，他老家门口道路两旁种满了松树。我看着他，就知道他想起了它们。他一双风烛残年的手撑在拐杖上，闭着眼，深深地呼吸着旧日的香味。

"有时候，"他叹了口气，"我想，我记忆里的东西要比我看到的真实得多。"

我年轻时，曾相信激情会随年龄增长而淡漠，正如屋子里的一杯水会慢慢蒸发到空气中。但是，会长和我回到公寓，我们互相干杯，彼此还是情深意切。后来，我觉得自己已经排空了所有会长从我这里拿走的东西，又装满了所有我从他那里得来的东西。我在熟睡中做了个梦，梦见回到祇园的宴会上，和一位老人聊天。他告诉我，他深爱的妻子并没有真正死去，因为他们共度的美好时光仍然活在他的心里。他这样说时，我喝了一碗以前从未喝过的汤，滋味非常特别。每一口鲜汤都其乐无穷。我开始觉得，已经死去或离我而去的那些人其实并没有消逝，而是一直活在我心中，正如那位老人的妻子活在他心里一样。我觉得我把他们都喝了下去——我幼时就离我而去的姐姐佐津；我的父母；善恶观不近人情的田中先生；从未原谅我的延；还有会长。这碗汤里包容了我一生所爱，我把汤喝下时，老人的话也说到我心坎里。我醒来时，泪水淌到额角，我握着会长的手，害怕万一他过世或离开我，我也无法活下去。他已老态龙钟，即使他睡觉时，我都不禁会想起曾在养老町的母亲。几个月后，他过世了。我知道，他在高寿之年离开我，正如树叶飘离枝干，是自然而然的事。

我没法告诉你，是什么在生活中引导着我们。但是对我而言，我掉进会长的怀抱，就像石头必然坠向地面。我摔伤嘴唇，遇到田中先生，母亲去世，我被残忍地买卖，这一切都像小溪奔向大海途中经过的悬崖峭壁。即使现在他走了，他仍然活在我丰富的回忆中。我把我的生活讲述给你，也是再度活了一遭。

有时候我穿过公园大道时，也突然会有种奇特的感觉，似乎周围的一切都那么陌生。黄色计程车稳稳前行，按着喇叭，挎着手提包的妇女看到一个矮小的日本老妇，穿着和服站在街角，脸上也显出好奇之色。但说回来，如果我回到养老町，难道就不会感到陌生吗？若不是田中先生把我带离醉屋，小小年纪的我，从不相信生活会是一场搏击。但如今我知道，我们的世界潮涨潮落，并无恒常。无论是怎样的奋斗和成功，无论何等的痛苦和磨砺，都会很快渗入浪涛中，就像水墨颜料泼洒在纸上。